BLANCHE

DU MÊME AUTEUR
CHEZ POCKET

ÉMILIE

ARLETTE COUSTURE

BLANCHE

LA TABLE RONDE

ISBN 2-266-11241-4

À Daniel.

Le lecteur trouvera dans le glossaire, en fin de volume, la définition des mots en italiques dans le texte.

REMERCIEMENTS

Ici encore, merci à Marilou d'être presque toujours aussi patiente... à Lyse et Michelle pour les étoiles dans leurs yeux; aux archivistes de l'Université de Montréal et de l'hôpital Notre-Dame de Montréal; à tous les lecteurs qui ont attendu avec patience la parution de ce deuxième tome.

CHAPITRE PREMIER

1918-1921

1

Un rayon de soleil s'amusa à chatouiller les paupières d'Émilie. Elle ouvrit les yeux, prête à sourire à la vie, quand le nuage des événements de la veille vint lui en brouiller l'envie. Elle regarda par la fenêtre et reconnut, à travers la brume matinale qui commençait à essayer de se lever, elle aussi, la silhouette de Saint-Tite. Elle s'étira discrètement, puis porta les mains à sa nuque et essaya, tant bien que mal, de remettre en place son chignon défait qui lui pendait dans le cou. Elle retint entre ses lèvres chacune des pinces au fur et à mesure qu'elle les arrachait de ses cheveux noués, puis les recracha une par une, aussitôt qu'elle décida de l'endroit sur sa tête qui, ce matin, accueillerait le chignon. Son âme étant partout sauf en elle, elle décida qu'aujourd'hui elle porterait le chignon haut, pour se donner ne fût-ce que l'illusion que sa tête suivrait.

Rolande, devant elle, s'agita et ouvrit les yeux. Elle grimaça son inconfort et sa crainte soudaine, son petit esprit de bébé mettant plus de temps à reconnaître les lieux. Voyant que sa langue commençait à trembler, Émilie s'empressa de dire «chuuuut», ce qui attira le regard de Rolande. Elle vit enfin sa mère et sourit, toute crainte évanouie. Émilie lui rendit son sourire et monta son chignon encore plus haut.

Elle se leva aussitôt qu'elle sentit les roues commencer à glisser sur la voie plutôt que d'y rouler, signal que quelqu'un essayait d'arrêter la course nocturne du train. Le conducteur releva sa casquette et lui indiqua qu'ils arriveraient sous peu en lui montrant dix doigts. Émilie fit un signe d'assentiment. Elle enfila ses chaussures, les laça puis frotta énergiquement sur ses jupes pour en effacer les rides de ses mauvais rêves. Elle se pencha vers un de ses sacs, un immense sac de cuir muni d'une poignée en écaille de tortue que sa mère lui avait donné, en tira un lange et une *débarbouillette*. Elle se dirigea vers la salle d'eau, l'humecta et revint à toute vitesse vers Rolande qui la cherchait des yeux. Elle s'empressa de la langer en lui chatouillant le tour du nombril comme elle le faisait toujours. Rassurée, Rolande émit un gargouillis de plaisir. Émilie rangea la couche souillée et la débarbouillette puis se dirigea vers les autres banquettes. Elle réveilla chacun des enfants en leur secouant une épaule. En moins d'une minute, ils eurent tous le nez collé à la fenêtre, poussant des gloussements de plaisir à la vue du décor qui leur était si familier. Émilie dut interrompre leur joie car déjà le train faisait entendre sa cloche.

«Il va falloir qu'on se dépêche. J'ai dormi un peu trop longtemps. Prenez chacun un sac ou une valise. On est arrivés.»

Les enfants s'animèrent. Elle leur demanda de rester assis, craignant que le train ne s'arrête brusquement. Les enfants le firent du bout des fesses, le reste du corps penché pour bien voir la gare qui apparaissait lentement dans chacune des fenêtres. Émilie jeta un regard inquiet en direction du quai. Pendant son sommeil, elle avait rêvé qu'Ovila serait là. Elle renifla un dernier sanglot que la nuit avait négligé d'emporter avec elle.

Ils entendirent le crissement des freins et le train s'immobilisa presque. Émilie leur demanda d'attendre le dernier soubresaut. Les wagons s'entrechoquèrent, l'un après l'autre. Émilie pensa que le train, comme un dinosaure de métal, venait de s'affaler devant la gare. D'un signe de tête elle fit comprendre aux enfants qu'ils pouvaient se lever. Elle prit Rolande, invita les autres à se diriger vers la porte que le conducteur s'efforçait d'ouvrir à grands coups de poings et de jurons. Ils s'agglutinèrent derrière lui, attendant impatiemment qu'il réussise, ce qui ne tarda pas. Il sauta sur le trottoir de bois et tendit la main pour les aider à descendre. Les filles acceptèrent son aide. Les garçons feignirent de ne pas voir le bras tendu et sautèrent de la dernière marche avec plaisir. Émilie jeta un dernier regard en direction de leurs banquettes afin de s'assurer qu'ils n'avaient rien oublié; elle descendit la dernière en souriant au conducteur et lui donna un pourboire. Il la remercia et lui demanda si quelqu'un viendrait les chercher. Émilie feignit de lui dévoiler un grand secret en répondant par la négative, s'empressant d'ajouter, joie dans la voix, qu'elle voulait faire une surprise à sa famille. Le conducteur hocha la tête, lui retourna son sourire et tapota la joue de Rolande.

Émilie regarda le train s'abreuver puis quitter Saint-Tite. Les enfants n'avaient pas encore bougé. Ils surveillaient leur mère, attendant un geste qui leur indiquerait la direction à suivre. Dès que le dernier wagon leur dégagea la vue, elle pointa une maison qui leur faisait presque face.

«C'est là qu'on va rester.»

Les enfants poussèrent des cris de joie. Émilie se demanda pourquoi les enfants avaient toujours cette manie de crier de joie sans véritable raison. Elle sourit, haussa les épaules et leur demanda de la suivre. Ils traversèrent la voie, sautillant pardessus les rails, humectant leurs bottines de la rosée agglutinée aux herbes folles qui se dandinaient entre les dormants. A chacun des sauts d'Émilie, Rolande éclatait de son gros rire de plaisir, oubliant que son estomac était encore vide.

Émilie aperçut le camion de son voisin de Shawinigan, son déménageur, et soupira. Il était au rendez-vous. Émilien, malgré le poids des bagages qu'il transportait, partit à la course. Il contourna le camion et ne vit personne. Il déposa les valises et les boîtes et monta sur le marchepied. Les deux hommes dormaient profondément, étendus sur la banquette avant. Il fit signe à ses frères et sœurs de se taire et d'approcher doucement. Ils le suivirent, puis, se bousculant pour regarder à travers les vitres des portières, éclatèrent de rire, ce qui réveilla les hommes instantanément. Émilie fut la dernière arrivée. Elle salua son voisin d'un sourire plus que joyeux, lui demanda s'il avait eu de la difficulté à trouver la maison, puis, confiant Rolande à Marie-Ange, sortit avec une feinte nonchalance la clef de la maison d'Alma. Elle ouvrit la porte et les enfants se précipitèrent à l'intérieur. La maison vide décupla l'ampleur de leurs cris. Émilie ne les rappela pas à l'ordre, préférant leur laisser le temps de s'amuser avant de leur assigner un travail.

Le voisin et son engagé commencèrent à entrer les meubles. Émilie fut contrainte de demander aux enfants de se calmer. Ils le firent difficilement, excités par leurs découvertes. Il n'y avait pas de toilette dans la maison, ni de robinets. Simplement une pompe à eau. Émilie cacha son étonnement devant la sobriété de la maison. Alma lui avait donné l'impression d'être financièrement plus à l'aise. Elle sourit. Alma avait probablement surestimé son indépendance à elle. Elle fut cependant reconnaissante de trouver une maison propre, prête à être meublée et habitée par elle et ses neuf enfants.

Elle dirigea le travail des hommes, essayant de leur faire installer les meubles aux bons endroits afin de ne pas être forcée de les déplacer seule. Émilien, aidé des bras de Clément et de la bonne volonté du chétif Paul, avait commencé à assembler les lits qu'ils avaient défaits la veille. Marie-Ange trouva quelque chose pour faire taire l'estomac affamé de Rolande pendant que Rose, Blanche et Jeanne ouvraient chacune des taies d'oreillers avec empressement, s'extasiant devant leur contenu comme s'il eût été une surprise. Alice, elle, était allée dehors chercher quelques fleurs pour passer le temps, mais surtout pour empêcher ses sœurs de lui dire d'enlever ses quatre ans de leur chemin.

Les hommes partirent enfin, dans une pétarade puante, après avoir empoché les quinze dollars qu'Émilie leur devait. Celle-ci les raccompagna et leur souhaita bonne route avant d'entrer dans sa nouvelle demeure, déjà presque habitée, déjà presque vide de la présence d'Ovila. Elle sortit sa montre de poche et soupira. Puis, accrochant un sourire à travers ses coulisses de transpiration, elle invita les enfants à se laver.

«On va aller chez *mémère* Pronovost. On va lui faire une surprise», se sentit-elle obligée d'ajouter.

Les enfants se précipitèrent à la pompe, l'actionnant avec énergie et s'amusant de se laver à l'eau si froide. Émilie les invita à se donner un coup de brosse dans les cheveux. Ils le firent un peu trop rapidement à son goût. Aussi s'arma-t-elle de son peigne de plus en plus édenté et recommença-t-elle les raies et les tresses. Paul revint une seconde fois faire replacer cette mèche rebelle qui pointait toujours inexorablement vers le plafond. Émilie lui sourit, lui posa une bise sur le front et trempa ses doigts dans l'eau avant de les passer sur un savon qu'Alma avait abandonné près de la pompe. Elle colla ensuite la mèche de Paul.

«Tu as la même *couette* folle que ton grand-père Caleb. Mon père.»

Paul sourit de cette comparaison. Il avait vaguement souvenir que son grand-père Bordeleau lui avait donné assez d'argent pour qu'il puisse s'ouvrir un compte de banque.

Émilie coucha Rolande dans un vieux landau d'osier qu'une voisine de Shawinigan lui avait donné et invita les enfants à sortir et à se mettre en route.

Ce midi-là, à Saint-Tite, les gens qui regardèrent par la fenêtre virent un étrange défilé. Huit enfants de tous âges marchaient l'un derrière l'autre, tantôt sur la route, tantôt dans les champs, bourrant leurs poches de cailloux, fauchant toutes les fleurs qui osaient attirer leurs regards pour en faire une énorme gerbe. Leur mère fermait la marche en poussant désespérément sur un landau fané qui semblait vouloir agoniser chaque fois qu'une roche s'obstinait à empêcher une roue d'avancer.

Ils arrivèrent enfin devant la maison de Félicité. Les enfants allaient accélérer quand Émilie les en empêcha.

«Vous allez rester ici, à m'attendre. Moi, j'vas aller en dedans, avec Rolande. Vous autres, vous allez vous cacher derrière la bergerie. Mémère doit pas vous voir passer si on veut lui faire une surprise. Jouez aux *indiens*... marchez le nez sur la terre. En silence. Moi, j'vas être dans la maison pour leur dire de se fermer les yeux pis de se boucher les oreilles. Disons, ajouta-t-elle en riant, que j'vas être votre éclaireur. Est-ce qu'on se comprend?»

Les enfants firent comme elle le demandait. Marie-Ange la fixa, le regard interrogateur. Il n'était pas dans les habitudes de sa mère de leur dire de se traîner par terre lorsqu'ils portaient leurs plus beaux vêtements. Elle aurait voulu lui faire part de sa réflexion, lui faire savoir aussi qu'à son âge, à quatorze ans, elle n'avait plus tellement envie de jouer aux indiens. Mais quelque chose dans les yeux de sa mère la fit taire. Quelque chose qui lui avait fait penser à un petit oiseau qu'elle avait trouvé à Shawinigan, au printemps, la bouche grande ouverte et le corps à peine couvert de duvet. Un oisillon tombé d'un nid. Marie-Ange avait pris ce petit oiseau dans ses mains et elle avait senti son cœur battre terriblement vite. Elle l'avait regardé et l'absence de plumes lui avait permis de voir des veines bleues. Probablement, avait-elle pensé, celles du cœur. Dans les yeux de sa mère, elle avait reconnu le même regard que celui de l'oisillon tombé du nid et blessé à l'aile. Marie-Ange avait senti la peur de l'oisillon. Elle regarda sa mère encore une fois et comprit qu'elle aussi avait peur. Alors, sans dire un seul mot, elle se glissa par terre comme ses frères et ses sœurs et commença à serpenter doucement à travers les brindilles d'herbe. Elle entrevit sa mère frapper à la porte et se demanda pourquoi elle n'était pas entrée comme elle l'avait toujours fait.

Les enfants s'assirent derrière la bergerie, le dos appuyé sur les planches rêches. Ils reprirent leur souffle, puis Paul s'avança le nez pour voir si leur mère ne les suivait pas. Il fit signe que non. Jeanne et Alice se chamaillèrent pour une coccinelle, mais Marie-Ange les rappela à l'ordre. Ils devaient être le plus silencieux possible. Rose ferma les yeux et s'assoupit. Personne ne la réveilla. Blanche et Paul commencèrent à jouer aux devinettes, ce qui tenta les autres et bientôt tous les enfants compliquèrent le jeu en mimant des métiers. Alice se désintéressa rapidement, se leva et alla cueillir d'autres fleurs en faisant bien attention de ne pas se faire voir depuis les fenêtres de la maison. Jeanne la suivit. Émilien arracha un brin d'herbe, le tint solidement à l'intérieur de ses mains et souffla. Le brin d'herbe vibra et cria. Rose renâcla, ce qui fit rire Blanche au moment où justement elle commençait à se tirailler avec Clément. Paul, chagriné, cessa de jouer.

Le brin d'herbe qu'Émilien chatouillait de son souffle émit un son clair. Marie-Ange, Blanche et Clément chantonnèrent sur la note qu'Émilien venait de leur donner.

Paul se réfugia à côté de Rose qui ne s'éveilla pas, appuya sa tête sur l'épaule de sa sœur et, une moue accrochée au cœur, lança qu'elle, au moins, ne faisait jamais de chagrin à personne.

Le temps semblait s'être arrêté depuis le départ de leur mère. Ils se demandèrent combien de temps les grandes personnes mettaient à se fermer les yeux et les oreilles. Émilien mâchouilla son brin d'herbe pendant que Marie-Ange chantonnait toujours, que les cinq plus jeunes s'amusaient à flatter les agneaux et que Rose dormait encore profondément.

Leur grand-mère apparut enfin et vint se planter devant eux, les bras grands ouverts.

«Ho! mes enfants! Mes pauvres enfants.»

Les enfants se regardèrent sans comprendre le sens de ses paroles. Ils éveillèrent Rose, dont le visage s'épanouit aussitôt d'un beau sourire. Alice courut chercher la gerbe de fleurs qui avait déjà commencé à se flétrir. Leur oncle Ovide arriva à son tour, ahanant son essoufflement, suivi d'Edmond, d'Émile et de sa toute nouvelle femme, la tante Héléna. Félicité embrassa les enfants les uns après les autres. Aussitôt libérée de l'étreinte de sa grand-mère, Blanche courut se réfugier dans les bras de son oncle Ovide. Elle avait toujours adoré son oncle Ovide parce qu'il la berçait avec lui dans son hamac en lui racontant des histoires qu'il jurait être vraies. Il lui avait raconté toutes les histoires de la comtesse de Ségur, insistant davantage sur la vie extraordinaire que menait la comtesse. Il lui avait aussi déjà raconté l'histoire de Marie-Antoinette – Blanche s'était toujours souvenue de son nom parce que c'était le même que celui de la tante Antoinette, la femme d'Henri Douville. Mais elle n'avait jamais cru l'histoire de Marie-Antoinette parce que son oncle Ovide avait dit qu'elle n'avait pas voulu donner de pain aux gens qui criaient devant les portes de son château et que les gens, furieux, lui avaient coupé la tête. Son oncle Ovide racontait toutes les histoires qu'il lisait. Il lisait beaucoup parce que dans ses poumons il y avait cette maladie terrible, la tuberculose, qui l'empêchait de travailler aux champs. Son oncle connaissait les réponses à tout.

Félicité entraîna tous ses petits-enfants à sa suite vers la maison. Ils entrèrent joyeusement, heureux de lui avoir fait une si belle surprise. Ils laissèrent leurs chaussures près de la porte pour ne pas salir le plancher de la cuisine d'été, presque neuve, que leur oncle Ti-Ton avait construite deux ans plus tôt. Leur mère était dans la chambre de leur grand-mère, essayant d'endormir Rolande.

Les enfants furent invités à s'asseoir à table et ils dévorèrent des yeux puis de la bouche tout ce qui fut placé devant eux. Félicité les regarda s'empiffrer comme le faisaient des hommes au retour des chantiers. Elle fronça davantage les sourcils. Ses yeux, couverts par les plis de son front, cachaient bien leur humidité.

Émilie vint enfin les trouver, Rolande dans les bras. Elle ne voulait pas dormir.

«Trop de changements», expliqua Émilie. Elle s'assit dans une berceuse mais se releva aussitôt.

«Si vous avez pas d'objections, madame Pronovost, j'irais *prendre une petite marche*. Peut-être que ça va l'endormir.»

Félicité l'encouragea à le faire. Émilie eut un sourire triste et sortit, retenant la porte derrière elle pour l'empêcher de claquer. Dehors, elle regarda le chemin qui menait au lac à la Perchaude. Elle ne voulut pas s'y diriger, choisissant plutôt de marcher en direction de la Montée-des-Pointes. D'un pas d'abord lent, elle accéléra au fur et à mesure qu'elle se rapprochait de son objectif. Puis, tout à coup, elle s'immobilisa. Son visage, de rouge qu'il était, passa rapidement au gris. Devant elle un trou, un immense trou bordé de pierres! La maison! Quelqu'un avait démoli la maison. Elle trouva une roche et s'assit. Elle déposa Rolande sur l'herbe et Rolande commença à s'animer sur ses genoux potelés.

Émilie regardait le trou. *Mon Dieu, Ovila. Qu'est-ce qu'il reste de nous deux? Un trou? Un vide? Je ne sais même pas où tu es. Qui a démoli notre maison, Ovila? Ta mère nous avait dit que nous pourrions y revenir quand nous le voudrions.* Émilie pleura son désespoir. Elle avait rêvé qu'Ovila l'attendrait à la gare mais il n'avait pas été là. Elle avait ensuite cru, fort naïvement peut-être, qu'ils se réinstalleraient tous dans la maison et que ses enfants retourneraient à la petite école. Elle avait presque réussi à se convaincre qu'Ovila ne boirait plus jamais et qu'ensemble ils reprendraient les rênes de la vie. A regarder grandir les enfants. A vieillir, lentement, doucement, comme tous les autres. Elle avait espéré qu'il avait compris son cri à elle lorsqu'elle lui avait demandé de quitter Shawinigan. Pouvait-il, en ce moment, penser qu'elle était demeurée à Shawinigan? Se pouvait-il qu'il la connaisse si mal?

Les mains de Rolande verdissaient au fur et à mesure qu'elle s'acharnait à arracher l'herbe qui la chatouillait. Émilie ne put sourire. Non. Ovila la connaissait tellement bien qu'il savait qu'elle quitterait Shawinigan. Il savait qu'elle rentrerait à Saint-Tite, le seul endroit au monde où elle pouvait respirer. Il savait. Il avait toujours su. Mais lui... Émilie ferma les yeux. Lui, il avait dit que jamais il ne reviendrait dans ce village maudit! Lui, il avait dit qu'il avait quitté Saint-Tite pour toujours.

Émilie s'essuya une joue du revers de la main. Est-ce que, pour la première fois de sa vie, Ovila s'en tiendrait à ce qu'il avait dit? Non. Certainement pas. Jamais il n'avait tenu parole. L'entêtement d'Ovila était aussi malléable que la glaise. Ovila avait le cœur tendre et l'ennui facile. Ovila reviendrait. Demain. La semaine prochaine. Dans un mois. Mais il reviendrait parce qu'il savait. Jamais ils ne pourraient vivre l'un sans l'autre. Ils le savaient tous les deux.

Rassurée, Émilie se releva, prit Rolande et revint en direction de chez sa belle-mère, à qui elle n'avait dit que l'essentiel. Qu'Ovila avait recommencé à boire, mais il n'y avait pas de quoi s'inquiéter. Qu'Ovila avait quitté la Belgo parce qu'il détestait avoir un patron anglais. Qu'Ovila était parti pour l'Abitibi, «voir les possibilités». Félicité n'avait pas été dupe. Elle n'avait posé qu'une question à Émilie. Quand devait-elle le rejoindre? Émilie avait essayé de ne pas baisser les yeux. De garder la tête haute avant de répondre qu'elle ne pouvait prendre de décision avant d'avoir reçu de nouvelles. Félicité avait hoché la tête puis était allée chercher ses petits-enfants cachés derrière la bergerie.

Émilie marcha lentement, Rolande endormie lui pesant lourd. Elle rentra dans la cuisine d'été et chercha ses enfants des yeux.

«Dans l'écurie. Une des juments d'Edmond est en train d'avoir son poulain.»

Émilie sourit. Elle déposa Rolande sur le lit de sa belle-mère, faisant autour d'elle une véritable forteresse d'oreillers pour l'empêcher de tomber. Elle revint aider Félicité et Héléna à ranger la vaisselle qu'elles avaient déjà lavée. Puis elle se dirigea vers l'écurie pour voir le nouveau poulain mais surtout retrouver sa Tite. Une vieille jument, maintenant.

2

Dès le lendemain, Émilie organisa sa maisonnée. Elle se prit à rêver à l'arrivée imminente d'Ovila. Chaque fois qu'un train entrait en gare, en provenance de Shawinigan ou de l'Abitibi, elle sortait de la maison pour regarder entre les wagons dans l'espoir d'entrevoir la silhouette d'Ovila. Elle alla même jusqu'à se pencher pour regarder les pieds des quelques rares passagers qui descendaient, certaine qu'elle reconnaîtrait Ovila à sa démarche ou même à l'allure de ses souliers, fussent-ils neufs. Les souliers d'Ovila se moulaient à sa démarche: le pied droit d'attaque, légèrement tourné vers l'extérieur; le pied gauche, moins tourné, un peu plus traînard. Mais ce matin-là, ce dernier matin où elle s'était penchée pour regarder dessous le ventre du train, elle avait vu quelqu'un tituber à son saut de l'escalier du wagon. Elle avait cru, pendant quelques instants, que la personne avait perdu l'équilibre, mais au second pas, la personne titubait toujours, et toujours à chacun des pas suivants. Son cœur s'était serré. Non! Elle ne voulait pas que ce soit Ovila. Elle ne voulait plus de cet Ovila. Et la réalité de son émotion lui apparut crûment. Pouvait-elle vraiment encore vivre ces heures d'attente et d'angoisse? D'attente, peut-être. D'angoisse, non. Elle avait suivi les souliers du regard, espérant, priant tout à coup qu'ils appartiennent à un autre homme. Les pas se dirigeaient maintenant vers le dernier wagon et bientôt elle verrait. Puis elle vit. Un vieillard gris, rond et rouge. Son soupir mourut lentement et ses rêves le suivirent. Non. Même l'attente était impossible. Elle ne l'attendrait plus. Plus jamais.

De leur côté, les enfants couraient à la poste, espérant toujours recevoir une lettre de leur père. La lettre n'était jamais au rendez-vous et Émilie, devant leur mine déconfite, les rassurait en riant, leur racontant que l'Abitibi était tellement loin que même les lettres réussissaient à se perdre.

Au mois de juillet, les enfants rentrèrent de la poste tout excités. Émilie les entendit venir bien avant qu'elle ne puisse les voir. Elle sortit et les vit courir tant bien que mal, portant d'énormes colis plus encombrants que lourds, lui sembla-t-il.

«Moman, moman! Venez voir. On a reçu des *paquets* de l'Abitibi. Huit paquets.»

Émilie se mordit les lèvres avant de les forcer à sourire. Enfin des nouvelles. Deux mois d'une attente qui venait de se taire. Les enfants entrèrent dans la maison et Émilie regarda chacun des colis. Ils étaient adressés aux enfants. Il n'y en avait aucun pour elle. Aucun pour Rolande. Elle prit celui de Blanche dans ses mains et tenta de lire le cachet de la poste. Il était brouillé et elle ne put en déchiffrer la provenance. Mais il venait d'Abitibi. Et Ovila avait adressé les colis.

«Monsieur Gignac vous aurait pas donné une lettre par hasard?

– Non, juste les paquets.

– Peut-être que pâpâ a mis une lettre dedans», dit Blanche pour encourager sa mère.

«Dépêchez-vous d'ouvrir! J'ai hâte de voir ce que votre père vous a envoyé.»

Les enfants s'emparèrent d'une paire de ciseaux et coupèrent les ficelles qu'Émilie récupéra une par une et noua avant d'en faire une petite pelote.

«De la belle corde comme ça, c'est toujours utile.»

Elle leur demanda de faire attention au papier, de ne pas le déchirer, et elle le plia soigneusement. Les enfants ouvrirent enfin les contenants. Dans chacune des boîtes, il y avait une cage à oiseau. Huit belles cages qu'Ovila avait fabriquées lui-même. Émilien poussa un cri. Dans sa cage il y avait une lettre.

Il la tendit à sa mère qui s'empressa de l'ouvrir d'une main qu'elle aurait voulu ferme. Elle lut la première ligne, laissa tomber sa main et baissa les yeux. Elle remit la lettre à Émilien.

«C'est adressé à ton nom, Émilien. Peux-tu nous la lire tout haut?»

Émilien regarda la lettre longuement avant d'en commencer la lecture. La lettre était courte. Ovila racontait aux enfants que l'Abitibi était extraordinaire et que bientôt ils pourraient venir le rejoindre. Pour tromper leur attente et la sienne, il avait fait des cages. Il demandait à Émilien de confectionner des filets et disait aux enfants d'aller derrière la maison de leur grand-mère, dans les champs de chanvre, pour y cueillir les chardonnerets. Il les embrassait tous. Pas un mot pour Émilie. Pas même un bonjour. Émilie sourit aux enfants et leur demanda s'ils étaient contents de leurs cadeaux. Ils répondirent que oui. Elle leur expliqua alors que les chardonnerets qui s'amusaient dans les champs de chanvre étaient toujours faciles à attraper et à mettre en cage.

Pendant qu'Émilien s'affairait à faire les filets avec de vieilles guenilles et de vieux bas de sa mère, Émilie monta à sa chambre. Elle s'assit sur son lit et pensa. Le moment d'agir était venu. Elle donnait une semaine à cette lettre qu'il avait sûrement postée pour arriver. Si dans une semaine elle n'avait pas reçu de nouvelles, elle, elle... Elle ne savait pas ce qu'elle ferait, mais elle savait qu'elle devait faire quelque chose.

Une semaine plus tard, elle s'habilla, mit son chapeau le plus joli, sa robe la moins fanée et demanda aux enfants de s'occuper de la maison. Elle devait s'absenter pour quelques heures. Les enfants ne posèrent aucune question. Ils savaient que leur mère, lorsqu'elle prenait plus de cinq minutes pour se préparer à sortir, avait habituellement une visite importante à faire.

Émilie attela sa Tite, partit d'un trot rapide. Elle dirigea sa monture en direction du presbytère. Arrivée devant l'église, elle hésita quelques minutes, oscillant entre l'envie de prendre la fuite et d'oublier les raisons de sa visite et celle d'entrer en criant à l'injustice et à la révolte. Elle se raisonna finalement, descendit de la calèche et l'attacha soigneusement, avant de replacer quelques mèches de ses cheveux qui avaient cédé sous la force du vent. Elle frappa à la porte et demanda à la ménagère si elle pouvait voir le curé Grenier. On la dirigea vers le salon. Elle l'attendit quelques minutes et sourit lorsqu'il entra, heureuse de pouvoir lui parler, amusée de le voir en pantoufles, la soutane déboutonnée, la barbe encore plus longue, encore plus grise et encore plus désordonnée. Il lui tendit la main qu'elle prit avec toute l'énergie qu'elle pouvait y mettre.

«Bonjour, Émilie. Je dois avouer que ça fait depuis votre retour que j'attends votre visite.»

Elle chercha une excuse, un prétexte et, n'en trouvant aucun, décida de foncer droit au but.

«J'aurais rien eu à vous dire à part que les enfants allaient bien. Mais comme je vous ai écrit de Shawinigan, ça donnait rien de venir ici pour me répéter.

– Huhum... fit le curé perspicace. Pourquoi est-ce que vous ne vous assoyez pas, Émilie?»

Elle s'assit, le dos droit, et déposa ses deux mains, l'une dans l'autre, bien à plat sur sa cuisse gauche. Le curé la regarda et sourit. Elle se demanda pourquoi.

«Est-ce que j'ai fait quelque chose de drôle?

– Pas du tout. C'est simplement votre façon de vous asseoir. On jurerait que vous êtes allée au couvent.

– Si j'avais pu...

– Comment allez-vous, Émilie? J'imagine que si vous avez décidé de venir aujourd'hui, c'est que vous avez quelque chose à me raconter...»

Émilie le regarda bien en face. Tout à coup, sans qu'elle sût pourquoi, elle se revit dans l'étable, avec son père, ce matin où elle lui avait parlé de ses projets de mariage avec Henri Douville. Le curé Grenier n'avait pas de mèche rebelle, mais il avait une barbe ébouriffée qui compensait bien. Il n'avait pas d'enfant aussi mule qu'elle l'avait été, mais il avait des paroissiens qui ne donnaient pas leur place. Et dans ses yeux comme dans ceux de son père, il y avait cet air moqueur, cet air qui semblait lui dire «tu ne pourras rien me cacher». Le pire, pensa Émilie dans son malaise, c'est qu'il avait probablement raison. Elle commença à se tordre sur sa chaise. Le curé lui demanderait des nouvelles d'Ovila qu'elle n'en serait pas surprise. C'est ce que Caleb avait fait quand il avait senti son malaise, ce matin-là dans l'étable.

«Dites-moi donc, Émilie, est-ce que vous avez eu des nouvelles de l'Abitibi?»

C'était parti. Elle l'avait prévu. Il y avait de ces hommes qu'on ne trompait jamais.

«Des nouvelles, oui.

– Je suis heureux de l'apprendre. Et comment va votre mari?

– Je sais pas. Tout ce que je sais, c'est que le père de mes enfants semble s'ennuyer de sa progéniture.

– C'est-à-dire?»

Émilie lui raconta l'histoire des cages et le fait qu'elle n'avait reçu aucune lettre depuis leur départ de Shawinigan.

«Jolie symbolique», répondit le curé.

Il lui faisait maintenant penser à Henri Douville. Il était la seule personne qu'elle connaissait qui aurait pu répondre par une phrase aussi énigmatique. A son tour, elle demanda ce qu'il avait voulu dire.

«Je me demande, Émilie, qui, de lui ou de vous, a le sentiment d'être en cage. C'est tout.»

Émilie crut pendant quelques secondes qu'il avait voulu la faire rire. Mais à son air sérieux, elle comprit qu'il n'en était rien. Elle cassa son sourire et réfléchit à ce qu'il venait de lui dire.

«Qu'est-ce que je dois comprendre?

– Rien de plus que ce que j'ai dit. Et alors, Émilie, est-ce que les enfants ont attrapé des chardonnerets?»

La distraction était bienvenue. Elle pensa rapidement au lendemain de l'arrivée des cages. A l'excitation des enfants qui étaient partis seuls pour le Bourdais. A leur retour. Au fait qu'elle ait dû sévir parce que dans chacune des cages il y avait plus d'un oiseau. Chaque enfant avait libéré un, deux ou trois oiseaux, pour n'en garder qu'un. A la scène que Blanche avait faite.

«Oui, trop. Ils ont dû en relâcher. Mais Blanche, elle, a

jamais voulu choisir. Elle a pleuré en regardant voler ceux que le hasard avait désignés et quand son tour est arrivé, elle a pas voulu choisir.

– Choisir quoi?

– L'oiseau qu'elle libérerait. Blanche pleurait comme une vraie Madeleine, en me disant qu'elle avait pas le droit de choisir. Que peut-être que l'oiseau qu'elle garderait était celui qui pouvait mourir d'ennui. Que peut-être que l'oiseau qu'elle libérerait était celui qui aurait le plus besoin d'elle pour le nourrir. Faut vous dire que Blanche avait pas voulu attraper plus de deux oiseaux. Une " paire d'amis ", qu'elle disait.»

Émilie termina son histoire en riant mais, le curé Grenier ne riant pas, elle cessa, consciente qu'elle ricanait nerveusement. Ce qu'elle venait de raconter n'était pas tellement drôle. Elle venait de lui dévoiler un grand drame, un grand chagrin d'enfant.

«Et qu'est-ce qu'elle a fait, votre Blanche?

– A sa tête, monsieur le curé. Étant donné qu'elle pouvait pas garder les deux, elle en a pas gardé du tout.»

Le curé Grenier hocha la tête, tristement pensa Émilie. Il la regarda puis lui sourit d'un sourire faible.

«Elle est bien sage, votre Blanche. Elle vient de nous donner une grande leçon. Ce qui nous amène, je crois, directement à votre problème.

– Mon problème?

– Votre problème, Émilie. Parce que j'imagine que vous êtes venue me voir à cause de votre mari?»

Encore une fois, Émilie pensa à son père. Décidément, son père et le curé étaient taillés dans la même étoffe.

«Je sais pas si c'est un problème, monsieur le curé, mais je sais pas non plus si je dois aller en Abitibi ou pas.

– Où est-il exactement?»

Maintenant, elle devait répondre. Avouer qu'elle n'en savait rien. Elle décida de parler ouvertement. De toute façon, le curé saurait les mots qu'elle tairait. Et elle parla pendant ce qui lui sembla une éternité. De leurs derniers mois à Shawinigan. Des dettes. De sa peur. Du fait qu'elle avait obligé Ovila à fuir, de son départ précipité à elle. Elle prit conscience qu'elle avait des sanglots dans la voix et des larmes dans les yeux mais elle les refoula. Elle n'allait quand même pas pousser le ridicule jusqu'à pleurer devant quelqu'un! Tantôt le curé la regardait bien en face, tantôt, devant son trouble, il détournait le regard, visiblement mal à l'aise, lui aussi. Pourtant, il l'interrompit.

«Cessez, Émilie. Vous savez aussi bien que moi que dans notre belle religion, l'eau a toujours eu des effets de purification. Laissez donc l'eau de votre corps purifier votre âme troublée.»

Émilie renifla à deux reprises. Au lieu de la calmer, le curé venait d'attiser une colère qui grondait depuis longtemps.

«Dans notre belle *nature*, monsieur le curé, si on se coupe, on peut saigner à mort. Si on brise une digue de castor, l'eau arrête pus de couler. Quand une femme perd ses eaux, elle peut pus empêcher la souffrance de la naissance. Quand les nuages crèvent, la pluie peut pas faire autrement que de tomber. Ça fait que, monsieur le curé, étant donné que j'ai neuf bouches à nourrir, faut surtout pas que je laisse la pluie venir faire pourrir mes récoltes!»

Émilie se tut enfin, mal à l'aise. Comment avait-elle pu s'emporter de cette façon? Elle rougit. Non, elle n'apprendrait jamais. Son père le lui avait déjà dit: elle était une effrontée. Elle se leva rapidement et se dirigea vers un des miroirs, prête à faire des excuses. Elle vit le reflet du curé.

«Et si nous en revenions à nos oiseaux, Émilie? Et si nous donnions une réponse à la question que vous n'avez pas posée clairement? Oui, Émilie, vous faites bien d'attendre que votre mari ait fait ses preuves. Vous seriez irresponsable, et je pèse mes mots, d'entraîner vos enfants dans une aventure comme celle qu'Ovila vous propose. Je ne veux pas dire par là que tous ces colons d'Abitibi soient irresponsables. Ce serait ridicule et ce serait nier l'âme de nos ancêtres. Mais ils ne sont pas tous comme votre mari. Alors, si vous vouliez connaître mon avis, le voici. Attendez un peu. Vous l'avez bien dit, vous avez neuf bouches à nourrir. Pour ce qui est des enfants et de vous, laissez-moi un peu de temps pour réfléchir. Nous avons tout l'été devant nous, ou presque. Le beau temps est encore là. Mais j'aime autant vous dire tout de suite de commencer à penser à la sagesse de votre Blanche. Il se peut que son enseignement vous devienne utile.»

3

L'été, pour Émilie, ressembla à ce qu'elle connut de plus près de l'enfer; avec un ciel sans cesse accroché au clocher; des nuits longues et noires, sans lune. Émilie n'eut pas vraiment de raisons pour justifier la bonne humeur qu'elle affichait toujours devant ses enfants et sa belle-famille. En fait, malgré elle, elle faisait suivre ses nuits d'insomnies de journées de rêveries, durant lesquelles elle obligeait son cœur à battre en le rythmant sur ses souvenirs de jours meilleurs. Quant à ses nuits agitées d'un sommeil troublé, elle les effaçait par des journées d'excitation qu'elle essayait de transmettre aux enfants en leur trouvant dix mille activités à faire: gâteaux, petits travaux sur la maison d'Alma, emplettes et quotidiennes visites chez le maître postier. Pour consoler les enfants du mutisme de l'Abitibi, elle inventait des diversions: gâteries pour le premier rentré, prix de consolation pour le dernier – presque toujours la petite Alice. Ses aînés n'étaient jamais bernés, surtout Marie-Ange qui trouvait que sa mère faisait cuire beaucoup d'oignons. Émilie, bien à l'abri derrière son sourire, n'eût jamais cru que ses vraies larmes pouvaient être visibles même noyées dans celles causées par la chair d'oignon.

Le silence d'Ovila la troubla certes, mais au fil des jours et des semaines, aux changements de couleurs dans les champs, devant l'arrivée imminente de la rentrée scolaire, elle passa rapidement des larmes à la colère, teintant au passage ses émotions d'humiliation, de désespoir, de peur, d'affolement, d'insécurité mais aussi, de plus en plus fréquemment, de soulagement.

L'humeur ombrageuse de cet été de mil neuf cent dix-huit n'envia rien à l'ombre qu'elle voyait poindre à l'horizon de son âme. Bientôt, elle devrait faire des choix. Des choix terribles: ouvrir les portes de sa maison pour laisser s'envoler une partie de sa nichée. Choisir ceux de ses oisillons qui devaient quitter. Même si ce choix lui apparaissait évident, déterminé par l'âge des enfants, il fouettait la plus ancrée de ses convictions: donner de l'instruction à chacun de sa couvée. C'est l'idée même de ce sacrifice qui lui dérobait son sommeil.

A la mi-août, elle ne put plus reporter l'échéance. Elle invita Rose et Marie-Ange à «veiller avec elle». Rose, souriante comme toujours, s'installa à ses côtés avec plaisir. Marie-Ange, sourcils froncés, s'inquiéta.

«Je sais que vous êtes toutes les deux assez grandes pour comprendre.» Elle avait dit «vous», mais elle s'adressait davantage à Marie-Ange. «On embauche à la Acme.»

Rose continuait de sourire, inconsciente de l'implication des propos de sa mère. Marie-Ange, elle, respirait violemment.

«J'ai rencontré la personne responsable du personnel. Vous pourriez toutes les deux faire des bons salaires...

– J'ai pas envie de travailler à la Acme! Est-ce que vous vous rendez compte, moman, de ce que vous me demandez? Vous voulez que je travaille dans une manufacture! Qu'est-ce qui vous arrive, moman?»

Émilie aurait voulu prendre Marie-Ange par l'épaule. Lui dire qu'elle comprenait sa peine et sa déception. Lui expliquer qu'ils avaient tous besoin d'elle. La rassurer. Mais elle était lasse. Tellement lasse. Tellement à court de gentillesse.

«C'est comme ça, Marie-Ange! Faut que quelqu'un m'aide. Rose pis toi, vous allez faire assez d'argent pour nous nourrir. Dans un an, on verra.

– Dans un an! Dans un an j'vas avoir presque seize ans. Pis vous pensez quand même pas que... que...»

Marie-Ange était montée dans sa chambre, en larmes. Rose avait regardé sa mère, ne sachant trop si elle devait rire de l'emportement de sa sœur. Émilie lui demanda de se rapprocher d'elle. La chaleur de Rose la calma.

«Comment est-ce que j'vas me débrouiller, Rose, quand tu

seras pas là pour boulanger pis faire les desserts? Les gens de la Acme savent pas la chance qu'ils ont de t'avoir. Ils ont un travail pour toi. Sais-tu ce que tu vas faire?

– Des gants.

– C'est sûr, mais ton travail à toi, ça va être de couper les fils. C'est toi qui vas regarder si les autres ont pas oublié de fils. Penses-tu que tu vas aimer ça?»

Rose, emballée, rassura sa mère mais sa mère n'avait pas eu besoin d'être rassurée. Elle avait expliqué aux gens de la Acme les «limites» de Rose, et les gens de la Acme lui avaient assuré que Rose pourrait facilement être «coupeuse de fils». Quant à Marie-Ange, elle attendrait le lendemain pour lui répéter que cette situation ne durerait qu'un an. Qu'elle ne se permettrait pas de lui faire perdre plus d'une année scolaire, quitte à prendre elle-même son travail à la manufacture.

L'humeur de Marie-Ange, copie conforme de celle de la température, agaça sa mère et rendit ses frères et sœurs nerveux. Mais Émilie pouvait comprendre. Marie-Ange était probablement aussi furieuse, aussi craintive qu'elle-même l'avait été quand, à treize ans, son père l'avait menacée de la retirer de l'école. Elle essaya de se souvenir de tout ce qu'elle avait ressenti et de tout ce qu'elle avait fait. Calmée après s'être imprégnée des sensations qui refaisaient surface, elle décida de parler à Marie-Ange, mais Marie-Ange, profitant de quelques minutes de solitude, fut plus rapide qu'elle.

«C'est pas contre vous que je suis choquée, moman.

– Hier soir, tu m'as pas laissé le temps de t'expliquer pourquoi ça serait juste pour une année, Marie-Ange.

– Ça, moman, c'est à voir. Peut-être que l'année prochaine ça va être pire.»

Émilie n'avait pas envisagé cette éventualité. Pire? Qu'est-ce qui pourrait être pire? Elle en voulut un peu à Marie-Ange d'assombrir davantage un avenir déjà enfoui dans la pénombre.

Le curé Grenier arriva en trombe. Il frappa à la porte, se colla le nez à la fenêtre et ouvrit aussitôt qu'il vit qu'Émilie était dans la cuisine.

«Dérangez-vous pas. C'est moi.

– Tiens bonjour», lui répondit Émilie joyeusement. «Quel bon vent vous amène, monsieur le curé?

– Pas un vent, Émilie. Une brise. J'ai des bonnes nouvelles.

– D'Abitibi?

– Non, du lac Éric.

– Du lac Éric?»

Confondue pour quelques minutes, Émilie crut qu'il venait lui annoncer qu'Ovila était au lac Éric.

«Ça n'a rien à voir avec votre mari, Émilie. C'est à propos de vous.»

Émilie essuya ses mains blanches de farine sur son tablier après avoir repoussé la mèche qui lui tombait toujours inexorablement sur le front. Le curé la regarda en souriant.

«C'est assez joli. Maintenant, non seulement vous avez les joues blanches, mais vos cheveux viennent de vieillir de dix ans.»

Émilie se précipita devant un miroir et s'empressa d'effacer les traces de son occupation matinale.

«Qu'est-ce que vous diriez de ça, Émilie, si au lieu de vous barbouiller avec de la farine vous recommenciez à le faire avec de la poudre de craie?

– A chauler quoi?

– Une ardoise...»

Sous le coup de l'émotion, Émilie s'assit. Il lui parlait de retourner à l'enseignement. A son âge! Avec neuf enfants! Non, elle avait dû mal comprendre. Mais le curé lui expliqua que l'institutrice du haut du lac Éric avait rencontré un beau parti durant l'été et qu'elle avait l'intention de faire sonner les cloches. Les écoliers se retrouvaient seuls. Il avait rappelé aux commissaires désespérés qu'Émilie, malgré une absence de dix-sept ans, serait certainement capable de prendre la relève.

«Votre diplôme est encore bon.

– Mon diplôme, oui, mais moi? Vous savez, j'ai pus la patience que j'avais. Je suis pas certaine que ce serait une bonne idée. En plus, faudrait que je sois là avant deux semaines. Marie-Ange pis Rose ont commencé à travailler à la Acme, pis ça se voyage mal. Pis je sais pas si c'est une bonne idée de faire la classe à mes propres enfants. C'est pas que je serais pas capable, mais je risquerais d'être encore plus sévère avec eux autres. Ça pourrait leur enlever le goût d'apprendre. Pis...

– Vous avez plein de bonnes raisons, Émilie. Mais je vous ai dit que j'avais *des* bonnes nouvelles. Émilien, Paul et Clément pourront aller au collège. Blanche, elle, c'est tout arrangé, a été acceptée comme pensionnaire au couvent. Ça fait que, dans votre classe, vous allez avoir Jeanne. C'est tout. Jeanne va pouvoir aider Alice à s'occuper de Rolande.

– Voyons donc! Pensez-vous qu'une petite fille de pas tout à fait cinq ans peut s'occuper d'un bébé?

– Non. C'est la raison pour laquelle c'est important que vous ayez moins d'enfants avec vous.»

Émilie hocha la tête. Non. C'était une idée ridicule. Lui demander de se séparer de ses enfants! N'en garder que trois! Mais quel genre de mère croyait-il qu'elle était? Se séparer de ses enfants! Jamais.

«Je vous suis reconnaissante, monsieur le curé, mais c'est pas possible.»

Le curé Grenier invita Émilie à marcher avec lui, question de pouvoir discuter plus facilement. Il lui expliqua que Rose et Marie-Ange, avec leur salaire, pourraient facilement payer une pension tout en donnant une généreuse portion à leur mère. Il était même prêt à prendre Rose au presbytère moyennant quelques légers travaux. Quant à Marie-Ange, elle pouvait loger chez des cousins des Pronovost. Si elle le préférait, Émilien pourrait être externe au collège. Il était assez grand pour se rendre en calèche ou en carriole et revenir le soir aider sa mère avec les corvées. Paul et Clément, eux, seraient pensionnaires.

«Pas Paul!

– Et pourquoi pas?

– Parce que sa santé m'inquiète. Paul est toujours faible, toujours malade. J'aimerais mieux que Paul reste avec moi. Paul a du talent pis il aime travailler. Ça fait que si j'exige beaucoup de lui, il va faire ce que je demande, parce que Paul a de l'ambition.

– Paul ou vous?

– Mettons les deux...»

Le curé reprit donc le problème différemment. Si Paul ne pouvait être pensionnaire avec Clément, il serait peut-être bon que Clément, qui n'avait que sept ans, ne soit pas seul au collège. Il demanda à Émilie si les Pronovost pouvaient le prendre en pension. Émilie lui dit qu'elle y réfléchirait. Le curé enchaîna en parlant de Blanche. Émilie sourit. Blanche au couvent. Oui. C'était, à son avis, la seule vraie bonne nouvelle que le curé lui avait apportée. Mais elle se rembrunit. Le couvent coûterait trop cher, et il ne semblait pas saisir que sa situation financière était assez précaire. Il y avait bien encore plus de mille dollars de ses héritages, mais elle voulait les garder pour payer des études universitaires à ses fils. Parce que ses fils, ses trois fils iraient à l'université!

«Je vois ce à quoi vous pensez, Émilie. Vous n'aurez rien à débourser pour le collège ni pour le couvent.

– Rien? Et qui va payer? Vous?

– Pas exactement. J'ai discuté de votre cas avec les pères et avec les religieuses... Vos enfants auront le statut d'orphelins.

– Orphelins! Mes enfants orphelins!»

Émilie crut qu'elle allait le gifler. Des orphelins avec un père et une mère bien vivants. Tout à coup, le curé Grenier cessa de lui faire penser à son père. Il ressemblait davantage au médecin qui lui avait prodigué des conseils pour ses enfants alors que lui-même était célibataire! Des orphelins! C'était le comble du ridicule. Elle tourna les talons et se dirigea vers sa maison. Le curé la rejoignit en cinq enjambées.

«Je sais, Émilie. C'est terrible. Mais ce qui vous arrive est terrible aussi.

– C'est pas terrible. J'attends simplement des nouvelles de mon mari pour savoir quand je dois aller le rejoindre!

– Vous savez aussi bien que moi que vous n'irez pas.

– Pourquoi pas?

– Parce qu'il y a des vapeurs avec lesquelles vous ne pouvez plus vivre et auxquelles vous ne voudrez pas exposer l'âme sensible de vos enfants. Réfléchissez, Émilie. Réfléchissez bien. Mais il faut que je vous dise que les commissaires embaucheront une autre personne si, d'ici vendredi, ils n'ont pas votre réponse.

– Mais on est mardi!

– Ça vous laisse trois jours.

– Pis trois longues nuits, monsieur le curé, trois maudites longues nuits.»

Elle se tut, choquée. Jamais, jamais elle n'avait juré. Elle avait dû scandaliser le curé.

«Excusez-moi, monsieur le curé. C'est presque un blasphème dans la bouche d'une femme.

– Est-ce que ça vous a fait du bien de le dire? lui répondit-il en riant presque.

– Le pire, c'est que je dois dire oui.

– Tant mieux. Quant à moi, ça m'a convaincu que vous réfléchirez à ma proposition. Et puis, Émilie, si j'ai un conseil à vous donner, c'est de penser aux oiseaux de Blanche.»

Émilie vécut trois interminables journées d'angoisse. Ovila était rapidement passé au dernier plan de ses préoccupations. Si elle pensa à lui, ce fut pour le détester de l'obliger à prendre de pareilles décisions. Mort! Il était mort quelque part puisque leurs enfants devenaient des orphelins. Félicité, sa belle-mère, en ferait une maladie.

Ovila était mort pour elle. Jamais plus. Jamais plus, maintenant elle en était certaine, elle ne voudrait partager sa maison, ses repas, son lit. Son lit... Chaque fois qu'elle pensait à son lit, à leur lit, elle se hâtait d'éplucher des oignons. Non, Ovila Pronovost. Jamais plus elle ne se laisserait attendrir par ses yeux et son rire et sa force et sa beauté et son génie et sa poésie. Jamais plus, Ovila Pronovost. En trois jours, elle l'avait enterré en pays étranger. Dans une terre d'épinettes et de roches. La terre de l'Abitibi.

Elle pensa et repensa à la proposition du curé Grenier, prenant conscience que c'était peut-être la seul avenue possible. Il y avait cependant une injustice: c'est Marie-Ange, et non Blanche, qui aurait dû aller au couvent. Mais après quelques jours de travail à la Acme, après, surtout, avoir reçu une enveloppe d'argent, Marie-Ange, enchantée, ne voulut plus entendre parler d'étudier. Émilie lui en voulut mais elle respecta son choix. Marie-Ange, finalement, faisait comme elle-même avait fait. Elle s'était moulée dans son nouveau travail, sans regarder ni derrière ni à côté. En avant. L'attitude de sa fille aida Émilie à prendre sa décision. Maintenant, elle parlerait à tous les enfants; pour avoir leur accord certes, mais surtout pour s'assurer qu'ils ne souffriraient pas.

4

Blanche ne parvenait pas à dormir. La journée avait été tellement remplie de nouveautés que ses pensées venaient sans cesse distraire ce sommeil qu'elle cherchait derrière ses paupières ou quelque part dans une ombre du plafond.

Il y avait eu le matin, ce matin tant attendu. Ce matin qui avait été préparé pendant des jours et des jours. Un matin de nervosité et d'excitation. Sa mère avait, pour la dernière fois, vérifié le contenu de la grosse malle qui protégeait tous les effets dont elle aurait besoin pendant l'année. Assise à côté d'elle, Blanche avait regardé avec une fierté non dissimulée les jupons, tous marqués à son nom à l'encre de Chine, les sous-vêtements, les bas, les jarretelles, son peigne, sa brosse à cheveux et sa brosse à dents, son seul et unique uniforme qu'elle devait garder propre, ses mouchoirs, ses tabliers et son couvre-tout, ses robes de nuit, ses pantoufles, ses lainages, ses gants, son manteau léger, son manteau d'hiver – celui que sa mère avait fait dans une des couvertures de la Belgo – et ses couvre-chaussures. Parce qu'elle avait insisté, sa mère lui avait donné le chapelet de sa grand-mère Bordeleau, celle qui était morte quand ils habitaient à Shawinigan, et lui avait acheté un missel neuf à la tranche dorée. Une pensionnaire du couvent devait avoir un missel neuf. Sa mère avait ensuite fermé la grosse malle et lui avait demandé d'y coller une étiquette sur laquelle elle avait dû inscrire son nom et son adresse. Elle y avait inscrit l'adresse de sa grand-mère Pronovost, préférant nettement avoir l'impression d'habiter Saint-Tite plutôt que le lac Éric. Sa mère avait lu et s'était contentée de sourire après avoir fait un petit air d'étonnement. Blanche tenait à être une Pronovost du rang du Bourdais.

Blanche se tourna, entraînant dans son mouvement le drap de dessus et les couvertures. Elle soupira, s'assit dans le lit et les replaça en faisant bien attention de ne pas faire trop de bruit. Elle se recoucha sur le ventre et posa sa main droite sur le côté de sa table de chevet. Elle n'avait pas souvenir d'avoir dormi seule dans un lit. Elle avait l'habitude de dormir avec Jeanne et de lui toucher l'épaule ou le dos. Elle rythmait sa respiration sur celle de sa sœur et c'est à l'unisson qu'elles chaviraient dans l'univers du sommeil. Elle tenta vainement de se convaincre que sa table de chevet respirait. Elle décida donc de la baptiser Jeanne. Avec Jeanne elle avait toujours pu dormir. Encore une fois elle changea de position, se recouchant sur le dos, et posa sa main gauche sur le tiroir de *Jeanne*. Elle commença à compter mentalement, mais ses chiffres se confondirent avec les minutes qu'elle avait regardées passer pendant toute cette journée.

Il y avait eu les interminables minutes pendant lesquelles sa mère s'était préparée, mettant un temps fou à s'habiller et à se coiffer. Puis les minutes aussi longues qu'elle avait consacrées à lui tresser les cheveux. Son frère, Émilien, avait aidé sa mère à installer la lourde malle dans leur vieille calèche. Sa mère leur avait raconté qu'elle avait reçu cette calèche le jour de ses vingt et un ans. Blanche avait regardé les cheveux blancs de sa mère puis les fils blancs qui pendaient de la toiture effilochée de la calèche et avait compris que leur voiture devait être à peu près aussi vieille qu'Adam, ou presque. Toutes les deux, elles avaient salué tout le monde et sa mère avait demandé à Marie-Ange de veiller sur les plus jeunes.

Blanche, assise fièrement à côté de sa mère, tenait solidement Rolande. Elles roulèrent en silence. Blanche aurait bien voulu demander comment serait le couvent, mais elle n'avait pas osé parler de crainte de réveiller Rolande, que les dix premiers pas de la trotte avaient endormie.

Elles s'étaient dirigées vers Saint-Tite et avaient filé directement à l'église pour assister à la messe. Elles étaient arrivées un peu avant l'offertoire et sa mère lui avait dit que cette messe, même amputée, était valable. Immédiatement après, elles s'étaient rendues dans le Bourdais. Sa grand-mère Pronovost s'était précipitée à leur rencontre et avait arraché Rolande des bras de sa mère. Blanche, elle, s'était lancée dans les bras de son oncle Ovide. Elles avaient dîné là, avec toute la famille, et Blanche s'était efforcée de bien tenir ses ustensiles pour montrer à sa mère qu'elle serait une demoiselle au couvent. A deux heures, son oncle Edmond avait pris la malle et l'avait mise dans sa belle Ford noire. Sans dire un mot, elle était allée s'asseoir dans la voiture et avait attendu que son oncle et sa mère viennent la rejoindre. Elle avait attendu ainsi pendant au moins trois jours sans nuits. Son oncle et sa mère étaient enfin arrivés, riant tous les deux. Son oncle lui avait fait une pincette sur la joue.

Ils étaient enfin arrivés au nouveau couvent. Sa mère lui avait raconté que l'ancien avait brûlé. Son oncle avait tiré la malle jusqu'à l'escalier. Là, sa mère l'avait aidé à la monter. Blanche les avait suivis, espérant qu'ils ne l'échapperaient pas. Elle aurait été terriblement gênée de la voir s'ouvrir comme un œuf et régurgiter tous ses vêtements. Une religieuse leur avait ouvert la porte. Elle avait salué sa mère et son oncle, puis elle l'avait regardée, elle. Blanche avait eu l'impression que la religieuse avait eu un sourire en grimace.

«Bonjour, Marie-Blanche. Nous espérons que vous vous plairez dans notre couvent.»

Blanche avait jeté un coup d'œil derrière la religieuse pour voir si elle était accompagnée. La religieuse était seule. Blanche se demanda pourquoi elle avait dit «nous». Puis les choses s'étaient bousculées, comme elles ne cessaient de le faire depuis que toute sa famille avait quitté Shawinigan.

Blanche soupira et se retourna encore une fois, se cherchant une place plus confortable sur ce matelas qui lui faisait penser aux champs derrière le Bourdais. Elle essaya d'en ajuster les bosses et les creux sous les bosses et les creux de son ventre. Elle ferma les yeux encore une fois puis les rouvrit. Ce soir, elle aurait donné toutes ses économies pour que sa mère lui joue une berceuse sur son accordéon, comme elle l'avait fait dans le train qui les avait ramenés de Shawinigan. Elle avait tellement aimé ce voyage de nuit. Elle s'était endormie en écoutant l'air de *Partons la mer est belle*, chantant les paroles dans sa tête, parce que sa mère n'avait pas voulu chanter dans le train. Sa mère chantait tellement bien. Elle, elle ne pouvait pas chanter. Mais quand elle chantait dans sa tête, personne ne lui disait qu'elle faussait.

Et puis, il y avait eu le matin de leur arrivée. Ils avaient eu tellement de plaisir à défaire les boîtes et les valises. A installer des draps propres dans leurs lits. Blanche sentit son drap. Il sentait fort l'eau de javel et elle grimaça. Les draps que sa mère lavait sentaient toujours l'air frais. Les draps que sa mère lavait sentaient comme l'air mouillé après un bon orage. C'est ce matin-là qu'ils étaient partis, à pied, faire une grande surprise à leur grand-mère, à leurs oncles et à leur tante. Sa mère avait eu bien de la difficulté à pousser le landau. Tellement qu'elle avait eu terriblement chaud, au point de transpirer du front, du menton et même des paupières...

Blanche tourna encore une fois dans son lit. Elle s'enfouit le nez dans son oreiller de plume et essaya de ne penser à rien. Mais son rien fut bientôt hanté par les gémissements de la petite fille qui couchait dans le lit à côté du sien. Blanche tendit une oreille aussitôt écorchée par un reniflement rempli de chagrin liquide. Elle leva la tête et essaya de reconnaître dans la pénombre du dortoir la petite fille qu'elle avait entrevue au réfectoire puis à l'heure du coucher, mais à laquelle elle n'avait pas parlé. Elle n'avait parlé à personne, sa mère lui ayant répété d'attendre qu'on lui adresse la parole. Elle s'appuya sur un coude et se rapprocha du lit voisin. La petite fille émit un sanglot encore plus profond et un reniflement encore plus rempli. Blanche décida de désobéir à sa mère.

«Est-ce que tu veux un mouchoir?»

La petite fille se tourna vers Blanche, qui la reconnut à peine. Était-ce bien là la petite fille aux longues tresses blondes et aux yeux bleus? Celle qui la regardait ressemblait à un lapin qu'on vient d'égorger, cheveux en broussailles et, elle le devina, yeux rouges et vitreux.

«Oui. Le mien est encore dans ma valise.»

Blanche, tout en fouillant sous son oreiller pour en extirper son mouchoir, pensa que la mère de la petite fille avait certainement oublié de lui rappeler qu'on devait toujours avoir un mouchoir sous l'oreiller «au cas où». Elle le tendit, encore bien plié, à la petite qui le prit, essuya le mucus qui lui collait aux joues et au nez puis se moucha énergiquement. Blanche pinça le nez. La petite fille s'était mouchée tellement fort qu'elle avait certainement réveillé toutes les autres pensionnaires. Blanche jeta un regard furtif autour d'elle. Personne n'avait bougé. Elle reporta son attention vers la petite fille. Elle se pencha à nouveau pour chuchoter.

«Comment est-ce que tu t'appelles?

– Louisa L'Heureux. Toi?

– Marie-Blanche Pronovost. Ici. Chez nous, c'est Blanche.

– C'est un drôle de nom, Blanche.

– Pas plus drôle que L'Heureux.»

Elle avait eu envie d'ajouter que jamais elle n'avait vu de L'Heureux être aussi triste. Louisa lui remit son mouchoir. Blanche le prit du bout des doigts, un peu dégoûtée par son contenu. Elle le posa sur *Jeanne* plutôt que de le remettre sous son oreiller.

«J'ai eu une sœur qui s'appelait Louisa. Mais je l'ai jamais connue parce qu'elle est morte avant que je naisse, chuchota-t-elle.

– D'abord, tu as jamais eu de sœur qui s'appelait Louisa.

– Ben oui!

– Ben non! Ça peut pas avoir été ta sœur si elle était morte avant que tu naisses, *nounoune.*»

Blanche fronça les sourcils. Si elle avait su que Louisa commencerait à mélanger toutes les histoires que sa mère lui avait racontées, elle ne lui aurait jamais prêté de mouchoir.

«Tu pleures pas, toi?

– Pourquoi est-ce que je pleurerais?

– Parce qu'ici c'est le pensionnat. On va aller dans nos familles seulement à la Toussaint.»

Louisa recommença à sangloter. Blanche haussa les épaules et lui remit le mouchoir détrempé.

«La nuit prochaine, tu mettras un mouchoir en dessous de ton oreiller. J'en ai juste cinq.

– Garde-le d'abord, ton maudit mouchoir!»

Louisa lui lança le mouchoir qui atterrit sur le bras de Blanche en faisant un «floc» répugnant. Blanche le reposa sur *Jeanne* et décida de dormir. Elle n'aurait pas dû essayer de consoler Louisa. Si elle était si bébé, si elle parlait aussi mal, elle n'avait qu'à se débrouiller.

«Blanche?

– Quoi encore?

– Pourquoi est-ce que tu es pensionnaire? Tu restes à Saint-Tite, non?

– Non, au lac Éric.

– Sur ta valise c'est écrit que tu restes à Saint-Tite. Pourquoi que tu es pensionnaire?

– Parce que... le lac Éric c'est trop loin. Bonne nuit.»

Louisa haussa les épaules et tourna le dos à Blanche. Blanche posa ses deux mains derrière sa nuque et resta sur le dos à contempler le fond de ses pensées.

Ils n'étaient pas demeurés bien longtemps dans la maison de la «tante» Alma. Ils étaient déménagés à toute vapeur avant la fin du mois d'août. Le curé Grenier était souvent venu les visiter. Il apportait toujours une surprise. Une fois, il avait apporté une boîte remplie de vêtements. Une autre fois, il avait apporté des «bonnes nouvelles». La plus grande des nouvelles avait été que le curé avait trouvé une école au lac Éric qui n'avait pas d'institutrice. Il avait demandé à sa mère si elle voulait aller y enseigner. Sa mère avait décidé d'accepter, «pour un an». Ils avaient donc refait leurs valises et étaient déménagés dans l'école du Lac. Blanche, elle, n'aimait pas tellement cette nouvelle maison. Ils habitaient à l'étage et n'avaient pas la permission de jouer dans la classe.

Blanche avait trouvé que leur maison-école était terriblement vide sans Rose et Marie-Ange, mais ses sœurs venaient tous les dimanches et elle les avait vues remettre des dollars à leur mère, qui les prenait comme si elle avait été gênée. Mais sa mère avait toujours dit merci. Rose et Marie-Ange habitaient «en pension» au village, parce que leur mère n'avait voulu ni qu'elles voyagent du lac Éric, ni qu'elles aillent dans le Bourdais. Elle avait dit qu'il y avait trop de monde dans la maison, surtout maintenant que Clément y demeurait. Émilien, lui, avait annoncé à sa mère qu'il quitterait l'école pour l'aider. Sa mère l'avait disputé et lui avait dit que le jour n'était pas encore venu où elle aurait besoin des bras d'un homme de onze ans pour se débrouiller. Paul avait un peu pleuré quand il avait su qu'il n'irait pas au collège, mais comme à ce moment-là il faisait une terrible grippe, sa mère lui avait fait comprendre qu'il était mieux avec elle. Mais elle lui avait promis que si sa santé ne faisait plus de folies, il irait au collège l'année suivante. La seule consolation qu'il avait eue, c'était que sa mère lui avait dit qu'elle le ferait travailler deux fois plus fort pour bien le préparer. Clément, lui, avait été très content d'apprendre qu'il habiterait chez la grand-mère, surtout à cause des chevaux. Il avait eu un peu peur de ce qui se passerait au collège – comme elle, elle avait eu un peu peur de ce qui se passerait au couvent; mais comme elle était plus vieille que Clément, elle n'avait jamais osé le dire. Sa mère avait simplement averti Clément de serrer ses poings et de sortir ses plumes!

Une petite fille passa devant son lit, à pas de loup, et se dirigea vers la salle de toilette. Un fantôme, pensa Blanche. Elle la suivit du regard et attendit que la petite fille repasse pour recommencer à penser en paix.

La religieuse qui dormait dans la cellule du coin du dortoir, la surveillante, ouvrit son rideau et Blanche vit la lumière de sa lampe de nuit disparaître quelques secondes derrière les immenses plis de sa robe. La religieuse se dirigea vers elle. Blanche ferma les yeux et les rouvrit pour découvrir que la religieuse était plantée devant le lit de Louisa.

«Mademoiselle L'Heureux, nous vous entendons depuis le coin de ma cellule. J'aimerais que vous fassiez honneur à vos parents en vous comportant comme une grande et non comme un bébé. Et vous Marie-Blanche Pronovost, vous savez que le silence est de règle au dortoir. Je ne veux plus entendre un mot.»

Blanche se pinça les lèvres pendant que la religieuse poursuivait sa ronde avant de retourner à sa cellule. Elle entendit des froissements, vit bouger le rideau à plusieurs reprises. Un autre fantôme, pensa-t-elle. Elle pensa ensuite à Louisa et lui en voulut de ne pas avoir eu de mouchoir. Puis elle pensa que Louisa devait avoir de bonnes raisons de pleurer. A dix ans, on ne pleure pas pour des riens.

Le dortoir était maintenant redevenu calme et Blanche comprit qu'elle était probablement la seule à ne pas dormir. De tous les coins lui parvenait une symphonie de souffles profonds et calmes. Puis, de la cellule de la religieuse, elle entendit un terrible ronflement. Jamais elle n'avait entendu une femme ronfler! Elle s'interrogeait sur ce fait lorsque Louisa, elle aussi, commença à ronfler. Un ronflement qui sortait d'un nez rempli de peine. Blanche savait que Louisa s'était endormie une peine sur le cœur. Mais la sœur pouvait-elle avoir une telle peine aussi? Sa mère, elle le savait, avait eu beaucoup de chagrin et jamais elle ne l'avait entendue ronfler. A moins que sa mère n'ait plus jamais dormi depuis qu'ils avaient tous quitté Shawinigan. Elle concentra ses pensées sur cette découverte avant de basculer enfin dans le sommeil. Mais sa dernière pensée fut pour son père. Lui, souvent, il ronflait à faire lever la toiture. Son père avait-il toujours eu du chagrin? Ronflait-il, ce soir, dans sa forêt d'Abitibi?

5

Émilie s'était levée tôt. Elle avait préparé un petit déjeuner à la hâte pour qu'Émilien puisse manger avant de quitter pour le collège. Dès qu'il était parti, elle avait habillé Rolande, prenant trop peu de temps à son goût pour la dorloter, demandé à Paul, Jeanne et Alice de revêtir les vêtements qu'elle avait étalés la veille sur des dossiers de chaises. La maisonnée organisée, Émilie consacra ce qui lui sembla être beaucoup de temps à faire sa toilette. Elle dénoua les dizaines de petites tresses qu'elle s'était faites la veille – elle avait découvert ce moyen pour donner du volume à ses cheveux – et se fixa un énorme chignon près de la nuque. Elle fit manger les enfants puis invita Paul, Jeanne et Alice à sortir. Elle fit la vaisselle rapidement, jetant un coup d'œil à Rolande, rangea le tout, sortit ce dont elle aurait besoin pour le repas du midi avant d'habiller le bébé et de lui donner un biberon.

«Je sais, Rolande, que d'habitude tu prends ton lait un peu plus tard, mais si tu veux, on va changer ça.» Le bébé ne s'était pas plaint.

Émilie descendit, regarda par la fenêtre et vit que ses enfants n'étaient plus seuls. Il y avait maintenant au moins dix autres enfants qui lui étaient étrangers. Des petits et des grands. Les trois siens, toutefois, demeuraient timidement à l'écart. Elle haussa les épaules, fouilla dans son pupitre et remonta rapidement à l'étage pour chercher Rolande. Elle descendit le bébé gavé dans la classe, l'installa dans l'espace qu'elle lui avait aménagé: le coin avant, entouré de broche, décoré de fleurs, de poupées, de jouets, d'un coussin et d'une couverture. Son cœur se crispa. Elle avait fait jouer Rolande dans cet espace et Rolande avait semblé l'apprécier. Maintenant, Émilie trouvait que ce petit coin, joli et coloré certes, ressemblait à une prison. Rolande ne sembla pas de cet avis et elle commença immédiatement à s'amuser. Émilie lui sourit, regarda l'heure, respira profondément, pris la cloche par le grelot et sortit de l'école en prenant soin de laisser la porte ouverte. Elle jeta un coup d'œil en direction du rang pour voir s'il y avait d'autres enfants en vue et, n'en voyant point, sonna la cloche.

L'effet fut magique. Au premier tintement, elle eut l'impression de réintégrer sa peau. Au second tintement, elle sentit ses joues rosir de plaisir. Au troisième, elle entendit distinctement battre son cœur, ce qui ne lui était pas arrivé depuis le départ d'Ovila. Elle sourit puis se mit à rire franchement devant l'air étonné des enfants qui la regardaient en se demandant pourquoi cette nouvelle et «vieille» institutrice s'amusait tant à sonner la cloche d'appel.

Ils entrèrent dans la classe.

«C'est quoi ça?

– Hein! un bébé!

– Ha! ben, c'est effrayant! Comment est-ce qu'on est supposés travailler avec un p'tit qui chiâle?

– Penses-tu que le bébé va toujours être là?»

Émilie fit comme si elle n'avait rien entendu. Elle sourit à ses trois enfants, «ses» écoliers, pour les rassurer, marcha jusque devant la classe, invita les élèves à prendre place selon leur niveau scolaire, s'approcha du coin de Rolande et la prit dans ses bras avant de se diriger vers son pupitre. Les élèves la regardèrent, étonnés, mais n'osèrent rien dire.

«J'ai comme l'impression qu'il y en a qui se posent des questions.» Elle regarda Alice, qui était restée debout à l'arrière de la classe, heureuse d'y être, timide d'être vue. «Si vous regardez en arrière de la classe, vous allez voir Alice.» Les élèves se retournèrent et la regardèrent attentivement. Alice rougit jusqu'à la racine des cheveux. «Alice, pour ceux que ça intéresse, va avoir cinq ans au mois d'octobre. Alice est donc pas en première année. Mais comme Alice, Paul et Jeanne», elle les pointa du menton, «habitent l'étage du dessus, il va falloir vous habituer à les voir se promener assez souvent. Mais Alice, elle, est pas une élève. C'est ma dame de confiance. Paul et Jeanne sont des élèves. Pis, attention à vous autres, parce qu'ils ont connu l'école de la ville. Comme Alice a juste quatre ans, c'est certain qu'elle va pas suivre la classe de façon régulière. Par contre Rolande, elle, va être une élève assidue.» Elle présenta le bébé, lui chuchota quelque chose à l'oreille, et Rolande fit un bonjour de la main, ce qui fit rire tous les élèves. «Dans quatre mois, vous allez voir comme c'est pratique d'avoir un élève aussi jeune quand on fait une crèche de Noël! C'est pas mal mieux qu'une poupée.»

Au fur et à mesure qu'elle avait parlé, Émilie avait vu disparaître une bonne partie de l'hostilité qui avait crispé les visages. La promesse d'une crèche vivante, les détails dont elle nourrit les élèves sur tout ce qu'ils feraient pour le spectacle, la manière dont elle déposa Rolande, avec désinvolture, sur les genoux d'une des plus grandes pour ne la reprendre que quelques minutes plus tard, le calme de Rolande lorsqu'elle l'installa enfin dans son coin, passèrent presque inaperçus. Les enfants avaient oublié la mère pour ne voir que l'institutrice. Alice, invitée à s'asseoir, l'avait fait discrètement, et Paul et Jeanne avaient la tête haute d'être les enfants de l'institutrice et d'avoir le privilège d'habiter l'école.

Le premier avant-midi s'écoula rapidement, Émilie étant déterminée à faire comprendre aux élèves que même si elle avait des enfants, que même si elle était «vieille», que même si elle avait des cheveux gris, elle connaissait l'école et la matière. Elle réprimanda Jeanne parce qu'elle avait mis trop de temps à sortir un cahier, ce qui rassura les élèves quant à son «sens de la justice». Jeanne, elle, eut horreur de cela.

Pendant la récréation, elle se hâta de langer Rolande et de lui chauffer un biberon. Elle la confia ensuite à Alice et descendit pour rejoindre les enfants qui n'avaient même pas eu le temps de remarquer qu'elle les avait laissés seuls pendant à peine cinq minutes.

La nouvelle routine prit rapidement sa place. Elle travaillait jour et nuit, ou presque, mais Émilien la soulageait des corvées les plus pénibles. A l'aube, elle préparait le petit déjeuner de même que tout ce qu'il fallait pour le dîner. Le midi, elle chauffait le repas à la hâte, servait les enfants et, dès leur dernière bouchée avalée, elle avait déjà commencé à préparer le repas du soir. Aussitôt que les élèves quittaient l'école, elle obligeait Paul et Jeanne à rester en classe pour faire leurs devoirs, y jetait un coup d'œil pour s'assurer que tout était bien fait, remontait à l'étage ou sortait pour s'amuser avec Alice et Rolande. Dès que Paul et Jeanne avaient terminé, ils montaient tous pour le souper. Chacun avait sa tâche. Paul mettait le couvert, Jeanne faisait le service, Alice enlevait le couvert et rinçait les assiettes pendant qu'Émilie couchait Rolande. Émilien, lui, réparait tout ce qui s'était abîmé pendant la journée: une penture, une vitre, une patte de pupitre ou de chaise. S'il lui restait encore du temps, il bûchait le bois en vue de l'hiver après quoi il tenait compagnie à sa mère qui corrigeait les travaux pendant que lui faisait les siens. Émilie l'observait du coin de l'œil. Non. Émilien ne lui donnait pas l'impression d'être fasciné par son travail scolaire. Parfois, sentant qu'elle le regardait, il levait les yeux et lui faisait un sourire qu'elle ne savait jamais comment interpréter. Voulait-il insinuer qu'il s'appliquait pour elle ou essayait-il de lui dire que, malgré tout, ils se débrouillaient bien?

Émilie regarda l'heure, immédiatement après avoir jeté un coup d'œil sur son calendrier. Les enfants dormaient tous, même Émilien. Elle soupira, referma le dernier cahier qu'elle venait de corriger, se demanda si c'était elle ou si c'étaient les enfants qui avaient changé. Durant ses premières années d'enseignement, il lui avait semblé que les enfants faisaient moins d'erreurs.

Elle se leva, s'étira, se frotta la nuque, bâilla et se dirigea vers un coin de la cuisine. Elle prit une boîte et la souleva péniblement. Elle revint vers la table et l'y déposa. Avant de l'ouvrir, elle fit le tour de chacun des lits pour vérifier le sommeil des enfants. Rolande respirait régulièrement. Paul, par contre, faisait un peu de fièvre. Depuis deux jours, il traînait cette petite fièvre fatigante qui, au grand désespoir d'Émilie, ne l'empêchait pas de se présenter en classe.

Elle revint vers la table de la cuisine et ouvrit la boîte pour en sortir du tissu, du fil et des aiguilles. Il ne lui restait qu'une semaine avant le congé de la Toussaint et elle voulait fêter ses «enfants d'automne». Pour Marie-Ange, elle avait fait un chemisier à manches longues et dentelles. Pour Émilien, elle avait taillé un coupe-vent dans une des couvertures de la Belgo. Paul aurait lui aussi un manteau neuf parce qu'il refusait de porter l'ancien de Clément. Paul acceptait très mal d'être maintenant plus court et plus frêle que son jeune frère. Alice, elle, aurait une robe neuve, ce qui était rare. Elle portait toujours les anciennes robes de Jeanne. Ce soir, elle devait terminer les boutonnières du coupe-vent d'Émilien et la broderie en nid d'abeille sur la robe d'Alice.

Elle regarda l'heure encore une fois et hocha la tête. Depuis qu'elle avait commencé ses classes, elle n'avait pas vu passer le temps. Il était toujours coincé entre un chaudron, un livre, une craie, un lange, un bout de fil, une course à faire. Il était toujours suspendu entre deux soleils qui s'éloignaient de plus en plus pour céder la place à l'ombre de l'hiver.

Elle coupa son fil avec ses dents, soupira encore une fois et rangea le tout. Demain, elle aurait de la difficulté à ressaisir sa patience. Il était trop tard. Mais elle avait tellement hâte au congé de la Toussaint. Non pas tant parce que ses élèves quitteraient l'école pour quelques jours mais parce que Rose, Marie-Ange, Blanche et Clément seraient à la maison. Tous là. Tous avec elle à la rassurer, sans le savoir, qu'elle avait plein de raisons de vivre. Au moins neuf. Tous avec elle à lui prouver qu'elle avait bien fait de ne pas partir pour l'Abitibi. L'Abitibi. Ovila. Elle eut une crampe dans le ventre. Depuis qu'elle avait quitté Shawinigan, le silence d'Ovila avait meublé sa solitude.

Elle marcha en direction de son lit, se traînant les pieds, commença à déboutonner sa robe et se demanda, presque en souriant, si toute sa vie elle se déboutonnerait seule. Ovila l'avait fait tellement souvent. Gentiment. Non! Elle ne voulait pas, ce soir, penser à sa douceur. Elle devait penser à l'odeur de leur chambre de Shawinigan quand il entrait après des jours et des jours d'absence. Elle se coucha en gémissant un peu sa fatigue extrême. Mais en pensant au progrès de Paul, au talent de Jeanne, à la chance d'Émilien, de Clément et de Blanche, elle se tut. Oui, malgré tout, elle était fière d'elle. Quelque chose en elle lui disait que sa vie de femme était terminée. Mais au même moment, sa vie de mère prenait de la saveur. Et elle avait bien l'intention de la déguster, même si parfois elle avait l'impression que quelques mets brûlaient au fond du chaudron.

6

Ils étaient tous là. Émilien était allé chercher Marie-Ange, puis Rose et Blanche, puis Clément. Émilie les avait attendus le nez à la fenêtre comme si elle avait attendu de grands invités. Une belle fête! Elle ferait une belle fête pour eux. Pour souligner leur arrivée. Ils lui manquaient terriblement. Maintenant qu'elle les regardait rire, la bouche pleine, les joues semées de miettes de gâteau, elle se demandait comment elle avait fait pour les éloigner. Marie-Ange et Rose étaient toutes les deux resplendissantes. Elle ne lisait plus ni amertume ni reproches dans les yeux de Marie-Ange. Sa fille, sa mule à elle, racontait des anecdotes de la Acme et les autres se tordaient de rire, tantôt pour une bobine de fil qui avait volé sur la tête de la surveillante, tantôt pour un morceau de cuir, que quelqu'un, en cachette, avait taillé en forme d'œil de pirate. Rose, elle aussi, riait, surtout quand elle raconta qu'au lieu de couper un fil, elle avait coupé tout le petit doigt d'un gant! Émilie avait feint de rire mais elle espérait que de telles distractions ne se produiraient plus. Clément, lui, parla davantage du travail qu'il faisait à la ferme que du collège. Émilie avait beau le questionner, il déviait toujours la conversation sur quelque histoire de cheval ou sur l'avancement des travaux.

Blanche demeurait en retrait, riant aussi fort que les autres, parlant peu. Émilie la surveillait du coin de l'œil. Blanche avait toujours été comme ça. Elle ne se mettait jamais de l'avant, préférant nettement qu'on l'interroge. Marie-Ange lui posa enfin les questions d'usage sur la routine du couvent et la matière vue en classe et lui demanda si toutes les filles étaient gentilles.

«Oh! oui. Toutes les filles sont fines.» Émilie hocha la tête. Blanche n'aurait jamais osé critiquer quelqu'un.

Le congé de la Toussaint tirait à sa fin. Émilie sentait son cœur rétrécir à chaque jour qu'elle biffait sur son calendrier. Elle était tellement bien avec ses neuf enfants autour d'elle. Leur présence et leur entrain lui faisaient oublier la promiscuité à laquelle ils étaient contraints. Elle passa de longues heures à repenser à leur maison du Bourdais. Ils y auraient été tellement confortables. Puis elle revit ses maisons de Shawinigan. Au moins, là, ils avaient eu l'eau et l'électricité. Maintenant, tout ce qu'elle pouvait offrir, c'était les combles d'une petite école perdue, sans confort et sans couleurs. Une maison qui n'en était pas vraiment une. Émilie sourit quand même. La maison, finalement, c'était l'endroit qui sentait la soupe et le ragoût, le savon et le javellisant. Peu lui importaient les murs. Elle aurait toujours une maison, tant et aussi longtemps qu'elle y entendrait des cris, des rires et des disputes. Tant et aussi longtemps qu'elle aurait de quoi nourrir ses enfants. Émilie fronça les sourcils. Quelque chose en elle clochait. Elle aurait dû penser qu'une maison c'était une mère et un père. Comment pouvait-elle penser à tout cela sans imaginer la présence d'Ovila?

Le congé de la Toussaint terminé, Émilie reconduisit d'abord Marie-Ange et Rose, en profitant pour faire une halte au presbytère et remercier le curé Grenier. Il l'accueillit joyeusement, heureux de partager avec elle tous les succès des enfants. Leur conversation fut détendue et Émilie commençait à respirer plus librement maintenant qu'elle avait chassé l'idée que quelqu'un quelque part lui faisait la charité, fût-il curé, religieuse ou frère. Parce qu'elle avait l'intime certitude qu'elle rembourserait jusqu'au dernier sou. Elle ne devrait rien à personne.

«J'ai vu vos enfants à la messe, Émilie. Mais vous, où vous cachiez-vous?»

Émilie le regarda puis sourit. Ainsi donc il en parlait. Elle avait toujours su que cette question lui brûlait les lèvres, mais elle lui sut gré d'avoir d'abord commencé par parler des bonnes nouvelles. Maintenant, il se sentait forcé de faire son travail de pasteur.

«A la maison, monsieur le curé. Vous devez comprendre qu'il faut quelqu'un pour surveiller la maison.

– Est-ce qu'il y a des voleurs de chemins de ce temps-ci?

– Pas à ma connaissance, monsieur le curé. Mais la prudence, vous savez...

– Et l'autre prudence, Émilie...

– Celle des indulgences? Voyez-vous, monsieur le curé, j'ai pour mon dire que notre ciel, on le gagne sur terre. Personnellement, vous pourriez pas savoir combien trois heures de tranquillité, le dimanche, toute seule avec Rolande, ça me fait du bien. Si je veux être capable de faire ma semaine, faut que je me repose quelque part. Pis, entre vous pis moi, monsieur le curé, vous savez que beaucoup de paroissiens aiment pas entendre pleurer un enfant pendant la messe. Même vous, monsieur le curé, ça vous fatigue un peu pendant le sermon, non?»

Le curé regarda Émilie. Il la détestait toujours, gentiment, lorsqu'elle lui faisait un reproche. Mais il était vrai qu'il avait déjà soulevé un sourcil d'impatience pendant un sermon qu'un enfant ne semblait pas apprécier. Il regrettait simplement qu'Émilie ressemblât de plus en plus à une brebis qui s'égare et il aurait voulu l'attirer au bercail. Son absence était remarquée, mais il n'aurait jamais osé lui avouer que lui-même avait dit exactement ce qu'elle venait de lui dire lorsqu'un paroissien indiscret avait osé proférer une remarque désobligeante. Non. Jamais. Mais en Émilie, il voyait poindre ce qu'on lui avait enseigné. La crise de la Foi. Il aurait voulu qu'elle trouve dans les odeurs d'encens quelque réconfort à sa solitude. Émilie ne semblait pas partager son enthousiasme pour les bienfaits de la purification. Il sourit intérieurement en pensant qu'elle lavait assez de linge et d'ardoise pour se dispenser des quelques gouttes d'eau bénite dont il pouvait l'asperger. Il ne craignait qu'une chose. Le crachat vénéneux des bigots. Il comprenait ce qu'elle essayait de lui dire. Quel argument pouvait-il lui servir? Lui dire que Dieu l'aimait parce qu'il lui donnait beaucoup d'épreuves? Elle aurait ri. Elle avait déjà clairement exprimé son opinion là-dessus. Aujourd'hui elle lui disait qu'elle bâtissait son ciel sur terre. Et pourtant, elle avait déjà dit que l'enfer était sur terre. Bref, elle avait toujours une clef dans la serrure de toute porte qu'il tentait d'ouvrir.

Émilie essayait de suivre les pensées du curé, fronçant les sourcils quand il le faisait, souriant quand il souriait, espérant prévoir l'argument qu'il lui servirait. Elle s'amusait de la situation. Elle trouva qu'elle et le curé Grenier faisaient une paire ressemblant fort à celle formée de son père Caleb et d'Elzéar Veillette. Elle aimerait toujours le curé Grenier, mais elle avait décidé de lui faire vivre les contradictions de son enseignement. Et le curé le savait. Et elle savait qu'il s'en amusait. Il y avait quelque chose de mystérieux dans cet homme. Le fait qu'il s'intéressât à ses enfants comme s'ils avaient été les siens. Et le fait qu'il fît son ministère comme un lion déchaîné. Il ne s'était jamais contenté d'administrer les sacrements et de dire sa messe quotidienne. Il écrivait les lettres pour les femmes dont les maris étaient aux chantiers et souvent, il devait leur lire les réponses reçues. Certains racontaient que ces lettres n'étaient pas toujours aussi convenables qu'on l'aurait souhaité, mais on disait que le curé les lisait sans sourciller et sans lever les yeux pour éviter à la femme devant lui de rougir. Émilie avait même entendu raconter qu'il avait déjà dit à une fiancée que si son homme conservait son ardeur, il baptiserait certainement moins d'un an après avoir béni leur mariage. Émilie s'était toujours amusée de ces ragots. Si dans le village elle avait un allié sur lequel elle pouvait compter, c'était le curé Grenier. Après la famille Pronovost, évidemment. Et il y avait eu ce dimanche mémorable. Émilie s'était laissé raconter que trois semaines de pluie avaient, l'année précédente, compromis les récoltes de foin. Le soleil était apparu un samedi mais n'avait pu sécher toute l'eau de la terre. Le lendemain, les hommes savaient qu'ils auraient dû commencer à couper le foin, mais la loi divine leur interdisait de le faire. Le curé avait fait un sermon qui en avait surpris plusieurs. Il avait rappelé que Dieu, du haut de son ciel, avait donné deux commandements. Celui de nourrir sa famille et celui de respecter le jour du Seigneur. Il avait ensuite embrouillé ses propos au point que les paroissiens crurent comprendre que Dieu avait tout ignoré du nouveau calendrier et que possiblement il ignorait même que le soleil s'était pointé le mauvais jour. Il avait proposé aux hommes de sortir leurs faux et de commencer le travail en insistant sur le fait que tout cela pouvait être fait en action de grâces. Il avait demandé aux paroissiens de remercier Dieu pour la récolte.

Confus, les paroissiens s'en étaient retournés et certains avaient hésité avant de partir pour les champs. Puis le curé était sorti de son presbytère, sans soutane, une faux sur l'épaule, et était allé aider ses paroissiens. Ils avaient travaillé pendant trois jours consécutifs sous un ciel sans cesse menaçant. Le soleil était revenu, le temps de sécher le foin que les hommes s'étaient empressés d'engranger. Aussitôt le travail terminé, le ciel avait crevé. Certains avaient grondé contre le curé. D'autres avaient vu en lui un faiseur de miracles, un sauveur de récoltes. Mais cette histoire du travail du dimanche avait beaucoup fait parler.

Pour calmer les esprits, le dimanche suivant, le curé avait

relu l'Ancien Testament et l'histoire de l'Arche de Noé. Il avait terminé en faisant remarquer que nulle part il n'était fait mention que Noé et ses fils avaient cessé leurs travaux. Au contraire, avait-il insisté, ils avaient rendu grâce au Seigneur en lui obéissant.

Émilie regardait encore le curé Grenier et comprit que ce qu'elle admirait le plus en lui, c'était sa logique. Il avait décidé de prêcher par l'exemple. Et son exemple avait toujours été le meilleur sermon. Mais Émilie savait que la foi du curé était inébranlable. Quand elle pensait à lui, elle avait l'impression que derrière sa vocation se cachait quelque chose de douloureux.

«Est-ce que vous en avez fini avec votre petit sermon, monsieur le curé, ou est-ce qu'il faut que je vous explique encore pourquoi je prie toute seule au lieu d'être ici le dimanche?

– Vous êtes déroutante, ma chère amie, mais j'en ai assez dit pour aujourd'hui. J'imagine que votre cœur et votre âme doivent être quelque part entre le ciel et l'enfer. Alors, si vous voulez passer quelque temps dans les limbes, libre à vous.

– Je ne suis pas dans les limbes, monsieur le curé. Je suis avec vous... en esprit...»

Le curé se mordit la joue droite et changea de sujet en parlant maintenant des querelles de Clément.

«Vous savez, Émilie, que chaque fois qu'un enfant lui demande où est son père, votre Clément répond par un coup de poing?

– Je m'en doute, oui.

– Et qu'est-ce que vous avez l'intention de faire?

– Qu'est-ce que vous voulez que je fasse? J'explique à Clément que son père est parti en Abitibi, mais vous savez comme moi que Clément comprend que son père est parti. Point.

– Magnifique lucidité de l'innocence.

– Non, monsieur le curé. Pas d'innocence. Simplement de la peur. Son père lui manque. C'est tout.»

Émilie avait ensuite reconduit Blanche au couvent et Clément chez les Pronovost. Quand elle était revenue à l'école, elle en avait senti tout le vide. Émilien, ne voyant pas son émoi, lui dit qu'il voulait lui parler. Seul. Émilie le suivit dehors; tout en dételant la bête, il lui demanda si elle aurait objection à ce qu'il prenne pension au village. Émilie rugit.

«Pourquoi? Tu veux quand même pas laisser le collège!

– Non, mais je pourrais travailler chez Périgny après l'école. Ça nous aiderait tout le monde. Vous la première, moman. Pis moi, j'aimerais ça travailler chez Périgny.

– Tu y penses pas, Émilien? Douze ans, c'est trop jeune.

– Mais, moman, monsieur Périgny m'a dit que j'étais assez grand pour aider. Je peux essuyer les comptoirs pis ramasser les bouteilles. Monsieur Périgny m'a même dit que si j'étais bon pis responsable, je pourrais servir aux tables. C'est pas un débit de boisson, moman. C'est un "café". Monsieur Périgny dit que c'est comme en France. Pis dans les cafés, il y a des femmes. C'est pas comme à l'hôtel.

– C'est non! Tu m'entends? N-o-n!»

Émilien frotta une de ses semelles sur le sol et serra les dents. Émilie rentra dans l'école en claquant la porte. Qu'avaient-ils, ses enfants, à s'entêter à travailler? Elle voulait qu'ils s'instruisent. Émilien, à douze ans, pensait quitter le collège. Oh! elle comprenait ce qu'il ferait. Il travaillerait après les heures de classe puis, dans peu de temps, il y mettrait tellement de cœur que ses travaux scolaires passeraient au deuxième plan. A Noël, il lui annoncerait qu'il quittait le collège. Non! Elle avait sacrifié Rose et Marie-Ange, elle ne sacrifierait plus personne. L'instruction d'abord, l'argent ensuite.

Ce soir-là, elle n'adressa plus la parole à Émilien. Il essaya bien, lui, de réitérer sa demande. Elle ne voulut rien entendre. Quand elle se mit au lit, elle repensa à son enfance. Ha! oui, elle avait presque l'âge de son fils lorsqu'elle avait doublé ses corvées, travaillé la nuit à la lueur de la lampe pour étudier. Elle avait pris les moyens d'obtenir ce qu'elle voulait. Et son père avait cédé. Elle, elle ne céderait jamais aussi facilement. Son père avait voulu la retirer de l'école et elle avait rué. Son fils voulait quitter l'école et elle ruait. Les temps changent, pensa-t-elle avant de s'endormir.

Elle fut réveillée par un craquement du plancher. Elle

ouvrit un œil, écouta à nouveau puis se leva sur la pointe des pieds. Émilien, assis à la table de la cuisine, écrivait. Elle sourit, croyant d'abord qu'il faisait un devoir. Puis elle vit. Une valise bien bouclée, affalée sur le plancher à côté des souliers bien cirés d'Émilien. Elle se retint. Elle aurait voulu sortir de sa chambre, prendre la valise, l'ouvrir et la vider, et déchirer le papier sur lequel son fils s'efforçait certainement de lui écrire un message. Mais elle se retint. Son fils avait la taille d'un homme, la carrure d'un homme, les épaules de son père et sa détermination à elle. Non. Elle ne devait pas jouer avec le feu qui l'animait. Surtout pas attiser ce feu avec les larmes idiotes qui lui coulaient sur les joues. Elle le suivit du regard quand il se leva, prenant mille précautions. Elle le regarda déposer une enveloppe cachetée entre la salière et la poivrière. Elle le vit soulever la valise d'une main et saisir ses souliers de l'autre. Elle l'entendit descendre l'escalier à pas feutrés puis elle reconnut le gémissement des gonds de la porte. Elle s'essuya les yeux dès qu'elle se planta devant la fenêtre. Dans l'aube, elle vit s'éloigner une silhouette. Sa vue s'embrouilla. C'était la silhouette d'Ovila. En plissant les yeux, elle était incapable de voir si les pas reculaient ou avançaient. Elle perdit finalement la silhouette de vue. Émilien venait de pénétrer dans sa vie d'homme.

Émilie pleura doucement. Elle lut sa lettre comme si c'était elle qui en avait inspiré les mots tant elle avait su ce qu'ils lui diraient. Il était l'homme de la maison, maintenant, et elle avait besoin de son aide. Il étudierait, mais il lui fallait apprendre un métier. Il viendrait tous les dimanches pour les corvées. Émilie embrassa la lettre, la plia soigneusement et la rangea dans sa chambre avant d'éveiller Paul et Jeanne. Trois heures après le départ d'Émilien, elle ouvrait sa classe à des élèves reposés et prêts à entreprendre le dernier mois avant les grandes vacances de Noël. Prêts, surtout, à préparer le grand spectacle qu'elle leur avait promis. Heureux que Rolande n'ait pas tout à fait un an.

7

Émilie pétrissait sa pâte, le sourire aux lèvres, des refrains de Noël dans la tête. Son spectacle avait attiré presque autant de parents que celui qu'elle avait fait durant sa première année d'enseignement. Elle avait fermé l'école la veille, pour les trois semaines de vacances. Elle avait fermé le vingt décembre. Aujourd'hui, elle attendait le retour des enfants et elle savait qu'ils lui apporteraient certainement tous un petit quelque chose. Trente-neuf ans. Elle avait trente-neuf ans! Elle grimaça, souffla la mèche de cheveux qui lui obstruait la vue et se retourna pour regarder Rolande qui fouillait dans une boîte. Rolande avait eu un an le six décembre, avait fait un Jésus fort agité pendant le spectacle et aujourd'hui, Émilie se demandait pourquoi elle ne marchait pas encore. Elle eut un pincement au cœur. Tous ses enfants, sauf Rose, avaient marché tôt. Maintenant, elle essayait de se souvenir s'ils avaient marché à onze, douze ou treize mois. Elle hocha la tête, prenant conscience que le temps filait trop rapidement. Elle n'avait pas encore quarante ans que déjà elle avait oublié ces moments qui, lorsqu'elle les avait vécus, lui avaient paru si importants. Quel âge avaient-ils lorsqu'ils avaient percé leur première dent? Tous les visages se confondaient dans ses souvenirs. Lequel était né à l'heure du midi et lequel était né sur le coup de minuit?

Elle abaissa sa pâte et commença à la rouler. Elle avait un peu de retard mais ses beignes seraient prêts. Paul dormait. Il avait encore une légère fièvre. Mais tous deux, elle et lui, s'étaient habitués à ces fièvres. Elle n'avait plus peur. Jeanne et Alice étaient dans leur chambre, à chuchoter. Émilie les entendait très bien parler du cadeau qu'elles lui préparaient: un collier de boutons. La discussion portait principalement sur l'agencement des couleurs et des dimensions.

Chaque fois qu'Émilie sautait d'une pensée à l'autre, elle faisait une pause et regardait par la fenêtre. Pas de carriole en vue. Ovide devait accompagner les enfants, la voiture d'Edmond étant trop petite pour contenir toute sa famille. Ce soir, elle fêterait. Pour la première fois de sa vie, Ovila ne lui ferait pas de surprise. Pas de cadeau. Pas de peaux de castor. Pas de hotte d'indiens. Pas de robe brodée de perles. Elle s'assombrit et abaissa sa pâte. Maudit Ovila! Mais si elle le maudissait, c'était davantage parce qu'elle ne cessait d'espérer son retour. Depuis l'absence d'Ovila, son ventre de femme lui jouait de vilains tours, l'obligeant souvent à utiliser des guenilles pendant une bonne partie du mois. Elle s'était demandé si son ventre voulait lui faire comprendre qu'il commençait à rejeter son nid ou s'il voulait lui dire qu'il manquait la présence et la proximité de son homme. Elle chassa cette pensée et s'en retourna à la fenêtre.

Rolande fouillait toujours dans sa boîte. Elle en sortit une vieille chaussure, la prit à deux mains et, fière de sa trouvaille, se dirigea vers sa mère. Émilie lui fit un sourire distrait, la remercia en prenant la chaussure et retourna à ses pensées. Elle devait fêter le réveillon du jour de l'an chez les Pronovost. Pour Noël, elle les avait avertis qu'elle préférait une fête intime avec ses enfants. Sa belle-mère ne s'était pas objectée. Émilie se souvint de ce temps où, à pareille date, elle et Ovila devaient probablement être sous les couvertures dans le petit chalet du lac. Ce jour où sa belle-sœur leur avait donné «congé de parents» et qu'elle avait gardé les enfants. Et elle était revenue, enceinte de Louisa. Louisa. Quel âge aurait-elle... treize ans. Elle était donc morte depuis douze ans et demi.

Rolande poussa un cri. Émilie se tourna. Rolande s'en venait vers elle avec la deuxième chaussure dans les mains. Émilie la regarda venir puis cria à son tour.

«Rolande! Tu marches!»

Elle ouvrit les bras pour y accueillir une Rolande resplendissante. Puis elle revit le geste de Rolande quand elle lui avait remis la première chaussure. Cette fois-là aussi, elle avait marché! Et elle, trop absorbée par l'idée que Rolande ne marchait pas encore, ne l'avait pas remarqué. Elle éclata de rire et Rolande l'imita. Paul, Jeanne et Alice accoururent, certains que leur mère riait parce qu'elle venait d'apercevoir la carriole arrêtée devant l'école. Émilie déposa Rolande qui se dirigea vers son frère et ses sœurs, à peine hésitante. Puis Émilie éclata en sanglots. Elle n'avait plus de bébé! Elle n'aurait plus jamais de bébé! Elle se tourna et roula encore sa pâte, soulagée que Rolande ait provoqué une diversion.

La voix de Marie-Ange parvint à ses oreilles et elle s'étonna de ne pas avoir entendu les grelots. Paul, Jeanne et Alice étaient déjà descendus dans la classe pour accueillir leurs aînés. Émilie les suivit à la hâte, faisant bondir Rolande sur sa hanche. Ovide se mouchait et reprenait son souffle. Émilie fut prise dans un tourbillon de baisers. Les enfants la tirèrent à l'étage. Ovide suivit, invité des yeux par une Émilie qui jubilait.

Le calme était revenu, les enfants couchés. Émilie avait insisté pour qu'Ovide dorme au lac, la neige s'étant mise à tomber follement. Ovide avait accepté et Émilie lui avait installé un lit de fortune dans la classe, près du coin de Rolande. Maintenant, ils étaient tous les deux assis près du poêle, à l'écouter ronronner et à chuchoter leurs souvenirs. Ovide toussota à quelques reprises et Émilie sut que ce toussotement en était un faux. Ovide essayait de lui dire quelque chose.

«Qu'est-ce que c'est, Ovide, qui te fait crachoter ton crachotement des mauvais jours?

– Je voudrais pas briser ton plaisir, Émilie, mais...

– Mais quoi?

– On a reçu un télégramme de La Tuque.»

Émilie blêmit. Au ton de son beau-frère, elle comprit que le télégramme lui était destiné, qu'il venait d'Ovila et qu'il contenait une mauvaise nouvelle. La Tuque! La dernière fois qu'elle avait entendu parler de La Tuque, c'était quand Ovila s'y était enfui après la mort de Louisa. Elle prit l'enveloppe déjà ouverte et déplia le papier jaune. Elle lut la signature. Ovila. Elle lut ensuite le message. Ovide l'observait. Elle n'en fit aucun cas. Elle releva la tête.

«C'est quand le prochain train pour La Tuque?

– Demain matin.»

Émilie se leva pour regarder dehors. La neige tombait abondamment mais elle ne l'empêcherait pas de partir. Elle avait déjà vu pire! Ovide s'était levé aussi et s'était placé derrière elle. Il lui posa une main sur l'épaule.

«Tu me disais qu'Ovila t'avait toujours fait des surprises pour ta fête...»

Émilie souffla un petit rire par les narines. Un rire de dépit.

«Je peux aller te conduire à la gare, si tu veux...

– Non! Toi, tu restes ici. Il est pas question que tu sortes au vent. Moi, j'vas faire mes valises tout de suite. J'vas partir à trois heures. Comme ça, c'est certain que j'vas arriver à la gare à temps.

– Ma mère a pensé que c'est ce que tu ferais, ça fait que demain, Edmond va venir avec sa *machine*. On va amener les enfants dans le Bourdais.»

Émilie ne s'objecta pas. Elle fit ses valises et demanda à Ovide d'expliquer aux enfants qu'elle serait de retour aussi vite que possible. Elle lui demanda de leur dire, tout simplement, qu'elle avait eu des nouvelles de leur père et qu'il lui demandait de le rejoindre à La Tuque. Ovide balaya l'air de sa main.

«Calme-toi, Émilie. Fie-toi à moi pour inventer une histoire.»

Émilie partit seule dans la nuit, dirigeant péniblement sa monture. Le vent l'étouffait et elle se réjouit d'avoir interdit à Ovide de l'accompagner. Ses poumons auraient éclaté. Elle arriva à Saint-Tite et se dirigea vers la gare. Le chef de gare l'informa de l'arrivée imminente du train. Elle protégea sa Tite d'une bonne couverture. Edmond, elle le savait, viendrait chercher la bête. Elle eut à peine le temps d'acheter son billet que le train glissait, fendant l'épaisseur de la neige.

Émilie monta et s'assit à côté d'un bûcheron. Il n'y avait pas d'autre place de libre. Elle sortit *Madame Bovary* qu'elle n'avait pas relu depuis qu'elle était enceinte de Jeanne à qui elle avait aussi donné le prénom de madame Bovary, Emma. Elle lut attentivement pendant plusieurs minutes avant de prendre conscience qu'un silence intrigué la cernait. Elle leva les yeux et regarda les visages autour d'elle. Elle vit qu'elle était la seule femme. Les hommes, elle le comprit, venaient de Montréal ou de Trois-Rivières et étaient en route pour l'Abitibi. Ils la regardaient comme si elle eût été une apparition et Émilie en ressentit un malaise. Elle n'osa pas sourire, essaya de reprendre sa lecture mais en fut incapable. Ces hommes, privés de leurs familles pour le temps des Fêtes, comme elle, n'attendaient probablement rien de plus qu'un sourire. Émilie regarda à ses pieds. Elle avait apporté son accordéon. Un réflexe. Le rythme du train et celui de l'accordéon se mariaient bien. Elle déposa son livre, consciente que les regards ne la quittaient pas. Elle hésita. Elle regarda encore une fois les hommes et reconnut en eux les mêmes sentiments que ceux qui l'habitaient: la tristesse et la peur. Alors, elle n'hésita plus, sortit l'accordéon de son étui, ôta son chapeau, plia et déplia ses doigts pour leur donner un peu de chaleur et de mobilité et, sans regarder les passagers, elle attaqua les premières notes de son cantique préféré, l'*Adeste fideles*. Quelques hommes chantonnèrent. Puis, une espèce de nostalgie mêlée de joie pénétra dans le wagon et dans les cœurs de ceux qui y souffraient d'éloignement. Émilie, elle-même, crut sentir que ses sanglots avaient cessé de lui attaquer la gorge. Elle continua, mais cette fois, quelqu'un, à l'autre bout du wagon, joua du violon. Elle leva les yeux et sourit à cet homme, plus jeune qu'elle, plus seul probablement, qui lui fit un salut de son archet. Une autre sorte de miracle se produisit. Les hommes se regroupèrent selon la tonalité de leur voix. Instinctivement, ils formèrent un chœur aux harmonies équilibrées. Émilie s'enthousiasma. Un autre passager qui n'avait pas encore bougé, un homme dans la cinquantaine, se leva enfin et se plaça debout, les jambes éloignées pour se tenir droit malgré le roulis. Le violoniste s'approcha d'Émilie, et son voisin lui céda sa place pour se joindre au chœur. Le plus âgé resta debout et demanda à Émilie et au violoniste s'ils connaissaient *Jésus de Nazareth*.

...Pauvres, perclus, boiteux, sourds, approchez...

Émilie cessa de jouer. Pauvres, perclus, boiteux, sourds, approchez. Les gens cessèrent de chanter et la regardèrent à nouveau. Elle se ressaisit, s'excusa, et reprit son instrument. Mais son cœur venait de quitter le train, cette église sur roues, pour s'envoler vers La Tuque. Comment serait-il? Pauvre? Perclus? Boiteux? Elle, elle n'avait pas été sourde et elle approchait.

On lui indiqua un lit. Elle remercia poliment et s'approcha essayant de faire taire ses pas. Ovila tourna la tête. Elle le reconnut. Elle le reconnut parce que l'homme qui était là, allongé, avait les yeux d'Ovila. Mais cette bouche crispée de douleur, mais ces joues creusées de rigoles appartenaient à un homme qu'elle ne connaissait pas. Elle s'approcha encore, déposa sa valise, se pinça les lèvres et voulut lui toucher. Mais, craignant de lui faire mal, elle s'abstint. Ovila suivait ses gestes. Il la regarda tirer sur chacun des doigts de ses gants. Il la regarda enlever et poser son chapeau sur la table de chevet. Il la regarda chercher une chaise, l'approcher du lit et s'y asseoir, légèrement, comme si le poids qu'elle avait encore pris n'avait été que de l'air. Il voulut parler mais une corde lui nouait la gorge. Au moins, elle était là! Il ferma les yeux, s'embrouilla dans ses pensées et rechuta dans le sommeil.

Émilie passa quatre heures à son chevet, à l'examiner, à scruter chaque plaie, chaque pansement. A compter ses respirations. A reconnaître celles qui étaient profondes et celles qui étaient saccadées, imprégnées de douleur. Il était effrayamment immobile. Elle tendit une main et la déposa sur celle d'Ovila. Enfin, elle lui touchait. Mais même la texture de sa peau était changée. Elle eut mal au ventre. Elle eut mal dans tous ses os. Voyant qu'il ne s'éveillait pas, elle décida de se lever et d'essayer de rencontrer le médecin. Elle le vit enfin, las, épuisé, l'air aussi malade que ses patients.

«Vous êtes madame Pronovost?» Elle fit oui de la tête, n'ayant même pas envie de parler. «On peut dire que votre mari a été chanceux. Pas mal plus chanceux que ses deux amis. Lui, il va probablement s'en tirer. Eux, on les enterre demain.»

Et elle apprit le détail de ce qui s'était passé. Ovila et deux amis avaient décidé de descendre du chantier de la Windigo pour le temps des Fêtes. Ils étaient en voiture et avaient capoté. Un des compagnons d'Ovila avait été tué sur le coup. Le second avait expiré le matin même. Quant à Ovila, le médecin croyait qu'il avait une fêlure à la colonne vertébrale. Pas une fracture parce que ses jambes bougeaient un peu. La moelle n'avait pas été touchée. Mais il avait aussi une vilaine fracture à la jambe gauche. Il avait conscience de tout et c'est lui-même qui lui avait donné le nom de sa mère, à Saint-Tite.

«Votre nom, madame, c'est Émilie?

– Oui, pourquoi?

– Parce que depuis deux jours, il vous appelle dans chacun de ses sommeils.»

Émilie retourna au chevet d'Ovila. Il était éveillé.

«Salut! ma belle brume. On peut dire que je t'ai probablement apporté une autre sorte de surprise pour ta fête.»

Elle aurait voulu le battre. L'insulter. Lui crier que le moment de blaguer n'était pas encore venu. Mais elle éclata de rire. D'un rire tellement nerveux qu'il se confondit instantanément en un profond sanglot.

«Mon vieux fou, toi! Qu'est-ce que tu faisais à La Tuque? Je te pensais à Barraute.

– Barraute? Oui, je suis allé à Barraute. Mais ma femme, tu sais ma femme, la belle Émilie, avait raison. C'est un pays de moustiques. Pis, j'ai pas vu d'école. Ça fait que depuis deux mois, je travaille pour la Windigo.»

Maintenant, elle aurait voulu lui arracher les yeux. Lui crier qu'il aurait pu écrire. Mais elle savait le moment mal choisi. Il avait essayé de la faire sourire. Il avait essayé de prendre son ton badin, mais ses yeux ne cachaient ni son mal, ni sa douleur. Longue loque amaigrie sur un drap blanc taché de sang. Ovila!

Émilie put rester auprès de lui pendant cinq jours. Ils parlèrent si peu qu'elle ne lui dit que l'essentiel. Elle lui remit son adresse et le pria de les rejoindre dès qu'il pourrait se déplacer et voyager. Ovila promit.

«Quand, Ovila?

– Comme tu dis. Quand j'vas pouvoir me déplacer pis voyager.

– D'après le docteur, Ovila, ça peut prendre combien de temps?

– De un à six mois. Ou plus. Ou moins.»

Émilie souffla l'espoir qui s'était rallumé.

«Qu'est-ce que tu faisais sur la route, Ovila?

– Crois-le ou non, ma belle brume, j'avais décidé d'aller te porter ton cadeau de fête. Tu le sais, Émilie, je t'ai toujours fait des surprises à ta fête. Mes amis, eux autres...»

Il ne termina pas sa phrase. Il ferma les yeux et sanglota comme un enfant. Émilie lui mit une main sur le front, se pencha doucement et l'embrassa. Il sanglota davantage.

«Soigne-toi, Ovila. On va reparler de tout ça à la maison.»

Ovila n'avait plus dit un mot. Émilie reprit le train pour Saint-Tite, déchirée. C'était son faiblard qu'elle avait vu. Pas l'autre, celui qu'elle aimait. Mais celui qui reviendrait serait peut-être le bon. Celui qui reviendrait... Elle se mordit l'intérieur de la joue. Elle l'avait tué mille fois et voilà qu'il venait de ressusciter. Couvert de bandelettes mais bien en vie. Aussi éclopé que les survivants de la guerre, si elle en croyait les photos qu'elle avait vues dans les journaux. Elle regarda la nuit noire qui collait à sa fenêtre et se demanda si elle passerait encore beaucoup de moments importants de sa vie dans un train.

8

Blanche regardait sœur Sainte-Eugénie, attendant que cette dernière lui fasse un signe. Sœur Sainte-Eugénie gardait la tête baissée devant l'ostensoir et Blanche était certaine qu'elle n'avait pas encore remarqué l'absence du voile huméral. Blanche avait la tête chaude et les mains moites. Dans quelques minutes, le vicaire ferait une génuflexion, mettrait ses deux mains sur ses épaules, prêt à recevoir le voile que l'enfant de chœur y déposerait, se lèverait en croisant le voile sur sa poitrine, prendrait l'ostensoir dans ses mains, se tournerait vers les religieuses et les pensionnaires et les bénirait. Sœur Sainte-Eugénie ne bronchait toujours pas.

Depuis qu'elle était rentrée de ses vacances des Fêtes, Blanche avait eu de nouvelles tâches à remplir. Avant Noël, elle travaillait aux cuisines, à récurer les chaudrons. Les samedis, elle aidait à la lessive, responsable surtout des taies d'oreillers qu'elle devait plier et repasser. Ensuite, elle époussetait les parloirs, celui des religieuses et celui des pensionnaires, en vue des visites du lendemain. Toutes les pensionnaires avaient des tâches à effectuer mais elle, elle en avait plus que les autres à cause de son statut d'orpheline. Sa mère lui avait expliqué que c'était une coutume. Les élèves qui avaient un statut d'orpheline devaient travailler suffisamment pour payer l'équivalent de leur pension. Pour le gîte, les classes et les repas. Blanche, elle, n'avait pas osé dire à sa mère qu'elle trouvait difficile d'expliquer à ses compagnes qu'elle était une «fausse orpheline». Mais sa mère, qui devinait à peu près toujours tout ce qu'elle pensait, lui avait aussi dit qu'en travaillant comme elle le faisait, elle n'aurait jamais l'impression d'être en dette envers les religieuses. Elle «gagnait» sa croûte et ses études. Sa mère lui avait même dit qu'elle était chanceuse, à son âge, d'avoir l'occasion de commencer à comprendre la valeur des choses. Elle avait aussi dit que lorsqu'elle partirait du couvent, elle pourrait avoir la tête haute, parce que toute seule, par son application en classe et les travaux qu'elle effectuerait, elle aurait payé ses études. Sa mère lui avait montré combien les religieuses avaient besoin de «Blanches» dans leurs couvents.

Blanche avait toujours travaillé très fort à l'école parce qu'elle aimait ça. Mais ici, au couvent, elle travaillait encore plus parce que ses compagnes savaient que sa mère était institutrice. Une fille d'institutrice ne pouvait se permettre de traîner à la queue de la classe. Blanche s'était accrochée à la tête et avait décidé de ne pas lâcher prise. Elle avait tellement bien travaillé qu'à Noël, elle avait préparé tout un cahier décoré pour remettre son bulletin à sa mère en guise de cadeau. Mais le lendemain de son arrivée avec l'oncle Ovide, sa mère était disparue pour aller fêter Noël dans un endroit mystérieux, bien près du ciel. Leur oncle leur avait raconté qu'elle s'était envolée durant la tempête, comme une fée, choisie cette année-là par deux ou trois anges qui cherchaient sur la terre des bonnes personnes à récompenser. Blanche s'était querellée avec Marie-Ange et Émilien, qui n'avaient pas voulu croire l'histoire de l'oncle Ovide. Elle, Blanche, y avait cru parce que son oncle Ovide lui racontait toujours des histoires vraies. Elle avait demandé à sœur Sainte-Eugénie s'il était vrai que Marie-Antoinette avait été décapitée parce qu'elle n'avait pas voulu donner à manger aux pauvres et quand la religieuse lui avait confirmé l'histoire de son oncle, Blanche avait décidé de ne plus jamais douter de ce qu'il lui raconterait. Ainsi, elle avait passé un Noël avec sa grand-mère et elle s'était follement amusée. Sauf, évidemment, qu'elle aurait préféré que sa mère fût là. Quand elle était enfin revenue de son mystérieux voyage, elle avait tellement apprécié leurs cadeaux qu'elle avait passé la plus grande partie de sa journée à pleurer. Mais sa mère les avait rassurés – ils détestaient tous la voir pleurer – en leur disant que des fois, elle pleurait de joie. Cette journée-là, elle avait pleuré de joie du matin jusqu'au soir. A cause des cadeaux; à cause de Rolande qui marchait bien et qui avait beaucoup grandi; à cause d'elle, Blanche, parce qu'elle lui avait remis un cahier tellement propre, tellement bien dessiné, rempli de fleurs et de milliers d'oiseaux; à cause de Rose, qui l'avait fait rire aux larmes en racontant que maintenant, elle avait coupé au moins chacun des dix doigts sur les gants.

Sa mère avait pleuré de joie aussi quand Émilien lui avait annoncé qu'il ne retournerait pas au collège après les vacances, parce qu'il travaillerait toute la journée à la Acme Shoe et un peu le soir chez Périgny. Émilien rapporterait beaucoup d'argent. Elle avait vraiment pleuré de joie quand il lui avait dit qu'il pourrait obtenir des souliers neufs pour tout le monde et qu'il avait dessiné leurs pieds sur des morceaux de carton.

La journée de sa mère avait été tellement remplie de joyeuses surprises que même Paul l'avait fait pleurer de joie parce qu'il ne faisait plus de fièvre.

Sœur Sainte-Eugénie gardait toujours les yeux baissés et Blanche pouvait voir ses lèvres marmonner des prières. Sœur Sainte-Eugénie avait soixante-dix-neuf ans et depuis cinquante-trois ans qu'elle était en communauté, elle avait toujours été sacristine. Sœur Sainte-Eugénie avait raconté à Blanche que c'était le plus beau travail qu'une religieuse pouvait faire parce qu'elle passait toutes ses journées près du Christ et qu'elle avait l'immense privilège de pouvoir toucher aux objets consacrés. Elle avait même eu l'occasion de prendre les hosties le jour où un ciboire rempli était tombé dans le tabernacle, répandant son précieux contenu. Sœur Sainte-Eugénie lui avait affirmé que si le curé avait été présent, elle n'aurait jamais osé le faire. Mais comme le curé était sorti visiter des malades, sœur Sainte-Eugénie n'avait pas eu le choix. Depuis ce jour, elle n'avait jamais voulu abandonner son travail. Mais maintenant, sœur Sainte-Eugénie était trop vieille pour le faire seule parce qu'elle était toujours en prière et trop distraite. La supérieure du couvent avait nommé Blanche aide-sacristine. Blanche avait donc laissé ses chaudrons, son époussetage et son repassage pour ne travailler qu'à la chapelle. Elle aimait sœur Sainte-Eugénie, qui était née en France et qui lui racontait toutes sortes d'histoires. Elle avait une drôle de façon de parler, mais Blanche s'était habituée à se faire dire des choses comme «mon enfant, que vous êtes innocente». La première fois, elle avait été insultée parce qu'elle avait déjà entendu des gens dire que sa sœur Rose était «l'innocente». Mais dans la bouche de sœur Sainte-Eugénie, innocente ne voulait pas dire lente, mais pure, gentille, charmante, distraite ou drôle selon les situations.

Maintenant qu'elle était aide-sacristine, Blanche passait tout son temps dans la sacristie de la chapelle. A nettoyer les porte-cierges de toute la cire qui s'y agglutinait à chaque messe. A gratter les lampions, les petits et les grands et à les laver de toute suie. A repriser et repasser les surplis des enfants de chœur et leurs aubes. A ranger les étoles et les chasubles. Sœur Sainte-Eugénie lui avait montré la belle chasuble de Pâques. Elle lui avait dit que la broderie était faite avec du fil d'or. Blanche avait pu toucher à l'or et s'était juré qu'un jour, elle en aurait. Elle aimait sœur Sainte-Eugénie. Mais en ce moment, elle n'osait pas se lever, s'approcher d'elle et lui dire que le voile huméral n'était pas à sa place. A l'église, elle n'aurait eu qu'à se lever, passer à côté du confessionnal et courir à la sacristie pour chercher le voile. Mais ici, dans la chapelle du couvent, il n'y avait qu'une façon de se rendre à la sacristie: il fallait se lever, marcher devant tout le monde, se diriger vers la balustrade, enlever le crochet et ouvrir, passer derrière le prêtre, et entrer dans la sacristie. Blanche avait des vapeurs de timidité qui la paralysaient. Mais il lui fallait réagir parce que la sœur supérieure la gronderait ou, pire, gronderait sœur Sainte-Eugénie.

Elle était retournée à la maison à Pâques et sa mère les avait accueillis comme si elle ne les avait pas vus depuis trois mille ans. Sa mère s'ennuyait toujours. Elle était occupée toute la journée à enseigner et quelqu'un avait dit à Blanche qu'elle enseignait toujours aussi bien. Blanche aussi s'ennuyait, mais elle savait qu'elle avait tellement de chance de pouvoir faire des études que l'ennui était moins pire. Elle espérait aussi que l'année suivante, Marie-Ange et Jeanne seraient avec elle. Sa mère en avait reparlé et Marie-Ange avait dit qu'elle y réfléchirait.

Pendant le congé de Pâques, Blanche avait aussi appris que la santé de Paul s'était tellement améliorée qu'il pourrait fréquenter le collège. Il pourrait peut-être même «sauter» une année si ses résultats continuaient d'être aussi bons. Blanche avait rapporté un autre beau bulletin avec une moyenne au-dessus de quatre-vingt-dix et sa mère lui avait donné une petite tape sur la fesse en lui disant «continue, ma Blanche, c'est ici qu'il faut emmagasiner, pas là». Quand sa mère avait dit *ici*, elle avait pointé sa tête. Quand elle avait dit *là*, elle avait montré sa poche. Blanche avait souri, et elle avait dit à sa mère qu'elle voudrait bien, quant à elle, que ces deux endroits fussent pleins. Sa mère avait répondu qu'elle le souhaitait aussi mais que la tête et son contenu étaient beaucoup plus importants.

Après les vacances de Pâques, elle était retournée au couvent et le seul événement important qui restait était l'exposition des travaux ménagers. Là, sa mère était venue voir le travail que les élèves avaient fait. Les petites de première avaient fait des *poignées*. Celles de deuxième, des taies d'oreillers brodées. Celles de troisième, un foulard tricoté. Dans la classe de Blanche, la quatrième, les filles avaient tricoté des mitaines. C'était plus difficile que des bas à cause du pouce. Blanche, elle, parce qu'elle avait un statut d'orpheline, avait crocheté un rideau pour la porte principale du couvent. Sa mère s'était extasiée. Blanche n'avait pas fait une seule erreur. Tout ce qui chagrinait Blanche, c'était que les autres élèves emporteraient leurs travaux avec elles à la fin de l'année. Elle laisserait son rideau au couvent. Sa mère lui avait expliqué que c'était elle la chanceuse. Qu'elle serait la seule à laisser quelque chose de moins périssable qu'un souvenir... Pour préparer cette exposition-là, la supérieure l'avait libérée de ses travaux de la sacristie pour trois soirées complètes. Les religieuses savaient qu'elle repassait bien – elle l'avait démontré avec ses taies d'oreillers et ses surplis – et elle avait repassé et pressé toutes les pièces de l'exposition. Elle aimait repasser parce que pendant ce temps-là, elle pensait à ses matières vues en classe et faisait, dans sa tête, des tables de multiplication, de soustraction, de division et d'addition.

Sœur Sainte-Eugénie avait encore les yeux fermés. Blanche savait qu'il n'y avait plus de temps à perdre. Il fallait que la cérémonie se termine parce que le curé Grenier devait en faire une semblable dans l'église de la paroisse pour ensuite attendre le vicaire. Après, tous les paroissiens se mettraient en ligne pour le défilé de la Fête-Dieu. Les pensionnaires suivraient les dernières parce qu'elles devaient mettre au point le Présentoir. Blanche allumerait les cierges et poserait les fleurs. Elle regarda une dernière fois sœur Sainte-Eugénie et soupira. Elle se leva discrètement. Toutes les filles la dévisagèrent, pensant qu'elle avait une faiblesse. Les religieuses étaient à l'avant. Blanche s'excusa, sortit de son banc, certaine de faire un mauvais rêve. Elle s'approcha doucement de sœur Sainte-Eugénie et s'accroupit à côté d'elle, dans l'allée centrale. Sœur Sainte-Eugénie sursauta et fit un «Hu» tellement fort que la supérieure se retourna. Blanche crut qu'elle allait s'évanouir.

«Ma sœur, le voile huméral...»

Sœur Sainte-Eugénie mit quelques secondes à comprendre ce qu'elle essayait de lui dire. Puis elle regarda en direction de l'autel, fixa Blanche à nouveau, et pâlit.

«Allez le chercher, innocente!»

Blanche regarda en avant. Le vicaire venait de s'agenouiller et tendait les mains. L'enfant de chœur cherchait le voile. Blanche n'hésita plus. Elle marcha jusqu'à la balustrade, consciente des chuchotements derrière elle. Elle ouvrit le crochet facilement mais un gond grinça. Elle baissa la tête. Le vicaire jeta un coup d'œil par-dessus son épaule, sentant qu'il se passait quelque chose d'anormal. Elle passa devant l'autel et se souvint à la dernière seconde qu'elle devait faire une génuflexion. Elle pliait le genou lorsqu'elle se rappela que, l'ostensoir étant exposé, elle devait s'agenouiller complètement. Elle le fit, un peu à la hâte, puis se dirigea vers la sacristie, certaine que son pied droit donnerait un coup sur sa cheville gauche, comme cela lui arrivait toujours lorsqu'elle marchait trop vite. Elle se frappa la cheville et retint sa grimace. Enfin, elle était rendue dans la sacristie. Elle ouvrit trois tiroirs avant de trouver le voile blanc que sœur Sainte-Eugénie avait bien plié dans un tissu bleu. Elle revint avec le voile, le remit à l'enfant de chœur qui s'empressa de couvrir les épaules du vicaire. Elle s'agenouilla une autre fois, se releva et referma la balustrade derrière elle. Elle sortit de la chapelle, courut jusqu'à la salle de toilette, s'agenouilla, cette fois moins révérencieusement et vomit. Jamais, jamais elle n'apprendrait à être debout, seule, devant plein d'yeux. Elle aimait les coins sombres et discrets, les endroits secrets, le silence. Elle pleura, sachant qu'elle serait probablement privée d'une récompense de fin d'année. Sœur Sainte-Eugénie la ferait remplacer. La supérieure lui donnerait une corvée supplémentaire.

Elle était encore dans la salle de bain quand sœur Sainte-Eugénie vint la rejoindre.

«Hâtez-vous, innocente, il faut que vous fassiez les bouquets du reposoir.»

Blanche s'essuya rapidement la figure et suivit la religieuse qui souriait béatement. Blanche se demanda pour quelle raison. Elle l'apprit le lendemain lorsque la supérieure la convoqua. La supérieure commença par la féliciter de ce qu'elle avait fait la veille puis lui annonça qu'elle ne serait plus aide-sacristine. Blanche baissa les yeux, troublée. Pourquoi avait-elle eu des félicitations si on lui enlevait son travail? La supérieure lui annonça ensuite que sœur Sainte-Eugénie serait maintenant à l'infirmerie.

«Qu'est-ce qu'elle va faire à l'infirmerie? Passer des pilules?

– Non, Blanche. Se reposer. Elle a besoin de beaucoup de repos.»

Blanche commençait à comprendre. Le voile huméral...

«Et qui est-ce qui va s'occuper de la sacristie maintenant?

– Sœur Sainte-Agnès. Et je ne crois pas qu'elle ait besoin d'une aide. Mais si elle en cherche une parce que la tâche est trop lourde, il est certain que ce sera vous.»

La supérieure s'était tue et Blanche n'avait pas osé lui demander si elle retournerait aux cuisines. En fait, elle ne le fit pas. La fin de l'année approchant, elle fut davantage occupée à faire le grand ménage du quartier des pensionnaires, lavant et cirant les planchers, les vitres des fenêtres et les éviers.

Elle ne vit sœur Sainte-Eugénie que deux fois avant de quitter pour les grandes vacances. Cette dernière avait l'air fort heureuse d'être à l'infirmerie. Elle pouvait y chanter à son aise, raconter ses souvenirs de France et à tous les jours, la nouvelle sacristine lui apportait les lampions gommés et noircis que sœur Sainte-Eugénie se faisait un plaisir de nettoyer.

Blanche remplit seule sa grande malle mais dut attendre son oncle Edmond pour qu'il l'aide à la descendre du dortoir. Quand il arriva, tout joyeux, il la regarda et lui dit qu'elle avait encore grandi. Elle le savait. Sa mère ferait certainement une syncope en voyant que ses vêtements ne lui faisaient plus et qu'il lui faudrait même un nouvel uniforme pour l'année suivante.

En chemin pour le lac Éric, son oncle lui raconta tout ce qu'ils feraient pendant l'été. Blanche crut comprendre qu'elle ne resterait avec sa mère que quelques jours avant de quitter pour le Bourdais. Elle ne posa pas de questions, préférant attendre que sa mère lui explique que son oncle s'était trompé.

Blanche se demandait si sa mère serait en meilleure forme qu'elle ne l'avait été à Pâques. Elle avait été comme toujours mais Blanche l'avait trouvée «nerveuse». Plusieurs fois par jour, elle avait demandé si quelqu'un avait ouvert la porte de la classe. Elle avait souvent regardé par la fenêtre pour voir qui était la personne qui s'approchait de l'école. Elle s'était même brûlée sur un chaudron de pommes de terre, ce qui ne s'était jamais produit, tout ça parce que Marie-Ange et Émilien lui avaient demandé en riant pourquoi elle n'avait pas été invitée à célébrer Pâques avec «ses anges». Blanche les avait trouvés impolis, surtout quand Émilien avait demandé si c'était parce qu'elle avait été *tannante*.

La Ford de son oncle s'approcha rapidement de l'école et

Blanche put distinguer Jeanne et Paul qui cueillaient des fraises sauvages. Ensuite, elle remarqua Alice qui, comme toujours, faisait un bouquet de fleurs. Elle aperçut Rolande courir derrière un chat. Enfin, elle vit sa mère qui suspendait des draps sur sa corde à linge. Sa mère avisa son regard et lui fit un grand signe de la main avant de courir à sa rencontre, mordant encore une pince à linge entre ses lèvres.

9

Émilie tourna la page du calendrier. Déjà juillet! Depuis son voyage à La Tuque, elle n'avait reçu qu'une lettre d'Ovila, qui la rassurait sur son état de santé. Mais cette lettre était arrivée en février... Ovila ne l'avait plus contactée. Émilie avait d'abord été déçue, puis chagrinée puis enragée et finalement, soulagée. Rien ne pouvait changer. Ovila serait toujours Ovila. De la sève dans les veines. Mais le soulagement qu'elle aurait voulu complet était sans cesse assailli par une pointe d'inquiétude. Peut-être n'allait-il pas bien. Peut-être avait-il eu des complications. Peut-être... peut-être. A assaisonner ses nuits et ses jours de *peut-être*, elle en était venue à se demander si peut-être elle ne frôlait pas la folie.

L'été, depuis deux semaines, était chaud et humide et elle avait terminé son année d'enseignement dans les sueurs. A son grand étonnement, elle avait reçu sa première prime d'enseignement. Elle s'en était d'abord réjouie mais en y repensant, elle avait trouvé la coïncidence trop visible. Comme par hasard, elle était seule. Comme par hasard, elle avait besoin de cette prime. Comme par hasard, l'inspecteur était veuf. Trop de hasards à son goût pour lui faire croire une minute de plus en la reconnaissance de ses qualités d'institutrice. Elle-même était d'avis qu'elle avait déjà été bien plus compétente, ce que les résultats des élèves semblaient démentir.

Cet été qui lui collait à la peau était insupportable. Marie-Ange, Rose et Émilien habitaient au village. Clément et Jeanne étaient partis au lac à la Tortue, chez Éva. Paul, Blanche et Alice étaient dans le Bourdais. Avec elle, elle n'avait que Rolande, qu'une soudaine désertion de l'école rendait maussade du matin au soir. Les Pronovost s'étaient donné le mot. Ils voulaient lui permettre de se reposer un peu. Mais elle n'avait pas besoin de ce repos-là. Elle aurait préféré avoir ses enfants avec elle pour retrouver sa paix d'âme. Mais elle n'avait qu'une enfant et l'âme troublée.

Dès qu'elle avait fini de sarcler son potager, elle entrait dans l'école, véritable bouilloire, et préparait les vêtements pour les enfants. Jeanne suivrait Blanche au couvent. Marie-Ange avait préféré continuer à travailler. Elle ne lui en voulait pas. Non. Les temps n'étaient plus à la rancœur. Parce que ses enfants, manifestement, prenaient leurs décisions en fonction de ses besoins à elle... En fait, seuls Rose et Paul l'inquiétaient. Elle avait été avisée par les gens de la Acme Glove que Rose, peut-être, ne ferait plus l'affaire. Ils lui avaient dit qu'elle était habile et travaillait bien mais qu'il lui manquait la rapidité d'exécution. Quand trop de gants s'accumulaient devant elle, Rose s'énervait et c'est dans ces moments-là qu'elle coupait un doigt. Maintenant, il lui fallait trouver autre chose pour Rose. Le curé Grenier lui avait dit qu'il chercherait, lui aussi, de son côté. Quant à Paul, depuis Pâques il ne parlait que d'une chose. Il voulait étudier chez les Trappistes, à Mistassini! Émilie avait d'abord cru qu'il voulait blaguer, mais il était tellement obstiné qu'elle en avait parlé au curé Grenier. Paul lui avait dit, à lui, qu'il ne voulait pas aller au collège des Frères Saint-Gabriel. Il préférait d'emblée le monastère des Trappistes! D'aussi loin qu'elle se rappelait, Paul avait toujours dit qu'il voulait être prêtre. Émilie, que la religion n'avait jamais empêchée de respirer, avait pris ces remarques peut-être un peu trop à la légère. Un fils prêtre! Joli paradoxe, aurait dit le curé Grenier.

Le soir était enfin arrivé pour apaiser Rolande et apporter un peu de fraîcheur. Émilie se prépara un bain d'eau tiède et s'y plongea. Il lui fallait absolument réfléchir à l'avenir de Paul et de Rose. Quant au sien, elle savait qu'elle travaillerait et habiterait l'école du haut du lac pour une autre année. Ensuite, elle verrait. Elle sortit du bain et s'assécha, enfila une robe de nuit trop lourde à son goût et se glissa sous des draps collants d'humidité. Elle détestait ces draps d'été qui ne craquaient pas de fraîcheur.

Elle s'endormit péniblement, fut réveillée à deux reprises. La première fois par un cauchemar dans lequel elle revit sa Louisa étouffée. Elle se leva et courut au chevet de Rolande, qui dormait paisiblement. La seconde fois, parce qu'elle entendit frapper à la porte. Elle se releva, craintive, et descendit dans la classe. Elle s'approcha et entrouvrit.

«Tu en mets du temps, ma belle brume, à ouvrir. Avais-tu l'impression que j'étais un *quêteux* ou quoi?»

Ovila entra dans l'école en souriant, en fit le tour des yeux, se retourna vers Émilie et s'approcha d'elle après avoir posé sa valise. Il lui tendit les bras. Émilie ne s'y précipita pas. Elle était à mi-chemin de son cauchemar et de la réalité.

«Qu'est-ce qui te prend? Tu m'embrasses pas?

– Non.»

Ovila laissa tomber les bras et se dirigea vers l'escalier. Émilie le regarda faire sans le suivre. Il boitait péniblement, le dos légèrement voûté. Peut-être venait-il de sortir de l'hôpital? Ovila se tourna et lui demanda s'il pouvait réveiller les enfants.

«Il y a juste Rolande en haut.

– Les autres, où est-ce qu'ils sont?»

Émilie lui répondit et Ovila branla la tête. Émilie ne sut interpréter sa réaction. Ovila monta péniblement l'escalier, avançant le pied droit puis traînant le pied gauche. Émilie grimaça. Où était-il son bel animal qui courait dans le bois? Où était-il son arbre mobile qui s'avançait sans faire de bruit? Sans faire peur à un seul oiseau? Il parvint enfin au second étage et inspecta les lieux très rapidement.

«C'est pas mal moins bien que l'école du Bourdais.

– C'est pas mal mieux qu'un logement mal chauffé!

– Pourquoi est-ce que tu es pas allée dans la maison près de la Montée?

– Parce que j'avais pas envie de faire vivre mes enfants dans un trou!

– Exagère pas. La maison est vieille, mais c'est jamais aussi pire qu'ici.

– Quand je dis un trou, Ovila, je dis un trou. La Shawinigan Water a exproprié la maison. Maintenant tout ce qui reste, c'est un trou!»

Ovila courba l'échine comme si elle venait de lui assener un coup de massue.

«La maison du père? Qui est-ce qui a donné la permission de la démolir hein? Qui est-ce qui a empoché l'argent? Ti-Ton ou toi, peut-être...»

Émilie le regarda, sidérée. Ainsi donc, cette histoire d'argent refaisait encore surface. Et pourquoi, moins de cinq minutes après son arrivée, criait-il déjà? Et pourquoi, moins de cinq minutes après son arrivée, ne ressentait-elle rien en le regardant?

«Non, Ovila. C'est ta mère qui a touché l'argent. Ta mère! Pas ton frère. Pas moi. Ta mère!»

Elle le laissa assis sur une chaise de la cuisine et se dirigea vers le poêle pour chauffer de l'eau.

«Veux-tu un thé ou un café?

– Juste un grand plat d'eau chaude.

– Pourquoi?

– Pour faire un pansement sur ma jambe! Tu as pas remarqué? Je boite! Je boite comme un vieux qui a mal dans tous ses os. Tu as pas vu ça, Émilie?»

Émilie remplit sa bouilloire d'eau sans le quitter des yeux. Il n'y avait plus de tendresse dans cet homme courbé. Il n'y avait plus d'Ovila. Pourquoi avait-elle encore une fois espéré qu'il reviendrait en sifflant comme s'il était parti la veille? Lui aussi la regardait. De la tête aux pieds puis des pieds à la tête.

«Tu as changé, Émilie.

– On a changé, Ovila. Toi pis moi. On a changé...

– Pas tant que tu penses.»

Elle déposa la bouilloire bruyamment sur le poêle. Elle se plaça devant lui, mains sur les hanches.

«De quel droit, Ovila, peux-tu dire que j'ai peut-être pas tant changé? Tu sais même pas ce que j'ai vécu depuis que tu es parti de Shawinigan.

– Je suis pas parti de Shawinigan! Tu m'as fait partir.

– D'accord, je t'ai fait partir. Mais ton départ nous a coûté cher!

– Tu vas encore me parler d'argent!

– Je pensais pas à l'argent. Je pensais à nos vies! A celle des enfants, aussi.

– Tu t'en occupes même pas, des enfants!»

Émilie le gifla, une fois, puis deux puis trois. Ovila ne broncha pas. Émilie cessa brusquement et éclata en sanglots.

«Veux-tu bien me dire ce que tu es venu faire ici?

– Je te ferai remarquer que c'est toi qui m'as invité...»

Émilie versa l'eau chaude dans un plat de métal, y mit un peu de sel, une goutte de javellisant et demanda à Ovila de se déchausser et de lever son pantalon. Ovila se déchaussa mais au lieu de remonter le pantalon, il l'enleva complètement. Émilie, atteinte subitement d'une attaque de pudeur, détourna les yeux.

«Dis-moi pas que tu vas prendre un air effarouché parce que tu me vois en *p'tit corps*!»

Émilie ne répliqua pas. Elle eût été mal à l'aise de lui avouer que le bouclier de son âme n'était pas encore assez résistant quand il s'agissait de regarder ses cuisses. Elle se contenta de hausser les épaules, réprimant le coup d'épée qui venait de lui plonger au cœur en voyant la plaie d'Ovila. Elle prit des linges qu'elle trempa dans l'eau chaude, se mit à genoux devant lui et commença à essuyer le suintement de la plaie. Ovila ne broncha pas. Il la regardait. Elle était très attentive à ce qu'elle faisait, ne laissant transpirer aucune de ses pensées. Essayant d'étouffer ses craintes quant à la complète guérison de cette jambe qui ressemblait à une branche d'arbre remplie de nœuds. Elle était tellement occupée par son travail qu'elle n'entendait même plus la respiration d'Ovila. Elle oublia même que cette jambe avait déjà été assez forte pour la porter, elle. Assez forte pour courir. Pour permettre à Ovila de marcher tête droite.

«Excuse-moi, Émilie.»

Elle leva la tête, soudainement ramenée à la réalité. Ses yeux s'accrochèrent à ceux d'Ovila qui suintaient encore plus que la plaie. Elle remit les linges dans l'eau, se releva péniblement, jeta l'eau par la fenêtre et regarda l'heure.

«Je sais pas si tu veux dormir, mais j'aime autant te dire que

Rolande va être réveillée vers sept heures. Ça te donnerait quatre heures.

– Va dormir, Émilie. Moi, j'vas rester ici. Pour *jongler*.»

Émilie lui sourit faiblement et se dirigea vers son lit. Elle se recoucha et ferma les yeux pour penser à ce retour tant redouté et pourtant espéré. Elle l'avait imaginé autrement. Elle s'était vue différemment. Elle avait tellement de fois pensé qu'elle courrait à sa rencontre. Qu'elle lui sauterait au cou. Qu'il la prendrait dans ses bras en lui chuchotant quelque chose comme «ma belle brume, je t'aime tant». Elle s'était vue les cheveux au vent et les yeux illuminés de soleil. Mais il était rentré en pleine nuit, presque pendant un cauchemar. Ils s'étaient tous les deux immédiatement piqués. Non, il n'y avait plus d'avenir pour eux.

Émilie croula dans le sommeil. Elle n'entendit pas Ovila marcher. Elle ne l'entendit pas, non plus, aller près du berceau de Rolande. Pas plus qu'elle ne le sentit lorsqu'il se glissa doucement à côté d'elle. Pas plus que son chuchotement, «Émilie, ma belle brume, je t'aime», ne réussit à pénétrer dans ce rêve qu'elle faisait et qui goûtait tous ses souvenirs d'amour.

Rolande poussa un cri et s'enfuit. Émilie, réveillée en sursaut, s'assit brusquement dans son lit, une main appuyée sur le ventre d'Ovila. Elle regarda sa main, puis la direction qu'avait prise Rolande. Ovila avait les yeux ouverts et les sourcils froncés. Elle lui sourit et il lui rendit son sourire. Leurs quelques heures de sommeil avaient effacé la brouille de la nuit.

«Rolande! Viens ici, Rolande.»

Le visage de Rolande apparut dans le cadre de la porte, méfiant. Émilie lui fit une place à côté d'elle, du côté opposé à celui d'Ovila. Rolande s'approcha craintivement pendant que son père la regardait, fasciné. Rolande monta à côté de sa mère et se nicha dans le repli de son ventre. Émilie tourna le dos à Ovila et joua quelques minutes avec le bébé, lui levant une paupière, puis l'autre, lui chatouillant le nombril. La méfiance de Rolande s'évanouit et elle commença à essayer de voir derrière sa mère. Ovila lui fit une grimace et un clin d'œil. Rolande se cacha quelques instants puis recommença son jeu. Ovila fit deux grimaces, un clin d'œil et émit un sifflement. Rolande éclata de rire et se cacha à nouveau. Émilie ferma les yeux avant de se rasseoir dans le lit, se souvenant de l'arrivée d'une Marie-Ange bébé qui leur avait fait la surprise de marcher seule.

Rolande et Ovila continuèrent leur petit jeu jusqu'à ce que Rolande passe par-dessus sa mère pour se réfugier dans les bras d'Ovila. Il la serra un peu trop fort et Rolande sembla se demander si elle avait eu une bonne idée. Mais Ovila relâchant son étreinte, elle recommença à s'amuser. Elle lui tira le nez, fouilla dans sa bouche et lui souffla sur le ventre. Ovila rit aux éclats. Émilie soupira. Il avait son même rire plein de feu et de crépitements.

Pendant deux jours, Ovila ne parla pas d'aller voir les autres enfants, pas plus qu'il ne parla d'aller au Bourdais voir sa mère. Émilie, respectant cette humeur, ne proposa rien. Elle remarqua toutefois qu'il s'abstenait de sortir de l'école. Personne, hormis elle et Rolande, ne connaissait sa présence. Ils parlèrent peu, se contentant de jouer avec Rolande, qui appréciait la diversion. Ovila dormit encore avec Émilie mais si elle le respirait à pleines narines, elle ne voulut point le laisser approcher, accusant ses maux de ventre. Ovila n'insista pas.

Le troisième jour, il prit une bûche et sortit son couteau de poche. Émilie comprit que bientôt, il lui parlerait du bois. Celui de la Mauricie ou celui de l'Abitibi? Ce jour-là, elle évita d'être seule avec lui, allant même au village pour acheter du fil, du tissu et de l'encre de Chine. Elle traîna Rolande de façon à n'éveiller la curiosité de personne. Elle était revenue à la pluie battante, mouillée et morte de rire. Elle adorait se faire surprendre par la pluie et rentrer trempée. Ils mangèrent presque en silence, parlant tous les deux à Rolande plutôt que de se parler. Émilie coucha la petite et tailla le nouvel uniforme de Blanche. Ovila la regardait faire, tirant, à intervalles réguliers, des bouffées sur sa pipe.

«J'imagine que tu as compris qu'avec mon dos pis ma jambe, c'est fini les chantiers.

– Oui.

– J'imagine que tu te demandes quel genre de travail j'vas faire, *astheure*.

– Non. Tu as assez d'imagination pis de talent. Tu peux travailler le bois...

– Je t'ai déjà dit que jamais plus je travaillerai le bois!»

Émilie ne se laissa pas impressionner, continuant de tailler son tissu, regardant de temps en temps un papier sur lequel elle avait inscrit les mesures de Blanche. Mais elle sentait monter la tension. Dans quelques minutes, Ovila lui parlerait de sa dernière idée. De son dernier fantasme. Dans quelques minutes, elle aurait à décider.

«Ça fait un mois que je suis sorti de l'hôpital.»

Il attendait une remarque, une réplique, mais Émilie se tut, la bouche remplie d'épingles.

«Ça fait un mois que je pense à notre avenir. Barraute, Émilie, j'ai pas aimé ça. C'est une petite ville qui commence juste à ressembler à autre chose qu'un campement. J'ai loué quatre lots, un pour moi pis un pour chaque gars, mais avec les moustiques pis tout le travail à faire, j'ai pas réussi à défricher autant que je devais. Ça fait que j'ai perdu mes lots.»

Émilie pensa qu'il aurait pu ajouter qu'il avait aussi perdu beaucoup de temps et d'argent à boire. Avec sa force, il aurait dû être capable de remplir ses contrats. Elle ne réagit pas.

«Tu dis rien?

– H'ai rien à *hire*,» tenta-t-elle de répondre les lèvres toujours pincées sur ses épingles.

– Tu me fais rire, toi. Je te dis que je peux pus aller aux chantiers, pis tu dis pas un mot. Ma foi du bon *yeu*, sais-tu ce que tu veux? Ton mari est quasiment infirme! Tu vois pas?»

Émilie cracha ses épingles et le regarda, furieuse.

«Qu'est-ce que tu veux me dire, Ovila? Tu parles depuis tantôt. Ce que moi j'ai entendu, c'est, un, que tu es quasiment infirme. Deux, que Barraute ça a pas marché. Trois, que tu veux plus travailler le bois. Mais à travers tout ça, ce que je comprends, moi, c'est que tu veux retourner dans le bois. Pis, ce que j'attends, c'est probablement la prochaine phrase que tu vas dire.»

Elle se remplit la bouche d'épingles et continua son travail.

«C'est vrai que tu as changé, Émilie, mais à mon avis, tu es encore aussi maîtresse d'école qu'avant.

– Au cas où tu l'aurais pas remarqué, Ovila, je suis encore une maîtresse d'école. Pis j'ai pas perdu la main.

– Pas étonnant. Tu as passé ta vie à te pratiquer avec moi.

– Une chance! Sans ça, c'est pas mon élève qui aurait donné à manger à mes enfants pendant la dernière année.

– Comment est-ce que je pouvais leur donner à manger quand j'étais cloué sur un lit d'hôpital?

– Cesse de te mentir, Ovila. L'hôpital, c'est depuis les Fêtes. Avant ça, j'ai jamais rien reçu. Non, c'est pas vrai. On a eu des cages. Est-ce que c'était pour attraper des poules? Ovila, commence donc à vieillir un peu, pis cesse de te faire des illusions.»

La discussion s'envenima. Ovila blâma Émilie pour son accident. Après tout, il venait la voir lorsque c'était arrivé. Émilie répliqua qu'il devait avoir fêté sa venue avant même d'avoir quitté La Tuque. En quinze minutes, toutes leurs incompréhensions des dernières années y passèrent et ils en arrivèrent à leur éternel point de discorde: la mort de Louisa.

«Ovila, regarde par la fenêtre. Vois-tu les vaches? Ben, écoute-moi. Va donc paître avec elles.»

Ovila se leva d'un bond, furieux. Pour la première fois, Émilie le vit grimacer.

«*Ostie* de jambe de *tabarnak*! Maudit dos à *marde*!»

Il se dirigea vers la chambre puis rebroussa chemin. Il se planta devant Émilie, qui n'avait pas bronché.

«J'étais venu pour te dire que j'avais trouvé une *jobbe*. *Steady* à part de ça. Tu m'excuseras mille fois d'avoir troublé ta vie de maîtresse d'école, mais j'étais venu chercher ma femme pis mes enfants. Demain, j'vas aller les voir pis j'vas leur demander s'ils veulent venir avec moi.

– Non. Tu as dit la même chose par rapport à Barraute. Je te défends d'aller les mêler. C'est déjà assez difficile pour eux autres.

– Ouais! J'imagine que tu leur parles de moi comme si j'étais un pas bon.

– Jamais! J'ai assez d'orgueil pour leur dire la vérité... ou quelque chose comme. Leur père, tu sauras, est la personne la plus extraordinaire du monde. Quand les enfants vont être assez grands, peut-être qu'ils vont comprendre ce que ça veut dire " extraordinaire ".»

Ovila se rassit et regarda Émilie. Il la croyait. Jamais elle n'aurait dit un mot contre lui. Avouer aux enfants que leur père était un bon à rien aurait été admettre qu'elle-même avait manqué de jugement. Ça, jamais. Plutôt inventer des histoires. Il savait aussi qu'Émilie n'aurait jamais pu blesser les enfants. Il se radoucit. Où était-elle sa belle brume? Là devant lui, se répondit-il. Aussi mystérieuse, aussi difficile à comprendre que toujours. Aussi imprévisible.

«Émilie, j'ai trouvé un emploi de garde forestier au lac Duparquet. C'est bien payé. Je peux travailler, même avec ma jambe pis mon dos. Duparquet, c'est pas comme Barraute. C'est habité. J'ai vu des écoles. Les enfants vont avoir tout ce qu'ils veulent.»

Émilie s'assit. Elle n'avait jamais espéré qu'Ovila se trouve ce genre d'emploi. Elle savait que les gardes forestiers étaient enviés. Par cette simple phrase, il venait de brouiller toutes les cartes que son esprit avait réussi à mettre en ordre. La crispation de ses traits fondit tout à coup sous le coup de grâce que, sans le savoir, il venait de lui assener. Elle le regarda longuement, se rongea l'ongle du pouce gauche, celui qu'elle préférait.

«Depuis quand est-ce que tu te ronges les ongles?

– Depuis toujours... Ça m'étonne que tu l'aies jamais remarqué.

– Ça doit être parce que j'ai tout le temps essayé de te regarder dans les yeux.»

Émilie sourit. Merci, Ovila, pensa-t-elle. Ce gentil et galant mensonge venait de la faire retomber sur terre. Menteur d'Ovila. Combien de fois, après ses jours et ses jours d'absence, avait-il évité de la regarder dans les yeux? Combien de fois s'était-il caché derrière une humeur morose ou carrément coléreuse simplement pour éviter qu'elle lui parle. Ha! non. Elle ne tomberait plus dans ce piège. Mais aujourd'hui, trente-neuf ans de vie lui disaient qu'elle devait expliquer autrement sa position. Ne pas l'affronter. Le flatter s'il le fallait, mais gagner.

«Ovila, je pense que c'est la plus belle affaire qui pouvait t'arriver.»

Il la regarda, lentement, à l'affût. Quand elle prenait cette petite voix coulante, il se méfiait toujours, surtout quand ce chantonnement suivait de près un éclat.

«Pourquoi est-ce que tu as pas dit "nous arriver", Émilie?

– Honnêtement?

– Oui, honnêtement.

– Parce que moi, personnellement, ça me dérange. Pis, pas juste moi. Ça dérangerait les enfants. On en a déjà trois qui travaillent. Pis Paul veut aller à Mistassini. J'ai pas envie de les déraciner encore une fois.»

Elle baissa les yeux. Elle l'avait dit. Elle l'avait finalement dit. Peut-être que cette fois-ci il comprendrait. Tout à coup, une digue, quelque part, se rompit en elle. Mais au lieu de laisser passer l'eau, elle laissait place à l'air. Elle inspira profondément, étonnée de sentir l'air jusque dans ses entrailles. Elle expira bruyamment, sentant frissonner les poils de ses narines. Elle inspira encore, et expira encore, gardant maintenant les yeux fermés.

Ovila la fixait, étonné de voir qu'elle souriait à travers des larmes. Tête de mule! Elle souriait et elle pleurait. Confondu, il ne savait pas s'il devait encourager son sourire ou ses pleurs. Mais elle venait de lui dire qu'il la dérangeait. Il continua de la regarder pour essayer de comprendre. De se comprendre, lui. Il la détailla. Non. Il n'aimait plus cette poitrine, tellement lourde maintenant, qui se soulevait comme un soufflet de forgeron. Émilie respirait toujours. Ovila était maintenant hypnotisé par sa figure. Elle avait les yeux ridés, et non plus de pattes d'oies mais de véritables stries. Creuses mais remplies d'âge. Il regarda ses paupières qui lui tombaient à la pointe des yeux, cachant presque ces cils touffus qui, il y avait encore peu de temps, battaient comme des ailes d'oiseau-mouche. Il regarda son nez et grimaça au son qu'il émettait. Comme si ses narines, si fines, avaient enflé. Il chassa rapidement cette pensée, craignant que le chagrin qu'il avait pu lui causer en fût responsable. Il regarda sa bouche. Même si elle souriait, le sourire semblait demander un effort. Ces lèvres charnues qu'il avait eu tant de plaisir à mordiller, à lécher, à téter, à embrasser, ballottaient lamentablement dans les coins, comme si à force de serrer les mâchoires, elle en avait usé tous les muscles. Il regarda son cou qui ressemblait à la terre après une grosse pluie, remplie de crevasses et de rigoles. Émilie respirait encore, mais maintenant elle émettait de petits gémissements. Ovila se demanda s'ils signifiaient qu'elle avait mal ou qu'elle était bien. Elle devait être bien, car ils ressemblaient à ceux qu'elle avait émis lors de leurs nuits folles, celles du lac, celles de Montréal, celles de... Il secoua la tête. Ces nuits ne leur appartiendraient plus jamais. Émilie n'ouvrit pas les yeux.

Ovila se regarda. Il ne pouvait voir son visage, mais il savait qu'il avait perdu ce teint rose que toutes les femmes lui avaient tant envié. Il savait que les pores de son nez s'étaient ouverts et que ses narines étaient plus épatées, comme si, lui aussi, n'avait plus assez d'un nez pour respirer. Il regarda sa main droite, celle qui avait dirigé tous les travaux qu'il avait faits. Elle avait maintenant des veines bleues, terriblement gorgées de sang. Ce sang qui, probablement, avait rosi ses joues. Il regarda son ventre. Maintenant, il pouvait le voir. Lui aussi s'assoyait sur la deuxième moitié de son ensemble. Il recula un peu et regarda sa jambe gauche. Une véritable branche tordue. Bonne à rien. A peine bonne à allumer un feu. A son image. Mais depuis deux minutes, il y avait un feu qui venait de s'éteindre. Celui d'Émilie qui avait toujours brûlé pour lui. Le sien, qui avait toujours flambé pour elle. Il n'avait qu'une certitude. Les tisons étaient encore là. Et les tisons, il le savait, pouvaient allumer toute une forêt.

Ovila partit le lendemain matin, tenant sa valise de la main droite et une casquette de sa main gauche. Comme si quelque chose en Émilie lui avait inspiré un profond respect, il n'avait pas osé s'en coiffer, relent d'une habitude qu'il avait adoptée quand elle avait incarné la perfection. Quand lui-même avait été un jeune tourné vers l'avenir avec un seul but inaccessible: Émilie.

10

Le passage d'Ovila fit, pour Émilie, l'effet d'un rayon de soleil en plein orage, d'une bonne ondée par un jour d'ensoleillement. Elle n'aurait pu le préciser. Elle sut toutefois que le jour même de son départ, elle avait décidé que Paul irait chez les Trappistes de Mistassini et elle s'empressa d'aller en aviser le curé Grenier afin qu'il fasse le nécessaire. Elle arriva au presbytère, encore plus échevelée que d'habitude, traînant Rolande d'une main et son impatience de l'autre. Il fallait que les choses se fassent rapidement. Elle avait à peine un mois devant elle pour préparer tous ses écoliers et elle se demandait si elle trouverait un moyen d'étirer les journées au-delà de la ligne d'horizon, des heures immuables, des minutes galopantes.

Le curé étant absent, elle en profita pour courir au magasin général acheter tissus, papier et crayons dont Paul aurait besoin. Elle sortit, remerciant chaleureusement le marchand, puis rentra aussitôt. Elle avait oublié le missel et le chapelet! Elle courut ensuite chez le boucher, chercher ce qu'il avait l'habitude de lui mettre de côté: la langue de bœuf, le foie, la cervelle, le ris, le cœur et les rognons de veau. Personne, sauf elle, ne voulait de ces morceaux. Émilie avait découvert que le boucher les jetait, comme son père l'avait fait, comme son beau-père l'avait fait, comme le faisaient tous ceux qui abattaient un animal. Elle avait longuement hésité avant de les lui demander, certaine qu'un tel achat soulèverait un dégoût général et avait prétexté qu'il n'y avait rien de mieux pour les chats! Le boucher ne lui avait jamais demandé de payer. Elle s'était abstenue de dire aux enfants ce qu'ils mangeaient. Elle camouflait tous les morceaux, déguisant la langue bouillie en bœuf ordinaire dans le pot-au-feu, le foie dans du lard sauté, le cœur et les rognons avec la volaille. Les enfants ne s'étaient jamais plaints et elle-même avait pris goût à ces viscères immangeables. Après sa visite chez le boucher, elle était partie chercher de la farine avant de retourner au presbytère. Cette fois, elle y vit la calèche du curé, mais c'est quand elle aperçut aussi sa bicyclette qu'elle eut la certitude qu'il était bien de retour.

Le curé l'accueillit avec empressement, la saluant rapidement avant de se précipiter sur Rolande et de la faire sauter sur ses genoux.

«Nous nous sommes ratés de peu. En fait, c'est bien parce que j'avais oublié quelque chose que je suis revenu au presbytère et madame Rocheleau m'a dit que vous vouliez me voir. Les oreilles ont dû vous vibrer parce que j'ai la plus belle des nouvelles à vous annoncer.

– Moi aussi, j'en ai une.

– Après. Je suis tellement heureux que je ne peux attendre. J'ai trouvé un emploi pour votre Rose!» Il déposa Rolande par terre et appela la ménagère pour qu'elle lui apporte des cuillers de bois et des chaudrons. Cette dernière arriva aussitôt et Rolande s'installa par terre, se léchant les lèvres de plaisir à l'idée de toute la belle musique qu'elle ferait.

Émilie aurait voulu bien comprendre ce que le curé racontait. Entre deux boums de Rolande et trois de son cœur à elle, elle ne pouvait qu'entendre: Rose aux États-Unis! *Boum*. Rose seule, abandonnée. *Boum*. Rose au service des sœurs de la Congrégation à St. Albans, au Vermont! *Boumboum*!

«Jamais! Rose a besoin de moi. Rose est même pas capable de couper des fils sur des gants sans couper les doigts.

– Rose a surtout pas besoin d'avoir des dizaines de paires de gants qui lui tombent sur la tête comme une malédiction. Dix doigts qui la pointent sans arrêt lui rappelant qu'elle est lambine. Non, Émilie. Rose a habité au presbytère pendant un an et je l'ai vue agir. Elle est débrouillarde, bonne cuisinière, bonne ménagère et bonne couturière.

– Je sais ça! Mais Rose a besoin de moi! J'ai juré!

– Juré quoi?

– Qu'elle serait comme toutes les autres filles.

– Alors, Émilie, tenez votre promesse! Donnez-lui la chance de s'éloigner de vos jupons! Je le sais, moi, que vous avez remboursé chacun des gants qu'elle a amputés!

– Qui vous a dit ça?

– Mon petit doigt.»

Rolande cessa de tambouriner. Elle leva les yeux vers sa mère, inquiète de son ton de voix, prête à pleurer si elle sentait que c'était ce qu'il lui fallait faire. Émilie se ressaisit.

«C'est où, exactement, St. Albans?

– C'est plus près de Montréal que Québec l'est. Ce n'est pas à l'autre bout de la terre, Émilie. Qui sait? Peut-être que votre Rose va faire un pied de nez à tout le monde en apprenant à parler l'anglais.

– Rose sera jamais capable de se rendre là toute seule! J'imagine que c'est le train qui va là?

– Qui a dit qu'elle irait seule?

– Vous?

– Non, vous.»

Émilie profita des insomnies que provoqua cette offre pour avancer ses travaux de couture. Rose... Pauvre Rose. Mais après avoir rempli ses yeux de rougeurs, elle décida d'accepter. Rose devait apprendre à se débrouiller. Elle n'aurait pas toujours sa mère pour passer derrière elle avec un porte-monnaie ou un porte-poussières. Pauvre Rose...

Une réalité encore plus crue la fouetta. Elle devait aller conduire sa fille, revenir, et repartir aussitôt pour Mistassini avec Paul. Tout cela en cinq semaines, tout au plus. Elle fit une folie terrible. Elle acheta pour Rose des vêtements tout faits. Deux robes, deux jupons et un manteau. Tout le montant de sa prime! Sa fille monterait dans le train comme une dame. Sa fille arriverait aux États-Unis comme une Canadienne française fière.

Rose ne savait pas si elle aimait l'idée d'habiter aux États-Unis. Sa mère lui avait dit qu'elle l'enviait d'avoir la chance, en aînée de la famille, de vivre une telle expérience.

«Tu te rends compte, Rose? Moi, à ton âge, j'aurais sauté jusqu'au plafond si mon père m'avait offert un beau voyage comme ça.»

Elles étaient parties de Saint-Tite, bras dessus, bras dessous. Tous les enfants étaient venus les saluer, même le curé Grenier était là. Émilie se revit, à Saint-Stanislas, quand Berthe avait quitté. Berthe... Elle profiterait de son passage à Montréal pour aller la visiter, même si Berthe ne lui avait plus donné de nouvelles depuis des années.

Le cœur candide de Rose, coincé dans son corps de femme paré d'une jolie robe, oublia presque que c'était pour elle que les gens s'étaient déplacés. La bonne humeur qui régnait sur le quai de la gare ressemblait tellement à une fête! Elle était montée dans le train sans craintes, s'assurant simplement que sa mère la suivait. Émilie lui avait confié les billets, question de la grandir, question de voir comment elle se débrouillerait.

Rose n'avait eu que deux heures à Montréal et Émilie l'avait promenée dans les rues voisines de la gare. Elles s'étaient arrêtées devant le Windsor et Rose avait attendu patiemment que sa mère revienne sur terre. Elle avait vu les yeux de sa mère s'embuer, comme ils le faisaient souvent quand elle faisait un rhume des foins. Émilie brisa le fil de ses pensées par le grincement de ses dents.

«Viens avec moi, Rose. Quand j'vas revenir de St. Albans, il va falloir que je couche une nuit à Montréal. Ça fait que je pense que cet hôtel-là est assez joli. Je vais me réserver une chambre.»

Émilie avait insisté et avait obtenu la garantie qu'elle aurait la même chambre qu'elle avait occupée avec Ovila. Puisqu'elle était d'humeur à vivre des souvenirs, aussi bien les vivre dans leurs décors réels.

Le trajet jusqu'à St. Albans s'était fait sans heurts, hormis la panique de Rose chaque fois que quelqu'un lui adressait la parole en anglais. Émilie, elle, avait appris la phrase: *I do not spike Inglish.*

Rose, qui n'avait pas aimé Montréal parce que, avait-elle dit, elle n'y voyait que des gens qu'elle ne connaissait pas, trouva que St. Albans, avec sa petite gare qui ressemblait à celle de Saint-Tite, était une jolie ville. Elles marchèrent jusqu'au couvent et Émilie fut accueillie comme une parente. Plusieurs religieuses étaient des Canadiennes françaises. Elles scrutèrent Rose et profitant du fait qu'elle s'était absentée pour aller placer ses effets dans la chambre qu'elle partagerait avec une autre jeune fille, la directrice et son assistante firent part à Émilie de leur première impression.

«Si le curé Grenier et vous-même ne nous aviez pas écrit pour nous dire qu'elle avait un léger retard, nous ne l'aurions jamais deviné!

– C'est pour ça qu'elle souffre, mes sœurs. Rose est "normale "en apparence. Entre vous pis mois, je crois que ce serait moins pire si son " retard " était visible. Mais soyez certaines qu'elle travaille bien et avec cœur.»

Les religieuses la rassurèrent. Rose partagerait sa chambre avec une jeune Américaine dont les parents étaient venus de Montréal en bas âge et avaient plus ou moins perdu «leur belle langue».

«Leur fille comprend le français, mais elle ne le parle pas. Nous avons pensé que Rose pourrait le lui enseigner.»

Émilie s'était réjouie. Rose aurait une grande responsabilité! Si elle réussissait, la jeune fille, à son tour, pourrait peut-être lui montrer les rudiments de l'anglais.

«Je voudrais pas être indiscrète, mais pourquoi est-ce que cette jeune fille est ici, chez vous, à faire un travail de domestique?

– Parce qu'elle a déjà vingt ans et personne ne veut d'elle comme femme. La variole...»

Émilie rencontra la jeune fille qui s'appelait Sarah Leblanc. Elle essaya de ne pas tiquer devant son visage grêlé mais ne put empêcher un soupir intérieur à l'idée que dans ce visage ravagé il y avait les yeux les plus magnifiques qu'elle ait jamais vus. Et des lèvres charnues qui n'auraient certainement jamais attendu d'être embrassées n'eût été que tout ce qui les encadrait ressemblait à une surface de bois pleine de nœuds impossibles à poncer. Sarah, à qui les religieuses avaient certainement parlé de Rose, s'était immédiatement prise d'affection pour cette dernière. Quoi de mieux pour elle que d'avoir une femme-enfant à sa charge? pensa Émilie. Rose, pour sa part, ne semblait voir que les yeux et la bouche de Sarah. Heureuse Rose, pensa Émilie, pour qui un sourire est meilleur qu'un cadeau; une marque d'attention plus précieuse qu'un trésor.

Rose eut la permission d'accompagner sa mère à la gare, avec Sarah. Émilie monta sur la première marche du wagon, essayant de sourire à l'innocence de Rose qui ne comprenait pas qu'elle mettrait des mois, peut-être des années à la revoir. Elle l'avait tenue longuement dans ses bras, la serrant aussi fort qu'elle l'avait pu, sentant sous sa robe les seins maintenant bien formés de sa fille. Sa fille était une femme... Mais dans ses yeux, Émilie ne voyait que l'amusement propre à l'enfance. Elle lui avait au moins appris à lire et à écrire... Émilie mit le pied sur la dernière marche et se tourna une ultime fois. Rose souriait à Sarah, qui lui fit un signe d'encouragement.

«*Ave a nii-ce trip ome, mo-der.*»

Émilie figea. Rose avait, en une journée à peine, appris une phrase en anglais. Elle ne pouvait détacher son regard de cette enfant qu'elle laissait derrière elle. Puis elle prit conscience que de lourdes larmes lui roulaient sur les joues. Rose commença à grimacer, se tordant les mains.

«J'ai juste dit bon voyage, moman. Pourquoi que vous pleurez?

– Je pleure de joie, ma Rose», s'efforça de dire Émilie. «Je t'ai déjà expliqué ça. Des fois on pleure de joie. Ma joie, c'est de t'avoir entendue me parler dans des mots que moi-même je comprends pas.»

Rose s'illumina aussitôt. Elle avait fait plaisir à sa mère. Elle lui avait fait vraiment plaisir.

«*All aboard*!» cria le conducteur. Émilie souffla une bise à sa fille qui fit la même chose. Elle s'assit du côté du wagon d'où elle pouvait apercevoir Rose. Rose se planta devant sa fenêtre sans cesser de sourire et d'agiter la main. Mais Émilie vit que dans ses yeux, il y avait des larmes. Pauvre Rose... Jusqu'où avait-elle feint son incompréhension pour faire plaisir à sa mère?...

Elle arriva à la gare tard le soir et marcha lourdement jusqu'à l'hôtel Windsor. Elle se dirigea vers le préposé à l'inscription et sortit le papier confirmant sa réservation. Il lui remit sa clef et elle le remercia, feignant de ne pas remarquer qu'aucun des jeunes chasseurs ne se précipitait devant elle pour prendre sa valise et l'escorter jusqu'à sa chambre. Elle était une grosse vieille femme, terne, épuisée, amère. Une femme qui ne ressemblait en rien à celle qui était déjà entrée dans cet hôtel en sautillant de joie, pendue au bras de son homme tout aussi enthousiaste qu'elle.

Elle mit la clef dans la serrure et la tourna. Son cœur lui battait aux tempes tellement vigoureusement qu'elle se demanda si elle aurait la force d'entrer. Quelle idée avait-elle eue? Quelle cruelle idée que de revenir ici, faire un pèlerinage au lieu de son bonheur évanoui. Elle pénétra néanmoins dans la chambre qui sentait le cigare. Elle en fit le tour des yeux, marcha vers la fenêtre pour fermer le rideau et alla à la salle de bain ouvrir le robinet d'eau chaude. Elle revint vers le lit et commença lentement à se dévêtir, jurant contre un bouton coincé dans un fil de la boutonnière. Si Ovila avait été là, il l'aurait aidée. Si Ovila avait été là, la chambre n'aurait pas senti le cigare mais la pipe. Si Ovila avait été là, Rose aurait été avec les siens.

Émilie plia le couvre-lit soigneusement. Elle tira ensuite la couverture et toucha aux oreillers. Ils étaient toujours aussi moelleux. Elle se glissa finalement entre les draps et se tourna sur le ventre. Quand elle s'éveilla le lendemain matin, elle tenait un oreiller dans ses bras, ce qui ne lui était pas arrivé depuis ses terribles heures d'ennui à Shawinigan.

Elle reconnut le trajet. Dans quelques minutes, elle descendrait du tramway de la rue Saint-Denis et marcherait deux coins de rue avant d'arriver à la rue du Carmel. Là, elle tournerait à gauche et marcherait trente secondes avant de sonner. La sœur portière ferait glisser un judas et Émilie ne verrait que son œil. Puis la porte s'ouvrirait.

Tout se passa comme elle l'avait prévu. Par contre, on la fit longuement attendre dans le parloir. Elle entendit des chuchotements derrière le rideau et se demanda si elle pourrait voir Berthe. Le rideau ne s'ouvrit pas, mais quelqu'un entra dans le parloir.

«Je vous ai déjà rencontrée, madame. Vous étiez venue voir votre amie avec votre mari. Dans ce temps-là, je venais de prononcer mes vœux.»

Émilie ne savait si elle devait se lever ou demeurer assise. Elle ignorait si cette venue lui apporterait une bonne ou une mauvaise nouvelle. Elle se demandait pourquoi la religieuse était là plutôt que derrière le grillage.

«Votre amie ne peut se déplacer. Elle ne peut plus le faire depuis quelques années, maintenant.

– J'ai su que Berthe avait été malade...

– Elle l'est toujours et, franchement, personne ici ne croit qu'elle guérira... à moins d'un miracle.

– Est-ce que je peux la voir quand même?

– Nous sommes d'avis que oui. Elle a peu de visiteurs et peut-être que cela l'aidera un peu.

– Est-ce qu'elle peut parler?

– Si elle le désire... Veuillez me suivre, s'il vous plaît.»

Émilie suivit la prieure du côté du cloître, essayant de ne pas trop regarder, ayant le sentiment de commettre quelque sacrilège. La religieuse la dirigea dans un couloir et s'arrêta devant une porte, identique aux portes voisines. Émilie s'étonna. Elle avait cru que Berthe serait dans une sorte d'infirmerie. Elle ne cessait de se demander pourquoi la mère prieure avait dit «si elle le désire». Berthe avait-elle été relevée de son vœu de silence?

La religieuse ouvrit la porte qu'Émilie franchit sans regarder à l'intérieur de la pièce. La porte se referma derrière elle et elle se retrouva seule devant un lit, une commode, une chaise et un prie-Dieu. Puis elle vit Berthe. Mais était-ce Berthe? Il y avait sûrement erreur. Berthe n'avait certainement pas cent ans comme cette vieille femme étendue devant elle. Elle n'avait certainement pas non plus les cheveux complètement blanchis. Mais cette vieille femme qui la regardait à travers des yeux vitreux souriait. Et dans ce sourire, il y avait des fossettes semblables à celles de Berthe. Émilie approcha la chaise du lit et s'y assit. C'était Berthe. Ou ce serait Berthe dans soixante ans, elle ne le savait plus. Elle se demanda si elle devait adopter les pleurs, la compassion ou la moquerie. Mal à l'aise avec les deux premières attitudes, elle opta pour la troisième.

«On peut pas dire, Berthe, que tu vieillis en beauté! Qu'est-ce que c'est que tu veux faire? Être assez maigre pour qu'on voie même pas de bosse dans le lit? Pis si tu as l'impression que je suis venue ici pour écouter ton silence, tu te trompes. J'ai envie de t'entendre.»

Berthe la regardait maintenant, un sourire moqueur aux lèvres.

«On peut pas dire, Émilie, que tu vieillis en beauté! Qu'est-ce que c'est que tu veux faire? Être assez grosse pour pus être capable de passer dans la porte?»

Émilie regarda cette femme étendue devant elle. Elle avait

entendu la voix de Berthe mais elle ne parvenait pas encore à la sentir sous le masque de cette vieille.

«On peut pas dire, Berthe, que tu es la meilleure amie de la terre. Si tu avais continué à m'écrire, peut-être que tes mains auraient l'air moins raides!

– On peut pas dire, Émilie, que tu es la meilleure amie de la terre non plus, parce que si tu avais pensé un peu plus loin que le bout de ton nez, tu aurais compris que l'écriture c'est comme parler. J'ai choisi le silence, Émilie.

– Ça paraît pas! Tu jacasses comme tu jacassais il y a vingt pis vingt-cinq ans.

– J'ai décidé de me donner un congé. Une fois par cinq ans, Émilie, c'est pas beaucoup.»

C'était Berthe! Émilie approcha sa chaise. Puis elle se pencha, prit la main de son amie, la porta à ses lèvres et, sans lâcher prise, posa sa tête sur l'oreiller, à côté de la tête de son amie.

Les religieuses semblaient l'avoir oubliée. Elle passa des heures avec Berthe, à lui raconter ces jours et ces années qui s'étaient écoulés depuis leur dernière communication «non censurée», soit depuis le départ de Berthe. Berthe l'écoutait, comme elle l'avait toujours fait. Émilie pleurait, maintenant qu'elle parlait de la dernière visite d'Ovila et de St. Albans. Berthe aussi pleurait et elle serrait la main d'Émilie avec une force qu'Émilie n'aurait jamais soupçonnée.

«Comprends-tu maintenant, Émilie, pourquoi j'ai arrêté de parler? Regarde-toi. Tout ce que tu racontes te fait mal.»

Émilie releva la tête. Elle lâcha la main de Berthe, éloigna la chaise promptement et se leva. Elle ne sut comment elle en trouva la force – ou la lâcheté – mais elle commença à crier à la tête de Berthe.

«Tu peux bien parler! Rien qu'à te regarder, on voit bien ce que tu as fait, maudite Berthe! Sais-tu ce que je pense, moi?

– Non, mais je sens que tu vas me le dire...

– Je pense que tu es la plus grande peureuse de la terre. Jamais Berthe, tu m'entends, jamais j'ai pensé que tu avais la vocation! Jamais! Parce que si tu avais eu la vocation, tu aurais des belles joues roses avec tes fossettes dedans! Au lieu d'avoir cent ans, tu en aurais trente-neuf! Sais-tu ce que je pense, moi? Je pense que tu as toujours détesté ça ici, pis que tu as jamais eu le courage de le dire. Regarde-toi donc! Tu veux mourir, rien d'autre. Ça fait combien de temps que tu manges pas?

– Je mange...

– Trois miettes par jour pis une hostie, je suppose? Berthe! Réveille-toi. As-tu décidé d'être une sainte martyre? C'est malade, malade ce que tu fais. Pis à part ça, si tu veux le savoir, c'est contre la religion. Pis si c'est pas contre la religion, c'est de l'hypocrisie! Tu vas te faire enterrer comme une sainte, avec des funérailles pis tout le tralala. Sais-tu quoi, Berthe? Il y a, des hommes-là, qui sont revenus de la guerre avec des jambes arrachées, pis des yeux crevés pis des corps brûlés. Pis sais-tu quoi, Berthe? Il y en a de ces hommes-là qui ont pus été capables de vivre. Ça fait que ces hommes-là se sont tués. Tout seuls. Ces hommes-là, Berthe, il paraît qu'il y a pas de place dans le ciel pour eux autres! Parce que ces hommes-là ont décidé de l'heure de leur mort. Pis toi, Berthe, tu vas avoir droit à tout ça.»

Dans le vieux visage de Berthe, il y avait maintenant de la couleur. Ses lèvres tremblaient.

«Tu viens de dire un sacrilège, Émilie.

– Je viens de dire ce que je pense de toi. Si te dire ce qu'on pense c'est un sacrilège, mille pardons. Tu vaux même pas un pet!»

Berthe éclata en sanglots. Des sanglots de rage et non de peine.

«Veux-tu me dire ce que tu es venue faire ici, Émilie Bordeleau? Va-t'en! Ici, c'est ma chambre. Mon sanctuaire. Personne a parlé ici depuis des années. Tu fais résonner les murs avec ta voix de maîtresse d'école!

– C'est pas un sanctuaire, Berthe. C'est une tombe! Pis toi, une morte vivante!

– C'est tout ce que j'attends, Émilie Bordeleau. Mourir! Jamais pus voir de monde comme toi!

– C'est bien trop apeurant, hein Berthe, de voir du monde qui se bat avec la vie? C'est plus facile de se laisser mourir! Maudite Berthe!»

Au grand étonnement d'Émilie, Berthe se souleva sur ses coudes, s'assit, péniblement, parvint à se laisser tomber les jambes hors du lit, à s'en arracher et à se précipiter vers elle.

«Vas-tu sortir d'ici? Vas-tu t'en aller chez vous t'occuper de tes enfants? Maudite toi-même!»

Émilie aurait voulu pleurer des propos que Berthe venait de lui tenir, mais elle souriait à pleines dents. Berthe était vivante, et les années fondaient sur son visage. Berthe se dirigea vers la porte et l'ouvrit toute grande.

«Sors! Tu m'entends? Sors!»

Émilie sortit lentement, se tourna vers Berthe qui lui claqua la porte au nez. La prieure était à genoux dans le couloir, devant la porte. Elle se leva, agrippa Émilie par le bras et la traîna jusqu'à la chapelle, babillant tout au long du trajet, excitée.

«Qu'est-ce qui s'est passé? Mon Dieu, elle a parlé! Qu'est-ce que vous en pensez? Pensez-vous qu'on devrait faire venir le médecin? Pensez-vous que votre amie va enfin guérir?»

Émilie ne disait rien, suivant le pas rapide de la prieure. Elles demeurèrent longtemps à la chapelle. Puis une religieuse vint les rejoindre, s'approcha de la prieure, lui chuchota quelque chose à l'oreille, et la prieure poussa un cri étranglé avant de fausser compagnie à Émilie.

Le train roulait péniblement à travers un orage qui avait noirci le ciel aussi rapidement que si quelque ange s'était amusé à le charbonner. Émilie tenait dans sa main droite la lettre de Berthe et dans sa main gauche, un mouchoir avec lequel elle essuyait ses larmes au fur et à mesure qu'elles apparaissaient. Quand ses yeux n'étaient pas trop embrouillés, elle relisait la lettre que Berthe lui avait écrite avant de l'abandonner sur son lit. *Ange ou Diable, mon amie, tu m'as montré qui j'étais. Je préfère mourir tout de suite, toute seule. Tu as raison, mon amie, ma vie n'a été qu'un mensonge et je vais au moins, pour une fois, avoir le courage de faire ce qu'il faut faire. Comme un soldat. Mais moi, mon amie, je n'ai combattu pour aucune cause, pour personne sinon moi-même. Et je ne mérite pas la terre sacrée réservée aux humbles. Merci, mon amie, et, du lieu où je serai – ne le répète jamais, mais je n'ai jamais cru à l'enfer, ni à grand-chose d'ailleurs – je penserai à toi, la grande mule de Saint-Stanislas. Pardonne-moi mon silence, mais je n'ai jamais su que répondre à ton mal. Berthe. P.-S. Que Dieu te bénisse.*

Encore une fois, prisonnière d'un train, Émilie pleura. Et maintenant Paul l'attendait pour qu'elle aille le conduire à Mistassini. Chez les Trappistes! Une autre sorte de cloître. Elle pleura encore, mais cette fois de crainte, de peur. Elle le laisserait partir, mais maintenant, elle aurait peur que quelque chose en Paul se dérègle. Il avait déjà la santé si fragile. Elle avait peur, tellement peur. Ha! Berthe. Pourquoi m'avoir donné ce poids en héritage? Pourquoi? Pourquoi me rendre responsable du fait que tu dors seule au fond d'un jardin au lieu d'être avec tes compagnes? Ha! Berthe... J'ai simplement voulu te revoir vivre.

Émilie s'attaqua aux préparatifs du départ de Paul avec l'énergie qu'elle aurait mise pour lui préparer une retraite paisible. Elle ne cessait de lui vanter tous les mérites de ce qu'il vivrait, insistant davantage sur la scolarisation que sur la vie religieuse qui s'ouvrirait devant lui. Elle avait encore mal à ses souvenirs de Berthe. Même si le curé Grenier lui avait dit qu'elle n'était responsable de rien. Même s'il lui avait dit qu'elle devait voir en l'âme de son amie une âme malade. Il l'avait aussi rassurée en affirmant que Dieu, dans sa miséricorde, lui ouvrirait certainement un coin du ciel.

«Elle l'a certainement mérité après autant d'années de prière, de méditation et d'abnégation.» Émilie avait essayé de discuter avec lui du fait que Berthe n'avait jamais eu le courage de quitter le cloître, mais le curé n'avait voulu rien entendre.

«Émilie, il vous faudra accepter que des gens soient faibles, même les gens que vous aimez. Il vous faudra apprendre à faire confiance à une volonté supérieure à la vôtre. Si cette volonté a demandé à Berthe de rester au cloître, c'est certainement parce que Berthe avait un rôle à y jouer.» Elle se souvenait de façon très aiguë qu'il l'avait regardée avant d'ajouter, presque ironiquement: «Ne fût-ce que ramener son amie à la Foi.»

Paul ne tenait pas en place. Émilie eut beau essayer de le calmer, il ne cessait de parler, posant des questions du matin au soir sur la matière qu'il verrait en classe, sur le fait qu'il pourrait être enfant de chœur, sur son surplis... Émilie conserva son calme, pour tenter d'équilibrer l'humeur de la maison que Paul survoltait.

Le départ, toutefois, se fit très doucement, Paul étant affligé d'une bonne fièvre. Émilie s'en inquiéta; aussi le fit-elle voir par le médecin avant de se diriger vers la gare. Le médecin examina Paul soigneusement et rassura sa mère. Paul souffrait d'une «fièvre d'énervement».

Émilie eut une nausée lorsqu'elle entra dans le wagon. Maintenant, les wagons de train dégageaient une odeur qui la dégoûtait. Ils sentaient le parfum dont elle s'était aspergée pour accompagner Ovila à Montréal. Ils sentaient son départ de Shawinigan et la nuit sans fin qu'elle avait vue devant elle. Ils sentaient l'hôpital de La Tuque et la jambe d'Ovila: chair en charpie. Ils sentaient l'air de St. Albans, l'absence de Rose, la mort de Berthe et maintenant le départ de son Paul, qu'elle tenait d'une main ferme, insoumise à l'idée qu'il lui échapperait peut-être pour toujours.

11

De voir sa sœur parader à ses côtés en robe de nuit mit Blanche mal à l'aise. Jeanne se pavanait du fait qu'elle-même connaissait les airs du couvent, les religieuses et la majorité des pensionnaires. Jeanne affichait une assurance qui faisait blêmir Blanche d'envie. Depuis qu'elle était au pensionnat, elle n'avait eu que Louisa pour amie et elle avait appris que Louisa ne reviendrait plus. Ses parents étaient déménagés à Montréal et Louisa était quelque part dans un autre pensionnat, dans une ville qui s'appelait Outremont. Blanche avait obtenu son adresse et s'était promis de lui écrire.

Elle commença sa cinquième année avec un sérieux que les religieuses lui connaissaient mais qu'elle ne voyait pas. Elle aimait tellement travailler qu'elle n'avait jamais pensé pouvoir faire autre chose. Sa tête enregistrait les nouvelles matières assez rapidement pour lui permettre de bien servir le curé. Le curé Grenier avait maintenant l'habitude de prendre ses repas au couvent et Blanche avait eu l'immense privilège d'être assignée à son service. Habituellement, une telle tâche aurait dû être confiée à une grande, mais Blanche ayant «fait ses preuves», c'est elle qui fut désignée. Jeanne, elle, avait hérité de l'entretien des parloirs. Jeanne, elle, ne semblait pas se formaliser de son statut d'orpheline. Elle haussait tout simplement les épaules et répondait qu'elle aimait mieux être orpheline d'un père vivant que d'un père mort! Certaines pensionnaires qui n'étaient pas de la région ne comprenaient pas ce qu'elle voulait dire; aussi Blanche lui demanda d'être plus discrète.

«Jeanne, fais attention. Il y a des filles qui peuvent penser que notre mère triche pour qu'on ait le couvent sans payer.»

Jeanne avait cessé de parler de son père, comme Blanche l'avait fait l'année précédente. Maintenant, chaque fois que Blanche pensait à lui, elle ne pensait qu'à des moments qu'elle aurait voulu oublier. Maintenant qu'elle avait terriblement grandi, maintenant qu'elle avait onze ans, elle savait que la mémoire jouait de vilains tours et que son père avait fait autre chose que des cages à oiseaux. Si sa mère n'en parlait presque plus, c'était probablement parce que sa mère n'avait rien de neuf à raconter. Elle leur avait déjà tout dit. Du moins Blanche le croyait-elle.

Cette seconde année au couvent avait eu un drôle de goût. Pas tant parce que le couvent était changé mais davantage parce que les congés, eux, l'étaient. Rose et Paul absents, les sept enfants qui avaient été avec leur mère durant les congés ne pouvaient pas rire aussi facilement. Surtout parce que leur mère ne cessait de leur lire et leur relire les lettres que Rose et Paul avaient écrites. Blanche savait que sa mère s'ennuyait, mais elle trouvait que son ennui était partout, même dans la nourriture que, plus souvent qu'autrement, elle oubliait de saler.

Blanche s'était jointe aux Enfants de Marie dans l'espoir

d'occuper ses quelques moments libres. Ainsi, elle échappait à la longue promenade que les pensionnaires faisaient le soir après l'étude, avant d'aller dormir. Elle détestait ces promenades. Les pensionnaires devaient marcher deux par deux et une religieuse fermait les rangs, rabrouant constamment la moindre petite infraction. Blanche abhorrait ces sorties surtout parce que les gens disaient toujours «tiens, les pensionnaires». Elle n'aimait pas se sentir appartenir à un groupe. Elle détestait encore plus être reconnue par quelqu'un qui, trop souvent, hochait la tête en la voyant. Blanche savait que cette attitude devait être liée à l'absence de son père mais elle refusait de se faire regarder comme si elle avait été une photographie dans un catalogue.

Aux grandes vacances des Fêtes, elle avait appris que Clément laisserait le collège pour aller vivre chez sa tante Éva au lac à la Tortue. Elle avait aussi appris que sa grand-mère Pronovost avait décidé de suivre Clément. Maintenant, son oncle Ti-Ton habitait le Bourdais. Blanche avait pleuré. Parce qu'elle verrait sa grand-mère moins souvent. Parce qu'Ovide n'allait pas mieux. Parce que son oncle Oscar, celui qu'elle connaissait le moins, s'était fiancé et qu'il quitterait Saint-Tite pour aller vivre un peu partout, là où il y avait une gare dont il devrait s'occuper. Mais elle avait surtout pleuré de voir renifler sa mère quand elle avait accepté que Clément laisse le collège pour retourner dans une petite école. Sa mère avait simplement dit: «Clément, tu sais pas la peine que tu me fais. Quand on a la chance de pouvoir s'instruire, il faut le faire. Il y en a qui auraient donné des millions pour être à ta place. Mais toi, tu lèves le nez sur tout, sauf sur la ferme.» Clément, depuis ce temps-là, n'avait pas écrit à sa mère et il n'avait pas voulu venir à Pâques. Clément n'avait même pas dix ans et déjà, sa mère l'avait dit, il avait une tête de mule.

Blanche, elle, sentait qu'elle devait faire des efforts pour plaire à sa mère. Lui apporter de beaux résultats. Il fallait que ses notes soient très bonnes pour faire oublier à sa mère que Rose ne pouvait plus apprendre, que Marie-Ange et Émilien ne voulaient plus apprendre, que Clément ne savait pas trop ce qu'il voulait. Elle aidait Jeanne à faire ses devoirs pour s'assurer que Jeanne aussi ferait plaisir à sa mère.

A Pâques, sa mère leur avait annoncé qu'ils déménageraient. Pour Blanche, la nouvelle avait été extraordinaire parce que sa mère avait réussi à obtenir une nouvelle école. Elle enseignerait dans le Bourdais. Pas dans l'école de la Montée-des-Pointes, mais dans l'autre école, celle qui était plus près de la terre de l'oncle Ti-Ton. Seule ombre au tableau pour Blanche, sa grand-mère n'était plus là. Mais son oncle Ovide y serait et son oncle Ti-Ton leur avait dit que sa maison était leur maison...

Blanche n'avait jamais aimé le lac Éric et sa maison-école. Une maison-école dans le Bourdais de Saint-Tite serait plus intéressante. Elle avait demandé à Jeanne si leur mère enseignait aussi bien que les religieuses, et Jeanne lui avait dit qu'elle enseignait mieux. Blanche enviait Jeanne, Paul et Alice d'avoir été élèves de leur mère. Elle n'avait pas eu cette chance. Maintenant que Jeanne pouvait comparer, elle avait dit à Blanche que leur mère racontait beaucoup plus d'histoires, qu'ils travaillaient beaucoup plus souvent avec les crayons de couleur et que la récréation était plus longue. Ça, Blanche l'avait toujours su. Pendant la récréation, sa mère s'occupait de Rolande qui, maintenant, était un drôle de petit diable.

Pendant toute l'année, Blanche s'était un peu inquiétée du fait que sa mère fût toute seule, si loin, avec Rolande et Alice. Émilien aussi s'était inquiété car il avait toujours continué de passer ses dimanches au lac, pour faire les corvées. Blanche n'avait cessé de se demander comment, du couvent, elle aurait pu aider sa mère. Sa mère lui avait dit que la seule façon de l'aider était de lui apporter de belles notes. Blanche avait trouvé que sa mère répétait souvent les mêmes choses, mais elle avait obéi.

Depuis que Rose était partie et que sa mère était revenue de Montréal, celle-ci avait changé. Maintenant, il lui arrivait d'être plus impatiente. Blanche avait toujours peur des sautes d'humeur de sa mère, surtout parce que, quand sa mère se mettait en colère, elle levait la voix tellement haut et tellement fort que Blanche sentait que quelque chose pouvait se déchirer en elle, en commençant par ses oreilles.

Leur mère avait obtenu la permission qu'elle et Jeanne

quittent le couvent un peu plus tôt afin de l'aider à préparer les boîtes pour le déménagement. Jeanne s'était excitée, encore une fois, disant à Blanche que sa mère pouvait vraiment tout faire, même raccourcir les mois d'école. Leur oncle Oscar était venu les chercher et leur avait raconté combien son mariage avait été joli. Il ne s'était pas marié à Saint-Tite parce que sa femme venait de Louiseville. Blanche trouvait que son oncle Oscar ressemblait à son père. Tous les deux, ils étaient grands. Tous les deux, ils avaient un air moqueur. En voyant le profil de son oncle qui conduisait l'automobile de son frère Edmond, elle avait essayé de retrouver le profil de son père mais en avait été incapable.

Ils étaient arrivés au lac Éric et leur mère était venue les accueillir. Habituellement, elle les embrassait. Aujourd'hui, elle leur avait dit bonjour comme si elle les avait vues la veille puis avait demandé à Blanche de ne pas défaire leur malle.

«Je vois pas pourquoi on la viderait pour la remplir dans deux semaines.»

Blanche aurait voulu lui sauter au cou, mais la seule chose que sa mère acceptait près de son cou, c'était le mouchoir qu'elle s'y passait sans arrêt. Oscar l'avait aidée à rentrer la malle dans l'école mais sa mère lui avait dit de ne pas la monter.

«J'ai pas envie d'être obligée de la redescendre. Les petites auront juste à venir prendre ce qu'il leur faudra.»

Blanche avait détesté que sa mère l'appelle «la p'tite», mais à regarder combien sa mère était grande et grosse elle s'était dit que finalement il était vrai qu'elle était petite et Jeanne encore plus.

Si sa mère ne l'avait pas embrassée, tel ne fut pas le cas d'Alice qui n'en finissait plus de se pendre à son cou et à ses bras, froissant les poignets de sa robe tant elle serrait fort. Alice était presque aussi grande que Jeanne. Blanche pensa que pendant l'été, elle aiderait sa mère à coudre son nouvel uniforme, le sien devenant l'uniforme de Jeanne, et l'uniforme de Jeanne, celui d'Alice. Blanche regarda l'uniforme de Jeanne et fut satisfaite d'être l'aînée des trois pensionnaires. Au moins, elle portait toujours un uniforme neuf. Sa mère lui avait dit que peut-être cette année elle pourrait avoir deux uniformes. Elles étaient les seules pensionnaires à n'avoir qu'un seul uniforme qu'elles devaient presser et nettoyer à tous les samedis. Mais Blanche s'y était habituée, parce que cela faisait aussi partie de son statut d'orpheline.

Elles avaient terminé le mois de juin dans les boîtes. Sa mère commandait et elles exécutaient.

«Mets toute la vaisselle là-dedans. Fais attention. Toi, Jeanne, va décrocher le linge dehors. Ha!... si seulement Émilien était là pour réparer ma roue de calèche. Ha!... si seulement Marie-Ange était là pour s'occuper de Rolande. Ha!... si seulement Rose était là pour faire les repas. Ha!... si seulement Clément...»

Blanche avait beau courir après Rolande, chauffer la soupe, essayer même de réparer un coin de chaise abîmée, sa mère semblait ne pas la voir, perdue dans les préparatifs du déménagement. Blanche lui avait remis son bulletin et sa mère y avait jeté un coup d'œil distrait.

«Plus tard, Blanche. Laisse-moi finir ce que je fais.»

Blanche avait remis le bulletin dans la grande malle et à chaque jour depuis son retour du couvent, elle avait essayé de trouver un moment pour le montrer à sa mère, mais sa mère était toujours tellement occupée qu'elle le repliait et le replaçait dans la malle, espérant pouvoir le sortir le lendemain.

Ils avaient enfin pu déménager. Sa mère avait demandé l'aide d'Oscar et d'Edmond. Mais ce matin-là ce fut encore plus amusant parce que Ti-Ton et Ovide aussi étaient venus. Ils étaient arrivés au moment où sa mère finissait de placer des bagages dans sa vieille calèche.

«Cesse d'en mettre, Émilie. Ta Tite va jamais pouvoir tirer ça. C'est des bœufs qu'il faudrait.»

Son oncle Edmond avait taquiné sa mère. Sa mère avait haussé les épaules et lui avait répondu de se faire «aller le derrière au lieu de se faire aller la langue». Blanche avait rougi. Sa mère, parfois, était tellement impatiente qu'elle en devenait impolie.

Ils avaient quitté le lac et Blanche ne s'était pas retournée. Elle n'avait qu'une hâte: voir Saint-Tite et savoir qu'elle y habiterait pour toujours. Ils étaient partis en caravane. Edmond et

Oscar devant dans la Ford, son oncle Ovide, Ti-Ton, elle, Jeanne et Alice dans une vieille voiture remplie de malles et sa mère derrière avec Rolande.

Ils avaient fait la moitié du chemin quand ils entendirent crier sa mère. Blanche se tourna, croyant qu'elle voulait leur dire qu'elle avait oublié quelque chose mais elle vit sa mère en plein milieu du chemin, agenouillée à côté de sa Tite. Sa vieille jument était couchée sur le côté. Son oncle Ovide s'était hâté de la rejoindre et Edmond avait fait demi-tour avec sa Ford et s'était empressé, lui aussi, de venir voir ce qui se passait. Tout le monde s'était rassemblé près de la Tite qui, Blanche le comprit, se mourait. Sa mère, toujours à genoux, lui flattait la crinière en lui parlant doucement. Blanche sentit les larmes lui monter aux yeux. Pas tant parce que la jument de sa mère se mourait mais parce que sa mère la caressait comme elle n'avait pas eu le temps de les caresser depuis qu'elles étaient rentrées du couvent. Personne ne parlait. Les flancs de la jument se gonflaient comme un ballon puis s'écrasaient en faisant un bruit que Blanche n'aima pas.

«Allez donc marcher un peu, les enfants. On va vous appeler quand on va être prêts à partir.»

C'était son oncle Ovide qui avait parlé et elle s'était empressée de prendre Rolande par la main et de demander à Jeanne et à Alice de la suivre. Elles s'étaient éloignées assez pour ne plus entendre leur mère. Elle avait vu son oncle Edmond partir en automobile pour aller chez le voisin, un monsieur Gélinas. Elle avait installé ses sœurs au pied d'un arbre pour leur raconter une histoire. Elle avait vu l'auto de son oncle revenir, puis elle avait entendu sa mère crier «non» avant d'entendre un coup de feu. Son oncle Ovide était venu les chercher et elles étaient parties pour Saint-Tite. Sa mère lui avait confié Rolande, lui disant qu'elle les rejoindrait le plus vite possible. Ils étaient tous arrivés au Bourdais et Émilien les attendait, assis sur la galerie de l'école. Ses oncles avaient entré les meubles et tout le bagage puis Ti-Ton les avait tous conduits chez lui. Edmond était reparti avec un cheval attaché derrière son automobile et une pelle.

12

Émilie n'avait pas voulu qu'Edmond tue sa jument, préférant la voir mourir doucement dans ses bras. Mais sa jument agonisait et Edmond détestait voir souffrir un cheval. Elle avait à peine eu le temps d'apercevoir la crosse du fusil que sa Tite était morte. Elle n'avait pas pu lui faire les adieux qu'elle aurait voulu. Elle n'avait pas pu continuer à lui caresser la crinière. Elle s'était contentée de leur demander de la laisser seule. Edmond l'avait regardée comme si elle perdait un peu la tête. Mais il ne pouvait pas savoir. Avec Ovila, elle avait assisté à la saillie de la belle pouliche de son père. L'étalon Pronovost et la jument Bordeleau, avait-elle alors pensé. Et Ovila lui avait serré doucement le cou. Berthe était là aussi. Berthe...

Quand les enfants et ses beaux-frères l'eurent quittée, elle recommença à caresser la crinière de sa jument en lui parlant doucement. Puis elle décida de lui enlever son attelage, étonnée de voir combien la tête d'un cheval était lourde. Elle s'assit dans sa calèche, regardant la carcasse de sa Tite, puis fouilla dans une des boîtes pour en sortir des ciseaux. Elle s'approcha de sa bête et entreprit de lui couper la crinière. Une crinière dorée comme celle de l'étalon de son père. Elle consacra plusieurs minutes à son travail puis prit les crins et les enfouit dans son sac à main.

Émilie vit s'approcher la voiture d'Edmond. Il s'arrêta et lui demanda de l'aider à atteler le cheval. Émilie le fit seule, préférant qu'Edmond commence à creuser la fosse pour sa Tite. Edmond avait regardé le cou de la bête, avait hoché la tête, davantage d'incrédulité que de surprise, puis avait lancé à Émilie: «Je te l'avais dit que la calèche était trop chargée pour ta vieille jument!» Émilie arrêta net d'atteler son cheval et se tourna vers son beau-frère, cramoisie, furieuse, blessée.

«Veux-tu me dire que c'est moi qui l'a tuée? Penses-tu que j'aurais tué ma Tite?

– Oublie ça, Émilie. J'ai rien dit.»

Émilie écoutait les sons du Bourdais. Ils n'étaient pas tout à fait identiques à ceux qu'elle avait connus dans sa première école, mais ils s'en approchaient. Tout ce qu'il y avait de fort différent était la présence de plusieurs automobiles. Elle repensait à cette journée qui venait de se terminer et à celles qui commenceraient bientôt. Elle avait pris la résolution de rapatrier ses enfants. Maintenant qu'elle était de retour à Saint-Tite, il n'y avait plus de raisons qu'Émilien et Marie-Ange habitent en pension. Il n'y avait plus de raisons non plus, que Clément demeure chez sa tante. Elle le prendrait comme élève et veillerait à entrer quelque chose dans sa tête échevelée.

Avec un peu d'imagination, elle pouvait presque entendre les moutons de Ti-Ton. Elle s'était rapprochée des Pronovost, par instinct plus que par raison. Sa famille à elle était tellement éloignée. Dans le temps surtout. Dans ses émotions ensuite. Elle avait bien, depuis toujours, suivi leurs allées et venues, mais elle ne s'était jamais sentie près d'eux, sauf peut-être d'Honoré, son frère, qui avait vu mourir ses trois bébés.

L'idée de la mort d'un bébé lui fit penser à Louisa. Mais maintenant, elle avait pardonné à la vie de lui avoir dérobé cette enfant. Maintenant, la vie ferait ce qu'elle voudrait et elle n'avait plus envie de la combattre. Émilie revit le visage bleu de Berthe, étranglée par son drap. Elle était morte un peu comme elle avait vécu: en accordant une dernière représentation de sa déchéance. Jamais elle n'oublierait le teint de Berthe. Bleu. Rosacé. Probablement les plus belles couleurs qu'elle ait eues depuis son entrée au cloître. Un arc-en-ciel de couleurs pour pointer un trésor qu'elle venait de trouver: la paix.

Émilie entendit une automobile passer devant l'école et ses pensées embrayèrent dans une autre direction: Edmond. De quoi s'était-il mêlé? La rendre coupable de la mort de sa Tite! Elle avait tenu à sa Tite comme à la prunelle de ses yeux. Cette mort d'un animal lui avait fait presque aussi mal que celle d'un humain, surtout parce que cet animal avait, pour elle, incarné la vie qu'elle et Ovila avaient créée. Mais Edmond avait malheureusement rallumé en elle cette crainte qu'elle était vraiment née sous une mauvaise étoile, comme le lui avait dit monsieur Rouleau il y avait près d'un quart de siècle. Peut-être était-ce vrai... Tout ce qu'elle approchait pourrissait. Son amour. Son mariage. Son enfant. Son amie. Son cheval. Peut-être était-elle maudite parce qu'elle avait cessé de s'agenouiller... cessé de baisser la tête... cessé d'accepter d'être humiliée.

Elle s'était résignée à enseigner dans cette école du Bourdais pour rapprocher ses enfants de leur famille, pour quitter le lac Éric, pour recréer son foyer malgré l'éloignement de Rose et de Paul. Elle n'avait pas trop hésité lorsque le curé Grenier le lui avait offert mais au fond d'elle, elle tremblait. Elle avait peur de cette école. Non pas à cause des élèves, mais à cause d'un commissaire: Joachim Crête.

Émilien et Marie-Ange réintégrèrent rapidement son quotidien. Elle prit connaissance du leur: des journées au terme desquelles ils rentraient fourbus. Surtout Marie-Ange qui était parfois tellement fatiguée qu'elle se privait de repas. Comment Rose avait-elle réussi à survivre à cette cadence? Émilien, lui, crânait sa résistance du haut de ses bientôt quatorze ans, l'âge de son père lorsqu'il avait décidé qu'Émilie serait sa femme. Mais les temps changeaient. Un garçon de quatorze ans, maintenant, n'avait pas la maturité d'un garçon de quatorze ans alors. Ou l'avait-il? Elle frissonna. Elle avait tant voulu que ses fils fussent plus instruits que leur père, forcé de quitter l'école à cause de la maladie d'Ovide. A l'âge d'Émilien, Ovila était encore sagement assis dans sa classe...

Blanche avait tellement insisté qu'elle l'avait laissée coudre son uniforme. Presque en totalité. Sa fille avait des doigts de fée. Lorsque son uniforme avait été terminé, Blanche s'était empressée de changer les collets et les poignets de ceux de Jeanne et d'Alice. Elle les avait remis «comme neufs». Émilie se demandait pourquoi Blanche consacrait autant d'énergie à la seconder. Puis elle avait eu sa réponse. Blanche était l'aînée de sa «deuxième famille». Celle des enfants qui fréquentaient encore l'école. Elle avait trois sœurs derrière elle et elle s'efforçait de leur tracer un chemin. Ce qu'Émilie refusait de voir, c'était que sa fille essayait trop de lui plaire. Elle n'aimait pas cette attitude, trop proche de la soumission, de l'adulation. Aussi, un soir qu'elle sarclait son jardin et que Blanche arrachait frénétiquement des mauvaises herbes, elle lui avait parlé.

«Blanche, c'est pas nécessaire de toujours être devant moi, à essayer de savoir ce que je veux ou ce que je pense.

– Vous avez besoin d'aide, moman.

– J'ai besoin d'aide, mais j'ai beaucoup de monde pour m'aider. Pas juste toi.»

Devant la mine déconfite de sa fille, elle avait posé sa binette. Comprenait-elle mal ce qu'elle essayait de lui expliquer? Elle s'était approchée d'elle et l'avait prise dans ses bras. Elle avait senti le corps de sa fille se tendre avant de ramollir.

L'été fila comme le vent qui ne cessait d'annoncer un automne pluvieux. Émilie consacra tout son temps à achever les préparatifs pour ses trois filles qui fréquenteraient le couvent. Paul n'était pas venu. Elle en avait été chavirée. A peine un an d'absence et il ne ressentait pas le besoin d'être près des siens, près d'elle. Elle se résigna en lisant la dernière ligne de sa lettre. Paul avait écrit *Ego sum Paulus* et entre parenthèses, il avait traduit: Je suis Paul. Émilie, pour la première fois depuis qu'elle était mère, ressentit un malaise. Si Paul n'avait pas traduit sa phrase, elle n'aurait jamais compris ce qu'il avait écrit. Maintenant, un de ses enfants en savait plus qu'elle. Cela lui fit mal, créant un abîme qu'elle aurait peut-être pu combler si elle avait été plus jeune. Mais quoiqu'elle eût encore l'envie d'apprendre, elle n'avait plus le goût de le faire systématiquement. Cependant, plus pour amuser son fils que pour le braver, elle courut voir le curé Grenier pour être capable, elle aussi, de terminer une lettre sur quelques mots de latin. Elle écrivit: *Paulus, nihil habeo sed puerum meum amo.* Paul lui répondit: *pater et mater amo.*

Les quelques phrases qu'elle avait échangées avec Blanche changèrent un peu sa fille. Blanche commença à visiter la parenté plus souvent, se faisant même une amie, ce qui ne s'était pas produit depuis le départ de Louisa. Elle entretenait une correspondance régulière avec cette dernière et Émilie lui avait suggéré de l'inviter à venir passer quelques jours à Saint-Tite. Les parents de Louisa ne l'avaient pas autorisée à le faire et Émilie se doutait bien de la raison: ils ne voulaient pas que leur fille habite dans une école, moins encore chez une famille «originale».

Depuis leur retour du lac, Ovide ne manquait pas de les visiter. Il apportait des légumes ou des fruits, s'assoyait avec Émilie pendant qu'elle s'occupait à ses travaux et l'entretenait de tout ce qui se passait ou s'était passé dans le monde, de Napoléon à la guerre qui venait de s'achever, sans omettre les tsars, les grands peintres impressionnistes et la petite histoire locale. Ce qui, récemment, l'avait fort intéressé avait été l'incendie de la buanderie des Chinois. Visite après visite, il reprenait l'histoire, s'interrogeant comme s'il avait été le procureur.

«A ton avis, Émilie, c'était un feu accidentel ou volontaire?

– Ovide, l'enquête a révélé que c'était un accident.

– Mais tu trouves pas ça drôle, toi, que ça arrive à la seule famille qui est pas du coin?

– Non. C'est la seule famille qui avait une buanderie. Tu sais comme moi, Ovide, que c'est un *nique* à feu.»

Émilie fixa son aiguille sur le revers de son collet et se leva pour regarder Rolande qui jouait un peu trop près du fossé à son goût. Elle frappa dans la vitre et Rolande leva la tête pour voir les yeux froncés de sa mère. Rolande s'éloigna du lieu qui la fascinait pour se rapprocher de l'école. Émilie ouvrit la fenêtre et lui demanda de jouer à l'arrière et non à l'avant. Jeanne prit sa sœur par la main et l'escorta. Rassurée, Émilie referma la fenêtre et reporta son attention vers Ovide.

«Ovide, ce genre de conversation m'énerve, surtout quand je couds. Je me pique.»

Émilie regarda son beau-frère. Depuis le temps qu'elle le connaissait, elle avait toujours su que si ce n'avait été de sa tuberculose, elle l'aurait eu pour soupirant. Elle le toisa et dut s'avouer qu'objectivement, il était plus beau qu'Ovila. Mais elle n'avait jamais vu cette beauté avant cette année. Ovila avait usé sa beauté à grands coups de levées de coude. Ovide, lui, avait enrichi la sienne de lectures et d'écoute. Maintenant, il s'agitait sur sa chaise en toussotant de sa fausse toux qui, Émilie le savait, masquait sa timidité.

«Penses-tu, Émilie, que je viens te voir trop souvent?»

Elle éclata de rire. Ovide, le bel indifférent, se préoccupait tout à coup de l'opinion des gens.

«Si tu penses que c'est mal de visiter ta belle-sœur pendant que ton frère est parti, je serais pas étonnée que d'autres le pensent. Mais si tu trouves ça normal de voir tes neveux pis tes nièces à la place de leur père, le monde va penser ça aussi. Pour ce qui est de moi, le monde peut bien penser tout seul. Si je t'avais pas dans les alentours, je saurais pas mal moins d'affaires. Pis parlant d'affaires, je pense que c'est aujourd'hui que j'vas te dire un secret.»

Flatté, Ovide tendit une oreille attentive pendant qu'Émilie lui raconta ses fiançailles avec Douville et le voyage qu'elle avait presque fait.

«Tu veux dire que vous seriez allés à Paris?

– Oui, monsieur. J'ai eu des soupirants quand j'enseignais, pis pas n'importe qui.

– Pis tu veux dire que tu as laissé tout ça à cause de mon frère?»

Émilie sourit tristement. Douville aurait peut-être été le bon mari pour elle. Elle recevait encore régulièrement des nouvelles d'Antoinette. Elle savait qu'Antoinette et Henri vivaient une vie de pachas à Montréal, surtout depuis qu'il avait terminé un doctorat et enseignait la littérature française à l'Université McGill. Antoinette lui avait même dit que leurs enfants parlaient tous l'anglais. C'était dû au fait qu'ils habitaient un quartier anglophone de Montréal. Elle n'avait pas osé visiter Antoinette lorsqu'elle était allée conduire Rose et voir Berthe. Elle y avait songé sérieusement mais se rappelant les lettres d'Antoinette, la description de sa maison, le fait qu'elle avait une domestique, elle n'avait pas osé le faire. Pas avec sa robe élimée aux coudes et aux poignets.

Ovide l'observait et regardait tristement le nuage qui lui obstruait les yeux. Elle avait probablement souffert plus que jamais il ne pourrait l'imaginer. Il maudissait son frère d'avoir laissé mourir une si belle femme. Parce que l'Émilie qu'il avait connue était bel et bien morte. Ou à tout le moins à l'agonie.

«Émilie, qu'est-ce que la brume fait dans tes yeux?»

Le mot «brume» fouetta Émilie. Elle abandonna Antoinette et son monde de planchers en marqueterie.

«Si tu veux me faire plaisir, Ovide, prononce jamais le mot "brume" devant moi.»

Elle avait donné un coup de tête, relevé sa mèche et continué son travail, les lèvres tellement serrées qu'elles en bleuissaient.

Ovide sut qu'il avait commis un impair mais en ignorait la cause. Il se leva discrètement, sourit à Émilie avant de sortir. Elle ne remarqua ni son sourire, ni son départ. Il soupira en fermant la porte doucement, de crainte d'éveiller encore quelque douleur dans l'âme de sa belle-sœur.

La seconde institutrice arriva quatre jours avant la rentrée. Émilie l'observa de sa fenêtre et crut se revoir. Cette dernière avait dix-sept ans, les cheveux d'un blond roux et une taille de guêpe. Ses vêtements étaient propres et bien faits. Émilie se demanda si c'était elle qui les avait cousus. Elle s'empressa de sortir de l'école pour aller à sa rencontre et se présenter. Elle tendit la main à la jeune demoiselle mais cette dernière ne la serra pas. Elle se contenta de regarder Émilie, l'air hautain, et de dire son nom.

«Bonjour, madame Pronovost.» Elle insista tellement sur le mot *madame* qu'Émilie y sentit presque une marque de mépris, d'autant plus que la jeune institutrice regardait les enfants sales de terre et de leurs activités de la journée.

«Bonjour, mademoiselle...

– Adeline. Adeline Crête.

– Seriez-vous parente avec...

– C'est mon oncle.»

Adeline tourna les talons et se dirigea vers la porte de «sa» classe pendant qu'Émilie essayait de sourire intérieurement. Mais son sourire demeurait invisible, bien caché derrière ses craintes. La nièce de Joachim. La nièce de Joachim Crête sous le même toit qu'elle. Ce serait encore pire que tout ce qu'elle avait imaginé. Elle rentra «chez elle» sans se retourner, invitant les enfants à se laver.

«Vous avez l'air de sortir direct d'une soue à cochons. Mademoiselle Crête va penser que je sais pas m'occuper de mes enfants.»

Confus, ses enfants se précipitèrent vers la pompe et firent couler une eau ferreuse sur leurs mains et leur visage noircis.

Le lendemain de l'arrivée d'Adeline, Joachim Crête fit son apparition. Il se dirigea vers la classe de sa nièce puis, la tenant par le coude, se présenta chez Émilie. Il entra dans ses appartements comme s'il avait été chez lui, ne prenant même pas la peine de frapper à la porte. Émilie, qui se peignait, en demeura bouche bée. Elle mordit une de ses broches, salua ses «visiteurs» d'un signe de tête et décida de prendre tout son temps. Joachim ne se décoiffa pas, s'assit à une chaise et invita sa nièce à l'imiter. Adeline sourit à son oncle et fit ce qu'il demandait avant de diriger son regard vers Émilie, qui surveillait ses moindres gestes par le miroir.

«Les commissaires ont décidé, Émilie, que tu prendrais la classe des grands pis qu'Adeline s'occuperait des p'tits.»

Émilie répondit quelque chose entre ses dents serrées et Joachim lui demanda de répéter. Elle attendit de se vider complètement la bouche des pinces qui l'encombraient et répéta.

«C'est une bonne idée. C'est plus facile de commencer son enseignement avec les p'tits.»

Adeline souleva les épaules, l'air méprisant, et sourit encore à son oncle.

«C'est pas sa première année, Émilie. Adeline a déjà enseigné toute seule l'année passée dans une autre école.»

Joachim donna à Émilie l'impression qu'il venait de gagner une grande victoire. Il agissait en homme qui cherche à se donner une importance qui ne lui revenait pas. Émilie décida d'ignorer le mépris qu'elle lisait dans les deux paires d'yeux qui la regardaient et se tourna vers Adeline.

«Vous viendrez me raconter ça, Adeline. J'ai l'impression que nous pourrons rire des erreurs que vous avez commises. Parce que, si ma mémoire est bonne, on fait plein d'erreurs la première année.

– J'ai pas eu de problèmes... moi», s'empressa de répondre Adeline, comme si Émilie l'avait insultée.

Émilie regarda Joachim en essayant de lui faire comprendre qu'elle savait qu'il avait probablement raconté à Adeline sa version de l'histoire de la chaudière d'eau.

«Oh! moi non plus, pas vraiment. Le seul problème que j'ai eu...», elle s'interrompit, regardant Joachim l'air quasi frondeur, «c'est avec une petite fille qui s'appelait Charlotte et qui était malade. Le problème, en fait, venait des grands qui se moquaient d'elle. Vous savez, des grands *sans-desseins* qui s'amusent à rire de la faiblesse d'une petite fille de six ans.»

Joachim avait rougi et regardé sa nièce nerveusement. Celle-ci gardait les yeux baissés, histoire de ne pas être coincée entre son oncle et cette vieille institutrice.

«Parlez-en à votre oncle. Dans ce temps-là, je lui enseignais.» Émilie se tourna vers Joachim et, voyant son malaise, se sentit plus audacieuse que jamais. «Tu dois te rappeler de Charlotte, Joachim. Tu sais, la p'tite Charlotte... C'est certain que tu dois t'en rappeler. C'est pas toi qui l'avais baptisée "la punaise"?»

Joachim ne répondit pas mais changea de sujet en demandant à Émilie de faire visiter les lieux à Adeline. Il se dirigea ensuite vers la porte, mit la main sur la poignée et, profitant du fait que sa nièce avait le dos tourné, montra le poing à Émilie. Elle s'efforça de sourire narquoisement mais son cœur rata un battement.

Adeline, finalement, était fort gentille et la légère mise au point d'Émilie fit en sorte qu'elle changea complètement d'attitude. Émilie refusa cependant de perdre de vue qu'elle était la nièce de Joachim; aussi se contenta-t-elle de limiter sa relation à une relation d'enseignante à enseignante. Le dimanche précédant la rentrée, elle conduisit ses filles au couvent, le cœur serré. Blanche tenait ses sœurs par la main, même si Jeanne n'appréciait pas cette marque d'attention. C'était plutôt à elle de tenir Alice.

Émilie rentra à pied, tenant Rolande bien près d'elle. Elle savait que certaines personnes s'étaient étonnées que ses trois filles fussent pensionnaires, même si elles habitaient maintenant Saint-Tite. Elle avait vainement essayé de ne pas être blessée par ces propos. Ses filles, privées de père, avaient quand même droit à l'instruction. Elle commença à se demander si elle ne devait pas essayer de donner quelque argent aux religieuses pour compenser. Mais où le prendrait-elle? Elle s'était promis de ne pas toucher à son héritage. Ovila n'avait plus donné de nouvelles. N'avait même pas écrit aux enfants. Lentement, il s'enterrait de plus en plus profondément à leurs yeux. Lentement aussi, il était disparu de l'horizon de son cœur, comme un soleil qui se couche. Mais ce soleil-là ne se lèverait jamais.

Ce soir-là, elle coucha Rolande puis se dirigea vers sa classe. Elle en fit le tour pour s'assurer que tout était en ordre. Pour être certaine que cette première rentrée – la vraie avait habituellement lieu après l'engrangement des foins – se ferait sans accrocs. Elle s'assit ensuite à son pupitre, prit une feuille de papier et une plume qu'elle trempa dans l'encre noire. Maintenant qu'au vu et au su de tous Ovila était absent, elle trouvait ridicule de signer *Madame Ovila Pronovost*. Elle griffonna sur le papier pendant d'interminables minutes, se cherchant une nouvelle signature, mais elle se connaissait assez bien pour savoir qu'elle se cherchait une nouvelle identité. Pas veuve, pas mariée, mère et enseignante. Voilà ce qu'elle était maintenant.

Émilie rangea sa plume et sourit. Elle avait trouvé. Elle relut sa dernière signature: *Dame Émilie B. Pronovost*. N'appartenant à personne, elle avait éliminé le «ma» de madame. Elle avait aussi éliminé le prénom d'Ovila, parce que le simple fait de l'écrire lui faisait mal aux yeux. Pour se faire plaisir, elle avait repris son initiale de jeune fille, «B.», et avait conservé le nom de Pronovost pour afficher ses liens avec sa belle-famille. Elle monta se coucher et demanda à son père ce qu'il pensait de son idée d'avoir repris le «B.» des Bordeleau. Son père ne lui répondit pas, mais comme elle s'endormit calmement, elle interpréta la paix qui l'habitait comme une bénédiction.

13

Blanche aida Alice à mettre ses vêtements en ordre. Elle plaça le tout soigneusement, pliant chaque morceau, même les petites culottes. Alice la regardait faire, sans oser intervenir, croyant fermement recevoir sa première leçon sérieuse de pensionnaire. La surveillante sourit à Blanche avant de l'avertir que les lumières seraient éteintes dans dix minutes. Blanche bouscula un peu Alice, lui demandant de se dévêtir et d'enfiler sa chemise de nuit. Elle lui montra comment le faire sans «se montrer». Alice réussit assez bien. Blanche la quitta pour rejoindre son coin du dortoir, le coin des moyennes, et salua Jeanne au passage.

La noirceur envahit le dortoir. Aussitôt que ses yeux y furent habitués, Blanche commença à distinguer les silhouettes qui l'entouraient. Elle se coucha sur le ventre et rumina ses pensées. Elle était terriblement furieuse contre elle-même. Elle avait manqué de courage. Pendant deux mois, elle avait tourné autour de sa mère pour lui parler mais elle n'avait pas osé. Sa mère aurait peut-être mal compris.

Blanche entendit les habituels reniflements de la rentrée mais ne s'en préoccupa pas. Puis elle pensa qu'Alice pleurait peut-être. Elle se leva et se dirigea vers la salle de bain, passant lentement devant les lits de ses sœurs. Elles dormaient toutes les deux paisiblement. Elle continua néanmoins jusqu'à la salle de toilette. Trois autres filles y étaient, ricanant. Quand elles la virent approcher, elles se turent. Blanche les regarda, sachant fort bien qu'elles devaient se raconter leurs aventures de vacances. Les grandes faisaient toujours cela. Elle actionna la chasse et retourna à son lit.

Elle aurait dû le dire à sa mère. Depuis qu'ils étaient revenus à Saint-Tite, elle avait eu la conviction qu'elle fréquenterait l'école du Bourdais. Qu'elle serait enfin l'élève de sa mère. Mais pas une seule fois durant l'été sa mère n'avait parlé de la possibilité de la retirer du couvent. Pire. Elle l'avait même encouragée à coudre les uniformes. Blanche s'était dit qu'elle ne porterait jamais l'uniforme qu'elle se faisait pour la simple raison que jamais elle ne retournerait au pensionnat. Quand elle avait enfin compris qu'elle n'y échapperait pas, elle s'était convaincue qu'elle serait externe. Ou à tout le moins, elle s'était convaincue qu'elle aurait le courage de le demander à sa mère. Le couvent n'était pas assez éloigné de la maison. Maintenant, son statut d'orpheline serait encore plus encombrant. Lorsqu'ils habitaient au lac Éric, la raison était évidente. Mais maintenant, il n'y avait plus d'issue possible. Maintenant, les trois petites Pronovost donneraient vraiment l'impression de vivre de charité. Même si cela n'était pas vrai. Même si elles travaillaient fort pour gagner leur pension. Sa mère aurait dû comprendre combien il était difficile d'être une fausse orpheline. Sa mère aurait dû savoir que si elle, Blanche, était restée à la maison, à elles toutes elles auraient pu réussir en classe et réussir aussi avec les corvées.

Blanche se retourna, la larme à l'œil. Une pensée venait de jaillir dans son esprit embué de tristesse. Peut-être que sa mère ne voulait pas qu'elles soient à la maison. Peut-être que sa mère aimait mieux ne s'occuper que de Rolande et vivre avec Marie-Ange et Émilien. Ceux qui lui apportaient de l'argent. Peut-être que sa mère lui mentait quand elle lui disait qu'il était plus important d'emplir sa tête d'instruction que ses poches d'argent. Peut-être que sa mère pensait davantage à l'argent maintenant qu'elle avait plus de quarante ans. Pourquoi sa mère n'avait-elle pas réagi quand Clément avait refusé de revenir à la maison, préférant rester au lac à la Tortue? Était-ce parce que comme elle et ses sœurs, il était une bouche à nourrir?

Blanche grimaça. Si seulement elle avait pu, durant l'été, poser toutes les questions auxquelles elle pensait. Pourquoi son père ne donnait-il pas de nouvelles? Qu'était-il vraiment arrivé le Noël de sa disparition? Pourquoi le pensionnat? Pourquoi Paul n'était-il pas rentré pour l'été? Pourquoi Clément préférait-il être avec sa marraine plutôt qu'avec sa mère et ses sœurs? Ha! si seulement elle avait eu le courage de parler. Mais elle avait cessé d'essayer quand sa mère lui avait dit qu'elle l'aidait trop. Sa mère n'avait pas compris.

L'année scolaire ressemblait aux deux qui avaient précédé sauf que la matière était plus difficile et qu'elle avait moins de temps à consacrer aux Enfants de Marie. Malgré cela, elle en était vice-présidente et se préparait à assumer la présidence dès qu'elle serait en huitième année. Elle avait tellement hâte d'être enfin avec les grandes. Elle les voyait s'amuser, beaucoup plus que ne le faisaient les plus jeunes. Les grandes lui donnaient l'impression de ne pas avoir de règlements, faisant presque toujours comme elles l'entendaient. Elle en avait parlé à sa mère, qui avait souri et répondu que plus une personne grandissait, moins elle avait peur des fantômes et peur de la peur. Blanche n'avait pas compris ce que sa mère avait voulu dire. Elle n'avait compris qu'une chose: sa mère n'avait pas répondu à sa remarque. Qu'est-ce que la peur et les fantômes venaient faire dans le couvent?

Maintenant qu'Alice était pensionnaire, Jeanne lui consacrait beaucoup de temps. Jeanne et Alice s'amusaient toujours ensemble, ce que Blanche trouvait bien. Elle savait que Jeanne aimait ostensiblement jouer à la grande sœur. Blanche, elle, n'avait pas à jouer. Elle l'était.

La période des Fêtes avait été presque ennuyante. Paul n'était pas venu. Clément n'avait pu se déplacer à cause du mauvais temps et Rose avait écrit une lettre pour dire que Sarah, sa meilleure amie, faisait une fièvre typhoïde. Sa mère avait pleuré en lisant la lettre de Rose et Blanche s'était demandé pourquoi. Elle avait pris la lettre des mains de sa mère et à son tour avait lu les propos de sa sœur. Elle avait remarqué que l'encre était brouillée à plusieurs endroits. Certaines taches étaient séchées, d'autres humides. Blanche avait compris que sa mère avait pleuré probablement parce que Rose, elle aussi, avait pleuré en écrivant sa lettre. Elle avait voulu consoler sa mère, s'était approchée d'elle pour lui serrer l'épaule mais sa mère s'était levée rapidement et s'était dirigée vers le comptoir. Elle avait dit que le poêle devait faire de la fumée parce que ses yeux coulaient. Blanche s'était réfugiée dans un livre, se demandant si un jour elle parviendrait à consoler sa mère d'une peine qu'elle ne comprenait pas.

Pâques était encore une fois arrivé mais Blanche avait eu tellement de travaux à faire qu'elle n'avait pas eu le temps de faire un cadeau pour sa mère. Pas même un dessin pour enjoliver la présentation de son bulletin. Sa mère n'avait rien dit parce qu'elle était heureuse des nouvelles que Paul lui avait écrites. Il passerait l'été à la maison parce que les Trappistes lui avaient trouvé un bienfaiteur qui paierait ses études au séminaire Sainte-Marie de Trois-Rivières. Sa mère n'avait pas cessé de parler du talent de Paul au grand désespoir d'Émilien.

Pendant les vacances de Pâques, il y avait eu un grand événement dans l'école. Adeline, la jolie demoiselle qui enseignait aux petits, s'était levée un matin, courbée en deux. Sa mère s'était empressée d'aller la voir et Adeline avait hurlé de douleur quand elle lui avait appuyé sur le ventre. Sa mère avait demandé à Émilien d'aller chercher le médecin le plus rapidement possible. Elle avait demandé à Marie-Ange d'avertir Joachim Crête. Le médecin et monsieur Crête étaient arrivés en même temps. Monsieur Crête avait crié à la tête de sa mère en lui disant qu'elle n'avait pas averti le médecin assez rapidement. Sa mère lui avait répondu qu'elle l'avait fait appeler dès qu'elle avait vu Adeline. Monsieur Crête avait ajouté qu'elle aurait pu le faire aussitôt qu'elle avait su qu'Adeline avait fait une indigestion. Sa mère avait dit qu'Adeline avait fait une indigestion la veille mais qu'à son avis, on ne dérangeait pas le médecin pour une indigestion «sauf si la personne malade a plus de quarante-cinq ans». Le médecin leur avait demandé de cesser de discuter et avait prié monsieur Crête de trouver une automobile pour conduire Adeline immédiatement à l'hôpital de Grand-Mère.

«A moins que je fasse erreur, nous n'avons pas une minute à perdre. J'ai l'impression que c'est une appendicite et je ne voudrais pas que ça crève.»

Monsieur Crête était parti à la hâte et était allé chercher un des frères Matte, celui qui était très ami avec son oncle Edmond. Tous les deux avaient des chevaux et s'amusaient à faire des courses le dimanche, hiver comme été. Monsieur Crête était revenu rapidement en parlant sans arrêt à monsieur Matte, surtout de son frère qui lui avait confié la garde de sa fille lorsqu'il était déménagé à Batiscan.

Le médecin avait porté Adeline dans ses bras jusqu'à l'auto. Il l'avait entourée de couvertures, lui avait mis de la glace sur le front et sur le ventre puis avait demandé à monsieur Crête de ne pas perdre de temps. Monsieur Crête était parti rapidement au moment où une violente pluie s'abattait sur la toiture de l'auto. Elle et Émilien s'étaient approchés de la fenêtre pour voir Adeline, mais à travers le rideau de pluie ils n'avaient aperçu que deux taches noires dans un cercle blanc, entouré d'une couverture grise.

Sa mère était rentrée dans la maison et avait demandé à Marie-Ange de la suivre. Marie-Ange avait obéi, et sa mère s'était isolée avec elle dans un coin. Elles avaient longuement parlé. Pendant cette conversation, Blanche s'était affairée à préparer le repas du midi. Le repas était servi quand sa mère et Marie-Ange s'approchèrent enfin. Sa mère avait son sourire des grandes occasions. Celui qui effaçait ses rides et faisait oublier ses cheveux gris. Marie-Ange souriait aussi. Émilien les avait regardées.

«Vous prépareriez un mauvais coup que je serais pas surpris.

– Cet après-midi, j'vas aller voir le curé Grenier avec Marie-Ange.

– Dites-moi pas que le curé va être dans votre mauvais coup aussi?

– Qui a parlé d'un mauvais coup?»

Sa mère avait mis son chapeau de Pâques, celui qu'elle avait fait faire et sur lequel il y avait trois fleurs, une pomme et un oiseau, et elles étaient parties, à pied, se protégeant toutes les deux sous un même parapluie. Sa mère n'avait pas voulu déranger un de ses oncles pour les conduire.

«J'ai deux bonnes jambes pis des bonnes *claques*. Marie-Ange en a des meilleures. La marche va nous faire digérer.»

Blanche se demanda si sa mère avait voulu dire que le repas était lourd. Sa mère et sa sœur étaient rentrées, sa mère souriant encore plus. Blanche leur avait demandé ce qui se passait mais sa mère avait dit que c'était une surprise et qu'elle pourrait répondre aussitôt que le curé Grenier serait venu la visiter. Le curé était arrivé juste un peu avant l'heure du souper et sa mère l'avait accueilli en se tordant les mains sur son tablier, les joues roses – c'était peut-être la chaleur du poêle – et avait insisté pour que le curé s'attable avec eux. Il avait accepté et Blanche avait vu sa mère lever les sourcils sans arrêt comme si la question qu'elle voulait poser ne passait pas par sa bouche mais par ses yeux. Le curé la regardait et Blanche crut qu'il faisait exprès pour les faire languir.

Pendant le dessert sa mère s'agitait encore plus, se mordant maintenant les lèvres pour forcer sa bouche à être encore discrète. Marie-Ange, elle, ne cessait de regarder le curé, essayant de lire quelque chose que sa mère n'avait pas encore pu déchiffrer. Le curé les remercia pour l'excellent repas et se leva pour prononcer les grâces.

«Merci, mon Dieu, pour cet excellent repas, et bénissez Marie-Ange. Elle aura besoin de votre protection pour entreprendre la nouvelle tâche qui l'attend.»

Sa mère avait poussé un cri de joie ou de victoire et Marie-Ange s'était rassise.

«On peut dire, Émilie, que vous ne perdez pas de temps. Les commissaires ne savaient pas encore qu'Adeline ne pourrait terminer son année que déjà je leur proposais une remplaçante.»

Sa mère s'était tournée vers elle et Émilien et leur avait annoncé que Marie-Ange quitterait la Acme pour enseigner avec elle.

«Mon plus grand rêve! Enseigner dans une école avec une de mes filles. Tu vas voir, Marie-Ange, à nous deux, on va faire une belle paire.

– Ça a tout l'air que pour ça il va falloir que je lâche mes paires de gants.»

Sa mère avait beaucoup ri. Aussitôt le curé parti, elle et Marie-Ange étaient allées dans la classe d'Adeline pour prendre connaissance de toutes ses notes. Marie-Ange avait presque passé la nuit blanche tant elle était anxieuse.

Elle et ses sœurs avaient quitté le lendemain pour le couvent. Elles n'avaient pu voir Marie-Ange prendre sa classe en charge mais sa mère était venue les visiter, le dimanche suivant, pour leur dire qu'à la Acme on avait été très déçu de la perdre. Elle, par contre, trouvait que Marie-Ange avait beaucoup de talent et les enfants riaient du matin jusqu'au soir parce que Marie-Ange était toujours très drôle.

A l'Ascension, Blanche avait encore une fois repassé tous les travaux des élèves pour l'exposition annuelle, fière de ce qu'elle avait à présenter: un rideau en étamine de soie brodée pour la salle à dîner du curé et une merveilleuse nappe d'autel sur laquelle elle avait dessiné et brodé des colombes, des grappes de raisin et, en plein centre, un immense soleil. Elle avait travaillé à ces travaux pendant toute l'année et sa mère lui avait dit que jamais elle n'avait vu broderie aussi fine et aussi délicate. Une autre pensionnaire, dont les parents venaient de Bretagne et qui parlait un peu comme sœur Sainte-

Eugénie, lui avait montré à faire de la dentelle «à la française» et Blanche en avait garni la nappe.

«Tu vas me montrer, ma Blanche, comment faire de la dentelle comme ça.

– J'ai pas ce qu'il faut. J'ai pris les choses de Joséphine. C'est que ça se fait pas avec un crochet.

– Pas avec un crochet?

– Non. Avec des bobines pis des épingles sur un coussin dur.

– Si c'est pas plus compliqué que ça, on va pouvoir s'organiser.

- Mais il faut des bobines spéciales, pointues.

– Ha! bon.»

A la fin de l'année, Joséphine lui avait donné son matériel. Elle le lui avait bien emballé et Blanche avait ouvert le paquet sans se douter du contenu.

«Haa... Joséphine. Mais tu peux pas me donner ça!

– Mais si. Je déteste faire de la dentelle. Et puis, de toute façon, si l'envie me prend un jour de recommencer, je n'ai qu'à écrire à mes tantes ou à ma grand-mère, en France, et elles m'enverront les fuseaux.»

Elle avait embrassé Joséphine. Maintenant, elle pourrait montrer à sa mère comment faire de la dentelle française.

L'année scolaire s'était terminée comme la précédente et celle d'avant. Elle avait reçu beaucoup de récompenses pour ses bonnes notes puis elle avait fait les malles.

A leur retour du couvent, sa mère les avait toutes embrassées et Blanche l'avait tenue longtemps dans ses bras. Sa mère était chaude comme un soleil et Blanche aimait tellement les rayons de joie qu'elle dégageait.

«Les enfants, j'ai pas mal de surprises à vous annoncer. Pour faire ça, j'ai bien envie de vous proposer de faire un repas qu'on va pouvoir emporter. Si ça vous tente, on va aller manger près du lac. Émilien va pouvoir nous conduire s'il veut bien aller demander un cheval à Edmond.

– Pourquoi pas son auto?

– Parce qu'une calèche, c'est pas mal plus amusant.

– Vous voulez quand même pas qu'on monte dans votre vieille affaire qui tombe en morceaux?

– Oui, c'est ce que je veux. Ma vieille calèche. En l'époussetant, ça sera pas trop mal.»

Ils étaient partis en chantant, sa mère ayant apporté son accordéon. Blanche riait à pleines dents quand sa mère appuyait sur une des deux touches qui, maintenant, demeuraient muettes. Son frère promit de réparer l'accordéon.

Ils s'assirent tous sous un arbre qui penchait en direction de l'eau comme si ses branches, non contentes d'être nourries par les racines, tentaient elles aussi de s'abreuver.

«La première nouvelle, mais ça vous le savez, c'est que Paul va arriver dans une semaine et demie ou deux.

– Je me demande s'il a grandi beaucoup.

– C'est difficile de savoir. On verra ça.

– Tout à coup qu'on le reconnaît pas?

– Ça, ça m'étonnerait.

– Pis la deuxième nouvelle?

– Marie-Ange a été acceptée à Trois-Rivières. Elle va aller étudier pour avoir son diplôme d'enseignement.

– Pis, ajouta Marie-Ange, comme ça on va être deux à pouvoir se visiter. Ça va être moins pire pour Paul... pis pour moi, évidemment.»

Émilie avala lentement les betteraves marinées qui restaient dans son assiette.

«La troisième nouvelle, c'est que Clément revient à Saint-Tite. Mémère Pronovost est pas bien, ça fait que tante Éva a demandé à Clément de prendre une petite vacance. Peut-être même que Clément va rester ici après.

– Est-ce qu'il va aller au collège ou est-ce que vous allez le prendre dans votre classe?

– Dans ma classe.»

Blanche fit une moue. Émilien, Rose et elle seraient les seuls à n'avoir jamais été dans la classe ou l'école de leur mère.

«La quatrième grande nouvelle, pis pour celle-là tenez-vous bien parce que c'est la surprise des surprises, je pars demain pour aller chercher Rose. A Montréal. Parce que Rose va arriver là, directement des États-Unis.»

Les enfants hurlèrent de joie. Sa mère les regardait, un sourire partout sur la figure, sur sa bouche, sur ses joues, sur ses yeux, même sur son premier menton et sur le second qui bougeait toujours quand elle riait.

Le menton de sa mère avait provoqué une dispute entre elle et une autre fille du couvent qui avait dit qu'il y avait deux animaux qui avaient deux mentons: les grosses mères et les dindes. Blanche l'avait mordue au bras tellement elle avait été choquée. Elle avait été punie sévèrement parce que la fille avait hurlé de douleur, ce qui l'avait incitée, elle, à mordre encore plus fort. Et pendant que la fille criait, elle avait finalement lâché prise et lui avait chuchoté à l'oreille qu'il n'y avait que deux animaux qui criaient aussi fort: les imbéciles et les putois.

Rose était arrivée deux jours plus tard, cinq jours avant Paul et trois jours avant Clément. Sa mère leur fit un immense bouilli de légumes, avec des morceaux de beau bœuf. Pendant le souper, sa mère ne mangea presque pas, beaucoup plus occupée à écouter toutes les histoires de Paul, de Rose et de Clément, riant aux larmes chaque fois que Rolande demandait le nom de chacun. Elle n'avait pas reconnu Paul et Rose et fuyait Clément. Elle se souvenait certainement de tous les supplices qu'il lui avait infligés: l'attacher à une corde pour l'empêcher de se sauver; lui faire peur le soir quand ils éteignaient les lampes; lui cacher les yeux dès qu'il passait derrière elle à table.

Sa mère s'était mouchée violemment parce qu'elle ne cessait pas d'éternuer et leur avait demandé de compter le nombre de personnes qui étaient à table. Ils répondirent «dix» et sa mère sourit encore plus, tout en se mouchant à nouveau.

«Pis, les enfants, qu'est-ce que ça vous dit?

– Comment ça? avait répondu Clément.

– Moi j'vas vous dire ce que ça me dit. Ça me dit que c'est la première fois que ça nous arrive depuis belle lurette.»

Ils l'avaient tous regardée, comptant les années puis ils avaient haussé les épaules. Marie-Ange avait voulu faire une farce en disant que tout ce que ça faisait, c'était plus de linge à laver et plus de chaudrons à frotter. Sa mère avait cassé son sourire si rapidement que Blanche regarda dans son assiette pour voir si le sourire, en tombant, n'avait pas fait voler la nourriture qui s'y trouvait. Sa mère s'était levée brusquement en traînant son mouchoir et avait recommencé à éternuer.

14

L'été avait chanté de plaisir malgré les deux fausses notes de l'accordéon. Émilie se gonflait de sa maternité autant qu'elle l'avait fait pendant ses grossesses. Elle n'en croyait ni ses yeux ni son corps. Sa Rose avait dix-neuf ans. Dix-neuf ans! Une femme, une vraie. Mais Émilie était la seule à y croire, les autres regardant toujours Rose avec leurs yeux et non avec leur cœur comme elle le faisait. Et Marie-Ange, qui était si contente de son expérience de l'enseignement qu'elle irait à Trois-Rivières pour étudier. Enfin, pensait Émilie, elle pouvait redonner à Marie-Ange ce que la vie lui avait dérobé: la chance de s'instruire, d'avoir un diplôme, une assurance contre l'imprévu. Presque femme elle aussi avec les dix-sept ans qu'elle conduirait à Trois-Rivières. Mais combien éveillée à son univers. Comme Émilien. Comme Blanche aussi. Et Paul, qui avait terriblement grandi. Qui avait une santé presque stable. Évidemment, il avait fallu lui acheter des lunettes mais cela lui donnait un air tellement sérieux qu'elle en avait ri. Elle avait raconté à son fils qu'un des hommes âgés du village avait eu besoin de lunettes et qu'un jour qu'il marchait sur le trottoir il en avait vu une paire égarée. Il s'était penché, les avait ramassées et les avait plantées sur son nez pour ne plus s'en séparer. Les gens lui avaient dit que cela ne se faisait pas mais le vieux n'avait rien voulu entendre, satisfait, avait-il dit, de ce qu'il voyait. Personne n'avait plus osé discuter. Paul n'avait pas ri de cette histoire, trouvant bien misérable une personne qui n'a pas l'intelligence de comprendre le principe même du verre correcteur. Elle n'avait plus parlé de l'anecdote, se demandant si elle était davantage agacée par son ton hautain ou par le fait que lui connaissait le principe du verre correcteur. Clément avait continué ses bagarres, regrettant les jours où il était enfant unique avec une grand-mère, une tante et un oncle qui le gâtaient. Parce qu'il était gâté. Parfois il lui faisait penser à cette élève qu'elle avait eue, la grosse Marie. Jeanne et Alice étaient fidèles à elles-mêmes. Et Rolande... qui aurait bientôt quatre ans... Qui passait sagement ses journées, faisant la navette entre sa classe et celle de Marie-Ange, tenant toujours son ardoise, celle qu'elle et Ovila avaient reçue en cadeau de noces de la petite Charlotte.

«Marie-Ange, je sors pour marcher.»

Ses pas la conduisirent directement vers la Montée-des-Pointes. Elle fit le tour de l'école, osa même regarder à l'intérieur par une fenêtre. Presque rien n'avait bougé. Les pupitres étaient les mêmes. Elle monta sur la colline par le chemin qui, lui, était plus large. Les paroles d'Ovila résonnèrent dans ses oreilles, portées probablement par le vent des souvenirs. *Ma mère se meurt et tu me dis que tu dois aller travailler*. Par ce que Clément lui avait raconté, elle pensa que c'était maintenant que Félicité se mourait. La vie ne l'avait pas épargnée. Pauvre Félicité, qui ne manquait jamais de la visiter quand elle venait à Saint-Tite. Qui la regardait toujours comme si elle lui demandait de lui pardonner de n'avoir pas su élever son fils au statut d'homme.

Émilie revint sur ses pas et prit le Bourdais d'hiver. Elle regarda encore l'emplacement maintenant feuillu de l'ancienne maison. La nature avait repris possession de ses terres. Émilie pressa le pas, dans sa hâte d'entendre les rires et les cris de sa famille. C'était probablement la dernière fois qu'elle aurait tous ses enfants sous un même toit. La dernière fois qu'elle pourrait les contempler, heureuse du travail qu'elle avait fait. Si seulement leur père avait pu les voir en ce moment. Il aurait été chaviré de constater qu'ils avaient encore des enfants certes, mais que la majorité de leur progéniture ressemblait davantage à des adultes. Émilie constata que la marche l'avait fatiguée. Son souffle se faisait haletant. Était-ce la marche ou le fait que son cœur se comprimait encore à la pensée d'Ovila? Elle ne chercha pas la réponse. Elle fronça plutôt les sourcils parce qu'elle venait d'apercevoir la voiture de Joachim Crête s'immobiliser devant son école.

«Ça fait trois fois que je viens pis tes enfants me disent que tu marches. T'as du temps à perdre, Émilie.

– Je trouve qu'il y a rien de meilleur que de prendre le bon air du soir pour se nettoyer de ses mauvais souvenirs, Joachim.

– Tu parles de ton mari, évidemment.

– Non, Joachim, je parle de souvenirs qui remontent à plus loin.»

La guerre entre elle et lui n'avait jamais connu de trêve depuis vingt-cinq ans. Si seulement, à l'instar de son père et d'Elzéar Veillette, ils avaient été des ennemis très chers, elle aurait pu endurer sa présence. Mais il lui donnait la chair de poule. Tout en lui lui répugnait. Les femmes disaient qu'il était bel homme mais elle le trouvait affreux. Avec sa démarche tellement lente et étudiée qu'il donnait l'impression d'avoir les pieds collés au sol. Avec ses yeux bleus délavés qui ressemblaient à un ciel sans éclat. Avec ses cheveux blonds épars, ternes et plats comme un champ mangé par les sauterelles. Mais ce qu'elle ne pouvait vraiment pas supporter, c'était son regard. Joachim regardait toutes les femmes comme si elles avaient été des morceaux de viande à l'étal du boucher. Le pire, c'est que sa bouche voulait toujours laisser croire qu'il avait goûté de ce mets.

Pour effacer ses pensées désagréables, elle porta son attention sur le sol et les pierres qui s'y trouvaient. Elle ne put s'empêcher de voir les bottes de Joachim et retint une envie de rire. Comment faisait-il pour les briser de cette manière? Le bout était toujours pointé vers le haut. Elle les observait encore, se demandant si, pieds nus, il avait les orteils plats ou tournés.

«Nous autres, les commissaires, on a eu une plainte.»

Il venait de sortir sa première arme. Quand il voulait l'impressionner, il étalait toujours son titre pour être certain qu'elle l'écouterait. Maintenant, il fallait qu'elle fasse comme toujours. Qu'elle affiche un air repenti. Qu'elle feigne d'être complètement bouleversée et qu'elle promette que «cela ne se produirait plus». Ensuite, satisfait, il partirait l'air content, heureux d'avoir l'impression de l'avoir rapetissée. Il aimait tellement lui montrer qu'il était plus grand, plus fort et plus puissant qu'elle. Mais elle n'avait pas le choix des armes. Il lui fallait arrondir les coins si elle voulait continuer d'enseigner.

«Les gens disent qu'une école habitée pendant l'été, ça coûte trop cher.

– C'est pas nouveau, Joachim. Je l'entends celle-là depuis que j'ai recommencé à enseigner.

– J'ai pas fini!»

Cette fois, il semblait nettement prendre son titre de commissaire très au sérieux.

«Ça c'est rien que le commencement. Les gens disent aussi que tu brûles trop de bois.

– C'est que j'ai pas mal de monde à nourrir. Surtout en été. Tu leur diras, aux gens, que je cuisine dans l'école pis que je suis punie en même temps. Tu leur diras que j'ai pas de cuisine d'été, moi.

– Commence pas à te plaindre. Au moins, le monde du village te loge pas mal mieux que ton mari le fait.»

Maintenant il lui fallait absolument se contrôler. Elle l'aurait giflé.

«Tu diras aux gens que je travaille pas mal fort pis que j'ai l'impression de rien leur devoir.

– Moi j'ai l'impression que si je leur dis ça, tu vas te trouver dans la rue ça prendra pas *goût de tinette*.

– D'abord dis aux gens que je les remercie, à genoux, de leur bonté.

– C'est une autre affaire, ça, Émilie. Les gens trouvent que tu vas pas à l'église assez souvent. Ils disent que pour une maîtresse d'école tu es pas assez dévote. Ça donne pas le bon exemple.

– Tu diras aux gens que mes dévotions ça regarde deux personnes. Le bon Dieu pis moi.»

A chaque phrase, il s'approchait d'elle, la coinçant contre la voiture. Il lui fallait se dégager. Quand il faisait ça, il commençait à respirer fort, comme un jeune homme qui n'a pas encore connu de femme. Elle le détestait.

«Ça fait que je suis venu pour t'avertir...

– M'avertir?

– Te dire, si tu préfères, que nous autres, les commissaires, on va payer trois cordes de bois par année. Pas plus. Va falloir que tu te débrouilles.

– Tu sais, Joachim, que trois cordes, c'est même pas assez pour chauffer la classe pis mes locaux.

– Remarque que si tu voulais, peut-être qu'on pourrait arranger ça d'une autre manière.»

Elle aurait voulu se mordre. Dans sa rage elle n'avait pas compris ce qu'il avait voulu insinuer. Comme une godiche, elle avait demandé comment. Maintenant, elle devait se laisser insulter.

«Émilie, ça commence à faire pas mal d'années que ton "mari" est parti...

– Pour moi ces années-là, c'est aussi court que le temps entre le coucher pis le lever du soleil...

– Commence pas à me parler sur ton ton de maîtresse d'école. Ça *pognait* peut-être avec ta guenille d'Ovila, mais ça prend pas avec un homme. Presque quatre ans, Émilie, c'est long en maudit pour un corps en santé. Pis rien qu'à te voir, on voit que le tien se porte bien.

– As-tu des problèmes avec ta femme, Joachim?

– Un corps ça commande, Émilie. Surtout quand dessus, il y a une belle tête comme la tienne.

– Joachim, tu avais rien qu'à marier une belle tête au lieu d'un *pichou*.»

Joachim serra les mâchoires tellement fort qu'Émilie crut entendre craquer ses dents. Il lui prit un bras qu'il commençait à pincer douloureusement lorsque Ovide arriva. Joachim s'éloigna d'Émilie rapidement. Ovide toussota en le regardant, essayant de lui faire savoir qu'il avait compris ce qui s'était passé.

Émilie se plaça les cheveux et se dirigea vers son beau-frère.

«Bien le bonsoir, Ovide. Je suis très très très contente que tu arrives pour notre partie de cartes. Marie-Ange doit t'attendre.» Elle se tourna vers Joachim, essayant d'éteindre le feu de rage qui la consumait.

«C'est entendu, Joachim. Adeline va avoir une belle classe propre quand elle va revenir. Pis pour ce qui est du bois...

– Ça va être deux cordes, Émilie. Pas une de plus.

– Deux cordes, Joachim.»

Entre ses dents, elle gronda un murmure: «Pour te pendre, Joachim Crête. Pour te pendre.»

Joachim monta dans sa voiture, l'air aussi nonchalant que s'il venait d'en descendre. Émilie l'observait et elle le détesta de façon tellement aiguë qu'elle se retint de ne pas cracher. Ovide lui supportait un coude et elle sentit une pression qui l'exhortait au calme. Joachim partit sans se retourner aussitôt après avoir fait un sourire de vainqueur à une Émilie troublée d'admettre qu'il l'était peut-être. Jamais la violence ou la force n'avaient pu la faire bouger. Elles la paralysaient.

Dès que Joachim fut hors de vue, Ovide se tourna vers Émilie. Il sortit un mouchoir de sa poche et le lui tendit. Émilie s'essuya les yeux et se moucha bruyamment.

«C'est quoi ça, deux cordes de bois?

– Rien de spécial. J'vas t'expliquer ça une autre fois.

– Pis? Est-ce qu'on joue aux cartes?

– Es-tu fou, toi? Tu sais comme moi que tu détestes les cartes.

– Pis Marie-Ange aussi.»

Ils rirent nerveusement tous les deux. Ovide regarda sa belle-sœur et, encore une fois, fut ému par son courage. Maintenant, elle allait probablement devoir supporter les avances de Joachim Crête. Tout le monde savait qu'il visitait les *fancynes* régulièrement. Mais les hommes et surtout les femmes préféraient fermer les yeux. Les premiers parce qu'ils ne pouvaient tous montrer patte blanche. Les secondes parce qu'avouer une telle chose ressemblait à un échec.

«Est-ce que tu rentres pour un thé?

– Oui. Pis pour voir les enfants. C'est bientôt la fin des vacances, ça fait que j'ai pensé...»

Il ne termina pas sa phrase. Émilie savait ce qu'il aurait voulu dire, mais pas plus qu'elle il n'en trouvait le courage.

Émilie reprit le train avec Rose. Cette fois, elle la conduisit jusqu'à la gare Viger, lui faisant confiance pour le reste du trajet.

«Parle pas aux étrangers, Rose.

– Je comprends ce qu'ils disent, moman. Maintenant je parle l'anglais pas mal bien.

– Je sais, ma Rose. Mais parle pas aux étrangers. Dis-leur pas où tu vas. Dis-leur pas ton nom. Dis même pas d'où tu viens.»

Rose avait promis et était montée dans le train, portant sa valise comme si elle en avait maintenant l'habitude. Elle embrassa sa mère une dernière fois.

«Dites bonjour à tout le monde pour moi, moman. Dites-leur que j'vas écrire.

– Pis toi, ma Rose, embrasse Sarah pour moi. Dis-lui de prendre soin d'elle.»

Le train quitta lentement le quai et Émilie, enveloppée de vapeur, resta à le regarder s'éloigner. Moins un, pensa-t-elle. Il ne m'en reste que huit, pour quelques jours.

Elle monta à la réception de l'hôtel et demanda si elle pouvait utiliser le téléphone. Elle chercha le numéro qu'elle voulait dans l'annuaire et composa lentement. Une voix lui répondit en anglais. Elle grimaça.

«Vous parlez français?

– Oui, madame.

– Je voudrais parler à Antoinette, euh... à madame Douville.

– Qui parle, s'il vous plaît?

– Madame Pronovost. Dites à madame Douville que c'est Émilie.

Elle attendit pendant ce qui lui sembla une éternité puis elle entendit la voix joyeuse d'Antoinette. Elles prirent rendez-vous et peu de temps après Émilie se retrouva devant la maison de son amie. Elle regarda la maison, vérifia l'adresse, marcha jusqu'au coin de la rue pour être certaine qu'elle était bien rue Dorchester et revint devant la porte. The Towers. Antoinette et Henri ne pouvaient vivre dans un pareil château. C'eût évidemment été mieux si les maisons n'avaient pas été collées les unes contre les autres mais Émilie savait qu'en ville, la chose était fréquente. Elle détailla la devanture de la maison, comprit qu'elle avait probablement trois étages – trois étages pour une famille de cinq personnes! – examina la pierre grise, taillée au couteau, solide comme de la pierre de presbytère, regarda les immenses fenêtres arrondies dans le haut, la porte d'au moins six pieds et demi de hauteur et se demanda comment elle faisait pour vivre dans une école de rang sans eau courante et sans électricité.

Antoinette ne vint pas lui ouvrir. Une dame portant robe noire, tablier et coiffe blanche le fit. Elle sourit à Émilie et lui demanda de la suivre. Émilie se retrouva dans le salon à fixer le plancher de marqueterie qu'Antoinette lui avait très bien décrit. Elle admira les meubles, tous de bois foncé – Ovila ne les aurait pas aimés parce qu'on ne pouvait voir les nervures – les tentures de velours, lourdes et suspendues à une tringle de métal doré, les lampes toutes plus jolies les unes que les autres, les tapis, à motifs de fleurs – Antoinette lui avait écrit qu'ils venaient de Turquie et qu'ils étaient faits à la main. Elle s'assit sur une des chaises, recouverte du même velours que les tentures. Que faisait-elle dans une école de rang?

Antoinette entra en sautillant. Émilie sursauta. Antoinette? Mince comme une petite fille. Sans un cheveu gris. Elle se leva et Antoinette se précipita dans ses bras.

«Ha! Émilie. Tu es toujours aussi belle.»

Elle ne répondit rien, se demandant pendant quelques instants si Antoinette voulait se moquer d'elle. Il lui était bien difficile de ne pas douter de sa sincérité. Elle lui sourit pourtant, essayant d'avoir l'air franc. Antoinette lui tenait toujours la main et l'obligea à s'asseoir à côté d'elle. Émilie le fit, mais voyant l'aisance d'Antoinette à placer les plis de sa robe, elle s'empêtra dans la sienne. Antoinette ne sembla pas le remarquer. Elle s'était attendue à trouver une autre Antoinette – depuis combien d'années ne s'étaient-elles pas vues, quinze? dix-huit? – mais jamais une Antoinette aussi différente. Elle chassa de sa pensée l'idée qu'Antoinette avait rajeuni de plus d'années que Berthe, elle, avait vieilli. En Berthe, elle avait trouvé une vieille. Avec Antoinette, elle était confrontée à une jeune. N'y avait-il qu'elle qui portait les années une par une au lieu de les multiplier ou de les diviser?

«J'ai téléphoné à Henri. Il devrait être ici d'une minute à l'autre. Tu restes à souper pis à coucher. On te garde prisonnière.

– C'est que... j'ai loué une chambre au Viger... pis ma valise est là...

– Nananana. Pas question. Donne-moi ta clef de chambre pis j'vas l'envoyer chercher.» Émilie sortit la clef de son sac à main et lui remit. Antoinette s'absenta pour quelques minutes et revint.

«C'est réglé. Pis, Émilie, qu'est-ce qui se passe à Saint-Tite? Aimes-tu toujours ton école? Je peux pas croire que tu enseignes encore. C'est une vraie vocation, ton affaire.

– Ho! moi, tu sais, c'est quand je suis sale de craie que je vois que j'ai des couleurs en dessous pis que je suis bien en vie.»

Pendant qu'elle répondait à Antoinette, Émilie remarqua une tache sur sa robe. Elle en fut profondément mortifiée et déposa une main dessus, aussi lentement que possible, pour ne pas attirer le regard d'Antoinette.

«Tu as une fichue de belle maison, Antoinette.

– Veux-tu la visiter?»

Antoinette n'attendit pas sa réponse et se leva rapidement. Émilie fit le tour de toutes les pièces, déprimant de plus en plus. Un véritable petit Windsor. Elle aurait eu assez de place, ici, pour loger toute sa famille, ses beaux-frères et ses belles-sœurs inclus. Elles pénétrèrent finalement dans la dernière chambre. «C'est ici que tu vas dormir, Émilie. Tu remarques rien?»

Des yeux, Émilie fit le tour de la pièce. Elle vit la lumière entrer à pleine fenêtre. Elle nota les rideaux fleuris et le couvre-lit assorti sur un petit lit de métal enfoui dans une espèce de baldaquin de tulle. Elle admira la commode à six tiroirs bombés. Mais elle ne voyait rien de spécial.

«Le lit, Émilie, tu le reconnais pas?

– J'ai jamais vu ce lit-là, Antoinette.»

Antoinette éclata de rire.

«Mais oui, espèce de grande aveugle. C'est mon lit!

– Quel lit?

– Mon lit, Émilie. Celui que j'avais dans l'école du Bourdais.

– Non, Antoinette. Tu dois te tromper. Ton lit, à l'école, c'était un lit de fer.

– C'est parce que quelqu'un l'avait peinturé. C'est un lit de *brass*.

– De *brass*?

– De laiton. C'est mon lit, Émilie. J'ai jamais voulu m'en séparer. Des fois, crois-le ou pas, je viens ici simplement pour m'asseoir dessus. J'ai changé le matelas mais pas le sommier. Il fait les mêmes bruits qu'avant. Écoute.»

Elle s'assit et se fit bondir. Émilie écouta et reconnut les gémissements du lit d'Antoinette. A son tour, elle éclata de rire.

«Je t'en ai jamais parlé parce que je m'étais promis que si un jour tu venais ici, je te ferais la surprise... Émilie, cesse d'avoir l'air d'un chien battu. Je le sais que j'ai été chanceuse. Mais c'est grâce à toi. Pis chaque fois que je trouve que mon caractère change un peu trop, je viens regarder mon petit lit, pis je me mets à genoux, pis je dis merci à la vie pis à toi.

– J'ai rien à voir là-dedans, Antoinette.

– Cesse ton jeu, Émilie. Henri m'a tout raconté.

– Henri t'a tout raconté!

– Oui, ma chère. Tu sais l'histoire de la fille de Saint-Stanislas qui avait rompu ses fiançailles...»

Émilie sourit à son amie. Non, elle n'avait pas changé. Aussi généreuse. Aussi franche. Peut-être n'avait-elle pas menti en lui disant qu'elle était toujours aussi belle. Elles s'assirent toutes les deux sur le lit et Émilie s'informa d'Henri. Antoinette lui dit que sa santé était très bonne mais qu'il devait se surveiller maintenant qu'il avait franchi le cap des cinquante ans.

«Il a pas vieilli du tout.

– Pis toi, tu as l'air plus jeune que trente ans. C'est quoi, ton secret, Antoinette, pour avoir perdu tant de poids?

– Pas compliqué, Émilie. J'ai cessé de grignoter. Pis, faut dire que ma dernière grossesse a été tellement difficile que j'ai pas pu manger pendant neuf mois. Ça fait qu'à la naissance du petit, j'étais maigre comme aujourd'hui. Je sais que c'est le contraire qui aurait dû arriver, mais j'ai commencé ma jeunesse un peu plus tard que les autres... avec trois enfants.»

Émilie hocha la tête. Elle se regarda les cuisses qu'elle devinait à travers l'épaisseur de l'étoffe de sa robe.

«Faut croire que j'ai tout ramassé ce que tu as perdu.»

Antoinette lui prit la main et la porta à sa joue.

«Émilie, tu vas toujours être belle. C'est pas parce que tu as un peu engraissé...

– Un peu? J'ai quasiment doublé!

– Exagère donc pas. Tu es moins grosse que moi j'étais.»

Émilie changea de sujet. Antoinette était peut-être aussi aimable qu'avant mais elle parlait de ses meubles, de sa taille et de sa maison avec tellement de cœur qu'Émilie se sentit mal à l'aise. Elle ne sut trop quoi dire pour intéresser son amie. Aussi se contenta-t-elle de lui raconter que Blanche lui avait montré à faire de la dentelle française. Antoinette s'intéressa à ce sujet. Puis Émilie se souvint qu'Antoinette détestait coudre. Elle s'interrompit.

«Ensuite?

– Est-ce que tu veux vraiment le savoir, Antoinette? Si ma mémoire est bonne, la couture t'a jamais intéressée.

– Voyons donc, Émilie. C'est moi qui a tout fait ici. J'ai une amie qui m'a montré la couture dans une petite école de rang. Depuis ce temps-là, c'est mon meilleur passe-temps.

– Coudre?

– Pis broder, tricoter, faire du linge aux enfants, même du linge pour moi.»

Henri était arrivé et elles l'entendirent monter l'escalier rapidement. Il frappa à la porte – toujours aussi discret – et entra. Il se précipita vers Émilie, l'embrassa sur les deux joues puis recula et la regarda longuement.

«Tu es toujours aussi belle, Émilie. La quarantaine te sied à ravir.

– De quelle quarantaine est-ce que tu parles, Henri? Celle de mon âge ou celle de ma vie?»

Henri se mordit les lèvres mais devant l'éclat de rire d'Émilie, il se détendit.

«Ton sens de la repartie n'a pas trop souffert à ce que j'entends.

– C'est ce qui me tient en vie.

– Alors continue de parler, Émilie, parce que ta vie transpire par tous les pores de ta peau.»

Ils soupèrent dans la grande salle à dîner. L'atmosphère était presque à la détente. Tout à coup, Émilie demanda où étaient les enfants.

«Ils ont déjà mangé. Ils vont venir tantôt nous saluer avant d'aller dormir. Mais je crois que nous allons te surprendre. Notre Marthe se fiance à Noël.»

Émilie avala de travers. Marthe avait l'âge de Rose...

Les trois enfants vinrent la rencontrer et l'embrasser. Marthe veilla avec eux, posant mille questions sur la jeunesse de sa mère. Émilie répondit, animée par la curiosité de cette belle jeune femme qui ressemblait à son père, le strabisme en moins. Marthe les quitta enfin, s'excusant de se coucher aussi tôt, mais elle expliqua qu'elle et son fiancé allaient passer la journée du lendemain à l'île Sainte-Hélène.

«Croirais-tu, Émilie, que ma fille va épouser un anglophone?

– Rose parle anglais couramment.»

Henri n'insista pas. Il avait cru qu'elle se moquerait de lui et de son amour de la langue de Molière. Antoinette sortit une cigarette et l'alluma. Elle en offrit une à Émilie, qui refusa d'abord pour ensuite accepter. Elle s'étouffa et éclata d'un rire péniblement audible à travers sa quinte de toux. Henri se leva et lui tapa doucement dans le dos. Émilie reprit son souffle et éteignit la cigarette.

«Ton travail, Henri, ça te plaît?

– Énormément. Je suis bien loin du temps où je prenais un malin plaisir à faire épeler "épousailles".

– En tout cas, les tiennes ont réussi...»

Encore une fois, Henri se tut, mal à l'aise. Émilie avait certes son sens de la repartie mais il goûtait beaucoup d'amertume dans ses propos. Il regarda Antoinette, désespéré, l'implorant de venir à son secours. Antoinette exhala une longue traînée de fumée avant de demander à Émilie si elle avait encore sa Tite.

«Non. Je l'ai enterrée l'année dernière. Edmond dit que c'est parce que je lui avais fait tirer une charge trop lourde.»

Encore une fois, la conversation tomba à plat. Antoinette écrasa sa cigarette, prit une menthe après en avoir offert une à Émilie.

«Est-ce que ça t'arrive souvent de revoir de tes anciens élèves?

– Presque à tous les jours. Saint-Tite, c'est pas tellement grand. En fait, un des commissaires est un de mes anciens élèves.

– Ha! oui? Lequel?

– Joachim Crête.

– C'est pas celui qui...

– Celui-là même.»

Antoinette abandonna ce sujet. Elle se souvenait trop bien de l'histoire de Joachim Crête. Mais Henri, lui, l'avait oubliée.

«Et alors, il garde un bon souvenir de toi?

– Pas tellement, non. A vrai dire, il garde un tellement mauvais souvenir qu'il passe son temps à essayer d'inventer des situations qui m'obligeront à m'excuser pour quelque chose. La dernière de ses inventions, c'est que je coûte trop cher de bois. Parce que, dans mon école, c'est pas le grand chic. J'ai pas encore fait installer de calorifères comme ici, mais j'y travaille. J'y travaille.»

Émilie étouffait. Elle n'en pouvait plus de poser les yeux sur des jolies choses. Elle n'en pouvait plus de regarder ses amis aussi heureux. Leur bonheur la rendait malade. Que d'erreurs elle avait commises, la première ayant peut-être été de ne pas marier Henri. Elle aurait voulu être aimable mais constata qu'elle en était incapable. L'envie la rendait muette. Elle se leva donc et les pria de l'excuser. Elle avait sommeil. Henri, galant comme toujours, se leva aussi et lui souhaita une bonne nuit. Antoinette voulut l'accompagner mais elle refusa. Elle connaissait le chemin.

Le matin la trouva fanée dans son petit lit aux sons du passé. La conversation de la veille ne l'avait pas vraiment abandonnée pendant son sommeil. Elle s'en voulait tellement de son attitude enfantine qu'elle aurait pleuré si elle n'avait pas craint d'être entendue. La chambre à coucher était baignée de teintes roses et pêche et Émilie regarda la lumière qui se dandinait au pied du lit. Jamais, depuis Shawinigan, elle n'avait eu à utiliser un pinceau. Les combles de ses deux écoles étaient finis au bois rêche, aux teintes assombries par les ans, les marques de doigts et la fumée du poêle. Ici, tout sentait le printemps et l'été, le frais et la propreté. Peut-être qu'un jour elle aurait une maison comme celle d'Antoinette. Elle se tourna et se fit une moue. Oui, évidemment, pensa-t-elle, quand je serai veuve et qu'un riche médecin ou avocat voudra me prendre pour femme et adopter mes neuf enfants... Quelqu'un frappa à la porte. Elle s'assit promptement, passa les doigts dans sa chevelure toujours plus longue et remonta les couvertures jusqu'à sa taille.

«Entrez.»

Antoinette entra, le sourire radieux, la coiffure impeccable, portant un plateau fumant.

«J'ai pensé qu'après une grasse matinée comme tu viens de faire, tu devais avoir faim.»

Elle posa le plateau sur la commode et ouvrit un support sur le lit. Elle reprit le plateau et le posa devant Émilie.

«Quelle heure est-ce qu'il est?

– Huit heures et demie.

– Quoi? C'est la première fois de ma vie que je suis pas debout à cette heure-là. Pour moi l'air de la ville me va pas *pantoute*. Qu'est-ce que c'est?»

Elle venait d'apercevoir un petit pain rond.

«Un *muffin* anglais. Goûte. C'est pas mal bon.

– Tu vas pas rester plantée là à me regarder manger, quand même.

– Émilie, j'ai pris soin de toi quand tu as accouché de Rose. C'est pas nouveau. Laisse-moi donc te gâter.»

Émilie mordit dans le *muffin* et mastiqua lentement. C'était bon. Pas tellement salé mais bon. Différent du pain de ménage ou du pain sucré qu'elle faisait. Elle mastiqua de plus en plus lentement, étonnée de sentir sa gorge se serrer. Sa nuit venait encore la hanter. Elle regarda les yeux souriants de son amie et déposa la tasse de café qu'elle venait de soulever.

«Qu'est-ce que je dois dire, Antoinette, pour que tu m'excuses?

– Rien. Vois-tu, Émilie, hier soir tu m'as fait penser à moi. Tu te souviens, Émilie, quand j'avais déchiré ta robe bleue?»

Émilie hocha la tête. Oui, elle s'en souvenait. Elle s'en souviendrait toujours.

«J'étais jalouse, Émilie. Toi, tu avais tout. Moi, rien. Astheure le vent a tourné. C'est vrai que j'ai presque tout. C'est vrai qu'en apparence, toi tu as presque rien. Mais des fois, je me dis que je prendrais ta place.»

Émilie fut franchement étonnée. Antoinette à sa place? Antoinette aurait croupi sans une famille à aimer. Sans son homme à gâter.

«Henri, Émilie, c'est le seul homme que j'ai aimé. Tu le sais, je l'ai aimé le premier jour que je l'ai vu. Mais pour Henri, Émilie, c'était pas tout à fait comme ça. Avant de m'aimer, pis crois-moi, ça a pris pas mal de temps, il a fallu qu'Henri cesse de t'aimer, toi.

– Faut pas exagérer, Antoinette. Nos amours ont pas été bien longues.

– Les tiennes, peut-être pas. Mais les siennes... on le saura jamais. Mais Henri a toujours été parfait. C'est seulement quand il a commencé à m'aimer pour vrai que j'ai remarqué que c'était encore meilleur qu'avant... Est-ce que tu comprends?

– Hum...»

Émilie continua à manger. L'appétit lui était revenu au fil des propos d'Antoinette. Ainsi, il l'avait aimée plus qu'elle n'avait cru. Et Antoinette ne lui en avait jamais voulu.

«Quand tu vas avoir fini de manger, tu t'habilles pis je te sors. A quelle heure ton train?

– Pas avant la fin de l'après-midi.

– C'est parfait. On s'en va voir le musée. Ensuite, vers midi, je t'amène chez Ogilvy's. Tu vas voir quelque chose de beau.

– C'est un magasin, ça?

– Oui madame. Plus chic qu'Eaton. On y trouve de tout, des robes aux chapeaux en passant par les bijoux pis les bibelots.»

Émilie s'assombrit. Elle n'avait pas tellement envie de poursuivre l'exploration de sa pauvreté et d'être à nouveau confrontée à son manque de moyens financiers.

«J'ai pas envie d'aller magasiner...

– Menteuse! Grouille-toi. On part à neuf heures et demie.»

Elle n'avait plus voulu discuter. Antoinette, apparemment, était insensible à son malaise. Elle revêtit une robe qu'elle détestait, simplement parce que c'était la moins froissée et qu'elle n'était pas tachée. Dès qu'elle rejoignit Antoinette, elle la vit avaler une moue. Gênée, elle regarda les plis de sa robe et y passa ses mains tellement rugueuses qu'elles accrochaient des fils au passage. Antoinette lui prit un bras et la guida dans leur automobile. Émilie s'assit lourdement.

«Dans le temps, c'était moi qui faisais "ouf" quand je m'assoyais.

– Les temps changent, Antoinette, les temps changent.»

Elles visitèrent le musée, qu'Antoinette détesta parce qu'il sentait la poussière. Émilie, elle, rêva devant toutes les toiles qu'elle voyait. Elles s'en furent ensuite chez Ogilvy's et Antoinette amena Émilie là où elle avait l'habitude d'acheter ses vêtements. Émilie regardait les robes et les étiquettes et additionnait mentalement les montants qu'elle y lisait. Elle ne pouvait croire que des femmes puissent acheter une robe dont le prix équivalait presque au coût d'une année d'étude dans un bon collège. Antoinette s'agitait comme un poisson dans l'eau. Émilie la regarda de biais et résista mal à l'envie de lui demander pourquoi, dès qu'une vendeuse l'approchait, elle se sentait obligée de pincer le nez et les lèvres.

Antoinette lui offrit de lui acheter une robe. Une robe comme elle n'avait jamais osé rêver en posséder. Elle refusa avec entêtement. Antoinette insista mais elle tint bon.

«Tu me coupes mon plaisir, Émilie. Je trouve que c'est enrageant de voir quelqu'un refuser un cadeau.

– C'est pas que j'aime pas la robe, Antoinette. C'est juste que j'aime bien acheter mes propres affaires.

– Pourquoi est-ce que tu veux pas que je te gâte?

– Antoinette, ça me gâterait pas pantoute.»

Antoinette avait reposé la robe sur un cintre, fait un signe de tête en direction de la vendeuse, haussé les épaules et s'était dirigée vers la sortie. Émilie la suivit, mal à l'aise.

Antoinette ne décoléra pas et c'est avec ses lèvres pincées qu'elle raccompagna son amie au train.

«Tu as changé, Émilie. Beaucoup trop. Astheure, tu ris plus comme avant. Astheure, tu fais toujours la morale. Ça s'adonne, Émilie, qu'Henri pis moi, on sait que tu l'as pas facile, mais ça s'adonne que c'est facile pour personne.»

Émilie regardait Antoinette. Elle revoyait l'Antoinette du Bourdais, furieuse de ne pas avoir ce qu'elle voulait. Elle aurait voulu lui dire que son bien-être ne dépendait pas d'une robe. Puis elle se souvint d'elle-même, lorsqu'elle était allée porter une robe à Antoinette, en cadeau. Non, à ce moment-là, elle-même n'avait pas pensé qu'Antoinette n'appréciait peut-être pas le présent qu'elle recevait.

Émilie soupira et déposa sa valise. Elle prit un des bras d'Antoinette et l'attira vers elle. Elle lui posa une bise sur la joue.

«Excuse-moi, Antoinette. Je pense qu'on a changé de rôle assez sérieusement. Astheure c'est moi la jalouse.

– Toi?

– C'est comme on disait tantôt, Antoinette. Astheure c'est toi qui as tout ce que moi je voudrais. Dans le temps, c'était moi qui avait tout. C'est pas plus grave que ça. La roue tourne, comme disait mon père.»

Antoinette venait de comprendre les propos de son amie. Elle l'aimerait toujours, cette Émilie à la crinière échevelée.

«Prends soin de toi, Émilie. Travaille pas trop fort.

– Inquiète-toi pas pour moi. Ma famille est presque toute élevée. Bientôt Rolande va aller à l'école. Ça fait que surveille bien la grande mule. Peut-être que la prochaine fois qu'on va se voir, moi j'vas être dans un carrosse en or, pis toi tu vas me demander l'aumône.»

Ni Antoinette ni elle n'avaient osé ajouter un mot à cette remarque, sachant toutes les deux qu'il n'en serait rien.

Émilie quitta Antoinette en se demandant si jamais elle la reverrait.

CHAPITRE SECOND

1923-1929

1

Tout s'était passé si brusquement. Sa sœur Marie-Ange et sa mère s'étaient brouillées pour une histoire de taxi. Sa mère lui avait raconté que Marie-Ange n'avait pas aimé le pensionnat de Trois-Rivières et avait décidé, un bon matin, de rentrer à Saint-Tite. Moins de trois mois après le début des classes! Sa mère lui avait aussi raconté que Marie-Ange avait fait le trajet en taxi! Trois-Rivières – Saint-Tite en taxi! Sa mère avait dit qu'elle avait dû débourser tout un mois de salaire.

Elle avait revu sa sœur aux Fêtes mais pas à Pâques. Sa sœur était partie pour Montréal. Y vivre! Sa mère leur avait expliqué qu'elle et Marie-Ange avaient décidé que puisqu'elle ne voulait pas étudier, il valait mieux qu'elle se trouve un bon emploi en ville. Marie-Ange avait discuté parce qu'elle ne voulait pas aller à Trois-Rivières. Sa mère aurait préféré cette solution pour que son frère Paul ait des visiteurs. Mais Marie-Ange avait tenu tête et c'était à Montréal qu'elle avait trouvé un bon emploi. Elle travaillait pour un dentiste. Comme assistante. Sa mère avait soupiré en disant qu'au moins elle s'était trouvé un emploi honorable.

Ensuite, ils avaient reçu une lettre de Rose qui leur annonçait qu'elle voulait quitter St. Albans pour travailler au Canada. Elle avait écrit que maintenant qu'elle savait parler anglais, elle pourrait se trouver un meilleur travail. Sa mère avait répondu à Rose qu'il était préférable qu'elle demeure à St. Albans jusqu'à ce qu'elle ait vingt-cinq ans. Rose n'avait pas écouté et elle était arrivée l'été suivant avec son bagage et son anglais. Sa mère avait donc demandé à Marie-Ange de partager sa chambre avec elle et de l'aider à trouver du travail. Rose était donc repartie pour Montréal et elle avait écrit pour leur dire qu'elle aussi avait un bon emploi. Elle vendait des cigarettes et des journaux à la gare Viger. Sa mère avait haussé les épaules et s'était contentée de dire qu'elle espérait que Rose se débrouillait assez bien en anglais pour pouvoir dire non.

Paul aussi avait eu des problèmes. Il avait fait une pneumonie et sa mère avait dû le faire hospitaliser à Trois-Rivières. Quand Paul avait été complètement guéri, sa mère avait fait de la couture pour deux ou trois dames de la paroisse. Tout ce qu'elle avait dit, c'était que plus personne ne pouvait se permettre d'être malade à moins d'être indépendant de fortune.

Adeline avait quitté l'école pour se marier et tous ensemble – ceux qui étaient là – ils lui avaient fait une petite fête. Une nouvelle institutrice était venue remplacer Adeline. Mais elle leur parlait peu, passant ses soirées et ses congés à l'église. Sa mère, elle, y allait très rarement. Ses jambes étaient marbrées de varices et la marche la fatiguait. Elle refusait de s'y rendre en automobile, alléguant que ce n'était pas bon pour la santé.

Maintenant tout allait encore plus mal. Sa grand-mère était tellement malade que son oncle Ovide avait expédié un télégramme à son père, lui demandant de venir. Depuis que son oncle avait fait ça, sa mère n'avait cessé de courir à la fenêtre. Ses jambes, apparemment, ne lui faisaient plus mal. Ce télégramme était parti depuis plus d'une semaine et sa grand-mère s'accrochait à la vie. Elle voulait voir tous ses enfants. Son oncle avait expédié un second télégramme. Cette fois, il avait reçu une réponse: son père était en route et devait arriver sous peu.

Sa mère avait nettoyé la table comme elle le faisait toujours, laissant le sucrier et le beurrier en place pour le déjeuner du lendemain. Parce que l'année scolaire achevait, les religieuses lui avaient permis à elle, non à Jeanne et à Alice, de rentrer à la maison, «soutenir sa famille devant cette épreuve».

Le mois de juin était apparu depuis trois jours. Pendant qu'Émilie enseignait, Blanche surveillait Rolande qui babillait sans arrêt. A cause de la visite imminente de l'inspecteur et de l'agonie de sa grand-mère, sa mère avait passé ses trois dernières nuits debout à regarder la lune et les étoiles et finalement le lever de soleil. Blanche savait que lorsque sa mère dormait si peu, elle perdait plus facilement patience en classe. Ils étaient tous à table, sauf Émilie qui était restée dans la classe pour terminer des corrections, lorsque Clément se leva promptement et se dirigea vers la fenêtre.

«C'est *mon'oncle* Ovide.»

Blanche vit le visage de son frère se crisper, ses yeux cligner et une larme couler lentement jusqu'au bord de sa lèvre. Il l'aspira du coin de la bouche avant de courir vers son lit en criant.

«Mémère est morte. Mon'oncle Ovide a un ruban noir autour du bras.»

Ovide accéléra le pas et se dirigea vers la porte. Blanche ouvrit une fenêtre et lui dit que sa mère était dans la classe. Ovide changea de direction.

Émilie ne mangea rien. Elle mit quelques vêtements dans une petite valise et prit Blanche à part.

«Blanche, je m'en vas rejoindre la famille au lac à la Tortue. Demain, c'est toi qui vas prendre ma classe. Non! Dis rien. Tu es aussi capable que Marie-Ange l'était. Tu as rien qu'à regarder dans mon grand cahier pour savoir quelle matière il faut réviser. Je devrais rentrer demain... avec le corps.»

Et puis Émilie était partie. Sans ajouter un mot. Elle n'avait même pas pris le temps de les consoler, elle et Clément. Elle n'avait même pas pris le temps d'embrasser Rolande.

La religieuse fut surprise de la voir.

«Comment, Marie-Blanche, vous n'êtes pas avec votre mère?

– Non. Je suis venue chercher mes sœurs. Ma grand-mère est morte pis on ramène le corps demain. Il faudrait que mes sœurs soient à la maison.»

La religieuse ne discuta pas et Blanche put ramener Jeanne et Alice à la maison. Ensuite, elle alla poster des télégrammes. Pour Marie-Ange, Rose et Paul. Elle rentra enfin, fourbue et tremblotante, peu habituée à se promener seule le soir. Au lieu de monter à sa chambre, elle s'assit dans la classe pour prendre connaissance de la matière à voir. Elle ouvrit le grand cahier de sa mère et lut pendant deux longues heures, s'attardant davantage aux commentaires qu'aux notes de cours. Elle apprit chacun des noms des élèves, leur âge et toutes les difficultés qu'ils avaient rencontrées. Ainsi, elle sut que le petit Étienne se mangeait les ongles depuis que sa mère avait eu un autre bébé. Qu'Agathe avait eu des poux pendant l'hiver et qu'Émilie lui avait fait des applications de thé des bois, allant même jusqu'à laver ses chapeaux et ses foulards. Que Roland confondait les P et les B, et qu'il avait tendance à lire à l'envers. Que Marjolaine avait commencé sa vie de femme en pleine classe et qu'elle avait crié sa surprise et pleuré sa honte.

Blanche apprit tant de choses qu'elle perdit la notion du temps. Sa plus grande découverte fut celle de la tendresse que sa mère avait pour ses élèves. Blanche sourit. Combien grande devait être l'affection qu'elle avait pour ses enfants. Elle ferma le cahier et sut qu'elle avait grande envie d'être assise au pupitre de sa mère le lendemain.

2

Depuis qu'elle avait appris que sa belle-mère était au plus mal, elle avait eu deux craintes. La première, celle de perdre cette femme qu'elle avait tant aimée. Pour sa finesse d'esprit, sa grandeur de cœur, sa générosité d'âme. La seconde, celle de revoir Ovila. Ovila qui lui reprocherait encore sa décision de ne pas le suivre. Qui rugirait sûrement d'apprendre que Rose et Marie-Ange étaient toutes les deux seules à Montréal.

Elle avait prié. Une prière à elle, sans formules. Une longue supplication, à elle ne savait plus qui, de l'épargner. Elle avait voulu guérir cette femme à laquelle elle devait sa paix de l'esprit. Félicité. Le curé lui avait dit que cela signifiait quelque chose comme «heureuse». Le joli mensonge dans ce nom. Félicité elle-même aurait ri de cette farce. Elle avait bien été heureuse. Jusqu'à ce qu'Edmond et Philomène se laissent. Jusqu'à ce qu'Ovila disparaisse dans ses rêves en vapeur, à odeur de sapinage.

Elle avait vu Ovide arriver. Le brassard noir bien épinglé. Elle avait fermé ses cahiers et avait tourné ses yeux derrière leur orbite pour voir dans son âme s'écrouler une grande partie de sa tranquillité. Elle avait pensé à l'âme de Félicité qui avait sûrement survolé l'école une dernière fois pour regarder sa belle-fille et s'assurer qu'elle était bien. Sans Félicité pour lui raconter le passé de la famille et d'Ovila, Émilie se sentirait suspendue quelque part entre nulle part et nulle part. Félicité avait eu assez de tact pour ne pas lui reprocher d'avoir laissé partir Marie-Ange et Rose. Elle l'avait comprise quand elle lui avait expliqué la brouille qui s'était épaissie entre elle et Marie-Ange, lui offrant même de lui rembourser le prix du voyage en taxi. Mais Émilie n'avait pas accepté.

Maintenant, maintenant qu'elle voyait luire les lampes dans la maison d'Éva et qu'elle n'osait demander à Ovide si Ovila était là, elle sentait son cœur battre sa folie sur les parois pourtant élargies de sa poitrine.

«Je sais pas à quoi tu penses, Émilie, mais si tu te demandes si mon frère est rentré d'Abitibi, la réponse c'est oui.»

Il était là. Et Ovide n'avait pas prononcé son nom. Il n'avait même pas dit «ton mari». Non, Ovila était redevenu son frère. La famille, nouée par la mort de Félicité, reprenait ses droits de propriété sur chacun de ses membres.

La maison, qui lui avait semblé tellement éclairée de l'extérieur, lui parut sombre quand elle y pénétra. Elle déposa sa valise, ôta son chapeau et regarda autour d'elle pour trouver un endroit où le suspendre. Éva, occupée à se moucher, ne vint pas à son secours. Elle lança donc le chapeau sur un barreau de chaise à défaut de lui trouver un crochet.

Elle chercha Ovila des yeux. Il n'était nulle part en vue. Ovide lui prit le coude et la dirigea vers la chambre de la morte. Si seulement elle avait pu s'éveiller, effacer ce cauchemar de ses pensées, elle aurait pu dire quelque chose à ses beaux-frères et belles-sœurs. Un mot gentil. Une bonne parole.

Mais elle était résolument muette en suivant Ovide, n'attendant qu'un instant. Celui où elle verrait Félicité figée pour toujours et Ovila...

Il était agenouillé à côté du lit, la tête enfouie dans l'édredon. Il sanglotait. Elle sentit qu'Ovide lui avait libéré le coude. Elle se tourna pour le remercier mais il avait disparu. Même dans le chagrin, il avait pensé à ses émois à elle. Elle s'approcha du lit, du côté opposé à celui qu'Ovila occupait, se pencha et baisa le front ridé de sa belle-mère. Du coin de l'œil, elle vit Ovila soulever la tête puis la laisser retomber dans sa niche chaude et humide. Elle se redressa et passa une main dans les cheveux épars de Félicité avant de se rendre compte qu'elle pleurait à chaudes larmes. Elle se demanda lequel de ses chagrins la blessait. Celui du décès de Félicité ou celui du retour d'Ovila? Celui du souvenir de la mort de son père ou celui du départ de ses enfants? Celui de son ennui ou celui de ses espoirs ternis à l'air de la vie?

«Oh!... Émilie.»

Il avait parlé. Il l'appelait. Comme il l'avait appelée dans des milliers de rêves. Et comme dans ses rêves, elle se dirigea vers lui. Il se levait maintenant. Comme dans ses rêves. Et comme dans ses rêves, elle lui prenait la tête pour la déposer sur son épaule.

Émilie dormit mal. L'incessant reniflement d'Ovila, le sourire de Félicité qui ne cessait de se dandiner au plafond de ses pensées empêchaient le sommeil de calmer ses angoisses. Ils n'avaient pas parlé. La soirée avait été interminable, remplie de soupirs et de sanglots. Personne n'avait osé prononcer un seul mot sur leur présence à tous deux. Personne, non plus, ne s'était étonné qu'ils montent dormir dans la même chambre. Éva leur avait préparé deux lits. Ils n'en avaient pris qu'un. Maintenant, elle le regrettait. Il dormait à ses côtés et n'eût été le chagrin qu'elle éprouvait, son âme aurait été vide de sentiments.

Ils suivirent le corps jusqu'à Saint-Tite. Le corbillard les précédait, véhicule échauffé par un soleil dardant. Émilie s'essuyait les yeux trempés de sueur. Ovila essuyait les siens, gorgés de remords. Le silence qui les entourait avait la distance d'années de séparation et la profondeur de la forêt qu'ils avaient mise entre eux. Émilie le regardait occasionnellement, surprise de voir que rien en lui ne l'émouvait. Ni ses yeux, ni ses épaules, ni même son chagrin. Ils n'avaient plus rien en commun sauf quelques souvenirs heureux, plusieurs souvenirs pénibles et neuf enfants qui grandissaient tellement que leur jeunesse à eux était devenue une denrée du passé.

Blanche l'accueillit avec un visage de circonstance. Elle lui annonça que ni Paul ni Marie-Ange ni Rose ne pouvaient se déplacer. Elle hocha la tête. Ses propres enfants coupaient facilement ce cordon qui les reliait à un passé de plus en plus distant. Émilien lui dit qu'il aurait bien voulu les rejoindre mais qu'il en avait été incapable. Elle essaya de lui passer une main dans les cheveux pour le remercier de son attention mais il s'éloigna. Elle fronça les sourcils devant ce signe d'agacement. Il lui demanda si son père était là. Elle lui répondit par l'affirmative et il courut en direction de la maison de son oncle. Clément fit un mouvement pour le suivre puis, changeant d'idée, se rassit à la table.

«Tu vas pas voir mémère, Clément?

– Tantôt. Avec tout le monde.»

Elle savait que Clément était celui de ses enfants qui était le plus attaché à sa grand-mère et se demanda combien il pouvait en vouloir à son père pour ne pas se précipiter auprès de la morte. Afin de ne pas le faire languir, elle pressa tous les autres enfants.

Ils entrèrent dans la maison de Ti-Ton par la cuisine de façon à éviter le salon, la morte y étant exposée. Le silence se fit. Rolande lui tenait la main avec tellement de force que son alliance lui blessa le majeur de la main gauche. Ils attendirent dans la cuisine pendant qu'Ovide alla chercher Ovila. Il quitta Émilien qui était assis à ses côtés et se dirigea vers eux. Ovila se planta devant les enfants, les regarda un à un, tentant de sourire du fait que Rolande s'était cachée derrière sa mère. Il s'approcha de Clément et lui tendit la main. Clément regarda la main veinée mais ne la serra pas. Ovila se pinça les lèvres et se dirigea vers Blanche. Elle fit un petit salut de couventine et lui souhaita la bienvenue comme s'il avait été un parfait étranger. Il se planta ensuite devant Jeanne qui, sourcils froncés, cherchait à le resituer dans ses souvenirs. Elle ne l'avait pas vu depuis six ans. Alice, elle, lui sourit. Pour toute récompense, il lui hoqueta un sanglot au visage avant de se tourner vers Émilie pour lui demander pardon. Émilie trouva la scène de mauvais goût.

Ovila lui prit le bras que Rolande lui abandonnait et la dirigea vers le salon. Les enfants suivirent. Émilien vint se joindre à eux pour réciter quelques dizaines de chapelet. Il jeta un coup d'œil furtif en direction de sa mère. Elle avait les lèvres scellées.

Ils veillèrent au corps pendant trois jours, le temps de permettre à tous les Pronovost d'arriver pour les funérailles. Rosée fut la dernière venue, des orages incessants ralentissant son voyage depuis le Cap-de-la-Madeleine. Ovila habita chez son frère. Pour faire taire les questions qui auraient pu être posées, il veilla de nuit. Émilien colla à lui comme une ombre.

Ils enterrèrent Félicité aux côtés de Dosithée et de leur quatre enfants, le neuf juin. Vingt et un ans, jour pour jour, après qu'Émilie eut ressenti les premières douleurs de la naissance de Rose.

Ovila tournait en rond, allant de la fenêtre à la table, de la table à la fenêtre. Bientôt Émilie rentrerait. Depuis le début de l'après-midi, l'inspecteur était dans sa classe. Les élèves étaient partis. Il se demandait ce que l'inspecteur avait à lui dire. Il le vit enfin quitter l'école, s'asseoir dans sa voiture et se diriger vers Sainte-Thècle. Émilie monta presque aussitôt, d'un pas plus lourd que d'habitude.

Elle pénétra dans la cuisine, se dirigea vers la pompe et se versa un grand verre d'eau. Elle but goulûment et s'étouffa. Ovila courut à sa rescousse et lui tapota le dos. Elle s'essuya les yeux, cracha un peu puis se tourna vers Rolande.

«Va donc rejoindre Clément dans la classe, Rolande. Je pense que tu pourrais l'aider à laver les ardoises.»

Rolande se leva et descendit rapidement l'escalier. Quand la maison cessa de vibrer, Émilie se dirigea vers la table et s'assit, face à Ovila.

«J'ai jamais vu ça de ma vie. Les élèves ont pas réussi à avoir une bonne réponse.»

Elle était resplendissante de colère. Comme la bonne vieille Émilie qu'il avait connue.

«C'est pas tout! Il a demandé aux élèves ce qu'ils avaient le plus aimé cette année. Sais-tu ce qu'ils ont répondu? La journée où on est allés aux sucres! Ensuite il leur a demandé ce qu'ils avaient le moins aimé. Sais-tu ce qu'ils ont répondu? Ma règle!»

Il aurait voulu rire mais se tut, la couleur des joues d'Émilie indiquant qu'elle était en proie à des émotions trop fortes. Il se contenta donc de la fixer, l'air le plus compatissant possible, et de l'écouter religieusement.

«Ma maudite règle!»

Ovila leva un sourcil.

«Je l'ai perdue avant Pâques. J'avais bien l'impression que quelqu'un me l'avait prise, mais j'avais pas de preuves. Sais-tu quoi, Ovila? C'est Saül qui me l'avait *chipée* pis cachée dans le fossé. A la première pluie, je l'ai trouvée flottant comme un radeau.»

Ovila ne lui posa pas de question. Ne fit, non plus, aucun commentaire. Émilie passa à sa chambre pour se changer. Elle ne gardait jamais dans la maison une robe qu'elle portait pour enseigner. Il l'entendit ouvrir et fermer des tiroirs. Il l'entendit même soupirer et jurer tout doucement. Décidément, il devrait attendre que son humeur change s'il voulait lui reparler de Duparquet.

L'humeur d'Émilie ne changea pas. Ses trois filles revinrent du couvent – Blanche y étant retournée pour deux semaines – qu'elle avait encore la ride au front et la lèvre serrée. Ce que l'inspecteur lui avait dit l'agaçait; la présence d'Ovila, à laquelle elle ne parvenait pas à s'habituer, lui portait sur les nerfs et le fait de ne pas avoir reçu de lettre de Marie-Ange, Rose ou Paul la blessait. Maintenant, elle voyait venir l'été comme s'il s'était agi d'un enfer de chaleur à supporter. Avec son ventre de femme qui ne cessait d'agoniser de sa fécondité, lui faisant tourner la tête, l'assaillait de bouffées de chaleur toutes plus inconfortables les unes que les autres, elle ne voyait pas comment elle pourrait supporter le soleil, l'humidité et les insectes. Elle n'avait qu'une ambition: s'asseoir avec de la glace sur la tête et ne plus bouger.

Joachim Crête choisit le dernier samedi de juin pour venir étouffer toutes ses aspirations au calme. La maison était sens dessus dessous. Ovila répandait des copeaux de bois sur le plancher. Émilien était parti pour le travail sans faire son lit. Les filles criaient et s'arrachaient les cheveux à cause de trois morceaux de linge qu'elles se disputaient. Clément ne cessait de répéter qu'il aurait préféré être dans un poulailler plutôt que d'entendre ses dindes de sœurs glouglouter comme elles le faisaient.

Joachim Crête, fidèle à ses habitudes, entra sans frapper. Ovila le regarda, surpris, et appela Émilie sans prendre la peine de le saluer.

«Émilie! Un commissaire qui se prend pour quelqu'un de la famille est ici pour te voir.»

Émilie sut de qui il était question et s'empressa de boutonner son chemisier. L'inspecteur avait dû mettre son projet à exécution... Elle pénétra dans la cuisine et demanda à Joachim s'il préférait être seul avec elle. Il lui répondit que non en se laissant tomber sur une chaise qui gémit sous le poids. Émilie resta plantée debout, le regardant avec dédain, sachant d'avance qu'encore une fois, il venait pour l'humilier.

«J'imagine, Joachim Crête, que tu es pas venu ici pour me parler de la température.

– D'une certaine manière, oui... C'est que ça commence à chauffer.»

Satisfait de son entrée en matière, Joachim regarda Ovila bien en face pour s'assurer qu'il avait réussi son effet. Question de faire languir Émilie, il décida d'engager la conversation avec ce dernier.

«Pis, Ovila, est-ce que tu es de passage ou est-ce qu'on va recommencer à te voir à l'hôtel?»

Ovila, imperturbable, ne répondit pas, se contentant de regarder la déconfiture d'Émilie.

«Ouais, on dirait que le bois t'a pas rendu plus jasant. Remarque que là où tu restes, ça donne pas grand-chose de parler. Les arbres pis les animaux peuvent pas ben ben te répondre.»

Ovila sortit sa pipe de sa poche de chemise, la frappa sur son talon pour la vider des quelques miettes qui y adhéraient, la bourra lentement pendant qu'Émilie regardait tomber les râpures de tabac sur la nappe. Elle faillit s'emporter lorsque Ovila nettoya le tout minutieusement avant de se frotter les mains au-dessus du plancher. Il craqua une allumette avec l'ongle de son pouce et tira trois bouffées avant de reporter son regard sur Crête qui, lui, ne l'avait pas quitté des yeux.

«On peut dire que tu as pas des ben bonnes manières. Tu trouves pas ça, Émilie? C'est cochon en maudit de jeter le tabac sur le plancher. C'est vrai qu'en Abitibi les planchers sont en terre battue.»

Émilie était furieuse que Joachim la prenne à témoin. D'autant plus furieuse qu'il avait dû lire son horreur devant les gestes d'Ovila.

«Ovila va laver le plancher aussitôt que tu vas partir, Joachim. C'est pas la peine qu'il fasse des grandes manières.

– Tu fais laver le plancher à ton mari? On aura tout vu! Je voudrais ben que ma femme me demande de laver un plancher. Ça irait mal.»

Ovila leva un sourcil, heurté. Il retenait désespérément son envie de tapocher Crête.

«C'est de valeur quand même, Crête, que ta femme le fasse pas. Après tout, c'est toi qui connais ça les chaudières d'eau...»

Joachim sourit à la boutade, question de cacher qu'Ovila avait fait mouche. Il détestait encore profondément entendre parler de cette histoire qui lui collait au visage comme une vilaine cicatrice.

«Je suis pas venu ici pour discuter de votre ménage. Je voulais te dire, Émilie, que l'inspecteur nous a fait son rapport. A l'entendre parler, tu fais la classe comme une débutante. Une débutante qui aurait pas la vocation...»

Émilie blêmit. Ovila rougit. Elle le regarda, cherchant une réplique dans ses yeux. Depuis le départ de l'inspecteur, elle avait attendu cet instant. Une alarme avait sonné dans ses artères vieillies quand l'inspecteur lui avait parlé d'une tâche peut-être trop lourde pour une femme seule. Elle inspira profondément et essaya de crâner.

«Est-ce que c'est pour me dire ça que tu t'es déplacé, Joachim?

– Je suis venu pour te dire que les commissaires ont décidé de te trouver une remplaçante.»

Joachim sourit de toutes ses dents, attendant qu'Émilie le supplie de n'en rien faire avant de transmettre la seconde moitié de son message. Il se portait toujours volontaire quand il s'agissait d'annoncer les nouvelles à Émilie.

Émilie sentit une colère d'humiliation l'envahir. Ovila cessa de fumer sa pipe et la déposa sur la table. Crête admirait la scène, heureux de l'effet qu'il avait produit. Émilie se tordit les mains pour s'exhorter au calme. Elle avait une terrible envie de gifler. Elle avait bien assez d'être humiliée devant Joachim sans l'être devant Ovila. Ce fut pourtant lui qui prit la parole.

«Je voudrais pas te faire de peine, Crête, mais Émilie, de toute façon, aurait pas pu enseigner ici l'année prochaine. La famille s'en vient en Abitibi. Avec moi. Astheure que les enfants sont pas mal instruits, Émilie, comme convenu, va pouvoir déménager. Pis, Crête? Est-ce que ça t'en bouche un coin?»

Émilie était affolée. Qu'est-ce qu'Ovila venait d'inventer? Depuis son arrivée, elle n'attendait qu'une chose: l'annonce de son départ. Et voilà que devant Joachim Crête, il parlait de son départ à elle, de leur départ! Incapable de le contredire, elle adopta un mutisme qui l'emprisonnait dans sa révolte.

«C'est ben de valeur. Parce que je voulais aussi te dire qu'on était prêt à t'offrir l'école du rang Sud. C'est une école moins difficile qu'ici.

– Moins difficile! De qui est-ce que tu te moques, Joachim Crête? Tu sais comme moi que dans cette école-là, il y a même pas d'eau. La pompe est au bord du chemin. C'est une école organisée comme il y a cinquante ans! J'étais mieux installée dans ma première école! Même quand j'avais rien qu'un poêle!

– Qu'est-ce que ça change, Émilie? Tu t'en vas.

– Ça, c'est pas moi qui l'a dit.»

Joachim comprit le jeu d'Ovila. Ainsi, il lui avait menti. La belle occasion de tourner le fer dans la plaie. «Tu dis rien, Ovila? Me semblait que ça avait l'air décidé votre affaire.»

Ovila se taisait, assommé par les propos d'Émilie. Il pensait qu'elle n'aurait été que trop heureuse d'avoir une porte de sortie. Il pensait que le fait qu'elle ne lui ait pas parlé de son départ indiquait qu'elle acceptait son retour. Elle avait bien refusé qu'il l'approche et il avait respecté sa volonté, croyant qu'elle avait à nouveau besoin d'être apprivoisée. Jamais, jamais il ne la comprendrait. Il se leva de table et sortit en claquant la porte, au grand plaisir de Crête. Les enfants, qui s'étaient éloignés pour laisser les adultes discuter en paix, accoururent, attirés par le bruit. Émilien avait l'air inquiet.

«C'est mon père qui vient de sortir?

– Oui. Il vient de se rappeler qu'il avait promis à Ti-Ton pis à Héléna d'aller jouer aux cartes.»

Crête éclata de rire. L'occasion était encore plus belle qu'il ne l'avait cru. Elle était complètement à sa merci. Enfin...

«Ton père vient de partir parce que ta mère a décidé qu'elle irait pas à Duparquet. Ça a l'air qu'il pensait le contraire.»

Émilien regarda sa mère d'un air interrogateur. Émilie leva les bras, triste geste d'impuissance. Émilien hocha la tête et sortit à son tour. Émilie courut derrière lui puis rebroussa chemin. Elle attendrait leur retour pour clarifier les choses. Clément, Blanche et les trois autres filles firent comme s'ils n'avaient rien vu, rien entendu et s'éloignèrent. Émilie se tourna pour faire face à Crête. Elle sentit ses mains trembler.

«J'accepte, Joachim. J'vas prendre l'école du rang Sud. Mais compte sur moi pour demander aux commissaires d'installer l'eau. C'est pas convenable qu'une école ait même pas de pompe quand le village a un bel aqueduc.

– L'école du rang Sud va rester comme elle est. Si tu lèves un petit doigt, si tu te plains gros comme ça au curé Grenier, je donne pas cher de ta peau, Émilie Bordeleau.»

Elle savait qu'il disait vrai. Plus les années passaient, plus Joachim Crête avait pris de l'influence. Il était partout. Chevalier de Colomb, pompier volontaire, marguillier, conseiller municipal, commissaire. Son moulin à scie faisait vivre une vingtaine de familles. Elle ne pouvait rien contre lui. Rien. Personne non plus d'ailleurs. Il était franchement haï, mais craint. Elle le détestait de tenir autant de personnes à la gorge. Comme il la tenait, elle.

«Est-ce que tu veux que j'écrive une lettre pour confirmer que j'vas prendre la classe?

– Voyons donc, Émilie. Tu me fais pas confiance? J'vas leur dire que tu dis oui.

– Est-ce que c'est tout ce que tu voulais?

– Non. Je prendrais bien un bon café.»

Maintenant, il fallait qu'elle le serve! Elle mit l'eau à bouillir, faisant résonner le *canard* sur le poêle. Crête s'en amusa. Elle fit le café et en versa une tasse pleine. Elle allait la lui remettre lorsqu'elle aperçut la poupée de Rolande qui traînait sur le sol, juste à côté de la patte de la chaise de Joachim. Elle ne réfléchit que deux secondes, s'approcha de lui rapidement, se frappa le pied sur la poupée, perdit l'équilibre et lui échappa la tasse sur la poitrine et les cuisses. Il se leva en hurlant. La tasse éclata en mille morceaux.

«Reste pas là comme une statue! Grouille-toi! Va chercher de l'eau froide.»

Émilie murmura des pardons tous plus convaincants les uns que les autres, remplit un bol d'eau glacée pendant que Joachim hurlait toujours, revint vers lui et l'inonda.

«Qu'est-ce que tu fais?

– Je peux quand même pas t'asperger comme à l'église, goutte par goutte.»

Elle se refusait d'avoir peur, jouissant pleinement de sa souffrance.

«J'vas enlever ta chemise pis te graisser au beurre.

– Touche-moi pus!»

Il n'avait pas fini sa phrase qu'elle lui arrachait la chemise du dos, faisant joyeusement sauter les boutons. Elle ne pouvait s'empêcher de penser que lui-même avait bien essayé de la déboutonner, elle. Elle ne porta nullement attention aux enfants que les cris avaient encore une fois ramenés dans la cuisine. Blanche accourut avec le beurrier et Émilie y trempa les doigts pour prendre une généreuse *jointée*. Elle en enduit le torse de Joachim, sans essayer d'adoucir sa touche.

«Tu l'as fait exprès! *Ayoye!* Pèse pas si fort! Tu vas m'écorcher vif.

– Ça m'a l'air d'être une ben mauvaise brûlure, Joachim. A ta place, j'irais chez le docteur. Je vois des *cloches*.»

Joachim serra les dents pour lui jurer, au creux de l'oreille, qu'elle en entendrait aussi. Émilie ne se laissa pas impressionner. Leur mésentente était connue, mais personne ne croirait qu'elle l'avait brûlé volontairement. Personne. Même elle, maintenant, avait peine à le croire.

Aussitôt qu'il quitta l'école, elle se tourna vers ses enfants. Leurs yeux pétillaient du plaisir qu'ils avaient eu à voir Crête, qu'ils détestaient tous franchement, hurler comme un putois. Émilie essaya de réprimer le fou rire qui l'attaquait puis, n'y tenant plus, pouffa. Son rire la soulagea de quatre années de mépris. Ses enfants l'imitèrent. Reprenant ses sens, elle voulut les gronder légèrement de se moquer du malheur d'autrui.

«Vous-même vous riez, moman.

– C'est pas un vrai rire. C'est juste nerveux. J'ai eu tellement peur.

– Peur de quoi?

– Peur... euh... ben, peur de lui avoir fait mal. Un accident ça arrive tellement vite. C'est tellement bête.»

Ils ne la crurent pas, préférant encourager le rire que leur fatigue assaisonnait. Elle les enjoignit de se coucher et ils le firent sans se faire prier. Ils en auraient pour des heures à se raconter les yeux de Joachim, et son cri, et la couleur de sa peau, et les cloques, et le beurre qui dégoulinait, et le rire de leur mère. Ce merveilleux rire qu'ils n'avaient pas entendu depuis si longtemps.

Ovila et Émilien rentrèrent plus de deux heures après qu'elle se fut couchée, repue. Satisfaite de son «accident». Ovila se glissa doucement à côté d'elle. Elle se tourna.

«Tu dors pas?

– Non.

– J'ai décidé que je partirais dans deux jours. Avec Émilien.»

Sa joie s'évanouit. Elle s'assit et d'une main brusque se dégagea le front du rideau de cheveux qui lui obstruait la vue.

«Comment ça, avec Émilien?

– C'est son idée. Pas la mienne.

– J'ai besoin de lui.

– Moi aussi.»

Elle se leva, enfila ses pantoufles et courut au lit de son fils. Il l'attendait.

«Viens dans la cuisine.»

Il la suivit, pas aussi docilement qu'elle l'aurait voulu.

«C'est quoi ces histoires-là?

– J'ai envie d'aller travailler en Abitibi. C'est pas plus compliqué que ça. Je vas m'en aller avec pâpâ. Comme ça, vous allez moins vous inquiéter.

– Moins m'inquiéter! Es-tu fou? Tu vas laisser ton travail, ta famille, pour t'en aller dans le fond des bois?

– Pas toute ma famille, moman. Je pars avec mon père.

– C'est lui qui te l'a demandé?

– Non, c'est moi. Moi aussi j'ai envie de voir du pays...

– C'est pas du pays, ça, Émilien! C'est de la misère.

– D'abord j'ai envie de voir la misère.»

Elle sut qu'il n'y avait pas de discussion possible. Elle ne pourrait l'empêcher de partir. Il ne lui restait qu'à espérer qu'il se lasse des moustiques et du froid, de la plaine et du vide.

«Pourquoi est-ce que vous venez pas, moman?»

Elle ne voulut pas répondre. Plus tard, bien plus tard, quand il pourrait comprendre, elle lui expliquerait. Elle ne pouvait, aujourd'hui, lui décrire l'attente et la déception. Elle ne pouvait lui exposer sa peur. Et ses besoins. Et ses espoirs envolés. Non, elle ne pouvait encore rien dire. Peut-être ne le pourrait-elle jamais. Mais elle s'était juré, dans le train qui la ramenait de Shawinigan, qu'elle laisserait partir ses enfants s'ils voulaient retrouver leur père. Le moment était venu de se plier à sa promesse.

Elle s'approcha de son fils, lui ouvrit les bras et il s'y précipita. Elle lui caressa longuement l'arrière de la tête.

«Demain, on va préparer ton bagage.»

Le lendemain, Ovila invita Émilie à faire une promenade. Elle accepta, sachant qu'elle ne pouvait reporter indéfiniment la mise au point qui s'imposait. Ils marchèrent côte à côte dans le Bourdais jusqu'à la Montée-des-Pointes. Émilie hésita avant de s'y engager, sachant que cet endroit exerçait sur elle une fascination au goût du passé. Mais forte de ses convictions, elle le suivit. Rendus au sommet de la colline, Ovila se tourna vers elle et la regarda tristement.

«C'est ici que j'ai commencé à te perdre, Émilie.»

Elle préféra ne rien répondre. Ici, et ailleurs. Partout où ils étaient allés ensemble, il avait perdu un morceau de son admiration, de sa confiance et de son amour. Mais elle n'avait pas l'intention de le lui dire. Il ne le savait que trop bien.

«Quand je suis venu au lac Éric, je te jure que j'étais certain que plus jamais je pourrais dire que tu me manques. Astheure, j'en suis pas si certain. Est-ce que ça se pourrait, Émilie, que tu repenses à tout ça pis que tu me fasses la surprise d'arriver? Tu m'as dit que tu voulais pas venir à cause de l'instruction des enfants. Me semble qu'à présent, ça veut pas dire grand-chose. Les garçons ont fait ce qu'ils devaient faire. Pis les filles, c'est pas aussi important de les instruire.»

Émilie se tourna lentement. Il lui semblait entendre son père quand il lui avait dit que pour une fille, elle était bien assez savante... Maintenant Ovila lui répétait des propos semblables. Les temps ne changeaient pas. Ovila, fidèle à lui-même, la décevait.

«Ovila, ça c'est une des raisons, tu le sais. Il faudrait pas que tu oublies que c'est pas la seule.

– J'ai changé, Émilie. J'ai une jobbe *steady* bien payée. La boisson...

– A d'autres qu'à moi, Ovila. Ça fait pas tout à fait un mois que tu es ici, pis j'ai même pas assez de doigts pour compter les soirs que tu as bu toute une grosse bouteille de *fort*. Vas-tu passer ta vie à pas te regarder?»

Ovila donna un violent coup de pied au sol. Émilie sursauta.

«Tu m'as jamais donné de chance, hein? Jamais une petite chance.

– C'est pas vrai. J'ai eu dix enfants pour le prouver.

– C'est facile à faire, des enfants.»

Émilie arrêta net. Facile à faire! Facile à faire! Elle n'eut pas le goût d'en entendre davantage.

«Charles Pronovost! C'est peut-être facile à faire, mais je les ai jamais faits par devoir. Mets ça dans ta pipe! Je connais pas beaucoup d'hommes qui peuvent se vanter d'avoir eu une femme qui se faisait pas prier. Pis ça, Charles Pronovost, c'est parce que j'avais confiance. Je dis bien, j'avais. C'est peut-être facile à faire, mais c'est difficile à élever. Mais ça, tu sais même pas ce que ça veut dire. Astheure, tu vas me faire le plaisir de retirer tes paroles pis de réfléchir à ce que tu viens de me dire.

– Parle-moi pas sur ce ton-là! Parle-moi pus jamais sur ce ton-là! Tu me chaufferas pus jamais les oreilles comme si j'avais quinze ans. Est-ce que tu m'entends?»

Émilie haussa les épaules et rebroussa chemin. Ovila continua à vociférer puis, las de répéter les mêmes choses, il la rejoignit.

«Émilie, on est à l'âge où on pourrait commencer à avoir du bon temps. Pourquoi est-ce que tu veux pas donner une chance à la vie?

– J'ai donné toutes les chances à la vie, Ovila. La vie a jamais gagné, même quand j'essayais de tricher un peu.

– Tu veux rien entendre, hein?

– Oui. Je serais prête à entendre comment tu as l'intention de m'aider à payer les études de Paul pis celles des filles...

– L'argent! Toujours le maudit argent...

– C'est bien parce que j'ai pas trouvé un autre moyen de payer l'épicier.

– Ça donne rien d'essayer de jaser avec toi. Ta tête de mule a juste grossi avec les années.»

Émilie sourit. Sa tête de mule. Où était-elle cette tête de mule dont elle avait été si fière? Mule? Parce qu'elle refusait de vivre en Abitibi? Mule parce qu'elle voulait donner de l'instruction à certains de ses enfants? Mule parce qu'elle l'avait empêché de l'approcher de crainte que son ventre en chamaille ne conçoive encore une fois? Non, elle n'avait plus de tête de mule qui agissait avant de réfléchir. Qui ne pensait qu'à l'instant présent. Maintenant, tous ses gestes étaient greffés à son grand cahier vert dans lequel elle faisait des colonnes et des colonnes d'additions et de soustractions pour toujours en arriver au même résultat: zéro. Elle n'avait plus rien. Ni jeunesse, ni amour, ni avenir, ni sommeil, ni même de réputation. Elle n'avait que des bouches à nourrir, au détriment du plaisir qu'elle aurait encore pu avoir. Maintenant, demain avait deux allures: celle des valises d'Émilien et celle des boîtes qu'elle devrait commencer pour son prochain déménagement. Sa vie n'avait plus d'horizon.

Le train se fit attendre. Ovila jura pendant qu'Émilien s'impatientait. Émilie, elle, gémissait en silence le départ de ce fils qu'elle avait porté sur son dos pendant des mois avant de le baptiser. Son *papoose* à elle. Ce fils qu'elle avait tant espéré. Maintenant il partait, l'air heureux comme un homme qui part à l'aventure. Un homme... Elle avait fait un homme.

Le père et le fils se tournèrent tous les deux pour saluer ceux qui restaient sur le quai. Émilie agita la main sans grand enthousiasme. Dans le clin d'œil d'Émilien elle lut qu'elle pouvait lui faire confiance, qu'il ne l'abandonnerait jamais. Dans le regard d'Ovila, elle comprit que leurs chemins se séparaient pour toujours. Elle lui fit un petit signe de tête, pour l'encourager à continuer seul. Il grimaça un sourire.

3

Blanche en voulait à sa mère. Elle aurait aimé qu'elle lui explique les raisons pour lesquelles ils n'étaient pas tous partis pour l'Abitibi. Elle avait entendu parler son père, le soir de la visite de monsieur Crête, et s'était réjouie. L'Abitibi! Une vie comme celle des premiers colons. Elle enviait terriblement son frère d'être parti. Si seulement elle avait été un garçon, elle aussi aurait fait ses valises et serait montée à bord de ce train de l'aventure.

Au lieu d'être là-bas à regarder naître des villages, à accueillir les nouveaux arrivants, peut-être à enseigner dans une petite école – on se sait jamais, elle était maintenant plus instruite que la majorité des gens – elle était coincée ici à préparer le déménagement. L'école du rang Sud. Comment sa mère avait-elle pu accepter d'enseigner dans cette école? Loin de la parenté? Une école encore plus laide que celle du lac Éric. Sa mère faisait parfois des choses qu'elle ne pouvait absolument pas comprendre. Clément avait annoncé qu'il se trouverait du travail. Sa mère avait rugi. Elle lui avait dit qu'à douze ans, il continuerait d'user ses pantalons dans une classe et non dans une manufacture. Clément avait boudé. L'école ne l'intéressait pas. Il en savait assez. Il avait même dit à sa mère qu'il n'avait qu'une ambition: travailler dans les chantiers. Sa mère avait soupiré et dit qu'elle ne voulait pas entendre parler de chantiers. Elle voulait entendre parler d'histoire, de géographie, mais pas de chantiers.

Sa mère, parfois, était impossible à comprendre. Elle leur disait qu'il fallait apprendre à ne dépendre de personne et elle ne voulait pas qu'ils mettent cet enseignement en pratique. Elle leur disait que l'argent n'avait pas d'importance, mais elle se plaignait chaque fois qu'elle devait payer quelque chose. Elle leur racontait que toute jeune, elle était partie à l'aventure, mais elle pleurait quand un de ses enfants faisait la même chose. Elle répétait que seule l'instruction comptait, mais elle devenait morose quand elle recevait une lettre de Paul et qu'il écrivait des choses qu'elle ne comprenait pas. Sa mère était tellement paradoxale. Mais Blanche l'aimait plus que tout au monde. Parce qu'elle savait rire de petites choses sans importance. Parce qu'elle savait raconter les histoires comme personne d'autre, sauf peut-être son oncle Ovide... Parce qu'elle n'avait pas crié quand Émilien, voulant réparer les notes collées de son accordéon, avait rendu l'instrument à jamais muet. Parce qu'elle était tellement belle, tellement instruite, tellement serviable. Mais elle n'avait pas d'amis, sauf l'oncle Ovide et la tante Antoinette qui lui écrivait souvent et qui promettait toujours de venir la visiter. Elle n'avait pas souvenir d'avoir vu cette tante qui vivait à Montréal. Mais sa mère en parlait comme d'une personne extraordinaire qui la comprenait... Elle aurait bien aimé parler à cette tante pour qu'elle lui explique sa mère dont elle devinait maintenant un peu plus le chagrin.

Pendant le mois de juin, elle et Clément avaient espéré que leur père était revenu pour toujours. Jour après jour, ils l'avaient regardé sculpter un petit morceau de bois, attendant qu'il leur raconte ses aventures. Leur père s'était contenté de leur dire qu'ils étaient beaux et gentils et qu'il était fier d'eux. Il avait parlé avec Émilien mais pas avec Clément. Elle, elle savait que Clément en avait été blessé. Sa mère ne semblait pas s'en être aperçue.

Maintenant, il leur fallait s'installer dans le rang Sud. Loin de tout. Elle détestait ce rang. Enseigner dans le rang Sud? Un mois plus tôt, elle avait sérieusement pensé que l'enseignement était la chose la plus extraordinaire du monde. La journée où elle avait remplacé sa mère avait été une des plus belles de sa vie. Elle n'avait même pas été gênée d'avoir à parler devant la classe. Les élèves l'avaient écoutée poliment. Du respect. Elle avait senti que les élèves la respectaient, simplement parce qu'elle était debout à l'avant et qu'eux étaient assis. La différence était tellement grande qu'elle s'était demandé si l'autorité ne tenait qu'à un titre. Qu'à la place que l'on prenait dans un espace. Il lui faudrait réfléchir à tout cela pendant les longues soirées d'été qui s'annonçaient.

Le matin du déménagement, elle s'était levée très tôt pour préparer le repas. Sa mère avait pu dormir un peu plus longtemps. Elle avait prié Clément et ses sœurs de ne pas faire de bruit. Ils l'avaient écoutée! Tout simplement parce que depuis le départ d'Émilien, elle était devenue l'aînée. Quand sa mère les avait finalement rejoints, elle s'était désespérée de voir la pluie tomber. Une pluie grise, sans merci.

«Comment est-ce qu'on va faire pour déménager par un temps pareil? C'est vraiment pas possible.

– C'est pas grave, moman. On va se débrouiller. On n'est pas faits en chocolat.»

Sa mère avait ri et leur avait juré que c'était la dernière fois qu'elle bougeait. Ils avaient attendu leur oncle Ovide mais il n'était pas venu. Clément s'était bien couvert et était parti à sa rencontre. Il était rentré pour leur annoncer que leur oncle était alité, toussant et crachant à cause de l'humidité. Sa mère avait soupiré tristement. Ils avaient donc tous retroussé leurs manches et à midi, ils étaient prêts à partir lorsque le curé Grenier était arrivé, mouillé comme un canard.

«J'imagine, Émilie, que vous avez besoin de bras?

– C'est pas de refus, monsieur le curé. J'ai ceux de Clément, mais vous savez, ça en fait juste deux.

– Avec les miens, ça va en faire quatre!»

Le curé, toujours gentil avec eux, les avait donc aidés. L'école était dans un état pitoyable. Sa mère avait soupiré et annoncé qu'elle achèterait de la peinture. C'était une dépense qu'elle n'avait pas prévue, mais elle n'avait pas le choix. Conséquemment, elle leur demanda, à elle et à Clément, d'essayer de trouver un petit travail pour l'aider à joindre les deux bouts. Clément et elle se mirent en quête de quelque chose. Grâce aux relations de son oncle Oscar, Clément put travailler à la gare à vider les wagons de marchandises. Elle n'avait rien trouvé. Aussi, décida-t-elle de confectionner des échantillons de dentelle française et de les offrir au marchand général et à la chapelière. Bientôt, elle eut tellement de commandes que sa mère troquait son pinceau pour les fuseaux, afin de l'aider. Même Jeanne s'y mit.

Ils passèrent donc l'été dans la dentelle et l'odeur de peinture et elle fut terriblement fière de donner de l'argent à sa mère et d'en avoir encore pour en déposer à la banque. Maintenant, elle avait près de cinquante dollars. Dès qu'elle avait quelques minutes, elle regardait le catalogue de T. Eaton & Co. et se choisissait une garde-robe, calculant bien le coût de chaque article. Elle s'était choisi une garde-robe de sous-vêtements qui lui aurait coûté douze dollars. Elle en avait ensuite choisi une pour voyager. Celle-là aurait coûté quarante-sept dollars, incluant le prix de la valise. Enfin, elle en avait choisi une pour l'Abitibi. Celle-là, plus amusante que toutes les autres parce qu'elle y avait inclus des chemises et des cravates, lui aurait coûté trente-neuf dollars. Elle était riche. Dans sa tête et dans ses poches.

Le soleil d'août adoucissait les couleurs des toitures du village. Blanche approchait de chez la chapelière sur la bicyclette que le curé Grenier leur avait donnée. Il n'avait plus l'âge de pédaler, avait-il dit. Elle tenait solidement son sac de dentelles de la main gauche. Un chat sortit d'entre deux maisons et se précipita devant elle. Elle tenta de freiner, mais perdit l'équilibre et s'affala sur le côté, s'écorchant un genou, et déchirant sa robe et ses bas. Elle se releva rapidement, blessée dans son orgueil, voulut enfourcher sa bicyclette mais vit qu'elle avait une crevaison.

«Est-ce que je peux t'aider?»

Elle allait répondre non, lorsqu'elle se rendit compte que la personne qui venait de lui parler était le plus beau des garçons qu'il lui avait été donné de rencontrer. Elle ne l'avait jamais vu à Saint-Tite. Elle abandonna le guidon de sa bicyclette aux mains blanches et apparemment douces de cet étranger.

«Ça fait au moins trois fois que je te vois passer. C'est quoi ton nom?

– Blanche. Blanche Pronovost. Toi?

– Napoléon Frigon.

– Es-tu à Saint-Tite pour l'été?

– Oui. J'étudie au séminaire Sainte-Marie, à Trois-Rivières.

– Mon frère est là aussi!

– Paul ou Jean-Jacques?

– Paul.»

Elle était tout heureuse d'avoir trouvé un sujet de conversation. Il tint la bicyclette et l'accompagna pendant qu'elle faisait ses livraisons. Il la félicita sur son travail. Il la conduisit ensuite chez son grand-oncle et se salit les mains à réparer la bicyclette. Elle le regarda travailler, étonnée de son habileté. En moins de deux, la bicyclette fut remise en état. Ne sachant comment le remercier et lui fausser compagnie, ne sachant surtout pas comment lui dire qu'elle aimerait le revoir, elle l'invita à la maison.

«Ma mère serait heureuse d'entendre parler de Paul.»

Napoléon ne se fit pas prier et décida de l'accompagner. Elle l'attendit pendant qu'il se lavait les mains. Il ressortit enfin, lui demanda d'attendre deux minutes et revint aussitôt en poussant une motocyclette. Blanche n'en avait jamais vu d'aussi belle.

«C'est à toi?

– Oui. Un cadeau parce que j'ai fini ma Versification cette année.»

Blanche fit le tour de la moto au moins cinq fois, touchant la selle et les pneus, riant de voir un aussi bel engin.

«Si tu veux, Blanche, je pourrais te montrer à la conduire.»

Elle ne répondit pas, se contentant de lui sourire de toutes ses dents et de faire oui de la tête, se mordant les lèvres d'anticipation. Napoléon rit de la voir s'amuser autant. Elle enfourcha sa bicyclette pendant que Napoléon démarrait sa moto. Il sortit une visière de sa poche et s'en protégea les yeux.

«Tu ressembles à une grenouille avec tes gros yeux ronds!

– Ça me dérange pas. J'aime mieux avoir l'air d'une grenouille que de recevoir une *garnotte* dans un œil. C'est déjà assez que j'ai perdu une dent.»

En effet, Napoléon avait une incisive en or. Blanche avait trouvé que cela faisait riche. Un sourire d'or. Napoléon avait un sourire d'or.

«Est-ce que tu vas me suivre?

– Oui, mademoiselle. Penses-tu que je vais passer en avant de toi pis te faire respirer la poussière!»

Ils quittèrent le village. Blanche pédalait le plus rapidement possible pour ne pas retarder Napoléon. Les gens les regardaient et elle se surprit à les saluer. Elle, Blanche Pronovost, pourrait enfin parler de ses vacances avec les autres pensionnaires et raconter une histoire encore plus excitante que les leurs. Elle se tourna à quelques reprises pour lui sourire et lui faire des signes de la main. Napoléon lui souriait aussi. Ils arrivèrent enfin devant l'école du rang Sud. En moins de deux, Napoléon fut assailli par les sœurs de Blanche. Rolande partit à la course chercher sa mère. Émilie sortit aussitôt, intriguée.

«Moman, je vous présente Napoléon Frigon. Il est au même séminaire que Paul.»

Émilie s'accrocha rapidement un sourire et tendit une main moite à Napoléon, qui la prit avec chaleur. Napoléon plut aussitôt à Émilie. Elle regarda sa fille, vit l'éclat de ses yeux et sut qu'elle aurait une jolie fin de vacances.

«Les p'tites, allez chercher des chaises. On va s'asseoir dehors pour jaser. En dedans, c'est trop chaud.»

Ils s'assirent et parlèrent pendant des heures. Napoléon leur apprit que son père était notaire et qu'il était fils unique. Il leur parla longuement de Paul, insistant sur le fait qu'il était toujours premier de classe. Il ne s'étonna pas du fait que Paul n'était pas venu pour les vacances.

«Nous autres, au séminaire, on l'appelle l'archange Paul. Vous savez, il veut toujours être parfait. Il reste pendant l'été pour " rembourser sa dette en faisant des travaux ". Ça, c'est ce qu'il dit. Mais nous autres on sait que l'été, il peut apprendre plus rapidement. Maintenant qu'il fait de la peinture...

– Paul fait de la peinture?
– O... oui, madame. Vous le saviez pas? Paul fait des drôles de peintures. Des paysages. Du monde.
– Paul fait de la peinture...»
Émilie était renversée. Son Paul faisait de la peinture et il ne lui en avait jamais parlé. Il avait le talent d'artiste d'Ovila.

Napoléon regarda sa montre et se leva. Il voulut prendre congé mais Émilie l'invita à souper avec eux. Il refusa poliment mais promit de les visiter le lendemain.

«Blanche, où est-ce que tu l'as rencontré?»

Blanche raconta tous les événements. Une seule chose l'agaçait. Elle aurait voulu, elle, être excitée. Sa mère l'était trop à son goût. C'était sa mère qui répétait sans arrêt qu'il avait fière allure; que sa dent d'or lui donnait un air coquin et riche; que c'était merveilleux qu'il fût fils unique et d'un père notaire en plus; qu'il lui faisait penser à Henri Douville par ses bonnes manières. Ce soir-là Blanche s'endormit en pensant à la dent d'or de Napoléon. En pensant qu'enfin, il lui arrivait quelque chose d'extraordinaire. En espérant qu'il la trouvait belle. En priant qu'il revienne le lendemain.

Napoléon était au rendez-vous. Il tenait un bouquet de marguerites, de lys et de roses sauvages. Blanche fut touchée. Elle hésita avant de faire monter Napoléon, humiliée de n'avoir rien d'autre que des combles à lui montrer. Il ne réagit nullement, s'attardant davantage au coin de travail de Blanche et à la vue de l'hippodrome qu'il y avait derrière l'école. Blanche en fut soulagée. Ils passèrent la soirée à discuter de leurs projets respectifs. Napoléon avait l'intention d'étudier en droit dès son baccalauréat ès arts terminé. Blanche, elle, lui annonça, à la grande surprise d'Émilie, qu'elle voulait enseigner et raconta la journée qu'elle avait vécue dans la classe de sa mère. Émilie l'écoutait attentivement, tout étonnée de découvrir une force de caractère assez exceptionnelle derrière la timidité de sa fille et la douceur du bleu de ses yeux.

Napoléon devint un habitué de l'école du rang Sud. Blanche l'attendait – tout en faisant mine de ne pas le faire – et dès qu'elle entendait pétarader sa moto, elle se précipitait à la fenêtre pour le regarder, droit, fier et souriant. Napoléon répondait à tous ses rêves les plus fous.

Émilie dut s'habituer à voir partir sa fille, assise derrière Napoléon, les deux bras lui enserrant la taille. A son insu, ils se dirigeaient vers le Bourdais, passaient sur la terre de Ti-Ton et prenaient le chemin du lac à la Perchaude. Là, Napoléon enseignait à Blanche les rudiments de la conduite d'une moto. Blanche riait aux éclats chaque fois qu'elle calait le moteur.

Il ne restait que cinq jours avant le départ de Napoléon pour Trois-Rivières. Blanche se demandait comment elle pourrait revivre dans la grisaille du couvent, loin des sentiers, loin du bruit de la moto, loin de Napoléon. Émilie évitait le sujet, reconnaissant dans le trouble de sa fille la crainte de l'attente. Elle avait bien essayé de se dire qu'une amourette de vacances n'avait rien de sérieux, mais elle se souvenait trop bien que ces amours étaient enrobées de la chair encore tendre et fragile d'un jeune cœur.

Blanche et Napoléon s'assirent sur les rives du lac à la Perchaude, là où son père et sa mère s'étaient assis le soir de leur mariage. Blanche cacha son chagrin. Napoléon eut, lui, la sagesse de ne pas crâner. Son désarroi était réel.

«Est-ce que tu vas m'écrire?

– C'est difficile. Les sœurs lisent toutes nos lettres. Je pourrais même pas en recevoir de toi sans que ça fasse toute une histoire.

– C'est pas un problème. J'vas te les adresser chez toi. Pis tu vas pouvoir faire la même affaire.

– Toi, c'est pas pareil. Tu vas chez vous à tous les dimanches. Moi, j'vas venir seulement à la Toussaint.

– Inquiète-toi pas. J'vas trouver un moyen.»

Ils ne parlèrent presque plus de la soirée, se tenant par la main, regardant l'eau et soupirant chacun à leur tour. Blanche espérait qu'il allait l'embrasser. Voyant qu'il ne bougeait pas, elle se demanda si ce n'était pas à elle de le faire. Elle y pensa et y repensa. Elle comprit qu'il attendait, lui aussi. Elle abandonna sa main et lui enserra l'épaule. Napoléon se tourna et l'appuya sur un tronc d'arbre. Ils s'embrassèrent enfin et Blanche n'eut qu'un regret: celui de ne pas avoir osé plus tôt.

Ils revinrent vers l'école et Blanche fut heureuse d'être assise derrière lui. Il ne pouvait voir ses larmes. Il coupa le moteur et

Blanche lui serra la taille une dernière fois avant de descendre. Son pied se coinça et elle tomba sur les fesses. Napoléon l'aida à se relever en riant.

«Décidément, ça devient une manie.

– J'ai le don, moi, de faire les affaires à l'envers.»

Ils se quittèrent enfin. Blanche ne voulut pas entrer. Elle s'assit sur les marches devant l'école et décida d'y passer la nuit. Pendant plusieurs minutes, elle entendit le grondement du moteur de la moto. Elle s'accrocha à ce son comme s'il avait signifié que tant qu'elle l'entendrait, elle respirerait. Le son s'étouffa enfin. Elle abandonna sa tête sur ses genoux et pleura en silence.

Émilie entendit sonner l'heure. Trois heures. Elle se leva et regarda par la fenêtre. Elle vit Blanche, couchée de travers sur deux marches de l'escalier. Elle descendit pour la rejoindre, le cœur à l'envers. Combien de fois, elle aussi, avait-elle eu mal d'un départ?

«Dors-tu, Blanche?

– Non. J'essaie de rêver les yeux ouverts.»

Émilie s'assit à côté d'elle, empêtrée dans ses gestes. Finalement, elle réussit à la prendre dans ses bras.

«Je sais, ma Blanche, que ça fait mal.

– J'imagine, oui. Pâpâ est parti comme ça combien de fois?»

Émilie sursauta. Dans toute l'immensité de son premier chagrin de cœur, sa fille venait d'entrevoir une parcelle du sien.

«Des centaines, je pense.

– C'est trop.

– C'est bien ce que je me suis toujours dit.»

Blanche et ses sœurs entrèrent au couvent. Émilie les accompagna, tenant la main de Rolande. Blanche savait que sa mère souffrait en silence. Maintenant, elle serait seule avec Clément. Elle lui promit de veiller à ce que Rolande ait tout ce qu'il lui fallait. Émilie hocha la tête pour lui faire comprendre qu'elle lui faisait confiance.

Sa neuvième année commença sans entrain. Les filles de Saint-Tite qui étaient pensionnaires essayèrent de la questionner sur le beau Frigon, mais si elle avait déjà pensé les épater avec sa conquête, elle n'en avait plus envie. Napoléon lui appartenait et elle n'avait pas l'intention de le partager avec qui que ce fût. Elle reprit son travail auprès du curé Grenier, sans grand enthousiasme. Elle n'avait hâte qu'à une chose: le congé de la Toussaint. En revanche, elle étudia à s'en user le cerveau, avide de tout savoir pour pouvoir discuter avec Napoléon. Elle voulait aussi profiter pleinement de cette avant-dernière année d'étude. Ensuite, elle enseignerait.

Le curé Grenier entra dans sa salle à manger, enleva son chapeau et le suspendit à un des crochets qui encadraient le miroir.

«Bonjour, Blanche. Ça va bien aujourd'hui?

– Oui, monsieur le curé.

– Tu penses pas trop au petit Frigon, j'espère?»

Elle le regarda, se demandant pourquoi, tout à coup, il lui parlait de Napoléon. Elle ne répondit pas.

Le curé se tut, avala sa soupe sans abandonner le sourire qui déteignait dans ses yeux. Blanche, intriguée, cherchait à comprendre d'où lui venait ce soudain intérêt.

«Pourrais-tu m'apporter du pain, s'il vous plaît?»

Elle courut à la cuisine chercher d'autre pain.

«Merci. J'ai une faim de loup aujourd'hui.

– C'est que vous êtes en santé, monsieur le curé.

– Ha! oui! Je suis en grande forme pour un homme de mon âge.»

Il repoussa son bol et entama son bœuf.

«Dis donc, Blanche, est-ce que les sœurs lisent toujours votre correspondance?

– Ben... oui. Ça a toujours été comme ça.

– Ça peut se comprendre. J'ai déjà entendu parler d'une lettre qu'une pensionnaire avait écrite à ses parents, leur racontant comment elle avait perdu un œil quand, en fait, elle s'était tout simplement fendu un sourcil en tombant. C'est pour ça que les religieuses croient plus prudent de vérifier le contenu des lettres. J'ai aussi entendu parler d'une lettre qui annonçait à une pensionnaire la mort de sa mère. Ça fait que les sœurs ont pu lui dire elles-mêmes. C'est pas mal mieux que de l'apprendre toute seule dans un petit coin. Tu penses pas?

– Je pense que c'est mieux, oui.»

Blanche s'énervait. Pourquoi lui parlait-il de lettres depuis le début du repas?

«Moi personnellement», dit-il en s'essuyant les moustaches, «je pense que, d'une certaine façon, c'est dommage parce qu'on peut pas écrire à ses amis de garçons. Les sœurs sont bien bonnes, mais elles peuvent pas comprendre les " X " au bas d'une lettre.»

Il regarda le malaise de Blanche. Tellement différente de sa mère, celle-là. Sa mère lui aurait déjà demandé où il voulait en venir. Blanche, elle, demeurait imperturbable. Rose sur les joues, tremblotante des mains, mais discrète comme si toute la conversation ne la concernait pas.

«Crois-tu aux magiciens, Blanche?

– Hein?

– Crois-tu aux magiciens? Tu sais, comme le grand Houdini?

– J'ai jamais vu de magicien.

– Laisse-moi te dire que ça manque à ta culture.»

Il piqua sa fourchette dans sa pointe de tarte aux pommes.

«Bonne pâte!

– Les sœurs ont des bonnes recettes de pâte à tarte...

– Mais non... je parle du petit Frigon. Ça m'a l'air d'être une bonne pâte d'homme.»

Blanche demeura plantée devant lui, de plus en plus perplexe. Elle aurait juré qu'il se moquait d'elle. Mais le curé Grenier était trop délicat pour se moquer de qui que ce fût.

«Dans un spectacle de magie, les magiciens font sortir des colombes pis des lapins de leur chapeau. Le chapeau du magicien, c'est son accessoire le plus important, tu vois. C'est à se demander comment ils font pour y cacher autant de choses.»

Elle desservit le couvert et versa le café. Elle se demandait si le curé Grenier ne commençait pas à vieillir pour vrai. Comme sœur Sainte-Eugénie l'avait fait avant de mourir. Le curé but son café en sapant un peu parce que le breuvage était trop chaud.

«Abracadabra!

– Comment?

– J'ai dit abracadabra. C'est la formule magique préférée des magiciens. Sauf Ali Baba. Il y a une minute, j'avais du café dans ma tasse. J'ai dit abracadabra et le café est disparu! C'est tout.»

Maintenant, elle s'inquiétait vraiment. Le café n'était pas disparu. Il l'avait bu! Le curé se leva de table, se signa, fit une courte prière, se signa à nouveau et se dirigea vers la porte.

«Voyons, voyons, où est-ce que j'ai mis mon chapeau? Ha! c'est vrai, je ne l'avais pas apporté aujourd'hui.»

Il mit la main sur la porte et tourna la poignée. Blanche regarda le chapeau suspendu au crochet.

«Monsieur le curé, il est ici votre chapeau.

– Où ça?

– Ici!»

Elle prit le chapeau et lui tendit.

«C'est pas mon chapeau.

– Mais oui. C'est votre chapeau.

– Est-ce que mes initiales sont dedans?»

Blanche tourna le chapeau pour y lire l'inscription. Sous le ruban intérieur du chapeau elle vit une lettre, bien pliée. Elle comprit enfin.

«Abracadabra!

– Ho! vous! Ho! vous! Vous m'avez eue.»

Elle prit l'enveloppe. Une lettre de Napoléon! Pour elle. Le curé Grenier rit aux éclats devant sa surprise.

«Futé le petit Frigon. Futé. J'imagine que tu lui avais dit que tu étais responsable de mes repas. J'ai reçu la lettre hier. Adressée à moi. Avec un petit mot poli évidemment. Futé le petit Frigon. Il veut être avocat, hein? Je pense qu'il a ce qu'il faut.»

Il prit son chapeau des mains de Blanche.

«Tiens! Mon chapeau est vide.» Il se le mit sur la tête en souriant à une Blanche perplexe.

«Pose-toi pas de questions. Un vieux comme moi, curé ou pas, ça a des fois des raisons de faire des choses disons... pas orthodoxes.»

Blanche écrivit à Napoléon, qui lui répondit aussitôt. Bientôt, le curé apporta deux lettres par semaine et Blanche en vint à deviner, à la hauteur du chapeau sur sa tête, s'il cachait ou non un message. Quand il entrait dans la salle à dîner, Blanche observait la ligne sur son front et se contentait de dire un seul mot: abracadabra. Le curé répondait par un hochement de tête.

Le congé de la Toussaint vint enfin et Blanche boucla ses valises et celles de ses sœurs. Rolande ne tenait plus en place, sa mère lui manquant terriblement.

Elles furent enfin dans l'école du rang Sud et Blanche eut un choc. Sa mère avait vieilli de dix ans depuis son départ en septembre. Elle défit les valises, demanda à ses sœurs de se coucher et s'installa à la table de cuisine. Émilie brodait un sac à main avec un fil rigide et doré.

«Qu'est-ce que vous faites, moman?

– Un petit sac de rien du tout. Avec de la broderie.»

Blanche savait que sa mère éludait la réponse à sa question. Elle se tut encore un peu, de plus en plus intriguée par le travail de sa mère.

«Qu'est-ce que c'est ce fil-là?»

Émilie sourit, caressa son fil, en prit un brin et le fit tourner entre son pouce et son index.

«Je voudrais avoir l'air misérable que je te dirais que c'est le fil qui m'accroche à la vie. Mais comme c'est le plus beau fil du monde...»

Blanche s'était levée et approchée d'elle. Elle prit un brin, le palpa longtemps.

«C'est du crin de cheval, ça!

– On peut rien te cacher, ma Blanche. Ça vient de la crinière de ma Tite.»

Blanche ouvrit et ferma la bouche comme un poisson qui manque d'air. La crinière de sa Tite? La Tite était morte depuis des années, depuis la journée du déménagement du lac Éric. Elle retourna s'asseoir et observa sa mère qui enfilait une nouvelle aiguillée en souriant d'un sourire tellement absent, tellement éloigné... Qu'est-ce qui était arrivé à sa mère?

«Moman, qu'est-ce qui se passe?»

Émilie éclata de rire et répondit qu'il n'y avait rien d'autre que la routine.

«Une drôle d'école ici, Blanche. Une bien drôle d'école. Beaucoup d'enfants. Beaucoup. Je dirais même que dans un an, deux au maximum, va falloir rouvrir la deuxième classe.»

Blanche sentit son cœur battre à tout rompre. Elle connaissait assez bien sa mère pour comprendre le message. Elle se mordit les lèvres puis y passa une langue rêche.

«Vous savez bien, moman, que dès que je finis l'année prochaine, je viens enseigner avec vous.»

Émilie planta l'aiguille dans son petit sac. Elle enleva ses lunettes fraîchement acquises et regarda sa fille.

«Est-ce que c'est ça que tu veux faire, Blanche? Tu aurais pas le goût d'étudier plus longtemps?

– Étudier quoi? La médecine ou le droit?»

Blanche éclata de rire. Elle venait vraiment, à son avis, de dire quelque chose de drôle. Émilie ne rit pas. Elle demeurait tellement sérieuse que Blanche éteignit aussitôt ses éclats.

«Pourquoi pas, Blanche? Pourquoi pas?»

Blanche ne sut que répondre. Sa mère était sérieuse! Elle n'était manifestement pas bien.

«Je pourrais demander à Henri Douville de t'aider à étudier. Tu pourrais aller à l'université.

– Voyons donc, moman. J'ai pas envie d'aller à l'université.

– Tu as tellement de talent. Ça serait dommage de gaspiller ça.

– Enseigner, c'est pas gaspiller son talent, moman. On dirait que vous voulez pas que je vienne enseigner avec vous. C'est le rêve de ma vie depuis tellement d'années. Avant, je pensais que je serais trop gênée... mais je vous l'ai dit cet été, je le suis pus autant.»

Émilie remit ses lunettes et commença à broder une fleur. Blanche se leva de table, ramassa un seau et sortit.

«J'vas aller chercher de l'eau au chemin.»

La nuit froide et piquante, bleu marine et blanche la calma un peu. Sa mère, encore une fois, venait d'enchevêtrer toutes ses pensées. Qu'est-ce qui lui prenait de vouloir qu'elle étudie à l'université? Une fille à l'université! Sa mère n'allait pas bien du tout. Son obsession de l'instruction prenait des proportions irréalistes. Elle aurait dû se contenter des succès de Paul. De son ambition maintenant inébranlable de se diriger vers la prêtrise.

Blanche revint vers l'école, déposa son seau et s'assit sur les marches. Qu'est-ce que Napoléon dirait? Il rirait à gorge déployée, de son rire serti d'or. Blanche plissa les yeux et sourit.

Elle dormit mal, une idée ayant germé insidieusement dans sa tête. Sa mère s'était contentée de lui dire de repenser à ce qu'elle lui avait proposé. Elle lui avait promis de le faire. A l'aube du lendemain, elle avait enfourché sa bicyclette malgré la neige fondante qui salissait la route et s'était dirigée vers le village. Elle était déjà rentrée, affamée, quand sa mère s'était levée.

«Je vous ai fait des crêpes, moman.

– Merveilleuse idée. Mais dis-moi donc, Blanche, depuis quand est-ce que tu te lèves avant le coq?

– Ça m'arrive quand je pense trop.»

Émilie avait acquiescé. Blanche soupira intérieurement. Sa mère n'avait pas eu connaissance de son absence.

L'avant-midi boita toutes ses minutes. Vers onze heures, Blanche annonça qu'elle allait au village. Sa mère lui recommanda d'être prudente.

«J'ai vu qu'on avait eu une petite neige cette nuit. Fais attention, c'est peut-être glissant.

– Voyons donc, moman. On voit même pas un flocon. Le soleil est beau comme en été.»

Elle repartit en direction du village et se dirigea vers la gare. Elle appuya sa bicyclette et entra.

«Puis?

– C'est arrivé à neuf heures.»

Blanche déplia le papier nerveusement sous l'œil intéressé du chef de gare qui réussissait mal à cacher sa curiosité. Blanche sourit, plia le papier et le mit dans une de ses poches. Elle sortit son porte-monnaie et paya le chef de gare. Elle pédala jusqu'au presbytère, sonna à la porte et fut reçue par le curé.

«Si je ne suis pas appelé à donner les sacrements, je ne devrais pas avoir de problèmes, Blanche.»

Elle rentra à la maison après être allée acheter une dinde et s'affaira autour du poêle.

«Qu'est-ce qui te prend, Blanche? Je t'ai jamais vue *popoter* comme ça.

– J'avais tellement envie de manger de la dinde. Pensez-vous qu'une dinde de dix livres ça va être cuit pour le souper?

– Pas de problème. Vingt ou vingt-cinq livres, j'aurais pas juré, mais dix livres... Sais-tu que c'est le plus beau cadeau de la Toussaint que j'aie jamais eu. Une dinde! Une vraie folie, mais ça sent tellement bon.

– Pis ça va être la meilleure dinde que vous ayez mangée depuis Noël passé.

– J'ai pas mangé de dinde depuis Noël!

– C'est pour ça que ça va être la meilleure.»

Sa mère éclata de rire et elle l'imita. Elle aimait tellement entendre rire sa mère. Ce soir, elle l'entendrait rire encore plus fort, encore plus joyeusement...

Le soleil commençait à se glisser sous sa couverture lorsque Blanche entendit le son qu'elle attendait. Ils étaient là!

«J'vas aller chercher de l'eau au chemin.

– Laisse faire ça, Blanche. C'est la corvée de Clément.

– J'ai envie de prendre l'air. Ça vient chaud quand on cuit une dinde toute la journée.»

Elle descendit l'escalier aussi lentement qu'elle le pouvait. Elle s'installa sur le bord du chemin pour voir apparaître la lumière du phare de la moto de Napoléon. Le son précéda la lumière le temps d'une courbe.

Napoléon enleva son chapeau d'aviateur. Paul descendit à son tour, sautillant pour se réchauffer les pieds. Blanche se dirigea vers son jeune frère et le reconnut à peine tant il avait changé. Tant il était beau et grand.

«Paul! Je suis donc contente que tu sois ici. Moman va perdre connaissance.

– Tu lui as pas dit?

– Es-tu fou, toi? Une surprise, c'est une surprise.

– Pourquoi toutes ces cachettes-là, Blanche? Moman est pas bien?

– Oui pis non. Tu me diras ce que tu en penses.»

Elle se tourna enfin vers Napoléon. Maintenant qu'il était là, elle ne savait que lui dire. Dans ses lettres, elle ne tarissait pas. Le papier était moins intimidant que son brillant sourire.

«Merci, Napoléon.

– Ça pouvait pas mieux tomber. Mes parents sont à Montréal.»

Le curé Grenier arriva à ce moment. Paul et Napoléon le saluèrent en chuchotant. Il leur tapota l'épaule, heureux d'être le complice d'une si bonne idée.

«Bon, moi je remonte. Arrivez dans cinq minutes. J'vas juste avoir le temps de *mettre la table.*»

Blanche déposa son seau et sortit les assiettes, nommant les convives presque à haute voix. Sa mère, absorbée par sa broderie ne réagit pas. Blanche cachait son rire.

«C'est amusant d'avoir autant de monde à table.

– Qu'est-ce que tu dis?

– Je dis que c'est amusant d'avoir autant de monde à table.

– Oui. Ça change de mes soupers avec Clément. Hein, Clément?»

Clément compta les couverts. Intrigué, il regarda sa sœur. Elle mit son index sur sa bouche et il ne parla pas.

«Il me semble que j'entends quelqu'un dans l'escalier. Allez donc voir, moman.

– Qu'est-ce que tu dis?

– J'ai dit que ça frappait à la porte.

– Vas-y donc, Clément. Ça doit encore être un quêteux.»

Désemparé, Clément feignit de ne pas avoir entendu. Blanche s'affaira aux chaudrons. Émilie soupira, déposa son travail et se dirigea vers la porte.

«Bonsoir, Émilie. Ça sentait la dinde jusqu'au village. J'ai pensé que vous deviez en avoir trop. Je me suis permis d'amener des visiteurs avec moi.»

Émilie n'eut pas le temps de se remettre de sa surprise que Paul était devant elle, Napoléon derrière lui.

«Paulo?

– Bonsoir, moman.»

Blanche eut droit au sourire de joie de sa mère... après des minutes de larmes. Blanche jubilait. Sa mère venait de perdre ses dix années de trop. Elle reconnaissait l'ennui dans le visage de sa mère. Il se cachait à la commissure des lèvres. L'inquiétude, elle l'exprimait par son front, et la tristesse, par les rides de ses yeux. Mais l'ennui, lui, était autour des lèvres.

La soirée fut excitante. Paul raconta toute la matière qu'il apprenait et il avait remis une petite peinture à sa mère. Le curé Grenier lui posa deux questions en latin et Paul sut répondre. Émilie éclatait de fierté. La dinde mangée jusqu'au dernier lambeau de chair, ils nettoyèrent la table. Jeanne, Alice et Rolande se couchèrent. Clément s'assit dans un coin, participant peu à la conversation mais ne perdant pas un mot, pas un geste. Il fut d'ailleurs le seul à remarquer la main de Napoléon qui, sous la nappe, tenait fermement celle de Blanche.

Le curé les quitta à minuit. Clément s'endormit sur sa chaise pendant qu'Émilie, Blanche, Paul et Napoléon discutèrent jusqu'aux petites heures. Blanche essaya d'effacer les bâillements de plus en plus fréquents qui l'assaillaient. Elle capitula, proposa de faire des lits – ce qui fut accepté – et salua tout le monde. Elle se coucha heureuse. Fière d'elle, et de Napoléon, et de Paul, et de sa mère...

4

Émilie monta dans ses locaux, claqua la porte et courut à la cuisine. Elle prit un chaudron, remercia le ciel – pour la première fois – de ne pas avoir d'enfant avec elle, et frappa le chaudron violemment contre son comptoir. Elle frappa en hurlant sa rage et son humiliation. La poignée du chaudron craqua et elle le vit voler en direction de la fenêtre. Dieu merci, la vitre résista à l'assaut. Puis elle se calma, ramassa le chaudron, vit que les commissaires étaient encore dehors devant l'école à parler de leurs insignifiances. Elle sourit intérieurement en se demandant ce qu'elle aurait fait si le chaudron avait effectivement brisé la vitre. Avec un peu de chance, Joachim Crête l'aurait reçu sur la tête. Elle aurait donné tout un mois de salaire pour assister à un tel spectacle.

Il s'était tellement amusé. Jamais plus elle n'autoriserait les commissaires à pénétrer dans sa classe pour une «visite de politesse». Une jolie façon de venir la voir à l'œuvre pour mieux la critiquer. Les commissaires étaient arrivés juste avant la fin de la journée, à l'heure où les enfants s'agitent sur leur chaise et ont le cerveau encombré par leur fatigue quotidienne. Ils s'étaient assis devant la classe, déplaçant les enfants pour avoir leurs chaises. En rangs d'oignons, ils faisaient face à la classe et elle, coincée entre leurs jambes allongées et les pupitres, multipliait les efforts pour ne pas écraser de pieds. Elle avait tenté de continuer son cours mais voyant que les commissaires ne savaient pas de quoi elle parlait, elle avait remis à chacun un manuel scolaire pour leur permettre de mieux suivre. Aucun n'avait pensé à la remercier. Elle avait donc poursuivi, sans cesse interrompue par une mise au point de tel ou tel commissaire. Puis elle avait vu. Deux d'entre eux tenaient leur livre à l'envers! Les illettrés la narguaient de leur savoir en feignant de lire! Elle était bien capable d'accepter que plusieurs personnes ne connaissent pas une seule lettre de l'alphabet, mais elle refusait de se faire reprendre sur une chose exacte par une personne qui ne comprenait pas l'abc de ce qu'elle venait d'expliquer. Et Joachim Crête, le grand dadais, souriait de son déplaisir, d'autant plus que lui aussi comprenait les erreurs commises par les commissaires. Pour ne pas les humilier, eux, elle leur avait donné raison! Leur donner raison quand ils ne savaient même pas exprimer leur idée sans faire une faute de français!

Elle s'assit et mit ses lunettes pour les enlever aussitôt. Elle se mit un poing sur le front. Jusqu'où s'abaisserait-elle pour assurer la pitance de ses enfants? Elle n'en pouvait plus de cette école qui ressemblait davantage à un bâtiment. Elle n'en pouvait plus de se lever la nuit et d'uriner dans un pot qu'elle vidait le lendemain. Au su de tous! Combien étaient-ils encore à ne pas avoir l'eau de l'aqueduc et les facilités qui n'étaient plus un luxe? Elle n'avait plus l'âge ni l'envie de vider son pot de chambre à tous les matins. Et elle n'avait pas encore l'âge de demander à Clément de le faire.

L'inspecteur avait annulé sa visite pour des raisons de santé. Il était loin le temps des inspecteurs du calibre d'Henri Douville. Elle sortit une lettre de sa poche, reçue la veille, et la relut. Henri lui annonçait qu'il viendrait la voir sous peu.

Avant la fin juin, avait-il écrit. Elle sourit. Henri était toujours venu en juin, attirant la chaleur sur ses épaules empoussiérées. Elle fronça cependant les sourcils. Il ne parlait pas d'Antoinette.

Enfin calmée, elle prépara le repas pour elle et Clément. Il entrerait vers sept heures, heureux de sa journée de travail.

Henri Douville arriva beaucoup plus tôt que prévu. Il surprit Émilie en classe au moment où elle demandait à ses élèves le singulier d'*épousailles*.

Elle l'aperçut, lui sourit doucement pendant qu'il s'assoyait à un pupitre abandonné à l'arrière de la classe. Beaucoup d'élèves, surtout les grands manquaient à l'appel, déjà affairés dans les champs. Elle continua à parler et Henri ferma les yeux. Elle comprit qu'il devait être fatigué par le voyage. Henri, lui, avait fermé les yeux, se demandant comment il parlerait à Émilie. Comment il lui raconterait le dernier mois qu'il venait de vivre. Il l'écoutait et reconnaissait sa voix qui n'avait pas changé. Peut-être un peu. Elle cassait maintenant ses fins de phrases au lieu de les laisser flotter dans l'air. Il ouvrit un œil et la regarda. Combien de nuits d'insomnie avait-il vécues à cause d'elle? Il ne le saurait jamais. Il referma les yeux et se laissa bercer par la voix d'Émilie, vague qui venait se briser sur le muret de ses souvenirs.

Il sursauta quand il entendit les chaises râper le plancher. Il s'assit plus droit, saluant les enfants au passage. Il n'avait plus mis les pieds dans une petite école depuis tellement d'années... L'odeur de la campagne qui frappait aux fenêtres lui manquait encore.

Il se leva pour tendre la main à Émilie, qui se dirigeait vers lui d'un pas alerte.

«Henri, mon crapaud. Je t'attendais pas avant une semaine!

– Bonjour, Émilie. J'ai pensé te faire une surprise.»

Il voulait sa voix imprégnée de joie mais entendit qu'elle était plutôt terne.

«On va monter, si tu veux. Pis pas besoin de me le rappeler. Tu prends jamais de thé en été.

– Tu fais erreur. Maintenant, j'en bois. Avec l'âge, il nous faut un remontant.»

Sa voix était meilleure. Émilie le précéda dans l'escalier et ouvrit la porte de ses appartements. Henri déposa son chapeau sur la table de cuisine. Elle savait... elle savait que quelque chose ne tournait pas rond dans la vie de son ami. Il avait beau percher sa voix plus haut qu'à l'accoutumée, elle entendait de la détresse. Qu'est-ce qui aurait pu expliquer ce voyage sinon la détresse? Elle hésita avant de se tourner et de lui faire face. Elle l'entendit respirer et n'aima pas ce souffle.

«Pis, Henri? J'en fais un thé?»

Il ne répondit pas, hochant la tête.

«Le thé peut attendre, Émilie. Assieds-toi. Il faut que je te parle.

– Henri, tu m'inquiètes.

– J'en suis désolé.»

Émilie s'assit, sans quitter Henri des yeux. Elle aurait voulu deviner ce qu'il s'apprêtait à lui dire.

«Émilie, Antoinette a été hospitalisée il y a deux mois.

– C'est pour ça que j'avais pas de nouvelles. Est-ce qu'elle va mieux?»

Henri se passa la langue sur les lèvres puis, comme s'il avait été insatisfait, il s'humecta aussi les dents.

«Non.»

Elle se leva. Maintenant elle ne voulait pas entendre la suite. Elle mit l'eau à bouillir. Elle préférait le bruit des bouillons de l'eau aux propos d'Henri.

«Émilie, tu ne me facilites pas la tâche. J'ai besoin de toi et tu sautes partout comme une gazelle.»

Émilie éclata de rire. Une gazelle! Vraiment, il y avait bien longtemps qu'elle n'avait plus l'air d'une gazelle. Son rire, idiot et nerveux, blessa Henri.

«Antoinette est partie.»

Elle se tut sèchement et ferma la porte de sa gorge à tout son. Elle se réfugia dans les bras d'Henri, lui prit la tête et lui tapota l'épaule pour le consoler. Henri fit de même.

«Avec qui?

– Avec personne, Émilie. Elle est partie.

– Morte?

– Non. Partie. Une hémorragie cérébrale. Depuis deux mois

dans le coma. D'après les médecins, elle ne reprendra jamais conscience. Elle respire. C'est tout. Elle n'a plus ouvert un œil. Elle ne réagit à rien.

– Mais c'est pas possible, Henri. Dans sa dernière lettre elle me parlait de ses projets, de votre petit-fils, de...»

Henri sanglotait. Émilie lui remit un mouchoir. Elle-même était trop affaissée pour savoir comment réagir. Tout ce qu'elle savait c'était qu'Henri lui faisait penser à un enfant perdu.

Ils demeurèrent silencieux pendant plus d'une heure, chacun hoquetant sa peine sans crainte de la pensée de l'autre.

«J'avais besoin de te voir, Émilie. Pour te parler. Pour t'entendre parler d'Antoinette.»

Émilie fouilla dans les replis de son cœur pour trouver des anecdotes amusantes à lui redire. Henri l'écouta, comme s'il n'avait jamais entendu parler de la robe bleue. Comme s'il découvrait une Antoinette qui lui avait été étrangère. Il sécha ses larmes et lui-même raconta les dernières années d'Antoinette. Ses occupations. Ses maladresses. Émilie rit et pleura. Puis elle l'interrompit net.

«Henri, on parle d'elle comme si elle était morte. Antoinette est encore vivante.»

Henri leva les yeux vers elle, presque en colère.

– Vivante? Vivante où? Vivante pour qui? Pour les infirmières qui la lavent? Non, Émilie, on peut parler d'elle au passé.

– Les médecins doivent avoir de l'espoir?

– De l'espoir? Mais pour quoi, Émilie? Si elle reprenait connaissance, Antoinette ne pourrait plus rien faire. Rien être, en fait. Si ce n'était de mes croyances, je crois que je lui mettrais un oreiller sur la tête.

– Henri!

– Ne prends pas cet air scandalisé, Émilie. Si tu la voyais... Antoinette pèse cinquante livres, est couchée comme un bébé, sur le côté...» Il ne finit pas sa phrase, victime d'une nouvelle montée de désespoir.

Émilie promit à Henri qu'elle irait voir Antoinette durant l'été. Elle ne tint pas sa promesse, Antoinette étant morte le jour du retour d'Henri. Henri lui écrivit une longue lettre dans laquelle il parlait de son bonheur, de ses espoirs déçus, de sa reconnaissance. Ses propos étaient confus. Émilie eut parfois la nette impression qu'il parlait d'elle et non d'Antoinette.

5

Blanche était assise devant l'école, occupée à terminer un ruban de dentelle promis à la chapelière. Son petit commerce avait connu un tel succès l'année précédente qu'elle avait facilement repris sa clientèle. Elle avait décidé de s'installer devant et non derrière l'école pour être certaine de ne pas rater l'arrivée de Napoléon. Depuis qu'elle avait rencontré Napoléon, elle n'avait cessé de compter. Le nombre de jours qui s'étaient écoulés depuis sa chute à bicyclette. Le nombre d'heures que Napoléon avait passées à l'école le lendemain du souper de la Toussaint. Le nombre de fois qu'ils s'étaient embrassés. Le nombre de lettres qu'ils avaient échangées. Elle lui avait écrit cinquante lettres. Lui quarante-sept. Elle les connaissait toutes par cœur, passant d'interminables heures à les lire et à les relire. Dans sa dernière lettre, Napoléon avait commencé à lui parler d'avenir. De *leur* avenir. Ils avaient déjà convenu qu'elle enseignerait quelques années, le temps qu'il termine ses études, et qu'ensuite ils se marieraient. Napoléon lui décrivait déjà les travaux qu'ils feraient dans la maison de son père quand eux l'habiteraient. Il lui avait même dit que la maison serait assez grande pour loger dix enfants, sans qu'il y en ait plus de deux par chambre.

Sa mère préparait le souper. Elle n'avait pas encore osé lui parler de leurs projets. Napoléon lui avait dit d'attendre qu'il soit là. Il voulait, lui-même, parler de mariage. Elle s'était moquée de lui, écrivant qu'il prenait son «rôle» très au sérieux. Il lui avait répondu qu'elle n'avait peut-être jamais eu de père mais qu'il veillerait à ce qu'elle ait un mari. Depuis des mois maintenant, leur correspondance sentait le printemps et l'amour. Depuis des mois maintenant, elle se préparait le cœur à le revoir.

Elle entendit un bruit de verre et leva la tête en direction de la fenêtre ouverte de la cuisine.

«Qu'est-ce qui se passe, moman?

– Je viens de casser mon dernier verre de cristal. Napoléon va être obligé de boire dans un verre ordinaire.»

Émilie s'énervait. Non pas tant parce qu'elle recevait Napoléon à souper mais parce que Marie-Ange lui avait écrit qu'elle avait fait la connaissance de «l'homme de sa vie». Elle s'inquiétait. Si sa fille avait été près d'elle, elle aurait pu rencontrer cet homme «extraordinaire». Elle ne trouvait pas normal qu'une mère ne puisse surveiller les relations et les fréquentations de ses filles. Les temps changeaient trop rapidement. Quelque part dans la vapeur des pommes de terre qui bouillaient, elle avait perdu le souvenir que personne n'avait regardé de très près ses fréquentations à elle. Sauf Antoinette...

Si Marie-Ange se mariait, qui prendrait soin de Rose? Marie-Ange n'apporterait certainement pas une sœur en dot. La chose se faisait, naturellement, mais elle préférait que ses filles vivent leur vie en regardant droit devant. Sans traîner leur passé. Il lui faudrait convaincre Rose de revenir vivre à Saint-Tite, avec elle. Lui dire qu'elle avait besoin d'elle. Lui répéter que depuis son départ, elle n'avait jamais plus mangé de bon pain. Il lui faudrait redevenir la mère de Rose. La mère qui avait promis qu'elle vivrait une vie normale. Mais c'était tellement difficile pour Rose. Marie-Ange lui avait écrit qu'elle avait perdu son emploi à la gare Viger parce qu'elle se trompait trop souvent en rendant la monnaie. Ensuite, elle avait travaillé comme serveuse dans un petit casse-croûte. Encore une fois on l'avait remerciée de ses services parce qu'elle oubliait fréquemment ce que les clients avaient demandé. Mais le patron du casse-croûte, qui avait une sœur «comme Rose», lui avait offert de travailler la nuit, à faire le ménage et la vaisselle. Selon Marie-Ange, Rose aimait bien ce travail, parce que «personne ne lui poussait dans le dos». Mais Marie-Ange et Émilie s'inquiétaient de savoir Rose seule la nuit, sans protection, dans une grande ville comme Montréal.

Émilie souleva le couvercle du chaudron et piqua une des pommes de terre avec une vieille fourchette aux dents croches.

Elle remit le couvercle et éloigna le chaudron de la source de chaleur, de façon à s'assurer de ne pas trop cuire les légumes. Elle s'essuya le front avec le linge à vaisselle qu'elle gardait en permanence sur son épaule quand elle cuisinait, s'en voulut de faire un repas chaud par une journée aussi collante et humide et demanda à Jeanne si la table était bien mise. Jeanne lui répondit que oui et retourna jouer avec Alice une interminable partie de dames.

Émilie se mit le nez à la fenêtre. Blanche terminait son ruban de dentelle. Bientôt elle le roulerait et y piquerait une épingle pour l'empêcher de se dérouler. Elle sourit aux gestes de sa fille. Blanche faisait chaque petite chose comme s'il n'y avait pas de lendemain. Une perfectionniste. Comme Ovila l'avait été au meilleur temps de sa vie quand il travaillait le bois. Elle vit Blanche lever la tête subitement et regarder en direction de la route. Elle suivit son mouvement de tête. Blanche avait des antennes. Maintenant, elle aussi pouvait entendre le moteur de la moto de Napoléon.

Blanche déposa son panier de travail et courut à la route. Napoléon lui fit un grand geste de la main et malgré son chapeau et ses lunettes, elle vit le soleil illuminer l'or de son sourire. Il coupa le moteur et sauta rapidement de sa moto qu'il appuya contre la galerie. Blanche aurait voulu se précipiter dans ses bras mais elle n'osa pas, se demandant si cela était convenable. Napoléon, lui, ne se posa pas la question, la prit dans ses bras et la souleva. De sa fenêtre, Émilie sourit de voir la joie de sa fille, même si son cœur à elle lui grimaçait l'ennui qui s'y était installé.

L'été, pour Blanche, fut ensoleillé et souriant. Elle ne vit pas les pluies et les orages et ne sentit jamais les journées fraîches du mois d'août. Elle et Napoléon, toujours accompagnés de Jeanne et d'Alice, parfois de Rolande, n'en finissaient plus d'inventer des activités amusantes. Ils redécouvrirent le plaisir de faire les foins, de cueillir les fraises et les framboises, de se baigner au lac à la Perchaude. Son oncle Ovide y habitait durant l'été et elle savait qu'elle était toujours la bienvenue. Son oncle et Napoléon discutèrent pendant des heures de politique et de religion sans jamais s'entendre sur quoi que ce fût.

Une des plus belles journées de son été fut celle où Émilie leur permit d'aller seuls au lac aux Sables. Ils étaient partis tôt le matin, en emportant un casse-croûte et s'étaient réfugiés sur un rocher qui plombait la pointe du lac. Là, ils s'étaient étendus sur la roche chaude et Napoléon avait parlé pendant des heures de leur avenir. Un avenir ressemblant aux nuages blancs et fous qui les protégeaient des rayons trop crus du soleil. Elle demanda à Napoléon s'il avait choisi le droit parce que son père était notaire.

«C'est mal me connaître, Blanche. J'ai choisi le droit pour rendre service au monde. Je veux passer ma vie à être utile.»

Elle lui avait souri. Il ferait le meilleur avocat du monde, défendant les gens gratuitement s'il le fallait. Napoléon était ainsi. Généreux. Tellement généreux.

Le jour du broyage du lin, toute la famille s'était rendue au village, assister au spectacle que les Belges donnaient – ce n'était pas vraiment un spectacle, mais eux le voyaient comme ça. Il y avait une famille de Belges à Saint-Tite et la journée du broyage, ils revêtaient leur costume national, se chaussaient de sabots de bois et battaient le lin avec des bâtons courts et droits à un rythme effréné en sautillant sur des planches qu'ils avaient bien alignées. Cette journée-là, un voyageur de commerce américain qui venait à Saint-Tite faire ses provisions de bottes de cuir les avait longuement regardés avant de dire qu'ils étaient aussi déchaînés que les nègres de la Nouvelle-Orléans. Napoléon lui avait expliqué que c'était une ville de Louisiane, reconnue pour son jazz, ses *rythm and blues* et son *ragtime*. Elle avait accepté son explication, furieuse de ne jamais s'être intéressée à la géographie, l'anglais et la musique. Elle avait compris qu'il lui parlait de musique mais n'avait pas osé lui demander de quel genre de musique il s'agissait.

L'été qu'elle aurait voulu étirer comme de la tire jaune vint enfin se briser à la fin août. Napoléon arriva à l'école un peu avant l'heure du repas du midi. Sa mère dessinait des fleurs sur l'ardoise de la classe. Ses sœurs étaient affairées à marquer leurs vêtements pour le pensionnat. Elle, elle faisait les cent pas dehors, question d'user sa peine sur ses semelles plutôt que de le faire sur son cœur.

«Je pourrai pas manger. Je trouve que le ciel a l'air d'annoncer un orage. J'aime mieux me mettre en route tout de suite.

– C'est plus prudent comme ça, je pense.

– C'est plus prudent.»

Chaque fois qu'ils se quittaient, ils redevenaient des étrangers qui cherchaient leurs mots.

«J'ai pensé que tu pourrais peut-être venir à Noël.

– Chez vous?

– Oui. Avec Paul. J'ai hâte que mes parents te rencontrent.

– On verra.»

Et il était parti après l'avoir embrassée sur la joue, doucement. Elle avait regardé la route jusqu'à ce que son estomac lui rappelle son existence. Sa mère était venue à sa rencontre et lui avait mis la main sur l'épaule. Elles n'avaient pas parlé. Elles ne parlaient plus jamais de l'attente. C'était un sujet qui leur faisait trop mal à toutes deux.

6

Blanche ferma la dernière agrafe de son uniforme, frotta d'une main sèche les plis de sa jupe, fit son lit soigneusement, tapochant son oreiller à deux reprises pour être certaine qu'il soit bien plat et ouvrit le rideau de sa cellule qu'elle repoussa et attacha sur le côté gauche. Elle sortit dans l'allée avec son bol d'eau et sa cruche, se dirigea vers les éviers, vida l'eau sale et rinça les deux contenants. Elle revint les porter dans sa cellule et s'arrêta deux minutes, le temps d'inspirer profondément, porta la main sur sa lèvre supérieure et se dirigea d'un pas résolu en direction de la cellule de la surveillante.

«Qu'est-ce que vous voulez, Marie-Blanche?

– H'ai un mal de dent épouvantable, ma sœur.

La religieuse s'approcha d'elle, souleva sa main, lui demanda quelle dent la faisait souffrir et regarda l'incisive en question. Blanche grimaça dès que la religieuse la toucha d'un doigt. Dépassée par un mal auquel elle ne comprenait rien, d'autant moins que le mal de dent n'était pas visible, la religieuse enjoignit Blanche de se rendre à l'infirmerie. Blanche quitta le dortoir sans regarder en arrière, se tenant la bouche comme si elle avait craint que la dent ne lui tombe dans la main. L'infirmière la fit asseoir sur une chaise droite, lui demanda d'abandonner sa tête à l'arrière et d'ouvrir la bouche. Blanche obéit. La religieuse examina la dent en ponctuant son examen de «huhums» savants, sortit un thermomètre d'une de ses poches, le fourra sous la langue de Blanche en lui demandant de fermer la bouche et de ne pas parler. Blanche obéit. La religieuse regarda le thermomètre et fronça les sourcils.

«Pas de fièvre.»

Blanche fit mine d'être soulagée, se demandant pourquoi l'infirmière avait pris sa température pour un mal de dents.

«Allez informer votre titulaire que vous serez absente. Je vais immédiatement voir la supérieure pour l'aviser que nous devrons aller chez le dentiste.»

Blanche, appuyant toujours sur sa lèvre, fit un saut dans sa classe avant d'aller chercher son manteau, ses couvre-chaussures et son parapluie. Elle revint à l'infirmerie, prête à partir. L'infirmière lui dit que la supérieure avait téléphoné au dentiste et qu'il pouvait la recevoir immédiatement. Elles quittèrent le couvent par la porte avant et Blanche remarqua à quel point les rideaux qu'elle avait faits plusieurs années auparavant avaient déjà jauni. Une autre pensionnaire au statut d'orpheline serait certainement mandatée pour en faire de nouveaux.

Elles arrivèrent chez le dentiste qui les invita, d'un air agacé, à se débarrasser de leurs manteaux trempés et à poser leurs couvre-chaussures sur le tapis de l'entrée. Il les pria de laisser dégoutter leurs parapluies sur la galerie extérieure. Blanche passa dans son bureau et s'assit sur la chaise de bois. Il souleva un appuie-tête qu'il ajusta à la hauteur de son occiput, décrocha une tige métallique, fixée sur le côté de la chaise. Blanche bascula à l'arrière. Il lui alluma une lampe en plein visage. Elle ferma les yeux.

«Laquelle?

– *Helle*-là.»

Elle avait indiqué la dent du bout de la langue. Le dentiste frappa trois fois du revers d'un instrument pointu et elle grimaça plus fort la troisième fois que la première. Il appuya ensuite son gros index sur la gencive et frotta. Blanche grimaça encore mais moins.

«Qu'est-ce que ça fait quand je frappe?

– Mal.

– Quelle sorte de mal?

– ...

– Comme un choc électrique?

– C'est ça.»

Elle n'avait jamais pris de choc électrique mais comprit que si c'était la comparaison qu'il lui suggérait, ce devait être la bonne. Le dentiste fronça les sourcils et se tourna vers la religieuse. Il expliqua que Blanche devait avoir un abcès.

«Quelque part derrière la racine, parce que je sens rien sous la gencive.»

Depuis que sa sœur Marie-Ange travaillait comme assistante dentaire, elle avait souhaité voir en quoi consistait un cabinet de dentiste. Elle était presque satisfaite.

«Ou bien nous attendons que l'abcès soit plus grave, ou bien nous faison l'extraction immédiatement.»

Blanche frissonna. Maintenant, elle goûterait à l'euphorie de l'éther.

«Est-ce que vous avez l'argent, mademoiselle?

– Oui. C'est pas un problème. Ma mère aura pas à donner un sou pour ça.»

Le dentiste hocha la tête, murmura quelque chose à l'effet qu'il détestait arracher une dent qui n'était pas gâtée tout en aspergeant un linge d'éther. Il pria Blanche de fermer les yeux, ce qu'elle fit sans offrir de résistance. Elle voulut cependant tellement bien enregistrer tout ce qui se passait que l'éther ne fit presque aucun effet. Le dentiste dut lui en resservir. Cette fois, elle se sentit engourdir et sourit.

Blanche avait la bouche bourrée d'ouate qu'elle mordait sans arrêt. Elle goûta le goût amer du sang et se sentit faible. Maintenant, elle avait vraiment mal. De sa main droite, la religieuse lui tenait le bras et de la gauche elle tentait bien maladroitement de protéger le parapluie des assauts du vent et de la pluie. Elles étaient presque arrivées au couvent lorsqu'un homme qu'elles ne purent reconnaître tant le gris de son manteau se confondait à la grisaille de la pluie passa à côté d'elles au volant d'un camion ouvert en criant que le barrage du lac Roberge venait de céder. La religieuse abandonna le bras de Blanche pour se signer et hâta le pas.

«On va être inondés! Dépêchons-nous, Marie-Blanche. Il faut avertir la supérieure au plus vite.»

Dans son empressement, elle oublia complètement de reprendre le bras de Blanche et de la protéger. Blanche la suivit, incapable de souffler sur les gouttes de pluie qui l'aspergeaient sans vergogne, coulissant sur son visage de la racine des cheveux jusqu'au menton. Elle était encore étourdie et acceptait finalement assez bien cette pluie torrentielle qui la tenait éveillée. Elle mordit sur sa ouate et ne vit pas le sang se mêler aux coulisses d'eau.

Elles arrivèrent au couvent et l'infirmière se précipita en direction du bureau de la supérieure sans porter attention à la religieuse qui, les deux bras en l'air, lui criait qu'elle dégouttait partout, qu'elle n'avait même pas enlevé ses couvre-chaussures et lui demandait de quel droit elle se permettait de marcher sur «son» plancher fraîchement ciré comme on marche dans une écurie.

L'alerte fut donnée au couvent comme dans toutes les maisons. Les religieuses et les élèves bouchèrent toutes les fenêtres qui donnaient près du sol, s'énervant chaque fois qu'elles voyaient l'eau s'infiltrer à quelques endroits. Blanche, elle, était étendue sur son lit, un bras lui cachant les yeux. Elle écoutait la pluie qui ne tambourinait plus mais martelait littéralement les fenêtres du dortoir. Elle mordit sur sa ouate et grimaça.

Le lendemain, deux octobre, Blanche faisait une fièvre carabinée et demeura au chaud dans un lit de l'infirmerie pendant que les autres pensionnaires écopaient des cinq pieds d'eau qui noyaient le sous-sol. L'infirmière ne cessait de la bourrer de quinine, félicitant le dentiste d'avoir extrait cette dent qui, manifestement, avait été infectée, vu la fièvre qui, maintenant, était apparue. Blanche se contenta de lui demander de l'eau. Ses trois sœurs vinrent la visiter, heureuses d'échapper pour quelques minutes à la «corvée-inondation». Jeanne hochait la tête en regardant la mine défaite de sa sœur.

«C'est de valeur. Moman va être triste de voir qu'il te manque une dent. Pis juste en avant à part de ça.»

Blanche répondit que c'était en effet dommage et qu'elle verrait ce qu'elle pourrait faire. Elle leur fit pourtant promettre de ne pas en parler à leur mère.

«Je suis capable de payer le dentiste toute seule. Je voudrais pas que moman se mette martel en tête pour une si p'tite affaire.»

L'inondation occupa les gens pendant des jours et des jours. Ils ne parlèrent plus que de pertes et dégâts, de solages brisés, de chambres froides remplies d'eau et de légumes flottant comme des chaloupes.

«L'hiver va être long pis dur», disaient-ils. «Quand on perd tous ses oignons, ses patates, ses carottes pis ses choux. Quand les *cannages* sont dans l'eau, les *couverts* rouillent pis c'est pas sûr que ce qui est dedans va pas pourrir.»

Blanche, elle, put enfin quitter l'infirmerie, l'inondation de son nez et de ses yeux la troublant davantage. A cause du froid et de la pluie, elle avait contracté une grippe carabinée.

A la mi-octobre, un gel acheva de déprimer les villageois, glaçant les quelques pouces d'eau qui n'avaient pu se résorber et faisant des rues et trottoirs une patinoire pour experts. Saint-Tite, à en juger par le nombre de chevilles foulées et fracturées, de côtes fêlées, de genoux écorchés, de coudes éraflés, de coccyx écrasés et de têtes bosselées que le médecin dut soigner, ne comptait pas beaucoup d'athlètes. En une journée, les hommes de la ville qui tenaient encore debout – la plupart d'entre eux ayant mis des clous dans les semelles de leurs couvre-chaussures – avaient répandu des tonnes de cendre et de sable. Deux jours plus tard, à la messe du dimanche, le curé Grenier ne put s'empêcher de rire du haut de sa chaire en regardant ses paroissiens.

«J'ai l'impression d'être aumônier dans un hôpital de guerre», dit-il.

Les paroissiens qui ne souffraient pas trop osèrent s'amuser. Les autres demeurèrent cois, murmurant que le curé n'avait pas de cœur de rire d'un malheur. Ils auraient tous faim.

En novembre, l'hiver s'installa définitivement. Les hommes abattirent plus d'animaux. A défaut de légumes, ils auraient de la viande. Blanche, elle, se réjouissait du fait que sa gencive était maintenant complètement cicatrisée. Elle demanda à la directrice la permission de retourner chez le dentiste, permission qui lui fut accordée. Elle put même s'y rendre sans chaperon. Le dentiste fut étonné par sa requête mais quand elle lui donna l'argent nécessaire, il lui demanda de revenir le voir dans une semaine, ce qu'elle fit. Au début de décembre, elle écrivit à Napoléon qu'elle acceptait son invitation.

Sa mère ne posa aucune objection, se réjouissant du fait que sa fille fût enfin présentée au notaire. Heureuse, aussi, de savoir que Paul et elle assisteraient ensemble à la messe de minuit à Trois-Rivières. Sa mère, qui ne fréquentait toujours pas l'église, y allait quand même pour la messe de minuit, «entendre le chant».

Blanche quitta Saint-Tite par le train, agitant un mouchoir pour que sa mère la voie bien à travers la fenêtre illuminée certes mais brouillée de neige folle. Elle traînait une valise de gros carton, fermée d'une courroie qui ressemblait à s'y méprendre à une ceinture d'homme. Elle y avait bien plié une robe de taffetas bleu sur laquelle elle avait cousu un col de dentelle, carré, qui partait du cou, couvrait l'épaule, descendait au-dessous des omoplates à l'arrière et reposait sur ses seins à l'avant. Sa mère lui avait offert la robe mais c'était elle-même qui avait fait la dentelle du col. Elle avait enfilé un manteau gris pâle, taillé dans une des couvertures de la Belgo, auquel sa mère avait ajouté un capuchon. Le col et le capuchon étaient bordés de renard blanc, récupéré sur un vieux manteau abandonné dans l'école. Blanche portait des mitaines en angora rose que Jeanne lui avait tricotées. Elle s'était longuement regardée dans le miroir, se souriant à pleines dents, heureuse de l'effet qu'elle produisait. Le bleu de ses yeux châtoyait comme le taffetas de sa robe.

Napoléon l'attendait à la gare malgré les deux heures supplémentaires que le train avait prises à se frayer un chemin à travers la voie sans traces. Dès qu'elle l'aperçut, elle sourit, serrant les lèvres pour les empêcher de lui découvrir ses dents. Elle devait éviter le choc à Napoléon. Napoléon prit sa valise avec empressement, lui enserra une épaule et la conduisit devant une automobile énorme qui, en été, devait être extraordinaire à voir sans sa toiture.

«On va filer tout de suite à l'église. Mes parents doivent déjà être là. Paul aussi. J'espère que ma belle princesse a dormi en cours de route parce qu'après la messe de minuit, on a un réveillon.»

Elle fit un signe de tête. Napoléon la regarda, intrigué par son silence. Comprenant qu'elle était probablement intimidée à l'idée de rencontrer ses parents, il parla jusqu'au moment où il immobilisa l'automobile devant l'église. Il lui ouvrit la portière et elle le prit par le bras. Maintenant, le cœur lui débattait franchement. Elle se demandait si elle avait eu une si bonne idée.

La messe lui parut interminable. La chorale chantait tellement bien que les paroissiens semblaient vouloir l'entendre sans fin. Ce n'était pas comme la chorale de Saint-Tite. Le curé chanta enfin un percutant *Ite missa est* et ils sortirent de leur banc. Avant d'être présentée aux parents de Napoléon qu'elle pouvait enfin voir autrement que de profil, elle lui demanda de se pencher pour pouvoir lui chuchoter quelque chose à l'oreille.

«J'ai ton cadeau dans ma bouche.

– Quoi?

– Regarde.»

Napoléon la regarda bien en face. Elle sourit enfin de toutes ses dents. Il cassa son sourire déjà épanoui. Blanche l'imita.

«C'est pas beau?»

Napoléon bafouilla avant de répondre.

«C'est beau, oui. Je serais mal placé pour dire le contraire.»

Il la regarda encore une fois et éclata de rire. Paul, à côté de lui, lui demanda ce qu'il avait. Ses parents regardèrent derrière pour voir la réaction des gens. Blanche, elle, se demandait si elle devait rire ou pleurer.

Aussitôt qu'ils atteignirent le parvis, Napoléon lui posa une bise sur la joue en la remerciant.

«J'ai été surpris. Mais à vrai dire, c'est pas mal beau.»

Il s'empressa de la présenter à son père et Blanche, intimidée par les favoris touffus et les guêtres de ce dernier, fit une révérence de couventine en tendant le bout des doigts. La mère de Napoléon lui fit une accolade et Blanche entendit un bruit de bises sans rien sentir sur sa joue. Paul, enfin, la serra dans ses bras et lui avoua qu'elle n'avait jamais été aussi belle. Napoléon entendit la remarque. Il se tourna vers Blanche et lui sourit. Elle lui rendit son sourire. Les lumières de Noël illuminèrent, cette nuit-là, deux dents d'or.

Le repas du réveillon était servi sur une longue table d'acajou, couverte d'une nappe de dentelle. Blanche l'examina d'un œil de connaisseur. La mère de Napoléon l'invita à s'asseoir à la droite de son mari qui, lui, siégeait à la tête de la petite assemblée. Outre Blanche et Paul, les Frigon avaient invité le parrain et la marraine de Napoléon, monsieur et madame Paul-André Laverdière. Monsieur Laverdière était juge. Blanche demeura assise sans broncher, le dos droit et les mains posées au bord de la table – à la ligne du poignet. Maintenant, pensait-elle, elle devait mettre en application tout ce qu'elle avait appris au couvent sur les bonnes manières. Son cœur rata un battement quand elle pensa que sa mère devait tourner autour de sa table râpeuse pour servir à ses sœurs et à Clément un morceau de *tourtière* décoré de marinades. Elle connaissait assez bien sa mère pour savoir qu'elle devait rire un peu trop fort, faire un peu trop de jeux de mots et raconter un peu trop d'histoires. Elle devait aussi se demander, à toutes les minutes, ce qu'elle-même et Paul faisaient.

Un bruit sec la sortit de ses pensées. Une dame vêtue de noir avec un petit tablier blanc bien empesé venait de faire son entrée dans la salle à dîner. A en juger par le son, elle avait dû ouvrir la porte battante en la poussant avec son plateau métallique. Elle le déposa sur une desserte et prit deux assiettes qu'elle porta devant madame Frigon et madame Laverdière. Blanche eut la troisième. Dans l'assiette, elle vit cinq petites asperges qui baignaient dans une espèce de sauce blanc jaunâtre. Elle regarda ses ustensiles et soupira. Sœur Sainte-Eugénie lui avait déjà parlé de l'aristocratie française et lui avait raconté que parfois, il y avait jusqu'à douze fourchettes à côté de l'assiette. Blanche se souvint que la religieuse lui avait dit qu'il fallait toujours commencer par la fourchette de gauche. Elle attendit poliment que tous les convives fussent servis puis prit sa fourchette. Elle respira en voyant monsieur Frigon choisir la même.

«Vous aimez les asperges en mayonnaise, Marie-Blanche?»

Monsieur Frigon la regardait, souriant. Elle lui répondit que oui, heureuse d'apprendre qu'elle mangeait une mayonnaise. Elle jeta un coup d'œil en direction de Napoléon qui, lui, ne la quittait pas des yeux. Pendant toute la durée du repas, elle n'ouvrit plus la bouche, monsieur Frigon préférant nettement observer ses réactions plutôt que de lui demander son opinion. Paul et Napoléon, eux, semblaient s'amuser follement. Elle fut heureuse de voir arriver le dessert. Elle prit sa dernière fourchette en soupirant de soulagement.

Ils sortirent de table et monsieur Frigon les invita à passer au salon pour chanter. Elle rougit jusqu'à la racine des cheveux. Elle ne pouvait absolument pas chanter. Madame Frigon se dirigea vers le piano. Blanche l'envia quand elle vit ses doigts effilés glisser sur les notes et attaquer les premiers accords d'un cantique. Ils chantèrent tous pendant une bonne heure, durant laquelle la dame au tablier venait remplir les verres d'un digestif jaune. Napoléon fit un clin d'œil à Blanche avant de demander le silence. «Si vous me le permettez, j'ai quelque chose à remettre à Marie-Blanche. J'ai aussi quelque chose à vous annoncer.»

Blanche tiqua. Elle détestait que Napoléon l'appelle Marie-Blanche. Ensuite, elle se souvint qu'elle avait apporté un petit quelque chose pour la mère de Napoléon. Elle prit son sac à main et sortit le petit cadeau qu'elle avait enveloppé. Elle se leva et le remit à madame Frigon. Cette dernière l'ouvrit en poussant toutes sortes de petits cris que Blanche trouva insignifiants et découvrit enfin un mouchoir bien plié.

«Oh! le joli mouchoir de lin brodé de dentelle!»

Blanche s'efforça de sourire, se demandant pourquoi

madame Frigon avait dit cette phrase. Tout le monde voyait qu'il s'agissait d'un mouchoir de lin brodé de dentelle. Napoléon s'empressa de demander à Blanche si c'était elle qui l'avait brodé. Blanche répondit affirmativement. Madame Frigon fronça les sourcils et murmura quelque chose à l'oreille de madame Laverdière qui, elle, haussa les épaules tout en faisant un petit hochement de tête. Napoléon prit enfin la parole. Tenant un écrin à la main, il s'approcha de Blanche en lui souriant.

«J'ai le plaisir de vous annoncer que ce soir, Marie-Blanche et moi nous nous fiançons.»

Blanche fut choquée. Elle n'entendit pas les félicitations de son frère ni celles du père de Napoléon. Elle sourit froidement, se pencha à l'oreille de Napoléon et le pria de l'excuser. Elle sortit du salon et se dirigea vers la salle de bain. Elle ferma la porte doucement derrière elle puis frappa l'évier du poing. Parvenant à se calmer, elle redescendit et reprit sa place à côté de Napoléon.

Les Laverdière quittèrent presque aussitôt. Les Frigon montèrent se coucher en priant Napoléon de fermer toutes les lumières. Paul bâilla et s'excusa. Bientôt Blanche fut seule à regarder le sourire de Napoléon.

«Qu'est-ce qui t'a pris, Napoléon?

– Comment ça? C'est ce qu'on avait discuté, non?

– On a dit qu'on se marierait, mais on n'a jamais dit qu'on se fiancerait à Noël.

– Je voulais te faire une surprise, Blanche.»

Blanche tourna la bague qu'elle avait au doigt, en admira l'éclat puis, lentement, l'enleva et la tendit à Napoléon.

«Qu'est-ce que tu fais?

– Je te remets ta bague.

– On se marie plus?

– Oui, mais on va se fiancer quand on va décider de le faire tous les deux. J'aime pas qu'on organise mes affaires.

– J'ai rien organisé. J'ai juste voulu que mes parents comprennent que c'est toi que je voulais marier.»

Il était tellement maladroit. Touchant mais maladroit. Elle l'accueillit dans ses bras, lui frotta doucement la nuque et l'invita à s'asseoir. Ils parlèrent longuement. Elle, de son besoin de travailler, de gagner de l'argent pour pouvoir en donner à sa mère. Lui, de son incompréhension face à son entêtement à vouloir travailler.

«Je sais, Blanche qu'on avait dit que tu enseignerais pendant mes études. Mais avec l'allocation que mon père va me donner, on aura de quoi bien vivre.

– Parce que ton père était dans le secret avant moi?»

Elle entendit à peine son «oui», tant il était faible.

Blanche n'ajouta plus rien. Elle se leva, lui souhaita une bonne nuit et monta à la chambre qui lui avait été assignée. Elle ne dormit pas, tiraillée entre ses rêves et la réalité qui lui était offerte. Elle savait bien que la réalité était vraisemblablement plus agréable, mais elle avait quand même envie d'aller au bout du chemin qu'elle s'était tracé.

Peu de temps après avoir essayé de dormir, elle entendit le bruit distinct des ustensiles que l'on pose sur la table. Elle se releva, fit sa toilette et se présenta dans la salle à dîner. Napoléon était déjà attablé. D'un coup d'œil elle comprit que lui non plus n'avait pas dormi. Sa mère était affairée à ouvrir des pots de confitures. Son père et Paul étaient absents. Madame Frigon lui parla presque sèchement, l'air agacé. Napoléon leva la tête pour lire les traits de sa mère et essayer de comprendre les causes de sa mauvaise humeur. Madame Frigon posa enfin son dernier pot, soupira et regarda Blanche. Blanche se demanda ce qu'elle avait fait de mal.

«Marie-Blanche... je... euh... Puisque vous êtes la fiancée de mon fils, je voudrais... que... nous soyons très... franches l'une envers l'autre.»

Blanche regarda Napoléon, essayant de voir si lui comprenait ce qui se passait. Napoléon avait l'air aussi perplexe qu'elle.

«Le mouchoir que vous m'avez donné...

– Oui?

– Pourquoi avez-vous dit que vous l'aviez fait vous-même?»

Blanche grimaça. Il y avait quelque chose qu'elle ne comprenait pas.

«Parce que je l'ai fait moi-même, madame.

– Et votre col de robe aussi?

– Oui.»

Madame Frigon inspira brusquement, ouvrant ses narines comme si elle avait eu un urgent besoin d'air.

«Marie-Blanche, regardez cette maison.» Elle accompagna sa phrase d'un grand geste. «Il n'y a rien ici qui ne soit de qualité. Je connais la qualité.»

Napoléon commença à transpirer. Sa mère venait de revêtir ses airs de grande dame. Sa mère montrait son profil le plus détestable.

«Maman...

– Laisse-moi parler, Napoléon. J'aime la franchise.» Elle reporta son attention vers Blanche. «Moi aussi je viens d'un petit village, de Grondines, et je n'ai jamais senti le besoin de mentir pour faire oublier ma condition de fille de cultivateur. Pourquoi avez-vous menti?

– J'ai pas menti, madame. J'ai fait le mouchoir et le collet.»

Madame Frigon, exaspérée, sortit le mouchoir de sa poche et le mit dans les mains de Napoléon.

«Peut-être, mon fils, devrais-tu savoir que sur ce mouchoir il y a de la dentelle française!»

Napoléon éclata de rire. Blanche, elle, se leva trop calmement et remit sa chaise en place, prenant soin de la soulever pour éviter d'érafler le plancher. Elle s'avança vers Napoléon et lui prit le mouchoir des mains. Elle l'enfouit dans une de ses poches puis marcha lentement vers l'escalier. Elle ne se retourna pas lorsque Napoléon l'appela. Elle se dirigea vers la chambre de Paul qui, justement, s'apprêtait à en sortir.

«Je m'en vas. Est-ce que tu veux venir me reconduire? Je sais pas l'heure du prochain train mais ça me fait rien d'attendre toute une journée!»

Napoléon, qui l'avait rejointe à l'étage, lui avait pris le bras.

«Tu peux pas faire ça, Blanche. Ma mère pensait me rendre service.

– Ta mère m'a rendu service à moi, Napoléon.

– Si tu retournes à Saint-Tite aujourd'hui, je viens avec toi.»

Blanche le regarda bien en face et vit que dans sa figure à lui, il y avait de la peur.

«Je pars tout de suite, Napoléon.»

En moins de temps qu'il ne fallut pour le dire, elle quitta la maison de Napoléon sans saluer ses parents. Elle leur enverrait un mot. Aujourd'hui, elle n'avait pas envie de revoir la bouche mince comme une pelure d'oignon de madame Frigon. Ni ses petits yeux trop rapprochés qui lui donnaient un air fouineur. Ni ses joues rougies par une crème malodorante. Ni ses cheveux noués en un chignon, tenus par une résille qui se voulait invisible. Une autre fois. Une autre fois peut-être qu'elle pourrait la trouver belle. Elle en avait été capable au sortir de la messe de minuit.

Napoléon marchait d'un pas ferme à ses côtés pendant que Paul courait derrière eux, ne cessant de demander ce qui se passait. Il avait à peine eu le temps de boucler sa valise.

Blanche acheta son billet et fut heureuse d'apprendre qu'elle aurait un train dans moins d'une heure. Un train spécial pour le jour de Noël, qui permettait aux travailleurs des usines de Trois-Rivières de visiter leurs familles. Napoléon aussi s'acheta un billet. Paul attendit avec eux et les salua quand ils montèrent, confondu par toute la commotion causée par sa sœur.

Ils arrivèrent à Saint-Tite avant le souper. Napoléon porta la valise de Blanche et ils prirent une voiture pour se rendre jusqu'à l'école du rang Sud. Blanche ne cessait de regarder Napoléon, consciente, maintenant qu'elle connaissait sa famille, qu'il avait posé un geste important. Juste avant que l'automobile ne s'arrête devant l'école, il sortit l'écrin de sa poche, prit la bague que Blanche lui avait remise, lui souleva la main en souriant, enleva sa mitaine et glissa le bijou dans son annulaire. Blanche embrassa le bijou.

Émilie fut presque choquée de voir rentrer sa fille. Elle allait lui demander des explications quand Napoléon lui fit signe de s'en abstenir.

«Napoléon pis moi, moman, on a pensé que c'était plutôt drôle de passer une partie de la journée de Noël à Trois-Rivières pis l'autre ici, avec vous.»

Elle embrassa sa mère, son frère et ses sœurs, enleva son manteau. Elle ne garda que ses mitaines. Puis, voyant que sa mère était intriguée, elle tira lentement sur son pouce gauche et enleva la mitaine. Émilie aperçut la bague et s'assit. On frappa à la porte et Rolande accourut pour ouvrir. N'entendant rien, Émilie s'y dirigea à son tour.

«Mon Dieu Seigneur!»

Blanche se précipita derrière sa mère, alertée par la voix d'Émilie. Sa mère n'avait ce ton que lorsqu'elle était en état de choc.

«Marie-Ange! Rose!»

Elles entrèrent toutes les deux, suivies d'un homme d'au moins trente-cinq ans à ce qu'il sembla à Blanche. Marie-Ange s'empressa de le présenter. Georges était son fiancé.

La soirée fut des plus heureuses. Marie-Ange fit rire Napoléon par ses reparties humoristiques et cinglantes. Émilie caqueta avec Georges, s'intéressant à tout ce qu'il racontait sur son commerce de la rue Ontario, à Montréal. Mais le clou de la soirée demeura quand même le fait que les deux sœurs s'étaient fiancées le même jour et qu'elles avaient voyagé à bord du même train sans même se voir.

Napoléon expédia un télégramme à ses parents les avisant qu'il n'entrerait que pour le jour de l'an. Rose, Marie-Ange et Georges quittèrent le surlendemain de Noël, laissant Émilie à ses émois et à ses pensées. Georges lui plaisait mais elle s'inquiétait. Que Marie-Ange décidât de marier un homme de dix-huit ans son aîné lui semblait une condamnation à la longue solitude du veuvage.

Pendant les six jours de la visite de Napoléon, Blanche ne put lui exprimer toute sa reconnaissance. Napoléon lui avait témoigné la plus grande marque d'amour possible. Elle voulut écrire un mot à ses parents, mais ils furent plus rapides qu'elle et elle reçut une lettre de madame Frigon. Cette dernière s'excusait de son comportement, accusant bien humblement sa jalousie de «mère possessive d'un fils unique». Blanche sentit fondre sa rancune et remit le mouchoir à Napoléon en le priant de le rendre à sa mère aussitôt qu'il serait à la maison.

7

Émilie regarda tomber la neige. Si cette folle blancheur ne cessait d'attaquer la terre, elle ne pourrait jamais prendre le train pour Montréal. Marie-Ange l'attendait. Elle voulait que sa mère, à défaut de son père, la conduise à l'autel. Émilie avait demandé une remplaçante à l'école pour la semaine que durerait son absence. Clément s'était offert à l'accompagner et devant son insistance, elle avait accepté. Clément découvrirait Montréal avec elle. Cet enfant lui causait des problèmes. Il venait tout juste d'avoir quatorze ans et elle ne pouvait que constater qu'il n'y avait plus rien d'un enfant chez lui. Il était grand et fort comme l'homme qui s'affirmait chaque fois qu'il ouvrait la bouche. Et secret. Elle savait bien qu'il allait souvent au village le soir. Elle savait bien qu'il ne faisait aucun effort dans ses études, mais elle ignorait complètement à quelles activités il consacrait ses heures libres. Elle ne savait qu'une chose: il passait le moins de temps possible avec elle. Il y avait bien eu la rumeur qu'il fréquentait les dames de la maison de la croisée des chemins, mais elle refusait de croire qu'il y était allé. A tout le moins, elle refusait de croire qu'il avait pu y aller pour autre chose que jouer aux cartes ou danser...

La neige sembla ralentir sa course et ils purent tous les deux se diriger vers la gare. Émilie reprocha à son fils d'apporter un si lourd bagage pour un séjour si court, mais Clément affirma qu'il voulait se changer souvent. Le train arriva enfin, essoufflé de sa bataille contre le vent. Ils y montèrent tous les deux, s'assirent ensemble et Clément, feignant de ne s'intéresser à rien de ce qu'il voyait ne put quand même s'empêcher de dire que dans ses souvenirs, le train qui les avait reconduits de Shawinigan était beaucoup plus gros, plus rapide et moins bruyant. Émilie lui sourit.

Le mariage se déroula à merveille. Émilie fut très surprise de constater que l'absence d'Ovila au premier mariage d'un de leurs enfants ne lui pesait pas. A sa requête ce fut Clément qui tint le bras de sa sœur dans l'allée centrale. Marie-Ange reçut un cadeau de chacun de ses frères et sœurs et ne fut pas plus dupe que sa mère quant à l'origine de celui qui était arrivé d'Abitibi: vœux de bonheur d'Émilien et de papa...

Clément dit à sa mère qu'il visiterait seul la ville, pendant qu'elle-même irait veiller chez Henri Douville. Elle accepta de bon gré, d'autant plus qu'elle s'était demandé comment ce grand fils taciturne aurait pu demeurer assis toute une soirée à écouter sa mère parler de souvenirs. Ils se quittèrent rue Sainte-Catherine, Émilie se dirigeant vers l'ouest, Clément vers l'est.

Henri l'accueillit avec une joie non dissimulée. Il l'aida à se débarrasser de son manteau avant de l'inviter à passer au salon. Dès qu'elle fut assise, il lui offrit un verre de vin blanc bien frappé. Émilie inclina la tête en signe de remerciement.

«Alors, Émilie, tu vas maintenant me rejoindre dans le merveilleux monde des grands-parents?

– Pas si vite. Marie-Ange est mariée depuis un jour.»

Ils passèrent une soirée agréable, parlant beaucoup d'Antoinette, peu d'eux-mêmes, préférant nettement tenir la conversation à un niveau qui évitait toute confrontation avec leurs sentiments. Émilie tira sur la chaînette de sa montre et soupira.

«Je pense qu'il va falloir que j'y aille. Clément doit m'attendre à l'hôtel.»

Henri éclata de rire. Elle fronça les sourcils.

«Penses-tu vraiment qu'il n'a rien d'autre à faire que d'attendre sa mère?

– Clément a juste quatorze ans...

– Mais dans sa tête, Émilie, dans sa tête, il a quel âge ton grand Clément?

– Quatorze ans!»

Émilie avait répondu sèchement, détestant la lucidité d'Henri. Elle lui avait écrit de nombreuses lettres dans lesquelles elle avait fait allusion à cet enfant «inconnu»; elle venait encore de lui en parler en laissant ses phrases inachevées, souhaitant qu'Henri les complétât seul.

Henri se leva et se servit un autre verre de vin. Il lui tourna le dos pendant de longues minutes et Émilie sut que maintenant Henri parlerait d'autre chose que des enfants et petits-enfants.

«Émilie, j'aimerais vraiment que tu viennes habiter ici. Qu'est-ce qui te retient à Saint-Tite?

– Les enfants...

– Tu sais comme moi que tu peux leur donner une meilleure instruction à Montréal. Je pourrais t'aider...

– Henri, je veux pas...

– Toujours ta vieille manie de ne jamais dire "ne"...

– Je ne veux pas entendre ce que tu vas me dire. Tu connais ma réponse. Tu sais ce que je pense.

– Est-ce que nous devons tous les deux payer pour une erreur de jeunesse?

– Erreur? Quelle erreur, Henri? J'ai marié l'homme que j'aimais pis toi tu as marié la fille la plus extraordinaire que moi j'ai connue.

– Oui, mais...

– Mais non, Henri. C'est facile pour toi de penser à une autre sorte... d'avenir parce que tu es veuf. Moi, je suis encore mariée pis j'ai l'intention de...

– De le reprendre un jour?»

Émilie sourit et soupira. Le reprendre? Elle n'en savait rien. Elle ne savait qu'une chose: il était quelque part en Abitibi et nulle part dans son cœur. Mais son corps, parfois, était affamé.

«Je pense, Henri, que ce que tu m'offres est... Mais moi, Henri, je pense que j'aurais jamais le... talent d'être ta... dame de compagnie.

– Laisse-moi au moins en juger», répondit-il mi-moqueur.

«Tu sais, Henri, que je déteste les gens qui me jugent.»

Il l'accompagna jusqu'à son hôtel et lui baisa la main, l'air narquois.

«J'imagine que je suis condamné à te sourire quand j'ai toujours eu envie de pleurer sur ton épaule.

– J'imagine que c'est peut-être la seule façon qu'il nous reste de nous dire nos vérités.

– J'aimerais en savoir une, Émilie.

– Laquelle?

– Est-ce que cela t'est déjà arrivé, une fois, une minute, de m'aimer?»

Émilie plissa puis ferma les yeux, cherchant la réponse

qu'elle devait lui donner. Elle lui prit enfin la main et, à son tour, l'effleura de ses lèvres. Henri éclata de rire et elle l'imita.

«Bonne nuit, mon amie, et bon retour.»

Clément était assis sur un des deux lits, lisant distraitement un magazine qu'il s'était acheté. Il entendit tourner la clef dans la serrure et s'empressa d'ouvrir à sa mère.

«Déjà rentré?

– J'avais des choses à faire.»

Elle enleva ses gants lentement, tirant avec précaution sur chacun des doigts, craignant que l'usure ne fasse céder les coutures sous la tension. Elle les plia soigneusement et les déposa dans son sac à main duquel elle sortit son poudrier et son bâton de rouge à lèvres. Elle déboutonna son manteau et grimaça lorsque le dernier bouton roula sur le plancher. Clément se pencha et le trouva sous un des lits. Elle le regarda pendant qu'il lui tournait le dos et s'écrasait sur le plancher. Elle avala péniblement.

«Qu'est-ce que tu avais à faire dans une chambre d'hôtel?

– Mes valises...»

Ainsi donc il ne rentrerait pas avec elle. A quatorze ans!

8

Pour la dernière fois, Blanche repassait les travaux de ses compagnes. Elle se demandait si les élèves avaient été plus travaillantes que les années précédentes, trouvant qu'elle mettait plus de temps à presser les petits morceaux de literie qu'elle ne l'avait jamais fait. Elle s'en informa à la religieuse qui supervisait la préparation de l'exposition et cette dernière lui répondit que c'était elle qui s'appliquait davantage. Blanche haussa les épaules, incrédule et étonnée.

Elle aurait voulu avoir le cœur gonflé de tristesse à l'idée de quitter le couvent mais elle en était incapable. Elle n'en pouvait plus d'attendre la dernière journée, celle de la remise des prix et des brevets. Maintenant, elle serait libre, libre de choisir.

Elle choisirait d'abord l'enseignement, après quoi elle verrait. Napoléon aurait peut-être des suggestions. Il lui avait promis d'être présent à sa graduation et elle savait qu'il le serait. Sa mère avait accepté qu'il y assiste avec elle.

Elle prit un tablier et l'enfila sur le bout de la planche. Elle l'aplatit résolument d'un bon coup de fer. Sa mère lui avait dit que la journée du quatorze juin serait une grosse journée. Non seulement avait-elle la graduation de sa fille mais elle devait aussi assister aux fiançailles d'un cousin éloigné, Fidèle Dessureault. Elle irait d'abord aux fiançailles puis rejoindrait Napoléon avant de venir au couvent.

Blanche retira le tablier après l'avoir soigneusement plié et prit les derniers morceaux: les siens. Cette année, elle laisserait trois couvre-pieds qu'elle avait tissés, une courtepointe à motif d'étoile et quatre douzaines de serviettes de table brodées et dentelées. Elle les renifla et s'attrista encore du fait que jamais elle n'avait pu emporter un seul de ses travaux. Elle s'était quand même appliquée pour chacun, ayant toujours conservé en mémoire ce que sa mère lui avait dit: elle laisserait quelque chose de moins périssable qu'un souvenir. Elle débrancha et rangea le fer pour la dernière fois.

La salle d'exposition avait été bien décorée et Blanche savait qu'elle avait maintenant fini de «servir». Elle pouvait préparer «son» uniforme, laver «ses» gants blancs et consacrer quelques jours au choix d'une coiffure. Elle voulait être la plus élégante des graduées à défaut d'être la plus jolie. Elle voulait que Napoléon n'ait d'yeux que pour elle.

Elle songeait à tous leurs projets, bouclant une mèche au fer chaud, lorsque la religieuse responsable de l'exposition arriva derrière elle.

«Marie-Blanche, je trouve impensable de présenter vos consœurs dans leurs uniformes. Il y en a cinq ou six qui ont l'air de vraies guenilles. Aussi je leur ai dit de vous apporter les uniformes pour que vous les pressiez. Vous êtes la seule capable de leur redonner une forme.»

Blanche grimaça. Jusqu'à la dernière journée elle aura eu le sentiment d'avoir été utilisée. Jusqu'à la dernière journée, on lui aura gentiment rappelé son statut d'orpheline.

L'exposition connut un grand succès, comme à chaque année. Aussitôt les tables balayées de leur contenu et rangées le long des murs, les religieuses fixèrent de longues heures de répétition pour la remise des prix et des diplômes. Les journées de classes furent amputées de plusieurs heures. Les élèves n'eurent plus que deux sujets de préoccupation: les examens de fin d'année et la grande soirée du quatorze juin. Blanche elle-même, habituellement calme, se laissa happer par la frénésie et les potinages quant à savoir laquelle des graduées obtiendrait tel ou tel prix. Elle alla même jusqu'à accepter d'essayer, en cachette, les différents fards à joues et à lèvres que ses consœurs, externes, apportaient dans leurs poches d'uniformes.

Elle démêlait difficilement ses sentiments. Elle n'en pouvait plus d'attendre de quitter le couvent et de reprendre une vie «normale»; elle se mourait d'insomnie en pensant à l'arrivée de Napoléon; elle se mordillait les lèvres en se demandant si elle recevrait ou non un prix ou une mention; mais surtout, elle avait une hâte maladive de voir la fierté dans le visage de sa mère lorsqu'elle serait debout, devant toute l'assistance.

Le quatorze juin vint enfin. Une merveilleuse journée ensoleillée, peut-être trop humide pour les boucles de ses cheveux. Les religieuses permirent aux graduées de prendre l'après-midi complet pour mettre au point les derniers préparatifs. Ces dernières exécutèrent les travaux nécessaires en un temps record afin d'en consacrer le plus possible à leur toilette.

Blanche s'assit devant le miroir et commença à se coiffer. Elle avait opté pour un chignon tressé et des bouclettes sur le front. Elle regarda l'heure. Sa mère devait déjà être aux fiançailles de Fidèle. Elle jeta un coup d'œil autour d'elle et vit ses consœurs tout aussi attentives qu'elle à se pomponner discrètement. Elle accepta de laisser tomber dans ses yeux quelques grains de khôl.

«Ha! C'est pas vrai! Est-ce que quelqu'un a regardé dehors?»

La grande Pierrette attira tout le monde à la fenêtre. Blanche, comme les autres, s'y précipita. Des murmures d'inquiétude suivirent les cris de déception. Un nuage noir venait d'apparaître dans ce ciel dont le bleu tournait rapidement au gris.

«On va avoir un orage...

– Non! J'ai jamais vu un ciel si noir. Ça doit pas être un orage.

– Ha! Arrêtez de vous faire des peurs parce...»

Blanche ne put terminer sa phrase. Une persienne venait de se décrocher et battait sur le mur du couvent. Une religieuse entra en trombe et hurla, pour être certaine d'être entendue, de fermer toutes les fenêtres avant de se rendre à la chapelle.

«C'est pas normal, mesdemoiselles. Vite! Vite! La supérieure croit que c'est un cataclysme!»

Les dix minutes qui suivirent durèrent trois siècles. Des vents prirent le couvent d'assaut, faisant gémir les glissières de métal de chacune des fenêtres. La pluie s'infiltra par toutes les ouvertures. Une des fenêtres de la chapelle éclata lorsqu'un arbre s'y abattit, faisant hurler et les religieuses et les pensionnaires. Une des filles fut fouettée par les feuilles et s'évanouit. La supérieure tenta de calmer ses brebis à grands coups de prières mais n'y parvint pas. L'hystérie était entrée en même temps que la pluie qui assaillait l'orifice de la fenêtre fracassée.

Blanche demeura dans son coin, d'abord terrorisée puis, se ressaisissant, courut aider sa compagne évanouie. Elle la prit sous les aisselles et la traîna sur le plancher là où l'eau entrait abondamment.

«Mais qu'est-ce que vous faites là, Marie-Blanche?

– Je l'amène sous l'eau. Ça devrait la ranimer.»

Pendant que sa compagne commençait à essayer de se débattre, Blanche, elle-même détrempée, lui tapota les joues puis l'aida à s'asseoir, la tête penchée à l'avant. Sa compagne reprit conscience et se releva péniblement, s'appuyant sur Blanche qui la força à s'étendre sur un banc de la chapelle. La supérieure était maintenant à côté d'elles, ayant abandonné ses prières pour venir s'assurer que personne n'avait été blessé.

«Ma sœur, osa Blanche, si un couvent de pierre est secoué comme ça, il doit y avoir des maisons de bois qui ont pas tenu le coup. Moi, à votre place, je dirais à l'infirmière de se préparer. Pis je demanderais aux pensionnaires d'aller préparer leurs lits. Pis je dirais aux cuisinières de préparer des soupes pis des bouillons. Pis je ferais sortir toutes les couvertures possibles.»

Elle s'était arrêtée, ayant le sentiment d'être étrangère à ce qu'elle venait de faire et de dire. La supérieure, les yeux exorbités, la bouche grande ouverte l'écoutait, acquiesçant à chaque phrase.

«Pis je trouverais l'homme à tout faire pour qu'il vienne clouer des planches dans la fenêtre.»

«J'y vais tout de suite.»

La religieuse fourra son chapelet dans sa poche et dirigea toutes les personnes présentes. Blanche fut la dernière à sortir de la chapelle, soutenant sa compagne jusqu'à l'infirmerie. Elle l'allongea sur un des lits et l'infirmière prit la relève. Blanche courut dans les couloirs jusqu'à ce qu'elle atteigne la sortie latérale. La pluie avait presque cessé et le vent se calmait. Elle ouvrit la porte et se précipita dans la rue, pleurant en voyant le désastre: des toitures effondrées, des arbres déracinés et partout, partout où elle regardait, des gens hébétés qui grimaçaient la soudaineté de leur effroi.

Puis elle entendit les cris. La maison de Wilbrod Dessureault s'était écroulée.

«Moman! Moman!»

Maintenant c'était elle qui hurlait. A bout de souffle, elle arriva devant l'amas de planches qui, une demi-heure plus tôt, avaient formé la maison. Des gens s'affairaient à dégager tout ce qui leur tombait sous la main. Blanche essaya de parler à quelqu'un mais personne ne s'occupa d'elle. Elle agrippa finalement le bras de Joachim Crête, qui dirigeait les opérations.

«Ma mère? Est-ce que ma mère est là-dedans?

– J'ai d'autre chose à faire que de savoir si ta mère est là. Dégage!»

Elle le regarda, d'abord insultée, puis horrifiée, puis enragée. Toutes griffes sorties elle lui sauta au visage. Joachim Crête la repoussa violemment et elle tomba dans la boue. Un des hommes présents l'aperçut et se dirigea vers elle pour l'aider à se relever.

«Les invités étaient partis, Blanche. Ta mère a dû être prise dans la tourmente entre *icitte* pis son école. On cherche Wilbrod. Fidèle pis sa fiancée ont dit qu'il venait juste de sortir de la maison pour aller faire le *train*. Personne le trouve. On comprend pas. Un vrai miracle que Fidèle pis sa fiancée soient vivants. Sur la tête, Blanche. Toute la maison sur la tête pis pas une *grafignure.*»

Blanche repartit en courant, essayant de faire taire ses émotions pour donner plus de chance à son cœur dans la course. Sa mère n'allait pas à l'école. Sa mère devait aller chercher Napoléon chez son grand-oncle. Elle avait dû pouvoir y arriver avant que le ciel ne se déchaîne. Elle fut enfin devant la maison dont la galerie était effondrée. Elle en fit le tour et frappa à la porte arrière avant d'entrer. Elle n'attendit pas qu'on lui ouvre.

«Ma mère? Est-ce que ma mère est ici?»

Le grand-oncle de Napoléon, visiblement ébranlé, la regarda en se secouant les épaules.

«Non. Mais elle est venue. Quand le vent est tombé, elle pis Napoléon sont partis voir si son école tenait debout. Ensuite, je pense qu'ils s'en allaient au couvent.»

Blanche soupira, presque soulagée, le remercia et reprit sa course en direction du couvent. Elle y arriva en même temps que Napoléon et Émilie. Dans leur visage elle reconnut la même inquiétude que celle qui l'affaiblissait. Elle se précipita vers eux en pleurant et leur tomba dans les bras.

«La maison des Dessureault est complètement détruite. Je pensais que vous étiez en dessous des débris.»

Émilie blêmit. Elle serra sa fille dans ses bras et tenta de la consoler.

«Eh bien! ma Blanche, on peut dire que c'est peut-être la première fois qu'une fille sauve la vie de sa mère, simplement à cause de sa graduation. Si ça avait pas été de ça, je serais restée pour les aider à nettoyer.»

Elles demeurèrent silencieuses pendant de longues minutes avant de libérer leur étreinte.

«Viens, ma fille. Les blessés commencent à arriver au couvent. On va aider.»

Blanche se tourna vers Napoléon. Il lui mit une main sur l'épaule puis lui frotta le haut du dos pour la débarrasser de ses tremblements. Émilie les précéda discrètement.

Le travail s'organisa rapidement. La supérieure se précipita vers Émilie pour lui dire que Blanche avait tout orchestré. Émilie sourit tristement en regardant l'état des villageois.

«J'ai l'impression, ma sœur, d'avoir déjà vu ça. La première fois, c'était au feu du couvent. C'est étrange quand même de voir que le feu, l'eau pis le vent, finalement, ça peut faire la même affaire. Détruire. On prend l'eau pour éteindre le feu, pis la chaleur pour assécher l'eau.»

La graduation n'eut pas lieu ce soir-là. Blanche, sa mère et Napoléon passèrent des heures à panser les blessés, distribuer du bouillon et passer des mouchoirs. A l'extérieur, les villageois s'affairaient toujours à chercher Wilbrod Dessureault, leur chef pompier, disparu quelque part dans l'œil de la tornade. Plus personne n'espérait le retrouver vivant, d'autant moins qu'une couverture soulevée dans la tourmente de l'ouragan s'était perchée sur les montants d'un poteau électrique, drapant ce dernier exactement comme le suaire drapait la croix sur le corbillard du village. Un signe du ciel, disait-on.

Au couvent, on apprit enfin que le corps avait été retrouvé par Joachim Crête, à des lieues de la maison de la victime. On racontait en chuchotant que le corps était aussi abîmé que s'il avait été passé dans une essoreuse. Blanche haussait les épaules, indifférente aux racontars, préférant nettement se consacrer entièrement à sa tâche et regarder Napoléon accomplir la sienne.

C'est sous un ciel hypocritement étoilé et éclairé d'une lune souriante qu'ils entrèrent à l'école, tous ébranlés et éreintés. Émilie et sa fille donnèrent libre cours à leur émotion sous les regards d'un Napoléon aussi impressionné par la journée qu'il venait de vivre que par l'émoi de sa fiancée. Sans même qu'on le lui demande, il mit de l'eau à bouillir et fit un thé bien fort. Ils s'attablèrent et burent, d'abord silencieux, puis soupirant de plus en plus avant de finalement rire de nervosité et d'épuisement. Profitant de l'euphorie qui s'était enfin immiscée sous les combles, Napoléon sortit un présent de sa poche. Le ruban était froissé et le papier d'emballage déchiré.

«Avec ce qui vient de se passer, c'est peut-être pas le moment de donner un cadeau.»

Il l'offrit en s'excusant presque. Blanche tendit une main tremblotante de nervosité et d'hilarité et prit la petite boîte que Napoléon lui tendait. Elle défit le fragile emballage et découvrit une magnifique plume fontaine, sertie de nacre.

«J'ai pensé qu'une institutrice aurait besoin d'une bonne plume.»

Blanche se mordit la lèvre inférieure, découvrant ainsi sa dent d'or. Napoléon venait de signer un traité de paix. Maintenant, il ne lui parlerait plus de ses réticences à la voir enseigner avant leur mariage. Émilie, sentant qu'il se passait quelque chose qu'elle ne comprenait pas, accusa la fatigue et s'empressa d'aller se coucher. Napoléon se rapprocha de Blanche et lui prit une épaule.

«Je suis pas fier de moi du tout. J'aurais jamais dû discuter comme je l'ai fait. C'est tes affaires. Pas les miennes. On parlera de nos affaires quand on aura dit le grand "oui". D'ici là, il va falloir que j'apprenne à te regarder aller.»

Ne sachant trop comment interpréter le mutisme de Blanche, il s'éloigna d'elle. Question de se donner une contenance, il se resservit une tasse de thé, oublia le tamis et se retrouva avec une tasse remplie de feuilles. Blanche s'en empara, regarda l'intérieur de la tasse en fronçant les sourcils, passa ses mains au-dessus en faisant mine de dire tout bas des milliers d'incantations et leva ensuite les yeux vers Napoléon.

«Abrrracadabrrra! Je vois un grrrand avenirrr pourrr vous. Et à vos côtés, j'aperrrçois une jeune fille aux yeux bleus pas plus haute que, comment dites-vous... trrrois pommes. Elle est institutrrrice mais passe ses soirrrées à coudre un trrrousseau et à fairrre des dentelles *frrrançaises.*» Elle appuya tellement sur le mot «françaises» en se moquant gentiment de l'accent de la mère de Napoléon, qu'il ne put retenir un éclat de rire. «Mais je vois que cette jeune fille vous attend, malgrrré son jeune âge, et qu'elle passerrra des heurrres et des heurrres à se prrratiquer à ne plus tomber surrr les fesses de façon à ne plus vous fairrre honte.» Elle tourna la tasse de thé dans ses mains, l'air toujours aussi sérieux. «Hahaaa! Je vois que vous habiterrrez tous les deux une grrrande maison rrremplie d'enfants et de bon goût...» elle leva les yeux en direction de Napoléon qui, encore une fois, éclata de rire, «que la jeune fille astiquerrra pendant des heurrres et des heurrres en jurant que jamais plus elle n'habiterrra une aussi grrrande maison rrremplie d'escaliers. Mais... leurrrs deux enfants rrréussiront dans la vie au-delà de toute espérrrance.

– Deux?

– Pardon, douze!

– C'est mieux...»

Abandonnant son personnage, Blanche le regarda, une moue sur les lèvres.

«On n'aura pas douze enfants!

– Pourquoi pas? On va en avoir les moyens.

– M'as-tu regardée? Je suis pas bâtie comme une femme qui peut avoir des douzaines d'enfants!»

Sentant que Blanche était trop fatiguée pour entreprendre une nouvelle discussion sur leur avenir, Napoléon bâilla discrètement et demanda si elle aurait objection à ce qu'il se couche. Mais Blanche, tout à coup, était inquiète.

«Pas douze... C'est une farce que je faisais.

– Pas douze d'abord.

– Combien?

– Quinze!

– Quatre?

– Huit!

– Six?

– Six!»

Rassurée, elle se leva, rinça la tasse et la posa près du plat à vaisselle. Napoléon se plaça derrière elle et l'enserra.

«De toute façon, on a bien le temps d'y penser. Pis à part ça, peut-être qu'on pourra même pas en avoir un.»

Il la fit pivoter et lui baisa une main en indiquant des yeux la chambre d'Émilie. Blanche sourit et lui tendit l'autre main...

Napoléon demeura à Saint-Tite et assista aux imposantes funérailles que les citoyens firent à leur chef pompier. Les pompiers volontaires, tout de noir vêtus, portèrent, jusque dans l'église, la grande échelle sur laquelle ils avaient déposé le cercueil. Deux jours plus tard, Napoléon accompagnait Émilie à la graduation de Blanche qui, à son avis, était la plus jolie de toutes les graduées. Il sentit le regard d'Émilie chercher le sien et se tourna vers elle, le temps de constater qu'elle avait les lèvres pincées et les yeux humides de fierté. Il se pencha et lui chuchota de ne pas s'inquiéter, qu'il en prendrait toujours soin. Elle sourit du coin de la bouche qui était de son côté et n'ajouta rien. Napoléon aurait été surpris d'entendre qu'à ce moment précis, elle traçait une voie d'or pour sa fille, voie qui la menait à Montréal et à l'université. Il aurait été étonné de savoir que pour Émilie, si gentil, si convenable fût-il, il était la cinquième roue du carrosse qu'elle conduisait dans son imaginaire. Mais il aurait été bouleversé de savoir que Blanche, tout doucement, commençait à penser comme sa mère.

Aucune de ces pensées ne transpira quand Blanche reçut cinq prix. Mais l'émotion fut à son comble lorsqu'ils quittèrent le couvent et que la supérieure remit à Blanche les couvre-pieds, la courtepointe et les serviettes de table qu'elle avait tissés, cousus et brodés avec énergie pour laisser au couvent le meilleur souvenir d'elle-même.

9

De voir et d'entendre sa fille fit qu'Émilie reprit goût à l'enseignement. Elles s'organisèrent comme deux «vieilles filles» ainsi que Blanche se plaisait à le dire, alternant pour sonner la cloche, corrigeant leurs travaux en même temps, mangeant en tête à tête, parfois sans parler parce que Blanche était absorbée par la lecture de la dernière lettre de Napoléon ou qu'Émilie voguait en pensée quelque part avec un de ses enfants. Les corrections terminées et la table nettoyée des vestiges du repas, Blanche s'installait pour écrire à son fiancé et Émilie sortait son crochet pour continuer la layette qu'elle faisait pour Marie-Ange, qui était enceinte. Le bébé n'était attendu qu'en mai et Émilie avait juré que ce serait le bébé le mieux emmitouflé du monde.

Blanche souriait en regardant sa mère compter les mailles silencieusement. Avant les Fêtes, elles reçurent des nouvelles de Clément. Malgré ses quatorze ans, il s'était trouvé un bon travail à Cochrane, en Ontario. Blanche savait que le départ de son jeune frère agaçait sa mère. Il se serait éloigné pour étudier qu'elle s'en serait réjouie, mais partir de la maison pour travailler dans les chantiers lui faisait horreur. Elle savait aussi que sa mère s'inquiétait pour Rose. À vingt-trois ans, sa sœur roulait sa bosse à Montréal, butinant toujours d'un emploi à l'autre. Émilie se réjouissait néanmoins du cran de sa fille, qui s'adaptait bien à ce monde qui ne la comprenait pas. Parfois, Blanche se demandait pourquoi Rose ne revenait pas à Saint-Tite chercher la sécurité près de sa mère. Elle en fit part à Émilie, qui se contenta de lui répondre que c'était préférable.

«Rose m'aura pas toujours.

– Oui, mais quand même, il me semble qu'on serait moins inquiètes si elle était ici.

– Sarah Leblanc est à Montréal avec elle. C'est tout ce qu'il faut à Rose. Pis, c'est pas pour être méchante, mais j'ai pas l'impression que Sarah va se marier. Rose s'est trouvé une deuxième mère.»

Les mois filèrent comme les aiguilles d'Émilie et bientôt, c'est à deux qu'elles firent la crèche de Noël. Napoléon ne put venir pour le jour de l'an parce que son père n'allait pas bien. Paul fut coincé à Trois-Rivières par d'incessantes tempêtes de neige. Marie-Ange, alourdie par sa grossesse et couvée par son mari ne voulut pas bouger de Montréal. Rose n'eut pas de congé, Émilien envoya une longue lettre et de l'argent. Le silence de Clément se fusionna à celui de son père.

Blanche mit quand même des heures à décorer la table pour ses trois jeunes sœurs et sa mère et invita son oncle Ovide à se joindre à elles, ce qu'il fit sans se faire prier. La présence et la voix d'Ovide rompirent la quasi-monotonie de la maison qui abritait cinq femmes attifées de jolies robes garnies, comme la nappe et les serviettes de table, de dentelles. L'odeur de transpiration d'Ovide contrastait presque agréablement avec celle des parfums des femmes.

Blanche souffla les dix-huit bougies que sa mère avait allumées sur un gâteau plus élevé d'un côté.

«J'ai hâte de rester dans une maison où le plancher va être au niveau. Clément a eu beau mettre des planches en dessous des pattes, le poêle est toujours croche. J'espère que tu as quand même fait un désir.»

Blanche sourit à sa mère qui, tous les jours, trouvait une

imperfection à ses locaux. Elle la connaissait assez bien pour savoir que ces complaintes faisaient partie de son plaisir. Sa mère commençait souvent une phrase par une critique pour en conclure, quelques minutes plus tard, qu'elle avait vu pire. C'était sa façon de se consoler de ne pas avoir obtenu tout ce qu'elle attendait de la vie.

«Remarque que j'aime mieux avoir des gâteaux un peu croches dans une maison chaude que des gâteaux bien plats dans une maison glacée.»

Blanche éclata de rire et, ce faisant, elle s'étouffa comme elle le faisait souvent quand elle buvait un thé trop chaud. Émilie se leva et lui tapota le dos. C'était devenu un rituel des repas.

Blanche coupa le gâteau et en offrit une généreuse portion à Émilie, qui la refusa en alléguant qu'elle était déjà bien trop grosse mais y piqua sa fourchette sans laisser à sa fille le temps de lui en donner un morceau plus petit. Elle leva l'ustensile en direction de sa fille comme si elle lui portait un toast.

«A toutes les joies pis les décisions de tes dix-huit ans, Blanche.»

Blanche fronça les sourcils. Sa mère, ce soir, lui ouvrait trop de portes. Elle semblait vouloir l'entraîner sur ce terrain qu'elle appréhendait: celui de son avenir.

Blanche frappa la fourchette de sa mère avec la sienne.

«Aux grands changements que vous semblez toujours attendre, moman.»

Cette fois, ce fut Émilie qui avala sa bouchée de travers.

«Est-ce que je t'ai déjà raconté, Blanche, le soir de ta naissance?»

Sa mère était d'humeur aux confidences, elle n'en doutait plus. Si pendant des années elle avait attendu ce moment, maintenant qu'il semblait vouloir se présenter, elle voulait le fuir. Sa mère avait un air moqueur. Peut-être que sa naissance avait été drôle.

«Non.

– Bonne affaire. Je t'ai juré, quand tu avais quelques heures à peine, de jamais le dire à personne.»

Émilie prit une autre bouchée qu'elle mastiqua longuement devant une Blanche maintenant intriguée.

«Qu'est-ce que ma naissance a eu de spécial?

– Rien.

– Ah! moman, vous faites exprès.

– Un peu, mais ça m'amuse.

– A mes dépens...

– Non, je m'amuse avec mes souvenirs, c'est tout.»

Quand sa mère finissait une phrase par un «c'est tout», Blanche savait la discussion close. Elle prit un autre morceau de gâteau.

Blanche aimait ses élèves et ses élèves le lui rendaient bien. A chaque matin quand elle entrait dans sa classe, elle se félicitait de son choix. L'enseignement comblait tous ses besoins. Il lui apprenait à taire sa timidité, à être à l'écoute des cœurs de ses petits élèves qui savaient encore exprimer les grandes joies et les grandes peines de leur vie sans les nuancer. Elle se découvrait aussi une patience dont elle ne soupçonnait même pas l'existence. Ainsi, le petit Pierre, qui par ses difficultés retardait tout le groupe de sa classe, était maintenant bien installé à côté d'elle et elle surveillait ses moindres gestes. Elle racontait à sa mère toutes les anecdotes dignes d'intérêt. Sa mère faisait la même chose et souvent, elles riaient à gorge déployée de quelque mot d'enfant. Émilie lui confia que jamais, depuis l'année où Antoinette avait habité avec elle, elle n'avait eu autant de plaisir à enseigner.

«Parlant d'Antoinette, j'ai reçu une lettre d'Henri Douville. D'après lui, c'est pas impossible qu'une fille aille à l'université.»

Blanche soupira. Sa mère recommençait son harcèlement.

«J'aime mieux pas parler de ça, moman. Je vous l'ai dit, pour l'instant j'ai envie d'enseigner. Rien de plus. Vous le savez.»

Blanche ne disait pas la vérité. Elle adorait l'enseignement mais elle caressait l'ambition de poursuivre des études supérieures.

«On m'a raconté ce que tu as fait le jour de la tornade. Du sang-froid, qu'on ma dit. Votre fille a du sang-froid. La médecine, Blanche, tu y penses pas?

– Non. Pour ça il me faudrait un caractère à la Marie Curie.

La médecine ou la recherche, c'est pas le genre de travail qui me conviendrait.

– Tu pourrais faire un bon médecin.

– J'aimerais mieux quelque chose de plus doux.

– T'aimerais? Tu as dit «j'aimerais»? Ça veut dire que tu y penses, d'abord.»

Blanche était furieuse contre elle-même. Sa mère l'avait encore amenée là où elle refusait d'aller. Elle ne voulait pas parler de projets encore trop vagues.

«La seule chose à laquelle je pense c'est que la vaisselle est sale pis que j'ai plein de corrections à faire.»

Émilie se mordit l'intérieur de la joue. Si sa fille et elle étaient différentes en presque tout, elles avaient cependant en commun leur incapacité à se faire brusquer. Elle, elle réagissait en criant. Blanche réagissait en se taisant, en fuyant. Mais toutes les deux, elles se rebiffaient devant toute pression. Émilie la regarda se déplacer rapidement et efficacement, ramasser les assiettes souillées, les tremper dans l'eau savonneuse et se demanda ce qui attendait ce petit bout de femme qui ressemblait à sa grand-mère Pronovost; à laquelle Ovila avait légué le bleu de ses yeux; qui n'avait d'elle que la couleur des cheveux.

10

Blanche éteignit sa lampe en soufflant légèrement, se demandant quand l'école serait éclairée à l'électricité. Elle s'enroula dans ses couvertures puis, se rappelant que le printemps était arrivé sans s'annoncer, en repoussa une au pied du lit. Dans une semaine, ce serait le congé de Pâques et elle n'en pouvait plus d'attendre de partir pour Trois-Rivières. Ce serait un drôle de départ. Sa mère et ses sœurs l'accompagneraient. Toute la famille se déplacerait pour rendre visite à Paul qu'une violente bronchite, probablement provoquée par le changement de saison, clouait au lit. Et elles logeraient toutes chez

Napoléon! Elle appréhendait ce moment, certaine que l'énergie de ses sœurs viendrait à bout de la patience de la mère de Napoléon. Mais elle craignait davantage les tête à tête de fin de soirée entre sa mère et madame Frigon. Elle s'endormit en rêvant que sa mère et madame Frigon faisaient un concours de français bien parlé.

Ses sœurs arrivèrent enfin, plus excitées qu'à l'accoutumée. Le temps de boucler les valises et de sauter dans le train, Émilie et ses quatre filles arrivèrent à Trois-Rivières. Napoléon les attendait, fidèle au rendez-vous. Blanche, à son grand étonnement, ne ressentit pas la joie qu'elle avait anticipée. Si le sourire de Napoléon l'attendrissait, il ne provoquait pas de pétillement dans son cœur.

Napoléon les fit toutes monter dans son automobile et les conduisit chez lui. Madame Frigon était devant la porte, enroulée dans un châle pour se protéger d'une brise tellement douce et discrète que son lainage lui faisait quasiment affront. Napoléon tint le bras d'Émilie et l'aida à monter les quelques marches qui la séparaient de sa mère. Émilie regardait cette femme qui l'attendait et respira profondément avant de tendre une main rêche quand Napoléon fit les présentations. Ses trois filles firent chacune une petite révérence et elle sourit intérieurement, fière de leurs bonnes manières. Elles entrèrent dans la maison et madame Frigon s'empressa de demander à sa domestique de leur indiquer les chambres qu'elle leur avait assignées. Blanche et Napoléon montèrent les derniers. Madame Frigon s'appuya sur la rampe au pied de l'escalier.

«Quand vous vous serez rafraîchies, je vous attends au salon pour la collation.»

Émilie la remercia poliment mais elle redescendit presque aussitôt, son manteau toujours sur le dos.

«Vous m'excuserez, madame Frigon, mais vous comprendrez certainement que j'aimerais aller voir mon fils. Si vous étiez assez aimable de m'indiquer la route à suivre, je partirais immédiatement.

– A pied?

– Mais oui. Une bonne marche a jamais tué personne.

– C'est que c'est assez loin. Au moins un mille.»

Émilie éclata de rire et lui affirma qu'elle avait l'habitude et qu'un mille, pour elle, c'était tout au plus une promenade d'agrément. Madame Frigon sortit avec elle devant la maison et lui indiqua le trajet. Émilie la remercia encore une fois et descendit l'escalier.

En route vers le séminaire, Émilie se demanda si elle n'avait pas été trop brusque. Elle se promit d'être charmante au souper. Mais la santé de son Paul l'inquiétait davantage que l'opinion de madame Frigon.

Blanche et Napoléon invitèrent Jeanne, Alice et Rolande à visiter Trois-Rivières. Napoléon les conduisit sur les rives du fleuve pour qu'elles puissent admirer quelques bateaux et s'amuser avec des galets. Pendant qu'elles étaient occupées, il chercha désespérément à renouer avec Blanche. Blanche était trop distante, ressemblant, tout à coup, à cette anguille que Rolande tenait fièrement au bout d'une branche.

Blanche regardait dans la psyché de sa chambre une femme qui ne lui ressemblait en rien. Elle se demandait ce qui avait pu lui arriver depuis la dernière fois qu'elle avait quitté Napoléon. Une trop longue absence avait émoussé le piquant plaisir qu'elle avait toujours ressenti en le voyant. Elle acheva de se coiffer, se pressant un peu pour ne pas faire attendre ses hôtes et sa famille. Elle descendit et madame Frigon l'accueillit avec joie. Blanche lui sourit et demanda à sa mère des nouvelles de Paul.

«Comme toujours. La fièvre est forte, sa toux est rauque mais ça ne l'empêche pas de lire.»

Blanche sourit intérieurement. Sa mère non seulement avait revêtu sa plus jolie robe mais elle avait apparemment décidé d'utiliser son français châtié, celui dans lequel elle disait des «ne» ainsi que des mots un tantinet hors de l'ordinaire.

Le souper se passa sans anicroches. Jeanne, Alice et Rolande se tinrent droites, appliquant à la lettre leurs leçons de couventines. Sitôt le repas terminé, elles s'excusèrent et montèrent à leur chambre.

Au fil de la conversation qui suivit, Madame Frigon et Émilie se découvrirent une connaissance commune et laissèrent toutes les deux tomber leur allure de citadines, reponctuant leur vocabulaire de toute la richesse de leur spontanéité de petites filles de la campagne. Blanche était fascinée. Elle n'avait jamais eu l'occasion de voir sa mère se comporter ainsi. Et plus la soirée passait, plus elle demeurait attentive à ce que ces deux femmes se racontaient. Elles parlèrent du temps passé, de leurs parents, de leurs écoles. Madame Frigon avoua même qu'elle aurait aimé enseigner mais qu'elle n'avait pas eu le talent nécessaire.

Blanche découvrit que sa mère était espiègle et ricaneuse. Elle l'entendit rire d'un éclat qu'elle ne lui connaissait pas, sans retenue. Son esprit voyagea rapidement entre cette femme et la mère qu'elle connaissait. Celle-ci avait un sens de la repartie extrêmement humoristique. L'autre en avait un cinglant. Celle-ci se tapait sur la cuisse pour appuyer un éclat de rire. L'autre riait, la tête rentrée dans les épaules et les mains nouées. Celle-ci ne dégageait ni tristesse ni chagrin. L'autre s'en fardait. Celle-ci parlait de ses enfants avec fierté, racontant le cheminement de chacun et soupirant de satisfaction devant ce qu'ils avaient accompli. L'autre soupirait de déception. Celle-ci parlait de l'avenir. L'autre semblait ignorer l'existence même de ce mot. Mais ni celle-ci ni l'autre ne parlaient de son mariage avec Napoléon.

Blanche comprit que la femme qui était devant elle, c'était Émilie Bordeleau. Elle plissa les yeux pour essayer de défaire la lourdeur de ses traits et recréer le visage de sa jeunesse. Elle élimina le double menton, les paupières tombantes. Elle retroussa les commissures des lèvres. Elle effaça les quelques marques de vieillesse qui tachetaient son visage. Et elle la vit. Belle, jeune. Tout en étant consciente que son propre visage souriait, Blanche savait que quelque chose en elle pleurait. Elle pleurait cette inconnue que son père, lui, avait connue et fait disparaître. Elle pleurait les injustices et les imprévus de la vie. Elle pleurait tout à coup le courage et la force de sa mère.

Elle avait conscience que Napoléon ne cessait de la regarder mais elle ne lui rendit pas son regard. Elle venait de comprendre ce que la psyché lui disait. Sa psyché lui disait qu'elle devait éviter de faire la même erreur que sa mère. Elle devait, maintenant, regarder la vie pour la vie. Elle devait la regarder droit dans les yeux et non essayer de la maquiller à travers les yeux que Napoléon lui prêtait. Voir grand, voir devant.

Napoléon sortit sans claquer la porte. Il ne voulait pas réveiller ses parents et les invitées. Il s'était attendu à tout: malaise, discussions, plaisir ou euphorie. Il n'avait pas envisagé que Blanche lui annonçât qu'elle rompait leurs fiançailles. Il l'avait senti dès son arrivée parce qu'elle n'avait pas, comme à l'habitude, fait luire sa dent d'or. Il retournait dans son esprit tout ce qu'elle lui avait dit, enragé à l'idée qu'elle n'avait aucun reproche à lui faire. Il aurait préféré cette attitude, ayant au moins un point pour se défendre. Non. Elle l'aimait toujours pour les mêmes raisons, mais ces raisons, maintenant, n'étaient plus suffisantes pour qu'elle entrevît un avenir. Elle lui avait dit, sans détour, qu'elle souhaitait attendre que l'avenir se manifeste avec tout ce qu'il pouvait apporter de déceptions et de surprises plutôt que d'essayer de le dessiner à sa convenance. Elle avait ajouté que l'avenir méritait qu'on lui donne cette chance. Il n'y avait rien à comprendre. L'avenir pour lui, depuis maintenant plus de deux ans, ressemblait à Blanche. Un avenir pêche avec deux touches de bleu en guise d'éclairage. Maintenant, Blanche venait de le souffler et l'entourer d'obscurité.

Il marcha longuement, respirant l'air frais de ce début d'avril, heureux que le temps fût assez doux. Quelques degrés de moins et il aurait été gêné par le froid qui aurait figé ses paupières humides. Depuis qu'il l'avait reconduite à sa chambre, il avait décidé d'accepter son échec. Parce que c'était un échec. Il avait aussi décidé qu'un homme pouvait pleurer un échec. Il était loin de se douter que Blanche, debout dans sa chambre, regardait la même lune que lui, les mêmes étoiles, tout aussi embrouillées par le chagrin. Galant, il avait insisté pour qu'elle et sa famille restent le temps prévu et lui avait demandé de ne pas parler de leur conversation. Il le dirait à ses parents plus tard et lui demandait de faire la même chose avec sa mère. Un sanglot lui secoua les épaules. Maintenant qu'il avait connu Blanche, il n'avait plus envie de rencontrer d'autres jeunes filles. Maintenant qu'il avait perdu Blanche, il se demandait s'il avait toujours envie d'être avocat. Elle ne lui avait donné aucun espoir quant à ses intentions. Non. La brisure était nette, sans éclisses. Pendant quelques minutes, il rêva qu'elle reviendrait avouer s'être trompée. Mais s'il la connaissait encore un peu, il savait qu'elle ne le ferait jamais, à moins que le hasard ne les remette l'un et l'autre sur le même chemin.

A son insu, il était revenu sur les rives du fleuve, à l'endroit exact où ils avaient passé une partie de l'après-midi. Il posa le pied sur l'anguille morte que Rolande avait balancée sur une branche. Il prit le poisson par la queue et le relança dans l'eau, aussi loin que sa force le lui permit, en criant comme un homme qui vient de prendre conscience qu'il est perdu dans le désert.

Dans le train les ramenant à Saint-Tite, Blanche annonça la nouvelle discrètement. Émilie ne posa aucune question, préférant laisser à sa fille le temps de reprendre son souffle. Blanche n'en reparla plus. Comme si Napoléon n'avait jamais existé. S'il lui arrivait parfois de trouver son annulaire gauche un peu nu, elle s'entêtait à ne pas rêver. Maintenant, elle devait regarder droit devant. Maintenant, elle savait un peu plus où était devant.

Elles reprirent toutes les deux leurs classes avec enthousiasme. Blanche retrouva son petit Pierre, qui faisait de tels progrès qu'elle comprenait de mieux en mieux pourquoi sa mère avait accepté de revenir à l'enseignement.

«Le pire est fait, Blanche. Maintenant on repasse la matière en vue des examens de fin d'année et de la visite de l'inspecteur. Le mois de mai, c'est à peu près le mois le plus ennuyant. Rien de neuf à montrer. Des restes à réchauffer, c'est tout.»

Le vingt-deux mai, Émilie reçut un télégramme de Marie-Ange lui annonçant la naissance de sa première petite-fille. Ce jour-là, elle partit à pied pour le village. Elle arrêta d'abord au couvent pour annoncer à ses filles qu'elles étaient tantes, ce qui fit rire Rolande qui n'avait pas encore neuf ans. Elle alla ensuite au presbytère répéter la même nouvelle au curé Grenier. Elle jubilait. Cette nouvelle sorte de maternité la réconciliait avec toutes les décisions qu'elle avait dû prendre durant sa vie.

«Vous vous rendez compte, monsieur le curé, j'ai le sentiment de renaître. Moi, grand-mère, à quarante-six ans! Je connais des femmes qui ont encore des enfants à cet âge-là.

– Ma foi, Émilie, vous venez de découvrir le secret de l'éternité.

– Ho! non. J'ai découvert ça quand mes beaux-parents vivaient encore. Vous vous souvenez, quand ils ont enterré leur petite Marie-Anne...

– Oui, je me souviens.»

Émilie cessa de sourire, le temps de mettre de l'ordre dans ses idées. Elle regarda le curé, qui était aussi pensif qu'elle.

«Est-ce que quelque chose vous tracasse, monsieur le curé?

– Rien de spécial. Toujours les mêmes choses qui me poursuivent depuis que je suis haut comme trois pommes. Au fait, Émilie, j'ai reçu une lettre de Napoléon Frigon. J'ai rarement lu autant de souffrance.»

Émilie plissa les lèvres. Pourquoi, par cette belle journée gorgée de soleil et de vie, venait-il gonfler un nuage?

«Je voudrais pas être impolie, mais vous devriez parler de ça à Blanche au lieu de m'en parler à moi.

– Je vous en parle à vous parce que je ne saurais quoi lui dire. Vous savez, Émilie...»

Il ne termina pas sa phrase, chassant devant son visage une idée inexprimée qui ne semblait pas avoir plus d'importance qu'une mouche invisible. Émilie sentit qu'il avait été à trois cheveux d'avouer quelque chose. Depuis le temps qu'ils se connaissaient, ils pouvaient difficilement se cacher une émotion.

«Qu'est-ce que je devrais savoir, monsieur le curé?»

Le curé leva les yeux et lui sourit.

«L'âge me ramollit, Émilie.» Il soupira avant d'enchaîner. «Vous savez, je ne suis pas né prêtre. Votre excitation d'aujourd'hui m'abat un peu. Qui me survivra, moi?» Il inspira profondément avant de continuer.

«Derrière la majorité des prêtres se cachent des Napoléon Frigon.»

Émilie grimaça. Maintenant, la naissance de sa petite-fille venait de passer au second plan. Elle n'avait jamais pensé que le curé Grenier avait pu être jeune et beau. Elle n'avait jamais même imaginé qu'il avait eu des frères et des sœurs, une vie à lui, une vie ressemblant à celle de tout le monde. Qu'il avait fréquenté une petite école avant d'aller au séminaire. Qu'il avait étudié le soir à la lueur des lampes. Non. Elle n'avait vu qu'un homme en soutane élimée. Presque un père... avait-elle déjà pensé. Aujourd'hui, elle voyait un homme usé, inquiet. Et puis elle repensa à la dernière phrase qu'il lui avait dite.

«Est-ce que vous voulez dire que Napoléon a décidé de devenir prêtre ou est-ce que vous me dites que la majorité des prêtres ont eu des peines d'amour?

– Oui, pour la première question. Dites-le à Blanche. Pour la deuxième, oui et non. Des chagrins d'amour pour certains. Des décisions d'amour pour d'autres. Mais avant la prêtrise, Émilie, avant que nous portions la soutane, nous avons porté le pantalon et nous avons dansé et fait les foins et les sucres, et nous n'étions pas des ermites...»

Il se tut et fixa le vide de l'espace. Émilie s'approcha de lui.

«Pour répondre à votre question à vous, monsieur le curé, craignez rien. Les gens vont oublier les histoires d'amour d'Émilie pis d'Ovila Pronovost, mais je serais bien étonnée qu'ils oublient aussi facilement ce que vous avez fait pis continuez de faire. Vous êtes quasiment un monument ici, à Saint-Tite. Vous avez baptisé tout le monde qui a moins de trente ans. Pis vous avez apporté les clefs du ciel à combien de mourants?»

Le curé éclata de rire.

«Émilie, ah! Émilie. Cessez. Vous allez me faire mourir. Vous parlez comme une bigote. Si vous voulez vraiment me parler en amie, laissez mon sacerdoce de côté et parlez à l'homme que je suis. A vous entendre, on dirait que je viens de faire une conversion spontanée. S'il vous plaît, ne me faites pas l'affront de me dire ce que vous croyez que je veux entendre. Dites-moi plutôt pour quelle bonne raison, cette année, vous n'avez pas fait vos Pâques. J'ai hâte d'entendre ce que vous allez inventer.»

A son tour, Émilie pouffa et accusa le curé d'avoir porté un jugement téméraire.

«Vous étiez pas avec moi à Trois-Rivières dans le temps de Pâques.»

Le curé éclata d'un nouveau rire qu'il cassa aussitôt, se demandant si, cette fois, elle disait vrai.

Émilie prit congé, lui promettant de repasser le voir dès qu'elle aurait des nouvelles de sa petite-fille. Il la remercia. Elle courut presque à la gare expédier un télégramme à Ovila. De là, elle marcha jusqu'au Bourdais pour annoncer la nouvelle à sa belle-famille. Héléna lui remit un chapon dodu à souhait et Ovide une bouteille d'alcool pour qu'elle puisse arroser l'heureux événement. Elle regarda le flacon, le retourna dans sa main, le tendit à Ovide pour le lui rendre avant de finalement hausser les épaules en riant.

«Trois petites gorgées de ça, pis je devrais me sentir près du grand-père.»

Éreintée par les milles qu'elle avait parcourus, alourdie par ses provisions, elle accepta qu'Edmond la conduise chez elle. Blanche avait le nez à la fenêtre, l'air inquiet. Sa mère était partie sans l'avertir. Elle s'était faufilée hors de l'école en même temps que ses élèves. Émilie ne lui laissa pas le temps d'ouvrir la bouche et lui annonça sans ambages que le lendemain, elles fêteraient en grande la maternité de Marie-Ange. Elle mangea à peine avant de s'excuser et d'aller dormir. Blanche ne l'avait pas vue d'aussi belle humeur depuis la soirée passée avec Madame Frigon. Elle s'apprêtait à enfiler sa robe de nuit lorsqu'elle entendit sa mère se relever et venir vers elle.

«Blanche?

– Vous dormez pas encore?

– Non, je pensais au petit bébé. Est-ce que Marie-Ange nous a dit son nom?»

Blanche à son tour fut intriguée, prit sa lampe et se dirigea vers le tiroir dans lequel elles avaient rangé le télégramme. Elle le relut.

«Rien. Simplement que c'est une belle fille.

– Peut-être que son nom est pas encore choisi?

– Peut-être.»

Émilie retourna se coucher en se demandant pourquoi le

télégramme avait été expédié par Marie-Ange et non par Georges. Était-il à l'extérieur de la ville? Marie-Ange attendait-elle son retour pour choisir le nom de l'enfant, comme elle l'avait fait pour Émilien? Elle se tapa le front. Il fallait qu'elle cesse d'imaginer le pire pour ses filles. Ses filles ne vivraient jamais comme elle avait vécu. Elle se mit donc à penser à ce petit bébé, essayant d'en peindre les traits selon qu'il ressemblait à sa fille ou à son gendre. Elle s'endormit heureuse, le ventre reposé malgré cette nouvelle maternité qui l'avait secouée.

Le lendemain, elle chantonna toute la journée et s'affaira autour du poêle à cuire le chapon qu'elle et Blanche mangèrent en tête à tête mélangeant propos et hilarité. Le repas terminé, elle sortit le flacon d'alcool et s'en versa un verre. Blanche refusa celui qu'elle lui offrait.

«Voyons donc, Blanche, c'est pas une journée ordinaire. Je suis grand-mère. Sais-tu ce que c'est que d'être grand-mère?»

Elle avala le contenu de son verre d'une seule traite et s'en versa un second qu'elle but aussi rapidement. Blanche fronça les sourcils mais ne voulut rien dire.

«Être grand-mère, ça veut dire que j'ai des petits morceaux de moi, pis que mon père a des petits morceaux de lui, pis que son père à lui a des petits morceaux qui vivent à Montréal pis qui, en ce moment même, pleurent ou dorment ou mouillent leur couche.»

Elle se versa un troisième verre qu'elle avala aussitôt.

«C'est pas extraordinaire, ça?»

Elle se versa un quatrième verre et décida de s'asseoir pour le boire. Blanche se taisait toujours. Sa mère qui, à sa connaissance, n'avait jamais pris une goutte d'alcool, s'enivrait rapidement. Maintenant, les paupières mi-closes, elle souriait d'un sourire presque triste. Elle but un autre verre, regarda Blanche et éclata de rire.

«Sais-tu quoi, Blanche? C'est la première fois de ma vie, ce soir, que je comprends ton père. C'est assez agréable comme sensation. Tu devrais essayer...

– Non, merci. J'aimerais mieux vous aider à vous coucher avant d'en faire autant.

– Va te coucher. Moi, j'vas rester ici pour penser.»

Blanche hésita, regarda la bouteille à moitié pleine et pria silencieusement que sa mère ne la vide pas.

«Faites attention à vous, moman.

– J'ai passé ma vie à faire attention à moi. Sais-tu pourquoi, Blanche? Parce que personne d'autre le faisait.»

Blanche eut un pincement au cœur. Elle embrassa sa mère sur le front et lui souhaita bonne nuit avant de la quitter. Elle s'endormit d'un sommeil agité et fut réveillée par un sanglot qui lui semblait venir des profondeurs de la terre. Elle se rua vers la cuisine et vit sa mère, la tête sur la table, qui sanglotait comme douze enfants à l'unisson.

– Moman, venez vous coucher. S'il vous plaît. Venez vous coucher.»

Émilie leva la tête et Blanche vit son visage boursouflé de chagrin.

– C'est pas normal, Blanche. C'est pas normal qu'Ovila soit pas là pour fêter le fait qu'on a survécu à la vie. C'est le début de notre deuxième récolte... Ouais... C'est vrai qu'Ovila a jamais voulu cultiver.»

Sa tête retomba lourdement sur la table et Blanche vit que son souffle venait de cesser ses hoquets pour se calmer. Elle entendit sa mère ronfler. Pour la première fois de sa vie, elle l'entendait ronfler. Une larme lui coula sur la joue. Elle se souvenait encore du ronflement de Louisa, cette première nuit au couvent. Elle se souvenait avoir pensé que le ronflement était l'apanage de la tristesse. La tristesse de sa mère sentait la fermeture irrémédiable de ses entrailles; la disparition de ses espoirs; l'ouverture de sa fragilité; la profondeur de sa solitude; l'interminable éternité.

11

Blanche soutenait sa mère. L'euphorie qui avait suivi la naissance de la fille de Marie-Ange, Aline, avait rapidement été remplacée par la tristesse d'Émilie, confrontée à sa profonde solitude. Maintenant, cette tristesse venait d'être bousculée par quelque chose d'encore plus profond: le désespoir.

Blanche lui tendit un mouchoir qu'Émilie utilisa sans le déplier, le plus discrètement possible. Blanche regardait les fougères dénudées, sans autre couleur que leur sombre vert. Pour éclairer cette mort subite et malvenue, trois bougies et deux maigres lampions. Elle posa la main sur l'épaule de sa mère et sentit les vibrations lui secouer le corps. Si elle ne l'avait pas aussi bien connue, elle aurait pu croire que sa mère, comme presque toutes les autres personnes autour d'elles, était hébétée et non fouettée par une désespérance dont elle ne connaîtrait les ravages qu'au fil du temps.

Elles s'éloignèrent du cercueil pour se diriger vers l'église. Le chant fut encore plus faux que d'habitude, les membres de la chorale ayant la gorge nouée. Le vicaire prononça l'homélie, souvent interrompu par des salves de reniflements. Le cercueil fut enfin conduit au cimetière et les paroissiens suivirent en silence. Une dernière oraison fut prononcée, aussi vibrante que la précédente, et la bière fut glissée par les câbles là où elle devait reposer pour une éternité divine, tout au plus une décennie humaine.

Blanche tenait toujours le bras de sa mère, la sentant faiblir. Elle lui chuchota quelque chose à l'oreille et Émilie ne put s'empêcher de sourire. Les paroissiens défilèrent pour lancer quelques fleurs avant que le sacristain ne commence à pelleter la terre.

Émilie fut une des dernières à quitter le monticule qui grossissait à vue d'œil. Blanche marcha à ses côtés pendant qu'elles se dirigeaient vers les pensionnaires. Jeanne, Alice et Rolande sortirent des rangs et se précipitèrent dans les bras de leur mère.

«C'est un peu votre père qui est mort, mes filles. Un peu votre père.»

Émilie n'en ajouta pas plus et les filles reprirent leur place dans les rangs d'élèves. Blanche aperçut son oncle Ovide qui les attendait dans une vieille calèche et s'y dirigea, soutenant toujours sa mère. Elle l'aida à monter. Émilie s'écrasa sur le siège et sortit une autre fois son mouchoir détrempé.

«Quel beau choix j'ai eu. Aller à Montréal au baptême de ma petite-fille ou rester ici pour assister à un enterrement. J'ai eu quatre jours pour trouver la vie belle. Quatre petites journées dont une à avoir mal à la tête. Pis après ça, le curé Grenier aurait voulu que je croie dans la justice.»

Blanche, profondément attristée elle-même, aurait voulu faire rire sa mère. Lui faire oublier que sa solitude se creusait encore davantage. Elle renifla et lui donna un coup de coude.

«Abracadabra. Le curé Grenier était là, le curé Grenier est pus là.

– Pourquoi est-ce que tu dis ça?»

Blanche raconta la complicité du curé du temps de ses fréquentations avec Napoléon. Elle essaya de colorer le tout de dizaines de détails croustillants. A travers ses sanglots, Émilie riait enfin.

«Pis tu dis qu'à la hauteur de son chapeau, tu savais s'il apportait une lettre ou pas? Hahaha! Cré curé Grenier!»

Ovide venait de quitter la rue Notre-Dame pour se diriger vers le rang Sud. Une automobile lui coupa la route et freina rapidement devant lui. Le cheval se cabra et Blanche poussa un petit cri. Elle n'était plus tellement habituée à rouler en calèche. Ovide parvint facilement à immobiliser la voiture mais blêmit lorsqu'il aperçut Joachim Crête sortir de l'automobile et se diriger vers eux. Émilie se redressa et plaça son chapeau.

«Tiens, Émilie. J'avais bien pensé que c'était toi.»

Il regarda Blanche et Ovide, qui semblaient se serrer davantage contre Émilie.

«C'est une ben grande perte pour la paroisse. Ben grande. Astheure, on va attendre le nouveau curé. On sait jamais, peut-être que celui-là aimera pas les orphelines qui ont des parents bien vivants. Peut-être aussi que les commissaires d'école vont commencer à regarder qui c'est qui est à la messe le dimanche pis qui c'est qui y est pas. C'est facile à voir quand on passe la quête... Peut-être que les commissaires vont perdre les papiers qui demandent l'installation de l'eau pis l'électricité dans la petite école du rang Sud...

– Joachim Crête, mon vaurien, tu es mieux de la fermer de

suite. Si tu dis encore un mot, le curé Grenier va se retourner dans sa tombe parce que moi j'vas lâcher le plus gros *sacre* jamais entendu à Saint-Tite.

– Prends pas le mors aux dents, Ovide. C'est pas à toi que je parle. Le curé se retournera pas dans sa tombe. En fait, je pense que c'est la belle Émilie qui va avoir la *pi-tourne* dans son lit.»

Ovide, sans vouloir en entendre davantage, fouetta son cheval avec la bride et la bête, surprise, partit presque au galop.

12

L'été 1928 s'achevait comme les étés précédents. Blanche préparait les valises de ses sœurs, qui avaient passé une partie de leurs vacances chez leur oncle Ti-Ton et qui étaient maintenant chez Oscar. Elle-même avait pu aller une semaine chez lui, à sa maison d'été située au lac aux Sables, ce qui lui avait fait grand bien. Elle aimait toujours autant l'enseignement, avait reçu pour sa troisième année la prime de l'inspecteur et maintenant, elle et sa mère se pressaient de terminer les préparatifs pour accueillir leurs nouveaux groupes d'enfants.

Depuis la mort du curé Grenier, deux ans plus tôt, les choses avaient peu à peu changé. Le nouveau curé avait négocié la pension de ses sœurs mais maintenant, pour obtenir la gratuité, Blanche devait, à tous les vendredis, aller chercher leur linge sale et le rapporter le dimanche après-midi. Jeanne, Alice et Rolande étaient nourries, logées mais pas blanchies. Sa terreur était que la pluie inonde le village pendant les fins de semaine, l'obligeant à pavoiser leurs locaux et l'école de cordées remplies de linge qui mettait un temps fou à sécher.

Joachim Crête avait mis ses menaces à exécution et la petite école n'avait reçu aucun rafraîchissement. La peinture s'écaillait mais les commissaires reportaient toujours aux calendes grecques l'achat de matériel. De même qu'ils n'avaient jamais accusé réception de la lettre d'Émilie demandant qu'on installât l'eau courante et l'électricité. Blanche se doutait bien que Joachim Crête avait intercepté cette lettre et que les commissaires n'en avaient jamais pris connaissance. Mais sa mère, depuis la mort du curé Grenier, n'avait plus osé demander. Elle se contentait d'assister à la messe du dimanche et d'enseigner en donnant le meilleur d'elle-même. Elle cousait pour sa petite-fille qu'elle allait visiter aussitôt qu'elle disposait de quelques journées de congé, en profitant pour voir Rose, qui habitait toujours avec Sarah Leblanc, et Paul, qui était maintenant à Ville La Salle chez les Oblats de Marie Immaculée. Un Paul toujours aussi brillant, toujours aussi dépourvu de santé.

Joachim Crête venait souvent à l'école. Tantôt il critiquait la propreté et sa mère n'essayait plus de discuter, sachant qu'elle ne pouvait faire briller des murs et des parquets éteints depuis des années. Elle-même détestait Joachim Crête. Chaque fois qu'elle l'entendait arriver, elle voyait blêmir sa mère. Elle savait qu'entre eux, une longue histoire de haine, remontant à la fin du siècle dernier, ne s'était jamais résorbée. Elle savait aussi qu'à la moindre incartade, sa mère perdrait son emploi. Joachim veillait comme un prédateur, n'attendant qu'une erreur de sa proie. Mais depuis qu'elle enseignait aussi, sa mère s'était calmée, moins inquiète. Elle ne pouvait lui offrir grand-chose hormis sa présence quotidienne et sa passion pour l'enseignement. A elles deux, elles se débrouillaient assez bien, maintenant qu'Émilien leur expédiait à tous les mois assez d'argent pour payer la nourriture. Il leur donnait des nouvelles de son père, qui habitait toujours Duparquet mais n'avait plus remis les pieds à Saint-Tite depuis la mort de la grand-mère Pronovost. Émilien, lui, s'était installé à La Sarre et ne semblait pas regretter sa décision d'avoir quitté la Mauricie.

Clément n'était plus venu les voir depuis son départ. Elle se demandait si elle le reconnaîtrait. Il écrivait maintenant à Noël et à Pâques et sa mère relisait ses lettres au moins deux fois. La première fois, elle s'impatientait tellement devant les fautes d'orthographe qu'elle ne comprenait pas un mot du message. La seconde fois, elle lisait le message, essayant d'oublier la forme.

La complicité qu'elle avait réussi à créer avec sa mère en ce qui touchait à l'enseignement n'avait déteint en rien sur leur connaissance mutuelle. Sa mère ne parlait plus de son passé. S'il lui arrivait occasionnellement de recevoir une lettre de sa cousine Lucie, elles ne se visitaient plus depuis des années. Henri Douville s'était remarié et leur avait expédié une photographie de sa nouvelle femme. Blanche avait bien ri. Cette femme ressemblait à s'y méprendre à sa mère. Sa mère, elle, s'était contentée d'esquisser un sourire moqueur avant de ranger la photographie à la dernière page de son album, sans prendre la peine de la coller. Son oncle Ovide qui, passé l'âge de quarante-cinq ans, avait eu un regain d'énergie, avait décidé de quitter la maison paternelle et d'aller vivre à Montréal pour pouvoir fréquenter les musées et les bibliothèques. Il lui avait confié qu'il réalisait enfin le rêve de sa vie. Il lui avait aussi dit qu'il s'habituait mal à la présence des enfants de son frère. Il était trop vieux pour se faire réveiller la nuit.

Leur univers était restreint. Elles ne recevaient pas d'invités, sauf ceux qui s'imposaient comme Joachim Crête, et les quêteux. Elles consacraient donc leurs énergies à enseigner et à s'en amuser. Pour tout loisir, elle avait continué à faire des dentelles et cousait de plus en plus, essayant de reproduire les modèles qu'elle trouvait intéressants dans les rares revues qu'elle se procurait.

En cette fin de journée du mois d'août, Émilie revint du village en claquant la porte. Blanche sursauta. Sa mère, à force de répéter à ses élèves de ne pas faire de bruit et de donner l'exemple pour chacun des gestes à être effectué en silence, habitait la maison en sourdine. Qu'elle claquât la porte annonçait un orage. Blanche se précipita à ses devants, mais Émilie l'écarta pour se diriger vers la cuisine. Elle sortit l'escabeau encombré de toiles d'araignées, le plaça sous la trappe qui menait au grenier et commença à grimper. Blanche, affolée, se précipita pour tenir l'escabeau et éviter à sa mère de chuter.

«Qu'est-ce que vous faites, moman? Si vous voulez quelque chose dans le grenier, vous avez juste à me le demander. Vous avez plus l'âge de faire des acrobaties.

– J'ai l'âge de faire ce que je veux.»

Blanche ravala ce qu'elle venait de dire et regarda sa mère pousser la planche qui fermait l'accès au grenier.

«Avez-vous besoin d'aide?

– Non!»

Blanche n'insista plus, se contentant de ne pas lâcher prise et de recevoir des mains de sa mère une grosse valise vétuste qu'elle n'avait pas souvenir d'avoir vue. Sa mère reposa son pied gauche sur l'échelon du haut et redescendit en grommelant quelque chose que Blanche ne comprit pas.

«Pendant que tu vas me nettoyer ça, moi j'vas vider mes tiroirs. Est-ce que tout le linge a été repassé?

– Allez-vous en voyage?

– Oui, mam'zelle. En voyage d'affaires.

– Où ça?

– Ça me regarde...

– Pour combien de temps?

– Le temps que ça va prendre pour régler mes affaires.»

Blanche se tut. A la coloration de ses joues, elle savait que sa mère était aux prises avec des émotions trop vives pour être troublées. Elle nettoya la valise, la cira et la porta à sa mère qui avait vidé tous ses tiroirs. Un ouragan avait posé sur son lit tout ce qu'elle possédait de vêtements et d'articles de toilette. Blanche grimaça. Elle offrit de plier les vêtements mais Émilie refusa.

«Merci quand même, Blanche. J'aimerais mieux que tu me prépares quelque chose à manger. Il faut que je prenne mon train dans deux heures. Ça me laisse pas grand temps parce que la marche est longue. Pis si tu trouves deux minutes, une petite collation à grignoter ça serait bon aussi.»

Blanche s'exécuta rapidement, se demandant pourquoi sa mère faisait tant de mystère. Émilie arriva en soutenant sa lourde valise, un sac plus petit qu'elle portait en bandoulière et son sac à main. Dans le pli du coude, elle tenait son manteau. Blanche regarda tout le bagage et fronça les sourcils. Un choc électrique venait de l'atteindre du cœur aux yeux. Qu'est-ce qui avait provoqué une telle fébrilité et une telle hâte chez sa mère?

Émilie posa tout son bagage près de la porte et avala sans goûter ce que Blanche avait mis dans son assiette. Elle se leva presque aussitôt, s'essuya la bouche du coin de son tablier, le pendit à son crochet et s'abandonna la tête quelques secondes pour en sentir l'odeur. Son hésitation fut brève et pourtant assez longue pour que Blanche sente les larmes lui couler sur les joues.

«Donnez-moi deux minutes, moman, j'vas aller avec vous à la gare.

– C'est aussi bien comme ça. J'ai des choses à t'expliquer.»

Blanche tenait l'encombrante et lourde valise, alternant, pour la porter, entre sa main droite et sa main gauche. Quand le poids devenait insupportable, elle agrippait la poignée des deux mains. La valise lui frappait alors les genoux. Aussitôt que ses genoux s'endolorissaient, elle reprenait son manège, main droite, main gauche. Mais les maux de bras, de dos, de doigts, de poignets et de genoux ne l'empêchaient pas d'être attentive aux propos de sa mère.

«Je devrais être revenue pour la rentrée. Mais si je suis pas là deux jours avant, demande aux commissaires de me trouver une remplaçante. Si j'étais pas arrivée, occupe-toi bien des p'tites pour le couvent. Je compte sur toi.»

Blanche brûlait de lui demander une adresse où elle pourrait la rejoindre en cas d'urgence, mais elle n'osa pas. Si sa mère ne lui en avait pas donné, c'est que sa mère ne savait pas encore où elle irait.

Elles marchèrent à travers le village en suant et soufflant presque aussi fort que le train qui venait de faire entendre son cri. Elles pressèrent le pas et Blanche, malgré ses craintes, malgré sa fatigue, malgré le sentiment que quelque chose bouleverserait sa vie, remarqua que certaines personnes se cachaient derrière le rideau pour les épier.

Elles arrivèrent à la gare. Le train était déjà immobilisé.

«Monte le bagage, Blanche, et choisis-moi une place au bord de la fenêtre, face à la locomotive. Moi, je cours acheter mon billet.»

Blanche obéit. En moins de deux minutes, sa mère était à ses côtés. Elles s'étreignirent et Émilie lui demanda une dernière fois de bien faire ce qu'elle lui avait demandé. Blanche promit. Elle demeura sur le quai en agitant la main, sachant que sa mère devait se tenir penchée à la fenêtre pour la regarder. Elle n'avait pas voulu poser de questions, mais elle savait que sa mère venait de prendre la direction de l'Abitibi.

Blanche ne dormit pas de la nuit, l'occupant à terminer les uniformes de ses sœurs. Elle mangea toute une tarte, davantage pour s'occuper que pour se nourrir. Elle se demandait si sa mère ne venait pas de compromettre tous les projets qu'elle caressait en secret depuis qu'elle avait quitté Napoléon. Pour la première fois depuis deux ans, elle pensa à lui avec regret. De quoi avait-il l'air vêtu de sa soutane de novice?

Jeanne, Alice et Rolande appelèrent leur mère dès qu'elles entrèrent du lac aux Sables. Blanche les accueillit en souriant, leur annonçant que leur mère était en voyage. Les trois filles demeurèrent stupéfaites.

«Où?

– En Abitibi.

– Voir pâpâ?

– Je pense qu'elle est allée voir Émilien, pis Clément, pis ses frères à elle.

– Clément est en Ontario, pas en Abitibi.

– Oui mais là où il est, c'est à deux pas. Bon! Bon! Dépêchez-vous de défaire vos valises pis de mettre votre linge sale en piles. Demain, on va avoir une grosse journée de lavage. J'ai fini vos uniformes. Maintenant, il va falloir que vous marquiez vos noms dans tous vos vêtements.

– Ça donne pas grand-chose. On les met dans nos sacs de lavage. Notre linge est jamais mêlé avec celui des autres.

– Faut quand même le marquer. Un point c'est tout.»

Ses sœurs la regardèrent et laissèrent tomber leur entrain. La maison leur sembla lugubre.

«Est-ce que moman va être revenue avant qu'on parte?»

Blanche feignit de ne pas entendre la question de Rolande. Si seulement elle avait eu la réponse, elle l'aurait rassurée. Comment le faire quand elle-même connaissait les mêmes craintes?

Jeanne s'approcha doucement de Blanche, qui était absorbée par la finition d'un jabot de dentelle.

«Blanche?»

Blanche sursauta.

«Tu parles d'une bonne, toi, me faire peur comme ça.

– Je voulais pas marcher trop fort pour pas réveiller Alice pis Rolande. Blanche, qu'est-ce qui se passe?

– Rien de plus que ce que je vous ai dit.

– Blanche, j'ai seize ans. A cet âge-là, toi, tu sortais avec Napoléon. Je suis pas un bébé. Tu peux me dire ce qui se passe.»

Jeanne s'était assise devant Blanche et jouait avec la cuiller du sucrier. Blanche la regarda et fut tout à coup étonnée de constater à quel point elle avait vieilli. A vivre seule avec sa mère et à appeler ses sœurs «les p'tites», elle avait négligé de voir passer le temps. Elle déposa son jabot et, sans lever la voix, expliqua à Jeanne que leur mère, sans avertissement, avait décidé, la veille, de partir.

La lettre qu'elle attendait désespérément n'arriva pas. Elle devait conduire ses sœurs au couvent et Rolande ne cessait de réclamer sa mère malgré les exhortations au calme de Blanche et de Jeanne. Le vendredi précédant le dimanche de la rentrée, Blanche se réveilla en sueur. Elle avait deux choses importantes à effectuer. La première, aller au village demander qu'on remplace sa mère à l'école. Ce qui l'avait frappée pendant les heures d'insomnie qui l'avaient assaillie avant l'aube, c'était que sa mère ne lui avait pas précisé pour combien de temps les commissaires devaient embaucher la suppléante. La seconde, cesser de bercer ses sœurs de l'illusion que leur mère serait là pour les voir partir.

Elle se leva en traînant de la patte, telle une condamnée aux travaux forcés. Elle dressa la table, écrivit une note à Jeanne de préparer le petit déjeuner et quitta l'école avant que ses sœurs ne se lèvent. Elle enfourcha sa bicyclette, prit résolument la direction du village malgré une bruine qui lui vaporisait le visage, se demandant comment elle expliquerait aux commissaires l'absence de sa mère. Elle savait que le départ d'Émilie avait été remarqué. Elle n'ignorait pas que personne ne l'avait vue revenir.

Le clocher se dessinait maintenant clairement, malgré la grisaille du matin. Elle devait d'abord s'arrêter chez Joachim Crête avant d'aller demander à son oncle Edmond de conduire ses sœurs au couvent. Elle tournait dans sa tête mille phrases d'entrée en matière pour Joachim mais dès qu'elle pensait à son regard, les jambes lui ramollissaient. Pour se donner de l'audace, elle changea de plan et décida d'aller immédiatement chez son oncle, qui l'accueillit gentiment malgré le fait qu'elle l'avait réveillé et promit qu'il serait au rendez-vous. Il avait été assez discret pour ne pas demander d'explications.

Elle quitta Edmond et inspira profondément pour se donner l'énergie d'accomplir la seconde moitié de sa mission. Elle espérait que quelque part dans l'oxygène, il y aurait des particules de courage. La maison de Joachim Crête était en vue lorsqu'elle sut ce qu'elle lui dirait. Elle pédala plus rapidement, satisfaite de sa trouvaille et se sourit.

Elle n'éveilla pas Crête mais il la reçut comme si elle l'avait fait. Il ne lui offrit pas de s'asseoir, pas plus qu'il ne pensa lui verser une tasse de café.

«J'ai un message pour vous, monsieur Crête. Ma mère est au lit depuis une semaine pis on n'a pas l'impression qu'elle va pouvoir prendre sa classe lundi. Elle a insisté pour que je vous avertisse. Comme ça les choses sont faites en bonne et due forme. On voudrait pas que vous vous inquiétiez. Tant que les récoltes seront pas finies, on n'attend pas trop d'élèves dans la classe. J'vas pouvoir prendre les deux divisions.»

Joachim regarda Blanche, les yeux vides. Blanche priait intérieurement pour que son plan fonctionne.

«Tu veux-tu rire de moi, toi? Ta mère a pas été vue à Saint-Tite depuis deux bonnes semaines.»

Blanche se sentit rougir jusqu'à la racine des cheveux. Elle détestait mentir mais l'emploi de sa mère en dépendait.

«Vous avez raison, monsieur Crête. Personne de Saint-Tite l'a vue parce qu'elle est revenue la semaine dernière en automobile. Malade, monsieur Crête. C'est pour ça que personne l'a vue. Elle a pas mis le nez dehors depuis.»

Joachim commençait à être ébranlé par son histoire. Mais Blanche savait que la partie n'était pas gagnée.

«J'imagine que malade de même, elle a demandé le docteur?»

Blanche sentit que son cerveau roulait au moins à trente milles à l'heure. Il lui fallait trouver une maladie qui justifierait l'absence du médecin.

«Je voudrais pas rentrer dans l'intimité de ma mère, mais à son âge, il y a des maladies que les femmes connaissent mieux que les médecins, monsieur Crête.»

Crête toussota. Blanche sut qu'elle avait gagné.

«Pis ta mère pense que ça va durer combien de temps?

– Ho! une semaine, deux au maximum. Si jamais ça va pas mieux, on vous tiendra au courant, monsieur Crête.»

Elle espéra qu'il n'avait pas senti le sarcasme dans son entêtement à l'appeler monsieur Crête.

«Tu lui diras que j'vas passer la voir. Prendre de ses nouvelles, évidemment.»

Blanche sentit son cœur cesser de battre. Elle réussit néanmoins à se contrôler.

«Ça va nous faire plaisir, monsieur Crête. Quel jour prévoyez-vous venir?

– Ça, je peux pas savoir. Quand ça va *adonner*.»

Elle le remercia poliment et quitta sa maison aussi discrètement que possible. Aussitôt dehors, elle s'empressa de retourner chez son oncle Edmond, pour l'informer que sa mère, «officiellement», était alitée. Edmond hocha la tête et esquissa un sourire.

Elle rentra à l'école, bénissant cette fois la bruine de la rafraîchir de toutes ses émotions. Ses sœurs avaient terminé la vaisselle, n'ayant laissé que son couvert. Elle s'empressa de les informer du jeu qu'elles devaient jouer jusqu'à ce qu'elle leur donne de nouvelles instructions. Sachant que Joachim Crête était la victime du mensonge, elles acceptèrent de bon gré.

«Moman me l'a toujours dit. Une lettre qui vient d'Abitibi ça prend des jours à arriver.» Même le chagrin de Rolande semblait estompé.

«Jurez, jurez sur la tête de moman que jamais, jamais de votre vie vous allez raconter ça.»

Elles jurèrent et Blanche leur fit confiance.

Edmond était au rendez-vous et Blanche s'apprêtait à conduire ses sœurs lorsqu'une énorme crainte lui serra la poitrine. Joachim pouvait profiter de son absence pour venir «visiter» sa mère. Il avait la clef de l'école. A contrecœur, elle embrassa ses sœurs en leur disant qu'il était préférable qu'elle reste à la maison.

«J'ai un peu mal au cœur pis je voudrais pas être malade en auto.

- On te voit vendredi prochain?

– Normalement, oui. Mais faites donc un effort pour porter vos culottes deux jours au lieu d'un. Pis faites la même chose avec vos bas. Juste au cas où quelque chose me retiendrait à la maison. Je parle de quelque chose par rapport au jeu, évidemment.»

Ses sœurs sourirent et partirent le cœur léger, en faisant d'interminables signes de la main.

Blanche monta à l'étage, défit le lit de sa mère, sortit cinq couvertures auxquelles elle tenta de donner forme humaine. Elle les recouvrit du drap et de l'édredon. Elle prit ensuite un plateau sur lequel elle déposa une assiette souillée, un verre de lait sale et un biscuit dans lequel elle prit une bouchée. Elle laissa le plateau sur la table de chevet de sa mère. Regardant autour d'elle, satisfaite, elle décida de descendre dans sa classe pour réviser la matière qu'elle aurait à voir le lendemain avec les grands élèves de sa mère lorsqu'elle entendit une automobile s'arrêter devant l'école. Elle renifla.

«Je le savais. Il a vu passer Edmond pis il a pas perdu une minute. J'ai bien fait de rester.»

Elle demeura assise à son pupitre, feignant d'être absorbée et de ne pas l'avoir entendu venir. Elle perçut le bruit de la clef dans la serrure et ricana intérieurement. Joachim venait de verrouiller la porte qu'elle avait volontairement laissée déverrouillée. Il essaya d'ouvrir, doucement, mais devant la résistance de la porte, jura et reprit sa clef. Elle ricana plus fort, prenant conscience que son rire révélait davantage de nervosité que d'amusement.

Joachim Crête entra dans l'école et l'aperçut. Elle se tenait la tête, les deux mains sur les oreilles, et feignait une concentration totale. Quand elle le crut remis de sa surprise, elle leva les yeux et poussa un «Ha! mon Dieu» tellement convaincant que ce fut Joachim qui sursauta.

«Monsieur Crête, vous m'avez fait peur. Je pensais que c'était un quêteux.»

Joachim tenta de sourire mais il ne réussit qu'à grimacer sa déception.

«Je voulais pas déranger, ça fait que... Tu es pas au couvent avec tes sœurs?»

Le ton de sa voix venait de trahir ses véritables intentions.

«Non. J'aimais mieux rester avec moman au cas où elle aurait besoin de quelque chose et pis voir la matière pour la classe des grands. Une maîtresse d'école est jamais assez préparée.»

Joachim, guindé, acquiesça.

«J'ai toujours admiré ceux qui ont de la conscience professionnelle, comme ils disent. Euh... est-ce que tu penses que je pourrais aller saluer ta mère?»

Blanche s'efforça de ne pas tiquer. Maintenant, le jeu se corsait.

«Certainement. Ma mère va être contente de vous voir.» Elle ferma sa plume fontaine et se leva lentement. «Vous savez, avec sa conscience professionnelle, ça la mortifie de pas être là, debout devant la porte. Pis, pour moi, une rentrée comme ça, c'est pas vraiment une rentrée.»

Elle se dirigea vers l'escalier et monta sur la pointe des pieds. Joachim Crête l'imita d'abord, puis prenant conscience de ce qu'il faisait, il pinça les lèvres durement et martela les marches de ses talons usés mais pas assez pour ne pas être bruyants. Blanche se retourna et mit son index sur sa bouche.

«Je voudrais pas qu'on la réveille si elle dort. De ce temps-là, ma mère a bien besoin de sommeil.»

Joachim ne fit aucun effort marqué pour assourdir ses pas. Blanche lui demanda de l'attendre, le temps de voir si sa mère était présentable. Il se laissa tomber sur une chaise et se gratta une piqûre de mouche noire qui lui agaçait le cou, juste à la racine des cheveux.

Blanche entrebâilla la porte de la chambre d'Émilie derrière elle après avoir frappé trois petits coups délicats et être entrée. Elle se tint la poitrine à deux mains, se passa la langue au-dessus de la lèvre supérieure pour essuyer la sueur qui y perlait. Maintenant, elle devait agir rapidement. Joachim n'était pas reconnu pour sa patience. Elle s'approcha du lit, jugea de l'effet des couvertures faisant office de mannequin, prit le verre du plateau qu'elle avait posé et le roula dans ses mains pour que le lait amassé au fond fasse un cerne frais.

«Je m'excuse, moman, de vous avoir réveillée. Est-ce que vous avez bien mangé? Je vois que vous avez laissé un morceau de biscuit.»

Elle grimaça, ferma les yeux et essaya de retrouver les intonations de la voix de sa mère, comme elle le faisait souvent lorsqu'elle s'amusait à l'imiter. Elle chuchota, tentant de reproduire une voix affaiblie.

«Merci, ma Blanche. Laisse-moi, veux-tu, je veux dormir encore.

– C'est que monsieur Crête est ici pour vous voir.» Elle toussota faiblement.

«Oh! non. J'ai pas envie d'avoir de visiteurs aujourd'hui. Demain peut-être.

– C'est que...

– Non!»

Elle espérait que Joachim n'avait pas perdu un mot de la conversation quand elle l'entendit s'approcher de la porte entrouverte. Elle s'empressa de se pencher sur la forme de sa mère. Certaine que Joachim la regardait, elle l'emmitoufla et feignit de l'embrasser en faisant un baiser sonore.

«Reposez-vous. Monsieur Crête va comprendre.»

Elle prit le plateau lentement, en faisant le moins de bruit possible, pour être certaine de bien entendre les pas de Crête. Dès qu'elle le sut assez éloigné de la porte, elle sortit en refermant doucement.

«Je suis désolée, monsieur Crête, mais aujourd'hui elle est trop fatiguée.

– Sa voix est pas mal faible. Es-tu certaine que ce serait pas mieux de faire venir le docteur?

– Vous connaissez ma mère. On dirait qu'elle a juré qu'un docteur mettrait jamais les pieds ici. Moi-même j'insiste. Mais vous connaissez ma mère...

– Oui, je la connais!

Blanche ignora la hargne du ton.

«Mais si dans trois ou quatre jours elle est pas plus vaillante, j'vas aller le chercher moi-même. A quoi ça sert des enfants si c'est pas pour protéger leurs parents?»

Elle était tellement excitée à l'idée que Crête n'avait vu que du feu, qu'elle osa cette petite phrase, simplement pour s'amuser, maintenant qu'elle n'avait plus peur.

Elle l'accompagna jusqu'à la porte, le remerciant encore une fois d'être passé et l'invita à récidiver.

«Ça, c'est certain, Blanche, j'vas repasser.

– Si on avait eu un téléphone, vous auriez pas eu besoin de vous déplacer pour rien. Pis vous auriez pu annoncer votre prochaine visite.»

Elle sut, par son expression, qu'elle avait dépassé les bornes.

«Ma foi, Blanche, ça fait deux fois que je me rends compte que tu es peut-être pas aussi gênée que tu en as l'air. Tu es quasiment aussi effrontée que ta mère.»

Blanche rougit et essaya de sourire. Elle sut que son sourire était empli de timidité.

«Excusez-moi, monsieur Crête. Je voulais juste vous éviter du trouble.»

Il haussa les épaules, regarda une dernière fois en direction de la chambre d'Émilie et quitta les lieux sans un au revoir. Blanche entra dans l'école mais dès qu'elle l'entendit partir, elle persifla pour elle seule «je voulais juste vous éviter du trouble...» avant d'éclater d'un rire qui acheva de la détendre.

Si elle s'était réjouie de sa victoire, le lendemain matin, à l'arrivée des élèves, elle avait la gorge nouée. Il lui était apparu évident qu'elle ne pouvait s'éloigner de l'école tant qu'elle n'aurait pas reçu de lettre de sa mère. Et refuser de quitter l'école signifiait qu'elle ne pourrait aller au bureau de poste. Pas plus qu'elle ne pourrait renouveler les provisions que l'appétit de ses jeunes sœurs avait dilapidées. Pas plus qu'elle ne pourrait aller chercher leur linge au couvent si sa mère n'était pas rentrée.

Elle tenta d'oublier ce problème pendant toute sa journée d'enseignement, demandant aux enfants d'être le plus silencieux possible à cause de l'indisposition de sa mère.

Le soir venu, elle mangea du bout des lèvres, le front agglutiné entre les sourcils, l'œil lointain, le cerveau en ébullition. Combien de temps pourrait-elle continuer ce manège? Il lui fallait trouver une solution à son problème le plus rapidement possible.

Le mardi, en fin de journée, pendant que les grands étaient affairés et qu'elle portait son attention au travail de son Pierre, elle recula pour jeter un meilleur coup d'œil sur le dessin qu'il lui montrait et trébucha. Son pied droit chavira en bas de l'estrade. Elle poussa un petit cri de douleur et les enfants la dévisagèrent. Elle retint son souffle pendant quelques secondes puis se redressa avant de remonter, en sautillant, à sa place.

«Je pense que j'ai la cheville foulée. Est-ce qu'il y en a un qui pourrait aller dehors tremper une guenille en dessous de l'eau de la pompe en la faisant couler longtemps pour qu'elle soit glacée?»

Trois élèves se levèrent et se précipitèrent à l'extérieur, tenant chacun un chiffon. Elle attendit leur retour sans dire un mot. Dès qu'elle eut enroulé sa cheville, elle demanda aux élèves s'ils accepteraient de quitter l'école un peu plus tôt. Elle s'efforça de sourire devant leurs mines réjouies.

Ils quittèrent calmement. Vingt minutes plus tard, la mère d'André, un des grands élèves de sa classe, frappa à la porte. Elle lui ouvrit en boitant.

«Non mais, ça a pas de bon sens. Votre mère au lit, pis vous la cheville foulée. André nous a raconté ça. Est-ce que vous avez besoin d'aide?

– Non, merci. Je suis capable de me débrouiller. Mais vous êtes bien aimable.

– Mon mari pis moi on s'en va au village. Est-ce que vous voulez quelque chose?

– Peut-être, oui. Juste un peu de bœuf haché. Pis si c'est pas trop demander, seriez-vous assez aimable de passer au bureau de poste?

– Ça va nous faire plaisir. Montrez-moi donc ça, votre cheville.

– Je vous avoue que j'ai pas envie d'enlever les guenilles d'eau froide. C'est que ça élance.

– Vous avez raison. Faut pas faire de folies avec ça. Vous êtes sûre que c'est pas cassé?

– Oh! non. J'ai réussi à m'appuyer dessus un tout petit peu.

– Bon, j'vas vous laisser. Pis si vous avez besoin de quelque chose, faites-nous-le savoir par André. On va au village à peu près à la même heure à tous les jours. C'est comme ça quand on va chercher deux grands garçons au collège.

– Bourrés de talent à part de ça.»

La mère d'André vint lui porter sa viande une demi-heure plus tard. Elle n'avait cependant reçu aucune lettre. Elle la remercia et monta à l'étage en promettant de saluer sa mère.

Joachim Crête était revenu, mais cette fois elle l'avait empêché de monter en l'assurant que sa mère dormait paisiblement et qu'au moindre bruit elle se réveillerait. Crête l'avait regardée d'un regard perçant et méfiant. Elle se tenait la cheville élevée sur une chaise qu'elle avait recouverte d'un coussin.

«La prochaine fois, je veux la voir. C'est à croire que ta mère est pas ici.

– Voyons donc, monsieur Crête. Vous l'avez vue vous-même!»

Les parents d'André, qu'elle attendait toujours dans la classe, la dépannèrent pendant dix jours. Il y avait maintenant près de deux semaines qu'elle vivait avec le fantôme de sa mère et se laissait gagner par le découragement. Ce jour-là, ils apportèrent enfin une lettre. Elle regarda la lettre et éclata de rire.

«C'est toujours pareil. Ma mère est revenue d'Abitibi depuis deux semaines pis sa lettre arrive aujourd'hui. C'est à se demander si les maîtres de poste ont l'horaire des trains.» Elle se tourna vers l'escalier. «Moman! moman, votre lettre est arrivée. Hahaha.» Elle la jeta dans sa corbeille à papier en riant encore. «J'ai pas besoin de la lire. Je sais tout ce qu'il y a dedans. C'était la seule lettre?

– Oui. Pis on vous a apporté un petit extra, pour vous pis votre mère.»

Blanche blêmit. Leur générosité la mettait franchement mal à l'aise. Elle accepta néanmoins les deux bananes qu'ils lui tendaient.

«Mais c'est une folie. Des bananes! Comment vous remercier?

– En faisant tout pour que notre André soit prêt pour le collège, lui aussi. C'est sa dernière année de petite école. C'est cette année que ça se décide.»

Blanche promit.

De recevoir des nouvelles de sa mère lui guérit presque complètement la cheville. Elle conserva néanmoins un bandage, pour plus de protection. Maintenant, elle attendrait Joachim Crête qui, elle le savait, arriverait à la même heure que la semaine précédente: l'heure des visites aux pensionnaires. Il avait rôdé autour de l'école pendant toute la semaine, mais comprenant son manège, elle allumait ou éteignait la lampe dans la chambre de sa mère selon l'heure du jour, écartait ou tirait le rideau; ouvrait ou fermait la fenêtre.

Le dimanche matin, elle enleva les cinq couvertures du lit de sa mère et aéra la chambre. Elle rangea le plateau et s'assit à la table de cuisine pour relire la lettre une centième fois. Sa mère lui annonçait qu'elle ne rentrerait pas. Son frère Honoré venait de perdre sa femme et elle avait décidé de l'aider avec les enfants, décision facilitée par le fait que tout près de Val-d'Or, ils avaient besoin d'une institutrice. De plus, le salaire était plus intéressant que celui qu'elle aurait fait à Saint-Tite. Sur le troisième feuillet, elle la priait d'aviser Joachim Crête de son départ prolongé, de l'excuser et d'embaucher une remplaçante. Elle reprendrait ses classes l'année suivante. Sur le quatrième feuillet, elle demandait à sa fille de prendre soin de ses sœurs, auxquelles elle promit d'écrire à toutes les semaines.

Si Blanche comprit la décision de sa mère de demeurer auprès de son frère – tout en sachant qu'ils ne s'étaient ni vus ni écrit depuis des années – elle ne réussissait pas à s'expliquer que sa mère s'exposât aux représailles des commissaires en ne se présentant pas en classe. Mais elle fut davantage attristée par le sentiment d'abandon qu'elle ressentait. Sa mère, elle le soupçonnait, cachait quelque chose. Maintenant, il lui faudrait annoncer cette nouvelle à ses jeunes sœurs qui, elle n'en doutait pas, réagiraient fort mal. Elle craignait surtout les réactions d'Alice et de Rolande. L'absence inexpliquée de leur mère, sûrement incompréhensible pour elles, renforcerait leur triste sentiment d'être des orphelines.

Joachim Crête entra en trombe, sans frapper, en hurlant comme un putois. Blanche l'avait vu arriver et s'était empressée de feindre de l'accueillir.

«C'est fini, ton petit jeu! Ta mère est pas ici, j'en mettrais ma main au feu.»

Sans attendre, il se rua dans l'escalier et se précipita vers la chambre d'Émilie.

«Haha! Je le savais!»

Il se tourna vers Blanche, qui l'avait suivi.

«Tu vas avoir des comptes à rendre, mam'zelle. De mémoire, ta mère a jamais manqué une journée d'école pis tu as voulu me faire croire qu'elle était couchée depuis deux semaines...

– J'ai rien voulu faire croire. Ma mère a perdu sa belle-sœur pis elle est partie cette nuit, pour l'Abitibi.

– Tu me prends-tu pour un imbécile? Elle a jamais pris de train pour la bonne et simple raison que des trains pour l'Abitibi, il y en avait pas!

– Je sais. Elle est partie en auto avec son frère Napoléon, celui qui habite à Saint-Stanislas.»

Joachim demeura bouche bée, gesticulant des bras et des mains. Blanche se retint pour ne pas rire. Elle prit le troisième feuillet de la lettre de sa mère et le lut à Crête. Crête lui arracha la feuille des mains et relut par lui-même. Elle remerciait le ciel que ce feuillet, annonçant son intention de ne pas rentrer, ressemblât à un mot écrit expressément pour régler ses affaires. Joachim froissa le papier.

«Peut-être que vous devriez l'apporter aux autres commissaires, monsieur Crête. Pis le mettre dans vos dossiers. C'est pas que j'ai pas confiance en vous mais des fois on peut perdre un papier. Par distraction, bien entendu. Mais ma mère vous a avisés, vous pis les commissaires, en bonne et due forme. Si vous pensez que vous pouvez être distrait, je peux porter le papier moi-même.»

Elle savait que Joachim Crête l'aurait crucifiée, mais il lui fallait protéger l'emploi de sa mère. Sans ce papier, il pouvait l'accuser d'avoir abandonné son poste – ce qu'elle avait fait – mais grâce au jeu de cachette que Blanche avait joué pendant deux semaines, Émilie était sauve.

Joachim mit le papier dans sa poche et sortit de l'école en claquant la porte.

«Du trouble. Ta mère pis le trouble, c'est la même affaire. Astheure, il va falloir qu'on trouve une autre maîtresse pour l'année. Rien que du trouble!»

Dès qu'il fut hors de vue, Blanche monta à l'étage en sautillant allègrement sur sa cheville bandée. Elle arracha le bandage joyeusement et fit trois pas de valse. Puis elle éclata de rire. Elle avait gagné! S'il avait eu des doutes quant à la présence de sa mère, il n'avait jamais imaginé qu'elle avait feint une foulure, uniquement pour ne pas quitter l'école. Si seulement elle avait pu raconter à quelqu'un ce qu'elle avait fait! Elle redescendit dans la classe, prit une feuille de papier et sa plume et écrivit toute l'histoire dans une lettre à sa mère.

Deux semaines plus tard, elle reçut une réponse. Sa mère avait écrit: «Hahahaha, mon père n'aurait pas fait mieux!» Rien de plus.

13

Laurette Dontigny arriva la semaine suivante. Les commissaires avaient mis trois semaines à trouver une remplaçante à Émilie. Blanche fut heureuse de l'accueillir, car maintenant que récoltes et labours étaient terminés, de nouveaux élèves entraient à chaque jour. Laurette, qui était plus âgée qu'elle, s'installa dans la chambre de sa mère. Quoiqu'elle fût de Saint-Tite, elle habitait à l'école pendant la semaine, ne rentrant chez ses parents que la fin de semaine. Cet arrangement satisfaisait Blanche. Maintenant qu'elle assumait la responsabilité de l'école et de la famille, elle était allée rencontrer les religieuses et leur avait demandé s'il était possible que ses sœurs sortent à toutes les semaines. Cette permission, compte tenu de la situation familiale, lui fut accordée. Blanche eut l'impression qu'elle l'avait été davantage pour la désennuyer, elle, que ses sœurs.

Avec Laurette, elle s'entendait bien. Elles avaient chacune leur méthode d'enseignement mais les résultats des élèves étaient excellents et Laurette avait accepté, sans poser de questions, de veiller plus particulièrement sur le travail d'André. Blanche avait insisté, s'offrant même à le faire. Les parents d'André, à leur insu, lui avaient permis de mentir à Joachim Crête. Elle souffrait d'avoir été forcée d'abuser d'eux mais tint sa promesse de tout faire pour que leur fils puisse entrer au collège.

L'hiver s'était installé en roi et maître sur les terres de Saint-Tite. Blanche appréhendait le temps des Fêtes. Seule avec ses trois sœurs, elle aurait à trouver des activités hors du commun pour leur faire oublier l'absence de leur mère. Elle-même ne cessait de s'interroger. Elle espérait que sa mère lui expliquerait les raisons de son départ précipité. Les femmes du village, romantiques, racontaient qu'elle était partie rejoindre son mari. Les hommes se taisaient. Blanche, elle, essayait de ne rien entendre, de ne rien penser des racontars. Elle s'efforçait de vivre une journée à la fois, espérant que sa mère avait dit vrai en affirmant qu'elle serait de retour l'année suivante. Sa hantise était que sa mère ne revienne pas assez tôt pour qu'elle puisse enfin mettre ses projets, mûris depuis quatre ans, à exécution.

Pour surprendre ses sœurs, elle leur fit à chacune une jolie robe, avec col et poignets de dentelle. Laurette, fascinée par sa technique, lui demanda de l'initier à l'art de la dentelle française. Elle le fit avec plaisir et les deux collègues purent passer ainsi de longues heures à travailler le fil, en écoutant le poêle ronronner. Elles parlaient peu, ni l'une ni l'autre n'ayant de penchant pour la confidence.

Un mois de décembre plus que glacial s'installa. Blanche et Laurette assumaient, en alternance, la responsabilité d'alimenter le poêle qui, attisé par les grands vents, était devenu vorace. Blanche se demandait à quoi pouvait ressembler un hiver en Abitibi, région exposée aux intempéries, sans autre protection que les épinettes et les arbres malingres. Les lettres de sa mère arrivaient régulièrement, presque toujours accompagnées d'argent qu'elle lui demandait de déposer à la banque.

Noël arriva enfin et Blanche fit cuire une dinde trop grosse qu'elle et ses sœurs durent manger pendant quatre jours. Blanche eut beau en apprêter les restes de toutes les façons imaginables, l'appétit de toutes semblait irrémédiablement évanoui. Le nouvel an fut terne. Le vent soufflait tellement violemment qu'elle n'osa pas sortir pour la messe de minuit. Elle céda néanmoins aux pressions de ses sœurs, qui lui demandaient de leur donner la bénédiction. Elle se trouva ridicule mais essaya de n'en rien laisser paraître. Laurette les avait invitées chez ses parents, mais Blanche avait refusé. A entendre le vent ébranler l'école, elle était maintenant contente de sa décision. Sans automobile, sans même une carriole, elle se sentait prisonnière du rang Sud. L'eau de la pompe était gelée et ses sœurs devaient s'emmitoufler et sortir avec des chaudrons qu'elles emplissaient de neige. A les entendre et à les regarder suer pour monter les casseroles, elle avait presque hâte qu'elles retournent au couvent.

L'Épiphanie fut encore plus triste. Blanche brûla le gâteau qui contenait la fève et le pois. C'en fut trop pour Rolande, qui éclata en sanglots en réclamant sa mère. Blanche et Jeanne essayèrent de la consoler aussi bien qu'elles le purent, mais Rolande, qui depuis le départ de sa mère n'avait pas osé se plaindre, déversa plus de quatre mois de chagrin et d'incompréhension.

Blanche avait reconduit ses sœurs au couvent et rentrait à l'école à pied, étouffant dans le vent. Elle avait beau marcher dos aux bourrasques, elle grelottait malgré ses trois chandails de laine et son manteau à capuchon. Les milles qu'il lui restait à parcourir étaient devenus un obstacle qu'elle n'était plus certaine de pouvoir franchir. N'eussent été sa timidité et sa crainte de s'imposer, elle aurait frappé à la première porte pour demander du secours. Mais elle préférait s'acharner contre les éléments plutôt que d'avoir à demander. A son âge, elle considérait qu'elle avait été en situation de demanderesse assez souvent. Elle s'était juré que plus jamais elle n'aurait besoin d'aide ou qu'à tout le moins, plus jamais elle n'en demanderait pour elle-même. Si sa mère avait réussi à s'y faire, elle ne plierait plus.

Elle continua donc de marcher, le froid engourdissant le mal qu'il créait. Elle aperçut enfin l'école et tenta d'accélérer le pas. Mais ses jambes refusèrent de suivre sa volonté. L'école ne sembla pas se rapprocher pendant les vingt minutes qui suivirent. Blanche crut qu'elle était devenue le jouet d'une illusion quand enfin elle put mettre le pied sur la première marche de l'escalier. Elle parvint enfin à la porte et se dégagea de la bandoulière de son sac. Avec ses dents, elle enleva sa mitaine droite pour trouver la clef de l'école qu'elle avait lancée quelque part dans le fond du sac. Sa main, bleue et blanche de froid, refusa d'obéir. Elle souffla sur ses jointures pour les réchauffer et recommença son manège. Elle toucha enfin la clef et réussit à la prendre. Elle tenta de l'introduire dans la serrure mais le froid avait paralysé toute sa dextérité. Elle s'acharna pendant d'interminables minutes figées dans le temps avant de se laisser glisser par terre, le dos contre la porte, des larmes de désespoir, ressemblant à celles de Rolande, lui secouant les épaules et tout le corps, mêlant frissons et chagrin.

Elle résista péniblement au sommeil qui l'attaquait, sachant que le sommeil de la froidure pouvait la tuer. Elle se releva, tremblant toujours, mais eut enfin la main heureuse. La clef grinça dans la serrure gelée. Usant de tout le poids de son corps, elle la fit tourner et la porte s'ouvrit enfin, d'abord avec hésitation puis avec rage devant l'assaut du vent qui, lui aussi, venait de découvrir un coin de chaleur.

Blanche monta à l'étage, enleva son manteau transi, le lança sur la table, incapable de le suspendre. Elle marcha jusqu'au poêle presque éteint, y mit deux bûches et versa dans un seul chaudron tout ce qu'il restait d'eau. Aussitôt l'eau tiédie, elle s'y trempa les mains. Dès que ses mains eurent repris un peu de mobilité, elle trouva un linge qu'elle trempa pour s'en couvrir la figure mais surtout les oreilles qui maintenant bourdonnaient de douleur.

Elle avait encore la tête presque couverte lorsqu'elle crut entendre frapper à la porte. Elle ne bougea pas. Elle entendit frapper une seconde fois. Elle se leva péniblement, se dirigea vers la fenêtre pour voir si elle n'apercevrait pas quelqu'un mais ne vit rien. S'armant de courage en pensant que quelqu'un pouvait, comme elle, être pris dans la tourmente, elle descendit et ouvrit à un inconnu givré qui tenait un autre homme sous les bras.

«Est-ce que vous êtes la sœur de Clément?

– Oui.»

Blanche releva la tête qui ballottait sur l'épaule du garçon – ce n'était pas encore tout à fait un homme – et reconnut Clément. Elle ouvrit toute grande la porte pour les laisser entrer.

«Je m'appelle Léon Rheault. Clément pis moi...»

Léon ne finit pas sa phrase. Il venait de s'évanouir sur le plancher, entraînant Clément dans sa chute. Blanche poussa un petit gémissement. Elle essaya d'abord de relever son frère mais trop faible elle-même, elle abandonna. Le vent s'engouffrait encore par la porte. Elle sortit, prit de la neige qui brûla davantage ses mains encore gelées et, après avoir péniblement dégagé le collet de Léon, mit la neige sur son cou. Léon ne broncha pas. Elle recommença trois fois, sous le regard absent de Clément. Léon ouvrit un œil. Elle ferma la porte et monta chercher des couvertures et des oreillers. Il lui faudrait attendre que son frère et son compagnon se remettent seuls sur pied. Elle enleva leurs manteaux, peinant à cause des boutonnières que le froid avait figées. Y parvenant enfin, elle couvrit les deux garçons et ressortit faire provision de neige.

Ils purent enfin boire un thé, grelottant encore malgré la chaleur qui les entourait. Clément, lui, était transi, des frissons de fièvre ayant pris son corps d'assaut. Blanche lui mit une main sur le front et fronça les sourcils.

«Est-ce que tu penses être capable de monter à présent, Léon?»

Il se releva péniblement, chassant les étourdissements en s'appuyant sur les coudes. Il réussit enfin à se mettre debout. Clément essaya d'en faire autant mais en fut incapable.

«Tu sais faire la chaise, Léon?

– Oui.»

A eux deux, ils montèrent Clément, que Blanche installa dans son lit, préférant ne pas souiller le lit de Laurette. Clément s'y effondra. Blanche et Léon le déshabillèrent, ne lui laissant que ses sous-vêtements d'hiver. Blanche le couvrit, lui fit avaler de la quinine et invita Léon à la suivre dans la cuisine.

Si Léon avait réussi à calmer ses tremblements, Blanche, elle, demeurait agitée de spasmes incontrôlables: spasmes de froid et spasmes d'énervement.

Léon, tout comme Clément, devait mesurer près de six pieds. Il avait l'air beaucoup plus âgé que ses dix-huit ans. Il semblait tellement rassuré d'être enfin au chaud qu'il eut la langue rapidement déliée, ce qui plut à Blanche que l'épuisement rendait encore moins loquace qu'à l'accoutumée.

«Clément fait de la fièvre depuis une bonne semaine. On est partis des chantiers ça fait presque cinq jours. Il se sentait tellement mal qu'il voulait rentrer pour se faire soigner par sa mère.»

Blanche expliqua que leur mère s'était trouvé un emploi en Abitibi. Elle ne s'étonna pas devant lui que Clément n'en eût pas été averti. Clément, dans son délire, avait pu oublier.

«Est-ce que vous avez vu un docteur?

– Non, Clément disait que ça valait pas la peine. Qu'une fois rentré chez lui, il serait mieux. J'ai voulu venir avec lui parce que je trouvais pas prudent de le laisser partir tout seul.

– Est-ce que tu as pu avoir un congé?

– Non. Le *boss* m'a dit que je m'énervais comme une mère poule. C'est pas mal sans dessein. Moi, je trouvais que Clément avait pas l'air ben pantoute. Ça fait que j'ai dit au *boss* que je trouverais bien quelque chose ailleurs. J'ai fait la valise de Clément pis la mienne. On est partis presque tout de suite.

– Quelles valises?

– Je les ai laissées quelque part sur le chemin entre la gare pis ici. Clément pouvait pus avancer dans la tempête. J'avais besoin de mes deux bras pour le tenir. Demain, si la neige arrête de tomber, j'vas aller voir. Sont devant une maison qui a une cabane à chien sur la galerie.»

Blanche lui refit du thé et devina qu'il avait probablement faim. Elle lui réchauffa une soupe qu'il mangea goulûment en y trempant une épaisse tranche de pain. Blanche, ne sentant pas sa faim, se tint près de Clément qui dormait toujours profondément, trop peut-être, d'un sommeil agité de frissons. Blanche regarda par la fenêtre et vit que la tempête faisait toujours rage. La noirceur avait pris d'assaut la blancheur de la journée. Elle sut qu'il était hors de question qu'elle remarche en direction du village. Elle appliqua une compresse d'eau froide sur le front de Clément et revint dans la cuisine.

«Léon, on a une vieille paire de raquettes dans le grenier. Est-ce que tu peux tenir l'échelle pendant que je grimpe?»

Elle installa sous la trappe l'escabeau que sa mère avait utilisé quelques mois auparavant. Léon s'offrit pour monter mais elle refusa, arguant qu'il ne saurait où regarder.

«A huit arpents d'ici, on a des voisins qui ont le téléphone. J'vas essayer de me rendre. Peut-être que le docteur va pouvoir venir. Pendant que j'vas être partie, garde toujours le front de Clément au frais.»

Elle fouilla dans une armoire et trouva le vieux manteau de fourrure de sa mère. Les peaux étaient fendues et séchées par endroits mais ce manteau la protégerait mieux que le sien, encore humide. Elle chercha dans un vieux coffre de cèdre pour voir si elle ne mettrait pas la main sur un pantalon. Elle en trouva un et l'enfila. Elle pensa qu'il avait dû appartenir à son père. Elle en tourna les rebords et mit quatre paires de bas avant de se glisser les pieds encore congelés dans des mocassins raidis. Léon lui noua deux foulards à l'arrière de la tête, par-dessus son chapeau. Le premier lui couvrait le nez, le menton et la bouche. Le second, le front, à partir de la ligne des yeux.

Si la chose était possible, l'intensité de la tempête avait augmenté. Malgré son foulard, malgré le fait qu'elle respirait par la bouche, elle suffoqua à la première bourrasque. Huit arpents à faire dans cet enfer de froid, pensa-t-elle. Elle chaussa les raquettes et marcha d'un pas hésitant d'abord puis de plus en plus assuré, ne se laissant briser que lorsque le vent lui faisait perdre son rythme. Pour se diriger, Blanche suivit la ligne des poteaux. Mais entre deux poteaux qu'un arpent séparait, elle se retrouvait nulle part, perdue dans un désert glacé, espérant qu'elle marchait droit devant et qu'elle apercevrait le poteau suivant. Elle parvint enfin à destination, pleurnichant de joie et d'épuisement. Elle ne vit pas de lumière. Elle décida quand même de frapper. Elle le fit pendant cinq minutes avant qu'on ne lui ouvre.

«Mam'zelle Pronovost! Si c'était pas de vos yeux, on vous aurait pas reconnue. Qu'est-ce qui se passe?

– Le téléphone. J'ai besoin de téléphoner au docteur Francœur. Ça presse.

– C'est pas une des p'tites qui est malade, j'espère?

– Non. Mon frère Clément.»

Les questions cessèrent. Ils ne connaissaient pas Clément. Madame Baril prépara un bouillon pour Blanche pendant que son mari essayait d'entrer en communication avec la téléphoniste.

«Ça *griche* sur la ligne en *tit-pépère*. Mais au moins le téléphone est pas mort.»

Il fit des appels répétés pendant cinq minutes avant de parler à la téléphoniste. A son tour, elle tenta de joindre la maison du docteur Francœur. Le temps semblait s'être arrêté.

«Allô! Docteur Francœur? Hey! les *écornifleux*, c'est pas le temps d'écouter! Le docteur m'entendra pas! On a assez de grésil de même sur la ligne! Docteur? Une minute là, mam'zelle Pronovost, Blanche, va vous parler.»

Blanche fut forcée de crier tous les symptômes de Clément.

«Je sais que la tempête est effrayante, docteur, mais j'ai jamais vu une fièvre comme ça. Je pense que c'est des convulsions qu'il a. Pas des tremblements. Il m'a demandé pourquoi j'avais pas allumé les lampes. J'ai mis deux lampes à côté de lui. Comment? Oui, allumées. Mais Clément voyait pas la lumière. Comment? Merci, docteur, merci.» Elle se tourna vers les Baril. «Il va essayer de venir. Avec une carriole. Il dit que c'est plus sûr dans la tempête qu'une automobile.»

En tout et pour tout, son expédition lui avait pris une heure et demie. A peine entrée dans l'école, Léon courut à sa rencontre.

«Clément râle! J'aurais pas dû le laisser marcher du village à ici. C'était mieux dans la gare. Mais lui voulait rentrer.»

Blanche l'écarta, essayant de lui sourire à travers l'angoisse qui l'étreignait. Elle courut au chevet de son frère, colla son oreille sur sa bouche pour écouter le râlement. Elle soupira, presque soulagée. Le son ressemblait à celui que son oncle Ovide émettait. Léon se tenait derrière elle.

«Pis? J'espère que c'est pas le... dernier râlement.

– Je suis pas docteur, mais je pense que non. D'après moi, ça vient des poumons. Est-ce que Clément toussait?

– Pas tellement. Une fois de temps en temps, pas plus. C'était plus comme quand on tousse après avoir couru que quand on tousse parce qu'on a une grippe.

– Ça doit être les poumons.»

Le médecin arriva vers minuit. Il avait mis plus de deux heures à venir et n'eut pas besoin de s'en excuser. Il avait visiblement été maltraité par la tempête. Il s'empressa de se rendre près de Clément. Il demanda à Blanche et Léon de l'attendre dans la cuisine.

«Blanche! Apportez d'autre eau froide. Avec des linges.»

Blanche s'exécuta le plus rapidement possible. Le médecin avait découvert Clément.

«Vous allez le faire geler!

– On n'a rien à perdre. Il va mourir de chaleur ou mourir gelé. J'aime autant essayer de baisser sa température. J'ai entendu dire que des médecins faisaient ça. C'est contraire à tout ce que j'ai appris, mais à cent six de fièvre, il va nous filer entre les mains. Maintenant, faites comme moi. On va lui couvrir le corps de linges trempés dans l'eau froide. Pis ouvrez la fenêtre un peu. Mais faites pas de courant d'air. Fermez la porte.

– La fenêtre?

– Oui, la fenêtre. Faut baisser la fièvre.»

Blanche obéit, tout en se demandant si elle et le docteur n'étaient pas en train de tuer son frère. Léon, malgré son extrême fatigue, remplissait les casseroles de neige dont il accélérait la fonte en la laissant quelques minutes sur le poêle. Clément avait le corps recouvert de bandelettes. Blanche essaya de ne pas voir la mort dans ce déguisement. Après une heure d'acharnement, Clément entra une seconde fois en convulsions. Le médecin lui prit la main et demanda à Blanche de faire la même chose.

«On sait pas ce que la médecine peut faire, mais on sait que le cœur peut faire pas mal d'affaires. Parlez-lui, Blanche. Doucement. Faut pas que Clément sente votre nervosité.» Il avait chuchoté pour empêcher Clément de l'entendre.

Blanche ne savait que dire. Alors elle commença par remercier son frère d'être venu lui rendre visite. Elle ajouta qu'il avait une légère fièvre mais que le médecin était avec elle et qu'à eux deux ils le soigneraient. Elle continua de parler de tout et de rien. De leur mère, de leurs frères et sœurs, de leurs oncles et tantes. Elle parla même de leur grand-mère, Félicité, qui l'aurait sûrement grondé d'être allé dehors un soir de tempête. Elle parla ensuite de ses élèves, surtout de Pierre.

Le cœur drainé d'énergie, elle leva les yeux vers le médecin qui souriait.

«Les convulsions sont disparues.»

Il lui demanda de sortir, le temps qu'il prenne sa température. Blanche le fit à regret. Il la rappela aussitôt.

«Cent quatre, Blanche. Deux degrés de moins. On continue!»

Ils remirent de nouveaux linges. A l'aube, la fièvre s'était stabilisée à cent trois. Le médecin donna une nouvelle dose de quinine à Clément, qui s'endormit après avoir dit qu'il avait faim. Le médecin ferma la fenêtre et couvrit Clément d'une seule couverture.

Blanche mit l'eau à bouillir et fit du café bien fort. Elle ne réveilla pas Léon, qui s'était endormi, tout habillé, dans la chambre de ses sœurs. Le médecin s'était assis à table, se tenant la tête à deux mains.

«Qu'est-ce que c'est, docteur, qu'il a Clément?

– Je suis pas certain. J'ai pensé que ça pouvait être une pneumonie, mais c'est peut-être une pleurésie. D'une façon ou de l'autre, il faut que Clément soit hospitalisé. Mais avant de faire quoi que ce soit, je vais téléphoner au docteur Dixon, à Grand-Mère. Pour le consulter. Je vais aller chez moi, me laver et me changer. Peut-être dormir une heure ou deux si la santé des Saint-Titois me le permet. Je devrais être revenu vers midi. Clément pourrait prendre le train de fin d'après-midi. Bon! J'y vas. La tempête a pas l'air plus calme, mais on dirait que le jour c'est moins pire que la nuit. Merci pour le café.

– Merci à vous, docteur.» Le médecin porta son attention sur la main molle que Blanche lui tendait.

«Seigneur du bon Dieu, c'est des brûlures de froid, ça?»

Blanche regarda sa main, stupéfaite. Le médecin lui remit une pommade, lui interdisant tout contact avec la chaleur excessive. Blanche promit d'obéir. Deux élèves seulement se présentèrent en classe. Blanche les pria de rebrousser chemin.

Le médecin revint à une heure. Il n'avait pu ni se changer, ni se laver, ni dormir, appelé d'urgence auprès d'une femme qui accouchait.

«J'ai parlé au docteur Dixon. Il va attendre Clément à Grand-Mère. Maintenant, il faut qu'on l'installe. J'ai emprunté un traîneau pour qu'on puisse le coucher. Le vent est moins fort, mais la neige tombe comme de la fleur de farine.»

Blanche habilla Clément, qui se demandait ce qui se passait. Il fut même surpris de voir Léon à ses côtés. Le médecin essaya de le lever, mais Clément, trop faible, ne put le faire.

«Une porte, docteur, est-ce que ça serait correct?

– Comment?

– Une porte. Je pourrais décrocher la porte de la chambre pis Blanche pourrait faire comme un lit. Une sorte de civière.

– Bonne idée, Léon. Faites-le.»

Léon enlevait lentement la porte de ses gonds quand Laurette arriva.

«Pour l'amour! qu'est-ce qui se passe?

– J'vas t'expliquer ça, Laurette. Mais pour l'instant, peux-tu m'aider à faire une civière pour mon frère Clément?»

Laurette se dévêtit à la hâte et aida Blanche. Ils glissèrent Clément sur la civière de fortune et l'emmitouflèrent. Léon et le médecin le descendirent dans l'escalier, ponctuant chacune des étapes de: «Ça va! Attention! Encore un coup!» pour s'encourager.

Ils installèrent finalement Clément dans le traîneau. Blanche monta devant, à côté du médecin et Léon resta à l'arrière avec son ami. Ils démarrèrent enfin, glissant lentement en direction du village. Léon poussa un cri.

«Arrêtez, docteur. Arrêtez ici.»

Le médecin, affolé, freina l'élan de ses bêtes. Léon sauta du traîneau, se dirigea vers un amoncellement de neige, se mit à gratter comme un chien qui cherche un os et poussa un cri de joie.

«Sont là. Je les ai!»

Il revint en courant, tenant fièrement deux valises.

«Tu m'as fait peur Je pensais que c'était Clément qui recommençait ses convulsions.

– Excusez-moi, docteur, mais fallait que Clément ait sa valise pour l'hôpital. Il dort comme un bébé depuis qu'on est partis.»

Ils arrivèrent à la gare et on leur annonça que le train serait retardé. Le médecin téléphona chez lui pour savoir s'il y avait des urgences. Sa femme lui dit que non. Il resta donc à côté de son patient, lui redonna de la quinine et demanda à Blanche si elle n'était pas trop fatiguée.

«Non! C'est pas la première fois que je passe une nuit blanche. J'ai même tendance à faire de l'insomnie.

– Va falloir soigner ça. Quand on se couche, Blanche, faut penser à rien.

– C'est ce qu'on dit. Moi, quand je me couche, je pense à tout sauf à rien.»

Le train arriva enfin. Léon, le chef de gare et le médecin prirent la civière de Clément. Le conducteur vint les rejoindre. Il regarda la civière et hocha la tête.

«Ça me fait rien, mais est-ce que vous avez l'intention de le laisser là-dedans dans l'allée?

– On n'a pas le choix. Il est trop faible pour s'asseoir.

– Ça me fait rien, mais est-ce que vous savez que l'allée est pas assez large pour ça?»

Blanche sursauta.

«Est-ce que vous essayez de nous dire que mon frère peut pas monter à bord? J'ai son billet.

– Ça me fait rien, mais faudrait trouver une autre solution.

– Il est trop faible pour s'asseoir, je viens de vous le dire.» Le docteur Francœur commençait à s'impatienter.

Léon était sorti de la gare et regardait le train. Il entra dans un wagon et constata que le conducteur avait raison. Il jaugea la largeur des bancs et sut que la porte serait en équilibre trop précaire. En redescendant, il eut une idée. Il entra dans la gare où la discussion s'était envenimée entre le médecin, Blanche et le conducteur.

«Ça me fait rien, mais le train est déjà assez en retard. Faudrait qu'on partirait.

– Un fourgon à malle, est-ce que c'est chauffé?»

Blanche et le médecin se regardèrent. Le conducteur lui-même fut un peu étonné par la question.

«Avec une truie, oui. Mais le règlement interdit de monter du monde dans le fourgon à malle. C'est pas sécuritaire.» Le médecin s'empourpra.

«Vous allez monter mon patient dans ce wagon-là! Je vais signer une lettre qui dit que j'en prends toute la responsabilité. Ouvrez!» Le conducteur, affolé, prit une des clefs de son trousseau et se dirigea vers le wagon. Il ouvrit la porte toute grande. Léon et le médecin montèrent pour inspecter les lieux. Le froid n'était pas piquant, simplement humide. Il y avait une table, une chaise, une lampe au kérosène, des bûches, des sacs empilés partout et des dizaines de petits casiers fixés au mur.

«C'est parfait!»

Ils entrèrent tous les deux dans la gare, prirent la civière et la juchèrent dans le wagon. Blanche monta derrière eux.

«Toi, Léon, tu vas t'asseoir sur la chaise. Moi, j'vas essayer de dormir sur les sacs.

– Ça me fait rien, mais une femme ici, c'est trop. Un malade, ça passe. Mais une femme...

– Le malade, c'est mon jeune frère. J'vas avec lui, un point c'est tout.

– Non, Blanche.» Le médecin venait de parler. Blanche le regarda, furieuse. «Tes mains sont en mauvais état pis tu tombes de fatigue. Son admission est faite à l'hôpital pis on l'attend à la gare. Je pense que c'est mieux que tu demeures ici. Léon va l'accompagner.

– Mais si Clément empire?

– Tu pourrais rien faire de plus que Léon. Tu iras le voir la semaine prochaine. Tu vas voir, il va déjà être en meilleur état.

– Ça me fait rien, mais je donne le coup de sifflet dans une minute.

– Oh! vous, ça va faire! Docteur, je veux y aller.

– Et moi, comme médecin, je t'interdis de le faire.»

Blanche regarda son frère, puis Léon, puis le médecin, puis le conducteur, qui lui portait magistralement sur les nerfs. Elle sentit tout à coup ses mains, et son dos, et sa fatigue. Elle grimaça tristement et inclina la tête.

«C'est bon. Prends soin de toi, Clément. J'vas venir la semaine prochaine. Ou l'autre après si le temps est pas beau.»

Elle lui embrassa le front, remercia Léon d'un sourire et descendit du wagon. Elle remonta aussitôt et remit tout ce qu'elle avait d'argent à Léon.

«C'est pour ton passage quand tu vas venir reposer la porte. Pis c'est aussi pour te payer une chambre à Grand-Mère. Pis j'ai ajouté quelques dollars au cas où Clément aurait besoin de quelque chose.»

Elle redescendit.

«Ça me fait rien, mais faudrait pas que vous remontiez. Je ferme la porte pis on part. Pis vous, docteur, j'attends votre lettre avant de siffler.»

Blanche regarda le train se faufiler lentement, comme un intrus après un larcin. Elle fit des signes de la main tout en sachant fort bien que ni Clément ni Léon ne pouvaient la voir de leur wagon sans fenêtres. Le docteur Francœur était à ses côtés, soulagé.

«Est-ce que vous pensez que Clément va être correct?

– Certain. On l'a pris à temps.»

Elle ricana amèrement ses craintes et respira profondément Ses vingt-quatre heures de cauchemars étaient terminées. Maintenant, il lui fallait rire, pour oublier sa nervosité.

«Ça me fait rien, mais savez-vous quoi? Je suis fatiguée!»

14

Clément parti, Blanche fut confrontée à une dure réalité Elle n'avait pas, dans sa vie, de Léon Rheault. Elle n'avait pas d'amis. Pas même une amie. Comme sa mère, elle était seule. De Louisa, sa première amie au couvent, elle n'avait plus reçu de nouvelles depuis que ses parents lui avaient interdit de venir à Saint-Tite. Blanche en avait été tellement offusquée qu'elle avait volontairement rompu cette amitié qui s'était finalement éteinte brusquement, arrosée d'incompréhension et de frustration.

Elle avait fait son chemin seule, souriant à toutes ses

compagnes, mais ne se laissant approcher par aucune. Le silence, depuis aussi loin qu'elle se souvenait, avait été sa meilleure arme contre les blessures qu'elle voyait les autres s'infliger. Elle avait pu remarquer que les faibles attiraient la hargne des forts. Elle avait constaté que les gens différents, comme elle l'avait été au couvent, comme sa famille l'était au village, attisaient la moquerie, la méchanceté. Elle avait appris que le malheur et la souffrance provoquaient l'impuissance, la peur et la fuite. Depuis le départ de son frère pour l'hôpital, elle avait vu le monde comme un immense poulailler. Un univers empli de poules et de coqs qui becquetaient à mort ceux ou celles qui avaient le malheur de saigner.

Sa résolution de quitter Saint-Tite pour Montréal était maintenant irrévocable. Si sa mère n'arrivait pas comme promis, à son tour elle déléguerait ses pouvoirs à Jeanne qui, enfin, terminait sa scolarisation et pouvait prendre la classe des plus jeunes. Non. Elle n'avait plus de place dans ce village si petit que tous ses habitants pouvaient, en une heure, savoir si la fièvre de Clément avait monté ou baissé. Elle n'avait plus, dans ce village trop petit, d'espace suffisant pour être. Elle était la fille d'Ovila Pronovost, celui qui... Elle était la fille d'Émilie Bordeleau, celle que... Elle était la sœur de Rose Pronovost, celle qui... De Marie-Ange Pronovost, dont le mari est... La nièce d'Edmond Pronovost, celui qui a... Elle était elle-même, Blanche Pronovost, dont le fiancé désespéré avait... Elle n'avait jamais entendu la fin de ces phrases chuchotées sur son passage, mais elle avait toujours deviné. Les chuchotements avaient constamment résonné sur ses tympans perforés de douleur.

Depuis le départ de Clément, elle avait hésité. Devait-elle s'ouvrir davantage à Laurette ou entretenir cette relation sans lendemain autre que celui de l'heure d'arrivée des enfants? Devait-elle écrire à sa mère pour lui demander pourquoi elle aussi s'était terrée dans l'isolement? L'avait-elle choisi ou en était-elle victime?

Blanche avait ruminé sa tristesse pendant les mois qui avaient suivi l'hospitalisation de Clément. Elle avait demandé à ses sœurs si elles accepteraient de reprendre l'ancien régime du pensionnat pour lui permettre d'aller voir son frère, inconnu encore, aussi souvent que possible. Ses sœurs, qui commençaient à ne plus essayer de comprendre les détours de la vie, avaient accepté. Blanche prit donc leur linge sale le dimanche soir au lieu du vendredi. Elle le lavait pendant que Laurette lui racontait sa fin de semaine, et l'étendait dans sa chambre et celle de ses sœurs pour éviter d'encombrer les espaces de vie communs. Laurette apprécia de ne pas marcher tête baissée entre les cordées.

Chacune de ses visites à l'hôpital se déroulait de la même façon. Elle voyageait dans la nuit du vendredi au samedi, se présentait tôt le samedi matin. La première fois, elle avait créé tout un émoi dans la chambre de Clément. Elle s'était en effet évanouie en voyant la bouteille posée à côté de son lit, dans laquelle était drainé tout le pus qui lui sortait des poumons. Mais elle s'était rapidement habituée aux odeurs de maladie et de médicaments. Elle s'était aussi habituée à voir Léon arriver vers deux heures de l'après-midi et ne quitter que vers onze heures du soir pour prendre son travail de nuit. Léon avait été près de Clément à chaque jour depuis son hospitalisation.

Chaque fois qu'elle prenait le train pour Grand-Mère, elle se promettait de parler à Clément. De lui demander ce qu'il avait fait de sa vie depuis son départ de la maison. La sérénité de son frère piquait sa curiosité et elle était certaine que Clément avait trouvé la solution à ses angoisses, ses angoisses de fils imparfait pour sa mère, dont il avait trahi les attentes, et inintéressant pour son père, qui ne lui avait presque jamais adressé la parole et pour lequel il avait quand même souffert railleries et durs combats. Mais aussitôt qu'elle était devant lui, elle ne trouvait pas de mots. Elle se perdait sur le chemin des phrases bien tournées et s'empêtrait dans les dédales de son âme. Elle passait donc toutes ses heures du samedi matin à le regarder, à s'assurer qu'il ne manquait de rien, à le promener dans un fauteuil roulant en attendant l'arrivée de Léon qui arborait toujours un sourire éclatant sous des cernes de plus en plus sombres.

De semaine en semaine, elle s'enfonçait dans son mutisme. Elle savait que Clément n'attendait qu'un mot. Mais elle était incapable de le prononcer. Si elle excellait pour s'informer de ses journées et de sa santé, elle échouait quand elle devait parler des choses importantes pour eux. Parler de leurs parents, de leur réaction au départ de leur père. Parler du village. Parler de la grand-mère Pronovost, que Clément avait bien connue. Parler de leur nièce, la fille de Marie-Ange. Parler de leurs projets. Du sien qui prendrait forme dès l'été. De ceux de Clément dont elle ignorait jusqu'aux décors.

L'arrivée et le départ de Clément, l'existence même de Clément, cet étranger de son rang, la confrontait à la désunion de sa famille. Sa mère avait bien essayé de les convaincre qu'une famille vivait toujours même si ses membres n'habitaient pas sous le même toit. Maintenant, elle en doutait. Même au sein de sa famille, elle était seule. Sans véritable ami, là non plus.

Son seul ami avait été Napoléon. Avec le recul, elle savait maintenant qu'elle avait davantage chéri l'amitié et la complicité qu'il lui offrait. L'amour dont ils avaient parlé était trop raisonnable, trop terne. La vie qu'ils avaient dessinée était trop droite, trop parfaite. Mais Blanche en était sortie blessée. Humiliée, presque, d'avoir confié ses pensées les plus profondes. Repentante d'avoir cru en l'immuabilité. Certaine d'avoir rêvé la passion.

Sitôt cette année scolaire terminée, elle partirait. Elle aussi. Se perdre dans le grand Montréal pour ne plus être fille, sœur, cousine, nièce, institutrice et célibataire. Elle allait redevenir étudiante. Elle allait commencer à oublier. Commencer à cesser de ne voir que ses cicatrices. Cesser d'enseigner. Elle avait le talent, certes, mais elle n'avait plus la force d'enseigner. A chaque année, quand les enfants partaient, elle avait le cœur déchiré. Elle s'attachait tellement à eux qu'elle vivait vingt ou vingt-cinq peines d'amour, selon le nombre d'enfants qu'elle saluait. Elle avait bien essayé de parler de cette impression d'abandon, mais sa mère, elle, regardait partir les enfants avec le sentiment du devoir accompli. Sa mère était une vraie enseignante.

A Montréal, elle projetait d'abord de se trouver un travail qui la mettrait en contact avec les gens, un contact qu'elle souhaitait puissant... mais bref. Ensuite, elle étudierait. Elle se donnait une année pour voir les possibilités et faire un choix. Elle n'était pas certaine d'avoir le courage de combattre pour entrer à l'université. Mais elle savait aussi qu'elle était prête à plier pendant quelques années pour obtenir ce qu'elle voulait.

Clément sortit de l'hôpital le jour de la Saint-Jean-Baptiste. Léon le raccompagnait jusqu'à l'école. Il avait même payé pour faire transporter la porte. La semaine avant leur retour, Blanche avait regardé partir ce qu'elle savait être son dernier groupe d'élèves. Laurette avait réagi comme sa mère l'aurait fait. Elle, elle avait subi cette fin d'année encore plus douloureusement que les années précédentes. Elle avait pu annoncer aux parents d'André que leur fils serait prêt pour le collège, ce que les examens qu'André avait subis avaient confirmé. Quant à son petit Pierre, son départ avait déchiré Blanche. Elle avait annoncé à sa classe qu'elle ne serait plus à Saint-Tite l'année suivante. Pierre avait pleuré, sans gêne. Blanche avait fait de même, mal à l'aise, et s'était presque battue avec l'enfant accroché à ses jupes, qui ne voulait pas la quitter. Il avait finalement lâché prise et lui avait crié à la tête qu'il ne l'aimerait plus jamais. La blessure de l'enfant en avait infligé une plus grande à Blanche, renforçant sa décision de quitter la stagnation de sa vie trop routinière pour aller voir du côté de l'aventure.

La maison était remplie. Clément était encore en convalescence et le docteur Francœur venait le voir une fois la semaine. Blanche comprit qu'il venait non pas parce que Clément avait besoin de lui, mais parce que lui-même aimait regarder un miracle en chair et en os. Il avait finalement confié à Blanche que la nuit qu'ils avaient passée à l'éloigner de la fournaise de son corps, il avait été certain d'avoir à lui couvrir la tête d'un drap blanc.

«On aurait eu le téléphone que c'est le prêtre que j'appelais. C'est l'extrême-onction que Clément aurait reçue, pas la quinine.»

Blanche avait assisté à la graduation de Jeanne, émue. Elle regrettait n'avoir pas eu une graduation aussi protocolaire. La sienne avait été emportée par le vent de la tornade et la cérémonie qui avait enfin eu lieu avait été teintée du gris de la désolation et de la tristesse. Elle se souvenait quand même de sa fierté et de celle de Napoléon.

Léon Rheault habitait à l'école et Blanche vit sa sœur puînée mettre des heures à se pomponner et rire de tout et de rien. Elle reconnut aisément les attaques du printemps de l'amour. Alice et Rolande partirent pour le Bourdais. C'était devenu une habitude familiale d'éloigner les enfants de l'école pour leur donner un semblant de vacances. Jeanne avait refusé d'y aller et Blanche n'en fit pas de cas. Jeanne était assez vieille pour décider d'elle-même.

L'été était un été chaud le jour et pluvieux la nuit. Le potager regorgeait de légumes aux couleurs vives. Léon et Jeanne passaient des heures à le sarcler pendant que Blanche s'occupait davantage de Clément et de la préparation des repas. Depuis la fin de l'année scolaire, elle consacrait toutes ses heures de loisirs à préparer sa garde-robe. Elle commanda deux valises qu'elle reçut à la mi-juillet. Jeanne était maintenant avisée de son départ et avait accepté de prendre sa classe pour «garder le fort», comme elles disaient en riant. Blanche avait écrit sa lettre de démission. Elle s'était attendue à voir bondir Joachim Crête. Il n'en avait rien fait. Elle ne le vit même pas.

La dernière semaine de juillet venait de commencer quand Blanche, sortie pour cueillir des haricots, aperçut sur la route une grosse femme empoussiérée qui traînait un lourd bagage en s'arrêtant de temps en temps pour s'essuyer le front. Blanche laissa tomber son tamis plein de légumes et partit, à grandes enjambées.

«Moman! Moman!»

Émilie agita le bras et posa ses deux valises au sol. Elle accueillit sa fille et l'étreignit.

«Mon Dieu, Blanche, j'avais oublié que tu étais aussi belle.

– Voyons donc, moman, attendez de voir les autres. Pis vous, vous avez maigri.

– Oui. Ça paraît?

– Beaucoup.»

Le retour d'Émilie fut joyeusement fêté. Blanche lui avait régulièrement donné des nouvelles de Clément, mais Émilie n'avait pas reçu celle l'avisant que son fils était à la maison. En l'apercevant, elle s'était arrêtée et l'avait regardé avec attendrissement.

«C'est pas possible d'être aussi magané à dix-huit ans.»

Son mot, qu'elle avait voulu gentil, fit à Clément l'effet d'un reproche. Il s'assombrit et s'éloigna des bras de sa mère dans lesquels il avait été prêt à s'abandonner. Émilie joignit les mains en un geste qui ressemblait à une prière et, pour s'aider à se ressaisir, les frotta énergiquement en se tournant vers ses filles.

«Astheure, je veux que vous me racontiez tout ce que vous auriez pu oublier dans vos lettres. Mais avant, Jeanne, j'ai apporté un petit quelque chose pour toi. Rien d'extraordinaire, mais quelque chose quand même.»

Elle ouvrit sa valise et en sortit deux appuis-livres sculptés dans le bois. Jeanne la remercia, heureuse de posséder des objets aussi exotiques.

Clément et Léon décidèrent de partir le lendemain du retour d'Émilie. Elle en fut profondément blessée, y voyant une marque de mépris. Blanche, elle, invita son frère à travailler dans le potager et essaya de le dissuader.

«C'est raide un peu, Clément. Moman arrive, te dit quelque chose que moi j'ai pas trouvé méchant, pis toi tu te caches comme une chenille dans un cocon pis tu annonces que tu pars. Pas dans une semaine, pas dans dix jours, mais le jour même.

– C'est comme ça.»

Voyant qu'elle ne parvenait pas à ébranler son frère, elle tenta un dernier argument.

«Est-ce que Léon est d'accord avec toi?»

Clément la fusilla du regard. Léon, il le savait, aurait voulu rester quelques jours de plus parce qu'il aimait la famille, surtout Jeanne.

«Je suis la seule famille que Léon a jamais eue. Je suis son père, sa mère pis les frères pis les sœurs qu'il a jamais eus. Léon a fait son chemin tout seul depuis l'âge de dix ans. On est de la même race.

– Non, Clément. Vous êtes pas de la même race. Tu as toute une famille qui...

– Parle-moi-z-en donc de ma famille, Blanche.»

Blanche était saisie. Elle lisait tout à coup dans l'air de défi de son frère les raisons qu'elle n'avait pas soupçonnées et qui, probablement, expliquaient son détachement. Clément n'avait jamais eu le sentiment d'appartenir à sa famille. Elle aurait voulu le contredire mais elle s'en savait incapable. Clément avait toujours été rebelle, à la limite d'être belliqueux. Clément, taciturne, avait toujours vécu en solitaire. Il venait de lui faire la démonstration criante de ce qu'elle pensait elle-même: depuis le départ de leur père, leur famille s'était irrémédiablement étiolée de tout sentiment d'union. Ils étaient des étrangers, Rose, Marie-Ange, Paul, qu'ils ne connaissaient presque plus, Émilien... Il ne lui servait à rien de se les nommer tous. Ils étaient tous bien engagés dans leur vie personnelle sans qu'un frère ou une sœur ou même un de leurs parents n'ait eu d'influence. Elle-même, maintenant, s'en irait seule. Et l'espoir qu'elle caressait était d'aimer cette réelle solitude.

Blanche ne pouvait reporter indéfiniment l'annonce à sa mère qu'elle quittait l'enseignement. Il lui fallait le dire le plus rapidement possible. Les commissaires avaient reçu sa lettre de démission et toutes les familles de ses élèves en avaient aussi été avisées. Aussi bien dire tout le village. Elle savait la journée mal choisie. Clément et Léon bouclaient leurs valises. Sa mère, pour masquer son chagrin, ne cessait de s'offrir à les aider, au point d'en être agaçante. Blanche choisit ce moment de désarroi pour éloigner sa mère, laisser Clément agir comme il l'entendait et donner à sa sœur et à Léon quelques instants de solitude. Elle constata avec chagrin que sa mère était étrangère à leur quotidien.

«Moman, est-ce que ça vous tenterait qu'on aille marcher un peu?»

Elle vit le «non» se dessiner sur la bouche de sa mère, aussitôt suivi d'un pincement de lèvres. Sa mère avait compris.

Elles sortirent toutes les deux, Émilie n'ayant pas omis d'apporter un mouchoir pour s'éponger le front. A peine dehors, elles aperçurent l'auto de Joachim Crête se diriger vers elles. Émilie soupira, Blanche se raidit. Elles attendirent, en silence, que l'auto s'immobilise. Joachim en sortit, ayant de collé au visage, outre des gouttes de sueur, le sourire qui caractérisait sa grande forme. Celle qui annonçait une bataille dont il connaissait l'issue.

«J'arrive au bon moment. Fallait justement que je vous voie toutes les deux.»

Il s'appuya sur le capot de sa voiture et les regarda bien en face, souriant de toutes ses dents. Émilie le regarda, dégoûtée. Son absence d'un an lui avait permis de détester Joachim à loisir. De le voir devant elle, en chair et en os, lui soulevait le cœur. Mais elle savait que maintenant elle ne lui donnerait plus l'occasion de la mépriser. Elle décida de passer à l'attaque la première. Blanche, elle, était mal à l'aise. Elle verrait sa mère apprendre sa démission de la bouche de Joachim. Elle décida de prendre la parole immédiatement. Elles parlèrent toutes les deux en même temps. Ce que chacune d'elles dit ne fit aucun sens.

«Wow! Une par une. Qu'est-ce que tu disais, Émilie?

– Je disais que tu avais les dents cariées pis que tu aurais avantage à porter un dentier.»

Blanche retint son rire devant la colère spontanée qui venait de teinter les joues, pourtant grisâtres de barbe, de Joachim. Joachim, qu'une année de refoulement à ne pouvoir harceler Émilie avait aiguisé au plus haut point, éclata presque aussitôt. Mais Blanche, voyant qu'elle n'avait plus une minute à perdre, lui coupa la parole.

«Vous venez sûrement parler de l'organisation de l'école pour l'année qui vient. C'est tout réglé, monsieur Crête. Ma mère va pouvoir reprendre sa classe pis Jeanne la mienne. Ma mère pis moi on en a parlé. Les commissaires auront pas de problèmes à cause de nous autres.»

Tout en parlant, elle avait accroché le regard de sa mère, ayant d'abord un air assuré qu'elle voulait que Joachim capte, puis, ralentissant son débit, elle avait terminé sa phrase. Émilie s'était ressaisie à temps, comprenant que sa fille venait d'être coincée. Elle avait l'impression de revivre l'affrontement entre Ovila et Joachim quand Ovila avait annoncé sans gêne qu'Émilie partait pour l'Abitibi avec lui. Encore une fois, elle se sentait prise dans un conflit qui la condamnait à la passivité sous des airs d'intelligence.

«Justement, *baptême.* La décision des commissaires a été prise hier soir...

– Parce qu'astheure, Joachim, vous tenez des réunions pendant l'été? C'est nouveau. A l'hôtel, je suppose?

– Ferme-la, Émilie Bordeleau. La décision a été prise hier soir. L'année prochaine, on t'engage pas. Si ta fille Jeanne veut prendre la classe des p'tits, c'est correct. Mais Laurette garde celle des grands.»

Émilie n'avait pas bronché. Sachant que malgré la chaleur elle avait probablement pâli, elle s'empressa de s'essuyer la figure en frottant assez pour se rosir les joues. Blanche, elle, n'étant plus directement concernée par la décision des commissaires, avait gardé la tête froide.

«Sous quel prétexte, monsieur Crête?

– Comment ça, sous quel prétexte? On a beau être humains, on n'a jamais entendu parler de commissaires qui redonnaient à une maîtresse une école qu'elle avait abandonnée sans le dire!»

Émilie et Blanche se regardèrent. Maintenant, Blanche aussi s'était encolérée.

«Monsieur Crête, vous mentez!

– Ha! oui? Comment ça?

– Vous avez vous-même pris la lettre que ma mère avait écrite. C'est moi qui vous l'a donnée.

– Je me souviens pas de ça...»

Blanche savait que le piège venait de claquer et que sa mère n'avait plus d'échappatoire possible. Elle se demanda si elle servait les intérêts de la famille en se taisant ou en confrontant Joachim à sa fripouillerie. Enhardie par la présence de sa mère, elle ne laissa pas le dilemme s'enfler et décida de parler

«Vous êtes pire que j'aurais jamais pensé, monsieur Crête. Jamais de ma vie j'aurais imaginé que quelqu'un qui se vante d'être un homme honnête pouvait être aussi véreux...

– Chuut... Quand je pense que personne me croit quand je dis que tu as une tête de cochon encore pire que celle de ta mère...

– De mule. Tête de mule, Joachim. Tu sais qu'on dit que j'ai une tête de mule...

– Je t'ai pas parlé, Émilie!»

Maintenant que le couperet était tombé, Émilie ne sentait plus l'utilité d'être polie. Elle emboîta le pas à sa fille. Et si Joachim s'était promis de faire pleurer et supplier deux femmes en détresse, il venait de se heurter aux filles de Caleb.

«Monsieur Crête, j'vas publiquement vous dénoncer. J'vas aller rencontrer les commissaires, un par un, pis leur raconter que le " bon " Joachim Crête...

– Le commissaire, le marguillier, le pompier volontaire, le propriétaire de la scierie qui fait vivre au moins vingt familles...

– Est un voleur pis un escroc. J'ai bonne réputation dans le village. Je pense qu'on va me croire.

– Pis, Blanche, dans tes déplacements, j'vas aller avec toi. Moi, j'vas leur dire, aux commissaires, de faire attention à leur femme pis à leurs filles. Le bon monsieur Crête est pas content des services des fancynes. Faudrait que toutes les maîtresses d'école lui rendent... euh... comment dire... des " p'tits services " pour avoir une corde de bois, ou un poêle, ou une pompe à eau...»

Blanche avait à peine compris le sens des paroles de sa mère quand elle avait enchaîné.

«Pis les cordes allouées, on sait pas où elles vont. Hein, moman?

– Taisez-vous! Vous êtes malades...

– Non! monsieur Crête. On n'est pas malades. Êtes-vous malade, moman?

– Moi, malade? Non. Toi, Blanche?

– Peut-être... Malade d'avoir pas parlé de votre lettre. Malade d'avoir fait confiance à monsieur Crête...

– Faut que vous soyez sorties de l'école la semaine prochaine!

– Pourquoi pas demain, Joachim? On a le temps en masse.

– Pousse-moi pas trop fort, Émilie. La semaine prochaine. Au plus tard!»

Joachim s'éloigna en les saupoudrant de poussière. Dès qu'il fut hors de vue, Blanche sentit trembler ses jambes. Émilie, elle, s'assit sur les marches de l'école et éclata de ce rire moqueur que Blanche n'avait pas souvent eu l'occasion d'entendre. Un rire de joie extrême, de plaisir, de victoire! Blanche s'approcha d'elle, inquiète.

«Etes-vous correcte, moman?

– Correcte? J'ai jamais eu autant de plaisir de ma vie! Pour la première fois depuis des siècles, j'ai l'impression qu'il y a un bon Dieu.»

Émilie rit encore aux éclats pendant de longues minutes, s'essuyant le front et les yeux, la bouche et le menton. Blanche la regardait, fascinée. Sa mère venait d'apprendre la pire des nouvelles et elle en riait! Émilie se calma enfin et prit un ton sérieux.

«Comme ça, tu t'en vas.»

Blanche fut saisie.

«Oui.

– C'est la seule mauvaise nouvelle de la journée, Blanche. Parce que, vois-tu, pour mes cinquante ans, ton frère Émilien m'a fait une belle surprise. Il a loué la maison de monsieur Trudel, au village. Pour nous autres. Une maison! Une vraie! Ça fait que, de toute façon, j'allais pas enseigner cette année. Je pense même que je prends ma retraite. J'ai enseigné pendant presque vingt ans. J'ai fait ma part. Pis toi, ma Blanche, tu veux pus enseigner? Je voudrais te blâmer que je serais pas capable. On travaille dans des conditions qui ont pas d'allure pour un salaire de crève-faim. Pour une femme de ma génération, c'était un beau métier. Presque une profession. Mais pour une jeune de ta génération, c'est pas nécessairement ce qu'il y a de mieux. Mais si Jeanne ou Alice ou Rolande veulent enseigner, j'vas les encourager. Parce que je pense quand même que c'est quelque chose d'extraordinaire.»

Elles rentrèrent dans l'école et annoncèrent la nouvelle. Léon s'offrit immédiatement de rester pour aider au déménagement. Clément, d'abord agacé, voyant l'excitation de sa mère à retourner habiter dans une maison – ce qu'elle n'avait plus fait depuis leur retour de Shawinigan et leur bref séjour dans la maison d'Alma – ne ferma pas sa valise. Au souper, ils riaient encore de la déconfiture de Crête.

«Est-ce que vous avez beaucoup de choses à déménager, madame Pronovost?

– Tout ce que j'ai, mon garçon, tu peux le voir en faisant le tour de l'école. En haut pis en bas. Mais, à bien y penser, je crois que j'apporterai pas les pupitres!

– Pis la maison de votre monsieur Trudel, quand est-ce que vous allez pouvoir la prendre?

– La maison est vide. Pas toute vide, parce que ses meubles sont dedans, mais presque vide. Monsieur Trudel est allé travailler à l'extérieur du village. Mais l'entente que mon fils Émilien a faite, c'est que nous autres on habite la maison pis à chaque fois que monsieur Trudel va venir au village, il va rester dans la chambre des visiteurs.»

Émilie se leva, alla chercher son sac à main, revint vers la table, vida tout le contenu hétéroclite du sac et prit une clef.

«J'ai la clef! Je l'ai prise hier, en revenant de la gare.

– Ça fait que, madame Pronovost, vous pourriez vraiment déménager demain?»

Ils se regardèrent tous. Une seule et même idée germa dans tous les esprits. Ce fut Léon qui réagit le premier.

«Grouille-toi, Clément. On va chez ton oncle chercher une voiture pis des valises.»

Clément éclata de rire et bondit sur ses pieds. Il regarda sa mère et lui fit un clin d'œil.

«Je pense que je peux retarder mon départ d'un jour ou deux.»

Émilie sourit avant de s'isoler dans sa chambre et de laisser couler, pour quelques minutes, son trop-plein d'émotions.

CHAPITRE TROISIÈME

1929-1933

1

Le train entra en gare tout doucement, comme si son mécanicien avait deviné que la jeune fille qu'il transportait n'avait pas besoin de se faire brusquer. Blanche se leva sans se presser cachant comme toujours sa nervosité sous un masque de calme, plaça ses cheveux, posa son chapeau bien droit, s'assurant que le ruban était centré à la nuque. Elle prit les valises qu'elle avait emportées avec elle, sachant que les autres, rangées dans le wagon à bagages, la suivraient. Elle verrait Montréal pour la première fois. Il avait été convenu que Marie-Ange viendrait à sa rencontre. Il était aussi entendu qu'elle logerait chez sa sœur, le temps de se trouver une pension dans une bonne famille. Sa mère avait insisté sur ce point. Elle avait aussi insisté pour l'accompagner mais Blanche avait refusé. Elle voulait partir seule.

Marie-Ange l'attendait, agitant joyeusement la main gauche et de la droite tenant fermement sa fille de trois ans. Blanche avait eu l'occasion de la voir mais la petite Aline ne la reconnaissait pas. Blanche fronça les sourcils et lui tira la langue. Aline éclata de rire et fit la grimace elle aussi. Elles se dirigèrent vers la consigne, prirent les valises de Blanche, celles que le porteur avait montées et celles qui venaient du wagon à bagages. Blanche s'adressa au préposé.

«Est-ce que je peux laisser mes malles ici pendant quelque temps?

– Ça dépend. Combien de temps à peu près?

– Une, peut-être deux semaines.

– Ça va vous coûter quelque chose.

– C'est pas un problème.»

Blanche partit avec Marie-Ange; elle était tellement fascinée par ce qu'elle voyait de la fenêtre de son tramway qu'elle en oubliait de parler à sa sœur. Elle lisait les noms des rues, presque amusée d'être perpétuellement confrontée à des noms anglais qu'elle ne pouvait défricher. Elle souriait à la ville, aux maisons à étages, aux maisons collées, aux escaliers en colimaçon. Elle tournait la tête pour mieux voir une vitrine. Elle s'amusait de ne connaître aucun visage, sachant que le sien aussi était inconnu, ce qui lui plaisait énormément. Tantôt elle demandait à Marie-Ange si elle avait remarqué tel ou tel petit détail que Marie-Ange, immanquablement, habituée au trépignement de la ville, n'avait pas vu. Blanche soulevait les épaules et se remettait le nez à la fenêtre. Si son excitation était grande, elle savait qu'elle n'en laissait rien paraître. Son reflet dans la vitre lui retournait l'image d'une jeune fille posée, souriante et calme. Elle sourit davantage.

Elles descendirent enfin, rue Ontario, et marchèrent jusqu'à l'intersection de Saint-Germain. Blanche suivait Marie-Ange, ne la perdant pas des yeux une seule seconde. Elles s'arrêtèrent devant une immense mercerie pour hommes. Blanche lut l'enseigne: Mercerie Boulanger.

«C'est trois fois grand comme le magasin général de Saint-Tite!

– Pis on a des employés, Blanche. Le commerce marche bien. Dans le coin, ici, les gens sont pas riches mais plein de gens pas riches, ça fait une grosse clientèle.»

Marie-Ange, ne cessant de parler tout en entrant dans la boutique, dissimulait difficilement sa fierté. Georges était derrière le comptoir, affairé à vendre des bas à un client. Il leur sourit et leur fit un petit signe en leur disant qu'il les rejoindrait aussitôt libéré. Marie-Ange invita Blanche à passer dans l'arrière-boutique et, de là, monta à leur appartement. Émilie lui avait souvent décrit la maison de Marie-Ange mais Blanche fut surprise par le chic de l'endroit.

«Mais c'est immense!»

Marie-Ange lui en fit faire le tour, essayant de ne pas insister sur les boiseries de chêne mais ne manquant pas une occasion de caresser le bois chaque fois qu'elle franchissait un seuil. Elle ne parla pas non plus du plancher de bois franc que Georges avait fait poser, se contentant d'insister sur la lumière qui y bondissait partout. Elle dit à Blanche que les tapis suspendus aux murs venaient d'Orient, sans en préciser le pays d'origine. Elle lui fit voir la salle à dîner davantage pour vanter la dimension que la beauté de sa table et se donner le plaisir d'ouvrir les portes à carreaux vitrés et plombés. Elle passa par la cuisine pour se rendre aux chambres – ce qu'elle aurait pu faire par le salon – montra à Blanche où se trouvait la salle de bain et la salle de toilette, deux petites pièces adjacentes. Elle la conduisit enfin à la «chambre des visiteurs», dans laquelle elle invita Blanche à poser ses valises. Blanche avait déjà vu le luxe de la maison de Napoléon. Elle fut surprise de voir que le logement de sa sœur était presque aussi joli, aussi riche. Elle se tourna vers elle et la félicita. Marie-Ange sourit au compliment.

«J'ai pas grand mérite. Georges connaît le beau. C'est lui qui achète pis moi je place les meubles. Je choisis la couleur des murs pis des rideaux. Mais je suis meilleure que lui dans une chose: le cuir. Quand on a travaillé à la manufacture comme j'ai fait, on reconnaît les différentes qualités de cuir. Tu vas voir, dans le magasin, tout ce qui est en cuir, c'est moi qui l'a acheté. J'ai forcé Georges à changer de fournisseur.»

Blanche regardait sa sœur, renversée de la voir aussi sûre d'elle. Tout en parlant, Marie-Ange avait enfilé un tablier et s'apprêtait à peler les pommes de terre. Pour calmer sa fille, elle lui en donna un morceau. Blanche s'empressa de l'aider. Marie-Ange refusa son aide.

«Va donc dans ta chambre à la place. Tu as pas mal de valises à défaire.»

Blanche ouvrit la première valise, sa nièce à ses côtés, pressée d'en voir le contenu.

«C'est une belle robe, ça, ma tante.

– Tu trouves?

– Oui.

– D'abord, si j'ai le temps, j'vas t'en faire une presque pareille.»

Elle savait que sa promesse ne devait pas emballer Aline plus qu'il ne fallait, sa nièce étant vêtue d'une jolie robe bien empesée. Elle se doutait aussi qu'elle devait avoir une garde-robe bien remplie.

«Avec de la dentelle comme celle-là?

– Si tu veux.

– C'est ça que je veux.»

Georges les rejoignit enfin, embrassa sa belle-sœur et lui demanda si elle se sentait affolée à l'idée de vivre à Montréal. Blanche répondit qu'au contraire elle avait hâte de tout découvrir.

Une semaine après son arrivée, Blanche n'avait pas encore exploré la ville. Elle avait épluché toutes les annonces classées et découpé tout ce qui annonçait une chambre à louer. Elle avait aussi passé des heures à regarder une carte de la ville, à mémoriser les noms des rues, à essayer de s'orienter sur le papier avant de le faire sur les vrais trottoirs. Elle avait repéré toutes les rues mentionnées dans les annonces de même que l'endroit qui l'intéressait le plus: l'Université de Montréal. Elle savait que pour y accéder, elle devait prendre le tramway numéro quinze de la rue Sainte-Catherine. En attendant, elle occupait une partie de ses journées à amuser sa nièce pendant que sa sœur descendait au magasin. Marie-Ange semblait aimer être derrière le comptoir et Blanche comprit que sa présence lui facilitait ce plaisir.

«Marie-Ange, est-ce que ça te dérangerait si demain je partais de bonne heure pour aller voir quelque chose? Je devrais être revenue vers midi.»

Marie-Ange comprit que sa sœur avait une destination bien précise en tête. Si elle n'en parlait pas, c'est qu'elle était incertaine de l'issue de son déplacement.

«Penses-tu te retrouver?

– Si je me perds, j'vas crier. Quelqu'un va m'aider.

– J'espère, parce qu'oublie pas qu'après-demain, Paul, mon'oncle Ovide, Rose pis son amie Sarah viennent souper. Si tu te perds, essaie de crier assez vite. Pis à part ça, tu as juste à téléphoner ici. Georges va te dire ton chemin.»

Blanche mit du temps à coiffer ses cheveux trop fins et bouclés. Elle osa se farder un peu, essuyant son rouge à lèvres pour n'en laisser qu'une empreinte. Elle pressa sa robe et enfila des souliers encore étroits de leur nouveauté.

Elle sortit, décidant, une fois à l'extérieur, de marcher quelques coins de rue pour sentir la ville et ses odeurs d'entrepôts et en entendre les vibrations. Elle attendit son tramway, préparant à l'avance le coût du passage, et regarda les gens qui faisaient la file devant elle. Quelques minutes plus tard, il y en avait plusieurs d'agglutinés derrière elle et elle déduisit, à leur allure et à leurs propos, qu'ils étaient débardeurs. Elle pinça les lèvres, espérant qu'aucun ne lui adresserait la parole.

Le tramway fit entendre sa cloche et Blanche monta à bord. Elle accepta timidement la correspondance que lui présentait le chauffeur, la roula et la mit dans sa poche, sachant qu'elle ne lui serait d'aucune utilité. Elle se chercha une place des yeux et se dirigea vers celle qui était à côté d'une fenêtre. Elle s'y assit en souriant du plaisir qu'elle aurait à regarder la vie autour d'elle.

Elle descendit au coin de la rue Saint-Denis. Maintenant qu'elle touchait de près à son rêve caressé depuis des années, elle avait le cœur battant comme une grosse caisse.

Elle entra dans l'édifice, s'informant au premier venu de l'endroit qu'elle cherchait. On la dirigea poliment. Elle arriva devant le bureau du registraire et inspira profondément. Une dame, bien cachée derrière des verres épais sans monture, l'accueillit en souriant du sourire crispé caractéristique des gens appelés à travailler trop souvent avec le public.

«On peut vous aider, mademoiselle?

– Oui, madame.» Blanche regarda l'annulaire gauche de la personne devant elle et sourit intérieurement.

«J aimerais savoir où et comment m'inscrire à la faculté de médecine. J'ai apporté mes diplômes.» Elle sortit une enveloppe bien ficelée de son sac à main et la déposa sur le comptoir. Elle leva les yeux et regarda la femme devant elle pour voir l'étonnement se dessiner sur son visage. Elle leva la tête, question de hausser ses cinq pieds deux pouces au niveau de la taille élancée et filiforme de la dame. Elle essaya de cacher son embarras.

La dame la regarda par-dessus ses lunettes, lui indiqua une chaise et la pria d'attendre. Elle tourna les talons et pénétra dans un bureau après avoir frappé trois petits coups discrets à la porte et souri à Blanche une dernière fois, l'air embarrassé. Elle revint presque aussitôt et demanda à Blanche de la suivre. Blanche, à son tour, entra dans le bureau. Un homme joufflu et rubicond, l'air jeune malgré les années qu'il accusait autour des yeux, l'invita à s'asseoir. Elle le fit, se tenant le dos droit, essayant de comprendre les raisons de l'émoi qu'elle semblait avoir soulevé.

«Mademoiselle Pinchaud me dit que vous voulez vous inscrire à la faculté de médecine?

– Oui, monsieur.

– Avez-vous terminé un baccalauréat ès sciences?

– Non, monsieur, mais j'ai ici tous mes diplômes.

– Le baccalauréat ès sciences est malheureusement la condition préalable.»

L'homme avait perdu son air jovial quelque part sur son pupitre. Il soupira, se passa un doigt dans le cou, écrasé entre son faux col et la graisse de sa peau.

«Quel âge avez-vous, mademoiselle Pronovost?

– Vint et un ans.»

Il se colla la langue sur une canine, faisant un bruit désagréable.

«La médecine nécessite plusieurs années d'études qui coûtent cher à l'étudiant de même qu'à notre institution. Nous avons eu quelques jeunes filles qui se sont inscrites mais une seule est encore avec nous. Elle devrait terminer l'année prochaine. Marthe Pellan a dû sacrifier bien des choses pour poursuivre sa médecine.

– Je suis prête, monsieur, à étudier pour obtenir un baccalauréat ès sciences s'il le faut.

– Cela reporterait vos études en médecine de quatre, peut-être cinq ans.

L'homme branla la tête comme si, tout à coup, elle était devenue trop lourde à supporter. Il avait maintes fois rencontré des jeunes filles qui voulaient entrer en médecine et avait presque toujours réussi à les dissuader. Celle qui se tenait devant lui, en le regardant d'un regard bleu et déterminé, ne semblait pas prête à renoncer.

«Votre père est-il médecin?

– Non, monsieur.

– Humhum.»

Blanche eut le sentiment désagréable de subir un interrogatoire au bout duquel elle n'aurait pas avancé d'un pas.

«Je vois pas le lien, monsieur.

– C'est qu'en côtoyant un médecin, vous sauriez que c'est un travail trop exigeant pour une femme frêle comme vous. Vous n'avez pas pensé à l'enseignement?

– J'ai enseigné pendant quatre ans, monsieur. Et j'ai économisé chaque sou pour payer mes études.

– Quel genre de renseignements avez-vous eus avant de vous présenter ici?

– Peu, monsieur, à part que vous aviez une jeune fille en médecine.»

Le registraire se demanda si elle tenait à fréquenter l'université pour bien se marier ou pour étudier sérieusement.

«Notre université est située au cœur de la ville et ce quartier est très vivant. Peut-être pourriez-vous le fréquenter indirectement en vous inscrivant à notre Institut des arts ménagers, tenu par les sœurs Grises et affilié à l'université?»

Blanche avala sa salive. Elle aurait voulu hurler.

«Monsieur, j'ai rompu des fiançailles avec un futur avocat qui avait un brillant avenir uniquement pour pouvoir étudier. J'ai pas envie, après six années de pensionnat et quatre années d'enseignement, de me retrouver avec un dé sur le majeur et une aiguille dans les mains. Pas plus que j'ai le goût d'apprendre à faire un trousseau. Je sais tout ça.»

Le registraire la regarda attentivement, pensant qu'elle avait l'étoffe. Il avait subitement presque honte de la décourager. Il ouvrit sa plume, commença à écrire quelque chose puis, se ravisant, froissa et jeta la feuille de papier.

«Le calcul est vite fait, mademoiselle. Vous ne pourriez travailler avant dix ans. Est-ce que vos parents sont assez fortunés pour assumer vos frais de scolarisation?»

Blanche voyait s'écrouler son rêve, morceau par morceau.

Même si elle devait entreprendre dix années d'études en travaillant le soir, jamais elle ne pourrait survivre. D'autant moins que des études de médecine exigeaient une présence assidue dans les hôpitaux, jour et nuit. Elle ne voulut pas montrer que le coup qu'elle venait de recevoir lui faisait mal, aussi s'empressa-t-elle de remettre ses diplômes dans son sac et de se lever. Le registraire l'imita et lui tendit la main. Blanche, craignant qu'il ne voie sa grande difficulté à cacher sa déception, se contenta d'esquisser un petit salut de la tête. Un salut sec et plein d'amertume.

Elle sortit en refermant la porte tout doucement derrière elle. Le registraire la suivit des yeux par la porte vitrée et hocha la tête. Sa secrétaire vint le retrouver.

«Une autre?

– Une autre, oui. Mais celle-là, je pense que ce qui va nous empêcher de la revoir, c'est son manque d'argent. Pour le reste, je crois qu'elle avait tout ce qu'il fallait.»

Blanche sortit de l'université et regarda les bâtisses qui en faisaient partie. Elle chercha le douze soixante-cinq pour regarder cette faculté de médecine aux portes closes. Elle décida de marcher, se foutant éperdument du fait qu'elle pouvait s'égarer dans ces rues inconnues. D'abord elle ne remarqua pas les étudiants qui bavardaient en agitant les bras aussi rapidement que la bouche. C'est le long foulard qu'ils portaient tous, enroulé autour du cou, qui força Blanche à sourire malgré le soleil chaud de ce début de septembre qui la faisait, soudainement, fondre d'ennui. Elle monta jusqu'à la rue Sherbrooke, qu'elle n'avait pas encore eu le temps de voir, et se dirigea vers l'est. Elle marcha ainsi sans but jusqu'à ce que ses orteils crient l'étroitesse de ses chaussures neuves et la plante de ses pieds la minceur de leurs semelles.

2

Blanche s'assit dans le salon, devant la fenêtre. Le néon qui s'y reflétait en clignotant son agressif rouge, au lieu de la calmer pour lui permettre de dormir les trois dernières heures de cette nuit interminable, attisait la colère qui l'habitait depuis sa visite à l'université. Rien, depuis son arrivée à Montréal, ne ressemblait à ce qu'elle avait imaginé en quittant Saint-Tite. Dans quelques heures elle partirait de la maison pour se rendre au Monument national, rue Saint-Laurent. Suivre un cours de secrétariat!

Elle avait voulu fuir la pauvreté notoire de sa famille mais à Montréal, elle se sentait encore plus démunie. Ses grandes illusions évanouies encore une fois, elle en était certaine, à cause de son manque d'argent, elle avait dû revoir avec sa sœur toute l'entente convenue avant son arrivée. Marie-Ange lui avait offert d'habiter chez elle pendant l'année, le temps qu'elle décroche son certificat. Elle n'aurait pas de pension à payer, en retour de quoi elle s'engageait à garder Aline tous les après-midi pour permettre à sa sœur de travailler au magasin. Blanche avait accepté à contrecœur. Elle s'était tant languie de connaître la solitude et l'indépendance que cette solution, quoique extrêmement pratique pour tous, lui apparaissait comme un net recul par rapport à ses attentes.

Elle se cherchait, maintenant, dans ces rues toujours actives. Elle voulait se rencontrer à une intersection et se féliciter de l'heureux choix qu'elle avait fait. Mais nulle part elle ne se voyait. Elle ne faisait que se heurter à une déception qui ressemblait probablement à celle que sa mère avait connue quand elle avait dû abandonner son mariage pour retrouver un pastiche de célibat traînant avec lui les vestiges d'un échec. Elle s'était pourtant promis d'aller plus loin. De faire de sa vie quelque chose d'inusité. Maintenant elle se retrouvait seule, avec un avenir qui s'écrirait à la sténographie et serait communiqué dactylographié.

Elle avait écrit à sa mère la décision qu'elle avait prise de suivre un cours de secrétariat. Elle avait feint un enthousiasme à tout casser pour estomper le chagrin que sa mère aurait. Parce qu'elle savait que sa mère serait décue en lisant ses propos teintés d'optimisme. En écrivant cette lettre, elle avait pleuré de rage, éloignant son visage du papier pour empêcher les mots de se brouiller de larmes et trahir son chagrin. Elle imaginait sa mère la lisant, hochant tristement la tête en murmurant quelque chose comme «ma fille devrait viser plus haut que ça». Blanche trouvait admirable le travail qu'effectuaient les secrétaires, mais la simple idée de devoir rendre compte quotidiennement de tous ses faits et gestes à un patron lui faisait douter qu'elle avait l'étoffe. Elle avait toujours pris seule ses décisions. Elle n'avait jamais eu de véritable patron. Elle avait assumé ses victoires et ses échecs et avait été récompensée à deux reprises en quatre ans. Même son compte en banque reflétait l'énergie qu'elle avait mise à entortiller du fil pour en faire de la dentelle.

Le soleil pâlit le reflet du néon, ses rayons s'y confondant peu à peu. Blanche se dirigea vers la cuisine après être passée dans sa chambre pour arrêter la sonnerie de son réveille-matin. Elle mit l'eau à bouillir et se fit couler un bain. Elle infusa un café bien noir, comme l'aimaient sa sœur et son beau-frère, et passa à la salle de bain pour l'occuper la première sans retarder les autres. Elle essaya de se frotter la figure assez fort pour en faire disparaître toute tache d'insomnie mais n'y parvint pas. Ses yeux boursouflés et cernés la trahiraient tout au long de cette journée qu'elle aurait voulu prendre dans ses mains, rouler en boule et lancer de toutes ses forces à l'autre bout de sa vie.

Elle mangea seule avec sa nièce, en silence, incapable de sourire. Elle prit sa serviette dans laquelle elle avait déjà mis les livres, les cahiers et les crayons qu'on lui avait dit d'acheter. Elle avait passé sans difficultés l'examen d'admission et la dame qui l'avait «évaluée» lui avait affirmé qu'elle était une candidate de choix, promise à un brillant avenir.

«C'est rare qu'on a des secrétaires aussi instruites que vous. Dans un an, peut-être deux, vous pourriez faire votre place au sein d'une grosse compagnie.»

Blanche l'avait remerciée de sa confiance et de son encouragement en se demandant quel genre de place une secrétaire instruite pouvait obtenir.

Elle quitta la maison très tôt, préférant ne pas rencontrer sa sœur, qu'elle savait levée. Elle marcha jusqu'à la rue De Lorimier, car elle avait encore deux heures à tuer avant le début des cours. Et elle se promit de les tuer. Avec elles, elle essaya de tuer son chagrin et son humiliation. Elle essaya aussi de tuer sa trop grande ambition que les religieuses auraient sûrement appelée «prétention». Elle tenta de tuer les souvenirs de ses rêves de médecine qu'elle avait sans cesse caressés depuis que sa mère, bien innocemment, les lui avait mis en tête. Mais c'est en vain qu'elle essaya de faire mourir sa certitude immuable de s'en sortir.

Blanche arriva devant le Monument national près de quarante minutes avant l'heure de son premier cours. Elle demeura de l'autre côté de la rue à en regarder la façade et aperçut des comédiens qui y entraient, probablement pour une répétition. Ils riaient avec tellement de désinvolture qu'elle les envia. Puis elle vit entrer des jeunes filles qui lui ressemblaient, bien coiffées, portant chemisier, jupe, talons hauts et sac. Quelques-unes, elle le remarqua, s'arrêtaient à une vingtaine de pas de leur destination, ouvraient leur sac à main pour en sortir un miroir et un bâton de rouge. Elle n'avait pas apporté le sien. D'autres comédiens entraient encore, facilement reconnaissables. Elle grimaça en pensant que la vie faisait de tous des comédiens.

Elle traversa la rue et vit son reflet dans une vitrine. Quelle comédie la vie lui réservait-elle? Elle ne put s'empêcher de sourire à la perfection de son costume et pensa à ce rôle qu'elle jouerait aussitôt assise dans sa classe. Elle se demanda à quoi ressemblerait ce local et c'est en ayant cette pensée distrayante en tête qu'elle entra presque sans effort à l'intérieur du bâtiment.

Elle se tut pendant tout le cours. Assise à l'arrière, furieuse d'avoir tiré un fil dans sa jupe sur une aspérité de son bureau, elle écouta ânonner son professeur. Elle retint péniblement les bâillements qui lui rappelaient sa nuit blanche, enragée à l'idée d'avoir renoncé à des rêves peut-être agréables pour entendre parler de maintien, de propreté, d'ongles taillés court «à cause des touches du clavigraphe», de jupes pressées, de cheveux coiffés et de politesse. Elle bâilla quand on lui demanda de mettre en ordre ses tiroirs et le dessus de son bureau. Elle s'endormit presque quand on lui apprit comment entendre une conversation à laquelle on ne devait pas participer et regarder sans voir une chose qui ne devait pas être racontée. Elle s'amusa presque quand elle sut qu'il lui fallait une lime, une paire de bas, une petite trousse de couture et un sous-vêtement de rechange en cas d'accident. La plupart de ses consœurs prenaient des notes. Elle se demanda si elle devait le faire puis en déduisit que ce n'était pas essentiel. Ce qui était dit ne lui était pas destiné. Chaque fois que le professeur la regardait, elle s'efforçait de sourire. Elle vit le professeur froncer les sourcils, sceptique. Elle décida donc de sortir son calepin de notes, ayant vu dans les yeux qui la regardaient discrètement l'ombre d'une évaluation de comportement. Elle griffonna sa liste d'épicerie, sa liste d'achats de vêtements. Lasse, elle dressa les noms de toutes les personnes auxquelles elle devait écrire. Feignant un grand intérêt pour ce qui se disait en classe, elle fit un croquis des locaux, gentiment mis à la disposition des jeunes Canadiennes françaises par la société Saint-Jean-Baptiste.

Sa première demi-journée passa rapidement. Elle ferma enfin son calepin rempli de graffiti. Elle remercia poliment son professeur en sortant. Cette dernière l'appela.

«J'ai cru remarquer que vous manquiez de sommeil. Une bonne secrétaire doit toujours être alerte. Elle doit être bien reposée pour avoir un teint frais.

– J'ai effectivement mal dormi, madame. L'excitation de la rentrée...

– Je comprends. Mais demain, il faudra que vous soyez plus présente au cours. Nous commencerons la sténographie.

– J'vas essayer. A demain, madame.»

Elle respira profondément l'air de la rue, qui lui parut tout à coup aussi léger que celui de Saint-Tite. A l'extérieur, elle s'arrêta quelques instants pour se réorienter et décida d'entrer dans le théâtre. Elle s'assit au fond de la salle pour regarder ces comédiens répéter dix fois le même geste sans se lasser. Elle resta ainsi camouflée pendant près d'une heure avant de ressortir. Les coulisses de la vie de comédien lui paraissaient très ternes et elle comprenait mieux pourquoi personne ne pensait à les éclairer.

Elle entra à la maison, affamée. Sa sœur regarda l'heure et s'empressa de descendre au magasin.

«Je pensais que tu serais ici plus tôt.»

Blanche ne put s'excuser, préférant taire qu'elle n'était pas rentrée immédiatement après le cours.

«J'avais pensé amener Aline au parc Lafontaine. Les bateaux marchent encore?

– Oui, à cause du beau temps.»

Blanche partit avec une Aline radieuse. Elle prit les tramways pour se rendre jusqu'à la rue Sherbrooke, ne voulant pas fatiguer sa nièce. Elles firent un tour de bateau où Aline rit à pleines dents. Blanche elle-même sortait de la grisaille de son avant-midi. Aline, fatiguée, voulut enfin dormir et Blanche étendit la couverture qu'elle avait apportée à l'ombre d'un gros arbre. Elle l'avait choisi elle-même à son arrivée au parc, parce qu'il était assez bien situé pour lui permettre de regarder l'activité qui régnait autour de l'hôpital Notre-Dame. Elle s'assit sur le banc à côté de sa nièce, qu'elle avait endormie en lui racontant l'histoire du Petit Chaperon rouge.

Par la porte principale, elle vit entrer et sortir des patients, les reconnaissant à leur allure peu assurée ou aux pansements qu'ils portaient comme des médaillés de guerre. Elle vit les infirmières marcher d'un pas rapide malgré la lourdeur de leur cape dont elles ne se départaient pas. Blanche sourit en pensant qu'elles devaient transpirer sous le soleil dardant. Elle reconnut les médecins à leur trousse et à la petite moustache qu'ils portaient presque tous. La moustache semblait faire partie d'un uniforme informel. Elle essaya de rire de ses déboires en se consolant du fait qu'elle n'aurait pu être médecin, faute de moustache. Elle essaya d'imaginer les traits de cette Marthe Pellan dont le registraire lui avait parlé, se demandant si elle avait le dessus de la lèvre supérieure velu.

Aline se réveilla en souriant du plaisir d'être sous un arbre. Blanche la tint par la main et lui demanda si elle avait envie de marcher un peu. Aline acquiesça, pensant qu'elles retourneraient près du lac. Blanche lui fit traverser la rue Sherbrooke et c'est ensemble qu'elles marchèrent le quadrilatère entourant l'hôpital.

Blanche arriva au cours avant l'heure. Quelqu'un l'interpella.

«C'est toi qui regardes les spectacles avant tout le monde?»

Blanche rougit jusqu'à la racine des cheveux, certaine que personne ne l'avait vue.

«Pis? Est-ce que c'est à ton goût?»

Le jeune homme devant elle souriait du plaisir évident qu'il ressentait devant son malaise. Elle se racla la gorge.

«A vrai dire, j'ai pas vraiment écouté.»

Le comédien fut déçu et Blanche, à son tour, s'amusa de sa déconfiture.

«J'ai regardé, par exemple. Pis la seule chose que j'ai remarquée, c'est que vous étiez bien patients de toujours recommencer la même affaire.»

Le comédien éclata de rire et Blanche vit l'éclat de ses dents. Elle retint son sourire pour ne pas montrer sa dent d'or. Si cette dent avait fait sa fierté du temps de ses fréquentations avec Napoléon, elle en était maintenant gênée. Elle s'était plusieurs fois demandé comment elle avait eu l'idée barbare de se faire extraire une dent saine. Elle s'excusa et monta à l'étage de sa classe, laissant le comédien en plan.

Le cours de sténographie fut intéressant. Elle s'amusa grandement à reproduire des sons, d'une écriture qui ne ressemblait à rien. Le professeur la félicita. Elle n'osa pas avouer que la matière la captivait uniquement parce qu'elle avait l'impression de dessiner des motifs de dentelle. Elle se hâta d'entrer à la maison, pressée d'apprendre d'autres caractères sténographiques.

Aline l'accueillit et la harcela tant que Blanche reporta son étude pour retourner au parc Lafontaine. Elles firent exactement la même chose que la veille et Blanche, cette fois, reconnut deux infirmières et trois médecins. Elle contourna encore l'institution et commença à apprendre l'emplacement des portes et des fenêtres.

Après un mois de cours, Blanche savait qu'elle aimait la sténographie et détestait la dactylographie. L'incessant cliquetis des touches l'énervait, lui donnant l'impression de vivre à l'intérieur des engrenages d'une montre. Elle se classa première pour l'orthographe, discutant même avec son professeur de certains points de grammaire ayant trait à l'accord des participes. Son professeur dut concéder qu'elle avait raison. En revanche, elle était bonne dernière pour la rapidité d'exécution. Son professeur la talonnait, lui disant que même excellente en français écrit, en dictée et en sténographie, elle ne se trouverait jamais d'emploi si elle ne parvenait pas à augmenter sa vitesse. Blanche s'acharna donc à travailler sur le clavigraphe, détestant chaque minute de cet apprentissage. Elle réussit néanmoins à obtenir une vitesse moyenne, mais exécra toujours changer les rubans qui lui tachaient les mains et ajuster les carbones qui salissaient jusqu'à ses vêtements.

Blanche mit en doute sérieux son aptitude au secrétariat le jour où commencèrent les cours d'anglais. Elle haït les sons de cette langue, incapable de prononcer un «th» et le remplaçant par un «z», comme le faisait une de ses consœurs européennes. Elle était aussi inhabile à prononcer un «h» comme dans «house». Elle disait donc «ze ouse» et perdit tous ses points.

Ce qui la désillusionna complètement fut la simulation de situations dans lesquelles une secrétaire, elle, avait à travailler avec toutes sortes de patrons, imités par son professeur. Elle savait que malgré le comique de ces cours, ils étaient la reproduction parfaite du milieu de travail. Elle fondit devant un patron toujours ivre; bafouilla devant le patron trop entreprenant; demeura muette devant le patron anglophone; perdit sa contenance devant le patron trop gentil et se ferma comme une huître devant le patron trop autoritaire. L'idée de faire subir cet examen était de son professeur qui, encore une fois, prit Blanche à part.

«Tu me laisses pas grand choix, Blanche. On n'a jamais eu une candidate aussi prometteuse que toi. Mais on dirait que tu veux toujours faire à ta tête. Quand on est secrétaire, la tête c'est quelque chose qu'on doit pomponner pis faire taire.» Voyant Blanche se rebiffer, elle enchaîna rapidement. «Je sais que ça a pas l'air réjouissant ce que je viens de dire. C'est même presque choquant surtout quand on sait qu'à part les professionnels, presque tous les patrons sont moins instruits que toi. Mais j'espère que tu as pensé que c'est pour un professionnel que tu vas travailler. Un médecin ou un avocat.»

Blanche sut que le moment de tirer sa révérence était arrivé. Assommée par un hiver qui lui pesait lourd depuis trois mois, ennuyée à l'idée de ne pas avoir passé les Fêtes avec sa mère, toujours aussi amère chaque fois qu'elle marchait devant la faculté de médecine, rue Saint-Denis, lasse de son quotidien sans relief, elle décida à cet instant précis de faire une croix sur son avenir de secrétaire.

«Je crois pas que j'vas faire une bonne secrétaire, madame. Peut-être que je prends la mauvaise décision mais je viendrai pus au cours. Je vous suis quand même reconnaissante de tout ce que j'ai appris ici mais j'ai envie d'autre chose.»

Elle alla à son bureau, sortit ses papiers et ses crayons, fit une révérence de couventine et descendit l'escalier, la poitrine gonflée de soulagement et de joie. Elle tomba nez à nez avec le jeune comédien qui l'attendait toujours innocemment à chaque jour depuis le début de ses cours et accepta de prendre le dîner avec lui dans le quartier latin.

3

Blanche vit arriver le printemps avec soulagement. Elle avait passé la grisaille de l'hiver à montrer à sa nièce les rudiments de la lecture et de l'écriture. L'enseignement, manifestement, lui manquait. Elle traîna donc sa nièce, aux premières chaleurs d'avril, à Westmount. L'Institut pédagogique était situé en face d'un petit parc. Blanche s'y arrêta le temps de recoiffer Aline et de lui permettre de s'ébattre un peu, après un si long trajet.

Blanche découvrait Westmount pour la première fois et fut renversée d'y voir autant de richesse. Elle se promit d'y revenir seule, marcher dans les rues et regarder les propriétés gigantesques. Maintenant qu'elle avait découvert cet endroit, même la maison de Napoléon lui semblait minuscule. Absorbée dans ses pensées, elle ne vit pas Aline grimper près de la fontaine et s'y précipiter tête la première. Blanche entendit le «plouf» et se rua vers l'enfant, qui s'amusait follement dans l'eau. Elle l'obligea à sortir en se demandant quelle idée avait eue sa nièce.

«J'avais chaud!

– Quand même, c'est pas une raison pour te mouiller. Regarde-toi! Pis on nous attend à l'Institut.»

Elle sonna à la porte et une religieuse perplexe fit entrer cette visiteuse qui tirait fermement par la main une enfant de trois ans trempée et pleurnichant.

Blanche s'inscrivit au cours supérieur, décidée à se qualifier davantage. Elle retournerait à l'enseignement. Mais quand elle vit les classes et rencontra quelques compagnes du couvent de Saint-Tite, elle déchanta. L'atmosphère feutrée ressemblait tellement à celle du couvent qu'elle en ressentit le pénible sentiment de reculer d'une décennie.

Blanche revint avec Aline, séchée, froissée et endormie sur ses genoux, passa encore devant l'hôpital Notre-Dame. Elle bondit sur ses pieds – ce qui réveilla brusquement Aline – sortit du tramway et entra par la porte principale du bâtiment.

On la dirigea vers un long corridor qui tournait à droite, à gauche et encore à droite. Elle frappa à la seconde porte et on la pria d'entrer.

«Bonjour, on peut vous aider?» Blanche reconnut une des religieuses qu'elle avait souvent vue devant l'hôpital.

«Oui, ma sœur. Est-ce qu'il est encore temps de m'inscrire pour le mois de septembre?

– Pour faire quoi, au juste?

– Excusez. Pour être garde-malade.» Le cœur lui débattait. Elle avait senti l'éther et la maladie. Elle avait senti le courage. Elle était chez elle.

«Il n'est pas trop tard. Les examens d'admission vont avoir lieu au mois de mai. Mais vous savez, le nombre d'étudiantes est très limité. Nous voulons la crème.»

Blanche sourit. Elle aussi voulait la crème de la vie, bien aromatisée et fouettée.

«Voulez-vous une formule d'inscription?

– Oui. Est-ce que vous avez un crayon?

– C'est pas nécessaire de la remplir ici. Vous pouvez venir la porter un autre jour.

– J'vas la remplir tout de suite. Comme ça, j'ai plus de chances de pas me retrouver la dernière inscrite. J'vas apporter mes diplômes demain.»

Blanche accepta le crayon qu'on lui offrait, en demanda un second et une feuille de papier pour occuper Aline et répondit à chaque question le plus sérieusement du monde. La main lui tremblait. A défaut d'être médecin, elle pourrait être infirmière. Elle espéra, un bref instant, que les médecins ne ressemblaient pas trop aux patrons qu'on lui avait décrits. Elle balaya cette appréhension de son esprit et se reconcentra sur son questionnaire.

«Marie-Ange!

– Mon Dieu, qu'est-ce qui se passe? C'est pas dans tes habitudes de crier comme ça. Est-ce qu'il est arrivé quelque chose à Aline?

– Oui. Elle s'est jetée dans une fontaine. Mais je voulais te dire que j'ai fait application à l'hôpital Notre-Dame.

– Comme secrétaire?

– Non. Pour être étudiante garde-malade!»

Aline partit en courant rejoindre son père et les deux sœurs se retrouvèrent seules dans la cuisine.

Marie-Ange regardait sa sœur, perplexe.

«Je comprends pas, Blanche. Tu nous as raconté que tu avais perdu connaissance quand tu es entrée dans la chambre de Clément à l'hôpital. Penses-tu vraiment que tu vas être capable d'être avec des malades tout le temps? Même de travailler dans les salles d'opération?

– Oui! J'ai pas raconté que j'avais soigné Clément. Pis j'ai pas raconté tout ce que j'avais fait pendant l'ouragan.»

Et Blanche, radieuse devant sa sœur impressionnée, raconta ce qu'elle avait fait pendant l'ouragan. Marie-Ange la suivit finalement dans le sentier de la joie. Blanche tut cependant ses espoirs de devenir médecin, ne voulant pas assombrir d'un nuage encore trop plein de pluie cette journée de soleil.

«Peut-être que tu as raison, Blanche. En tout cas, j'espère que tu vas être plus heureuse là qu'au Monument national.

– C'est pas difficile.»

Blanche passa une seconde nuit sans sommeil. Cette fois par

contre, elle ne se contenta pas de rester assise, faisant les cent pas dans le couloir pour dissiper l'angoisse qui ne la lâchait plus depuis qu'on lui avait dit que la date de l'examen d'admission avait été fixée au huit mai. Le matin pluvieux s'annonça discrètement à travers des nuages qui n'avaient cessé de cracher pendant une bonne partie de la nuit. Elle se lava minutieusement, espérant ne laisser aucune trace de cérumen dans ses oreilles. Elle était certaine qu'un des critères d'admission était la propreté. Elle enfila une robe blanche, fétiche de ses espoirs. Avec des pinces, elle fixa ses cheveux qui lui tombaient maintenant au-dessous de l'épaule. Elle mit ses souliers blancs de l'année précédente après les avoir vigoureusement frottés. Enfin prête, elle s'attabla et mangea du bout des lèvres le petit déjeuner que Marie-Ange avait préparé. Elle ne parla pas, se contentant de sourire distraitement aux propos de sa sœur. Elle mit enfin sa plume fontaine dans son sac à main et s'arrêta sur le seuil de la porte pour saluer sa famille. Marie-Ange et Georges lui souhaitèrent bonne chance, refrénant tous les deux l'envie de lui dire qu'elle les avait tenus éveillés par sa promenade nocturne. Elle avait à peine commencé à descendre l'escalier lorsqu'elle entendit la sonnerie du téléphone. Elle ne s'arrêta pas, le téléphone ne sonnant jamais pour elle. Aussi fut-elle surprise d'entendre sa sœur la rappeler et lui remettre le récepteur.

«Allô?

– Blanche? C'est moman.

– Avez-vous le téléphone?

– Non. Je suis chez les voisins. Je voulais juste te dire de donner tout ce que tu as. Je pense que c'est une merveilleuse idée d'être garde-malade. Ça me rappelle que Napoléon, pendant l'ouragan, m'avait dit que ça te venait bien naturellement. En tout cas... est-ce que tu m'entends?

– Oui, pas de problème.

– En tout cas, ici, j'vas brasser le Saint-Esprit.

– Depuis quand est-ce que vous Lui parlez?

– Ça m'arrive. Mais je Lui parle seulement pour mes enfants. Pas pour moi. Moi, ça Le dérangerait trop. Je pense qu'Il est pas assez habile pour défaire toute une vie. Tu m'entends?

– Oui, moman. C'est même pas nécessaire que vous criiez comme ça.

– Ha... En tout cas, ma Blanche, pense que je suis à côté de toi. Relis tes questions deux pis trois fois avant de répondre.

– Je sais.

– Bon. J'vas raccrocher. A quatre heures, cet après-midi, j'vas revenir ici. J'vas rappeler. Tu vas être là?

– Oui, moman. Promis.

– Bonjour là.

– Bonjour. Merci de m'avoir appelée.

– C'est rien.

Blanche repartit plus rapidement. Elle n'aurait pas voulu être en retard. Sa mère avait dit «ce n'est rien», mais elle savait que sa mère avait dû, pour lui téléphoner, demander un service aux voisins – ce qu'elle détestait profondément – se lever tôt, s'habiller et frapper à leur porte en craignant de les réveiller. Blanche marchait d'un pas alerte, le cœur léger. Elle avait la vie devant elle et l'encouragement de sa mère derrière.

Elle arriva à l'hôpital vingt minutes avant le début de l'examen, se dirigea vers la table identifiée d'un carton sur lequel était griffonné le mot «inscriptions». Elle donna son nom et vit l'infirmière le biffer sur une liste. Elle entra enfin dans une salle de cours, aménagée pour l'examen, après s'être perdue dans les couloirs et avoir craint de ne jamais se retrouver. Elle s'assit près d'une fenêtre, enleva le petit chandail qu'elle s'était glissé sur les épaules, sortit sa plume et se croisa les mains. Elle remarqua qu'elles étaient moites et les essuya discrètement sur sa robe. Elle regarda les autres filles, toutes aussi nerveuses qu'elle, qui se souriaient tout en s'examinant des pieds à la tête en se demandant si cette demoiselle pouvait prendre une des places tant convoitées.

On leur distribua enfin un questionnaire. Blanche remercia la surveillante en le recevant et commença aussitôt à en explorer le contenu. Elle fronça les sourcils. L'examen lui sembla tellement facile qu'elle ne put croire qu'il y avait des jeunes filles, assises dans la salle, qui seraient incapables de le compléter. Elle relut quatre fois chacune des questions et répondit en s'appliquant pour que son écriture soit la plus lisible possible. Elle traça chaque lettre avec patience et s'assura de ne faire aucune faute. Elle ne voulait pas remettre une copie remplie de bavures. Pendant toute la durée de l'examen, une surveillante passa à côté de chaque candidate et Blanche remarqua qu'elle regardait discrètement les oreilles et les ongles de très près. Elle sourit intérieurement. Elle relut chacune de ses réponses, en fut satisfaite et regarda l'heure. Les candidates avaient une heure à leur disposition. Elle s'étonna de voir qu'elle n'avait pris que vingt-cinq minutes. Elle blêmit, non pas parce qu'elle avait terminé mais parce qu'à regarder les autres filles encore affairées, elle se demanda s'il y avait des pièges qui auraient échappé à son attention. Elle relut le questionnaire d'un regard qu'elle voulait neuf et ne vit rien d'affolant. Elle craignait maintenant d'avoir été trop succincte dans ses réponses. Elle les révisa encore une fois et se dit que pour en écrire davantage, il lui aurait fallu inventer ou tourner autour du sujet. Elle ferma sa plume et la déposa. La surveillante se dirigea vers elle et lui demanda en chuchotant si elle avait terminé. Blanche répondit par l'affirmative et tendit sa copie.

«Les résultats devraient être affichés dans l'entrée à partir du premier juin. Si vous êtes retenue, vous devrez vous présenter le cinq pour une première rencontre. Est-ce que cela vous convient?

– Très bien. Rien d'autre?

– Vos certificats et diplômes sont bien ici?

– Oui, ma sœur.

– Alors, il n'y a rien d'autre.»

Blanche sortit du local sous le regard médusé de plusieurs candidates. Certaines haussaient les épaules comme pour la plaindre d'avoir échoué. D'autres la regardaient avec envie devant une apparente facilité. Blanche hésita. Devait-elle les attendre pour discuter de l'examen ou rentrer immédiatement à la maison? Elle opta pour la seconde solution, mais avant de franchir la porte principale, elle rebroussa chemin, appela l'ascenseur et monta aux étages. Elle arrêta au troisième et se promena dans le département, essayant de regarder discrètement par les portes entrebâillées. Elle sourit aux quelques rares patients qui marchaient dans les corridors, s'informant de leur santé et souhaitant un bon retour à la maison à ceux qui lui disaient être sur le point de quitter l'hôpital. Les infirmières la regardaient sans poser de questions, la confondant probablement avec la fille d'une dame patronnesse. Elle quitta l'étage par l'escalier et recommença le même manège au second puis au premier. Elle revint enfin au rez-de-chaussée à temps pour revoir les autres candidates. Elle essaya d'entendre leurs commentaires. Dans un coin, une fille plus jeune qu'elle était en larmes. Elle s'en approcha.

«J'ai pas réussi à l'Hôtel-Dieu pis je pense qu'ici ça a pas été mieux.»

Blanche elle-même, aurait eu besoin d'être encouragée mais lui dit maladroitement que c'était peut-être pour le mieux.

«C'est ce que mon fiancé dit.

– Tu as un fiancé?

– Oui, mais je pensais être garde-malade pour travailler avec lui. Il est interne au Montreal General.

– Un Anglais?

– Non. Il vient de l'Ontario mais sa famille est française.»

Blanche avait détourné l'attention de la jeune fille en la faisant parler davantage de son fiancé que de l'examen qu'elle croyait avoir échoué.

«Il me semble que ça aurait été bien que je sois son assistante.»

Blanche ne savait plus tellement que dire à cette fille inutilement désespérée, lui sembla-t-il. Ses vêtements indiquaient qu'elle était financièrement à l'aise. Ils étaient bien coupés et, surtout, ne portaient pas la griffe du «fait maison».

La jeune fille sécha finalement ses dernières larmes de déception et sourit presque à Blanche qui, d'une oreille absente, entendait les commentaires des autres candidates. Certaines étaient découragées, d'autres, enchantées.

«Bon. Moi j'vas rentrer. Mon père m'attend dehors en auto. Je voudrais pas qu'il perde patience.»

Elle fit un petit sourire gêné en remerciant Blanche de son attention. Blanche la remercia à son tour tout en se demandant pour quelle raison elle le faisait. La jeune fille se dirigea vers la sortie et Blanche l'interpella au moment où elle s'apprêtait à disparaître.

«Si tu veux travailler avec ton mari, est-ce que c'est parce qu'il a l'intention de s'ouvrir un bureau privé?

– Oui. C'est le cadeau de mariage de mon père.

– Ça fait que pourquoi que tu suis pas un cours de secrétariat? Tu pourrais être avec lui d'une autre façon.»

Le regard de la jeune fille s'illumina. Elle se donna une tape avec l'index sur la tempe pour ensuite pointer Blanche du même doigt.

«Pas bête. Pas bête pantoute.»

Une autre candidate s'approcha de Blanche. Blanche lui trouva l'air détestable. Malgré le sourire engageant qu'elle affichait, Blanche sentit le mépris.

«Bonjour, je me présente. Mon nom est Germaine Larivière. Toi?

– Blanche Pronovost.»

Blanche n'ajouta rien, attendant que Germaine dévoile l'objet de sa curiosité. Elle n'avait pas vraiment envie de lui parler, préférant nettement le regard doux et chaleureux d'une autre candidate à l'air de madone qui semblait, comme elle, en proie à des craintes probablement non fondées.

«Est-ce que tu es de Montréal, Blanche?

– Oui. Toi?

– Oui. Depuis quand?

– Depuis quand quoi?

– Que tu es à Montréal? A ton accent, je dirais que tu viens pas d'ici.»

Blanche hésita entre son envie de mentir et de dire qu'elle était une Montréalaise pure laine simplement pour lui clouer le bec et sa nature franche dont elle ne se désistait jamais. Mais Germaine avait une tête à faire tomber. Elle lui rappelait étonnamment les commères de perron de Saint-Tite.

«Est-ce que ton examen a bien été, Germaine?

– Franchement! Sûr que oui. C'était facile. C'est à se demander pourquoi on nous oblige à ça. Faut croire que ça élimine celles qui ont pas la vocation.»

Blanche se tut encore, frappée soudain par l'idée que pour

certaines gens, le métier de garde-malade était une vocation. Pour elle, il était tout, sauf une vocation. Il était l'envie de voir des gens; le besoin d'aider et de se sentir utile; la joie de voir les guérisons; la tristesse d'être confrontée à l'échec; il était aussi et surtout une chose dont elle avait envie jusque dans ses os.

«Tu m'as l'air d'être dans la lune.

– Quoi?

– A quoi est-ce que tu pensais?

– A ce que tu avais dit. Rien d'autre. Je pense que c'est vrai. C'est un bon moyen de connaître les candidates.»

Germaine remarqua une autre fille et s'éloigna sans avoir de réponses à ses questions. Elle s'excusa trop poliment et Blanche accepta ses excuses tout aussi poliment, inclinant la tête sur le côté et levant les sourcils. La candidate à l'air de madone pouffa de rire et s'approcha d'elle.

«As-tu un drôle d'accent, toi aussi?

– Oui. On dit ça. Toi?

– Oui. Un accent qui, on dit ça, est pas de Montréal.

– Ha...»

Elles se regardèrent, essayant toutes les deux de savoir si elles pouvaient se faire confiance.

«Mon nom est Marie-Louise Larouche. Mon drôle d'accent vient du Lac Saint-Jean. Pis je me demande pourquoi on est obligées de passer un examen aussi facile et *niaiseux* simplement pour savoir qui a la vocation.»

Sous son air de madone, Marie-Louise cachait un sens de l'humour et une moquerie qui plurent aussitôt à Blanche.

«Mon nom est Blanche Pronovost. Mon drôle d'accent vient de la Mauricie. Pis je me demande pourquoi on rencontre pas la directrice une par une pour qu'elle décide de la vocation du monde.»

Elles éclatèrent de rire et Blanche en eut un pincement au cœur. Elle ne s'était que très rarement laissée aller avec une inconnue. En fait, elle ne permettait que très rarement à ses émotions de transpirer aussi facilement. Marie-Louise lui donna un coup de coude jovial.

«Si on allait prendre un café?

– Où?

– N'importe où. On pourrait comparer nos villages, nos petites écoles, nos commères pis, si on a le temps, nos réponses d'examen.»

Blanche pouffa à nouveau et prit son sac.

Elles entrèrent dans un restaurant de la rue Papineau, près de la voie d'accès au pont. Elles commandèrent chacune un café. Blanche prit sa serviette de table et essuya les rebords de la tasse. Marie-Louise la regarda faire, médusée.

«As-tu peur de la maladie?

– Non. Du monde qui fait mal la vaisselle.»

Marie-Louise grimaça et l'imita. Elles recommencèrent le même manège avec leurs cuillers, s'en amusant.

Elles parlèrent effectivement de tous les sujets que Marie-Louise avait proposés en blaguant, se découvrant plusieurs affinités quant au style de vie qu'elles avaient mené dans leurs villages respectifs. Blanche tut le fait que son père et sa mère ne vivaient plus ensemble depuis plus de dix ans. Elles ne se cachèrent cependant pas leur pauvreté. Ce dénominateur commun les rapprocha.

«Pour être ici, j'ai lavé des planchers, ramassé des bleuets, pis fait dix millions d'autres affaires que j'ai oubliées. Sou par sou, que je me suis rendue. J'espère juste être acceptée. Toi?

– J'ai enseigné pendant quatre ans pis j'ai fait de la dentelle.

– De la dentelle?

– Oui. De la dentelle française. C'est une de mes camarades du couvent qui m'avait montré ça.

– En as-tu ici?

– Oui.» En disant cela Blanche se souvint qu'elle avait promis à Aline de lui faire une robe avec un col de dentelle. Elle se jura de le faire durant l'été. Aline avait la mémoire longue et si, depuis son arrivée à Montréal, elle ne lui en avait pas reparlé, Blanche était certaine qu'elle le ferait à son départ.

«As-tu un amoureux?»

Blanche pensa à Napoléon et se demanda ce qu'il penserait de sa décision maintenant qu'elle savait qu'il l'avait pressentie avant elle-même. Elle sourit à Marie-Louise et soupira avant de répondre.

«Non. Toi?

– Non. Mais j'en ai eu un. Toi?

– Moi aussi.

– En veux-tu un autre?

– Non. Toi?

– Non pour astheure. Oui pour dans trois ans. J'ai envie de travailler avant pis de me faire une place. Toi, c'est non non, ou non oui?

– Pour l'instant c'est non non.»

Elles parlèrent encore de tout et de rien, de mode et de théâtre, de l'oratoire Saint-Joseph qui serait construit sur le mont Royal, des tramways et des vitrines, et enfin, de l'hôpital Notre-Dame. Le temps fila si rapidement qu'elles décidèrent de prendre une bouchée. Elles essuyèrent encore tous leurs ustensiles en riant.

Elles se quittèrent enfin, se promettant de se rencontrer le premier juin, à huit heures, devant l'entrée principale.

«Apporte des sels, Blanche.

– Pour quoi faire?

– Au cas où je perdrais connaissance. Ou toi. Faudra juste me dire où tu les as mis.»

Le téléphone sonna à quatre heures moins dix. Blanche sauta sur l'appareil. Elle décrocha, eut à peine le temps de poser l'écouteur sur son oreille qu'elle entendait la voix de sa mère.

«Pis?

– Rien à dire, moman.

– C'était facile ou difficile?

– J'ai trouvé ça facile.

– Quand est-ce que tu vas savoir si on t'accepte?

– Pas avant le premier juin.

– Hein! Mais bon Dieu, est-ce qu'ils vous prennent pour des orphelines de mère? Ça a pas d'allure de nous énerver comme ça pendant plus de trois semaines.» Blanche éclata de rire. Elle adorait ce ton farceur que sa mère avait quand elle était heureuse.

«C'est sûr que ça pourrait pas être avant?

– Sûr. Pis c'est pas certain que ça va être le premier juin au matin. Peut-être juste le deux.

– Le deux? Pourquoi pas le trois?

– Ça se pourrait. Peut-être même le quatre.

– Arrête-moi ça, toi. J'vas maigrir de cinq livres par jour en attendant.» Blanche fit un calcul rapide.

«Ça ferait au moins cent quinze livres. Pourquoi est-ce que vous essayez pas une par jour?

– ...

– Moman?

– Oui? Je pensais, Blanche. Est-ce qu'on pourrait s'entendre pour une demie?»

Chaque jour de ces trois semaines buta sur le temps, mais le premier juin arriva enfin. La veille, Blanche, nerveuse à l'extrême, était certaine d'être contrainte à une nouvelle nuit d'insomnie. Marie-Ange sortit de sa chambre à coucher à onze heures.

«Tu vas pas recommencer ça?

– Ça quoi?

– Ton maraudage.

– Comment ça?

– Tu nous as volé, à Georges pis à moi, toute une nuit de sommeil la veille de ton examen. Astheure, tu vas venir avec moi.»

Marie-Ange alluma la lampe de cuisine et mit du lait à chauffer. Quand il fut prêt, elle en versa une énorme tasse.

«Bois ça.

– J'aime pas le lait chaud, tu le sais.

– Je sais que je sais! Mais je sais que tu vas avoir besoin de nerfs demain. Pis moi aussi. Ça fait que bois!»

Blanche avala le lait en grimaçant et Marie-Ange ne la quitta pas des yeux pour être certaine qu'elle n'avait pas omis une seule goutte. Quand Blanche s'essuya la bouche, Marie-Ange se leva et fit couler un bain tiède. Elle retourna à sa chambre puis revint dans la salle de bain.

«Regarde-moi ça. C'est pas extraordinaire? Des beaux sels de bain qui font de la mousse. Vite avant que ça s'écrase.»

Blanche entra dans la salle de bain, que Marie-Ange n'avait pas quittée.

«Tu vas quand même pas rester ici pendant que je suis dans l'eau.

– Non, madame. Dans la cuisine. Si jamais tu sens que tu t'endors trop, crie. J'vas enlever le bouchon, te coucher pis te border avec plaisir. Si tu me promets que ça va se passer avant minuit!»

Blanche se laissa glisser dans l'eau et du coup se calma. Elle se ferma les yeux pour donner meilleure prise au sommeil. Elle n'entendait que le tic-tac de l'horloge et le bruit discret de pages que l'on tourne. Bientôt, elle sentit ses paupières s'alourdir. Elle sortit de l'eau à regret, s'effleura à peine avec une serviette avant d'enfiler sa robe de chambre de chenille.

Marie-Ange la regarda sortir et sourit.

«Déjà? C'est quand même *de valeur*. J'avais pas fini mon chapitre.»

Elle escorta sa sœur jusqu'à sa chambre.

«Bonne nuit. Tu vas voir, la première chose que tu vas savoir, demain va être arrivé.»

Blanche aperçut la silhouette de Marie-Louise et pressa le pas. Elle trouva agréables les traits de sa compagne. Menue comme elle-même, Marie-Louise avait les cheveux presque roux et les yeux verts. Sur le nez et dépassant sur les joues, des taches de son lui donnaient un teint toujours coloré. Blanche trouva que son sourire était radieux malgré le blanc légèrement jaunâtre de ses dents.

«Ça fait depuis cinq heures et demie ce matin que je t'attends.

– Es-tu sérieuse?

– Non.»

Blanche fut enfin près d'elle.

«Est-ce que tu as vu d'autres filles?

– Trois. L'air à peu près aussi braves que nous autres.»

Elles entrèrent et se dirigèrent lentement, comme si toutes les deux reportaient l'échéance de la journée, vers le babillard qu'on leur avait préalablement indiqué.

«Blanche?

– Oui.

– As-tu déjà vu les chambres des étudiantes?

– De l'extérieur. Jamais de l'intérieur. Pourquoi?

– Pour rien. Pour penser à autre chose.»

Elles virent un papier fixé maladroitement sur le babillard. Les trois candidates que Marie-Louise avait aperçues n'étaient nulle part en vue. Blanche sentit ses jambes ramollir. Marie-Louise, elle, s'arrêta net.

«Vas-y la première, Blanche. Dis-moi ce que tu lis.»

Blanche s'avança.

«C'est bizarre, je compte juste vingt noms. C'est pas normal.

– Vois-tu le mien?»

Blanche hocha la tête. Elle avait lu le sien mais de ne pas voir celui de Marie-Louise l'attrista tellement qu'elle ne songea pas à se réjouir.

«Non.»

Marie-Louise blêmit. Blanche fut surprise de voir que même les taches de rousseur pâlissaient.

«Viens, Marie-Louise, on va aller se renseigner.»

Elles entrèrent dans le bureau que Blanche avait déjà vu à deux reprises: lors de son inscription et lorsqu'elle était venue porter ses diplômes. La religieuse qui l'avait accueillie et qui avait aussi surveillé leur examen la reconnut.

«Bonjour, garde Pronovost.»

Elle avait voulu lui faire plaisir mais Blanche grimaça presque sous l'appellation, sachant que Marie-Louise en était probablement mortifiée. Elle aperçut les trois autres candidates. Deux d'entre elles étaient en larmes, la troisième souriait à pleines dents malgré des yeux rougis. L'émotion, pensa Blanche.

«Est-ce que tous les résultats sont affichés?

– Non. Seulement le tiers. Nous avons eu un retard dans les corrections. J'ai été absente pendant une semaine et mes consœurs ont été débordées de travail. Mais d'ici deux jours, tous les noms vont être connus.» Elle regarda Marie-Louise et tenta de lui faire un sourire rassurant.

«Pouvez-vous me rappeler votre nom?

– Marie-Louise Larouche.»

La religieuse chercha, les yeux froncés, un souvenir se rapportant à ce nom.

«Ça ne me dit rien.»

Marie-Louise regarda Blanche et se mit à trembler discrètement.

«Faut pas vous inquiéter. Ça veut simplement dire que ce n'est pas moi qui ai corrigé votre examen.

– Demain, peut-être?

– Demain. Ou après-demain. Étant donné que notre première rencontre a lieu le cinq, il faudrait que tous les noms soient connus le trois au plus tard.

– Merci.» Marie-Louise sortit du bureau assez rapidement. Blanche voulut la suivre mais l'infirmière la retint.

«Félicitations, mademoiselle Pronovost. Votre examen était excellent. En fait, je n'en ai jamais vu d'aussi bon.»

Blanche sourit malgré elle, toute trace de chagrin momentanément effacée.

«Merci.

– J'espère que vous serez aussi bonne en pratique.

– J'vas essayer.

– On vous voit le cinq?

– C'est certain.

– Au plaisir.»

Blanche la salua, regarda la jeune fille qui deviendrait sa consœur et quitta le bureau, se demandant combien de temps s'était écoulé depuis le départ de Marie-Louise. Deux minutes, pensa-t-elle. Trois, peut-être. Quelle distance pouvait franchir une fille pressée par le chagrin? Elle ne la vit nulle part. Attristée par la misère de Marie-Louise, elle était aussi accablée par le fait que sa nouvelle amie n'avait pas pensé à sa joie à elle. Elle se mordit l'intérieur de la joue pour se réprimander d'avoir eu une telle pensée. Elle sortit de l'hôpital et regarda aux arrêts de tramways mais ne vit toujours pas Marie-Louise. Déçue, elle décida néanmoins de se gâter et de se payer un café. Elle se dirigea donc vers le petit restaurant où elle et Marie-Louise avaient passé d'interminables heures à rire.

Elle entra en poussant la porte, qui lui parut d'autant plus lourde qu'elle se sentait le cœur écrasé entre la joie et la tristesse. Marie-Louise était assise à une table. Devant elle, deux tasses de café et un bouquet de fleurs. Blanche fut émue presque aux larmes qu'elle ne se permit pas.

«Ça t'en a pris du temps. Je commençais à penser que tu viendrais jamais.»

Blanche la rejoignit et s'assit.

«Des fleurs?

– J'ai rencontré des gens accommodants à l'hôpital. Les fleurs étaient dans une glacière. J'avais bien pensé que ça pouvait servir aujourd'hui. Pis, pas besoin de frotter le tour de ta tasse. C'est déjà fait.»

Pendant des années Blanche s'était demandé à quoi pouvait ressembler le goût de l'amitié. Maintenant elle le savait. L'amitié goûtait le pressentiment, le café chaud et sentait l'œillet. Elle ouvrit son sac à main et en sortit un petit sachet de tissu fleuri retenu par une boucle de couleur assortie. Elle le tendit à Marie-Louise. Marie-Louise l'accepta en riant presque.

«Qu'est-ce que c'est?

– Tu m'avais dit d'apporter les sels. Ça fait que j'ai apporté des sels. Des sels... de bain.»

Elles éclatèrent de rires gras et la serveuse les dévisagea, l'air agacé par un manque aussi flagrant de tenue chez deux jeunes filles qui semblaient pourtant être bien élevées.

«Blanche? C'est moman. Pis?

– Astheure quand vous voudrez me parler, c'est garde Pronovost qu'il va falloir dire.

– ...

– Moman?

– Oui. Je pensais. Ça a valu la peine que je perde quinze livres!

– Pour vrai?

– *C't'affaire*! C'est pas mon genre de faire des promesses d'ivrogne. C'est pas que j'ai pas essayé. Ton père a été mon meilleur professeur. Mais j'ai pas passé. Comme ça, c'est fait! Ha! Blanche, tu peux pas savoir comment ça me fait plaisir.

– A moi aussi. Je pense que si Marie-Ange peut se passer de moi pendant l'été, j'vas descendre à Saint-Tite.

– Pourquoi est-ce que tu amènerais pas Aline avec toi? Des vacances à la campagne, ça pourrait être bon pour elle.

– J'en parle. De toute façon, je serai pas là avant la semaine prochaine. On a une rencontre le cinq.

– Qui ça?

– Toutes les étudiantes. Moman?

– Oui?

– Mon amie Marie-Louise est pas encore acceptée.

– ...

– Moman?

– Ta préoccupation t'honore, Blanche. Mais tu commences une profession...

– Un métier...

– Une profession où que ça va arriver souvent. Va falloir que tu t'y fasses. Est-ce que c'est certain pour elle?

– Dans deux jours j'vas le savoir pour de bon.

– Attends donc tes deux jours. Peut-être que tu vas avoir une surprise.»

Blanche savait que sa mère avait compris son angoisse. Elles avaient souvent parlé de l'amitié, se plaignant toutes les deux à mots couverts de son absence de leur vie.

Le lendemain matin, Blanche arriva la première devant l'hôpital. Elle avait amené Aline, Marie-Ange devant s'absenter pour accompagner Georges chez les fournisseurs. Marie-Louise ne tarda pas. En la regardant venir, Blanche fut renversée par sa force. Marie-Louise marchait d'un pas allègre, comme une jeune fille enrobée d'insouciance. Et pourtant Blanche savait que Marie-Louise marchait sur un nuage de peur.

«Ho! Bonjour, ma jolie mam'zelle. Vous êtes ben belle dans votre robe rose. C'est ta nièce, Blanche?

– Oui. Aline, je te présente Marie-Louise.»

Aline fit une petite révérence comme Blanche le lui avait enseigné, regardant sa tante, l'air coquin.

– J'ai promis à Aline qu'on irait marcher dans le parc. Est-ce que tu vas venir avec nous autres?

– Certainement. On rentre?» Elles firent le même trajet que la veille et se plantèrent devant le babillard. Elles virent le nom de Germaine Larivière. Celui de Marie-Louise n'apparaissait pas.»

Marie-Louise hocha la tête, une moue tremblotante aux lèvres puis respira, sourit et prit la main d'Aline.

«Cinq sous si on arrive au parc avant ta tante!»

Aline enchantée partit à la course. Marie-Louise feignit un essoufflement effrayant en l'accompagnant.

Blanche les suivit à distance, encore une fois renversée par le courage de Marie-Louise. Elle pensa que si Marie-Louise n'était pas acceptée le lendemain, il y avait quelque chose d'incompréhensible dans les critères de sélection. Elle les rejoignit en courant lorsqu'elle vit Aline sauter de joie d'avoir gagné la course.

Elles restèrent au parc pendant deux heures. Blanche montra son banc préféré à Marie-Louise. Elles s'y assirent quelques minutes pendant qu'Aline feuilletait un livre d'images que Blanche avait pensé apporter. Elles ne parlèrent pas, sachant toutes les deux que leurs pensées étaient au même endroit.

«Tu viens demain?

– Oui, madame. Je veux être là pour boire le café de la victoire avec toi.

– Ou l'autre...

– Non. Le bon café.»

En quittant Marie-Louise, Blanche chercha un fleuriste et acheta des fleurs qu'elle mit au réfrigérateur.

Blanche ouvrit son parapluie et regarda l'heure. Il était huit heures quinze. Elle n'avait pas entendu son réveille-matin. A cette heure, Marie-Louise devait savoir. Et elle n'avait pas encore pris son tram! Elle attendit en piétinant sur le coin de la rue, impatiente, tenant ses fleurs la tête en bas pour ne pas les exposer à la pluie battante. Elle monta enfin et s'assit du bout des fesses, impatiente de se relever. La correspondance mettant trop de temps à arriver, elle marcha sur la rue Papineau en direction nord. Elle s'arrêta à leur restaurant. Marie-Louise n'était pas là. Elle marcha encore, maintenant trempée et tourna sur la rue Sherbrooke. Avant d'entrer dans l'hôpital elle aperçut Marie-Louise de l'autre côté de la rue, assise sur «son» banc, un parapluie fermé à côté d'elle. Blanche sentit son cœur se noyer. Elle s'approcha de Marie-Louise qui la regardait venir. Blanche fut incapable de déchiffrer les pensées de son amie à travers ses cheveux trempés et ses yeux doublement inondés. Blanche s'assit à côté d'elle et, comme Marie-Louise, ferma son parapluie. Elle déposa les fleurs sur les genoux de Marie-Louise. Elles demeurèrent ainsi à la pluie toujours plus forte pendant cinq minutes.

«Je pense que je suis en état de choc, Blanche.»

Blanche la regarda et ne dit rien. Elle savait simplement que quelque chose dans l'attitude de Marie-Louise lui était incompréhensible. Elle ne savait toujours pas si elle la reverrait le cinq.

«Cinq millions de bleuets... au moins.»

Marie-Louise se passa un doigt sous le nez.

«Blanche?

– Oui?

– J'ai... j'ai réussi!»

Marie-Louise éclata en de nouveaux sanglots qui se changèrent en rires aussitôt que Blanche lui donna un coup de poing sur la cuisse.

«Ma pas fine! Ma pas fine, toi! Un peu plus pis je pensais avoir apporté des fleurs d'enterrement.»

Marie-Louise sanglotait toujours. Blanche riait aux éclats, autant de la bonne nouvelle que du fait que toutes les deux étaient trempées et ne pouvaient entrer ainsi au restaurant.

«On va aller à ma chambre. J'ai acheté des bonnes petites affaires à manger.»

4

Émilie s'agitait sur le quai de la gare. Blanche l'aperçut et souleva Aline pour qu'elle puisse bien voir sa grand-mère. Blanche fut la première sur la passerelle, la première à descendre. Émilie l'accueillit sur sa poitrine bondissante de rires. Aline, à son tour, fut saisie et levée à bout de bras.

«C'est pas possible, Blanche. On dirait que tu grandis encore!

– Vos yeux doivent être en pire état que vous pensez. J'ai pas pris une ligne depuis mes seize ans. Cinq pieds et deux. C'est tout ce que j'ai réussi à faire.

– Faut croire que c'est tes talons pis ta robe élégante qui t'allongent. Une vraie demoiselle de la ville.

– Les p'tites sont pas avec vous?

– La plus grande des p'tites enseigne aujourd'hui. Pis c'est la visite de l'inspecteur. Les deux autres p'tites sont au couvent. Mais j'ai eu la permission qu'elles soient là pour le souper de samedi. Les religieuses ont été bien compréhensives.» Émilie se tourna vers Aline. «Pis toi? Tu viens passer l'été à la campagne avec ta grand-moman Émilie?»

Aline se contenta de hocher la tête et se réfugia près de Blanche.

Blanche prit la chambre des visiteurs, monsieur Trudel ayant avisé qu'il ne viendrait pas au village de l'été. Elle installa Aline avec elle. Aline, que le voyage avait épuisée, s'endormit immédiatement après le souper. Émilie et Blanche en profitèrent pour se raconter leur année.

Sans grande surprise, Émilie parla tout de suite de ses quatre élèves qui suivaient assidûment des cours de mathématiques.

«Ça fait drôle d'être un professeur privé. C'est quasiment aussi payant, mais je m'ennuie quand même des classes. C'était plus varié.»

Elle prit ensuite des nouvelles de chacun de ses enfants que Blanche avait vus dernièrement.

«Paul?

– Sage comme une image pis beau comme un dieu. Faut croire qu'à la longue, à vivre dans les séminaires, Paul commence à ressembler à son modèle.

– Hum. Rose?

– Toujours de bonne humeur. Sarah s'occupe d'elle comme une mère. Mais j'ai des petites peurs que ça change parce que Sarah a un soupirant. Aussi fin qu'elle, pis aussi cicatrisé.

– Sarah, c'est le genre à amener Rose comme dot. Tu penses pas?

– Peut-être que oui. De toute façon, c'est pas demain la veille. Sarah a pas l'air pressée.

– Marie-Ange?

– Comme je l'ai dit dans mes lettres. Femme d'affaires jusqu'au bout de ses ongles. Elle pis Georges passent leurs journées à rire quand ils se chicanent pas.

– Ils se chicanent?

– Pas vraiment. Ils passent leur temps à *s'ostiner*. Ça fait partie de leur plaisir. Georges fume des cigares pis Marie-Ange arrive en arrière pour vider les cendriers. Georges met une cravate bleue pis Marie-Ange l'étrangle quasiment pour lui enlever pis en mettre une brune. Georges veut acheter une nouvelle maison de rapports pis Marie-Ange crie que ça va les ruiner avant de revenir pour lui dire qu'elle en a vu une plus belle à vendre. C'est toujours comme ça.

– Marie-Ange a pas changé.

– Oui pis non. On peut dire que sa tête a pas ramolli. C'est à peu près tout.

– As-tu revu ton oncle Ovide?

– Deux fois. Montréal pis lui, c'est quasiment une histoire d'amour.

– Tant mieux.

– Il passe son temps à me raconter les mêmes histoires. On dirait qu'il s'est pas rendu compte que j'avais grandi.

– Tant mieux.»

Émilie raconta son quotidien, négligeant cette fois l'enseignement. Elle parla de Joachim Crête, qui ne lui adressait plus la parole.

«C'est un vrai soulagement. Depuis que j'ai ma maison, Joachim sait pus où m'attaquer. Ça fait que j'ai la paix. Une chance que toi pis moi on n'a jamais mis nos menaces à exécution.»

Elle raconta ensuite qu'Émilien était venu, ce que Blanche savait déjà, et décrivit la vie de son frère. Émilien, après avoir travaillé comme cuisinier dans les chantiers, avait ouvert une cordonnerie. Il avait reçu les clients le matin et fabriqué ou réparé des chaussures le soir. L'après-midi, il avait été employé dans un magasin de linge.

«On dirait que c'est de famille.»

Il voyait peu son père, ne le visitant qu'occasionnellement.

«Sais-tu ce qu'Émilien a fait dernièrement?

– Quoi encore?» Aux yeux rieurs de sa mère, Blanche savait que son frère avait encore dû jouer quelque mauvais tour.

«Il a ouvert son propre magasin de linge!

– En plus de sa cordonnerie pis de son travail?

– Il a laissé son travail. Il dit que dans La Sarre, il y a de la place pour deux magasins. Comme je le connais, il va réussir.

– Où est-ce qu'il va trouver l'argent pour se faire un inventaire? D'après ce que j'ai vu chez Marie-Ange, ça demande pas mal de capitaux.»

Émilie éclata de rire et s'essuya les yeux.

«Faut connaître ton frère. Futé comme un renard. Il a réussi à se monter tout un inventaire. Pas cher, à part de ça.

– Comment?

– Avec des boîtes vides!

– Quoi?

– Des boîtes vides qu'il a ramassées chez son ancien patron. Imagine-toi donc que, dans son magasin, c'est plein de boîtes. Ça fait que ton frère a acheté un morceau par boîte. Pour montrer que c'est rempli à craquer, il a laissé dépasser un bas ici, un mouchoir là. Pis quand les gens veulent quelque chose, il leur dit que malheureusement il a pas leur pointure. Ça fait qu'il se dépêche de commander à Montréal pis une semaine après, ses clients ont ce qu'ils attendent.

– C'est pas vrai?

– Oui, madame. C'est lui-même qui me l'a raconté. Pis je le crois. Ton frère a jamais manqué d'idées.»

Les instants de retrouvailles terminés, Blanche fouilla dans sa valise et en sortit une pile de papiers.

«On a du travail, moman. Si ça vous tente, évidemment.

– C'est quoi ça?

– Les patrons pour mon uniforme!

– Montre.»

Elles analysèrent, décortiquèrent toutes les instructions, regardèrent la quantité de tissu requise.

«Combien est-ce qu'il t'en faut?

– Deux.

– On va en faire quatre.

– Êtes-vous malade? Quatre uniformes? J'ai pas les moyens de me payer ça.

– J'en paie deux, toi deux. Ç'est correct, ça?»

Blanche regarda sa mère et sut qu'elle ne pourrait jamais l'empêcher de faire ce qu'elle venait de dire. Avec quatre uniformes, elle savait que sa vie serait simplifiée.

De voir ses sœurs, tellement grandes, lui fit un choc. Elle eut l'impression que la vie la bousculait plus qu'elle ne l'avait imaginé. Alors que la majorité des filles de son âge étaient mariées, elle, elle entreprenait sa première de trois années d'études. Elle n'avait d'horizon que celui de l'avenir, moulé sur l'amidon des uniformes blancs.

Pendant le mois de juillet, Jeanne s'occupa d'Aline pendant que Blanche et Émilie consacraient leurs journées à jardiner et coudre. Les uniformes étaient impeccables et Blanche parada devant sa mère, les cheveux bien coiffés.

Sa mère la regardait en souriant silencieusement derrière ses pensées. Blanche l'observait et constatait à quel point elle avait changé. Maintenant qu'elle avait cinquante ans, elle lui paraissait terriblement fatiguée mais aussi terriblement sereine et, malgré tout, terriblement jeune.

Un soir qu'elles étaient seules et que Jeanne avait amené Aline rejoindre Alice et Rolande chez leur oncle, elles s'assirent dehors, comme elles l'avaient si souvent fait, n'écoutant que le chant des insectes et le bruit de la vie presque endormie du village.

«C'est calme ici. J'avais oublié ça. En ville, on trouve ça calme quand on n'entend pas les tramways ou les autos. C'est même presque normal que le monde crie pis rie passé minuit.

– Je sais. C'était déjà comme ça au début du siècle. Je me rappelle que ton père pensait venir fou en entendant du monde rentrer à l'hôtel après une soirée.

– Au Windsor?

– Oui.»

Elles se turent encore longtemps. Blanche pensait à ce père qu'elle avait à peine connu, ne l'ayant vu qu'à quelques reprises depuis ses dix ans.

«Moman?

– Oui.

– J'aurais une question à poser. Mais si vous voulez pas répondre, gênez-vous pas. Je sais que dans votre temps, les femmes se mariaient pas nécessairement par amour. Astheure, c'est changé, mais dans votre temps...

– Qui t'a dit ça, Blanche?

– C'est ce qu'on dit.

– Tu diras à tes «on» que c'est pas vrai.»

Blanche sourit. Sa mère, elle s'en doutait, avait fait un mariage d'amour. Un mauvais mariage mais un mariage d'amour quand même. Des phares d'autos éclairèrent le visage d'Émilie. Blanche la regarda, vit des reflets dans ses yeux, des reflets comme elle n'en avait jamais vus. Sa mère tourna son regard vers elle et soupira.

«Ton père était tellement beau.»

Quand les uniformes furent terminés, pressés et emballés, Blanche et sa mère continuèrent leurs travaux. Elles firent les robes de couvent pour Alice et Rolande, qui, exceptionnellement, en porteraient chacune une neuve. Elles avaient trop grandi. Rolande, à douze ans, était plus grande qu'Alice à quinze ans et cette dernière refusait de porter les anciens uniformes de sa cadette.

«Pauvre Paul!» soupira Émilie un soir d'août. «Dire que je l'ai obligé à porter le linge de Clément. Ça devait être ben humiliant.

– Dans ce temps-là, moman, on n'avait pas les moyens de porter du neuf.

– On n'a pas plus les moyens. On se serre la ceinture, c'est tout.»

Blanche jetait un regard discret mais régulier comme une horloge aux jours du calendrier. Elle avait hâte de revenir à Montréal mais ne voulait pas que sa mère s'en rende compte. Mais sa mère l'avait vue faire et, trois semaines avant son départ, sortit un crayon et le lui tendit.

«Cesse de faire l'innocente. Je sais ce que c'est que de pas tenir en place. J'ai barbouillé mon calendrier en comptant les jours avant mon mariage. Tu peux ben les compter aussi. Même si c'est pas pour descendre la grande allée.»

Blanche commença donc à faire des croix, invitant Aline à l'imiter. Au soulagement de toutes, Aline s'était fait des petites amies et ne parlait pas trop de ses parents.

Durant les trois dernières semaines de son séjour à Saint-Tite, Blanche remarqua que la fébrilité de sa mère augmentait de jour en jour. Elle courait ici pour acheter un ensemble de toilette, là, pour payer des sous-vêtements à bon prix. Elle alla à la Acme Shoe voir si elle ne pourrait trouver des souliers blancs et revint bredouille. Le lendemain, elle partait pour la Acme Glove et ajouta deux paires de gants dans la valise de Blanche: des gants d'automne et des gants fourrés. Elle y mit aussi des pots de confiture de fraises et de gelée de cerises sauvages. Elle offrit à Blanche d'apporter des concombres, des betteraves et des oignons marinés mais Blanche refusa, rappelant à sa mère qu'elle ne raffolait pas du vinaigre.

Pendant qu'Émilie s'affolait, Blanche terminait le col de dentelle de la robe d'Aline qui, excitée, ne refusa aucun essayage. Elle avait reçu plusieurs lettres de Marie-Louise et toutes les deux avaient convenu qu'elles se rencontreraient à leur restaurant à six heures du soir, la veille de la rentrée. Blanche avait souvent parlé de son amie à sa mère et Émilie se contentait toujours de répondre que l'amitié était une chose précieuse. Blanche osa lui demander pourquoi, elle-même, n'avait pas d'amies. Sa mère avait voulu esquiver la question avant de se résoudre à répondre que ses deux seules grandes amies étaient mortes et qu'elle n'avait plus eu envie de recommencer.

«Ça fait mal de perdre une amie de longue date. Après ça, plus personne te connaît. Pis c'est trop de troubles d'expliquer sa vie à quelqu'un qui t'a jamais vue aller.»

La veille du départ fut morose. Si Blanche avait quitté un an plus tôt sans avoir l'impression de chagriner qui que ce fût, ce sentiment l'avait abandonnée. Sa mère et ses sœurs affichaient une figure d'enterrement. Elle retint donc son envie de rire et de sautiller pour se fondre à leur humeur. Elles mangèrent toutes ensemble, mais personne sauf Blanche ne termina son assiette. Elles firent la vaisselle en silence et Blanche monta à sa chambre, boucler ses valises après avoir repassé les derniers vêtements lavés. Elle se coucha en souhaitant à toutes une bonne nuit. On lui répondit distraitement.

Elle ne dormait pas encore lorsqu'elle entendit sa mère pousser la porte de sa chambre.

«Dors-tu, Blanche?

– Non.

– Je voudrais pas te déranger.

– Ça me dérange pas.»

Émilie s'approcha d'elle et Blanche sourit en la regardant. Le poids qu'elle avait perdu la rendait encore plus belle. Émilie s'assit sur le bord du matelas et Blanche alluma sa lampe de chevet.

«Ferme ça. J'ai pas envie d'avoir de la lumière.»

Blanche obéit, ayant vu, durant les quelques secondes de clarté, que sa mère pleurait.

«Je voulais te dire, Blanche, que j'ai honte.

– Honte...

– Laisse-moi parler. J'ai honte parce que, crois-le ou pas, je suis jalouse. J'aurais tellement aimé vivre quelque chose comme ce qui t'arrive. Mais dans mon temps, comme tu dis, les choses étaient pas pareilles. Être maîtresse d'école, c'était ce qu'on pouvait faire de plus beau. Être garde-malade, c'était pas pensable. Il y avait même pas d'école. Ça fait que de te voir...»

Émilie ne termina pas sa phrase. Elle avait la gorge trop nouée. Blanche s'assit et la prit malhabilement dans ses bras.

«Moman, moman. Si ça avait pas été de vous pis de votre tête de mule, je serais encore ici.

– Je sais. Je récolte ce que j'ai semé.» Émilie essaya de rire mais son rire se brisa sur une larme. «Mais, Blanche, je me suis tellement ennuyée de toi pis de tous vous autres l'année passée que des fois je regrette de vous avoir élevés comme j'ai fait.»

Encore une fois, Émilie se tut, reniflant discrètement.

«Même Rose se débrouille. J'avais dit qu'elle se débrouillerait mais astheure, me semble que j'aimerais qu'elle soit ici, avec moi.

– Les p'tites sont encore là pour longtemps, moman. Rolande a juste douze ans.

– Juste douze ans... Tu veux rire, Blanche. Tu sais qu'à douze ans on pense tout seul. Rappelle-toi comment tu te sentais dans ce temps-là. Vieillis pas trop vite, ma Blanche. Laisse-toi encore du temps pour être jeune.»

Émilie se leva et marcha en direction de la fenêtre. Elle s'y pencha.

«Astheure, faut se casser le cou pour voir la lune. Dans mon temps, on la voyait partout.»

Elle revint vers sa fille et lui prit la main.

«J'espère juste que tu fais ce que tu veux faire pis que tu fais pas ça pour faire plaisir à ta têtue de mère.

– Non, moman. Je fais ça pour moi.

– Pis si tu rencontres un médecin à ton goût, est-ce que tu vas laisser tomber?

– Non.

– Comment est-ce que tu peux dire ça?

– Parce que j'en rencontrerai pas à mon goût. Pour ça, faut regarder. Moi, c'est pas par là que je regarde.»

Au grand désespoir de Blanche, Émilie sanglota.

«Est-ce que c'est à cause de ton père pis moi que tu as pas l'air de vouloir te marier?

– Non... Peut-être... Je veux me marier Plus tard. Pas à vingt et un ans.

– Plus tard...

– Oui, moman, plus tard.»

Aline était excitée de voir le train entrer en gare mais elle essaya de ne pas trop sauter afin d'éviter de froisser sa robe neuve. Blanche embrassa ses sœurs et se planta devant sa mère.

«J'espère que vous allez venir à Noël. Avec tout le monde. Savez-vous que si vous faisiez ça, il manquerait juste Émilien pis Clément? Pis on sait jamais, peut-être qu'on pourrait les rejoindre.

– On verra, Blanche.»

Blanche comprit que sa mère n'avait plus envie de parler. Elle hocha la tête doucement. Émilie s'approcha et l'étreignit. Elles se tapotèrent le dos et Blanche monta dans le train en faisant des au revoir à une Émilie partagée entre les larmes et le rire.

5

Blanche et Marie-Louise se rencontrèrent à l'heure et à l'endroit convenus. La serveuse de la gargote était maintenant habituée de voir ces deux jeunes filles qui riaient toujours et ne commandaient que du café. Ni l'une ni l'autre ne pouvait tenir en place, n'ayant de hâte que d'entrer à l'hôpital, espérant toutes les deux qu'elles auraient la chance de choisir leur compagne de chambre.

«As-tu passé un bel été?

– Si coudre quatre uniformes c'est un bel été, j'ai eu un bel été. Reposant pour la tête, fatigant pour les yeux pis les doigts, surtout celui écrasé par le dé.»

Blanche avait soudainement parlé sans intonation. Marie-Louise fronça les sourcils tout en sirotant son café.

«Qu'est-ce que tu as?

– Rien de spécial. C'est juste ma mère, j'imagine, qui me tracasse.

– Elle est pas malade toujours?

– Non. Changée. Je t'ai déjà dit que ma mère était toujours de bonne humeur. Astheure, on dirait qu'elle s'ennuie. Même qu'elle a pas le goût de faire des farces. Ce qui me dérange le plus, c'est que ma mère va à la messe le dimanche pis des fois la semaine.

– C'est normal, ça, non?

– Pas pour ma mère... Mais le plus étonnant, c'est qu'elle m'a parlé de *rentrer* dans les Filles d'Isabelle!

– Ha...» Marie-Louise ne connaissant pas Émilie, elle ne pouvait comprendre que son amie fût si perplexe.

Blanche termina là ses confidences au sujet de sa mère. Elle avait déjà trop pensé à ce sujet. Elle se demandait si sa mère avait vraiment autant changé ou si elle ne lui avait pas menti. Joachim Crête la harcelait certainement encore, plus subtilement, mais sans cesse.

Elles regardèrent l'heure et décidèrent qu'il était temps qu'elles se quittent.

«Tu t'en vas chez ta sœur?

– Oui. Pour la dernière fois. Toi? A ta belle p'tite chambre?

– Non. A l'hôtel. J'ai laissé ma chambre avant de partir en juin.

– A l'hôtel? Ça a pas d'allure. Pourquoi dépenser pour une nuit? Viens chez Marie-Ange.

– Non, merci. J'ai comme envie d'être toute seule ce soir. Pour regarder la page se tourner. Lentement.»

Blanche acquiesça. Elle aussi avait envie de regarder sa vie changer de cap, bien appuyée au bastingage du pont.

«Mesdemoiselles! Mesdemoiselles, s'il vous plaît! Je demanderais un peu de silence.»

Les étudiantes se turent et regardèrent celle qui leur parlait.

«Nous nous sommes déjà toutes rencontrées. Je suis la sœur hospitalière en chef. Je suis la responsable du cours que vous suivrez de même que de chacune d'entre vous. Et je me rapporte directement à la supérieure de l'hôpital, sœur Mailloux.»

Elle avait souri et les étudiantes l'avaient imitée. Elle les regarda attentivement.

«Je connais tous les tours de la rentrée. Les matelas avec le drap de dessus replié; le poivre en dessous de la taie d'oreiller; les vêtements qui disparaissent quand une demoiselle est dans son bain, et je ne vous raconte pas le pire.»

Encore une fois, les étudiantes éclatèrent de rire. Une, plus osée que les autres, demanda, sans gêne, d'entendre le pire. Les étudiantes applaudirent pour marquer leur accord.

«Si vous y tenez. Le pire, c'est l'exploration de nuit des locaux des internes.»

Un grand «hon!» parcourut la salle. Pas une seule des jeunes filles présentes ne semblait attirée par une telle aventure. L'hospitalière en chef sourit en coin et les regarda en se mordant la joue. Quelques étudiantes détournèrent les yeux en rougissant. Blanche se demanda si c'était de gêne ou de plaisir anticipé.

«J'ai exagéré. Ce n'est pas le pire de la rentrée. Mais ça s'est déjà vu pendant les trois années qui suivent. Vous n'êtes pas sans savoir que vous êtes d'abord ici comme «probanistes». Vous avez été choisies parmi plus de cinq cents demandes.»

Les candidates se regardèrent, à la fois incrédules du chiffre qu'on venait de leur lancer et fières de la chance d'avoir été choisies.

«La réputation des gardes-malades de l'hôpital Notre-Dame n'est plus à faire. Nous avons sans cesse des requêtes de différents autres hôpitaux qui veulent embaucher nos graduées. Si vous avez lu les journaux cet été, vous avez dû apprendre que Montréal a accueilli, en juillet, sept mille gardes-malades venues du monde entier.»

Plusieurs étudiantes, dont Blanche et Marie-Louise, firent un effort pour cacher leur ignorance pendant que d'autres, telle Germaine Larivière, hochaient leur assentiment.

«Les dames patronnesses de notre hôpital ont mis beaucoup d'efforts à bien les accueillir. Nous savons que l'organisation de notre hôpital a impressionné les gardes-malades qui sont venues ici. Alors, j'aimerais vous dire, avant que nous n'entreprenions quoi que ce soit, que de chacune d'entre vous dépend la réputation de notre institution. Et dès que vous porterez votre uniforme, vous deviendrez les représentantes non seulement de l'hôpital mais de toutes les gardes-malades.»

Blanche releva la tête. Ce que l'hospitalière en chef venait de dire lui plaisait. Elle se promit de ne faire aucun écart.

«Nous aimons croire que les gardes-malades que nous formons sont les plus qualifiées et les plus compétentes du Québec et du Canada. Notre supérieure qui, elle-même, a étudié aux États-Unis, a fondé la première école de gardes-malades pour les Canadiennes françaises. Ses vastes connaissances ont été utilisées pour sans cesse améliorer le cours que vous suivrez. Maintenant, je vous confie aux sœurs hospitalières qui seront vos anges gardiens pendant toute la durée de votre cours et continueront de travailler avec vous quand vous serez diplômées.»

Les étudiantes remercièrent l'hospitalière en chef et tournèrent leurs regards en direction des religieuses qui deviendraient leurs professeurs. Une d'elles prit la parole.

«Nous allons immédiatement aller à vos chambres. Sur chacune des portes, vous pourrez lire le nom des occupantes. Aussitôt chez vous, vous allez recevoir vos draps et vos couvertures. Vous irez ensuite à la salle de cours des étudiantes pour recevoir votre première leçon: comment faire un lit d'hôpital. Vous pouvez me suivre.»

Blanche et Marie-Louise se faufilèrent discrètement dans la masse des soixante probanistes. Elles marchèrent presque en silence à travers le rez-de-chaussée de l'hôpital. Elles durent attendre le quatrième voyage de l'ascenseur avant de pouvoir monter à leurs chambres. Elles regardèrent ensemble sur chacune des portes. Blanche espérait qu'elles seraient ensemble. Son vœu fut exaucé. Elles pénétrèrent dans leur pièce, souriantes devant la lumière qui s'infiltrait à travers la fenêtre ouverte.

«C'est propre comme un sou neuf.

– Pauvre, Blanche, tu auras pas à faire le grand ménage tout de suite.» Marie-Louise avait feint une grande désolation.

«J'vas quand même nettoyer.

– Pourquoi?

– Pour donner mon odeur.

– Franchement, Blanche.

– Je dois être comme une chatte qui reconnaît ses chatons à l'odeur qu'elle laisse en les léchant. Moi, faut que je lèche, façon de parler, tout ce que j'approche

– Si tu veux.»

Blanche n'eut le temps que de regarder l'espace de rangement pour ses uniformes et vérifier la propreté de sa commode qu'on lui remettait ses draps et ses couvertures. Elle les déposa sur son matelas plié en deux. Elle se demanda si on avait voulu leur indiquer comment se nettoyait un lit d'hôpital ou si on voulait qu'elles admirent la propreté du plancher sous le lit.

Une voix s'éleva dans le corridor, invitant toutes les candidates à se rendre à la salle de cours en emportant un drap. Blanche et Marie-Louise sortirent immédiatement de leur chambre pour suivre les autres. Elles ne voulaient pas s'égarer.

Elles entrèrent dans la salle de cours et Blanche réprima son étonnement. Elle était exactement comme la salle dans laquelle elles avaient subi leur examen d'admission, mais au lieu d'avoir sept étages de gradins, elle n'en avait que trois, répartis en demi-cercle autour de la pièce. Elle monta au dernier étage, suivie de Marie-Louise, regrettant aussitôt son geste. Elle aurait dû se rapprocher de l'action pour bien suivre.

Une des religieuses avait placé un lit au centre de la pièce. Elle regarda les étudiantes et commença aussitôt sa démonstration, dépliant le drap sur le lit. Elle le mit bien à plat, puis expliqua ce qu'elle faisait pour les coins.

«Un lit bien fait doit avoir des coins à quatre-vingt-dix degrés. En fait, il paraît que c'est comme ça que les militaires font leur lit. On aurait appris ça d'eux. Si on insiste pour que le drap soit replié de cette façon, c'est que nous savons qu'il reste mieux en place, empêchant la formation de plis qui peuvent être douloureux pour les patients. Vos lits aussi doivent être faits comme ça.»

La religieuse déplia ensuite un second drap plus petit.

«Ceci est une alaise. C'est pour protéger le drap. En mettant une alaise, nous pouvons la changer sans faire tout le lit. Habituellement, nous changeons les lits à tous les jours. Les alaises, plusieurs fois si nécessaire. Mais dans vos chambres, vous n'avez pas d'alaises. C'était simplement une petite démonstration pour vous donner un avant-goût de la leçon de demain.»

Blanche revint à sa chambre et remit son matelas en place. Elle déplia ensuite le drap, comme on le lui avait montré, et fit son lit en un temps record. Marie-Louise haussa les épaules en riant.

L'inspection fut rapide. Blanche reçut des félicitations et Marie-Louise dut recommencer. Blanche, cette fois, fit le lit de son amie, qui l'aidait au mieux de sa connaissance fraîchement acquise. Quand Blanche eut terminé, elle arracha les draps et défia Marie-Louise de recommencer. Marie-Louise la regarda, découragée.

«Marie-Louise, je serai pas là avec toi dans les chambres d'hôpital. Tu es aussi bien de tout savoir parfaitement. Oublie pas que pour trois mois on est juste probanistes.»

Marie-Louise se plia au perfectionnisme de Blanche et réussit trois coins sur quatre. Blanche grimaça, arracha le drap à nouveau.

«Faut que ça soit parfait.

– On n'est quand même pas à un coin près.

– Oui, on en est là.

– Je me demande pourquoi tu enseignes plus. Je te jure que tu as le caractère d'une maîtresse d'école.»

Blanche haussa les épaules en souriant et Marie-Louise la regarda en se demandant tout à coup si elle n'était pas tombée sur une fanatique de la perfection. Puis elle s'en voulut.

Blanche n'avait pas perdu de vue qu'un lit bien fait est ce qu'il y a de mieux pour le confort du patient. Marie-Louise refit son lit, cette fois impeccablement. A la seconde inspection, on la félicita à son tour et les deux amies furent priées de se rendre à la salle à dîner des gardes-malades.

Elles étaient parmi les premières arrivées. Elles regardèrent la salle à manger et Blanche, qui s'était attendue à voir un réfectoire comme celui du couvent, fut heureuse de constater que la pièce ressemblait davantage à une salle à dîner d'hôtel avec ses tables rondes recouvertes de nappes blanches, autour desquelles quatre personnes pouvaient s'asseoir. Elle vit la beauté du bahut dans le coin de la pièce. Elle et Marie-Louise se choisirent une table et attendirent leurs compagnes. A leur grande surprise, plusieurs infirmières graduées entrèrent d'abord et prirent place aux tables qui leur semblaient assignées. Deux d'entre elles se dirigèrent vers leur table.

«On s'excuse, mais c'est notre table.

– Les tables sont réservées?» Marie-Louise était étonnée.

«Pas vraiment. C'est une habitude. Vous allez voir. A chaque année on change de table. Pis on s'assoit toujours à la même.»

Blanche et Marie-Louise se levèrent et cherchèrent une autre table. Blanche n'avait pas aimé le ton de la garde-malade, mais n'en laissa rien paraître.

Toutes les étudiantes étaient enfin arrivées. Blanche apprit que certaines d'entre elles avaient dû recommencer leur lit jusqu'à dix fois avant d'être invitées à manger. Leur professeur demanda le silence et leur expliqua que le système de cafétéria avait été retenu pour leur salle à dîner.

«C'est pas pour économiser le personnel. C'est parce que nous croyons que c'est le seul système qui évite les attentes prolongées, compte tenu surtout que vous aurez un temps limité. C'est aussi le meilleur système pour manger chaud. Nous pensons que pour les gardes-malades, cela aide à conserver sa bonne humeur.»

Elles éclatèrent toutes de rire et allèrent se servir.

Blanche s'habitua rapidement à son nouvel horaire de vie. Pendant les deux premiers mois, elle passa ses avant-midi auprès des malades, comme ses compagnes. On lui avait lentement appris à approcher les malades. Pour ne pas ébranler son assurance, elle avait d'abord été appelée à changer les lits vides, puis des lits dans lesquels des patients étaient couchés. Ensuite, elle avait pu apporter et installer des bassins de lit. Comme ses compagnes, elle n'avait montré aucun étonnement devant la nudité des femmes et des hommes qui s'abandonnaient à ses mains. Elle remerciait presque le ciel de lui avoir expédié la maladie de Clément pour l'initier à l'anatomie masculine.

Aussitôt l'avant-midi terminé, Blanche s'empressait de monter à la salle à dîner et de manger en parlant peu avec ses compagnes. Elle prit rapidement l'habitude d'éviter toute conversation concernant une personne sauf, évidemment, si cette personne était un patient atteint d'une maladie exceptionnelle à traiter. Elle ne voulut pas entendre les commentaires ayant trait à tel ou tel médecin, telle ou telle religieuse ou infirmière. Elle mangeait rapidement, étant presque toujours la première à quitter la table. Elle montait alors à la bibliothèque adjacente à la salle de récréation – une des pièces dont elle adorait le confort et la décoration – pour y revoir sa matière et étudier pendant quelques minutes avant de se présenter à la salle de cours.

Elle aimait ses cours. Les religieuses, expérimentées, leur enseignaient toujours la théorie avant la pratique. Blanche trouvait que de cette façon, elle s'inquiétait moins, une fois au chevet des patients. Le soir, elle avait encore un cours, après quoi elle était libre. Elle avait pris l'habitude de retourner à l'hôpital parler avec les patients sans famille ou sans visiteurs. Souvent, elle acceptait de prendre la température ou de vider un bassin pour aider les gardes-malades débordées. Elle avait choisi cette façon d'occuper ses soirées pour deux raisons; la première, elle pouvait, par sa simple présence, chasser l'ennui des patients qui, on le lui avait appris, était l'ennemi de la guérison; la seconde, elle avait tôt fait de constater que d'entendre un patient décrire ses problèmes de santé – ce qu'ils faisaient tous dans le menu détail sans se faire prier – était la meilleure façon d'en connaître davantage.

Le premier mois de ses cours, elle avait eu le choc de rencontrer Marthe Pellan, qui faisait son internat à l'hôpital. De la voir, de constater son assurance et sa compétence, de l'entendre discuter avec ses confrères masculins l'avaient à la fois réjouie et chagrinée. Elle avait remarqué que le docteur Pellan devait prendre les bouchées doubles pour être de taille. Mais Blanche, qui avait été témoin de plusieurs visites des internes suivant le chef de service, avait remarqué que le docteur Pellan était très compétente. On lui avait d'ailleurs dit qu'elle était première de sa classe. Blanche, d'abord réticente à travailler sous les ordres du docteur Pellan, non parce qu'elle était une femme mais parce que cela lui rappelait constamment sa contrainte d'opter pour un second choix de vie, en vint à rechercher sa présence. Le docteur Pellan abordait différemment ses malades. Blanche lui trouvait les qualités et le sourire des gardes-malades et un doigté différent de celui de ses collègues masculins. Elle était d'ailleurs reconnue pour sa grande capacité à poser des diagnostics. C'est pour cette raison que Blanche aimait la fréquenter. Le docteur Pellan posait toujours une question en apparence innocente dont la réponse, souvent, apportait la pièce manquante du casse-tête.

La porte se ferma et la sœur hospitalière, suivie de trois probanistes, entra dans la salle de cours en portant une immense boîte remplie de pansements.

«La semaine prochaine, vous allez faire un stage dans les différentes salles de pansements. Vous avez dû remarquer que les pansements sont toujours solides. C'est parce qu'il y a une façon de les faire. Mais avant qu'on commence ça, je vais vous remettre à chacune trois pansements de différentes grosseurs et longueurs. Vous allez les dérouler.»

Les étudiantes firent comme on leur demandait et Blanche sourit à Marie-Louise. Elle avait déjà apporté des pansements à sa chambre et elle et Marie-Louise avaient consacré des heures à apprendre à les rouler convenablement – sur leur cuisse – et à se bander mutuellement jusqu'à ce qu'elles trouvent toutes les deux que leurs pansements ressemblaient à ceux que les gardes-malades expérimentées faisaient. Toutes les deux, elles avaient ri de leur audace, espérant ne pas avoir fait d'erreurs à corriger. Toutes les deux, aussi, savaient qu'elles appréhendaient l'instant où elles banderaient une plaie vive.

Le hasard fit que la sœur hospitalière invita Blanche à l'avant de la classe. Habituellement, les étudiantes s'empêtraient dans le pansement pour enfin supplier le professeur de leur montrer la façon de rouler le ruban sans commencement ni fin. Blanche se demanda si elle devait faire comme elle et Marie-Louise faisaient depuis des semaines ou si elle devait prétendre une malhabileté proverbiale. Elle prit le pansement dans ses mains, jeta un coup d'œil en direction de son amie et décida de rouler le pansement comme elle savait le faire. La sœur hospitalière éclata de rire et Blanche se demanda si elle avait fait une erreur. Elle rougit.

«Je ne serais pas étonnée qu'on vous ait demandé d'aller chercher des boîtes de pansements dans le local des dames patronnesses, vous?»

Blanche acquiesça en se demandant si cette remarque était bonne ou mauvaise.

«Pis vous êtes restée longtemps à les regarder faire?

– Pas vraiment. Je leur ai juste dit de prendre leur temps parce que j'avais tout le mien.»

La sœur hospitalière la félicita et demanda aux autres étudiantes de l'imiter. Quelques autres réussirent du premier coup en lançant un regard complice à Blanche. Elles aussi s'étaient pratiquées en cachette. Germaine Larivière parvint à rouler le sien après plusieurs tentatives. Blanche sentit qu'elle la regardait avec haine. Depuis leur entrée, Germaine Larivière avait été isolée du groupe, personne ne voulant la fréquenter. Devant cette situation, elle avait innocemment fait savoir que sa mère était dame patronnesse, ce qui augmenta sa popularité. Il était notoire que les dames patronnesses choisiraient les étudiantes qui, par exemple, iraient représenter l'hôpital au kiosque de la grande kermesse annuelle aux locaux des Fusiliers Mont-Royal et aussi pour les grandes soirées de gala ou les bals donnés au Ritz. Blanche savait que Germaine ne la portait pas dans son cœur. Elle savait aussi que ce qui agaçait Germaine, c'était l'énergie qu'elle mettait à réussir.

Depuis son arrivée à l'hôpital, Blanche s'était raffermie dans sa décision de ne plus revivre ce qu'elle avait déjà vécu: la pauvreté. Chaque fois qu'elle rencontrait des patients vivant de charité, elle se demandait tout en connaissant la réponse, si ses parents auraient été hospitalisés dans une des salles communes. Elle reniflait alors l'éther qui sentait trop fort le souvenir de leur dénuement au lieu d'en apprécier les effluves. Depuis le début de son cours, elle avait la hantise de ne pas être acceptée comme étudiante. Dans un mois, elle aurait sa réponse. Elle s'était promis que si elle était acceptée, elle s'empresserait d'aller au studio Allard de la rue Mont-Royal faire prendre une photo d'elle-même avec sa toute nouvelle coiffe, photo qu'elle expédierait aussitôt à Saint-Tite. D'être en uniforme sans la coiffe la distinguait dans ce milieu et elle n'avait de hâte que de s'y fondre.

Elle savait que sa mère n'aurait pas tellement prisé ses pensées. Sa mère avait toujours détesté «être comme tout le monde» et les avait tous élevés pour qu'ils soient comme elle. Sa mère ne pouvait donc comprendre l'ambition maladive qu'elle avait à ne plus vouloir se distinguer. Elle se taisait, parfois contre tout bon sens, pour ne pas afficher sa pensée. Marie-Louise était la seule qui la jugeait assez justement, ayant deviné son ambition débordante.

Blanche aimait tellement ce milieu qu'elle avait décidé de réussir en tout, même si cela froissait les Germaine Larivière. En cela, elle était la fille de sa mère. Elle ne se laissait pas perturber par ce qu'on pouvait penser d'elle.

Blanche continua donc à briller pendant les cours et à devenir de plus en plus populaire auprès des patients, qui aimaient voir s'approcher cette femme toute douce et souriante, prête à écouter leurs doléances. Il lui était arrivé, à deux reprises, de considérer qu'une espèce de plainte pouvait être fondée et elle en avait avisé la sœur hospitalière, utilisant maintes subtilités pour ne blâmer personne.

En trois mois, les probanistes avaient réussi à se connaître suffisamment pour avoir une bonne idée de celles qui resteraient et de celles qui seraient remerciées. Malgré ses performances, Blanche demeurait inquiète, sachant que son âge – elle était de trois à quatre ans plus âgée que ses compagnes –

pouvait jouer en sa défaveur. Elle tenait tellement à rester qu'elle ne voulut jamais croire les propos rassurants de Marie-Louise. Elle n'avait qu'une hâte, connaître la direction que prendrait sa vie pour enfin dormir. Depuis septembre elle dormait trois heures par nuit, attendant que Marie-Louise soit assoupie pour se relever et lire ses notes de cours quand elle ne restait pas étendue à écouter les bruits de la ville et de l'hôpital.

«Demain on vous demandera de porter des uniformes encore plus propres et mieux pressés que d'habitude. Exceptionnellement, il n'y aura pas de cours durant l'après-midi. Sœur Mailloux elle-même, la sœur hospitalière en chef et le représentant du bureau médical remettront les coiffes aux toutes nouvelles étudiantes de première année. La brève cérémonie aura lieu ici, après quoi nous irons toutes à la chapelle entendre la messe.»

Ce soir-là, Blanche ne fit qu'une courte visite aux patients et revint rapidement à sa chambre. Marie-Louise l'attendait.

«Est-ce que nos uniformes sont secs?

– Oui. Comme tu me l'as demandé. J'ai trempé les collets dans le *corn starch* pour que ça craque.

– Astheure, peux-tu les humecter pis bien les rouler pendant que j'vas brancher un fer à repasser?»

Blanche et Marie-Louise avaient fait une entente. Marie-Louise s'occuperait de laver les uniformes et Blanche les repasserait. Marie-Louise n'avait pas mis de temps à voir que Blanche repassait sans faire un faux pli et Blanche lui avait raconté que le repassage avait presque payé ses études de couventine.

Elle achevait le col en forme de pèlerine du second uniforme, fatiguée par l'énervement et ses trois mois d'insomnies, quand Germaine Larivière arriva avec son uniforme sur le bras.

«Est-ce que tu achèves? C'est que je voudrais repasser ma robe ce soir.

– Deux ou trois minutes.»

Germaine Larivière haussa les épaules, impatiente, sortit une lime de sa poche et commença à se limer les ongles. Le bruit qu'elle faisait agaça Blanche qui fit un faux pli. Elle mouilla la surface ratée et recommença.

«Franchement, c'était pas nécessaire de faire ça. Ça aurait même pas paru parce que c'était en dessous du collet.

– Ça fait rien. Moi je l'aurais su.»

Blanche se reconcentra sur son travail sous le regard de plus en plus intéressé de Germaine. Germaine se tortilla sur un pied et émit le petit claquement de langue qui lui était caractéristique. Blanche savait qu'il faisait l'objet d'imitations et de moqueries.

«Est-ce que tu sais, Blanche, que si tu es acceptée comme étudiante», Blanche s'empêcha de sourciller au pesant «si» que Germaine avait dit, «tu vas recevoir sept dollars par mois comme paie?

– Je sais ça. C'est presque quatre fois moins que ce que je faisais avant.» Blanche se tut, furieuse d'avoir ajouté cette phrase qu'elle avait dite uniquement pour impressionner Germaine. Cette dernière sourit. Elle s'approcha de Blanche, regarda autour pour s'assurer que personne n'entendrait ce qu'elle avait à dire.

«Si tu veux, je te donne cinquante sous par uniforme que tu me repasses. J'en ai six. Ça fait trois dollars par semaine ou douze par mois. Plus les sept que l'hôpital va te donner, ça fait dix-neuf. Pis... j'ai l'impression que je serais pas ta seule cliente.»

Blanche se serra les lèvres. Quelque chose chez elle devait transpirer la pauvreté et son acharnement à s'en sauver. L'offre de Germaine la blessait au plus profond de sa sérénité presque nouvellement acquise. Mais ce revenu supplémentaire lui permettrait d'expédier plus que son salaire – si mince fût-il – à sa mère et quand même avoir de l'argent de poche pour son hebdomadaire après-midi de congé, même si elle n'avait pas l'intention de sortir de l'hôpital. Elle posa son fer à repasser et le débrancha. Germaine grimaça.

«Soixante sous?»

Blanche fit un autre calcul rapide. Plus elle aurait de repassage à faire, moins elle aurait de temps à consacrer aux malades. Les malades étaient plus importants que ses sorties.

Elle se sourit intérieurement. Si deux minutes plus tôt elle avait eu l'intention de refuser, ce qu'elle manifesta en débranchant le fer à repasser, maintenant, Germaine venait de l'ébranler. Mais c'est à ses conditions qu'elle accepterait de travailler.

«J'vas te dire quelque chose, Germaine. Pour ce soir, je veux bien repasser ton uniforme, mais ça va te coûter un dollar.

– Un dollar?

– Oui. Astheure, si tu veux que je repasse tes six uniformes par semaine, pis je dis repasser, pas laver, ça va être soixante sous chaque...

– C'est parfait!

– A condition que tu m'en trouves six autres pour le même prix. Je sais que les buanderies chargent à peu près la même chose, mais mon travail est mieux fait, pis personne va avoir besoin de courir ses uniformes quand il pleuvra ou qu'il neigera. Ils vont toujours être ici, bien prêts.»

Germaine grimaça encore. Elle plissa les yeux en regardant Blanche et Blanche sut qu'à son tour Germaine venait d'être humiliée. Elle aurait à quémander pour avoir le service qu'elle voulait. Blanche sourit intérieurement.

«Pis, je te donne deux jours pour ta réponse.

– Es-tu malade? Demain c'est la cérémonie...

– Pour laquelle tu veux avoir un bel uniforme bien pressé... Deux jours...»

Blanche rebrancha le fer à repasser et se tourna vers Germaine, la main tendue. Germaine voulut y déposer son uniforme. Blanche retira sa main.

«Non. L'argent d'abord.»

Germaine tourna les talons et disparut. Blanche en profita pour porter les uniformes à sa chambre.

«Ça te prend combien de temps pour repasser un uniforme, Blanche? J'ai l'impression que tu as été partie pendant une heure.

– Non. Ça me prend à peu près douze minutes chaque.

– Mon Dieu! Est-ce que tu comptes tes minutes comme ça tout le temps?

– Non. Pas tout le temps. Juste ce soir.»

Marie-Louise demeura la bouche ouverte, sans répliquer. Elle connaissait assez bien sa compagne pour savoir que quelque chose l'avait blessée. Blanche ressortit de la chambre sans dire un mot aussitôt après avoir suspendu les uniformes. Germaine l'attendait, impatiemment. Elle avait posé l'uniforme sur la planche et s'était efforcée, à ce que remarqua Blanche, de le froisser le plus possible.

«Quand on fait sécher un uniforme, on le fait sécher sur un cintre. C'est sur un cintre que je veux le recevoir.»

Germaine haussa les épaules dédaigneusement et sortit sa lime à ongles. Blanche la regarda, sourit de son sourire qu'elle savait candide – on le lui avait assez répété – et sortit de la pièce. Germaine courut derrière elle.

«Qu'est-ce que tu fais?

– J'ai dit que je voulais recevoir les uniformes sur des cintres.»

Germaine retourna à la hâte dans le lavoir et s'empressa de suspendre son uniforme. Blanche la regarda faire. Germaine lui lança presque le dollar exigé.

«Je veux qu'une affaire soit claire, Germaine. Je fais pas ça pour toi. Surtout pas pour te rendre service. Je fais ça pour moi. Juste pour moi. Ça fait que tes airs de princesse garde-les pour le monde de ta cour.»

Elle plia le billet et le mit dans sa poche. Germaine s'installa à ses côtés, estomaquée par la crudité insoupçonnée du ton de Blanche.

«Une autre affaire, Germaine. J'aime pas qu'on me regarde travailler. Tu viendras le chercher quand j'aurai fini.»

La main de Germaine s'immobilisa, la lime pointée dans les airs. Depuis trois mois que Blanche essayait d'ignorer le mépris dont Germaine l'entourait, elle venait de décider de laisser libre cours à sa rancœur. Germaine avait toujours la main levée et Blanche l'imita, lentement, tenant, dans la sienne, le fer à repasser.

Germaine sortit. Blanche baissa son bras, déposa le fer, prit l'uniforme et l'empala sur la planche tellement violemment qu'elle craignit, quelques secondes, en avoir rompu les coutures.

Elle revint à sa chambre au moment où Marie-Louise s'apprêtait à enfiler une résille sur les bigoudis dont elle venait de s'orner la tête.

«J'vas aller prendre un bain.»

Elle prit ses effets sous le regard perçant de son amie.

«Veux-tu me dire? Tu as une tête d'enterrement. Est-ce que c'est la journée de demain qui t'énerve comme ça?»

Blanche ne répondit pas, refoulant les larmes qu'elle sentait prêtes à inonder ses joues.

«Tu as pris ton bain à matin, Blanche. Tu te rappelles pas? Tu t'es levée une demi-heure avant moi pour ça.»

Blanche déposa sa serviette sur son lit et regarda Marie-Louise. Un instant, elle pensa lui montrer le billet qu'elle avait plié dans sa poche. Mais elle changea d'idée, ramassa sa serviette et quitta la chambre pour aller à la salle de bain.

Elle fit couler l'eau, agitant sous le robinet une main qu'elle ouvrait et refermait sans arrêt. Tantôt sa main avait l'air de l'implorer, tantôt elle la menaçait de son poing. Blanche laissa enfin les larmes sortir de leurs orbites et couler sur ses joues, franchissant des cernes maintenant plus profonds et plus sombres que jamais.

Elle s'immergea en pensant au bain que Marie-Ange lui avait fait prendre. Elle voulait retrouver cette paix qu'elle avait alors eue. Mais quelqu'un entra dans la salle de bain et fit couler l'eau dans la cabine voisine. Elle tut ses sanglots déjà trop silencieux et, pour cacher son silence, chantonna innocemment un air sans harmonie et sans paroles. Elle se leva et s'asséchа. Elle venait de prendre conscience que pendant les trois prochaines années elle serait privée de cette solitude qu'elle aimait tant et dont elle avait besoin.

6

«Un petit sourire, mademoiselle. C'est ça...»

L'éclat éblouissant fit grimacer Blanche.

«S'il vous plaît. Gardez la pose. C'est la quatrième fois qu'on recommence. Vous savez que ça aveugle. Faites pas la surprise à chaque fois.»

Blanche replaça sa coiffe, sourit avec découragement à Marie-Louise et se réinstalla, la tête offrant un quart de profil à l'objectif.

«C'est bien! C'est très bien. Astheure, souriez.

– Je pense que je fais des meilleures photos quand je souris pas.

– Souriez pas, d'abord. Mais gardez vos yeux ouverts!»

L'éclair transperça les yeux bleus et fragiles de Blanche, mais cette fois elle ne cilla pas. Pour empêcher ses paupières de battre, elle avait pensé à Germaine Larivière. Le photographe sortit la tête de sous sa toile et soupira. Il se tourna vers Marie-Louise.

«Est-ce que toutes les gardes-malades sont sérieuses comme elle?

– Non. Elle est obligée d'être sérieuse parce que c'est la première de la classe. Vous allez voir qu'avec moi, ça va aller plus vite.»

Blanche rit des propos de Marie-Louise, d'autant plus que celle-ci bougea à la première pose, éternua à la seconde, plissa le nez à la troisième, centra mal sa coiffe pour la quatrième, grimaça à la cinquième et fut distraite par l'arrivée inopinée d'une employée à la sixième.

Leurs éclats de rire descendirent la rue Saint-Hubert avec elles. Blanche, maintenant libérée de l'œil inquisiteur de la caméra, pouvait se détendre et s'esclaffer sans gêne.

«On devrait arrêter de rire aussi fort, Blanche. Le monde nous regarde.

– Pis?

– On a nos uniformes!

– Tant mieux. Le monde va savoir que c'est pas parce qu'on est des gardes-malades qu'on est obligées d'avoir l'air malade.

– Peut-être que le monde peut penser qu'on rit des patients.»

Blanche se tut, les paroles de l'hospitalière en chef lui résonnant tout à coup entre les deux tempes.

«C'est vrai. Des fois, le monde comprend pas.»

Elles marchèrent donc comme deux vraies nonnes jusqu'au parc Lafontaine. Elles ne s'attardèrent pas près du lac glacé depuis la veille.

«C'est une vraie chance qu'on ait eu notre après-midi de congé en même temps.

– Pourquoi est-ce que tu m'as fait attendre pendant deux heures? On aurait pu prendre un rendez-vous plus de bonne heure pis nous promener dans Montréal un peu.

– Parce que j'avais des affaires à faire.»

Blanche s'était refermée. Elle n'avait pas dit à Marie-Louise qu'elle repassait des uniformes. De même qu'elle avait fait promettre à Germaine et à ses autres clientes de se taire. Ses compagnes, trop contentes d'être soulagées de la corvée du repassage, s'étaient tues. Depuis qu'elle avait été officiellement acceptée comme étudiante garde-malade, Blanche consacrait en moyenne deux heures de toutes ses journées de congé à effectuer son petit travail. Elle avait déjà expédié ses premiers profits à sa mère.

«Penses-tu qu'on va avoir de la neige avant Noël? J'ai jamais vu un mois de décembre comme ça. Je trouve que la ville est laide en *titi* quand l'hiver arrive tout nu.»

Blanche éclata de rire. Marie-Louise avait toujours une expression inattendue.

«Ça paraît que c'est ton premier ici. Crois-moi, quand la neige tombe en ville, ça prend pas grand temps pour que tu la mélanges avec le charbon.

– C'est si pire que ça?

– Oui, mam'zelle. Laid! *Laitte*, comme les hommes disent chez nous.

– Mais dans le parc, ça doit pas être si pire. On peut patiner.

– Oui, dans le parc c'est pas si pire. Mais faut traverser la rue Sherbrooke avant d'y arriver. Pis je te jure qu'on a des chances d'être sales avant même de mettre nos patins.

– En as-tu?

– Quoi?

– En as-tu?

– De quoi est-ce que tu parles?

– Des patins. En as-tu?

– Ben, non. Ça coûte trop cher. Toi?

– Ben, non. Ça coûte trop cher!»

Elles éclatèrent encore une fois, riant de leur conversation sans motif puisque ni l'une ni l'autre n'avait de patins.

«C'est quoi ta pointure?

– Moi? Cinq, des fois six.

– C'est de valeur. Moi c'est sept, des fois huit.

– Ça fait qu'une paire de patins pour nous deux, c'est pas possible.

– On peut rien te cacher.

– A moins que moi je mette quatre paires de bas pis que toi tu acceptes de geler des pieds. On achèterait des six et demi. En moyenne, ça devrait être correct.»

Blanche lui donna un coup de coude et ricana encore. Puis elle devint plus sérieuse, plissa les yeux et pinça les lèvres. Marie-Louise la regarda, l'air moqueur.

«O.K., Blanche. A quoi tu penses?»

Blanche sursauta. Elle ne s'habituait toujours pas à entendre les gens dire O.K. C'était le mot nouveau, le mot à la mode. Tout était devenu O.K. Les cours étaient O.K., alors qu'elle les trouvait passionnants. Les gens étaient O.K., alors qu'elle les trouvait intéressants. Les vêtements étaient O.K., alors qu'elle les trouvait élégants. Il s'en trouvait même pour être O.K. au lieu d'être d'accord.

«Je pense que le mot O.K. m'agace. Mais avant ça, je me demandais si, toi pis moi, on pourrait acheter quatre paires de patins. Des cinq, des six, des sept pis des huit.

– Pour quoi faire?

– Pour les louer!

– Es-tu malade? Les louer? Ma foi du bon Dieu, peut-être que tu devrais avoir un commerce au lieu d'être à l'hôpital. On dirait que tu penses rien qu'à l'argent. Nous verrais-tu, toi, commencer à écrire sur des feuilles le nom des filles qui veulent louer des patins? Pire, commencer à frapper aux portes pis demander de nous payer! On aurait l'air de quoi?»

Blanche s'assombrit. Elle trouvait que son idée était bonne. Elle avait déjà toute une comptabilité pour son repassage. Elle n'aurait eu qu'à la reproduire pour les patins. La remarque de Marie-Louise la blessa.

«Mais, Blanche, si on demandait à Germaine Larivière de demander à sa mère de demander aux dames patronnesses d'acheter des patins, on pourrait peut-être en avoir, non?

– A bien y penser, j'ai toujours haï patiner.»

Le temps des Fêtes arriva, coincé entre les tempêtes et la tristesse des patients qui savaient qu'ils ne seraient pas dans leurs familles pour les réjouissances. Chaque étage, chaque service de l'hôpital avait beau être décoré d'une crèche et de feuilles de houx, les patients étaient plus fiévreux, moins en forme, ils manquaient d'appétit et manifestaient une irritabilité non coutumière. Blanche et Marie-Louise se portèrent volontaires pour travailler durant la nuit et le jour de Noël. La sœur hospitalière les écouta en secouant la tête, comme si elle essayait de chasser une mouche encombrante.

«C'est généreux de votre part, mais jamais, jamais nous ne permettrons que le personnel infirmier travaille seize heures d'affilée. C'est trop long.

– Oui, mais nous autres on touche pas encore vraiment aux patients. Sauf pour les pansements. On est capables.

– Je n'en doute pas. Mais si par hasard vous vous endormez au poste d'observation, vous savez les conséquences que ça peut avoir sur vos résultats? L'hospitalière de garde va être obligée de le signaler.»

Blanche et Marie-Louise avaient donc demandé de travailler de jour. Cette requête leur fut accordée.

La veille de Noël, elles prirent plus de temps à se pomponner, mettant plus de bigoudis et de pinces dans leurs cheveux. Blanche se regardait dans le miroir, la mine désolée.

«Dans le fond, Marie-Louise, on a l'air d'être généreuses. Mais moi, personnellement, si je travaillais pas, je passerais probablement ma journée à m'ennuyer de la maison.

– Moi aussi. Mais pourquoi pâtir de ça? De toute façon, on pouvait pas aller à la maison. J'aime autant me dire que demain j'vas peut-être empêcher quelqu'un d'être trop triste. Mais toi, Blanche, tu aurais pu aller chez ta sœur.

– Je sais. J'avais pas envie d'y aller.»

Marie-Louise n'ajouta rien. Quelques heures plus tard, en passant dans un couloir, elle fit mine de ne pas entendre la conversation que Blanche tenait à sa sœur au téléphone. Blanche disait que le hasard l'avait choisie pour être de garde le jour de Noël et qu'elle n'avait pu refuser. Elle priait sa sœur d'embrasser tout le monde. Elle ajouta qu'elle avait un cadeau pour Aline et qu'elle irait le porter avant le jour de l'an, si possible, parce que, non, elle ne serait pas là au jour de l'an non plus, étant aussi de service.

Elles travaillèrent ensemble, sur le même étage, fredonnant des airs de Noël, entrant dans les chambres en riant, frottant les dos endoloris plus longuement que d'habitude, faisant des efforts spéciaux pour servir des portions plus généreuses au repas du midi. Elles invitèrent tous les patients capables de se lever à le faire et les rassemblèrent dans le solarium, devant la crèche. Marie-Louise les fit chanter pendant que Blanche se promenait de chambre en chambre pour ouvrir les portes afin que les malades puissent entendre le chant. Elles travaillèrent ainsi jusqu'à l'heure du souper. Éreintées, elles montèrent enfin à leur chambre faire un brin de toilette et changer d'uniforme avant de se rendre à la salle à dîner. Blanche aperçut un message, glissé sous la porte. Elle vit qu'il lui était adressé. Marie-Louise fronça les sourcils.

«Faut que j'appelle ma sœur.»

Marie-Louise réprima un sourire en regardant Blanche sortir de la chambre précipitamment et y revenir quelques minutes plus tard, la mine réjouie.

«Ma sœur a pas pu faire de réveillon. Tout a été remis à ce soir. Ils nous attendent.

– Nous?

– Oui. Toi pis moi! Vite, faut qu'on se dépêche si on veut être rentrées pour neuf heures.

– Mais ce soir on a la permission de rentrer pour dix heures.

– C'est vrai. Vite pareil. On n'a pas de temps à perdre si on veut pas manger froid.»

Marie-Louise s'excita. Elle avait téléphoné à Marie-Ange pour lui dire que Blanche avait menti. Elle ne s'était pas invitée mais elle savait que Blanche avait dû insister pour l'emmener. Elle en fut attendrie.

Elles montèrent en riant dans l'auto de Georges. Les roues

arrière se coincèrent dans la neige lourde fraîchement tombée. Blanche et Marie-Louise sortirent toutes les deux et poussèrent l'auto au coin de Sherbrooke et Papineau. Leurs manteaux étaient maculés de boue.

«Ouach! On a l'air de deux *souillonnes*.» Marie-Louise avait parlé à une Blanche pliée en deux devant les taches de gadoue qui ombrageaient les taches de rousseur du visage de Marie-Louise.

«C'est pas grave. Demain, je devrais avoir le temps de tout nettoyer.

– Merci quand même. A te regarder aller, on dirait que tu as décidé d'apprendre tous les métiers de front. Garde-malade, femme de ménage pis propriétaire d'une buanderie. Si tu as pas d'objections, j'vas nettoyer mon manteau moi-même.» Marie-Louise avait parlé à travers son essoufflement, ne regardant pas Blanche qui avait pâli et qui se demandait si Marie-Louise l'avait taquinée sans arrière-pensée ou si elle avait fait allusion à son «passe-temps» des jours de congé.

«Pousse donc, Blanche, au lieu de me regarder comme si je venais de descendre de l'étoile de Bethléem. A cette vitesse-là, on va juste avoir le temps de descendre la côte pis de la remonter avant le couvre-feu.»

Marie-Ange les attendait et les salua sèchement. Blanche regarda Georges, les sourcils en points d'interrogation, et Georges pointa Paul qui était assis dans le salon, Aline sur les genoux. Blanche enleva son manteau et invita Marie-Louise à l'imiter.

«Viens, j'vas te présenter.»

Marie-Louise entra derrière elle, figeant devant le col romain et la soutane de Paul. Elle chuchota à l'oreille de Blanche.

«Tu m'avais dit que ton frère était séminariste. Comment ça se fait qu'une fille a toujours l'impression qu'un séminariste ça a les cheveux gras pis la peau pleine de boutons? Tu aurais dû m'avertir que ton frère était beau comme un dieu.»

Marie-Louise tendit la main à Rose, à Sarah Leblanc et à son fiancé, à l'oncle Ovide qui toussotait son appréciation et donna une pièce de vingt-cinq cents à Aline. Blanche sentit l'air s'épaissir autour d'elles. Elle retourna à la cuisine pour offrir son aide à Marie-Ange, qui avait une larme de coincée dans le coin de l'œil droit.

«Qu'est-ce qui se passe ici? J'ai jamais vu autant de faces longues.

– C'est à cause de Paul.

– Paul?

– C'est son dernier Noël en soutane.»

Blanche prit trois bonnes rasades d'air avant de pouvoir parler.

«Ça se peut pas. Paul a la vocation depuis toujours.

– C'est pas l'avis du médecin des Oblats. Ça a l'air que pour avoir la vocation, il faut avoir la santé. C'est pas pour rien que Paul a changé de séminaire. Il nous l'a jamais dit mais il a été obligé de le faire.

– Est-ce que moman le sait?

– Paul lui a écrit. Pauvre moman.»

Blanche n'était pas de l'avis de sa sœur. D'après elle, la tristesse de sa mère serait davantage liée à la déception de son fils qu'à la sienne. Elle ne serait pas chagrinée d'être privée d'un fils prêtre, Blanche le savait, ayant toujours trouvé cette situation plutôt amusante.

«Pis Paul? Comment est-ce qu'il prend ça?

– Assez mal. Il nous a même dit que la religion protestante était mieux faite parce qu'elle acceptait les missionnaires laïques.

– Paul a dit ça?

– Oui. Faut qu'il soit déprimé, hein?»

Devant la peine de sa sœur, Blanche fut presque honteuse de ne pas en ressentir une aussi violente. Paul avait le maximum d'instruction possible. Il pourrait enseigner aux niveaux supérieurs.

«Fais confiance à Paul, Marie-Ange. Comme dirait moman, il a une bonne tête sur les épaules.

– Mais pas de santé.

– C'est quoi son problème, au juste?

– Savent pas encore. En ce moment, il passe des examens à l'Hôtel-Dieu.

– L'Hôtel-Dieu? Pourquoi est-ce qu'il est pas venu à Notre-Dame?

– Comme je connais Paul, c'est probablement parce que c'est là qu'est sa sœur.»

Blanche retourna au salon et regarda Paul. Pendant toute leur enfance, ils avaient été près l'un de l'autre, «presque jumeaux» comme ils se plaisaient à le dire. Elle s'approcha de son frère et, mal à l'aise devant la souffrance qu'elle venait de lire dans ses yeux, ne put rien faire de plus que de lui tapoter une épaule en lui demandant de raconter à Marie-Louise l'histoire de la grenouille écrasée. Paul fit un sourire chagrin et raconta l'histoire, que Blanche rit trop fort.

Pendant le repas, l'oncle Ovide, ignorant du drame de Paul, fit les frais de la conversation, racontant tous les détails croustillants de l'histoire de France, dont il avait pu prendre connaissance dans les centaines de livres qu'il avait lus.

«Faudrait, mon'oncle, que vous regardiez l'histoire de la Nouvelle-France de près aussi. On sait jamais. Peut-être que nos ancêtres étaient pas aussi catholiques qu'on le pense.» En disant ces mots, Blanche rougit et se tourna vers son frère. Paul, heureusement, souriait.

«Mais oui, mon'oncle. Vous devez avoir entendu parler de la "position du missionnaire"? Paul regarda Blanche, un sourire moqueur au coin des lèvres, mais ce fut Marie-Louise qui rougit.

La réplique de Paul allégea l'atmosphère du reste du repas et tout le monde assista à un combat d'érudition entre l'oncle et le neveu. Rose, l'esprit embrouillé par son incompréhension, tenta de faire dévier la conversation sur le mariage prochain de Sarah mais Sarah la fit taire gentiment et Rose envia secrètement sa nièce de dormir profondément, le nez sur la table.

«Blanche! As-tu vu l'heure? Neuf heures et demie passées. Faut qu'on parte!

– Je pense pas qu'on va se faire chicaner si on arrive un peu en retard. Après tout, demain c'est congé.

– Pas pour la maladie.»

Paul échappa sa cuiller et tout le monde le regarda fixement. Marie-Louise, qui avait voulu l'impressionner par son sens du devoir, comprit qu'elle venait de commettre un impair. Elle regarda Blanche, mal à l'aise.

«Tu as raison. Faudrait qu'on parte.»

Georges se leva de table en même temps qu'elle et Marie-Louise pour les accompagner. Paul l'en empêcha.

«Si les deux gardes-malades ont pas d'objection, je pourrais les reconduire en tramway.»

Marie-Louise s'empressa de répliquer que cela était préférable à l'auto. Marie-Ange regarda Georges, dépitée.

«Je veux pas dire par là que j'ai pas apprécié que votre mari vienne nous chercher. J'ai juste pas l'habitude de pousser une machine.»

Marie-Louise s'embourbait autant qu'elle l'avait fait dans la rue. Blanche vint à son secours.

«C'est une bonne idée. Comme ça Georges va pouvoir rester au chaud. Pis vous, mon'oncle, est-ce que vous venez aussi?

– J'vas partir avec Rose pis Sarah.» Moqueur, il jeta un coup d'œil en direction de Marie-Louise avant d'ajouter: «J'aime bien l'auto du fiancé de Sarah.»

La neige tombait encore mais le temps avait refroidi, glaçant les trottoirs. Paul tint le coude de sa sœur. Marie-Louise marchait un pas derrière eux, n'attendant que le moment où Paul lui présenterait son autre coude.

«On doit être beaux à voir. Un prêtre pis deux gardes-malades. Tu penses pas, Blanche?»

Blanche ne répondit pas mais sentit la main de son frère lui serrer l'avant-bras. Marie-Louise haussa les épaules, davantage d'incompréhension que de déception.

Elles entrèrent à l'hôpital avec une demi-heure de retard. La sœur hospitalière ne fit aucune remarque, sachant qu'elles avaient travaillé d'arrache-pied toutes les deux.

Blanche se déshabilla en silence pendant que Marie-Louise ne cessait de la remercier de sa gentillesse; elle aborda enfin le sujet qui la préoccupait depuis leur retour.

«Est-ce que ton frère a prononcé ses vœux?

– Non.

– Quand est-ce qu'il va être un vrai prêtre?»

Blanche hésita avant de répondre, se demandant s'il était convenable de parler des problèmes de son frère.

«Jamais.»

Marie-Louise se tourna brusquement pour regarder son amie bien en face.

«Comment ça, jamais?

– Paul sort des ordres.»

Marie-Louise voulut s'attrister devant la déconfiture de son amie mais en fut incapable. Son visage s'éclaira d'un sourire à fendre la glace. Sans ajouter un mot d'explication, Blanche éteignit sa lampe de chevet et se coucha, écoutant distraitement le babillage de Marie-Louise.

«Beau comme ça, ça se peut pas. Vous vous ressemblez pas du tout. Euh... je veux pas dire par là que tu es pas belle, ça on le sait, même les internes le savent, pis les filles pis les sœurs. Mais ton frère est beau à mourir. J'ai bien pensé aussi qu'un beau gars de même ça pouvait pas être prêtre. Je te jure que ton frère va avoir un bel avenir avec toute l'instruction qu'il a. Au moins un bac, non? Pis ce que j'ai trouvé de pas correct, c'est qu'il fume. Les prêtres fument pas, non? Pis à part ça, il se fait pas tirer l'oreille pour dire une affaire comme... Comment est-ce qu'il a dit? Ah! oui, la position du missionnaire. Peux-tu imaginer ça si ton frère avait été chapelain? Les gardes-malades auraient passé leur temps à faire des dévotions...»

Blanche pensa à Paul puis à Napoléon. Elle savait que Napoléon, de l'avis de toutes les filles qu'elle avait connues, était cent fois plus beau que Paul. Si Marie-Louise avait connu Napoléon, elle n'aurait jamais compris qu'elle ait rompu ses fiançailles. Marie-Louise était la meilleure amie de la terre. Mais entre elle et Marie-Louise, il y avait une grande différence: Marie-Louise égrenait le chapelet des médecins et des internes célibataires, alors qu'elle-même connaissait tout au plus dix noms et ne prenait même pas la peine de les distinguer derrière leurs moustaches toutes taillées de la même façon. Elle s'endormit en souriant, pensant au docteur Pellan. Contrairement à ce qu'elle s'était déjà imaginé, Marthe Pellan n'avait pas de moustache. Elle bascula enfin dans son premier rêve, dans lequel elle confondit les mots de Marie-Louise – «je pense que je suis en amour» – avec une phrase que Napoléon lui disait, étendu à côté d'elle sur un rocher du lac aux Sables.

7

«Blanche? C'est moman.

– Allô! moman. Est-ce que vous allez bien?

– Oui. Mais j'ai reçu une autre lettre de ton frère Paul. Il a eu les résultats de ses examens. Ça a l'air que son problème, c'est le diabète.»

Blanche pâlit. A l'hôpital on parlait d'ouvrir un dispensaire spécial pour les patients souffrant de cette maladie. Elle savait que ces malades recevaient de l'insuline, un médicament découvert au Canada, sept ans plus tôt. Pour avoir fouillé pendant des heures dans les livres de l'hôpital, elle savait aussi que l'espérance de vie de son frère était diminuée et que s'il avait un diabète sérieux, il pouvait avoir des complications terribles. Paul aveugle... Paul amputé...

«Tu m'écoutes, Blanche?

– Oui, moman.

– C'est drôle, mais j'ai toujours su que Paul avait quelque chose de pas correct. Tu te rappelles? Toujours des fièvres, pis toujours mal quelque part. Pis fatigué. En tout cas, j'ai l'impression, tout à coup, que c'est ça aussi que ma mère avait. D'une certaine manière, Paul a le même caractère que ma mère. Blanche?

– Oui, moman?

– Est-ce que tu sais si ça se donne par le sang?

– Vous voulez dire si c'est héréditaire? Il me semble avoir lu que oui.

– Ha...» La voix de sa mère venait de tomber au diapason de la crainte.

« Mais on sait pas comment expliquer ça.

– Ha! bon. Blanche?

– Oui, moman?

– Est-ce que tu peux lire là dessus pis me dire...

– C'est pas grave, moman. Pis astheure ça se soigne bien, à condition de laisser tomber le sucre...

– Paul a jamais aimé le sucre...

– Ça va se soigner encore mieux.»

La conversation se poursuivit pendant quelques minutes, le temps qu'Émilie demande à sa fille d'aller voir son frère le plus souvent possible avant qu'il ne revienne à Saint-Tite.

«Blanche?

– Oui, moman?

– Est-ce que tu pourrais me rendre un service?

– Ça dépend.

– Aller voir Henri Douville de ma part pis lui demander de regarder pour voir si Paul pourrait pas enseigner. Avec ses diplômes...

– Ça me gêne...

– Henri est pas gênant.

– Pourquoi est-ce que vous lui écrivez pas?

– Parce que ça me gêne... hahaha! Surtout depuis qu'il est remarié... Peux-tu?

– Pourquoi est-ce que vous venez pas à Montréal?

– J'ai pas le temps, tu le sais. Peux-tu?

– O.K.»

Sans s'en rendre compte, Blanche avait dit O.K. Horrifiée, elle secoua la tête, pensant que cette mode était vraiment très contagieuse.

Elle prit rendez-vous par téléphone et Henri Douville accepta de la voir le lendemain même. Elle connaissait l'histoire d'Henri Douville, sachant qu'il avait été le fiancé de sa mère. Elle se demanda comment elle se sentirait si, un jour, elle devait demander à une de ses filles éventuelles d'aller mander un servic à Napoléon. Elle fronça les sourcils. Elle pensait de plus en plus souvent à Napoléon et cela la troublait et l'agaçait.

Henri Douville l'accueillit chaleureusement et elle essaya d'imaginer ce qu'elle serait devenue s'il avait été son père. L'absurdité de sa question la frappa et elle fit dévier ses pensées vers l'objet de sa visite.

«Seigneur de Seigneur. Il faut vraiment savoir que vous êtes la fille de votre mère. Je ne vois aucune ressemblance. N'allez surtout pas croire que vous n'êtes pas aussi jolie qu'elle l'était quand je l'ai connue. Quel âge avez-vous?

– J'vas avoir vingt-deux ans le mois prochain.

– Ha! non, à cet âge, votre mère était déjà mariée. Oh! je m'excuse, vous ne connaissez pas mon épouse, je crois.»

Blanche se dirigea vers la personne qui était assise devant le foyer et ne s'était pas levée à son arrivée. Si la photo de la femme d'Henri Douville l'avait fait rire quelques années plus tôt, cette femme en chair et en os était, à quelques détails près, une reproduction parfaite de sa mère. Elle sentit, dans le regard de Douville, un amusement certain et aussi une exhortation à retenir son émotion.

«Madame.»

La femme devant elle sourit poliment et Blanche fut davantage frappée par la ressemblance.

«Maintenant que les présentations sont faites, suivez-moi dans mon bureau, Blanche. Nous serons plus à l'aise pour parler.»

Blanche regarda la dame, inconfortable devant la presque grossièreté d'Henri Douville qui, manifestement, tenait volontairement sa femme à l'écart. Quand ils furent assis, Douville regarda Blanche derrière ses verres épais et lui sourit.

«Et alors?

– Alors je suis ici pour vous demander si, à votre connaissance, on aurait besoin, quelque part, des services de mon frère Paul qui, comme je vous l'ai dit au téléphone, doit quitter le séminaire pour des raisons de santé.»

Douville éclata de rire.

«Seigneur, vous avez du souffle! Vous rendez-vous compte que vous n'avez pas respiré une seule fois depuis que vous avez ouvert la bouche? En fait, je disais "alors" pour connaître vos impressions.» Blanche, interloquée, ignorait ce dont Douville parlait.

«Mes impressions?

– Par rapport à ma femme.

– Ha! Elle a l'air bien gentille.

– C'est tout?»

Blanche s'accrocha à l'œil de Douville qui semblait être le bon – joli cas de strabisme pensait-elle – et sourit.

«Vous voulez savoir si je trouve qu'elle ressemble à ma mère?

– Je ne peux rien vous cacher.

– Je pense que vous avez pas besoin de mon avis là-dessus. Je trouve que c'est assez évident.

– Comme une jumelle, n'est-ce pas? Elle n'a ni la classe, ni la distinction, ni l'instruction, ni l'humour de votre mère, mais avec ma tête, mon âge et mes malaises de vieillissement, je me considère chanceux.»

Blanche hochait la tête. Le pathétisme d'Henri Douville la faisait frissonner. Cet homme était toujours amoureux de sa mère. Un amour qui ne s'était pas consumé après trente et un ans et deux mariages. Est-ce que Napoléon, s'il renonçait à la prêtrise, l'aimerait encore après trente ans? Elle se mordit l'intérieur de la joue. Encore Napoléon!

«En ce qui a trait à votre frère, Paulo comme l'appelait votre mère, j'ai téléphoné à tous ceux que je connaissais. Je ne vois rien pour lui. Mais je garde l'œil ouvert.» Il éclata de rire. «C'est fou ce que cette phrase, quand je la dis, met les gens mal à l'aise. Mais vous, qui allez devenir une infirmière, en avez vu bien d'autres. Vos résultats, sont-ils bons?»

Blanche se demandait pourquoi Douville lui posait cette question. En quoi ses résultats académiques pouvaient-ils l'intéresser?

«Je suis satisfaite.

– Combien? Dans les quatre-vingts? Quatre-vingt-dix? Allez, ne soyez pas gênée, ni faussement modeste. Où se situe votre moyenne?»

Blanche vit qu'il ne serait satisfait que lorsqu'elle aurait répondu à sa question.

«Quatre-vingt-dix.

– Quelle est votre moyenne la plus élevée?

– Aux examens de Noël?

– Partout.

– Quatre-vingt-dix-huit.

– Hahahaha! Je le savais! Je le savais! Votre mère vous a fait cadeau de son intelligence. Si vous saviez, Blanche, comme il est dommage que cette femme n'ait pu s'instruire. Quels exploits elle aurait pu accomplir.»

Blanche ressentit une vague douleur lui comprimer la poitrine. Henri Douville heurtait ses ambitions à elle en idolâtrant ainsi sa mère. Elle se leva tranquillement, pour ne pas froisser son euphorie, et le pria de l'excuser. Douville redevint immédiatement sérieux.

«Je pense que je deviens gâteux avec les années. Mais vous savez, j'ai eu pour votre mère...

– Je sais...

– Non, vous ne pouvez pas savoir. Pas plus que votre mère n'a voulu savoir. Mais quand je vous regarde, je me dis qu'elle a eu raison. Si elle a neuf enfants aussi magnifiques que vous, elle a fait le bon choix. Vous êtes certainement plus intéressants à regarder qu'un vieux presque chauve aux yeux incertains de la direction à prendre.»

Maintenant, Douville lui plaisait. Elle comprit ce qui, chez lui, avait dû attirer sa mère. Elle s'approcha et lui tendit la main. Douville l'accepta mais lui demanda si, en bon père de famille, il pouvait l'embrasser sur la joue. Elle tendit la joue gauche et Douville y posa des lèvres encore douces. Elle sourit.

«Vous sentez aussi bon qu'elle. Et votre peau est aussi veloutée que la sienne l'était. Est-ce qu'elle a toujours son teint de pêche?

– Ah! oui. Mais pourquoi est-ce que vous allez pas la voir? Ma sœur Rolande va avoir quatorze ans pis elle, c'est ma mère toute crachée. Sauf qu'elle a les yeux encore plus pâles que les miens.

– Les yeux de votre père...

– Je me rappelle pas.

– Je ne me rappelle pas...

– Pardon?

– Vous avez pris la manie de votre mère de ne jamais dire les " ne ". J'ai passé des heures à essayer de la corriger.

– Ha...»

Douville devint encore plus sérieux.

«Je n'irai pas la voir. Je préfère vivre avec ma gentille illusion.»

Blanche sursauta. Il venait de qualifier sa femme d'illusion.

«Vous êtes sévère, monsieur Douville.

– Non. Je suis tristement réaliste.»

8

Paul était assis sur un banc du parc Lafontaine, devant l'hôpital. Il feuilletait un dictionnaire latin-français tout en jetant un coup d'œil occasionnel en direction de la porte centrale de l'édifice. Il avait rendez-vous avec Blanche qui, il en était presque certain, serait accompagnée de Marie-Louise. Depuis que le printemps avait envahi Montréal, que Paul l'avait espionné dans les jardins entourant la maison des Oblats, il avait senti son âme mourir au même rythme que la vie qui envahissait son environnement. Il avait dû quitter les ordres, aussitôt les fêtes de Pâques terminées. Pâques ne l'avait réjoui en rien. Les fleurs roses et mauves qui ornaient l'autel avaient décoré le cercueil de son cœur.

Depuis le jour de l'an, il avait rencontré sa sœur à toutes les deux semaines. Elle ne lui laissait aucun répit, le traînant dans tous les musées pendant les mois d'hiver et maintenant que la température s'entourait de clémence, elle ne savait qu'inventer. Ils avaient vu le jardin botanique, fait de longues promenades sur le mont Royal ainsi qu'à l'île Sainte-Hélène. Aujourd'hui, elle lui avait promis un peu de calme, lui proposant d'aller tout simplement au Ouimetoscope.

Il l'aperçut enfin, se dirigeant vers lui d'un pas rapide. Depuis qu'elle était étudiante infirmière, elle avait modifié sa démarche. Avant qu'elle n'entre à l'hôpital, il avait souvenir qu'elle marchait d'un pas allongé, se déhanchant naturellement, sans effort. Maintenant, elle avait une allure aérienne et pressée, ne portant presque plus au sol. Il la regarda en souriant, sachant qu'elle le verrait pour la première fois sans sa soutane. Il se doutait qu'elle réagirait comme elle le faisait toujours. Elle ne dirait pas un mot, ne passerait aucune remarque, ne poserait aucune question. Depuis les Fêtes, elle n'avait même pas abordé le sujet de sa vocation sauf pour lui dire que ce qui arrivait était «peut-être pour le mieux». Avec elle, il n'était pas question qu'il parle de sa souffrance. Il devait rire ou à tout le moins feindre la bonne humeur. Si elle sentait qu'il pouvait dire une chose qui lui tenait à cœur, elle s'empressait de parler de leur enfance, comme s'il n'y avait que cela qui les reliait. Peut-être en effet, n'y avait-il que cela pour elle?

«Je t'ai pas trop fait attendre, j'espère?

– Non. J'avais une bonne lecture.

– Qu'est-ce que c'est?

– Un dictionnaire latin-français.»

Il sourit, curieux de voir quelle pirouette elle inventerait pour éviter de faire le lien entre le latin et la prêtrise.

Maintenant, elle devait dire quelque chose. Lui demander pourquoi il continuait de vouloir maîtriser son latin. Maintenant, elle ne pouvait s'esquiver, il en était certain.

«Comme moman! Tu lis le dictionnaire comme moman fait. Ma foi, Paul, ça doit être de famille.»

Il la regarda, frôlant l'émerveillement. Elle avait encore réussi!

«Qu'est-ce que tu t'es fait à la main, Blanche?

– Quoi?

– Ça?»

Il pointait le dessus de sa main gauche.

«C'est rien. Je me suis brûlée avec le fer à repasser. Ça m'arrive quand je suis dans la lune.

– Qu'est-ce que tu voyais dans la lune?

– Est-ce qu'on y va? Si on veut pas être en retard, faudrait qu'on parte tout de suite.»

Chemin faisant, Blanche se demanda si Paul marcherait encore longtemps. Elle avait remarqué que sa cheville droite était enflée. Aujourd'hui, par exemple, il boitait légèrement. Tellement légèrement qu'elle n'était même pas certaine qu'il en avait connaissance. Ils entrèrent dans le cinéma et Paul lui demanda où était Marie-Louise.

«Dans la salle des pansements du troisième. Elle me remplace.

– Ça ne lui a pas tenté de sortir?

– Ha! oui. Marie-Louise sortirait tout le temps si c'était possible. Mais Marie-Louise a le cœur grand quand il s'agit de s'occuper des autres. Quand c'est à elle qu'il faut penser, son cœur rapetisse.»

Paul regarda Blanche, presque étonné. Jamais elle n'avait émis une opinion aussi radicale. Ainsi, la Marie-Louise avait un grand cœur...

Le film, quoique ennuyeux, réussit à les distraire tous deux. Paul insista pour que Blanche soupe avec lui au restaurant.

«Je peux pas. J'ai des choses à faire ce soir.

– Manger avec moi ou à l'hôpital, ça prend le même temps.

– Je mange pas ce soir. J'ai des fruits dans ma chambre. Ça va faire.

– Tu peux pas jeûner comme ça.

– Sauter un repas a jamais tué personne.»

Paul la raccompagna donc. Avant de la quitter, il lui annonça aussi calmement que s'il avait parlé de la soudaine venue du soleil, qu'il quittait le lendemain pour Saint-Tite.

«Pour une visite?

– Non, pour y rester.

– Tu vas faire quoi, là-bas? Enseigner au collège?

– Non. Pas pour le moment. Je vais rester avec moman et m'occuper d'elle un peu.»

Blanche se ferma, voyant dans cette remarque un reproche à l'effet qu'elle avait abandonné leur mère. Paul sentit qu'il l'avait blessée.

«Attention à ta sensibilité, ma chère sœur. Je ne parlais pas de toi. C'est à moi que je pensais. Est-ce que tu te rends compte que cette année je vais avoir vingt-deux ans et que je n'ai jamais vraiment habité avec ma mère depuis que je suis parti pour Mistassini? Sais-tu quoi, Blanche? J'espère la connaître juste un peu mieux.

– Bonne chance.

– Pourquoi tu dis ça?

– Je connais personne qui connaît moman.»

Paul ferma les yeux, touché. Il les rouvrit, regardant sa sœur en face, sans battre une paupière.

«Pourquoi est-ce que tu fais autant d'efforts pour lui ressembler? Laisse-toi donc aller un peu. Des fois tu me sembles aussi empesée que ton uniforme.

– Moi, c'est pas pareil. J'ai rien à dire.»

Paul se tut, refrénant une indicible envie de dire à sa sœur qu'il avait besoin de son aide. Mais sa sœur était fluide comme une prière matinale méditée dans la rosée.

«Merci, Paul, de m'avoir accompagnée au cinéma. Si j'avais su que tu partais demain, peut-être que je t'aurais proposé d'autre chose. En tout cas, j'aurais essayé de souper avec toi au moins. Embrasse moman pis les p'tites pour moi.»

Blanche avait envie de prendre la douleur de son frère dans ses bras et de l'aspirer pour l'en libérer. Elle savait qu'il avait mal partout et qu'il ressentait probablement quelque chose de semblable à ce qu'elle avait senti quand on lui avait dit d'oublier la médecine. Elle savait qu'il avait besoin de se faire consoler mais elle s'en sentait incapable. Elle était beaucoup plus à l'aise avec les étrangers auxquels elle pouvait prodiguer encouragements et conseils. Paul avait voulu devenir un médecin de l'âme, elle, elle ne voulait soulager que les corps.

«Je vais aller rejoindre l'oncle Ovide. Il doit m'attendre.

– C'est ça.»

Il allait partir et elle n'avait pas réussi à lui dire un seul mot de consolation ou d'encouragement. Par sa malhabileté, elle éloignait son frère le plus cher à ses souvenirs. Paul recula d'un pas, regarda le ciel et dit candidement que les jours allongeaient.

«Oui, pis si tu es comme moi, Paul, tu vas les trouver longs en titi. Longs à n'en plus finir. J'en sais quelque chose. Ça m'a pris presque un an avant d'être capable de me remettre de ma colère quand on m'a dit que je pouvais pas faire ma médecine.»

Elle soupira, presque soulagée d'avoir avoué ce qu'elle percevait encore comme un échec. Paul l'attira vers lui et lui soutint la tête. Leurs deux chagrins, presque jumeaux, s'unirent enfin dans les larmes que tous les deux refoulaient allègrement, dignes enfants de leur mère. Paul se ressaisit le premier et parla d'une voix encore humide.

«On aurait besoin d'oignons.

– Comment ça?

– Tu te rappelles pas? Quand on est revenus à Saint-Tite, moman passait son temps à éplucher des oignons pour nous empêcher de la voir pleurer.

– J'ai jamais remarqué ça...

– Tu vois, ses oignons étaient efficaces.

– Pauvre moman.

– C'est plus que pauvre moman. C'est pauvre peine de tout le monde qui a jamais la chance de se montrer. Comme la tienne, Blanche.»

Blanche ne répliqua plus, ayant l'impression de ne pas avoir été à la hauteur d'elle-même. Pas plus aujourd'hui qu'elle ne l'avait été quand sa mère pleurait en épluchant des oignons.

«Pis? Est-ce que Paul est aussi beau sans sa soutane?

– Oui, Marie-Louise. J'espère que je t'ai pas trop fait attendre.

– Non. Mais j'ai faim.

– Va-t'en souper tout de suite. Je reprends mon service.»

Marie-Louise remit à Blanche toutes les notes qu'elle avait consignées. Blanche en prit connaissance rapidement et efficacement. Elle remercia Marie-Louise.

«C'était vraiment gentil de ta part de m'avoir remplacée. Je pense que Paul avait vraiment besoin d'être avec quelqu'un.

– Ça m'a fait plaisir, Blanche. Si c'est pas pour s'aider une fois de temps en temps, à quoi est-ce que ça sert des amies?»

Blanche ne répliqua pas et, remarquant qu'un voyant venait de s'allumer, elle quitta le poste d'observation pour se diriger vers la chambre d'un malade. Elle se tourna.

«Marie-Louise?

– Oui?

– Peux-tu attendre que je revienne avant de t'endormir? J'aurais quelque chose à te dire.

– O.K.»

Blanche quitta la chambre, vida le bassin de son contenu dans la toilette, le rinça à l'eau de javel, l'essuya, se brossa les mains et le reporta là où elle l'avait pris. Elle se dirigea ensuite rapidement à la cuisine de secours. Ce soir, elle était seule à préparer les repas des patients. C'est pour éviter cette corvée à Marie-Louise qu'elle avait refusé de souper avec son frère, refus qu'elle avait regretté en apprenant son départ. Marie-Louise, elle en était certaine, aurait compris. Mais Blanche détestait imposer quoi que ce soit, aussi s'était-elle empressée de rentrer à l'heure promise. Elle lut les menus de chacun des patients et eut un instant de découragement. Douze d'entre eux devaient avoir un repas diététique. Elle alluma le poêle à gaz, qui était l'appareil le plus imposant de toute la cuisine. Elle découvrit les chaudrons montés de la cuisine centrale, en sentit le contenu avant de garnir les diverses assiettes. Elle courut ensuite les porter aux chambres des patients. Elle revint à la cuisine de secours, regarda chacun des douze plateaux arrivés de la cuisine des diètes, réchauffa les aliments qui devaient être mangés chauds et, le plus rapidement possible, servit ses malades. En tout l'opération «repas» ne lui prit qu'une demi-heure mais elle était épuisée. Dans son esprit trottait l'affliction des yeux de Paul.

Blanche décida de faire ses habituelles visites avant de monter à sa chambre. Elle regarda l'heure et sut que Marie-Louise devait commencer à se boucler les cheveux. Elle disposait donc de vingt minutes. Elle entra dans les chambres de ses patients «préférés», ceux qui, elle le savait, ne sortiraient pas vivants de l'hôpital. Elle se dirigea vers l'ascenseur lorsqu'elle entendit un interne l'appeler.

«Garde, vous pouvez venir ici une minute? J'aurais besoin de votre aide.»

Blanche regarda autour pour s'assurer qu'elle était bien la personne visée.

«Oui vous, la petite étudiante aux yeux bleus pis à la dent d'or.»

Elle serra les mâchoires et pénétra dans la chambre. Deux internes étaient au chevet d'une patiente, «l'éléphant» de son surnom – jamais elle ne donnerait de surnoms aussi méprisants – et l'invitèrent à les aider.

«On vient de constater le décès. Il faut qu'on la place sur la civière pour la descendre à la morgue. Mais elle est tellement grosse qu'à deux on réussit pas. Avec votre aide, ça devrait marcher.»

Blanche crut qu'elle allait s'évanouir. Jamais elle n'avait approché un mort. On évitait ces scènes durant la première année d'études. Elle s'approcha du lit, profitant de l'activité des deux internes pour regarder la mort en face. En voyant la morte, elle sut que le décès était très récent. Elle tendit une main tremblotante et toucha un bras. Il était encore chaud d'une chaleur moite, sans vie. Blanche frissonna.

«Préparez-la.»

Blanche sursauta. La préparer! Elle avait lu qu'elle devait fermer les yeux et les recouvrir de gaze humide pour éviter que les paupières ne s'ouvrent à nouveau. Si cela devait se produire, l'embaumeur serait forcé de coudre les yeux. Elle pensa ensuite qu'il lui faudrait une autre gaze, plus solide, pour retenir la mâchoire. Elle se remémora enfin qu'elle devait laver les entrailles de la morte pour y enlever toutes les défécations provoquées par l'ultime détente. Elle eut une nausée et quitta la pièce pour aller à la salle des pansements chercher le matériel qui lui serait nécessaire. A l'aller comme au retour, elle chercha la sœur hospitalière ou une graduée pour aviser qu'elle n'avait pas la compétence nécessaire pour effectuer le travail qu'on lui demandait. Elle ne vit personne et respira profondément. Elle utilisa la première de ses gazes carrées pour s'essuyer le front.

Elle revint à la chambre. Les deux internes n'y étaient plus. Elle s'approcha du cadavre et ressentit ce qu'elle avait appréhendé depuis qu'elle travaillait auprès des grands malades: la peur gluante de sa propre mort. Elle tenta de fuir mais ses jambes et ses mains commencèrent le travail pour lequel elle s'était préparée, les yeux et l'âme fermés.

Elle trempa la gaze dans l'eau et posa deux carrés sur les paupières après les avoir fermées. Elle revint à l'évier et s'y pencha pour subir des assauts de haut-le-cœur. Elle se ressaisit et coupa trois longueurs de gaze, large de trois pouces. Elle s'approcha à nouveau de la morte et lui entoura le visage, empêtré par le triple menton. Elle dut en soulever un pour que la gaze appuie bien sur le maxillaire. Elle fixa le tout sur le dessus de la tête, s'efforçant de faire un nœud solide. Elle pleura presque du ridicule de la mascarade que la morte devait endurer. Gigantesque avec un nœud énorme au-dessus du crâne, elle avait l'air d'un enfant géant affligé d'un mal de dent. Remplie de pitié, Blanche prit ses ciseaux et coupa l'excès de gaze, à ras du nœud. Elle jeta les morceaux à la poubelle, juste sous l'évier dans lequel elle força ses nouvelles attaques de haut-le-cœur à se calmer. Elle prit ensuite un plat de métal, le remplit d'eau, saisit une débarbouillette et s'approcha du lit. Le pire était à faire. Elle retira le drap et la couverture, les plia au pied du lit avant de se rendre compte que ce qu'elle faisait était ridicule. Elle les arracha et les porta dans un coin de la chambre. La morte étalait son énorme nudité, son vêtement d'hôpital, impossible à attacher à l'arrière, drapé sur chacun des replis de son corps. Son sexe était exposé et Blanche sentit, avant de le voir, le dernier besoin qu'elle avait satisfait. Elle courut à l'évier en vomir l'odeur et l'apparence et se promit qu'elle essaierait de mourir à jeun. Elle revint vers le lit, se demandant ce que faisaient les internes, et entreprit d'enlever les excréments et de laver la chair maintenant presque plus froide que l'eau tiède qu'elle utilisait. Elle courut à l'évier trois fois et s'essuya la bouche et le front. Elle se sentit les mains et vomit à nouveau. Elle essaya de soulever le siège de la morte mais en fut incapable. Elle courut donc à la salle de toilette pour vider le contenu de son plat, prenant soin d'actionner la chasse avant même de commencer. Elle revint à la chambre et fut soulagée d'y voir les internes, transpirant comme des bœufs en essayant de soulever le corps. Elle espéra que son malaise n'était pas visible.

«Simplement par curiosité, garde, regardez donc dans son dossier pour savoir combien elle pesait.

– J'ai pas besoin de regarder. Je le sais. Trois cent dix-sept livres.»

Un interne siffla, presque d'admiration pensa-t-elle, trouvant que le temps d'humoriser était mal choisi. Le second interne monta sur la civière, fit un pas par-dessus la morte et lui prit les bras. Le second fit la même chose au niveau des cuisses.

«Est-ce qu'elle était mariée?

– Oui.»

Blanche répondit sans savoir si la question lui était destinée. Le second interne éclata de rire.

«Je gagerais ma chemise que son mari mesure quatre pieds dix et pèse cent livres.»

Le premier interne esquissa un sourire et pria son collègue

de travailler au lieu de blaguer. Il tourna la tête en direction de Blanche.

«Tenez-lui donc les pieds, garde.»

Blanche qui, depuis le début de leurs acrobaties, craignait qu'ils perdent l'équilibre, ne fut que trop heureuse de porter secours au second interne qui, malgré qu'elle détestât son humour noir, semblait vraiment avoir besoin d'elle pour ne pas s'écraser sur la morte. Elle se plaça au pied du lit et lui prit fermement les chevilles. Il éclata d'un rire tellement puissant, que ses éclats bondirent sur tous les murs de la chambre. Le premier interne leva la tête pour voir ce qu'il y avait de si drôle. Blanche sentit ramollir les jambes qu'elle tenait et serra davantage. Le premier interne s'esclaffa à son tour, ce qui tripla l'ampleur du rire du second. Blanche était la seule à ne rien trouver d'amusant, transpirant sous l'effort qu'elle faisait pour éviter le pire. Elle n'y parvint pas. Le second interne perdit l'équilibre et s'affala sur la morte, qui exhala un son épouvantable, venu des ténèbres, ressemblant à un tonitruant rot perdu dans un souffle d'indignation. D'horreur, Blanche écarquilla les yeux et ouvrit la bouche. L'interne se roula et descendit du lit, riant toujours, et se dirigea vers Blanche.

«Les pieds, garde. Les pieds.»

En parlant, il pointa les pieds de la morte. Blanche sentit la honte lui envahir le front à la même cadence que ses larmes lui montaient aux yeux. Elle sortit précipitamment de la chambre et se heurta à la sœur hospitalière.

«Voulez-vous me dire, mademoiselle Pronovost, ce qui se passe? On entend des rires jusqu'à l'étage du dessus.»

Blanche, pétrifiée, ne put proférer un seul mot.

«Attendez-moi au poste d'observation.»

Blanche s'y assit en tremblant. Elle entendit les rires de la sœur hospitalière se mêler à ceux des internes. Elle déposa sa tête sur ses bras, croisés sur la table, et sanglota. L'hospitalière revint près d'elle sans qu'elle en ait connaissance.

«Comment ça se fait que vous avez fait ce travail? Vous savez bien que ce n'est pas pour les étudiantes de première.

– P... pas trouvé personne.

– Je ne vous fais pas de reproche. Le travail que vous avez fait était bien fait.»

Blanche sentit que l'hospitalière réentendait l'explication des internes car sa voix se faisait plus légère, prête à rire.

«Je trouve dommage que vous ayez eu un premier décès aussi pénible. Ce n'est pas toujours comme ça.»

Blanche ne répondit rien, humiliée de son inexpérience.

«Qu'est-ce que vous diriez si vous et moi on se faisait un bon café?»

Blanche fit non de la tête.

«Aimeriez-vous mieux que nous allions à la chapelle prier pour la morte?»

Blanche fit deux fois non.

«Voulez-vous aller vous reposer?»

Blanche allait acquiescer lorsqu'elle entendit le crissement des roues de la civière poussée par les deux internes. Ils passèrent près du poste, regardèrent Blanche et s'esclaffèrent si fort que l'hospitalière leur demanda de se calmer un peu.

Blanche bondit sur ses pieds, regarda l'hospitalière, insultée de voir qu'elle ne leur avait pas dit de se taire. Elle partit à la course, refusant d'écouter l'hospitalière qui la rappelait. Elle perçut les mots, choc, triste réalité, fatigue et prière au moment où se fermaient les portes de l'ascenseur qu'elle venait de prendre.

Blanche essaya de se ressaisir avant d'entrer dans sa chambre. Elle le fit le plus discrètement possible. Marie-Louise, recroquevillée, lisait sur son lit, la tête soutenue par trois oreillers. Elle leva les yeux pour sourire à Blanche mais abandonna son livre en l'apercevant.

«Es-tu malade?»

En entendant le mot, Blanche sentit son estomac se contracter. Elle s'enfouit la tête dans le lavabo. Au premier spasme, elle vomit toute sa peur; au second, son humiliation.

«Mon Dieu Seigneur! Qu'est-ce que tu as mangé?»

Marie-Louise sortit avec empressement de la chambre, laissant Blanche presque à genoux devant l'évier, et courut chercher une chaudière. Elle revint près de son amie, la soutint pour la relever et la força à s'étendre sur son lit. Elle lui épongea la figure et le cou et l'exhorta à ne pas bouger.

«Tu es tellement pâle que tu as l'air d'une vraie morte...

– Tais-toi, Marie-Louise. Tais-toi.»

Malgré les mots étouffés, Marie-Louise comprit tout l'impératif du ton. Surprise, elle déglutit bruyamment avant de retourner nettoyer l'évier.

Blanche ferma les yeux et les recouvrit du linge. Devant eux, le spectacle de la mort valsait dans un interminable tourbillon. Blanche sentit l'essoufflement de son cœur et le supplia de ne pas s'arrêter. Elle venait de faire la connaissance de son rythme, de sa présence habituellement discrète, subitement imposante. Elle sentait le tremblement de ses jambes et de ses bras mais surtout celui de ses mains. Elle se demanda, presque froidement, si elle tremblait de peur ou si elle tremblait des efforts qu'elle avait déployés pour expulser un repas ingurgité plus de huit heures plus tôt. La mort, masquée par les traits d'une grosse femme, par un ventre replet, par des entrailles nauséabondes, continuait à la narguer en tournoyant encore et encore dans sa tête. Elle sentit qu'elle allait perdre conscience comme elle l'avait fait dans la chambre de Clément et s'abandonna à ce faux sommeil. Elle crut s'entendre gémir avant d'atteindre la noirceur souhaitée.

«Blanche? Blanche!»

Marie-Louise s'énervait. Blanche sentit une main lui fouetter le visage. Elle ouvrit les yeux et se demanda depuis quand Marie-Louise avait une jumelle. Elle clignota des paupières et aperçut le plafonnier de la chambre. Son cœur lui lança un rappel de son existence.

«Blanche? Est-ce que ça va mieux?»

Blanche fit un signe d'assentiment, tenta de sourire pour rassurer son amie et effacer son air misérable.

«Je pense que j'ai fait la toile.

– Tu penses? Ça fait cinq minutes au moins que j'essaie de te ranimer. J'vas demander à Pauline de te surveiller pendant que j'vas faire venir un médecin. C'est pas normal.

– Non! Va me chercher un jus de fruit. Froid. C'est tout ce que je veux.»

Marie-Louise revint une minute plus tard.

«J'ai juste trouvé du jus de tomate. Est-ce que ça va faire?

– C'est parfait.»

Blanche but à petites gorgées en regardant son amie. Ni l'une ni l'autre ne parlait. Blanche déposa son verre sur sa table de chevet et tenta de se lever. Elle en fut incapable.

«Aide-moi, s'il te plaît.

– Pas question. Tu restes couchée jusqu'à demain matin. Pis toute la journée si tu en as besoin.

– Es-tu folle? J'ai pas l'habitude de passer une journée au lit!

– C'est le temps de commencer.»

Les joues de Blanche avaient presque retrouvé le rose qui les colorait habituellement.

«Je t'avais demandé de m'attendre parce que je voulais que tu saches que Paul part de Montréal. Il s'en retourne chez ma mère.

– Est-ce que c'est ça qui t'a rendue malade?

– Non.»

Blanche se redressa et Marie-Louise lui glissa des oreillers derrière le dos. Blanche savait que Marie-Louise, pas plus tard qu'au déjeuner, peut-être même avant, connaîtrait tous les détails de sa soirée. Les racontars, dans un hôpital, se propageaient plus rapidement que la contagion. Elle décida donc de tout dire elle-même, s'en tenant aux faits et évitant d'exposer ses pensées et ses sentiments. Marie-Louise ponctua son écoute de «ouach», de «pauvre Blanche», et de «tsst». Quand Blanche eut terminé, Marie-Louise se tut, elle aussi, pendant quelques minutes.

«Pis, dans tout ça, c'est quoi qui t'a rendue malade?»

Blanche détourna le regard vers la fenêtre pour se soustraire à la perspicacité de son amie.

«Tout.»

Marie-Louise quitta la chambre sur la pointe des pieds. Blanche n'avait pas entendu le réveil et dormait profondément. Marie-Louise décida de ne pas la réveiller. Avant d'entrer dans la salle à manger, elle entendit des rires plus criards que d'habitude. Elle ferma les yeux, remerciant le ciel d'avoir laissé Blanche bien au calme dans son sommeil. En franchissant le seuil, Marie-Louise perçut que les éclats s'estompaient. Elle marcha jusqu'au comptoir et se servit, sachant que Germaine Larivière venait de se lever de table et se dirigeait vers elle.

«Blanche est pas là?»

Marie-Louise sentit qu'une centaine de paires d'yeux s'étaient agglutinés à leurs dos.

«Non. Blanche est malade. Elle a fait une grosse indigestion.» Marie-Louise essayait de garder un ton de confidence, même si Germaine, elle, avait pris le timbre d'un orateur.

«Peut-être qu'elle a trop mangé de pattes grasses.»

Marie-Louise savait que Germaine venait de faire un jeu de mot subtil. Au repas de la veille, les gardes-malades avaient mangé du ragoût de pattes de cochon et certaines s'étaient plaintes qu'il était trop gras. Elle haussa les épaules et continua de garnir son assiette. Germaine, voyant qu'elle avait l'écoute de toutes, la talonna.

«On raconte, comme ça, que Blanche, la première de classe, aurait fait une erreur de débutante.»

Marie-Louise entendit le silence que seul le bruit des ustensiles et le sirotement du café trop chaud venait distraire. Elle hésita une fraction de seconde entre se taire et éclater. Elle opta pour le second choix. Elle déposa son assiette sur le comptoir devant elle, éclaboussant l'uniforme de Germaine, qui poussa un cri de surprise retenue. Marie-Louise se tourna vers elle, cramoisie, et retint l'envie de la gifler.

«C'est parce que, Germaine Larivière, Blanche est une débutante.» Elle avait mis l'accent sur «est».

«Toi, Germaine Larivière, est-ce que tu aurais fait ce qu'elle a fait? Est-ce que tu aurais préparé la morte? Est-ce que tu aurais été capable, sans demander d'aide, de la laver?»

Certaines diplômées posèrent leurs ustensiles. Elles savaient ce que Blanche avait vécu. Devant la malignité de Marie-Louise, Germaine ne cessait de se hausser sur la pointe des pieds pour ensuite retomber sur les talons avant de recommencer son manège.

«Tu fais ta grande *fifine* mais je gage que tu es jamais rentrée dans la chambre d'un mort. Toi, pis moi, pis toutes les étudiantes de première, de deuxième pis une grande partie des étudiantes de troisième, on n'est jamais entrées dans la chambre d'un mort. Blanche a fait une erreur! Certain. Tout le monde le sait! Blanche a tenu les pattes de l'interne au lieu de prendre les pieds de la morte. Pis? Je suppose que tout le monde ici aurait compris? Je suppose que tout le monde ici aurait regardé une morte de trois cents livres sans broncher?

– Baisse le ton, Marie-Louise. Tout le monde entend...

– Tout le monde entend? Tant mieux! C'est ce que tu voulais. Tu voulais que tout le monde rie de Blanche. Ben moi je ris pas. Pis je pense que personne ici aurait ri en entendant la morte sortir son air quand l'interne est tombé dessus. Parce que ça, c'est pas écrit dans les livres. Il paraît qu'il faut l'entendre. Pis Blanche l'a entendu. Avec le temps, j'imagine qu'on s'habitue, mais Blanche, elle, était pas habituée! Pas plus que toi pis moi! Pis pendant que Blanche essayait de rendre service, de remplacer quelqu'un qui était pas à son poste, tout ce qu'elle a eu comme remerciements, c'est des rires!»

Marie-Louise était hors d'elle. Elle n'avait pas aperçu l'hospitalière en chef debout dans l'entrée de la salle à dîner. Pas plus qu'elle n'avait vu plusieurs étudiantes sortir pour se diriger en toute hâte vers la salle de toilette. Germaine essayait maintenant de se faire petite et y parvint presque.

«Tiens-toi droite, Germaine Larivière! C'est avant de rire pis d'essayer d'humilier Blanche que tu aurais dû penser. Je viens peut-être de la campagne comme tu me l'as fait remarquer la journée de l'examen d'admission, mais à la campagne on a pour notre dire que personne s'est jamais grandi en rapetissant les autres!»

Sur ce, Marie-Louise tourna les talons et sortit de la pièce sans prendre son assiette. La sœur hospitalière la retint par le bras.

«Bien parlé, mademoiselle Larouche. Une belle leçon de charité.

– C'est pas ce que j'ai voulu faire. C'est Blanche qui l'a donnée, la leçon. Pas moi.»

Blanche, accompagnée de Marie-Louise, entra à la salle à dîner pour le repas du midi. Toutes les infirmières se turent. Germaine Larivière s'immergea presque la tête dans sa soupe, au point que ses yeux et ceux du bouillon se confondirent. Marie-Louise, qui n'avait pas raconté à Blanche sa colère du matin, tenait les poings fermés, prête à passer à l'attaque si quelqu'un osait émettre ne fût-ce qu'un ricanement. Elle avait forcé son amie à se lever et à s'habiller. Elle l'avait encouragée à se présenter au repas, consciente que Blanche avait été à deux doigts de boucler ses valises et de quitter l'hôpital. L'orgueil de son amie n'avait d'égal que sa sensibilité et sa douceur. Elle jeta furtivement un coup d'œil circulaire et, ne voyant aucune animosité, poussa discrètement Blanche. Blanche s'avança, tête haute, épaules droites, portant fièrement sa coiffe sur sa tête bouclée. Elle craignait de trébucher tant ses jambes lui paraissaient lourdes. Encore une fois son cœur se manifesta et elle le pria de demeurer calme afin d'éviter qu'elle ne rougisse. Sa prière fut vaine. Une salve d'applaudissements éclata comme la foudre. Blanche figea, regarda autour d'elle, incrédule de voir ce qui se passait, se croyant victime d'un malentendu. Elle se tourna vers Marie-Louise qui, rose de plaisir, applaudissait à tout rompre.

9

«Et puis, qu'est-ce qu'elle a dit d'autre, la sœur hospitalière en chef?»

Émilie se berçait en écoutant Blanche raconter sa première et terrifiante rencontre avec la mort. Paul, assis devant sa sœur, faisait de même pendant que Jeanne, submergée de livres, préparait ses classes de septembre.

«Elle m'a dit qu'elle se souvenait que j'étais venue avec Marie-Louise à tous les matins, vous savez, moman, quand on attendait pour savoir si elle était acceptée?

– Oui, je m'en rappelle.

– Pis que ce jour-là, elle avait pensé que ce serait une bonne idée qu'elle nous installe dans la même chambre. Pour qu'on s'aide, qu'elle a dit. Ça fait qu'astheure je sais que c'était pas un hasard.

– Pis tu dis que personne a ri de toi?

– Personne. Grâce à Marie-Louise.

– J'ai bien hâte de la rencontrer.

– La semaine prochaine.» Blanche éclata de rire.

«Une des filles m'a raconté la colère qu'elle avait faite à Germaine Larivière. J'ai l'impression que vous auriez aimé ça si ça avait été moi qui l'avais faite, la colère.

– Peut-être. Peut-être qu'un jour tu vas en faire une bonne. Une vraie. J'ai pas souvenir de t'avoir vue te choquer.

– C'est pas dans mon caractère.»

Blanche savait qu'elle mentait. La colère lui faisait vibrer le corps au moins une fois par jour. Mais elle avait décidé de ne jamais lui permettre de surgir. Elle craignait que le jour où elle lui ouvrirait la porte, elle ne cesserait plus de crier. Pour tout et pour rien. Contre Germaine Larivière, qui la menaçait sans cesse de révéler son petit commerce. Contre certains médecins, qui prescrivaient des traitements inutilement souffrants aux patients. Contre le diabète, qui neutralisait tout le pétillement de son frère. Contre son père, qui les avait abandonnés sans ressources. Contre sa mère, qui se laissait vieillir trop facilement. Contre Marie-Louise, qui ne cessait de se torturer en rêvant à des amours invisibles avec un Paul inexistant. Non, sa colère devait demeurer muette. Elle devait s'en faire une alliée, sans quoi elle mettrait au monde un monstre qu'elle ne pourrait plus retenir.

Elle avait presque tout dit à sa mère de cette soirée mémorable. Elle avait cependant omis son évanouissement et l'accueil que lui avaient réservé ses consœurs. Le premier, par orgueil. Le second, par modestie.

Paul n'avait pas perdu un mot de ce qu'elle avait raconté et elle l'avait entendu respirer plus rapidement quand elle avait mentionné, sans préciser les détails, le bain posthume de la grosse femme. Elle sentait chez Paul l'angoisse qui n'abandonnait plus les grands malades. Avant de quitter l'hôpital pour ses quinze semaines de vacances, elle était allée rencontrer le docteur Gariépy. Il se spécialisait dans le traitement du diabète et espérait pouvoir ouvrir une clinique au sein même de l'hôpital. Il lui avait donné l'heure juste. Après l'avoir écoutée, il n'avait manifesté aucun optimisme quant à l'avenir de son frère.

«Son cas est probablement un des pires. D'après ce que vous me dites, il souffrirait de la forme la plus pernicieuse. Je ne peux pas vraiment me prononcer sans voir son dossier. Mais quand une personne au début de la vingtaine est atteinte au point d'être forcée d'abandonner ses études, ce n'est jamais bon signe. Encore moins si vous me dites qu'il n'a plus de sensibilité dans les doigts et qu'il lui arrive de boiter.»

Elle n'avait donc pu apporter aucun message d'espoir à son frère. Elle s'était contentée de lui dire qu'il avait meilleure mine – ce qui était faux – et de lui transmettre les salutations d'amitiés de Marie-Louise – ce qui était faux aussi.

«Saute-lui au cou. Embrasse-le d'abord sur la joue pis ensuite sur les lèvres. Pendant ce temps-là, dis: je t'aime, je t'aime, je t'aime. Ensuite, mets-toi à genoux devant lui, supplie-le de te marier pis promets-lui de lui faire les plus beaux enfants du monde. Quand il va avoir dit oui, écroule-toi en pleurant pis en riant pis dis: ha! Paul, mon Paul, que je suis heureuse! A quand la date?»

Elles avaient bien ri, Marie-Louise mimant au fur et à mesure tout ce qu'elle disait, allant jusqu'à se rouler sur le plancher de leur chambre en tragédienne consommée. Blanche l'avait regardée et écoutée, irritée par son aveuglement, amusée de son emportement.

«Qu'est-ce que vous diriez de ça si demain on faisait un pique-nique pis qu'on allait au lac aux Sables? Ça nous permettrait de voir les p'tites.»

Paul, Jeanne et Blanche se regardèrent. La suggestion de leur mère était agréable. Paul haussa les épaules.

«J'imagine, moman, que pour nous y rendre nous allons prendre le tramway au coin de la rue?»

Blanche et Jeanne éclatèrent de rire.

«Paul, je suis pas aussi imbécile que j'en ai l'air.»

Blanche sentit l'irritation de sa mère. Elle se tut, aussitôt imitée par sa sœur.

«Votre oncle Edmond viendrait avec nous autres.»

Ils convinrent donc que l'idée était excellente. Blanche se précipita dans le garde-manger pour voir ce qu'elle pourrait apprêter. Paul sortit brusquement de la maison, sans indiquer où il allait. Sa mère demeura assise, imperturbable, absorbée dans la lecture de son journal, qu'elle lisait deux fois par jour pour ne rien omettre. Jeanne continua ses travaux. Blanche sélectionna quelques aliments, sans grand entrain. Depuis qu'elle était arrivée pour ses vacances, elle sentait que sa mère réussissait mal à contenir son agacement devant le comportement de Paul. Blanche savait qu'elle devait mieux lui expliquer cette maladie qui le minait. Elle prenait cette décision chaque fois qu'un affrontement se préparait, négligeant de le faire le lendemain aussitôt qu'un sourire apparaissait sur le visage de Paul ou sur celui d'Émilie.

Le matin était ensoleillé. Blanche et sa mère faisaient les cent pas sur le perron pendant que Jeanne, à l'intérieur, consacrait les quelques minutes avant le départ à terminer ses choix de textes de dictées. Paul était dehors aussi, assis sur une chaise de bois, les yeux fermés, le panier à provisions reposant sur ses genoux.

«Edmond aurait dû être ici depuis au moins vingt minutes.

– Calmez-vous, moman. Peut-être qu'il s'est levé trop tard.

– Trop tard? On est pas en ville ici, Blanche. Edmond a vingt chevaux à nourrir à tous les matins.

– Les chevaux sont dehors, moman.

– Ça fait rien. Faut quand même leur donner de l'avoine.

– Les chevaux sont dans un champ d'avoine!

– Ça fait rien. Faut donner de l'avoine séchée aux chevaux.»

Blanche n'insista pas. Sa mère se trompait mais elle n'avait pas envie de discuter. Depuis qu'ils étaient levés, sa mère ne cessait de maugréer.

«Tiens! L'oncle Edmond arrive.»

Paul avait parlé d'un ton ironique. Il avait le premier aperçu Edmond marchant d'un pas rapide en leur direction. Émilie le regarda venir.

«Ho! non. Je gage que sa vieille machine toute rouillée vient de tomber en morceaux. Fallait que ça arrive aujourd'hui.

– Attendez-donc, moman avant de commencer à critiquer son auto.»

Blanche noircit ses yeux pour regarder Paul.

«Émilie... Émilie! J'ai passé une heure au garage. Ça a tout l'air que les pistons sont collés, que l'essieu est pas droit, que l'eau circule pas assez bien pour refroidir le moteur...

– Épargne-moi la mécanique, Edmond. Est-ce que ça veut dire que ta machine roule pas?

– Ça veut dire que feu ma machine va rester dans la cour du garagiste jusqu'à ce que quelqu'un achète les roues, pis les poignées...

– Rentre le panier, Paul. Je pense qu'on va faire notre pique-nique dans le jardin. Mieux. Dans la cuisine. Tu reviendras, Edmond. On en avait pour toi.»

Émilie arracha le panier des mains de Paul, ouvrit la porte rapidement et entra. Blanche et Paul demeurèrent avec leur oncle.

«*Tabarnouche*! On peut dire que votre mère est à pic à matin.»

Blanche et Paul éclatèrent de rire.

«Vous connaissez moman, mon'oncle. Quand elle s'est mis dans la tête de faire quelque chose, c'est épouvantable quand ça marche pas. Ça pis un cataclysme, c'est la même affaire.

– Moman n'a jamais enduré la chaleur. Je l'ai entendue se retourner une bonne partie de la nuit. La maison manque d'aération.

– Si tu l'as entendue, Paul, c'est que toi non plus tu dormais pas.

– Je dors peu, mon'oncle. Cinq heures par nuit, au maximum. Venez donc vous asseoir au lieu de rester debout sur le trottoir.»

Edmond monta les trois marches et rejoignit son neveu et sa nièce. Il recommença à raconter les ennuis mécaniques de sa Ford. Paul lui posait des questions à tout propos. Blanche les écouta pendant quelques instants puis son regard fut attiré par une auto neuve qui roulait en plein centre de la rue.

«C'est à qui cette auto-là, mon'oncle?»

Edmond s'appuya sur une colonne, regarda l'automobile et fit un rictus d'ignorance.

«Jamais vue. Ça doit être un voyageur de commerce.»

Edmond reporta son attention sur Paul pendant que Blanche, elle, descendait sur le trottoir pour mieux voir le chauffeur.

«Paul, viens donc me dire si je rêve.»

Paul fronça les sourcils et rejoignit sa sœur. Par la fenêtre de la portière gauche de l'automobile, un bras s'agitait.

«Qui est-ce que c'est?

– Paul! C'est Émilien.»

Blanche s'empressa de répondre au signe qu'on lui adressait tout en pointant Paul. L'auto s'arrêta enfin devant la maison. Émilien en sortit, regarda sa sœur, puis son frère, puis sa sœur à nouveau. Il ouvrit les bras et Blanche s'y précipita. Ils se libérèrent enfin et Paul tendit la main à son frère, qui l'emprisonna des deux siennes.

«Combien d'années, Paul?

– J'ai perdu le compte. Près de dix ans, je pense.

– Pis toi, Blanche?

– Depuis la mort de grand-moman Pronovost.»

Émilien salua son oncle, qui s'excusa presque aussitôt et les quitta.

«Moman est ici?

– Oui. De mauvaise humeur. On devait aller au lac aux Sables faire un pique-nique avec mon'oncle Edmond. Son auto a rendu l'âme, ce matin.»

Blanche et ses deux frères se regardèrent. En une fraction de seconde, la complicité de leur enfance ressurgit. Émilien fit un clin d'œil et s'assit sur la galerie pendant que Paul, feignant un profond ennui, pénétra dans la maison. Blanche, à côté d'Émilien, se pinçait le nez.

«Je suis bien content de ne pas aller au lac. Il fait une chaleur épouvantable et vous auriez eu de la difficulté à conserver votre bonne humeur. Béni soit le ciel d'avoir brisé l'auto de l'oncle Edmond.

– Le ciel! Qu'est-ce que le ciel a à voir avec l'auto d'Edmond?»

Par la porte grillagée, Blanche et Émilien ne perdaient pas un mot de la conversation qui s'amorçait. Blanche trouvait que Paul exagérait un peu.

«Le ciel a tout à voir avec tout, moman.

– Si c'est le cas, pis tu dois le savoir mieux que moi parce que tu as porté la soutane, je pense que le ciel doit être pas mal aveugle. En tout cas, j'ai pas grand-raison de le remercier.

– Moman! Vous faites sacrilège sur sacrilège. L'enfer vous guette!

– Arrête donc d'essayer de me faire peur. J'ai eu dix enfants, j'en ai élevé neuf. Si c'est faire une vie de sacrilèges, j'en veux pas de ton ciel!»

Jeanne, exaspérée, déposa son crayon bruyamment et ferma son livre.

«C'est fatigant à la longue. Vous passez votre temps à vous chicaner.

– Mais non, Jeanne, moman et moi nous discutons de théologie.»

Jeanne haussa les épaules en soupirant et sortit de la maison. Elle aperçut Émilien, plié de rire, et poussa un cri de surprise, se couvrant aussitôt la bouche de sa main, comme le lui indiquait Blanche.

«Jeanne?

– Oui, moman?

– Pourquoi est-ce que tu cries comme ça?

– Je... j'ai accroché mon pied dans la porte.

– Franchement, c'était pas nécessaire de pousser un cri de mort pour ça!

– Je m'excuse, moman.»

Jeanne embrassa son frère, s'informant de sa santé en lui chuchotant toutes ses questions à l'oreille. A l'intérieur, Paul continua son harcèlement dans le seul but de faire sortir sa mère de la maison.

«Où en étions-nous, moman?

– Nulle part!

– Mais oui, moman. Nous étions au ciel. Alors, comme je vous disais, vous prononcez sacrilège sur sacrilège. Est-ce que vous avez fait vos Pâques?

– Ça te regarde pas!

– Mon Dieu! J'ai peine à vous reconnaître, moman. J'ai passé des années de collège à penser à ma mère. Les souvenirs que je chérissais le plus étaient votre patience, votre bonne humeur et votre humour. Plus jeune, je vous pensais omnipotente. Je savais que vous pouviez tout faire, même mentir.

– Moi? Mentir!

– Mais oui, moman. Rappelez-vous, vous aviez menti pour que j'entre en première année à *Iciashawinigan*. Vous vous en souvenez sûrement.

– C'était pas mentir, ça, Paul Pronovost! Grâce à ça, astheure tu es bachelier ès arts, pas mal plus vite que les autres.» Paul essaya de trouver un autre sujet qui ferait sortir sa mère de ses gonds.

«Vous avez failli à vos devoirs religieux, moman.

– Comme j'ai déjà dit au curé Grenier, ça regarde le bon Dieu pis moi!

– Je ne parle pas de vos dévotions. Quand vous vous êtes mariée, vous avez promis d'être avec votre mari pour le meilleur ou pour le pire, jusqu'à ce que la mort vous sépare...»

Dehors, les trois s'enfoncèrent la tête dans les épaules. Ils savaient que l'orage éclaterait.

«Je peux pas croire! Je peux pas croire qu'un de mes enfants me reproche d'avoir refusé de l'exposer à... à... C'est trop! Si je m'écoutais, Paul Pronovost, malgré tout le respect que je te dois, je te sortirais à grands coups de balai! Je... Je...»

Émilie ne termina pas sa phrase. Elle prit le panier à provisions avec l'intention claire d'aller se réfugier, seule, quelque part.

Elle tomba dans les bras d'un énorme rire. Émilien lui fit «bou!» et à son tour elle cria comme Jeanne l'avait fait. Paul les rejoignit, riant lui aussi. Émilie regarda chacun de ses enfants, l'un après l'autre et, à leur grand étonnement, au lieu de décolérer elle s'empourpra davantage.

«C'est brillant! Ben brillant! Je sais pas ce que vous avez manigancé mais si vous aviez l'intention de me faire une surprise, vous avez manqué votre coup.»

Elle tenait son panier à provisions serré sur sa poitrine, comme si elle avait eu besoin d'étouffer ses palpitations. Elle regarda chacun des enfants, Émilien le premier.

«As-tu l'impression que parce que tu paies mon loyer tu peux venir ici n'importe quand pis me faire des peurs?»

Émilien, surpris, haussa les sourcils, hésitant entre le remords et le rire. Il se tut, triste de l'accueil qui lui était fait. Émilie se tourna vers Paul.

«Pis toi? Si j'ai bien compris, c'était toi qui étais supposé m'amener dehors? C'est réussi, Paul, mais plus jamais, tu m'entends? plus jamais, sérieusement ou pour rire, je veux que tu me dises des bêtises comme tu viens de le faire.»

Paul, habitué aux réprimandes, baissa la tête et s'excusa tout en promettant de ne plus recommencer. Il regarda Blanche, tristement, se demandant si elle aussi se souvenait qu'il avait dit revenir près de sa mère pour en prendre soin. Blanche se souvenait.

«Pis toi, Blanche, c'est pas parce que tu commences à apprendre la vie que tu la connais bien. Des morts pis des moments durs, j'en ai eu mon lot. J'ai vu mourir du monde que j'aimais. Quand ça t'arrivera, on se reparlera, ma fille. On dirait que parce que vous êtes du grand monde», elle s'adressait maintenant à ses quatre enfants, «vous pensez connaître toute ma vie. Vous vous trompez. La seule personne qui connaît ça, c'est moi.»

Elle descendit les marches et tourna à gauche, ne saluant personne sur son passage. Émilien, Paul, Blanche et Jeanne rentrèrent tristement dans la cuisine. Émilien tenta de rire de la surprise qu'il avait pensé faire.

«Toute une surprise! J'ai jamais vu moman aussi enragée.»

Paul, toute sa sensibilité à vif, réprimait difficilement ses larmes. Blanche le regardait, prête à le consoler si nécessaire. Jeanne se leva et alla à la fenêtre voir si elle n'apercevrait pas sa mère.

«Où est-ce qu'elle est allée d'après vous autres?» Ce fut Blanche qui répondit.

«Dans le vieux chalet de bois que pâpâ a construit au lac à la Perchaude.»

Ils acquiescèrent tous. Leur mère était certainement là. Ils décidèrent de la laisser seule. Émilien entra ses valises. Paul, toujours hébété, ne fit rien, pendant que Blanche pensait avoir une bonne idée.

«Émilien? Pourquoi est-ce que tu vas pas avec Paul chercher Alice pis Rolande? Je pense que moman s'ennuie pis qu'elle serait contente de les voir. C'est pour ça qu'on devait aller faire un pique-nique.

– Tu viens, Paul?»

Paul sortit de ses rêveries et se leva lentement pour suivre son frère.

Émilie était assise sur le vieux lit du chalet, épuisée de sa marche. Cent fois pendant le trajet, elle avait voulu rebrousser chemin. Cent fois elle avait poursuivi, se demandant comment elle parlerait à ces enfants dont elle ne cessait de réclamer la présence chaque nuit avant de s'endormir et que, maintenant qu'ils étaient là, elle avait fustigés pour des riens.

Elle pensait surtout à Paul. Depuis son arrivée, elle avait d'abord résisté à l'envie de le serrer dans ses bras, de lui mettre la tête près de son cœur à elle, pour qu'il l'entende battre certes mais aussi pour tenter de lui redonner un peu de cette vie qui l'abandonnait trop rapidement. Ensuite, à son contact quotidien, elle s'était surprise à lui en vouloir de ternir la sérénité qui tranquillement avait commencé à se frayer un chemin dans les sentiers de son âme. Après quelques mois, elle n'en pouvait plus de son apitoiement, résistant à l'envie de lui poser un ultimatum pour qu'il réagisse. Elle était secrètement allée au collège voir s'il lui serait possible d'y travailler et on lui avait dit qu'il pouvait facilement prendre une classe dès septembre. Tout heureuse, elle lui avait fait part de cette occasion. Paul avait fait la moue et répondu qu'il ne se sentait pas prêt à prendre une telle responsabilité. Elle avait fulminé, pensant à toutes ces années de vaches maigres qu'elle s'était imposées pour lui payer une partie de ses études, se demandant avec angoisse si elle n'avait pas vainement sacrifié ses autres enfants. Elle ne savait plus à qui demander conseil. Le curé Grenier lui manquait toujours autant.

Elle se leva, ouvrit le panier de provisions et retint une envie de pleurer. Blanche avait mis tellement de temps et d'énergie à préparer des gâteries. Maintenant, Blanche devait s'empresser d'apprêter autre chose pour nourrir ses frères et sa sœur. Depuis que Blanche, elle aussi, était arrivée pour ses vacances, Émilie avait tenté de se passionner pour ce qu'elle vivait dans les murs de cet hôpital dont elle ne cessait de parler, répétant jusqu'à trois fois les mêmes histoires, les enjolivant d'une fois à l'autre à tel point qu'Émilie ne s'y retrouvait plus. Au lieu d'essayer de comprendre la passion de sa fille, passion qui ressemblait probablement à celle qu'elle-même avait eue durant ses premières années d'enseignement, elle s'en éloignait comme d'un feu qui risquait de mettre ses jupes en flammes. Elle ne cessait de se demander si ses parents, son père surtout, avait ressenti quelque chose de semblable à ce qu'elle éprouvait. Elle était même allée jusqu'à ressortir des vieilles lettres jaunies qu'elle avait récupérées au décès de sa mère pour les relire afin de voir si elles goûtaient cette même obsession. A son grand étonnement, à son grand désespoir même, elle avait dû s'avouer qu'elle avait été pire que sa fille. Ses lettres étaient farcies de mots tous plus enflammés les uns que les autres. Ce voyage dans ses veines et son cœur de jeune fille lui avait fait tellement mal qu'elle avait brûlé les lettres avant qu'elles ne consument ce qui lui restait d'énergie pour vivre dans cette nouvelle peau qu'elle n'avait cessé d'épaissir.

Elle prit un sandwich aux œufs et se dirigea vers le lac, regardant tout à coup dans le ciel pour voir si elle n'apercevrait pas un descendant de ce grand-duc qui leur avait tournoyé autour de la tête à elle et à Ovila.

Maintenant que les années qui les séparaient avaient passé la dizaine, elle se demandait si elle n'avait pas fait le mauvais choix. Peut-être aurait-elle mieux vécu avec un ivrogne qu'avec un souvenir. Elle frissonna. La vie et l'âge lui jouaient de mauvais tours. Elle avait pris la bonne décision, elle en était certaine. Mais dans son souvenir, Ovila ne vieillissait pas. Elle avait presque oublié sa jambe brisée et ses mains veinées. Elle n'avait de souvenir que pour ses gâteries et ses nuits folles. Elle chérissait la courbure de ses reins et son allure presque féline. Elle lança son sandwich dans l'eau, furieuse. Elle aperçut des poissons se précipiter pour en savourer le pain. Maintenant que les années depuis leur séparation avaient passé la dizaine, elle connaissait un sentiment nouveau: la jalousie. Si sa vie de femme s'était arrêtée au départ d'Ovila, sa vie d'homme à lui s'était poursuivie. Oserait-elle raconter un jour, à ses enfants, les raisons de son départ précipité l'année précédente? Non. Jamais elle ne le ferait. Ils avaient peut-être le droit de savoir, mais elle n'avait pas envie de leur exposer sa chair à nu. Non, cette histoire lui appartenait, à elle.

Elle pigea dans le panier, à l'aveuglette, et en ressortit des radis que Blanche avait taillés en forme de fleurs. Ses pensées s'aiguillèrent à nouveau vers ses enfants. Elle sentit son cœur se briser en se demandant pourquoi elle n'avait même pas ouvert les bras à Émilien, qui avait répondu à son appel. Il était accouru pour venir distraire ce frère qui se mourait de lui-même. Elle savait qu'Émilien avait dû embaucher des gens pour le remplacer dans son magasin. Et la seule chose qu'elle avait trouvé à lui dire avait été un reproche parce qu'elle lui devait son confort. Elle lança le radis dans l'eau. Les poissons revinrent et se désintéressèrent de cette boule rouge et blanche.

Ses enfants étaient trop grands dans leur corps et dans leur générosité. Émilien payait son loyer et trouvait encore le moyen de lui expédier de l'argent. Blanche, elle ne savait comment et n'osait pas lui demander, envoyait parfois tout l'argent, et même plus, que son maigre salaire d'étudiante. Elle se demandait parfois si Blanche s'était remise à faire de la dentelle. Mais elle ne voulait pas connaître la provenance de cet argent, de crainte d'en souffrir. Marie-Ange lui expédiait des vêtements qu'elle disait se procurer au prix du gros. Elle l'avait toujours remerciée, sans prendre la peine de lui faire remarquer que Georges et elle tenaient un magasin de vêtements pour hommes. Jeanne lui remettait la presque totalité de son ridicule revenu d'enseignante. Elle l'utilisait pour gâter un peu plus Alice et Rolande, qui n'avaient pas la vie facile au couvent. Cette année, elles avaient dû rester deux semaines de plus que les autres pour faire le grand ménage de tout le couvent. Même Rose, dans la brume de son esprit, lui expédiait toujours un petit quelque chose, presque symbolique, accompagnant l'envoi d'un mot de remerciement pour tout ce qu'elle avait fait pour elle. Émilie sortit son mouchoir et s'y moucha bruyamment. Tout ce qu'elle avait fait pour elle! L'abandonner dans un couvent aux États-Unis! C'est ce qu'elle avait fait pour elle. Mais elle savait que cela avait été la seule chose à faire. Elle savait aussi qu'elle en avait toujours souffert plus que sa fille.

Émilie se releva et regarda l'heure. Elle eut une crampe aux entrailles. Son corps de mère lui faisait mal. Elle avait mal de prendre ses enfants dans ses bras et de leur dire qu'elle les aimait mais que leur générosité la blessait. Combien de fois leur avait-elle répété de ne jamais dépendre de personne? Combien de fois... Et, tout en mettant cet enseignement à profit, ils l'obligeaient, elle, à dépendre d'eux. Elle ne voulait pas devenir un poids qu'ils se répartiraient selon leurs moyens respectifs. A les voir aller, elle savait que ce seraient toujours les mêmes qui l'assumeraient davantage. Elle craignait qu'ils n'en viennent à se détester pour cette raison, mettant dans un des plateaux de la balance l'argent qu'ils donnaient et dans l'autre leur respect filial et leur reconnaissance. Rien n'équilibrerait la balance dans ce monde où l'argent devenait de plus en plus le symbole de tout, y compris celui de l'amour.

Émilie se leva, frotta ses jupes, prit un caillou pour le faire bondir sur l'eau. Le caillou coula. Elle avait perdu la main. Elle se tourna donc en direction du chalet et se défia d'y courir comme elle l'avait fait tant de fois. Elle s'essouffla au troisième pas. Déçue d'elle-même, irritée par son vieillissement et son manque de courage, elle retint ses larmes. Elle n'irait quand même pas jusqu'à pleurer son propre souvenir.

Elle ferma la porte du chalet et reprit le chemin du retour, repentante du chagrin qu'elle avait causé. Honteuse d'avoir réagi de façon si enfantine. Puis elle sourit. Elle avait réagi de façon enfantine! Elle pensa enfin que cela était peut-être le premier signe qu'elle existait encore, telle qu'elle avait été. Elle marcha, d'un pas allègre, ballottant le panier au bout de son bras, cent fois moins lourd qu'à son arrivée, n'attendant que le moment où elle apercevrait le clocher qui lui indiquerait qu'elle était presque rendue chez elle.

La noirceur n'avait pas encore terminé de faire disparaître le bleu du ciel quand elle monta les trois marches. Elle avait aperçu l'automobile d'Émilien et savait qu'ils étaient probablement tous là à l'attendre. Elle espéra simplement ne pas les avoir trop inquiétés. Prise d'un assaut de folie, elle frappa à la porte. Émilien et Blanche vinrent ouvrir. Émilie tenait le panier à bout de bras devant elle.

«C'est la grand-mère du Petit Chaperon rouge qui vient lui

porter de la galette et du beurre. Elle a rencontré le méchant loup de la colère et lui a mis des roches dans le ventre.»

Blanche et Émilien se regardèrent, amusés, répétèrent aux autres ce qu'ils venaient d'entendre en imitant la petite voix qu'Émilie avait prise. Émilie entendit un tonitruant «tire la chevillette, la bobinette cherra!»

10

«C'est elle! Houhou! Marie-Louise!»

Paul et Émilien suivirent leur sœur. Blanche et Marie-Louise tombèrent littéralement dans les bras l'une de l'autre. Émilien jeta un coup d'œil admirateur à Paul, qui se contenta de sourire son sourire narquois. Émilien s'approcha de lui.

«Blanche me dit que Marie-Louise te trouve de son goût.

– Je pense, oui.

– C'est tout ce que tu as à dire?

– Oui.»

Émilien haussa les épaules et décida, à cet instant même, de montrer à Marie-Louise que tous les frères Pronovost ne se ressemblaient pas. Marie-Louise s'approcha de Paul, jetant un regard discret envers Émilien. Timide mais décidée, elle déposa sa petite valise et embrassa Paul sur les deux joues. Émilien pensa que jamais une étreinte aussi pudique n'avait autant ressemblé à une offrande. Blanche lui présenta ensuite Marie-Louise et il fit une courbette clownesque. Marie-Louise éclata de rire en lui tendant une main dont les doigts pendaient élégamment en direction du sol.

«Dommage que vous arriviez aujourd'hui, mademoiselle. Je dois partir dans trois jours.

– Dommage en effet. Blanche pis moi, on part dans cinq jours.

– D'abord on va essayer d'avoir deux fois plus de plaisir pour que le temps s'étire.»

Paul haussa les épaules de découragement devant le cabotinage de son frère. Blanche riait sous cape.

Émilie ne put s'empêcher de trouver une étrange ressemblance entre Marie-Louise et son amie Berthe. Toutes les deux aussi jolies. Elle espéra que Marie-Louise ne cachait pas autant de tristesse. Rolande et Alice l'accueillirent en riant. Alice, qui avait presque dix-sept ans et qui venait de terminer ses études au couvent, décida qu'elle voulait lui ressembler. En moins d'une heure, elle adopta son intonation et imitait presque à la perfection son port de tête. Jeanne, déjà fascinée par la vie d'étudiante infirmière que Blanche leur avait fait miroiter, décida qu'elle enseignerait pour la dernière année et qu'elle aussi partirait pour Montréal suivre ce cours.

Pendant trois jours, Émilien, Blanche, Paul et Marie-Louise inventèrent des centaines de choses à faire. Partis tôt le matin, ils exploraient tous les coins pittoresques du comté de Champlain, allant de Saint-Stanislas montrer l'endroit où leur mère avait grandi jusqu'aux rochers surplombant le lac aux Sables que Blanche avait découverts avec Napoléon. Ils passaient leurs soirées à la maison à jouer aux cartes avec Émilie, qui avait repris sa place de mère, heureuse d'y être enfin à l'aise.

Marie-Louise se désespérait de la froideur de Paul et s'amusait de la cour discrète qu'Émilien lui faisait, comprenant qu'il avait décidé de rendre son frère jaloux. Émilien téléphona en Abitibi pour aviser ses employés qu'il serait retardé de quelques jours.

«J'ai pensé que ça serait une bonne idée d'aller à Montréal parler avec Georges. Peut-être que ses fournisseurs ont des meilleurs prix que les miens.»

Paul le regarda, soupçonneux.

«Est-ce que tu vas repasser par ici avant d'aller en Abitibi?

– J'ai pas le choix. Saint-Tite, c'est sur mon chemin.

– Combien est-ce qu'on peut être dans ton auto?

– Quatre, cinq. J'avais pensé que moman aimerait venir. Faire ses visites de paroisse.»

Émilie avait sursauté.

«Faut que je prépare Rolande pour le couvent. Je peux pas partir comme ça.»

Du haut de ses treize ans, Rolande comprit le dilemme de sa mère.

«Franchement, moman. Jeanne, Alice pis moi on est capables de faire une valise. Vous allez être revenue avant que je parte.»

Il fut donc décidé qu'Émilie accompagnerait ses enfants. Elle en fut toute ragaillardie. Le départ se fit bruyamment. Émilie monta à l'avant avec Émilien. Blanche s'assit à l'arrière avec Marie-Louise. Paul, ayant attendu que tous prennent place, s'assit à côté de Blanche. Marie-Louise regarda par la fenêtre pendant une bonne partie du voyage, retenant ses larmes. L'indifférence de Paul était presque venue à bout de ses espoirs. Ce n'est qu'à Louiseville qu'elle commença à rire des jeux de mots qu'Émilie faisait à propos de tout.

Émilien se perdit dans Montréal, longeant, personne ne sut comment, la rivière des Prairies. Paul le taquina, lui demandant si les rivières de l'Abitibi était si petites qu'il puisse confondre celle-ci avec le fleuve. Marie-Louise éclata de rire. Ils arrivèrent enfin devant l'hôpital Notre-Dame. Émilie, courbatue, les vêtements froissés, ouvrit la portière avant qu'Émilien n'immobilise complètement l'auto.

«Ça presse, Blanche. On monte à votre chambre pis la première chose que je veux voir, c'est la salle de toilette.»

Blanche partit rapidement avec sa mère, qui marchait les cuisses serrées pour la faire rire, pendant qu'Émilien sortait les valises et que Paul invitait Marie-Louise à traverser la rue pour s'asseoir dans le parc. Marie-Louise eut un regain d'espoir. Paul, malgré sa timidité, vint rapidement au but.

«J'ai décidé, quand j'avais à peu près cinq ans, que je serais un prêtre. C'est une décision, Marie-Louise, qui se prend dans le plus profond du cœur sans qu'on sache comment.

– Je sais. C'est ce qu'on appelle la vocation, non?

– Justement. J'ai la vocation. Même si j'ai été forcé d'abandonner la soutane, je peux te dire que c'est tout ce que j'ai laissé tomber.»

Marie-Louise se demandait où il voulait en venir, espérant que ce qu'elle pensait était erroné.

«Je pense que tu es la fille la plus extraordinaire qu'un garçon puisse rencontrer.»

Elle inspira, soulagée.

«C'est pour ça que je veux te dire que si tu as eu des idées, faut les oublier.»

Marie-Louise cessa de respirer.

«Dans mon âme et conscience, je ne veux pas renoncer à la prêtrise. C'est mon choix. J'ai donc décidé de poursuivre mon célibat. Volontairement. Même si ce n'est pas facile. Peut-être qu'il y en a qui vont penser que c'est malade, mais je ne suis pas à une maladie près.»

Il avait voulu la faire sourire, mais c'est l'infirmière qui demeura imperturbable.

«Je voulais que ça soit clair. Tu as toutes les qualités, même celle de me plaire. Mais c'est non, Marie-Louise. On peut s'écrire, sur une base amicale. Rien de plus.»

Marie-Louise se leva, tenta un malhabile sourire.

«Tes sentiments sont clairs, Paul. Les miens aussi. On va voir qui, de toi ou de moi, a la couenne la plus dure.»

Paul hocha la tête.

«J'ai quinze ans d'avance, Marie-Louise.

– J'ai du souffle pis j'ai toujours été bonne à la course. On va peut-être se rattraper.»

Paul, exaspéré, haussa le ton.

«Marie-Louise, ça donne rien de te faire souffrir. Un qui souffre, c'est assez.

– Parce que ça te fait souffrir?

– Pas ça, Marie-Louise. C'est l'autre souffrance qui me fait mal.»

Émilie et ses deux fils restèrent deux jours à Montréal pendant que Blanche et Marie-Louise reprenaient rapidement leur train-train quotidien.

«Cette année, mesdemoiselles, le travail sérieux commence.»

Les étudiantes s'étaient regardées, se demandant si l'année précédente avait été une année de loisirs. Déjà quelques consœurs n'étaient pas revenues après les vacances, ayant abandonné ce cours trop exigeant. Blanche et Marie-Louise avaient regardé les nouveaux livres mis à leur disposition et soupiré.

«Des fois je me demande c'est quoi la différence entre le cours de médecine pis celui qu'on suit. J'ai l'impression qu'on apprend autant de matière qu'eux autres.

– Tu te trompes, Blanche. Les médecins changent pas les bassins, font pas les lits, donnent presque pas d'injections, distribuent pas les médicaments pis réchauffent pas les repas. A part de ça, c'est eux autres qui font les points de suture, même si on nous apprend comment, c'est eux autres qui rentrent dans les salles d'accouchement à la dernière minute pour attraper le bébé pendant que nous autres on est restées tout le temps avec la mère.»

Blanche éclata de rire. Marie-Louise venait, en peu de mots, d'exprimer tout ce qu'elle ressentait. A tel point, parfois, qu'elle retenait une certaine animosité de l'assaillir.

«A vrai dire, Blanche, les médecins sont les grands-parents des malades. Nous autres, on est les parents. On lave, on nourrit, on console, on amuse pis on les fait sourire. Quand les grands-parents arrivent, les «p'tits» sont tout contents. Ils se sentent gâtés. Nous autres, on raconte les bons pis les mauvais coups. Quand les grands-parents en ont fini, ils nous les laissent pour qu'on les fasse patienter jusqu'à la prochaine visite en les lavant, les amusant, les faisant manger...

– Arrête! C'est à se demander si tu as encore envie d'être ici.»

Marie-Louise s'était assise sur le bord de son lit et s'était pris la tête à deux mains.

«Oui pis non. Oui, parce que j'ai envie d'être la meilleure garde-malade du monde. Tu sais, celle que tous les patients attendent. Non, parce que j'ai un patient bien précis en tête pis c'est lui que je voudrais passer ma vie à soigner.»

Blanche savait que Marie-Louise parlait de Paul. Elle se désespérait de l'entêtement de son amie. Elle s'approcha d'elle et lui mit une main sur l'épaule.

«Marie-Louise. Oublie Paul. Paul va être comme mon'oncle Ovide. Pareil. Paul va vouloir vivre dans ses livres. Tout seul.»

Marie-Louise s'acharnait à refuser cette réalité.

«Pis je t'ai pas dit ce que Paul allait faire comme travail.

– Quoi?»

Émilie, venue la veille au soir visiter sa fille, lui avait expliqué qu'Émilien avait demandé à Paul d'aller l'aider, en Abitibi. Paul avait refusé. Alors Émilien lui avait proposé de travailler pour lui à distance.

«Aujourd'hui, ils s'en vont acheter une machine à tricoter.

– Une machine à tricoter? Pour quoi faire?

– Pour Paul. Paul va tricoter des foulards pis des choses en laine pour le magasin d'Émilien.

– C'est pas un travail d'homme ça!

– C'est à peu près tout ce que Paul peut faire, dans son état.

– Voyons donc, Blanche. Paul peut tout faire, enseigner, poursuivre ses études...

– Paul a pas le courage de ça, Marie-Louise. Paul veut rester dans la maison.

– Pis se faire du sang de punaise...

– Pis se faire du sang de punaise. Tu es une garde-malade, Marie-Louise. Tu sais comment les patients réagissent quand ils savent qu'on peut rien faire pour les guérir.

– Mais on peut le soigner.

– Pas le guérir. C'est tout ce que Paul retient.»

Ce soir-là, elles firent leurs adieux à leurs visiteurs et Marie-Louise regarda Paul comme si elle le voyait pour la première fois. Elle revint à sa chambre avec Blanche, presque sereine.

«Astheure, Blanche, entre toi pi moi, ça va être le concours.

– Quel concours?

– Je gage que d'ici la fin de l'année on va chacune prendre notre tour à la première place. Moi, à partir d'aujourd'hui, tout ce que j'ai dans la tête, c'est l'hôpital.»

Blanche regarda son amie, se demanda si elle avait envie de relever un défi presque désincarné, vit que pour son amie cela était un baume qu'elle voulait appliquer sur son chagrin et accepta.

Le lendemain, en classe, on leur remit une orange. Les étudiantes s'étonnèrent de cette collation surprise.

«Je ne sais pas, mesdemoiselles, si vous aimez les oranges. Mais dans une semaine, je parierais que quelques-unes d'entre vous ne pourront plus en manger.» Le professeur éclata de rire.

«Vous avez toutes une orange?» Les élèves acquiescèrent.

«Maintenant vous allez venir ici. Je vais vous remettre une seringue.» Les élèves obéirent et retournèrent à leur place.

«Bien. Maintenant, vous allez faire comme si la seringue

était pleine, en tirant le piston au maximum, et piquer dans l'orange en poussant sur le piston.»

Les étudiantes s'exécutèrent. Certaines trouvèrent leur pelure coriace. D'autres n'eurent aucune difficulté à la percer.

«La chair d'orange, c'est à peu près ce qui ressemble le plus à la chair humaine.» Les étudiantes regardèrent leur appétissante orange d'un œil différent. «D'ici deux semaines, vous allez consacrer vos temps libres à piquer votre orange. A tous les jours, vous allez changer d'orange. Après deux semaines de pratique, vous devriez être à peu près prêtes à remplir vos seringues correctement et à donner une injection. Nous allons commencer par les intramusculaires. Sur les bras et le siège. Par contre, d'ici Noël, vous devriez être capables de faire des prises de sang et d'administrer des intraveineuses sans faire mal aux patients.»

Blanche et Marie-Louise se regardèrent. L'objectif de leur seconde année d'études se précisait. Après les avoir familiarisées avec tous les soins à apporter aux patients, à leur bien-être et à leur confort, on leur apprendrait maintenant à poser des gestes médicaux plus importants.

«Donner une injection peut vous sembler bénin.» Les étudiantes firent toutes non de la tête, sachant que leur professeur leur prouverait le contraire.

«Dans une intramusculaire, il ne faut jamais, jamais au grand jamais, trop s'approcher d'un nerf. Le risque de le toucher est trop important. Dans une intraveineuse, il faut parfois s'acharner contre des veines fuyantes. Je ne peux pas vous en décrire une. Vous les reconnaîtrez facilement. La difficulté réside aussi dans la veine elle-même. Il arrive parfois qu'on la fasse éclater. Ou qu'on passe littéralement à travers.» Certaines étudiantes grimacèrent. Le professeur éclata de rire. «J'ai brossé un tableau presque noir. Et je me suis retenue pour ne pas vous dire que dans une intraveineuse, il ne doit pas y avoir d'air dans votre seringue. Les conséquences peuvent parfois être fatales.» Blanche frissonna. Elle venait de prendre conscience qu'une seringue était autre chose qu'un pistolet à eau qu'elle et d'autres étudiantes s'étaient déjà amusées à remplir pour arroser d'innocentes victimes.

Blanche et Marie-Louise redevinrent rapidement deux étudiantes exemplaires. Quand l'une était en congé, l'autre doublait d'ardeur. Elles se relayaient auprès des patients, même quand elles ne travaillaient pas dans le même service. Elles avaient consacré des heures à piquer leur orange et toutes les deux, la même journée, avaient administré une vraie injection d'une main sûre malgré les tremblements de leur cœur. En voyant approcher le temps des Fêtes, elles avaient inscrit leurs noms sur la liste des volontaires et Blanche avait averti Marie-Ange qu'elle serait définitivement absente. Depuis son retour à Montréal elle avait peu pensé à Saint-Tite et à sa famille, s'immergeant entièrement dans les sirops et les élixirs. Plusieurs internes avaient sollicité sa compagnie mais elle avait toujours refusé, de même que Marie-Louise. Leur acharnement à travailler fit qu'elles devinrent, à leur insu, l'objet de gageures. Les internes pariaient entre eux à savoir lequel réussirait à en distraire une. Mais toutes les deux cachées derrière leur beauté, dont elles n'avaient pas conscience, s'étonnaient qu'on les remarquât. En de rares occasions, quand leurs soirées de congé coïncidaient, elles se pomponnaient, revêtaient un uniforme craquant de fraîcheur, posaient leur cape bleue sur leurs épaules, sautaient dans un tramway et descendaient dans l'ouest de la ville, au Ritz. Il n'y avait rien qu'elles aimaient davantage que de s'asseoir devant l'entrée du grand salon ovale un samedi soir, mine de rien ou feignant d'attendre quelqu'un, et de regarder les toilettes des dames et les habits bien coupés des hommes.

«Un jour, Marie-Louise, c'est moi que les gardes-malades vont regarder passer.

– Avec ton riche mari pis ta dame de compagnie?

– Peut-être...»

Quand Blanche lui faisait de telles confidences, Marie-Louise était toujours étonnée de sa soif d'argent.

«Tu comprends pas, Marie-Louise. C'est pas l'argent pour l'argent. C'est l'argent pour plus jamais de ma vie en manquer. Rien d'autre.»

11

Le printemps de mil neuf cent trente-deux confronta davantage Blanche et Marie-Louise avec leur engagement. Maintenant que le soleil d'avril commençait à se dandiner plus tardivement et que le moral de tout le monde remontait jusqu'à la bonne humeur permanente, elles se demandaient comment elles feraient pour n'avoir que trois semaines de vacances.

«On le savait pas, mais quinze semaines en première année, c'était du gâteau. Tu te rends compte, Blanche? Trois semaines cette année pis trois l'année prochaine. On va mourir.

– Voyons donc. Quand on va travailler pour vrai, on va en avoir moins que ça.

– Parce qu'on travaille pas pour vrai?

– Pas à sept piastres par mois, non.

– Bon, c'est reparti.»

Ce mois d'avril allait se terminer en beauté quand Blanche reçut un appel de sa sœur Jeanne, qui pleurait comme une Madeleine. Jeanne lui annonça que leur mère avait décidé de quitter Saint-Tite et sa belle maison pour retourner dans une école du lac aux Sables. Blanche avait été renversée par cette décision.

«Pourquoi?

– On le sait pas. Tout ce qu'on sait c'est que moman, la semaine passée, a organisé une grosse partie de cartes. Les gens sont venus de partout. Il y a du monde qui a chanté, les Goudreault ont fait de la belle musique, moman a récité un Ave Maria...

– Un quoi?

– Un Ave Maria.

– Moman?

– Ben oui. Pis elle était bien bonne. Elle a travaillé comme une folle pour préparer cette soirée-là. Elle a même donné la machine à tricoter de Paul pour remettre comme prix de présence. Quatre jours après, elle nous annonce qu'on déménage.

– Paul tricote pus?

– Non... Paul est parti en Abitibi.

– Faire quoi?

– Il va être représentant pour Kik Cola.

– Paul?

– Pis c'est pas tout. Alice s'en va aussi pour travailler au magasin d'Émilien. L'enseignement, elle aime pas ça. Ça fait que moman lui a demandé d'aller aider son frère.» Jeanne pleurait sans cesse sous l'avalanche de mauvaises nouvelles.

«Pis toi, Jeanne, tu viens toujours pour ton examen d'admission le mois prochain?

– Je le sais pus. Moman va être toute seule dans son rang. Rolande reste au pensionnat de Saint-Tite. Des fois je pense que ça serait mieux que je sois ici.

– Tu veux être garde-malade ou tu veux pas?

– Je veux, mais...

– Si tu veux, c'est ça que moman va vouloir que tu fasses.» Blanche s'était assise. Tant de bouleversements la tracassaient. Sa mère quitter Saint-Tite? Il y avait quelque chose qu'elle ne comprenait pas.

«Penses-y. Mais à mon avis ça serait bien que tu passes l'examen. C'est plus facile de refuser que d'arriver trop tard.

– C'est ce que j'vas faire, d'abord.

– Vous déménagez au mois de juin?

– Tu veux rire! Moman fait déjà les boîtes. Elle doit prendre sa classe le premier mai.

– Mais ça donne même pas une semaine!

– C'est ce que je te dis! Je comprends pas ce qui presse tant.»

Blanche s'empressa de fermer la porte de sa chambre. Il lui fallait penser. Elle tourna en rond et, encore une fois, prit conscience qu'elle était incapable de penser en ne faisant rien. Elle alla au lavoir repasser les uniformes qui l'attendaient. A chaque coup de fer, une question sans réponse surgissait dans son esprit. Si seulement elle avait pu aller à Saint-Tite entendre sa mère lui expliquer sa décision. Elle porta les uniformes dans les chambres de ses compagnes et revint à la sienne pour rejoindre Marie-Louise.

Marie-Louise n'y était pas. Blanche regarda l'heure et fronça les sourcils. Il était convenu qu'elles se rencontraient toujours à leur chambre avant le souper. Elle l'attendit. L'heure du souper était passée depuis dix minutes quand elle décida de descendre seule à la salle à manger. Marie-Louise n'était pas à leur table. Blanche ne s'en inquiéta pas, pensant que Marie-Louise avait probablement profité de son après-midi de congé pour se payer un petit souper au restaurant. Après le repas, Blanche monta à la salle de cours, certaine que Marie-Louise y serait, l'attendant pour lui raconter le menu du délicieux repas qu'elle avait pris. Le professeur s'étonna de l'absence de Marie-Louise, d'autant plus que Blanche ne pouvait fournir d'explication. Blanche essaya de se concentrer sur la matière mais ne retint rien.

Aussitôt le cours terminé, elle monta à sa chambre. Marie-Louise devait avoir fait une indigestion ou être indisposée. La chambre était vide. Elle refusa de s'inquiéter davantage et alla faire ses quotidiennes visites aux patients délaissés. Elle revint à sa chambre et aperçut de la lumière sous la porte. Elle soupira en se promettant avec amusement d'enseigner à son amie les rudiments de la politesse. Elle ouvrit la porte en riant presque du sermon qu'elle lui servirait et se heurta à la sœur hospitalière en chef, qui était assise bien droite sur leur chaise, un chapelet à la main.

«On vous cherche depuis deux heures. Où étiez-vous passée?»

Blanche avait pâli. La sœur hospitalière en chef ne se déplaçait que pour les extrêmes urgences. Marie-Louise avait certainement désobéi à un des importants règlements pour mériter tant d'attention.

«Voir les malades qui ont jamais de visite.» Elle avait parlé d'un ton éteint, les mots étouffés dans sa gorge trop étroite.

«Je ne sais comment vous annoncer ce que j'ai à dire, mais je pense que la meilleure façon est de vous dire la vérité. Votre amie, en ce moment, est à la salle d'opération. Les médecins tentent de lui sauver la vie.

– Sauver la vie?» Maintenant elle s'était assise, résistant à l'envie de fausser compagnie à l'hospitalière en chef pour courir à la salle d'opération.

«Elle a eu un accident. Un grave accident.»

Blanche voyait que l'hospitalière avait autant de difficulté à dire cette vérité promise, qu'elle-même à l'entendre.

«Un tramway. Elle est tombée devant un tramway et a eu les jambes sectionnées.

– Arrachées? Complètement?» La religieuse hocha la tête. «Nous faisons l'impossible pour enrayer l'hémorragie.»

Blanche avait à peine entendu la dernière phrase. Elle courait déjà à corps perdu dans les couloirs et martelait du poing le bouton d'appel de l'ascenseur. Elle n'attendit pas dix secondes et descendit l'escalier, se tenant fermement à la rampe pour éviter de trébucher lorsqu'elle enjambait trois marches à la fois.

Elle arriva à la salle d'opération et s'assit devant la porte. Elle patienta ainsi pendant deux heures, sans prendre connaissance que l'hospitalière en chef et le chapelain de l'hôpital se tenaient à ses côtés; sans voir ses compagnes qui la regardaient, la mine presque aussi déconfite que la sienne; sans entendre les mots d'encouragement que le chapelain disait à voix basse.

La porte claqua bruyamment, ouverte par la civière. Elle bondit sur ses pieds et se précipita vers la tête jaunâtre qui reposait sur un oreiller d'un blanc immaculé. Le chirurgien suivit, enlevant son masque et faisant des signes à l'hospitalière. Blanche ne vit pas que du regard il disait avoir tout essayé, sans grand espoir. Blanche était accrochée à la civière, tentant malhabilement de repousser les cheveux qui adhéraient au front mouillé de Marie-Louise, toujours inconsciente. Elle suivit la civière jusqu'à une salle publique.

«Vous allez pas la mettre ici?» Elle avait presque crié sa question. L'infirmière qui poussait la civière s'arrêta, saisie.

«Où est-ce que tu veux que je la mette, Blanche?

– Dans une chambre privée. C'est moi qui paie.

– Je sais pas si on en a de libre. On en a juste quatre vingt-huit dans l'hôpital.

– Trouves-en une.»

En attendant le retour de l'infirmière, Blanche assista, passive, aux soins postopératoires que Marie-Louise recevait. Elle se contentait de lui humecter le front, évitant de regarder le corps de son amie plus bas que la taille. Marie-Louise fut finalement transférée dans sa chambre et Blanche s'installa dans le fauteuil de cuir, les jambes allongées sur le repose-pied. Elle n'avait plus conscience du va-et-vient incessant. Elle regardait ses jambes, presque honteuse de les trouver aussi roses de santé. Elle commanda à ses orteils de bouger et ils répondirent aussitôt. Elle se leva pour voir Marie-Louise qui, lui sembla-t-il, émergeait de son lourd sommeil. Marie-Louise, sous l'œil attentif de deux médecins, gisait dans le lit, l'esprit nulle part. Déçue, Blanche se rassit en se lovant dans le fauteuil.

Elle ne remarqua pas les premières lueurs du jour. Elle ne voyait que la pâleur de Marie-Louise. Les médecins et les infirmières, qui prenaient ses signes vitaux à toutes les dix minutes, hochaient tous discrètement la tête. Ils venaient encore d'entrer, s'excusant presque d'empêcher Blanche de voir son amie.

«Hémorragie!»

Le mot claqua comme un fouet. Blanche se précipita à la tête du lit.

«Accroche-toi, Marie-Louise. Accroche-toi! On a gagé! On a des projets. Accroche-toi. On est des amies, Marie-Louise. Tu peux pas faire ça. Écoute-moi, Marie-Louise, Paul m'a dit que peut-être qu'il repenserait à tout ça. Je t'attendais pour te faire le message. J'ai reçu un téléphone aujourd'hui. De Jeanne. Paul est parti en Abitibi. Avec un bel emploi. Accroche-toi, Marie-Louise. Peut-être que maintenant que Paul a un bon emploi, il va te faire venir.»

Blanche parlait à l'oreille de son amie, mentant pour essayer d'allumer un peu de vie dans ce corps qui en était de plus en plus dépourvu. A travers ses larmes, elle entendit le mot «transfusion».

«Blanche, il va falloir qu'on lui fasse une transfusion. C'est la dernière chance qu'on a.»

Blanche voulut hurler. Elle savait qu'il s'effectuait à l'hôpital une trentaine de transfusions sanguines annuellement et que le quart des patients en mouraient. C'était une solution extrême.

«Non! C'est trop risqué!

– C'est fini, Blanche. Si on n'essaie pas une transfusion, Marie-Louise vivra pas quinze minutes.»

Blanche laissa tomber sa tête en chamaille sur l'oreiller à côté de la tête de son amie.

«Allez chercher une civière! Allez chercher une civière, s'il vous plaît.»

Blanche pleurait sa demande. Les médecins comprirent. La civière fut apportée rapidement et Blanche s'y étendit, essayant nerveusement de déboutonner les boutons de son poignet d'uniforme. Trop agitée, elle les arracha. Elle retroussa sa manche gauche, tentant ensuite, difficilement, de tenir la main de Marie-Louise de sa main droite. Elle ne sentit pas l'aiguille lui entrer dans la peau. Elle regardait le visage de son amie, espérant, dans quelques minutes, y voir apparaître des taches de rousseur. Le sang, détourné, passa dans un long tube et pénétra enfin dans le corps de son amie. Blanche lui parlait maintenant en silence.

«Accroche-toi, Marie-Louise. Dans un mois on a une soirée au Ritz. Tu le sais! On a été choisies. Toi pis moi, on va faire tourner la tête de tous les invités des dames patronnesses. On va rire, Marie-Louise, parce que tu vas sûrement faire une gaffe. Je le sais. Tu vas bourdonner autour du plus bel homme pour t'apercevoir que c'est le cousin de Germaine Larivière. Ouach! Le cousin de Germaine Larivière!»

Le teint de Marie-Louise passa rapidement du blanc au bleu. Le personnel infirmier cria presque un impuissant «non» quand Marie-Louise entra en convulsions.

Blanche délirait presque maintenant, sous l'effet du choc. Elle venait de comprendre que son amie mourait.

«C'est ça, Marie-Louise. Tu entends la musique pis tu essaies de danser. Danse, Marie-Louise. Mais respire! Respire! Tu étouffes. Respire donc!»

Blanche errait dans les corridors, se cherchant désespérément un coin de tranquillité. Elle descendit au sous-sol et ouvrit la porte de la morgue. Ici elle aurait la paix, avec Marie-Louise. Elle entra, ne vit personne, referma la porte derrière elle, s'accroupit sur le plancher, se tenant la tête à deux mains, dans un geste d'incrédulité. Sa respiration se fit plus haletante et un cri, venu d'elle ne sut où, déchira d'abord ses poumons et son cœur avant de fendre l'air.

CHAPITRE QUATRIÈME

1933-1946

1

Blanche était assise devant l'hospitalière en chef. Elle retenait le tremblotement de ses mains, sachant que quoi que la religieuse pût lui dire, elle ne reviendrait pas sur sa décision. Depuis qu'elle avait obtenu son diplôme, depuis que les médecins ne cessaient de gronder à propos de leurs conditions de travail, elle avait beaucoup réfléchi. Elle quitterait le personnel de l'hôpital pour faire du service privé.

«Vous êtes la première de votre classe. Vous avez une réputation incroyable. Les patients, les médecins et tout le personnel vous apprécient. Nous avions même pensé vous faire enseigner, ce qui est exceptionnel. Seules les religieuses enseignent.

– Merci du compliment mais ma décision est prise.

– Irrévocablement?

– Oui.

– Vous me promettez que vous ne travaillerez que dans notre hôpital?

– Oui. Quand je serai appelée en milieu hospitalier.

– Vous avez le téléphone pour que nous puissions vous joindre?

– Oui. J'ai trouvé une chambre, au dix-huit soixante et onze de la rue Sherbrooke, près de Papineau. Je pourrai être ici dans le quart d'heure qui suivra un appel.»

Tout en parlant, l'hospitalière n'avait cessé de lisser sa cornette de tulle noire. Elle soupira et sourit tristement à Blanche.

«Vous avez beaucoup changé depuis votre arrivée.» Voyant

que Blanche ne voulait pas engager la conversation à ce sujet, elle enchaîna rapidement.

«Mais tout a changé ici. A commencer par la supérieure de l'hôpital. Nous avons des nouveaux dispensaires dont une clinique pour le diabète. Je sais que vous avez suivi cela de près. Ensuite, l'an dernier, les étudiantes ont pu entrer dans leur nouveau pavillon. Vous l'avez étrenné après... enfin. Même les nouveaux uniformes des étudiantes sont différents. Plus pratiques. Moins encombrants. C'est quand même dommage que votre sœur ait été malade à deux reprises et se soit vue forcée d'abandonner. Une appendicectomie suivie presque immédiatement d'une typhoïde, ce n'est pas de chance.

– Jeanne est bien maintenant.

– Je l'espère.»

Blanche se demandait quand se terminerait cette conversation dont un des buts était d'éviter de prononcer le nom de Marie-Louise. Depuis son décès, Blanche s'était refermée. Elle n'avait plus réagi aux attaques de Germaine qui, fort heureusement, avait laissé le cours à mi-chemin de la troisième année pour épouser un médecin. Blanche avait aussi abandonné son petit commerce, lasse d'en être humiliée. Elle regarda sa montre, suivant instinctivement la trotteuse comme le faisaient toutes les infirmières.

«Je ne voudrais pas vous retarder.

– C'est que j'ai promis de remplacer une garde-malade. En obstétrique.

– Même pour votre dernière soirée vous avez décidé de travailler. Là-dessus, vous n'avez pas changé. Alors allez-y. Nous nous reverrons probablement à tous les jours.

– Probablement.»

Blanche sortit du bureau et se hâta de monter au service. Si elle avait été médecin, c'est en obstétrique qu'elle se serait spécialisée. A cause de la force et de la fragilité des mères. A cause de la force et de la fragilité des bébés. Elle passa à la pouponnière, comme elle le faisait toujours, regarda les nouveau-nés en souriant, puis rejoignit le poste d'observation.

«Rien de spécial ce soir?

– Non, rien, Blanche. Pas même une femme dans la salle de

travail. Ce soir on donne les biberons, on fait le souper, on ramasse les plateaux, on prend les signes vitaux, on regarde les visiteurs pis on bâille. La dernière naissance remonte à presque vingt-quatre heures.»

Blanche éclata de rire. Enfin une soirée tranquille en perspective. Chaque fois qu'elle était de garde, Blanche allait visiter les patients, simplement pour se présenter et les rassurer quant à la surveillance de l'étage. Elle commença donc ainsi son travail.

«Je trouve que la patiente du lit de la fenêtre de la deuxième chambre a les yeux un peu trop brillants. As-tu son dossier?»

L'infirmière lui remit le dossier demandé. Blanche vérifia toutes les données. La patiente ne faisait aucune fièvre deux heures plus tôt. Blanche haussa les épaules mais décida de ne prendre aucun risque.

«Ça te dérangerait pas si j'allais prendre sa température?

– Pourquoi est-ce que ça me dérangerait? Tout de suite ou plus tard, ça fait pas vraiment de différence.»

Blanche retourna au chevet de la jeune mère de vingt ans et lui sourit en la priant d'ouvrir la bouche. La mère obéit docilement. Blanche prit son pouls et le trouva rapide. Elle lut le thermomètre et vit que le mercure frappait presque le cent trois. Pour ne pas inquiéter la patiente, elle recommença son examen avec l'autre patiente de la chambre. Elle retourna au poste d'observation et regarda l'heure à nouveau. Elle prit le téléphone et demanda à la téléphoniste de la mettre en contact avec le médecin de garde.

«Garde Pronovost en obstétrique, docteur.»

Blanche expliqua les raisons de son appel. Le médecin promit de venir aussitôt libéré d'une urgence. Blanche raccrocha et retourna voir sa patiente. La jeune femme s'était assoupie. Blanche lui toucha le front et fronça les sourcils.

Le médecin arriva au moment même où la voisine de chambre de la jeune femme allumait le voyant lumineux pour demander de l'aide. Blanche et le médecin se précipitèrent.

«Je sais pas ce qu'elle a, mais elle gémit comme du vent.»

Blanche s'empara du poignet de la jeune femme, qui se nommait Adélaïde, et lui mit un thermomètre dans la bouche. Le médecin, lui, l'auscultait.

«Signes vitaux?

– Pouls, cent vingt. Température, près de cent quatre.»

Le médecin enleva le stéthoscope de ses oreilles et grimaça.

«On dirait qu'une infection s'est déclarée. Mais le cœur frappe bien. Quant à la température, essayez de la faire baisser en donnant de la quinine et en couvrant bien la malade. Évitez aussi les courants d'air.»

Blanche obéit aux instructions. Elle n'apporta cependant qu'une couverture supplémentaire qu'elle replia à la taille.

«Qu'est-ce que tu fais là, Blanche? Le docteur a dit de la couvrir.

– Je sais. C'est ce que j'ai fait.»

Blanche se tourna vers l'autre patiente et lui demanda si elle attendait des visiteurs. La dame acquiesçant, Blanche lui proposa de la conduire au solarium.

«Le calme va aider Adélaïde», précisa-t-elle en affichant un sourire rassurant.

L'autre dame mit ses pantoufles et sortit de la chambre. Blanche ouvrit la fenêtre.

Blanche devait quitter son service quarante minutes plus tard lorsque Adélaïde fit une autre poussée de fièvre. Blanche rappela le médecin.

«Vous lui avez donné de la quinine?

– Oui, docteur. La dose prescrite.

– La fièvre a pas baissé?

– Non, docteur. Maintenant elle fait presque cent cinq.»

Le médecin avait la voix hésitante.

«Ajoutez d'autres couvertures. Il faut absolument enrayer la fièvre. Cent cinq, vous dites?

– Oui, docteur. Mais si vous me permettez, j'aurais peut-être un moyen de faire baisser la fièvre.»

Blanche raconta rapidement la méthode utilisée par le docteur Francœur pour sauver son frère Clément.

«C'est de la médecine de campagne! Couvrez-la. Donnez-lui encore de la quinine. Doublez la dose.»

La fièvre d'Adélaïde augmenta encore un peu. Les infirmières de nuit, affolées, tentèrent de joindre le médecin. Blanche, qui avait refusé de quitter le chevet de la patiente, l'attendit en faisant presque les cent pas. Elle reconnaissait sur le visage d'Adélaïde les mêmes effets ravageurs qu'elle avait vus sur celui de Clément. Elle ferma le rideau de la cellule de l'autre patiente, endormie en rêvant à son poupon qu'elle apporterait à la maison le lendemain.

Une infirmière entra dans la chambre et Blanche grimaça devant son manque de discrétion. Elle détestait qu'on ouvre bruyamment les portes.

«Pis?

– La fièvre monte un peu chaque fois que je la vérifie.

– On va la perdre!

– Si le médecin arrive pas, ça m'étonnerait même pas.

– Pourquoi est-ce qu'on lui donne pas de la quinine?

– On n'a pas le droit. Faut attendre la prescription du médecin.»

Adélaïde s'agita dans son lit. Le délire commence, pensa Blanche. Elle pria l'infirmière d'appeler le médecin à nouveau.

«Il est à l'urgence. L'ambulance vient d'arriver avec des blessés.

– Ici aussi on a une urgence!»

Blanche prit à nouveau le pouls d'Adélaïde et hocha la tête en réponse au regard interrogateur de sa compagne. L'infirmière tremblait presque de son impuissance et de sa colère.

«Qu'est-ce qu'on fait?»

Blanche aurait voulu répliquer qu'elles ne feraient rien. Mais au lieu de cela, elle demanda à sa collègue si elle accepterait de l'aider.

«J'vas prendre toute la responsabilité s'il arrive quelque chose, mais je pense qu'on n'a pas une minute à perdre.»

L'autre infirmière se mit presque au garde-à-vous.

«Qu'est-ce que tu vas faire?

– Va me chercher des bols d'eau froide. Apporte toutes les serviettes que tu peux trouver. Pis de l'alcool à friction.»

L'infirmière ne cilla pas et revint avec ce que Blanche avait demandé. Blanche avait découvert Adélaïde et l'attendait.

«Tu sais, Blanche, qu'on peut perdre notre licence?

– Je sais. J'aime autant risquer de perdre ma licence que de perdre une malade. Toujours pas de nouvelles du docteur?

– Non.

– Allons-y, d'abord.»

Blanche refit, geste pour geste, ce que le docteur Francœur avait fait. Pendant qu'elle essorait les serviettes, l'autre infirmière frictionnait Adélaïde à l'alcool. Elles s'acharnaient depuis près d'une heure, sous le regard curieux des autres infirmières qui entraient et sortaient de la chambre, quand le médecin arriva.

«Qu'est-ce que vous faites? Je vous ai dit que c'était de la médecine de campagne. Barbare!»

Il arracha la serviette des mains de Blanche et couvrit la patiente jusqu'aux yeux. L'autre infirmière osa l'informer que la fièvre avait baissé légèrement.

«C'est la quinine. J'ai fait appeler un autre médecin à l'urgence. Maintenant je reste ici. Vous deux, sortez. Demain, à la première heure, je fais mon rapport.»

Il était deux heures du matin quand Blanche, assise au poste d'observation, aperçut le voyant lumineux.

«Le médecin nous appelle.» Elle se précipita dans la chambre suivie de sa collègue et figea devant les traits d'Adélaïde.

«Faites venir le chapelain, garde. La fièvre est complètement hors de contrôle.

– Voulez-vous me permettre de recommencer mes applications d'eau froide?» Le médecin, aussi désespéré qu'elle, concéda.

«Au point où elle en est... Je pense qu'on peut tout essayer.»

Blanche se remit à l'œuvre avec acharnement pendant que le chapelain administrait les derniers sacrements. A quatre heures du matin, Adélaïde était toujours vivante, la fièvre ayant reculé de quelques degrés. Le médecin avait regardé Blanche et elle fut surprise de le voir prendre une serviette et la tremper dans l'eau.

«On dirait que ça marche, garde.

– Je sais que ça marche. Mon frère a été sauvé comme ça. Même que c'était en hiver et qu'on avait ouvert la fenêtre. C'est pour remplacer ce froid-là que je prends de l'alcool.»

A six heures du matin, Adélaïde ouvrit les yeux et sourit à la vie, ignorant qu'elle avait failli la perdre. Le médecin soupira, s'essuya le front et regarda Blanche en grimaçant. Ils continuèrent à frictionner Adélaïde à l'alcool jusqu'à ce qu'elle les supplie d'arrêter.

«J'ai faim, garde.»

Blanche et le médecin éclatèrent de rire et lui promirent qu'elle aurait son plateau. Ils sortirent de la chambre, épuisés.

«Est-ce que je pourrais vous inviter à prendre un bon café faible, des rôties froides et de la marmelade un peu surette?

– Haha! Si je comprends bien on s'en va à la cantine.

– A moins que vous préfériez un vrai café, des œufs au miroir, des rôties croustillantes et de la marmelade anglaise?»

Blanche le regarda et s'aperçut que ce médecin n'était pas laid du tout. Elle jeta un coup d'œil discret à son annulaire gauche et ne vit pas d'alliance.

«Où est-ce qu'on va nous servir ce menu appétissant?

– Au Ritz.»

Blanche faillit s'étrangler. Elle n'avait plus remis les pieds à l'hôtel depuis la mort de Marie-Louise. Elle hésita. Mais prendre un petit déjeuner au Ritz... y entrer sans son uniforme... y être avec ce médecin qui, en s'animant, devenait de plus en plus intéressant... tout cela lui plut.

– Alors, ce sera le Ritz.»

Le médecin, qui s'appelait Pierre Beaudry, lui fixa rendez-vous à huit heures.

Blanche mit une de ses plus jolies robes et se coiffa d'un chapeau qu'elle pencha légèrement sur le côté. Elle se couvrit les oreilles de bouclettes de cheveux. Elle pinça les lèvres après y avoir appliqué du rouge.

Elle se retourna devant la glace pour vérifier les plis arrière de sa robe et, satisfaite, descendit en courant pour prendre le premier tramway.

Pierre l'attendait. Elle retint un sourire de plaisir à sa vue. Il était d'une élégance qu'elle n'avait jamais soupçonnée. Les médecins étaient toujours tellement bien cachés sous leur sarrau. Pierre, elle s'en rendit compte, la regardait différemment, lui aussi. Ils entrèrent bras dessus, bras dessous et s'attablèrent.

«On peut se tutoyer?» Blanche avait immédiatement accepté.

– Je viens de gagner assez d'argent, ce matin, pour que notre repas soit entièrement payé.»

Devant l'air interrogateur de Blanche, il expliqua que pendant son internat il avait fait des paris avec ses collègues.

«On avait gagé que le premier qui réussirait à t'avoir comme escorte, toi ou Marie-Louise», précisa-t-il sans malaise, au plaisir de Blanche, «serait le grand gagnant. J'ai gagné ce matin.»

Blanche, désarçonnée par autant de candeur, pouffa d'un rire qu'elle trouva insipide et naïf.

«C'est vrai que Marie-Louise était belle. Je m'ennuie beaucoup d'elle.

– Sa mort a été un choc assez violent pour tout le monde. Pour moi, en tout cas, ça a été très difficile parce que c'était la première fois que je voyais mourir quelqu'un de mon âge.

– Tu étais là? Dans la chambre?

– Oui. Je sais que tu dois pas t'en rappeler parce que toi, tu essayais de lui sauver la vie. C'est moi qui ai apporté la civière. Je t'ai même aidée à t'installer. Tu... tu m'as impressionné. J'espère que tu m'excuseras pour mon attitude d'hier soir. Il me semble que j'aurais dû savoir que tu me proposais une solution. Pourtant, même si la fièvre a baissé, je suis pas convaincu que c'est grâce au traitement à l'alcool et à l'eau froide.

– Moi, oui. Parce que c'est pas la première fois que je le vois. Je pense quand même que c'est à faire en dernier ressort.

– En tout cas... Moi je dis que c'est la quinine, toi, l'alcool, pis le chapelain va dire que c'est à cause des derniers sacrements. On croit ce qu'on veut quand on peut pas expliquer quelque chose.»

Ils parlèrent avec nervosité et hilarité pendant tout le repas, accusant sans cesse la fatigue de provoquer leurs fous rires incontrôlables.

«Faut que je sois au dispensaire à onze heures, annonça Pierre.

– Comment ça? Tu as travaillé toute la nuit.

– Je devais pas travailler toute la nuit. J'ai juste décidé de le faire.» Blanche hocha la tête. Ainsi, tous les deux, ils avaient volontairement empiété sur leurs heures de sommeil.

«Moi, il faut que je sois à l'économat. Je dois aller signer les derniers papiers, pis faire mes boîtes. J'ai remis ma démission.»

Pierre cassa son sourire.

«Tu laisses l'hôpital?

– Non. Je quitte le personnel. J'ai décidé de faire du service privé.»

Pierre avala deux gorgées de café. Elle le vit grimacer et se demanda pourquoi il ne lui avait jamais parlé avant cette nuit.

«En tout cas, je pense que c'est une décision qui te regarde. Tu peux compter sur moi pour te trouver des clients. Je pense que personne pourra avoir de meilleure garde-malade que toi.»

Blanche le remercia en souriant, soulagée à la pensée qu'elle n'aurait peut-être pas trop de difficultés à se trouver des patients désireux d'avoir, à toute heure, une infirmière à leur chevet.

«Tu as jamais pensé faire ta médecine?»

Le regard de Blanche se durcit.

«Pourquoi est-ce que tu demandes ça?

– Parce que je te vois aller depuis pas mal de temps. Je pense que tu ferais un bon médecin.

– Correction, j'aurais fait...

– Tu peux toujours!

– Tu veux rire! J'ai eu vingt-cinq ans. Pis à part ça, j'ai pas mon bac ès sciences.

– Ça pourrait s'arranger.»

Blanche voulait mettre fin à cette conversation, regrettant toujours d'avoir été condamnée à jouer les seconds violons.

«On m'a refusée.»

Pierre lut sa déception et parla d'autre chose, évitant même les sujets se rapportant à l'hôpital. Ils discutèrent de musique et de théâtre et Blanche sourit de l'entendre vanter le *blues* et la Nouvelle-Orléans, comme Napoléon l'avait déjà fait. Cette fois, par contre, elle put émettre une opinion. Pierre regarda l'heure et bondit sur ses pieds. Blanche demeura assise à siroter son café, heureuse de ne plus avoir de comptes à rendre.

Elle marcha jusqu'à l'hôpital, monta à sa chambre après être passée par la cuisine générale demander qu'on lui donne quelques boîtes pour qu'elle puisse préparer son déménagement.

2

Madame Desautels frappa discrètement à la porte. Blanche ouvrit un œil, se demandant pourquoi, encore une fois, on la basculait dans la réalité alors qu'elle vivait un rêve agréable. Deux minutes plus tôt, elle regardait Napoléon ramer sur un lac de satin vert, Marie-Louise assise à côté d'elle. Pierre Beaudry, avec un visage aux traits déformés le faisant ressembler à Paul, tenait l'épaule de Marie-Louise qui souriait de voir Blanche et Napoléon en ronronnant comme une chatte sous le regard de Pierre.

«Téléphone pour vous, Blanche.

– Merci.»

Depuis qu'elle avait officiellement quitté l'hôpital, Blanche y allait à tous les jours. Sa réputation d'infirmière n'étant plus à faire, il lui était arrivé, à quelques reprises, que des médecins lui demandent son avis avant de poser un diagnostic. Elle avait tellement de demandes qu'elle avait déjà dû refuser des malades. En six mois, elle avait réussi à faire plus d'argent qu'elle n'en avait fait durant ses trois années d'études, excluant évidemment les suppléments.

«Blanche Pronovost à l'appareil.»

Blanche jubilait. Elle devait se rendre sur la Côte-Sainte-Catherine. C'était dans une de ces maisons, elle le savait, qu'elle rencontrerait ces gens qu'elle voyait au Ritz. Le tramway fit entendre sa cloche et Blanche monta. Elle chercha une place des yeux et, fidèle à ses habitudes, se dirigea vers celle qui était à côté d'une fenêtre. Elle s'y assit en souriant du plaisir qu'elle aurait à regarder la vie autour d'elle. Le wagon montait la Côte-Sainte-Catherine péniblement, à ce qu'il lui sembla. Presque craintive à l'idée que le véhicule pouvait reculer et faucher un piéton, Blanche s'assit du bout des fesses, forçant imperceptiblement pour aider l'ascension du mastodonte. Voyant qu'enfin la pente était moins abrupte, elle se détendit et regarda le spectacle des maisons qu'elle apercevait, toutes enluminées des festivités du temps de Noël. A sa gauche, des châteaux suspendus à la montagne, bien plus confortables que les tristes crèches qu'ils devaient abriter sous leurs sapins. A sa droite, d'autres domaines enrubannés de neige et de grelots décoratifs.

Le cœur lui débattait. Elle jeta un coup d'œil sur les indications qu'elle avait minutieusement écrites sur un bout de papier pour s'assurer qu'elle n'avait pas encore rejoint l'intersection à laquelle elle devait descendre. Elle regarda à nouveau par la fenêtre et fut surprise de découvrir un monde sans monde. Les rues étaient presque désertes et elle n'avait aperçu que deux traîneaux d'enfants dans le parc qu'elle venait de passer. Elle pensa que les habitants de ces maisons, de ce quartier, devaient se terrer dans leur repaire, confortablement installés dans leurs fauteuils de velours ou de cuir, les pieds allongés devant un feu de foyer. Elle essaya d'imaginer l'intérieur d'une de ces maisons. Elle y plaça ce qu'elle avait vu de plus beau chez Napoléon, Marie-Ange et Henri Douville.

Blanche, essoufflée – elle avait compté cent douze marches – sonna à la porte. Une domestique lui ouvrit, rapidement retournée à ses locaux par la maîtresse des lieux.

«Vous êtes la garde-malade?»

Blanche n'eut pas le temps de répondre. La dame devant elle n'attendait apparemment pas ses réponses.

«Mon père est très malade et d'après le médecin n'aurait que quelques jours devant lui.» Pensant à haute voix, elle enchaîna. «C'est dommage. Nous avons expédié une centaine d'invitations pour le soir de Noël.» Blanche la suivit dans l'escalier sculpté dès que la domestique, réapparue elle ne sut d'où, la débarrassa de son manteau. «Nous avons pensé qu'il serait bien inhumain de le laisser à l'hôpital durant le temps des Fêtes. Le docteur Beaudry vous a chaudement recommandée. Nous nous attendons à ce que vous ne quittiez pas le chevet de mon père d'ici la fin.»

Blanche voulut répondre qu'elle ne pouvait assurer seule un service de vingt-quatre heures par jour, mais la dame devant elle entra dans une pièce et s'empressa d'en allumer toutes les lampes. «Vous pourrez vous installer ici. Mon père est dans la chambre voisine. Comme elle est communicante, vous pourrez être à ses côtés même pendant la nuit. Mon mari et moi venons le visiter trois fois par jour. Pour lui tenir la main. C'est ce que le médecin nous a dit qu'il y avait de mieux à faire.» La dame ouvrit la porte et Blanche aperçut le malade, émacié et verdâtre. Un cancer, pensa-t-elle. Elle se dirigea vers le patient et voulut se présenter, mais la dame ne lui en laissa pas le temps, recommençant à papoter, négligeant le besoin de calme de son père et parlant de lui comme s'il n'avait plus existé. Blanche en fut horrifiée.

«Nous nous occupons du soutien moral, comme je viens de vous le dire. Vous ferez le reste. Vous le nourrirez s'il peut manger. J'en suis incapable. Il s'étouffe trop souvent et cela me donne la nausée. Vous le laverez et vous changerez son pyjama. Je ne suis pas assez habile pour le faire.»

La dame s'approcha enfin du lit et ajouta un oreiller, sans prendre la peine de bien l'installer. Le vieillard émit un gargouillis et Blanche sut qu'il avait de la difficulté à respirer à cause de l'oreiller supplémentaire. La dame enleva l'oreiller.

«J'ai horreur de ce son-là. J'ai toujours l'impression qu'il est en train de mourir.» Blanche déglutit et se demanda si le pauvre homme avait toute sa conscience. Elle le crut, voyant qu'il suivait des yeux tout ce qui se passait dans la chambre. «Je vais vous montrer votre salle de bain et la lingerie. Vous pouvez, évidemment, prendre autant de bains que vous le souhaitez. C'est aussi dans la lingerie que vous trouverez les draps nécessaires pour votre lit et celui de mon père.» La dame s'interrompit deux secondes, le temps de prendre son souffle et de réfléchir. «Non. La domestique s'occupera de votre lit. Contentez-vous de changer celui de mon père.» Blanche sentait ses joues s'empourprer. Elle revint près du malade et commença à lui parler doucement, en lui plaçant sous la tête l'oreiller abandonné au pied du lit.

«Ça va vous faire du bien. On respire mieux la tête élevée.» Elle se demanda si elle avait rêvé ou si le vieillard lui avait bel et bien souri.

«Nous vous paierons soixante dollars par semaine, jusqu'à la fin. Je crois que c'est plus que ce que vous avez à l'hôpital pour le service aux chambres privées.

– Oui, mais si je dois rester ici, j'vas vous demander de me payer à l'heure.

– A l'heure?

– Je sais que c'est pas coutumier.» Blanche regarda le patient et demanda à la dame de sortir de la chambre pour discuter.

«Faudrait pas vous formaliser pour lui. Toute sa vie il n'a parlé que d'argent. Si par hasard il nous entend, je suis certaine que ça va lui faire du bien.» Blanche perçut à la fois de la haine et de la tendresse dans ce que venait de lui dire la dame. Elle alla donc se placer à la tête du lit pour être certaine d'être bien entendue.

«Vous voyez, madame, pendant que je suis ici, je suis forcée de négliger d'autres patients réguliers et de demander à des collègues de les visiter à ma place. Je dois aussi payer mon loyer. J'avais prévu aller dans ma famille pour les Fêtes...

– Vous avez une famille?»

Blanche demeura bouche bée. La stupidité de la remarque la laissa sans réponse.

«J'avais l'impression qu'une jeune femme comme vous, célibataire et forcée de travailler, n'avait pas de famille!»

Blanche retomba enfin sur ses pieds.

«Je suis pas forcée de travailler. J'aime travailler. Et oui, j'ai une famille. Un père, une mère, trois frères et cinq sœurs.»

La dame grimaça. Blanche lut du mépris. Elle aurait dû s'abstenir de mentionner qu'elle avait une nombreuse famille. Famille nombreuse, elle le savait, était toujours associée à famille miséreuse.

«Donc, comme je vous disais, j'vas vous demander un tarif horaire.

– De combien?» Blanche avait pensé demander cinquante sous de l'heure, mais irritée par le mépris qu'elle venait de lire elle décida de gonfler son prix.

«Un dollar.»

La dame devant elle grimaça à nouveau, les yeux rivés au plafond. Blanche jeta un regard discret vers le malade et fut certaine, cette fois, de l'avoir vu sourire.

«A ce prix-là, j'vas acheter les médicaments pis rester ici tout le temps.

– Vous allez être ici à Noël et au jour de l'an si nous avons encore besoin de vous?

– Évidemment.»

La dame regarda Blanche en face pour l'impressionner.

«Soixante-dix sous! C'est ma dernière offre.»

Blanche eut presque un haut-le-cœur. Elle n'en croyait pas ses oreilles. Elle regarda le malade et fut certaine de lire de l'amusement dans ses yeux. Tout à coup, ce riche mourant lui fit pitié. Elle comprit que sa fille n'avait pas menti. Cette négociation amusait vraiment le vieillard. Elle décida de lui en donner pour son argent.

«Si c'est votre dernière offre, la mienne est de un dollar et demi! C'est à prendre ou à laisser. Je suis compétente et je trouve de mauvais goût, madame, que vous commenciez à vouloir minimiser l'importance du travail que je vais faire.» Elle s'était appliquée à parler correctement. Sa mère aurait souri.

La dame jeta un regard rapide en direction de son père, qui s'empressa de fermer les yeux.

«D'accord. J'espère que vous ne vous attendez pas à ce que je vous donne des bonnes références.

– Non. J'espère juste que vous direz la vérité.»

Blanche dut retourner chez elle faire sa valise, expliquer à madame Desautels la nature de son contrat et lui demander de prendre tous ses messages. Elle lui souhaita de joyeuses Fêtes et rentra à la maison des Barbeau après avoir fait dûment exécuter l'ordonnance que Pierre Beaudry avait remise. Elle se demanda s'il l'avait recommandée pour se moquer d'elle ou pour essayer de diversifier sa clientèle. Elle décida de lui téléphoner et le rejoignit au dispensaire de l'hôpital.

«C'est Blanche. Est-ce que les Barbeau sont des amis à toi?»

Pierre éclata de rire.

«Jacynthe est charmante, Blanche.

– Jacynthe?

– Oui. Madame Barbeau.

– Tu les connais bien, comme ça.

– Non. Je les ai rencontrés ici. Son père est gentil.

– Difficile à savoir. Il dit pas un mot.

– Non? Ça m'étonne. Il doit être affaibli. C'est un gros cas de cancer généralisé.

– J'ai fait remplir l'ordonnance de morphine. Il a pas l'air de trop souffrir.

– Pas encore.»

Blanche revint chez les Barbeau en passant par la porte arrière. Elle avait d'abord cru qu'on lui demandait de prendre l'entrée des domestiques, ce qui l'avait insultée. Mais après qu'on lui eut expliqué qu'elle éviterait ainsi de monter le gigantesque escalier du devant, elle fut reconnaissante.

Le père de madame Barbeau ouvrit les yeux dès qu'elle entra dans sa chambre. Elle lui sourit et lui demanda s'il avait bien dormi. Il fit le tour de la pièce des yeux avant de répondre un faible «oui». Blanche s'approcha de lui, tapota ses oreillers et lui annonça qu'elle le laverait et qu'en plus, traitement de faveur, elle lui ferait la barbe. Il ne perdit pas un mot de ce qu'elle disait.

«Je pense que vous leur avez joué la comédie. Vous êtes capable de parler. Depuis combien de temps est-ce que vous faites semblant d'être à moitié mort comme ça?»

Le vieillard se pinça les lèvres et Blanche vit un plaisir moqueur apparaître dans ses yeux.

«Trois semaines. Depuis l'hôpital.

– Ça aide pas votre santé de vous laisser aller. A partir d'aujourd'hui, vous allez vous lever et vous asseoir dans votre fauteuil pendant que je change votre lit.

– Ça va être trop fatigant.

– On va essayer. Si c'est trop fatigant, j'vas faire le lit avec vous dedans. Vous allez voir, ça va bien aller. Faudra pas que vous chicaniez trop fort parce que j'vas faire comme une débutante. Si vous vous êtes déjà couché dans un hamac pendant qu'il ventait, vous comprenez ce que je veux dire.»

Le vieillard essaya de rire mais s'étouffa. Blanche mit une heure à faire tout ce qu'elle avait promis, réussissant même, une fois son patient lavé et rasé de près, à l'asseoir dans son fauteuil.

«Vous auriez pu me dire que vous mesurez au moins six

pieds. Il a fallu que je me grimpe sur la pointe des pieds pour vous tenir l'épaule.»

Le vieillard émit un petit rire étouffé.

«Je pense que j'vas commander un fauteuil roulant. On pourrait sortir de la chambre. Ça doit être ennuyant de toujours regarder les mêmes murs. C'est dommage que ce soit l'hiver. J'aurais pu vous promener dehors.

– Je veux pas sortir.

– Eh ben! eh ben! On boude? Comptez-vous chanceux qu'on soit en hiver parce qu'aussitôt que j'aurais vu que vous étiez de mauvaise humeur, je vous aurais sorti par la porte d'en avant. Pis on aurait descendu l'escalier!»

Son patient éclata à nouveau de ce rire éteint mais rempli de joie.

Blanche changeait le lit après avoir pris trois draps dans la lingerie, le dernier, replié, servant d'alaise. Elle vit son patient fermer rapidement les yeux et abandonner sa tête sur son épaule. Elle allait se diriger vers lui quand elle entendit Jacynthe.

«Qu'est-ce que vous faites! Mon père est mourant et vous le faites asseoir? Essayez-vous de l'achever?

– Ho! non, madame. Quand on est payé à l'heure, c'est la dernière chose qu'on veut.» Elle jeta un coup d'œil discret en direction du fauteuil et retint son fou rire en apercevant les épaules du vieillard se soulever sous les efforts qu'il faisait pour demeurer impassible et ne pas rire. Jacynthe soupira fortement et Blanche feignit de ne pas l'avoir entendue. Jacynthe se dirigea vers son père et lui prit la main.

«Bonjour, papa. C'est Jacynthe. Est-ce que vous me reconnaissez?» Le père ne broncha pas et Blanche vaqua à ses occupations, prétendant un désintéressement total pour la scène qui se jouait devant elle.

«Dans une semaine c'est Noël, papa. Pour Charles, j'ai acheté un sac de golf. Saviez-vous ça que Charles s'intéresse au golf? On peut pas dire qu'on trouve bien des places pour jouer mais il se promet d'aller en Écosse essayer leurs terrains. Je me suis aussi fait faire une robe pour la réception qu'on donne. Noire, en velours. Je vais mettre l'épingle de maman. Celle en diamants avec des perles. C'est vous qui lui aviez donnée pour votre trentième anniversaire. Bon, je vais revenir plus tard. Après le souper. Dormez bien.»

Jacynthe sortit en faisant un petit signe de tête à Blanche. Dès que ses pas se furent éloignés, le vieillard ouvrit les yeux et émit son rire auquel Blanche s'habituait. De la main, il lui fit signe d'approcher.

«C'est la première fois qu'elle parle aussi longtemps.»

Il éclata à nouveau de rire et Blanche vit qu'il s'affaiblissait. Elle l'aida à se soulever et le recoucha. Il soupira à la fois d'épuisement et de bien-être.

«Je pense que ça fait des années que je me suis pas autant amusé.

– Tant mieux. Demain, si vous êtes en forme, on pourrait jouer une partie de cartes.»

Il la regarda, incrédule. Cette garde-malade ne savait certainement pas qu'il était aussi malade.

«Comment est-ce que vous vous appelez?

– Blanche. Vous?

– Achille.

– Vous voulez quand même pas que je vous appelle Achille?» Il éclata de rire à nouveau. Blanche avait simplement voulu connaître son nom de famille.

«Je sais que c'est laid mais c'est le seul nom que j'ai.

– Je sais le nom de votre fille mais vous, vous êtes monsieur qui? J'ai pas de dossier ici comme dans un hôpital.

– J'aime ça.

– Quoi?

– Monsieur Qui. Appelez-moi monsieur Qui.»

Il s'endormit en souriant.

A voir l'énervement s'emparer de Jacynthe et de Charles, son mari, Blanche sut que la grande fête était pour le lendemain. Jacynthe la prit à part – Blanche lui avait au moins imposé cette délicatesse – pour lui demander si son père vivrait toute la journée de Noël.

«Certainement, madame. Votre père va de mieux en mieux.

– Vous pensez? Je ne vois pas de différence.

– Peut-être pas, mais ses signes vitaux sont meilleurs.»

Blanche avait promis à monsieur Qui de ne pas révéler qu'il jouait la comédie à sa fille. Elle avait accepté, sachant que ces minutes de joie étaient ses dernières. Jacynthe l'avait quittée pour retourner à ses préparatifs, oubliant d'entrer tenir la main de son père.

«Monsieur Qui, j'ai une belle surprise pour vous.»

Blanche sortit de la chambre et revint en poussant un fauteuil roulant.

«J'ai déjà dit non.

– Ça me ferait un beau cadeau de Noël...

– J'ai dit non.»

Monsieur Qui referma les yeux et Blanche sut qu'elle l'avait blessé. Elle ressortit le fauteuil et s'assit sur la chaise à côté du lit. Elle ouvrit un livre de lecture. Monsieur Qui s'endormit pour ne s'éveiller que le matin de Noël. Blanche était déjà habillée et coiffée.

«Mon Dieu, monsieur Qui, vous ressemblez à quelqu'un qui a passé la nuit à réveillonner. Va falloir que je lave tout ça.

– Venez donc ici, garde.»

Blanche s'approcha.

– Pensez-vous que vous pourriez m'habiller pis me descendre en fauteuil dans l'escalier?»

Blanche comprit ce qu'il voulait faire.

«Je pense que si vous m'aidez en bougeant pas dans le fauteuil, pis que la domestique m'aide aussi, ça devrait se faire. Mais, sincèrement, je trouve que c'est trop dangereux pour votre santé.

– Moi je pense que c'est le cadeau de Noël que je veux. Voir le sapin et les invités.»

Blanche faillit répliquer qu'il voulait aussi s'amuser de la déconfiture de sa fille. Elle n'osa pas, voyant la vie transpirer par tous les pores de monsieur Qui.

«On va commencer par vous laver et changer votre lit. Ensuite vous allez faire un somme. Après, j'vas vous habiller. Lentement, pour pas vous fatiguer. J'aime autant vous le dire tout de suite, je sais pas faire un nœud de cravate.

– Vous me mettrez une lavallière.»

Ils suivirent le programme que Blanche avait tracé en espérant que son patient se découragerait. Contre toute attente, il s'amusa follement de ce qui l'attendait et Blanche dut le supplier de dormir. Elle craignait les conséquences d'une telle expédition. Elle hésita, se demandant si elle devait avertir madame Barbeau. Elle ne le fit pas, craignant de ternir les derniers rires qu'un pauvre riche se promettait. La fille, comme Blanche l'avait prévu, était trop préoccupée par sa réception pour visiter son père.

Au milieu de l'après-midi, le carillon cessa de sonner. Monsieur Qui avait compté tous les coups.

«Quatre-vingts. Tout le monde doit être arrivé. Vite, Blanche, enlevez ma robe de chambre, mettez mes boutons de manchette et ma lavallière et faites venir la domestique.»

Blanche obéit tout en hochant la tête. Elle trouvait que son patient mettait son bon sens à rude épreuve.

La domestique poussa presque un cri en apercevant son ancien employeur.

«Ma foi, monsieur, on dirait que vous êtes en meilleure forme que l'été passé!»

Blanche trouvait qu'il y avait quelque chose d'indécent dans ce que voulait faire son patient. Elle demanda à la domestique de sortir de la chambre et s'agenouilla devant monsieur Qui.

«Je suis très mal à l'aise avec ce que vous voulez faire. J'accepterais si vous demandiez à votre gendre de venir m'aider à vous descendre. Je trouve qu'autrement c'est quelque chose qui se fait pas.

– Jusqu'à nouvel ordre, je suis chez moi ici.

– Je sais, monsieur Qui, mais vous voulez gâcher leur plaisir.

– Est-ce que vous êtes capable de me donner trois bonnes raisons de ne pas le faire?

– Non, mais c'est parce que je connais pas votre histoire. Vous auriez habité un village comme celui d'où je viens que je saurais. Je pense quand même que c'est quelque chose de presque immoral. Ils savent même pas que vous parlez! Imaginez s'ils vous voient habillé. Sans dire qu'il est fort possible qu'ils me renvoient.»

Blanche avait utilisé ce dernier argument à contrecœur. Elle trouvait l'idée de son patient amusante. Presque aussi amusante que la comédie qu'elle avait jouée à Joachim Crête pour masquer l'absence de sa mère. Mais la douleur qu'elle voyait dans les yeux de monsieur Qui démentait le plaisir qu'il en retirerait. Monsieur Qui avait laissé tomber sa tête sur sa poitrine avant de la relever lourdement.

«Allez chercher mon gendre.»

Blanche sourit, exposant franchement pour la première fois sa dent d'or. Monsieur Qui éclata de son rire muet.

«Vous m'aviez caché la fortune que vous avez dans la bouche.»

Blanche cessa aussitôt de sourire.

«Je sais que c'est laid.

– Non, c'est beau. Ma fille vous a dit que j'ai toujours aimé l'argent. L'or aussi. Surtout dans la bouche d'une personne aussi gentille que vous.»

Blanche était intimidée par le ton de confidence que venait d'adopter son patient. Elle se releva.

«Dans le fond, je pense que j'ai ce que je mérite. Ma fille vient me voir trois fois par jour. Toute ma vie, c'est à peine si moi je l'ai vue une fois par trois jours.» Monsieur Qui demeura silencieux pendant quelques minutes.

«Avant d'appeler mon gendre, pourriez-vous prendre mon chéquier dans le premier tiroir de mon bureau?»

Blanche obéit et monsieur Qui fit un chèque de dix mille dollars à madame Jacynthe Barbeau. Il en fit un second de mille dollars à Blanche Pronovost. Épuisé par tant d'efforts, il changea d'idée et lui demanda de faire venir sa fille et son gendre. Blanche transmit le message à la domestique.

«Laissez-moi dans le fauteuil roulant.»

Jacynthe et Charles arrivèrent dans les minutes qui suivirent. Ils refrénèrent un cri de surprise à la vue du père de Jacynthe.

«Joyeux Noël, les enfants. J'avais envie de descendre mais m'habiller m'a trop fatigué. Jacynthe, je voulais te donner ton cadeau.»

Il tendit le chèque d'une main tremblante. Jacynthe le prit et Blanche vit son émoi. Elle savait que Jacynthe n'avait nul besoin de cette somme mais le geste de son père venait de toucher sa corde filiale. Elle s'approcha de son père et l'embrassa sur les deux joues. Blanche ne l'avait jamais vue le toucher sauf pour lui tenir la main du bout des doigts.

«Charles, je vais rester ici un peu. Occupe-toi de nos invités. Dis-leur n'importe quoi. Dis-leur que j'ai mal à la tête.»

Blanche, aidée de Jacynthe, dévêtit monsieur Qui et le recoucha. Jacynthe, tout à coup, posait tous les bons gestes. Monsieur Qui s'endormit aussitôt que sa tête toucha à l'oreiller. D'un sommeil tellement lourd que Blanche pressentit qu'il ne s'en éveillerait jamais. Jacynthe ne retourna pas auprès de ses invités malgré les exhortations de Charles, qui ne cessait de monter à la chambre.

«On passe à table, Jacynthe.

– Bon appétit!»

«On développe les cadeaux, Jacynthe.

– Oublie pas de jeter les papiers et les rubans.»

«Les invités commencent à partir, Jacynthe.

– Au revoir et merci. A l'année prochaine.

– Mais qu'est-ce qui te prend, Jacynthe?

– C'est Noël, Charles. Pour mon père aussi.»

Charles n'était plus revenu et Blanche s'en était retournée à sa chambre. Elle avait laissé la porte entrouverte au cas où Jacynthe aurait eu besoin d'elle.

«Garde?»

Blanche fut près d'elle en trois secondes.

«Pouvez-vous m'expliquer comment mon père a fait pour avoir l'air si bien aujourd'hui alors que ça fait des semaines qu'on se demande s'il va vivre toute une journée?»

Blanche s'assura que son patient ne feignait pas le sommeil avant de répondre.

«Ça arrive souvent chez les grands malades.» Elle n'avait pas voulu dire mourants. «On a tout à coup l'impression qu'ils vont réussir à se cacher pour l'éternité. Mais ça dure un jour ou deux. Votre père s'est accroché pour se rendre à Noël. J'ai pas l'impression que maintenant il en a pour longtemps. Habituellement, les grands malades détestent le jour de l'an. Noël, c'est pas pareil. C'est la fin d'une année. On dirait qu'ils manquent de courage quand ils voient arriver une nouvelle année parce qu'ils savent qu'ils vont l'abandonner en cours de route.»

Jacynthe avait hoché la tête, des larmes de tristesse lui envahissant les yeux.

«Toute ma vie j'ai détesté mon père. Il avait jamais de temps pour moi. Il m'a gâtée, ça c'est certain. Il m'a tout donné. Même sa maison. Mais avoir une fille unique, j'imagine que c'est une grande déception pour un homme qui a bâti un empire. C'est Charles qui a pris la relève. Pas moi.»

Blanche comprenait difficilement ce genre de tristesse. Elle ignorait ce qu'était un empire. Elle avait souffert de l'absence d'un père, mais l'absence qu'elle avait connue n'avait jamais eu d'allure quotidienne. Elle savait, pour en avoir vu des centaines, que ce qui tuait les survivants était la culpabilité. Elle était contente que monsieur Qui ait allégé le fardeau de sa fille.

Monsieur Qui ne se leva plus, ne mangea plus, et après deux jours de ce régime, ne respira plus. Blanche lui couvrit le visage et demanda à Pierre Beaudry de venir constater le décès. Pierre arriva le plus rapidement possible et fut visiblement content de revoir Blanche. Jacynthe et Charles l'accueillirent avec autant d'empressement que le permettait leur deuil.

«Je vous remercie, garde. Je pense que vous avez aidé mon père à mourir. Je ne veux pas dire par là que vous avez précipité sa mort...

– Je sais. Quand on est payé à l'heure...»

Jacynthe éclata de rire.

«Mon père m'a donné un cadeau de Noël fort symbolique, vous savez. De toute façon, à sa mort, c'est moi qui aurais eu l'argent. C'était peut-être la seule manière qu'il a jamais connue de me gâter. Il l'a fait une dernière fois. Mais sans cette fois-là, je pense que j'aurais jamais pu garder un bon souvenir.»

Jacynthe rêva en souriant pendant quelques instants. Elle sortit ensuite un chèque de sa poche et le remit à Blanche.

«Le compte y est, j'espère?» Blanche fronça les sourcils en regardant le montant. Il était deux fois trop élevé.

«Non. Le compte y est pas. Selon mes calculs, vous me devez beaucoup moins.

– On voit qu'on ne vous enseigne pas à compter dans un hôpital.»

Blanche, émue, tendit à son tour le chèque que son patient lui avait remis le jour de Noël. Jacynthe sursauta.

«C'est bien ce que je pensais. Remarquez que je pourrais vous dire que vous l'avez manipulé...

– Moi! faire une chose comme ça...

– J'ai dit "j'aurais pu dire". Mais je ne le pense même pas. C'est sa façon à lui, la seule qu'il ait jamais connue, de dire merci. Gardez-le.

– Non. Là, vous me connaissez mal.

– Gardez-le, je vous dis.

– Non.»

Devant l'air ahuri de Jacynthe, Pierre et Charles, Blanche déchira le chèque qu'elle jeta ensuite dans les flammes du foyer de la maison.

Pierre lui tenait le bras pour l'empêcher de glisser sur la glace que le frottement de la neige rendait encore plus vive.

«Pourquoi est-ce que tu as fait ça, Blanche? Monsieur Parizeau aurait été déçu.

– Monsieur Parizeau? C'était son nom?

– Dis-moi pas que tu le savais pas?

– Non.»

Blanche souriait en se pinçant la lèvre inférieure.

«Est-ce que c'était un homme connu?

– Connu? Là c'est toi qui veux rire. Homme de culture, homme d'affaires à la tête d'un empire, mécène, philanthrope. Connu? Franchement, Blanche, ça m'étonne que toi-même tu en aies jamais entendu parler. Il était célèbre dans tous les milieux. Du dernier sportif à l'archevêque en passant par les communautés religieuses...

– C'est drôle, il a jamais demandé de prêtre...

– Ça doit être parce qu'il avait été administré par l'aumônier de l'hôpital...

– Mais quand même. Pas une fois, je te jure.

– D'abord ça doit être parce que le ciel lui avait déjà envoyé un ange.»

La remarque de Pierre fit affluer le sang au nez de Blanche, que le froid avait commencé à pâlir.

«J'aime donc pas ça des remarques de même. J'ai juste

essayé de rendre sa mort moins triste. Je pense qu'il est mort heureux. C'était un monsieur gentil qui aimait rire.

– Tu l'as fait rire?

– Oui, pourquoi?

– Parce que la rumeur veut que personne l'ait jamais entendu.»

3

Blanche regardait cette nuit sans fin assaillir sa fenêtre. Elle détestait les matins de pluie qui empêchaient le jour de vaincre. Elle avait décidé de prendre trois semaines de vacances pour se reposer de deux années de travail acharné. Elle ne trouva le repos qu'à son retour. Sa mère l'avait forcée à ouvrir les bras pour s'y réfugier quelques secondes et ensuite les lui remplir de boîtes. Blanche avait occupé ses vacances à défaire des boîtes, installer des rideaux de plus en plus défraîchis, hochant sans cesse la tête devant l'entêtement de sa mère à poursuivre son enseignement. Depuis son départ précipité de Saint-Tite, pour lequel Blanche n'avait eu aucune autre explication que le fait que sa mère avait préféré enseigner à toute une classe plutôt qu'à quelques élèves, sa mère n'avait enseigné qu'un an au lac aux Sables. Elle avait été forcée d'abandonner son école à cause de Rolande, victime d'une fièvre typhoïde et temporairement renvoyée chez elle par les religieuses pour éviter qu'elle ne contamine ses compagnes. Rolande avait donc menacé de contaminer les élèves de sa mère. Jeanne avait terminé sa dernière année d'enseignement pour partir, elle aussi, à Val-d'Or, en Abitibi.

Blanche se leva en se traînant les pieds, entrouvrit le store vénitien pour regarder la rue Sherbrooke. Elle n'aperçut qu'une rivière que les caniveaux peinaient à avaler. Elle se plaça devant son miroir et entreprit d'enlever les pinces qui s'accrochaient encore à ses cheveux, retourna à son lit et tira le drap de dessus. Elle découvrit une autre bonne douzaine de pinces. Elle revint à son miroir et décida qu'elle s'achèterait un fer à friser.

En essayant de se coiffer, elle pensa à cette famille qui était la sienne mais qui, apparemment, avait adopté une autre patrie. Son père, Émilien, Paul, Jeanne et Alice vivaient maintenant en cette Abitibi, près de Clément qui, lui, était installé à sa frontière. Blanche se demanda quel attrait ce pays pouvait exercer. Ses frères et sœurs avaient vécu toute leur vie dans un village, sans cesse harcelés à cause du non-conformisme de leur mère. Au lieu de vouloir chercher la tranquillité dans une grande ville comme Montréal, ils partaient vers des villages plus petits, exposant davantage leur fragilité. Blanche soupira. Quelque chose lui échappait. Ses frères et sœurs avaient peut-être raison. Là-bas, ils s'étaient regroupés, recréant cette famille que le départ de leur père avait morcelée. Par son évidente réussite, Émilien leur permettait peut-être de marcher la tête haute. Seule sa mère, malgré une année passée dans ce monde presque hors du monde, s'accrochait à la Mauricie comme un porte-étendard s'accroche à son drapeau jusqu'à ce qu'il expire.

Blanche était certaine que sa mère aimerait vivre à Montréal. Sa mère, elle le savait, aurait payé une fortune pour qu'on cesse de la pointer. En Mauricie, elle était toujours la femme d'Ovila Pronovost, celui qui avait été déshérité au profit de sa femme et l'avait abandonnée. La mémoire des gens était courte et presque romantique. Ils avaient oublié que ses parents s'étaient quittés plusieurs années après que son père eut perdu sa parcelle d'héritage. Mais leur vie, racontée de cette façon, était beaucoup plus intéressante.

Blanche avait essayé de convaincre sa mère de quitter l'enseignement et de jouir de ce repos qu'elle avait mérité.

«Pour quoi faire? Pour tricoter pis passer mon temps à attendre les lettres de mes enfants? Non, merci pour moi.

– Vous allez quand même pas commencer à déménager à chaque année? Oubliez pas que vous allez avoir cinquante-cinq ans. C'est pas jeune pour une institutrice.

– J'ai l'âge de mon cœur, ma fille.» Émilie avait posé une

boîte lourde de vaisselle, s'était relevée en soufflant après s'être frotté les reins devant l'air attristé de Blanche, qui se demandait quel secret, enfoui profondément dans le cœur de sa mère, alimentait son goût de vivre.

«Pis mon cœur en a cent!» Émilie avait ri de sa boutade et Blanche l'avait imitée pour se rassurer. Quand elle agonisait de sa solitude par les soirées trop longues et les nuits interminables de Montréal, elle pensait au rire de sa mère et se questionnait à savoir pourquoi elle n'en avait pas hérité. Depuis la mort de Marie-Louise, elle pouvait compter sur ses doigts les fois où elle avait ri de bon cœur. Elle riait si peu que lorsque cela se produisait, elle figeait presque aussitôt, trouvant cette sensation et ce son étrangers à son corps.

Elle revêtit son uniforme et aperçut une tache sur sa manche. Elle l'enleva et en mit un autre dont les coutures commençaient à s'étirer dangereusement. Il lui faudrait se résigner à emprunter la machine à coudre de madame Desautels, pour refaire sa garde-robe de travail. Elle regarda l'heure et acheva de faire son lit avant d'aller à la cuisine prendre son petit déjeuner. Elle sortit enfin dehors, prit la direction de l'hôpital, jurant contre la pluie qui avait déjà plus qu'humecté son uniforme et presque affaissé sa coiffe, et contre les automobilistes qui l'éclaboussaient comme si elle n'avait pas eu plus d'importance que les lampadaires et les bornes-fontaines.

Elle entra dans l'hôpital au même moment que Pierre. Il la vit et se moqua d'elle.

«Mouillée comme un canard! Ça vaut la peine de rester à deux pas de l'hôpital.

– Ris pas de moi. C'est que ça tombe.

– Je sais. Mon auto a calé. Mais un bon samaritain m'a poussé. As-tu le temps de prendre un café?

– Tout le temps. J'ai rien de prévu aujourd'hui. Je suis juste venue voir si par hasard quelqu'un aurait demandé les services d'une garde privée. J'vas m'informer pis je te rejoins.

– Parfait, ça va me donner le temps de passer au vestiaire pour me changer.»

On n'offrit rien à Blanche. Depuis le début de l'automne elle s'inquiétait. Ses revenus avaient manifestement diminué et elle était incapable d'expédier à sa mère autant d'argent qu'elle l'avait fait au printemps. Les gens et les journaux parlaient de crise. Marie-Ange lui avait confié que la clientèle du magasin diminuait à vue d'œil. Même à l'hôpital, le taux d'occupation des chambres privées était passé de quatre-vingt-quatorze pour cent à quelque chose s'approchant de quatre-vingts. En revanche, les chambres semi-privées et les salles communes étaient remplies à craquer. Blanche savait que ce n'était pas là qu'elle trouverait du travail. Heureusement, depuis qu'elle était allée chez les Barbeau, elle avait eu une clientèle assez régulière à Outremont. Presque toujours des cas de maternité. Elle en venait à souhaiter que les femmes aient des grossesses de soixante-trois jours comme les chattes au lieu des longs neuf mois traditionnels.

Pierre avait revêtu son sarrau et elle vit son stéthoscope pendre de sa poche. Il était attablé devant deux tasses de café. Elle le rejoignit en souriant de son sourire de tous les jours. Un sourire ne découvrant pas ses dents. Pierre la regarda approcher, d'abord rieur puis l'air assombri.

«Qu'est-ce qui se passe? Tu viens de changer d'air comme si quelqu'un avait ouvert les portes. Ton sourire est parti au vent comme une feuille de papier.»

Pierre haussa les épaules et sucra son café. Blanche s'assit devant lui, saluant quelques personnes d'un discret signe de tête.

«Est-ce que tu es libre ce soir, Blanche?

– A moins que toutes les femmes d'Outremont accouchent, je pense que oui. Pourquoi?

– Il faut que je te parle.»

Blanche savait que ce moment arriverait. Depuis le temps qu'elle fréquentait Pierre, depuis les nombreuses sorties qu'ils avaient faites, depuis surtout le début de l'année, elle voyait gonfler en lui cette flamme qui caractérisait tous les soupirants de la terre. A l'hôpital, plus personne ne l'invitait. Elle était l'amie de Pierre. Un terrain privé. Ce soir, elle le savait, sa solitude grandirait davantage.

Ils se rencontrèrent pour souper. Pierre, comme toujours était tiré à quatre épingles. Blanche eut un pincement au cœur.

Qu'avait-elle d'anormal pour être incapable d'aimer un homme aussi généreux, aussi franc et aussi honnête? Depuis qu'elle avait rompu ses fiançailles, elle n'avait plus été capable d'attendre autant et aveuglément de la vie. Elle ne croyait plus au destin magique des âmes sœurs. Ils mangèrent donc presque en silence, reportant tous les deux la discussion que Pierre avait promise. Blanche voyait son malaise mais conservait un regard fuyant, le dérobant aux yeux inquisiteurs de son ami.

«Blanche?»

Elle savait qu'elle ne pourrait plus échapper à l'isolement qu'elle avait tant souhaité mais qui, maintenant, lui pesait de plus en plus lourd.

«Je voudrais pas avoir l'air de mettre des pressions, mais il me semble que depuis le temps, on pourrait peut-être parler de l'avenir.

– Quel avenir?»

Pierre enragea presque devant sa réponse.

«Le nôtre!» Il prit une bouchée de gâteau et Blanche regarda attentivement une miette qui s'accrochait désespérément au bord de sa moustache, se demandant si Pierre l'aspirerait ou si la miette retomberait sur la nappe. La miette retomba. Blanche voulait s'éloigner de cet avenir dont il voulait parler. Depuis toujours, elle ne cessait de le remodeler selon les circonstances et les gens qui l'entouraient. La dernière fois qu'elle s'était permis de lever le coin du voile pour regarder devant, c'était avec Marie-Louise. Maintenant, elle ne voulait plus regarder. Son avenir se limitait à l'addition que leur apporterait le serveur et que Pierre prendrait galamment et discrètement.

«Je sais pas si c'est parce que tu es allée dans ta famille cet été mais depuis ce temps-là, on dirait que tu as changé.

– C'est possible.

– Cesse de répondre comme ça! Comment est-ce que tu veux qu'on se connaisse si tu dis jamais rien? Tu dis jamais rien, Blanche. Tout est correct ou parfait. Le personnel de l'hôpital est dévoué, alors que tu sais comme moi qu'il y en a qui sont des imbéciles. Tu dis rien. Tu m'as même jamais dit pourquoi tu avais déchiré le chèque de monsieur Parizeau.»

Blanche haussa une épaule. Elle attendait toutes ces remarques mais elle n'avait pas envie d'expliquer.

«Je t'ai demandé ce que faisait ton père. Tu m'as répondu que ta mère enseignait. Je t'ai demandé combien tu avais de frères et de sœurs. Tu m'as répondu que vous étiez assez nombreux pour faire une division d'école de campagne. Qu'est-ce que tu penses que ça me dit, ça? J'ai jamais mis les pieds dans une école de campagne!»

Blanche retint un sourire, se souvenant que cette réponse, quand elle l'avait donnée à Pierre, l'avait amusée.

«Tout ce que je sais, c'est que tu as deux sœurs à Montréal. Jamais, depuis le temps qu'on est ensemble», Blanche haussa les sourcils, «tu m'as proposé de les rencontrer. As-tu honte de moi?»

Blanche écrasait avec sa fourchette les dernières miettes de son gâteau, résistant à l'envie de les prendre entre son index et son pouce pour en faire de petites boules.

«J'aurais dû savoir que tu me dirais rien ce soir non plus.»

Pierre avait l'air découragé et Blanche n'avait pas envie de l'aider à sortir de son désespoir. Pour cela, il lui aurait fallu dire ce qu'elle pensait, raconter la vérité ou mentir. Aucune de ces perspectives ne la réjouissait.

«Bon. Tu sais où me trouver. Jusqu'à nouvel ordre, je suis toujours médecin à Notre-Dame et mon cabinet est toujours sur des Érables. Jusqu'à nouvel ordre...»

Blanche comprit que Pierre mijotait quelque chose pour ainsi essayer de piquer sa curiosité. Elle se mourait d'envie de savoir ce qu'il avait en tête mais retint sa question. Parler maintenant, rompre son désintéressement, ne ferait que reporter une échéance inéluctable. Elle avait depuis longtemps pris sa décision de ne jamais être madame Pierre Beaudry.

Pierre se leva et Blanche fut surprise de voir que son trouble était tel qu'il en oublia l'addition avant de sortir. Elle l'accepta en riant presque du comique. La seule certitude qu'elle avait eue en entrant au restaurant ne s'était même pas produite. Elle entra chez elle à pied, seule sous un ciel qui avait cessé de cracher.

Elle aperçut d'abord une ombre et jeta un coup d'œil en

direction de la lune pour voir si l'arbre devant la maison en était l'artisan. Mais l'ombre bougea et la saisit par le poignet. L'ombre pleurait.

«Tu peux pas me faire ça, Blanche. Je voulais te demander en mariage pis tu as rien fait pour me retenir. Ça fait des années que je pense à ça. Tu me retiens même pas. Si c'est l'argent que tu veux, je vais en avoir plus que tu pourras jamais dépenser. Si tu veux des enfants, on va en avoir des centaines. Si tu veux une grande maison, on va en construire une, à Outremont ou à Westmount ou à Saint-Tite. Pourquoi est-ce que tu veux pas me dire ce que tu veux?»

Blanche regardait la bouche de Pierre et eut envie de mordre dedans, ne fût-ce que pour s'assurer qu'elle était vivante. A s'entendre penser, elle en doutait.

«Qu'est-ce que tu veux?

– M'occuper de mes malades.

– Moi aussi c'est ce que je veux! Mais il y a pas rien que ça dans la vie. J'ai vingt-huit ans. Toi vingt-six. On est déjà vieux pour commencer une famille.

– Qui a dit que je voulais une famille?»

Pierre se tut, éberlué. Elle avait parlé, mais il n'avait pas entendu ce qu'il souhaitait. L'amour qu'il vouait à cette femme d'apparence aussi fragile frôla de près la frontière de la haine.

«Des fois je trouve pas une grande différence entre toi et les statues de plâtre de l'hôpital que les sœurs ont mises dans des corniches à tous les cent pieds.»

Blanche reçut cette remarque comme un coup de poignard. Ce soir, elle aurait donné une fortune pour se retrouver étendue sur un rocher à côté de Napoléon et sentir la chaleur de son corps et celle des pierres.

Elle tourna le dos et inséra sa clef dans la serrure. Pierre tenta de la retenir par le bras en chuchotant des milliers d'excuses. Elle se dégagea et entra, s'abstenant d'allumer. Pierre s'approcha d'un carreau de la fenêtre de porte, ses deux mains à côté des tempes pour essayer de voir à l'intérieur. Blanche, immobile dans le noir, vit ses yeux briller de larmes. Elle ne broncha pas, soucieuse de ne pas se faire voir. Il aurait compris qu'elle aussi pleurait ce morceau d'elle qu'elle ne trouvait nulle part.

4

Blanche se débattit contre un hiver sans fin. Le froid de la ville n'avait d'égal que celui qui l'avait envahie le soir de sa rupture avec Pierre. Maintenant, il fréquentait une étudiante de deuxième année et les langues allaient bon train. On parlait d'un mariage possible au mois de juin. Blanche n'avait jamais voulu répondre aux questions que lui posaient quelques anciennes compagnes. Ses visites à l'hôpital, heureusement, se faisaient de plus en plus rares. Son temps était presque entièrement consacré à ses riches patients dont elle enviait, sans envier, les fortunes et le confort. Elle voulait, sans le vouloir, vivre comme eux. Marie-Louise aurait ri d'elle. Maintenant qu'elle était presque obligée de compter ses entrées d'argent, le goût d'en posséder s'était émoussé. Elle savait qu'à moins d'avoir une fortune, elle serait toujours forcée d'y penser. Marie-Ange qui, cinq ans plus tôt, ne voyait que le rose de la vie, habitait maintenant dans un tout petit logement. Elle et Georges avaient dû abandonner commerce et propriétés aux mains des huissiers. C'est en pleine nuit que Blanche était allée aider sa sœur à sortir quelques meubles pour éviter la rafle totale.

«Faut pas s'en faire, Blanche. Georges et moi on a connu la belle vie. On n'a pas de regrets. En tout cas, presque pas. C'est la crise. Georges a accepté de faire du crédit. Maintenant, on paie.» Blanche l'avait écoutée en se demandant où sa sœur allait chercher sa force.

«Je te fais pas penser à moman? Le beau logement à Shawinigan, avec l'eau pis l'électricité. Après ça, la maison près de la voie ferrée pis l'école du Haut-du-Lac. Ça doit être dans le sang. Moman s'en porte pas plus mal.»

Blanche n'avait pas voulu discuter cette impression de sa sœur. Elle était certaine que sa mère s'en portait au contraire extrêmement mal mais que jamais elle ne l'avouerait. Sa mère riait de tout. Même d'elle-même.

«Blanche? C'est moman. Tu devineras jamais quoi?

– Quoi?

– Je finis mon année ici, à Hervey Jonction, après ça, je repars pour le lac aux Sables. Dans une autre école. Est-ce que tu penses venir cet été?

– Probablement.

– Tant mieux. J'vas avoir besoin de bras. Rolande va être là aussi. C'est pas croyable quand même. L'année prochaine, Rolande va enseigner avec moi. Rolande! Tu te rends compte? Notre bébé.»

Blanche comprit que sa mère voulait initier sa jeune sœur à l'enseignement avant de tirer sa révérence. Du moins Blanche le souhaitait-elle.

Elle regarda arriver ce printemps de mil neuf cent trente-cinq avec moins d'entrain que d'habitude. L'annonce du mariage de Pierre était maintenant faite et, malgré quelques maigres regrets, elle s'en réjouit. Depuis leur rupture, elle avait refusé toutes les invitations des médecins et des internes. Maintenant, lorsque le téléphone sonnait, elle savait qu'elle entendrait Marie-Ange ou un patient.

Blanche marchait dans le parc Lafontaine, regardant les bourgeons qui s'obstinaient à percer une écorce endurcie par l'hiver. Il n'y avait plus un arbre du parc qui lui était étranger. Elle en connaissait l'essence et la forme. Elle savait par cœur toutes les inscriptions qu'on y avait ciselées. Des arbres mutilés par la passion d'un soir ou d'une semaine. Autant elle avait aimé et aimait encore la ville, autant, presque soudainement, le ventre lui faisait mal de voir de nouveaux arbres vierges et inconnus. Des arbres sauvages qui protégeaient la fragilité de la terre au lieu de projeter de l'ombre sur des têtes de bébés et des repas pris sur l'herbe. Elle marcha dans un de ses sentiers préférés, celui qui la mènerait à son banc, maintenant défraîchi, devant l'hôpital. Elle rebroussa chemin quand elle le vit occupé par des amoureux enlacés. Même son banc ne lui appartenait pas vraiment.

Autant l'anonymat de Montréal la séduisait, autant, tout à coup, elle s'y sentait dépossédée. Autant son travail la gavait de plaisir, autant elle se sentait parfois inutile à soigner ces gens bien nantis dont la fortune égalait la santé qui les envahissait.

On la faisait venir pour un mal de dent ou une migraine. Elle surveillait les nouvelles mères, leur donnait leurs poupons tout roses et emmitouflés de satin. On ne voulait pas qu'elle quitte le chevet d'un enfant atteint d'une varicelle bénigne. Ces clients, maintenant, lui pesaient lourd et Blanche se demandait parfois comment, après l'été, elle ferait pour reprendre cette routine. Elle en était presque venue à hurler quand elle entendait son réveil. Mais elle refusait de se plaindre. Elle avait cru, à l'automne, que son travail diminuerait. Elle avait bien connu une légère baisse de clientèle, mais celle-ci fut suivie d'une phénoménale demande aussitôt que l'hiver avait rapporté ses grippes, ses fièvres, ses engelures et ses chevilles foulées.

Le malaise qu'elle ressentait face à cette profession qu'elle pratiquait – distribuer des médicaments, changer langes ou pansements – s'accentuait de jour en jour. Elle se savait estimée mais elle-même ne s'appréciait pas. Les salles d'accouchements et d'opérations lui manquaient. Elle aurait voulu assister au réveil d'un opéré. L'isolement professionnel dans lequel elle s'était confinée la laissait amère. Même si elle n'avait jamais prisé le potinage de l'hôpital, elle aurait quand même aimé savoir qui voyait qui et qui avait fait une erreur risible. Maintenant, quand le hasard la conduisait dans une chambre privée, elle rencontrait des visages inconnus. Toute sa vie, elle avait recherché la solitude, étant allergique à la notoriété qu'avait connue sa famille. A vingt-sept ans, elle s'interrogeait sur son choix.

Blanche s'accroupit près du lac encore noir des dépôts de l'automne et de l'hiver et y lança quelques cailloux. Elle regarda les cercles qui allaient toujours en grandissant. Absorbée par son jeu, elle ne vit pas immédiatement qu'un autre cercle pénétrait le sien.

«J'ai l'impression qu'on analyse le même phénomène.»

La voix qu'elle venait d'entendre envahit son corps de souvenirs. Elle se tourna rapidement.

«Napoléon!

– En chair et en os pis en soutane.»

Elle se releva pour le regarder s'approcher d'elle. Il n'avait pas changé et le soleil illuminait encore l'or de son sourire.

Comment se faisait-il que cette dent lui allait si bien, alors que chez elle, il éteignait tout le reste de son visage? Rendu près d'elle, Napoléon ne dit pas un mot, lui prit le bras et la mena au banc le plus près. Blanche se laissa diriger sans résistance.

«J'ai bien pensé qu'un jour je te verrais ici. Je me suis dit que si je te connaissais encore, tu devais, de temps en temps, venir sentir les saisons. En tout cas, c'est ce que moi je fais.

– Est-ce que tu habites à Montréal?

– Oui. Je suis vicaire de l'église que tu vois juste là.» Il pointa en direction de Papineau et Rachel.

– Ça fait longtemps?

– A peu près aussi longtemps que toi tu es à l'hôpital.»

Blanche frissonna. Pendant des années il avait été tout près et jamais elle ne l'avait vu. Elle espéra que leur proximité avait quand même caché ces rêves dans lesquels il apparaissait fréquemment.

«Est-ce que tu es heureuse, Blanche?» Napoléon, fidèle à lui-même, posait une question directe impossible à éluder. Elle le tenta quand même.

«Toi?»

Napoléon éclata de rire.

«Ma foi, on dirait que tu as étudié chez les Jésuites. Répondre à une question par une question. Oui, Blanche. Toi?»

Blanche regarda autour d'elle comme si elle cherchait un filet pour la retenir. Elle vit une petite branche et s'en empara, s'y agrippant comme un funambule à sa perche, pour ne pas perdre son équilibre.

«Je voudrais te crier un gros "oui" que je serais pas capable. J'aime ce que je fais mais des fois, je me demande si, au bout du compte, c'est important.»

Napoléon hocha la tête en signe d'assentiment. Blanche le regarda et se demanda quelle folie s'était emparée d'elle quand elle avait cessé de le voir.

«Depuis le temps, Blanche, combien d'enfants est-ce que tu penses qu'on aurait eus? Assez pour habiter une partie du dernier étage de la maison de mes parents. Tu l'ignores sûrement mais les deux sont décédés.

– Je suis désolée...

– J'ai tout vendu. J'ai donné l'argent aux œuvres.»

Ils passèrent une partie de l'après-midi à revivre leurs souvenirs communs, assis sur le banc droit et inconfortable. Blanche avait les fesses gelées mais s'entêtait à l'oublier. Napoléon allumait cigarette après cigarette.

«Si Marie-Louise t'avait connu, elle aurait dit que tu as pas ce qu'il faut pour être prêtre. Dans sa tête à elle, un prêtre fume pas.

– Marie-Louise?»

Blanche parla de son amie, essayant de la faire revivre pour Napoléon. Elle parla pendant tellement longtemps qu'elle en oublia le froid et ne remarqua pas l'obscurité qui s'immisçait à travers les branches pas encore tout à fait habillées. Elle sentit que sa voix tremblotait occasionnellement. Napoléon, à ces moments-là, allumait une autre cigarette.

«Ma mère m'a déjà dit que je comprendrais la vie quand j'aurais perdu quelqu'un que j'aimais. Depuis que Marie-Louise est morte, je comprends encore moins. Je trouve que la vie ça ressemble à une pelote de laine que je réussis jamais à démêler. Quand j'ai laissé Pierre, il m'a demandé ce que je voulais. J'ai jamais été capable de répondre. Je pourrais pas répondre encore aujourd'hui.

– Pierre?»

Blanche passa de Marie-Louise à Pierre. Elle s'étonna d'être capable de parler aussi facilement. Puis elle se tut brusquement.

«Est-ce que tu es en train de me faire faire une confession ou est-ce que ça t'intéresse vraiment?»

Napoléon jeta son mégot par terre et l'écrasa de son talon.

«Est-ce que tu veux le savoir, Blanche?»

Blanche redouta la réponse mais, d'un signe de tête, encouragea Napoléon à la lui donner.

«Oublie ma soutane. Je suis le même Napoléon que celui qui voulait hurler de bonheur de te sentir lui tenir les épaules quand on allait en moto.» Blanche n'avait pas envisagé cette réponse. Elle se tordit les mains.

«Je suis le même Napoléon que celui qui regardait les nuages au-dessus de sa tête au lac aux Sables et qui, discrètement, se pinçait un bras pour être certain de ne pas rêver.

– J'y vais cet été...
– Au lac?
– Oui. Ma mère va vivre là.
– D'abord promets-moi d'aller sur notre rocher...
– J'y suis déjà allée. Avec Marie-Louise.
– Et?
– Et quoi?
– A quoi est-ce que ça ressemble?»

Blanche, cette fois, décida de ne pas se mentir et de dire ce qu'elle pensait vraiment.

«Ça ressemble à ce que j'ai connu du bonheur, Napoléon.»

Napoléon alluma une cigarette à même un mégot non terminé. Il ne parla plus, regardant les derniers rayons du soleil scintiller à travers les branches qui promettaient un lendemain à la saison. Blanche se tut, troublée par ce qu'elle venait d'avouer. Où, en elle-même, avait-elle réussi à cacher autant de joie et de tristesse, autant de révolte et de déception? Le cœur lui battait à la poitrine, l'implorant de lui ouvrir une porte pour s'échapper. Elle se leva enfin, prit son sac à main, frotta sa jupe, à l'avant comme à l'arrière et tendit une main frêle d'incertitude. Napoléon la prit dans les deux siennes, puis saisissant son annulaire gauche, l'encercla de son index, pastichant l'alliance qu'il n'avait jamais pu y glisser.

«J'vas rentrer, Napoléon. Madame Desautels doit m'attendre depuis longtemps pour le souper. Je lui avais dit que je sortais pour une heure au maximum.
– Est-ce que c'est loin d'ici?
– Non. Cinq minutes en marchant d'un bon pas.
– Cinq millions si on essaie de rattraper le temps perdu.»

Blanche aurait voulu lui crier qu'il y avait maintenant entre eux une énorme barrière, un anneau blanc qui cerclait le cou de Napoléon et qu'elle ne pouvait ignorer.

«J'ai jamais été tellement pratiquante, Napoléon, mais je pense que je serais jamais capable de...
– Je ne te le demande pas, Blanche. Mais si je frappais à ta porte, habillé en laïc, est-ce que tu ouvrirais?
– Pour parler à un ami, oui. Napoléon?
– Oui?

– Depuis la mort de Marie-Louise, j'ai jamais eu d'amis. C'est ce soir que je me rends compte que ça fait partie de mon vide.»

Napoléon soupira, lança sa cigarette d'une chiquenaude et sanglota presque sa réponse.

«On a fait le même choix, Blanche. Guérir le mal et la souffrance. Moi en noir, toi en blanc. Ces deux couleurs-là, Blanche, quand on les mélange, ça donne du gris. Tous les souvenirs que j'ai de toi sont jaune soleil. J'ai pas envie de permettre à la grisaille des nuages de s'installer dans mon ciel.

– Ça veut dire qu'on se reverra pas? Même pas pour un souper ou pour faire une promenade?

– Non, Blanche.

– Pourquoi d'abord est-ce que tu voulais me rencontrer?

– Pour te réanimer. Pour raviver la flamme de ma vocation. Pour être capable, une dernière fois, de te dire que je t'aime. Quand je t'ai connue, j'avais mis trop de clôtures à ce que je croyais être l'amour. Maintenant je sais que c'est ce qui t'a fait fuir. Je te voulais. J'avais pas encore compris qu'il aurait été préférable que je te propose de grandir avec toi. Pardonne-moi, Blanche.

– J'ai rien à pardonner, Napoléon.

– Oui, Blanche. J'ai l'impression que je t'ai fait te diriger vers une vie qui ne ressemblait peut-être pas entièrement à celle que tu aurais voulue. C'est pour ça que ton bonheur ressemble encore aux rochers du lac.

– Non, Napoléon. C'est tête baissée que j'ai foncé. Mais j'avais les yeux grands ouverts.»

Napoléon se leva, prit Blanche par le menton. Elle sentit tous ses muscles vibrer comme ils le faisaient quand elle était encore plus jeune et moins souffrante. Il l'enserra presque brutalement et elle s'abandonna sur son épaule, qu'elle avait sans cesse formée et déformée dans ses rêves. Il l'embrassa d'un baiser qui goûtait le souvenir puis la repoussa. Ils se regardèrent et Napoléon sourit une dernière fois.

«Ce qu'il y a de merveilleux dans notre religion, c'est qu'on peut se confesser.»

Il tourna les talons et Blanche le suivit du regard jusqu'à ce que sa silhouette se confonde à celle des arbres.

5

Blanche décida de demeurer avec sa mère pendant un mois. Rolande en était tout heureuse, trouvant presque ennuyant d'être seule avec une mère si vieille, que le tennis n'intéressait pas, ni les sauteries, ni les baignades. Sa mère proposait des pique-niques sur la plage et Rolande passait des heures à attendre que sa mère se décide à partir. Sa mère regardait l'eau, sans broncher, comme un prédateur, prête à tourner la tête si un *patineur* se laissait glisser sur le lac.

«Je vous ai déjà dit ça, les filles, que j'ai jamais vraiment aimé rester loin de l'eau?

– Cent fois au moins, moman.»

Blanche avait lancé un regard d'acier à sa sœur devant son impatience.

«Vous nous avez dit ça, moman, mais vous avez jamais expliqué pourquoi.

– Ah! Blanche. Ça remonte à mon enfance. On habitait près de la Batiscan. Chaque fois que je pouvais, j'allais m'asseoir sur un tronc d'arbre avec Berthe. La meilleure amie que j'aie jamais eue. Pour moi, l'eau, ça chante les secrets de toute la terre sans que personne comprenne sa langue. C'est un langage que j'essaie de connaître depuis aussi loin que je me rappelle.»

Blanche avait toujours su que sa mère était friande de la nature. Mais sa friandise suprême était l'eau. Elle-même commença à essayer de regarder différemment ces petites vagues qui venaient mourir dans le sable pour ressusciter aussitôt. Elle accompagna donc sa mère tous les jours pour faire une promenade sur la minuscule plage de sable. Un jour, elle lui proposa de rompre la routine et l'emmena sur son rocher. Sa mère la suivit en peinant mais rendue au sommet, elle poussa un cri de joie.

«On voit tout le lac. Toutes les petites anses. Ça a l'air d'une croûte de tarte bleue qu'on vient d'aplatir d'un bon coup de rouleau.»

Blanche éclata de rire. La poésie domestique de sa mère venait presque de rompre le charme des lieux.

«Comment ça se fait que je suis jamais venue ici?» Émilie regarda sa fille, l'air à la fois soupçonneux et taquin. «J'imagine que toi, tu venais avec Napoléon? Beau coin sans surveillance, ma fille. Si j'avais su...»

Elle ne termina pas sa phrase, voyant que Blanche ne l'écoutait plus. Sa fille s'était saisi les épaules et les serrait, tête inclinée, yeux fermés. Émilie la laissa seule à l'avant du rocher et passa derrière. Sa fille s'offrait au vent comme elle s'était offerte à Ovila le soir de leur nuit de noce. Émilie écrasa une larme au moment où Blanche laissait les siennes mouiller la pierre grise.

«Êtes-vous certaine, moman, que l'enseignement vous fatigue pas trop?

– Blanche, cesse de me parler comme une garde-malade. Je suis pas malade. Les seuls malaises que j'ai, c'est quand je fais monter ma pression parce qu'un élève me choque. J'ai le mal de l'impatience. Rien de plus. Mais toi, prends soin de toi.

– Je suis pas une cliente assez payante. J'aime mieux prendre soin des autres.»

Elles s'embrassèrent et Blanche quitta sa mère et sa sœur par ce train qui était toujours en retard et que, malgré ce défaut, elle accueillait toujours avec joie.

Blanche rentra à Montréal et pour la première fois, regretta que personne ne l'attende sur le quai de la gare. Sa chambre lui parut exiguë et madame Desautels plus présente que jamais. Elle passa deux journées complètes à épousseter, classer et ranger ses papiers, espérant trouver une facture égarée qu'elle aurait omis d'expédier. Sa recherche fut vaine. Elle jura contre sa manie de l'ordre qui la privait de toute surprise.

Le troisième jour, elle fit acte de présence à l'hôpital, question de se rappeler au bon souvenir de la sœur économe. Celle-ci la vit entrer et poussa un cri de plaisir.

«Blanche Pronovost! Enfin. Je vous attendais parce que j'ai quelque chose à vous proposer.»

Blanche s'assit et attendit que la religieuse laisse partir les deux personnes qui la suppliaient de les embaucher. Elle se tourna vers Blanche en hochant tristement la tête.

«Je dois recevoir au moins cinquante demandes par semaine.

Peut-être même cent. L'argent est rare, Blanche. Même aux États-Unis il paraît que ça va encore mal. Il me semble que six ans, ça commence à être long pour le pauvre monde.»

Blanche se sentit rougir. Depuis qu'elle était à Montréal, mil neuf cent vingt-neuf, elle avait été plus qu'à l'abri de tous ces problèmes. Elle avait même rapidement tourné les pages des journaux, lasse d'entendre parler de misère. La sienne lui avait suffi et celle des autres lui avait toujours semblé trop lourde à porter.

«Bon. Je vous ai dit que j'avais quelque chose à vous proposer. Est-ce que vous seriez prête à partir pour l'Abitibi?»

Blanche reçut le coup de poignard en plein cœur. Et le cœur qu'il toucha, au lieu de s'éteindre, s'anima.

«Travailler comme garde-malade?

– En théorie. Mais avec cent milles carrés de territoire d'une paroisse qui naît, encore plus au nord que La Sarre, c'est presque de la médecine que vous feriez. Le ministère de la Santé nous a demandé si nous connaîtrions quelqu'un. J'ai pensé à vous. Vous avez de la famille là-bas si ma mémoire est bonne?

– Oui. Presque toute ma famille.

– Je crois que vous êtes la candidate parfaite. Et le salaire est formidable. Presque autant que font nos médecins. Deux cent cinquante dollars par mois. Quand on pense que certains pères de famille font aussi peu que vingt-cinq dollars, c'est presque miraculeux pour ne pas dire scandaleux.»

Blanche ne voulut pas montrer que cette remarque la blessait. La religieuse venait de porter un jugement qui lui déplaisait.

«On aurait besoin de moi pour quand?

– Au plus tard en mars prochain. Ça vous donne sept mois pour vous préparer.

– Quand est-ce que je dois donner ma réponse?

– J'aurais aimé que vous le fassiez aujourd'hui mais si vous voulez réfléchir...

– A la mi-octobre, est-ce que ce serait trop tard?

– Mi-octobre?

– Oui.»

La religieuse accepta, rappelant à Blanche qu'elle-même avait promis de répondre au gouvernement à la fin octobre. Blanche rentra chez elle, troublée et agitée. Elle passa trois longues semaines d'insomnies, traînant son corps froissé dans un uniforme pressé au chevet de patients presque en santé. Elle alla chez Marie-Ange pour lui demander conseil mais se frappa le nez sur une grosse femme joufflue et boutonneuse qui lui dit que la famille qui habitait le logement avant elle s'était évanouie en pleine nuit, sans laisser d'adresse.

«C'est écœurant pareil, partir comme ça sans payer son loyer.»

Blanche acquiesça avec indifférence, se demandant où était sa sœur. Elle pensa téléphoner à sa mère mais ne le fit pas, de crainte de l'inquiéter. Elle rendit visite à son oncle Ovide, qui ne lui laissa pas le temps de parler de son projet tant il était heureux de la voir.

Blanche était troublée. Jamais elle n'aurait une telle occasion de pratiquer un «semblant» de médecine en demeurant à Montréal. Son trouble devenait envahissant lorsqu'elle pensait au bois et à l'odeur de sapinage, à l'aventure qui l'attendait. La violence de ce sentiment lui faisait tellement peur qu'elle craignait d'être la victime d'une terrible méprise. D'où, en elle, venait cet engouement pour tout ce qu'elle avait rejeté? Elle se mourait de parler de son problème avec Napoléon et marcha sur la rue Papineau au moins vingt fois en direction nord. Jamais elle ne traversa la rue Rachel.

«Blanche Pronovost à l'appareil.»

Elle n'en pouvait plus de s'entendre répondre cette petite phrase insignifiante qu'elle avait trouvée très chic en commençant son service privé. Elle inscrivit l'adresse dans son carnet et partit en avisant madame Desautels qu'elle serait de retour pour le souper.

«C'est une accouchée. Je dois juste aller voir si tout est correct. Ça devrait pas être bien long.»

Elle entra dans la vaste maison et fut accueillie par une dame fardée et parfumée. Blanche se demanda pourquoi la dame mettait autant de maquillage si tôt le matin.

«C'est pour ma bru que je vous ai fait venir. Elle vous a

demandée. Je crois que vous la connaissez. Si vous voulez me suivre à sa chambre...»

La dame ne termina pas sa phrase, pinçant le nez comme si elle avait omis de vaporiser ses mots d'eau de toilette. Blanche marcha derrière elle en portant sa cape sur le bras, personne ne lui ayant offert de la suspendre. Elle détestait ce genre de clientèle qui la regardait de haut avec une espèce de mépris marqué pour sa condition de célibataire au travail. A mi-chemin de l'escalier, elle entendait les cris d'un nouveau-né.

«C'est mon petit-fils. Depuis que ma bru est rentrée, il ne cesse de hurler comme ça. C'est lassant à la longue. Mon cher fils unique, qui est médecin et que vous connaissez sûrement, n'a jamais pleuré comme ça.»

Blanche haussa les yeux au plafond, plaignant la pauvre bru. Elles entrèrent dans la chambre et Blanche retint un petit cri de surprise en voyant sa patiente. Elle ne la plaignit plus.

«Bonjour, Blanche Pronovost.»

Blanche s'était attendue à une bienvenue froide mais de se faire appeler par son prénom et son nom dépassa ses expectatives. Le dédain qu'elle sentit la fit presque rebrousser chemin. Mais le nourrisson s'agitait tellement dans les bras probablement inconfortables de sa mère qu'elle ne bougea pas.

«Je vois que tu mets encore autant de temps à bien presser ton uniforme. Je vous l'avais dit, belle-maman, que Blanche était la propreté même.»

Blanche dévisagea Germaine Larivière en se demandant pour quelle raison elle l'avait fait venir. Elle posa sa cape et s'approcha du lit. Elle tendit les bras pour prendre le bébé mais Germaine resserra son étreinte.

«Je pense que belle-maman ne t'a pas encore expliqué ce qu'on attendait de toi. Je suis capable de m'occuper de mon enfant. Ce que je ne réussis pas à faire, c'est mon lit, le moïse de mon fils et le ménage de nos chambres.

– Je comprends ça, Germaine. Mais quand on se relève de ses couches...

– Je suis capable d'aller seule à la salle de bain. J'ai surtout pas besoin que tu installes de bassin de lit.»

Blanche, pétrifiée, demeura à côté du lit, se demandant si

elle devait exiger de regarder l'enfant ou laisser Germaine à ses chimères de riche épouse, femme de médecin et mère du prochain héritier.

«J'aimerais aussi que tu repasses mes robes de nuit et mes déshabillés. J'en ai acheté plusieurs et je ne voudrais pas avoir l'air défraîchie quand mon mari entre le soir.»

Blanche accusa le coup. Germaine l'avait fait venir pour l'humilier. Pour lui montrer la splendeur de sa vie en comparaison de la sienne, toujours aussi frugale.

Les cris du bébé fendaient l'air et la belle-mère de Germaine, impatientée, lui demanda de le calmer. Germaine sourit et affirma que le bébé avait des petites coliques tout à fait normales.

«Je suis presque garde-malade, belle-maman, et je sais ce qui ne va pas. Demandez-le à Blanche. C'est les coliques qui le font crier comme ça, n'est-ce pas Blanche?»

Blanche se raidit. Un pleur de coliques était intermittent. Celui-ci ne cessait jamais.

«Je voudrais le changer de couche, Germaine. Peut-être qu'il est mouillé.»

Germaine passa un doigt sous le lange, le renifla et poussa un petit gloussement. Elle tendit le bébé à Blanche.

«Fais-le si ça t'amuse.»

Blanche se dirigea vers la table à langer et déshabilla le bébé.

«Vous pourriez m'apporter de la vaseline?

– De la vaseline! Voyons donc, Blanche. Ici on prend une huile parfumée! De la vaseline, non mais tu me prends pour qui?

– Pour rien, Germaine.» Blanche était assez satisfaite de sa réponse. «Mais ton bébé fait une violente dermatite. Cesse le parfum. Mets de la vaseline et fais-lui tremper les fesses deux fois par jour. C'est pour ça qu'il pleure. Ça doit lui faire très mal.»

Germaine perdit son sourire et jeta un coup d'œil furtif en direction de sa belle-mère.

«Je comprends pas ça. Ce matin, quand je lui ai donné son bain...

– D'après moi, Germaine, ce bébé-là a pas eu de bain ce matin. Pas plus qu'hier.»

Germaine blêmit. Sa belle-mère s'agitait et Blanche ne cessait de la contredire.

«De toute façon, c'est pas pour ça que je t'ai fait venir. Le plancher est sale et c'est rempli de microbes. Je voudrais pas que mon bébé soit malade. On va te montrer où est la chaudière et la vadrouille.»

Blanche déposa le bébé dans son lit sans lui avoir mis de lange.

«Il va tout arroser. C'est un garçon, Blanche.

– C'est mieux qu'il arrose des draps que de porter une couche.» La belle-mère de Germaine sortit de la chambre. Blanche demeura à côté du moïse, essayant de calmer le bébé en lui mettant sa main chaude dans le dos. La belle-mère revint avec un pot de vaseline qu'elle tendit à Blanche. Blanche l'accepta et en enduit les fesses, le bas du dos et le ventre du bébé.

«Mets de la poudre! Il va sentir l'eau de javel!

– Germaine, tu sais, parce que tu es presque une garde-malade, que quand un bébé a les fesses irritées, il faut pas mettre de poudre. C'est trop parfumé. Comme tu sais, parce que tu es presque une garde-malade, que l'eau de javel c'est pas conseillé pour les couches. Seulement dans des gros cas de diarrhée.»

Germaine voulut répliquer mais elle se tut. Sa belle-mère s'était assise près du berceau en souriant.

«François-Xavier a cessé de pleurer. Merci, mademoiselle.»

C'en fut trop pour Germaine.

«J'ai pas besoin qu'une fille comme toi vienne me dire comment m'occuper de mon bébé! Je veux que tu laves le plancher. Je veux que tu repasses mes déshabillés. C'est ça ton travail de garde-malade!»

Elle avait tellement crié que François-Xavier, éveillé en sursaut, s'était remis à hurler. Blanche le prit dans ses bras pour ensuite le déposer sur les genoux de sa grand-mère, dont la pâleur fadissait le maquillage.

Blanche prit sa cape, regarda Germaine de ses yeux bleus qui ne taisaient pas son dégoût et sortit de la chambre.

Elle descendit l'escalier et allait ouvrir la porte extérieure quand la belle-mère de Germaine, François-Xavier dans les bras, l'interpella.

«Vous refusez de vous occuper de Germaine?

– Oui, madame. Germaine a pas besoin qu'on s'occupe d'elle.

– Vous pourriez au moins nettoyer la chambre de mon petit-fils.»

Blanche aurait voulu rétorquer que jamais elle ne soulèverait ses jupes d'uniforme pour se mettre à quatre pattes et laver un plancher. Elle aurait voulu crier à la belle-mère de profiter des heures d'accalmie que lui offrait François-Xavier. Elle en aurait pour des mois à l'entendre hurler si Germaine ne réagissait pas. Elle s'attrista du sort du pauvre bébé.

«Ma belle-fille m'avait dit qu'elle ne vous avait pas vue depuis des années. Elle espérait que vous aviez changé parce qu'elle m'a dit que vous étiez extrêmement prétentieuse quand vous étiez étudiante. Elle m'a aussi dit que vous n'auriez probablement aucune reconnaissance malgré le fait que c'est grâce à elle et au travail qu'elle vous obtenait que vous avez pu terminer votre cours.» Blanche étouffait. Comment cette femme qui, dix minutes plus tôt, semblait lui vouer du respect, pouvait-elle, soudainement, lui répéter autant d'insanités? Elle pensa à l'air frais de l'Abitibi et ouvrit la porte pour en saisir une bouffée égarée.

«Je sais que ce que je vous demande est pas habituel, mais si je dois être seule, sans médecin, je voudrais en savoir davantage. Je suis prête à payer cette espèce de cours. Je vous promets de déranger personne. J'vas être le plus discrète possible.

– Pendant cinq mois, vous voulez faire du dispensaire avec les internes!

– Oui.

– Sans compensation monétaire?

– C'est ça. Je pense que j'aurais besoin d'en connaître plus en obstétrique. Je voudrais faire un stage aux accidents de travail. Il faudrait aussi que j'apprenne à replacer un os brisé.

– C'est le travail du médecin...

– Le plus près va être à Amos. A quatre-vingt-cinq milles.

– C'est vrai que c'est loin.

– En plus, comme le dispensaire que j'vas avoir va être tout neuf, il va falloir que je sache quels médicaments faire venir. Pour ça, j'ai besoin de faire un stage en pharmacologie.

– Apprendre à faire les médicaments!

– Non, ma sœur. Savoir à quoi ils servent. Nous autres, les gardes-malades, on nous a montré à les donner. On nous a pas toujours dit pourquoi. Je sais que la pénicilline existe depuis vingt-huit, mais on la prescrit encore rarement. Il va falloir que je sache quand pis pourquoi m'en servir.

– Mais c'est le médecin qui prescrit...

– Pas dans le bois, ma sœur. J'ai beaucoup pensé à tout ça. Si mes renseignements sont bons, c'est dans mon dispensaire qu'il va y avoir la pharmacie. A part ça, j'aimerais travailler avec un dentiste. Ça se pourrait que je sois obligée d'arracher des dents. Pour ça pis pour les accidentés, il va presque falloir que je sache comment engourdir les malades, sans les endormir, avec de l'éther.

– Mais...

– Est-ce que vous, vous arracheriez une grosse molaire à froid?

– Non, évidemment, mais ça peut se faire.

– Ça peut, mais j'ai pas envie d'essayer.»

Blanche était radieuse et inquiète. Sa vie, depuis ce dernier jour de pratique privée qui l'avait conduite chez Germaine, venait enfin de lui montrer la direction qu'elle voulait prendre. Blanche avait accepté la proposition qu'on lui avait faite. D'abord exaltée à l'idée de pratiquer ce que ses collègues appelaient de la médecine de brousse, elle s'était rapidement rendu compte qu'il lui fallait en apprendre davantage et cela le plus vite possible. Les colons qui iraient la voir pour leurs malaises lui feraient confiance. Il faudrait qu'elle sache le plus exactement possible comment diagnostiquer leur mal et le soulager. Son euphorie avait cédé le pas à l'angoisse. Elle disposait de cinq mois pour faire un cours de médecine accéléré.

«Avec vos études et vos années de pratique, il me semblait que vous étiez la meilleure candidate. A vous entendre parler, je me demande pourquoi le gouvernement ne demande pas aux médecins de faire ce travail.

– Je voudrais pas être méchante, mais est-ce que vous en connaissez beaucoup des médecins qui sont prêts à aller là-bas? A salaire? Soigner des patients sans argent?

– Mais la médecine n'a pas de frontière, Blanche. La médecine n'a qu'un territoire, celui du corps.

– C'est ce que je pense aussi. C'est pour ça que j'accepte.»

Blanche passa ses journées entières à apprendre et à regarder faire les médecins. Avec l'appui de Pierre Beaudry, maintenant réconcilié avec elle depuis son mariage, elle put s'intégrer aux groupes des internes pour faire les visites, mettant davantage de temps en obstétrique et en pharmacologie.

«D'après toi, Pierre, est-ce que le médecin d'Amos, celui qui va être mon patron, va faire l'inventaire ou est-ce que c'est moi qui va devoir m'en occuper?

– Ça devrait être lui. Mais on sait jamais. On est aussi bien de le faire ensemble au cas où il aurait pas le temps.»

Parfois Pierre s'arrêtait d'écrire pour la regarder et lui sourire.

«Tu m'impressionneras toujours, Blanche. Sais-tu dans quelle galère tu t'embarques?

– Pas dans une galère, Pierre. Mon frère qui est allé voir les travaux de construction de mon dispensaire, m'a écrit et m'a dit que pour aller visiter certaines familles, il va falloir que je prenne un chaland.

– Avec une grande perche?

– C'est possible.

– C'est malade!

– A moins que je sois chanceuse. Il paraît que je pourrais avoir un canot à moteur.

– Pis pour les autres, tu vas marcher?

– Je pense que oui. Peut-être que j'vas avoir un cheval.

– Tu sais monter à cheval?

– Pas vraiment. Je l'ai fait deux ou trois fois avec un de mes oncles qui élève des chevaux. Je sais conduire une calèche par exemple.

– Ha! les filles de la campagne, ça sait tout faire.»

Leurs conversations étaient rares mais amusantes. Elles creusaient l'appétit de Blanche, qui avait de plus en plus hâte de quitter Montréal. L'hiver fut doux et Blanche put courir les magasins pour acheter les instruments médicaux et les vêtements qu'elle pensait utiliser. Le mois de mars arriva enfin, précoce printemps. Elle reçut un appel d'Henri Douville.

«J'ai su, par votre mère, que vous alliez travailler en Abitibi?»

Henri Douville mentait. Sa mère avait interrompu tout contact avec lui depuis son remariage.

«C'est vrai. Qui vous l'a dit?»

Douville éclata de rire et avoua qu'il connaissait quelques membres du conseil de l'hôpital.

«Auriez-vous le temps de passer chez moi ou de me recevoir? J'aurais un petit quelque chose pour vous.» Blanche repoussa le sentiment que Douville lui faisait la charité.

«Je pense avoir tout ce dont j'vas avoir besoin.

– J'en suis certain. C'est un petit supplément. Est-ce que je pourrais passer ce soir? Vers sept heures?»

Il arriva et Blanche fut surprise de voir combien il avait vieilli. Elle fit un calcul rapide. Il devait avoir près de soixante-dix ans. Il portait une grosse boîte. Elle l'invita à passer au salon que madame Desautels lui permettait d'utiliser pour les occasions spéciales. Douville lui remit la boîte, sans préambule. Blanche, intimidée, commença à dénouer les ficelles. Elle enleva enfin le carton du dessus. Un frisson lui fit fermer les yeux. Henri Douville lui avait apporté la plus belle trousse médicale. Solide. En véritable cuir noir. Avec une serrure et une clef et ses initiales gravées et dorées. Elle bondit sur ses pieds et lui sauta au cou.

«Merci, monsieur Douville. Je pense que j'en ai jamais vu d'aussi belles.

– Ouvrez-la!»

Blanche ouvrit la trousse, entièrement doublée de cuir pâle, remplie de courroies pour retenir les fioles et d'espaces fermés pour les seringues, les ampoules et les médicaments.

«C'est absolument extraordinaire, monsieur Douville.»

Blanche aurait voulu poser la trousse mais elle en était incapable. Déjà, elle la garnissait mentalement.

«Je suis content de voir que ça vous plaît. Bon! Je vous quitte.

Madame Douville m'attend dans l'automobile et elle n'est pas tellement patiente.»

Blanche se résigna à se séparer de sa trousse et la posa par terre avec autant de délicatesse qu'elle l'aurait fait pour un panier d'œufs. Le sourire de Douville l'émouvait.

«Pourquoi, monsieur Douville?

– Parce que je suis un vieux romantique. Et il n'y a que deux femmes que je connaisse qui ont osé faire des choses... appelons-les, non conventionnelles. La première, c'est votre mère. La seconde, vous. Émilie doit en être très fière.

– Oui, pour ma carrière. Non, pour l'Abitibi. Elle s'obstine à dire que c'est un pays de roche pis de moustiques.»

Blanche sentait l'odeur des trains, surveillant ses valises et ses caisses de médicaments, s'assurant au moins cent fois que rien n'avait disparu. Elle devait attendre encore une heure avant de monter. La chaleur précoce de mars était étouffante et plusieurs femmes utilisaient des pages de journal en guise d'éventail. Blanche se félicita d'avoir revêtu une robe légère et son chapeau de paille. Ce mois de mars était le plus merveilleux des mois qu'elle avait vus depuis des années. Elle regarda à gauche et à droite, pour voir si elle n'apercevrait pas Marie-Ange qu'elle avait enfin retrouvée sur la rue Wolfe, presque derrière l'hôpital. Elle ne s'habituait pas à la faillite de sa sœur et espérait qu'elle et Georges pourraient rouvrir un autre commerce. Marie-Ange ne vint pas.

Le conducteur ouvrit la barrière et invita les passagers à sortir leurs billets. Blanche se mit en ligne après s'être assurée que le porteur ne ferait pas l'erreur de charger son matériel sur un autre train. Elle s'assit près d'une fenêtre, comme elle le faisait toujours, et attendit que le train s'ébranle avant d'accepter de reconnaître le nœud de sa gorge. Elle sortit son mouchoir et feignit d'éternuer pour s'en servir. Elle regarda Montréal, d'abord envahissant puis de plus en plus discret au point de se confondre à la ligne d'horizon bombée par le mont Royal. Elle changea de place et s'assit sur la banquette face à la sienne pour voir apparaître la campagne mais surtout la Mauricie. Elle avait fait ce trajet plusieurs fois mais jamais elle n'avait pensé en mémoriser tous les décors comme elle le faisait en ce moment.

Elle s'occupa à lire un dictionnaire médıcal que Pierre lui avait remis. Elle s'assoupit, bercée par le chant des dormants, pour ne s'éveiller qu'après Louiseville, tout étonnée d'avoir parcouru autant de route. Elle essaya de manger le repas que madame Desautels lui avait préparé et grimaça en mordant dans son sandwich. Comme d'habitude, madame Desautels avait mis trop de moutarde.

Il faisait nuit lorsqu'elle aperçut la sentinelle lumineuse de la gare de Saint-Tite. Elle se pencha à la fenêtre et profita d'un arrêt de quelques minutes pour se dégourdir les jambes mais surtout pour sentir l'air de ce village qu'elle avait tant de fois respiré. Elle n'eut pas envie d'ouvrir ses poumons trop grands et remonta s'asseoir pour attendre patiemment que le train recommence à se traîner dans la nuit. Elle vit Sainte-Thècle et ne leva plus les yeux jusqu'à Hervey Jonction. Ce n'est que là qu'elle pourrait se coucher, dès que les cheminots auraient séparé le train en deux. La première partie irait à Chicoutimi. C'est ce train que Marie-Louise avait pris. La seconde la conduirait jusqu'à La Sarre avant de franchir la frontière de l'Ontario. L'arrêt prévu était d'une heure. Blanche décida de sortir, détestant les gémissements de ferraille et les soubresauts du train que l'on divisait. Elle marcha au grand air, surprise de voir qu'il y avait encore, à Hervey Jonction, quelques flaques de neige que mars avait omis d'emporter. Elle entendit claquer ses talons à travers les cris des cheminots qui s'affairaient à fixer une locomotive sur sa moitié de train. Un pas s'approcha d'elle. Elle eut son réflexe de Montréalaise, regardant discrètement de côté avant de décider si elle devait accélérer ou non.

«Moman!

– Penses-tu que je pouvais rester dans la maison pis entendre ton train crier dans la nuit sans venir te voir?»

Blanche vit l'émotion dans le visage de sa mère et s'empressa de l'inviter à monter à bord.

«Non, merci. J'aimerais mieux qu'on s'assoie dans la gare. Les bancs sont peut-être moins confortables mais au moins je sais que j'vas pas faire de boutons. Je suis rendue allergique aux trains.

– Comment ça?

– Un jour je t'expliquerai ça. Pas aujourd'hui.»

Elles pénétrèrent toutes les deux dans la gare vide.

«Savais-tu que c'est ton oncle Oscar qui est le chef de gare ici?

– Non.

– Il doit dormir. Le soir, c'est pas lui qui s'occupe des trains. Ton train est le seul qui arrête. A cause du changement des voies. Les autres qui vont passer sont des trains de *pitoune*. Ceux-là crient fort mais passent tout droit. Ils me font penser à des chiens qui jappent sans arrêt mais qui mordent jamais. Le voisin en a un comme ça. Si je m'écoutais, je lui couperais les cordes vocales.»

Émilie se tut et resta droite sur son banc, sans regarder sa fille. Elle ouvrit un grand sac qu'elle traînait.

«Penses-tu voir tes frères pis tes sœurs?

– Paul pis Émilien savent que j'arrive.

– Tant mieux. Peux-tu apporter ça?»

Émilie lui remit un assortiment de mitaines, de foulards et de chaussettes.

«C'est froid là-bas.

– L'hiver est fini.

– C'est à voir. En Abitibi, on prend les jours un par un. Faut jamais jurer du lendemain. Le climat est capricieux. C'est parce qu'il y a pas de montagnes. Si le vent décide de passer, il passe. Si la chaleur veut écraser, elle écrase. Pis si les moustiques décident de piquer, ils piquent. C'est ça l'Abitibi.»

Blanche savait que sa mère retenait son envie de pleurer comme elle refoulait la sienne. Toutes les deux elles fixaient la fenêtre couverte de suie qui noircissait davantage cette nuit déjà irréelle. Blanche entendit un cri de métal.

«La locomotive est accrochée. Tu devrais partir dans quelques minutes astheure.»

Blanche hocha la tête, se demandant si elle devait laisser paraître sa joie ou continuer de la cacher.

«As-tu l'intention d'aller voir ton père?

– Je passe pas par Duparquet. J'vas être à trente-cinq milles au nord de La Sarre.»

Elle n'avait pas répondu directement à la question. Elle savait, à l'expression de sa mère, qu'elles s'étaient comprises.

«Tu devrais, Blanche. Parce que la Blanche qui s'en va là-bas, c'est sa fille. Pas la mienne. La Blanche qui me ressemble était à Montréal. Le sang, ça parle plus fort que n'importe quoi d'autre. Même les années.

– J'ai compris ça, moman. Quand j'étais p'tite, je faisais semblant d'acheter des choses. Dans le catalogue d'Eaton. Une fois, j'avais fait mes valises pour l'Abitibi.

– Hum. Faut croire que la piqûre de moustiques vous a tous rejoints.»

Le conducteur appela les passagers. Blanche savait qu'il le ferait une seconde fois, en agitant son fanal. Elle ne broncha pas. Émilie lui serra la main et la regarda en souriant presque.

«Je comprends mon père. Il voulait pas que j'enseigne. Mais il est quand même venu me reconduire. J'aurais pas pu endurer de pas être venue ce soir. J'ai beau bouder à ma façon, j'ai hâte de recevoir tes lettres. Tu vas tout me raconter, Blanche?

– Oui, moman.»

Elles se levèrent et marchèrent lentement en direction du train.

«Blanche? C'est quand même de valeur que tu aies pas pu être médecin.

– C'est Paul qui vous a dit ça?

– Dit quoi?

– Que j'avais essayé de faire ma médecine.

– Non. Je l'ai toujours su. Depuis le jour de la tornade. Ça aussi, faut croire que c'est dans le sang. Blanche?

– Oui, moman?

– Je pense pas qu'une mère peut être plus fière que moi ce soir.»

Elles s'embrassèrent et Blanche monta l'escalier à reculons, pour essayer de saisir toutes les taches de bonheur qui picoraient l'air et la tristesse de sa mère. Elle agita la main et ouvrit la porte du wagon. Elle se colla le nez à la fenêtre et continua ses saluts jusqu'à ce que la distance engloutisse sa mère.

6

Blanche fouillait désespérément dans sa valise. Elle ne trouva que deux chandails de laine et eut un moment de découragement, se demandant comment elle avait pu être aussi imprévoyante. Une violente tempête de neige avait attaqué le train pendant le sommeil de ses passagers. Blanche regarda ses petits souliers à courroie, sa robe de cotonnade, son chapeau de paille et se trouva ridicule. Le train se frayait péniblement un chemin, hurlant à chaque passage à niveau. Blanche n'en vit aucun. Elle pensa que ce devaient être des sentiers de bûcherons ou de chasseurs.

Le conducteur annonça qu'ils arriveraient à La Sarre dans quinze minutes. Blanche paniqua et rouvrit sa valise pour en sortir une vieille paire de chaussures, apportée parce qu'elle était incapable de s'en départir. C'étaient ses premiers souliers d'étudiante infirmière, tournés, le cuir écorché, les talons presque aplatis, les semelles minces comme des pelures d'oignon. Elle prit le sac que sa mère lui avait remis, en sortit une grosse paire de chaussettes bourgogne et les enfila. Elle laça ensuite ses souliers abîmés. Sur sa robe imprimée blanche et bleu pâle, elle mit d'abord le gilet noir, le plus petit, et ensuite le brun foncé. Elle entra encore la main dans le sac pour en tirer une longue écharpe marine. Elle la serra pardessus son chapeau pour le retenir, se couvrant les oreilles et nouant l'écharpe autour de son cou. Elle aperçut son reflet dans la fenêtre encore grise et retint son envie de rire devant sa stupidité. Elle avait l'air d'une pauvresse, attifée de guenilles.

Les retrouvailles furent heureuses. Seul Paul manquait au rendez-vous, l'ayant, à son grand plaisir, précédée au Canton Rousseau. Il y était devenu le marchand du rang 6 - 7. Blanche ne demeura qu'une journée à La Sarre, passant d'abord visiter le «chef de district», monsieur Louis Simard, au Bureau des terres. Elle fut attristée d'apprendre que sa maison n'était pas encore prête. En revanche, monsieur Simard lui offrit de la conduire quand même au Canton où elle pourrait demeurer à la «Cache», jusqu'à son installation permanente. Ne sachant ce qu'était la «Cache», Blanche accepta, ravie. Elle profita du reste de la journée pour s'acheter quelques vêtements chauds, s'habilla de pied en cap dans la mercerie de son frère, servie par Alice qui connaissait par cœur le contenu de chaque boîte.

Le surlendemain de son arrivée, le soleil était resplendissant et le thermomètre frappait presque les trente degrés. Elle décida de porter son chapeau de paille malgré la neige qui folâtrait entre les nuages et la terre. Elle accepta néanmoins de mettre des couvre-chaussures au cas où le rang 2 - 3, celui qu'elle habiterait provisoirement, serait boueux. Émilien porta ses valises et ses malles sur le trottoir avant de les monter dans son automobile et de conduire sa sœur à l'endroit où elle devait rejoindre monsieur Simard.

«Tu m'as toujours pas dit, Émilien, si je me rendrais là en auto ou en carriole. Le printemps est drôle ici. Une grosse journée de soleil qui se tient en équilibre sur trois pieds de neige.

– Ni l'un ni l'autre.

– J'vas quand même pas marcher trente-cinq milles en raquettes!

– Non. Patience. Tu vas avoir la surprise de ta vie.»

Blanche ne posa plus de questions, reconnaissant dans l'expression de son frère l'air moqueur qui lui allait si bien. Ils attendirent et Émilien parla à tout le monde. Blanche, elle, se contenta de sourire en cachant sa dent, la trouvant encore plus déplacée. Son frère était visiblement confortable dans cet univers qu'il habitait maintenant depuis des années. Elle espéra pouvoir le devenir aussi malgré le fait que la vie contraignant à la promiscuité lui avait toujours déplu.

«Qu'est-ce que c'est ça?»

Elle avait poussé un cri de surprise à la vue d'un vaste insecte mécanique qui se dirigeait vers l'endroit où ils étaient. Émilien éclata de rire devant son étonnement.

«Ça c'est ton taxi! C'est une chenille Bombardier. La dernière invention des Canadiens pour se promener dans la neige. Qu'est-ce que tu en penses?

– Rien. Es-tu certain que ça va être capable de faire trente-cinq milles?

– Mieux qu'un attelage.»

La chenille s'était immobilisée et monsieur Simard en sortit.

«Bonjour, garde. Vous m'avez l'air bien p'tite, aujourd'hui, pour être toute seule comme ça dans le bois! J'espère que vous avez quelque chose de plus chaud à vous mettre parce que le chauffage, là-dedans, c'est pas un chauffage central.» Blanche montra son manteau et monsieur Simard approuva. Émilien monta les bagages et aida finalement sa sœur à pénétrer dans l'habitacle.

«Aussitôt que toute la neige va être fondue, tu vas me voir arriver. C'est une colonie, Blanche. J'espère que tu t'attends pas à trouver le confort de Montréal.»

Blanche répondit en souriant que si elle avait espéré autant de confort, elle serait restée en ville. Monsieur Simard, visiblement satisfait de sa réponse, ferma la porte et Blanche essaya de distinguer la route qu'ils prenaient à travers une vitre givrée que, malgré les rayons du soleil, l'essuie-glace ne parvenait pas à éclaircir.

Blanche regarda l'hiver printanier et essaya de ne pas s'étonner. Les sept années qu'elle avait vécues à Montréal lui avaient tellement caché les saisons qu'elle devait renouer avec celles-ci. Ils passèrent à travers des sentiers presque inexistants. Blanche aperçut une maison, minuscule, faite de bois équarri à la hache, dont la cheminée dégageait une fumée qui noircissait, avant qu'elle ne touche le sol, la neige qui l'affrontait, soulevée par des tourbillons de vent.

«Un relais de bûcherons?

– Non, une maison de colons. Dans celle-là, je pense qu'ils ont huit ou neuf enfants.»

Blanche avala péniblement, ne quittant pas la petite maison des yeux. Elle venait de comprendre l'énormité de la responsabilité qu'elle avait acceptée.

Elle distingua enfin des maisons plus nombreuses, alignées sur une route invisible. Elle porta son attention sur ces maisons et respira. Elles étaient différentes de celle aperçue plus tôt, transpirant ambition et espoir. Monsieur Simard pointa une espèce de hangar du doigt.

«La Cache.»

Blanche perdit son sourire et sentit le cœur lui débattre. Si elle avait déjà cru que le couvent était une cage dorée, celle-ci n'avait rien de brillant. Elle s'approcha de la fenêtre pour être certaine de ne pas avoir imaginé le bâtiment.

«C'est pas le grand luxe, garde. Mais là-dedans, vous avez un magasin général pis un bureau de poste. Vous devriez pas être là longtemps, mais peut-être que vous allez pouvoir assister à une réunion avec les hommes du gouvernement. C'est ici que le monde du canton se rencontre. Pis, évidemment, il y a un coin où on peut dormir pis manger. Ça arrive que les maisons soient pas prêtes. Ça dépanne.»

Monsieur Simard immobilisa son véhicule devant ce qui devait être la porte centrale. Blanche s'efforça de cacher sa déception. Elle pénétra, soudainement apeurée, dans le bâtiment surchauffé. On l'accueillit en souriant poliment de son chapeau de paille.

Blanche, le moral rehaussé par un bon repas, s'installa dans l'espace qu'on lui assigna. Elle rencontra une autre infirmière, Louise Gagnon, qui devait couvrir une autre partie du territoire. Elles se lièrent rapidement d'amitié. Leur arrivée fit venir quelques curieux, surtout ceux souffrant d'un mal de tête ou d'oreilles. Elles offraient leurs services à tour de rôle. On demanda à Blanche si elle voulait monter dans le rang 6 - 7, voir la progression des travaux. Elle eut envie de répondre oui mais se refusa ce plaisir, préférant attendre le moment où elle pourrait emménager pour vrai. Elle attendit huit longues journées, à tourner en rond, à vouloir s'isoler, avant qu'enfin on l'invite à entrer chez elle. Elle mit sa plus jolie robe, riant un peu d'elle-même, sachant qu'une maison ne pouvait porter de jugement sur sa tenue. Mais sa tenue habillerait la maison...

«On arrive. Votre dispensaire est là.»

Blanche s'avança les fesses sur le banc pour mieux voir. La maison avait deux étages et était recouverte de bardeaux de cèdre. A l'avant, une galerie courait d'un coin à l'autre, l'escalier à gauche, vis-à-vis la porte. Au second étage, elle vit deux fenêtres à guillotine, dont les vitres n'étaient pas givrées. Elle sourit en pensant que la maison était bien isolée. A côté de la porte centrale, il y avait une fenêtre assez grande. Sur les murs latéraux, deux fenêtres là aussi. Blanche trépignait en attendant que le conducteur immobilise le traîneau dont les patins grinçaient sur les flaques de boue et de gravier.

«J'vas pas plus loin. On a essouché. Ça peut arracher un patin.» Blanche compta dix épinettes sur son terrain et sourit. Une terre d'épinettes, pensa-t-elle. La cheminée, plantée à l'arrière du toit à pignon, exhalait des bouffées d'air chaud.

«La porte est pas barrée. Entrez toute seule. Moi, j'vas m'occuper du reste.»

Blanche aurait voulu aider le conducteur mais elle courut plutôt vers la maison. Elle monta rapidement les quatre marches de l'escalier et ouvrit la porte. Elle entra dans cette maison confortable et sans richesse, encore empoussiérée de bran de scie. Elle regarda la pièce à sa droite, lambrissée de planches de pin posées à la verticale. Elle regarda dans la pièce de gauche, finie de la même façon, mais deux fois plus longue. Elle pensa qu'à droite elle installerait sa salle d'attente et qu'à gauche, elle aurait ses armoires à médicaments et son bureau. Elle marcha encore dans le court couloir. Elle ouvrit une porte battante à droite pour découvrir la cuisine. Elle entra et imagina l'odeur de rôti qui s'en dégagerait bientôt. Dans le coin gauche de la maison, à l'extrémité arrière, régnait le poêle, placé dans l'angle des murs, faisant le pont entre la fenêtre arrière et la fenêtre latérale. Elle décida qu'elle y installerait des toiles et des rideaux légers afin de laisser pénétrer le maximum de luminosité. Le bois du plancher avait été recouvert d'un linoléum dont la couleur, vert foncé, vert pâle et blanc, la surprit. Elle fut d'autant plus étonnée que les motifs imitaient les parqueteries qu'elle avait vues dans les maisons de ses riches clients. Une table était à sa droite, entourée de quatre chaises dont les dossiers comportaient huit barreaux verticaux. Blanche s'y assit, s'appuya et sourit. Les chaises étaient bien confectionnées. Elle sortit de la pièce et remarqua un petit cadre rectangulaire sur le mur dont l'illustration représentait une scène du nord: un bouleau blanc à l'avant-plan, dont les racines baignaient dans un lac éclairé par une pleine lune. Elle passa à l'arrière de la cuisine et entra dans la remise. Elle décida qu'elle y installerait un rideau coulissant sur des anneaux, pour avoir un coin d'aisance. Elle monta à l'étage en caressant la rampe bien poncée. Elle visita les quatre chambres. Elle choisit la sienne à l'avant pour voir les montures ou les voitures de ses visiteurs.

«Où est-ce que vous voulez que je mette ça, garde?

– Toutes les caisses en bois, dans la pièce à gauche. Les valises, en haut, dans la chambre de droite, en avant.»

Bientôt, tout son matériel fut entré et disposé tant bien que mal, suivant ses instructions. Le conducteur repartit, laissant Blanche seule, pleine d'énergie et d'envie de s'installer le plus rapidement possible. Elle entra dans son bureau et décida d'ouvrir ses caisses de matériel médical. Elle ne put le faire, n'ayant ni marteau, ni tournevis, ni ciseau à bois. Elle monta donc à sa chambre et ouvrit son placard pour y suspendre ses vêtements. Elle ne trouva pas de cintres. Elle sortit donc tous les vêtements qu'elle pouvait ranger dans les chiffonniers et la commode à quatre tiroirs. Elle termina son rangement en peu de temps et sentit tout à coup les gargouillements de son ventre. Elle descendit à la cuisine et ouvrit la porte de la glacière. Il n'y avait rien à l'intérieur, pas même de froid, personne n'y ayant mis de glace. Elle ouvrit les armoires et aperçut la vaisselle, blanche à motifs fleuris.

Des pas firent craquer la neige sur l'escalier avant. Elle se dirigea vers la porte et ouvrit avant qu'on frappe.

«Bonjour! On vous attendait un peu plus tard. Faut croire que les chemins étaient pas trop mauvais.»

Une dame emmitouflée, portant un sac à provisions, entra, sans gêne, un sourire radieux aux lèvres.

«Mon mari tient le magasin général. Votre frère Paul travaille pour nous autres. Mon nom, c'est Mercier. Constance Mercier. Mon mari arrive avec des boîtes. Si vous voulez qu'on aille dans la cuisine, je pourrais vous aider à défaire le sac.»

Blanche la précéda et l'invita à déposer son sac sur la seconde table, celle plus petite appuyée sur le mur latéral de la maison. Monsieur Mercier arriva presque aussitôt, portant une lourde boîte de bois. Imitant sa femme, il avait enlevé ses couvre-chaussures.

«Bonjour, garde. On peut dire que vous étiez attendue. J'en

connais qui ont hâte de voir à quoi ça ressemble une garde-malade qui s'en vient s'enterrer dans le bois. Vous êtes une vraie garde-malade au moins?

– Oui, monsieur. J'ai fait mon cours à l'hôpital Notre-Dame, à Montréal.

– C'est un bien bel hôpital. On restait pas loin de là. Plus au sud, par exemple. Tu t'en souviens, Constance?

– Oui, oui. Plus au sud par exemple.»

Monsieur Mercier ressortit pour revenir avec quatre sacs de provisions et deux autres boîtes.

«Bon, je pense qu'on a tout rentré hein, Constance?

– Je pense qu'on a tout rentré.

– Astheure, est-ce que vous savez s'il y a des affaires qui vous manqueraient?

– Pour la nourriture, je pense tout avoir. Sauf que j'aurais besoin de cintres pour mes vêtements.

– Des quoi?

– Des supports.

– Je prends ça en note.

– Et puis, j'aimerais avoir quelques outils. Vous savez, un marteau, des pinces...

– Des clous aussi?

– Bonne idée.

– C'est tout?

– Non. Auriez-vous quelque chose pour mesurer? Je pense que je voudrais poser une tringle dans le *cabanon*.

– J'ai ça dans le camion.»

Blanche consacra deux journées complètes à d'abord aménager son dispensaire avant de penser aux autres pièces de sa maison. Elle reçut la visite du curé qui, aussi éloigné qu'elle de sa vie passée, loua son courage. Blanche lui répondit sans sourciller qu'elle n'avait aucun mérite, hors celui de se faire plaisir. Le curé rit de cette réponse et Blanche comprit qu'il ne l'avait pas crue. Elle afficha, sur sa porte avant, un horaire qu'elle s'était taillé sur mesure. Elle ferait du dispensaire de sept heures à huit heures et demie tous les matins, sauf le dimanche. Après quoi, elle prendrait une bouchée rapide avant de commencer ses visites dès neuf heures. Quand elle devrait s'éloigner, elle apporterait des provisions pour éviter de revenir à la maison. Elle tenterait de rentrer pour le souper, vers cinq heures. A six heures, elle se promettait d'être à son bureau pour recevoir des patients pendant la soirée. Le curé avait exprimé ses doutes.

«A lire ça, on dirait que vous allez soigner tous les malades d'Abitibi.

– Je dis pas que j'vas travailler tout le temps. Je veux juste que les gens sachent que je suis ici.»

Blanche attendit toute la journée que quelqu'un vienne frapper à sa porte. La porte demeura close jusqu'à la noirceur. Elle alluma un fanal qu'elle suspendit à l'extérieur pour éclairer son escalier et rentra continuer son travail d'identification de chacune des fioles de sa pharmacie. Quelqu'un frappa enfin. En moins de deux, elle se retrouva devant Paul.

«Paul!

– Je viens visiter la garde-malade de mon canton.»

Paul enleva son manteau et le posa sur un des crochets que Blanche avait installés dans le couloir. Il regarda partout autour de lui d'un œil curieux et appréciateur.

«Est-ce qu'on peut demander un café?»

Blanche le précéda à la cuisine. Ils s'assirent et Paul expliqua à sa sœur qu'il n'avait pu la visiter à la Cache, trop pris par son travail.

«Surtout pour l'inventaire et la comptabilité. Je pense pas que je vais servir au comptoir. Je voulais te dire, Blanche, le village est baptisé. C'est d'ailleurs moi qui ai suggéré le nom à l'agent de la colonisation.

– Toi?

– Oui. J'espère que ça va être accepté. Si oui, je vais acheter des cartes du Québec simplement pour regarder ça imprimé pis me dire que j'ai laissé ma marque. Ça fait longtemps que j'ai fait ma proposition.»

Blanche apercevait la visible fierté de son frère mais il avait la voix enrouée et elle savait que c'était davantage la maladie que le travail qui l'avait empêché de la visiter.

«Laisse-moi deviner, Paul. Je mettrais ma main au feu que ça commence par saint ou sainte quelque chose.»

Paul sourit en sirotant son café.

– Non.

– Non? Où est rendu mon oblat de frère?» Blanche se prit la tête à deux mains et feignit un profond désespoir. Paul éclata de rire.

«Veux-tu la première lettre?

– O.K.

– C'est la vingt-deuxième de l'alphabet.»

Blanche compta sur ses doigts.

«C'est val, ville ou vert?

– Ville.»

Blanche éclata de rire.

«Tu veux rire! Ville? Tu dois avoir la mémoire courte. Ville? Ici, en plein milieu de nulle part? En plein bois?

– Tu l'as!

– Comment ça, je l'ai?

– Ici, ma chère sœur, on est dans le canton Villebois.

– Villebois...»

Blanche sourit à ce nom. Il lui plaisait. Elle habitait un endroit dont le nom rappelait les deux grandes décisions de sa vie.

«J'aime ça. Je trouve ça original. Presque poétique.»

Paul sourit d'une fausse modestie mais abandonna son plaisir quand Blanche bondit sur ses pieds pour ouvrir à quelqu'un qui venait de frapper.

Un colon entra, la casquette dans les mains, l'air aussi recueilli que s'il avait pénétré dans une église.

«Je m'excuse de vous déranger comme ça le soir, garde, mais on m'a dit que vous aviez commencé à travailler. C'est à cause de ma femme. Son temps est arrivé. Son temps est pas arrivé mais ça a tout l'air que oui quand même.

«Est-ce que c'est votre premier enfant?

– Non. Le quatrième. Mais c'est la première fois que ça arrive avant le temps.

– C'était censé être pour quand?

– Au début d'*avri*.»

Blanche soupira. Le bébé n'était prématuré que de deux semaines au plus.

«J'arrive.»

Elle prit sa trousse, en vérifia le contenu, cnfila son manteau et sortit derrière son client, oubliant Paul dans la cuisine.

Elle entra dans la maison, s'interdisant de regarder autour d'elle. Elle entendit les cris et les rires des enfants plus âgés mais ne les vit pas. Elle suivit le père au chevet de sa femme. La dame était souriante ce qui la rassura.

«C'est la première fois que j'accouche pas toute seule. J'ai dit à mon mari que c'était pas nécessaire de vous déranger. Mais lui a dit qu'astheure qu'on avait une garde-malade, c'était mieux. Je pense pas que ça soit trop long. Au quatrième, le chemin est fait.

– Est-ce que ça fait longtemps que c'est commencé?

– Certain. Depuis deux heures. Ça pousse déjà pas mal.

– Vous permettez que je vous examine?»

La femme regarda son mari, inquiète et intimidée.

«C'est que... c'est que j'ai pas habitude d'être examinée là...

– Pensez-y. J'vas m'asseoir ici. Si vous vous décidez, vous avez juste à me le dire.»

Blanche s'assit et regarda sa montre, discrètement. La dame n'avait pas menti. Les contractions étaient très rapprochées. Elle se sentit ridicule et inutile. Assise, une jambe croisée, souriant bêtement à une étrangère qui transpirait toute l'eau de son corps. Le mari était sorti de la pièce et elle l'entendait crier aux enfants de se taire.

«Je pense que la tête va passer bientôt. Vous pourriez peut-être regarder...»

Blanche s'approcha de la femme sans rien brusquer. Elle souleva la couverture et fut étonnée par la grosseur du ventre. Elle le palpa doucement, cessant toute pression dès qu'une contraction venait l'écraser.

«Est-ce que d'habitude vous avez des gros bébés?

– Des *tocsons*. Jamais un en bas de huit livres.» La femme avait haleté sa réponse. Blanche fut rassurée.

«J'vas regarder plus bas. Juste pour voir si l'ouverture est assez grande. Si ça vous gêne, fermez les yeux. Ça va me prendre deux minutes.»

La femme ferma les yeux mais ce fut pour se concentrer et

pousser. Blanche n'osa pas faire d'examen interne. Elle sortit son stéthoscope et l'appliqua sur le ventre, près de l'aine. Elle le monta ensuite près du diaphragme. Elle hocha la tête et encouragea la mère à pousser.

«Vous avez raison. Je pense que dans dix minutes, on va avoir de la compagnie.»

Elle sortit de la chambre et demanda au mari de lui apporter de l'eau et des linges propres de même que trois ou quatre couvertures pour le bébé. Elle revint près de sa patiente. Elle lui parla en l'encourageant, tout en sortant ses ciseaux et le fil pour le cordon. Elle retroussa ses manches.

«J'vas placer un oreiller sous vos reins. Ensuite j'vas m'asseoir au pied du lit et attendre le bébé.»

Le mari vint porter ce qu'elle avait demandé et ressortit aussitôt de la chambre. La femme avait maintenant oublié tous ses scrupules et s'accrochait tantôt à la tête du lit, tantôt au sommier, pour s'aider. Blanche était impressionnée par son silence. Elle n'entendait qu'un gémissement occasionnel au début d'une contraction. Elle aperçut enfin une petite tête gluante forcer les dernières résistances du corps de la mère. Elle tendit une main pour supporter la tête.

«Vous allez pousser mais j'vas essayer de retenir le bébé un peu. On sait jamais. Peut-être que ses épaules sont trop larges. En le retenant un peu, on peut empêcher que ça déchire.»

La femme montra qu'elle avait compris et poursuivit ses efforts. Blanche recueillit le bébé dont elle évalua le poids à au moins six livres et le posa délicatement à côté de sa mère après lui avoir libéré le nez. Il respirait seul et bien. Elle l'enroula dans deux couvertures et le coucha sur le côté, dans son moïse, sans le laver. La mère la regardait faire, perplexe, se demandant pourquoi Blanche ne l'avait pas nettoyé. Elle eut une contraction. Blanche attendit pour voir si elle expulserait le placenta. Rien ne sortit. Elle soupira et sourit à sa patiente.

«Astheure, madame, on recommence.

– On recommence quoi?

– On recommence pour le prochain. Vous en avez deux.»

La femme essaya de pleurer ou de rire. Blanche ne comprit pas sa grimace. Les contractions recommencèrent et un second garçon, identique au premier, arriva rapidement, presque aussitôt suivi du placenta.

Blanche appela le père à son secours.

«Auriez-vous un grand panier ou un grand tiroir ou quelque chose? Vous avez deux bébés pis un seul moïse.»

Le père demeura bouche bée devant les deux poupons qui s'agitaient. Il sortit de la chambre et revint presque aussitôt en tenant un grand panier d'osier. Le panier à lavage, pensa Blanche. Elle y mit un drap pour couvrir les aspérités puis posa un oreiller au fond. Le bébé, maintenant propre et langé, s'y endormit rapidement.

Blanche préféra rentrer chez elle à pied. Elle quitta une mère souriante, un père ahuri, des aînés heureux de pouvoir partager les nouveaux frères qui, eux, n'eurent jamais conscience de sa visite.

La nuit était claire et fraîche, la lune illuminant suffisamment la route pour qu'elle ne se perde pas. Elle marcha allègrement, remerciant la vie de lui avoir offert un si merveilleux accueil dans son pays d'adoption. Elle respira profondément, presque étourdie par les parfums qu'exhalaient les sous-bois que la neige avait fini d'étouffer. Blanche sourit aux ombres et aux sons. On lui avait dit que chaque fois qu'elle mettrait les pieds dehors, elle serait épiée par quelque animal invisible. Elle essaya d'entendre des souffles qui auraient pu trahir une présence imperceptible. Elle n'entendit que le sien, régulier, profond, plein de plaisir. Elle vit une essoucheuse, abandonnée pour la nuit. Elle posa sa trousse et s'y assit, question de retarder son retour, question de s'arrêter pour se moucher de toute l'émotion qu'elle ressentait et qu'elle trouvait trop grande pour comprendre.

Elle ne vit pas la lune pâlir de timidité devant l'agressivité du soleil. Elle se secoua de sa torpeur lorsqu'elle aperçut les reflets du bleu du ciel et des nuages dans une immense mare d'eau entièrement créée par la fonte printanière. Au lieu de lever la tête, comme elle l'avait si souvent fait, pour imaginer des personnages dans les formes des nuages, elle les regarda dans l'eau. Il lui sembla que ce reflet ressemblait à une fumée blanche qui s'agitait au-dessus de vaguelettes frissonnantes sous le vent frisquet du matin.

Elle ramassa sa trousse et la caressa comme si elle avait caressé une personne à la peau fraîche. Elle reprit la route, écoutant maintenant les cailloux crier sous son poids. Elle eut presque envie de marcher sur la pointe des pieds pour leur éviter cette souffrance. Elle aperçut enfin le fanal encore allumé de son dispensaire et sourit. Villebois. Le dispensaire de Villebois et sa première infirmière qui rentrait de sa première nuit de travail. Nuit durant laquelle elle avait été témoin de la naissance de trois vies: celle des jumeaux et la sienne.

7

Le printemps était arrivé en mars, avait fui en avril pour mieux envahir le sol de mai. Blanche ne savait plus où donner de la tête dans cet incessant tourbillon de saisons. Maintenant que la neige semblait promettre un départ certain, Blanche était perpétuellement assaillie par des mouches de toutes sortes, toutes plus impatientes les unes que les autres de mordre le nacré de sa peau. Leur voracité la défigurait, l'empêchait de dormir, lui enlevait même le goût de sortir de la maison pour aller au chevet des patients. Elle se couvrait la tête d'un foulard léger et marchait en agitant un bras devant elle comme si ce geste de résistance pouvait effrayer ses bourreaux. Elle se grattait la tête à travers des boucles défraîchies et enduites de sang. Elle endura ce martyre pendant trois semaines avant de réellement s'enrager et de partir en direction de la Cache.

«Je voudrais acheter un cheval. Est-ce que vous savez si quelqu'un en a un à vendre?

– Ça devrait pas être trop difficile à trouver. Mais pourquoi est-ce que vous voulez ça?

– Parce que je me dis que les mouches vont avoir moins de temps pour me manger. Sans parler qu'avec un peu de chance, le cheval va les éloigner avec sa queue.»

Elle s'acheta donc un cheval qu'elle baptisa Ti-Zoune. Elle le logea dans le petit bâtiment construit derrière sa maison, près du puits.

«Pensez-vous qu'il va avoir assez de chaleur en hiver?

– Non. Je pense que vous allez être obligée de le mettre en pension. Il se fera pas assez de chaleur.

– C'est pas plus grave que ça. En hiver, j'aurai pas à me débattre contre les moustiques. Le froid est quasiment moins mordant.» Elle avait ri de son jeu de mots. Contrairement à sa mère, elle n'avait jamais su jumeler les mots pour les rendre plus drôles. Mais cette fois elle avait réussi et se promit de continuer.

Blanche alla seule chercher son cheval et le ramena jusque chez elle, le tenant par la bride. La bête n'avait pas l'allure des chevaux de son oncle Edmond mais elle lui était sympathique et Blanche se promit de semer quelques grains de carottes supplémentaires pour pouvoir la gâter. Son cheval lui parut ridicule quand elle ne trouva aucune calèche à vendre dans tout le canton. Elle écrivit à Émilien de chercher à La Sarre et reçut une réponse négative. En revanche, son frère lui proposait de se faire faire une «sloop». Elle ignorait en quoi consistait la «sloop» mais en fit quand même la demande. Deux hommes apparurent donc chez elle un matin, traînant cinq arbres. Elle les regarda travailler. Ils mirent deux troncs en parallèle sur le sol pour ensuite y clouer des rondins transversaux, tous de longueurs égales.

«Auriez-vous de la paille, garde?»

Blanche partit à la course voler un peu de paille dans le bâtiment de son cheval.

«Amenez aussi vot'bête. Avec la bride pis tout. On va essayer.»

Ils déposèrent la paille au centre de la «sloop» et la façonnèrent en une espèce de coussin. Ils invitèrent Blanche à s'y asseoir dès que la bête fut attelée.

«Vous savez comment mener ça?

– Oui.»

Elle cria un discret «hue», gênée à l'idée que ses voisins l'entendaient, et la bête se mit en marche. Elle quitta son pas pour aussitôt trotter et Blanche força désespérément pour la retenir de galoper. La bête, apparemment, manquait d'exercice. Elle la fit tourner et revenir à leur point de départ, essayant de sourire aux hommes qui riaient aux éclats. Pendant quelques secondes, elle s'empêcha de penser qu'ils riaient de sa maladresse.

«Pis, garde? Est-ce que votre arrière-train est encore en un morceau?»

Elle grimaça en se levant, se frotta les fesses pour leur donner raison, s'aperçut que sa robe était déchirée et s'empourpra. Depuis son arrivée, elle ne cessait d'abîmer ses vêtements qui s'accrochaient tantôt à une branche, tantôt à une chaise mal poncée, tantôt à un clou et maintenant à sa «sloop». Elle remonta aussitôt sur son coussin de paille.

«Je m'en vas à la Cache.

– Tout de suite?

– Oui. Est-ce que vous savez qui, ici, pourrait me couper les cheveux?

– Le frère de monsieur Mercier. Au bureau de poste de la Cache.»

Blanche attacha soigneusement son cheval, se gratta la tête encore une fois et entra au magasin. Elle en sortit une heure plus tard, saluant poliment ceux et celles qui la regardaient passer, yeux exorbités, bouche grande ouverte.

Elle revint chez elle et se précipita devant le miroir, tiraillée entre le rire et les larmes, se demandant si elle avait bien fait. Tout ce qui lui était maintenant familier était son regard. Et encore, elle le trouvait moins fuyant. Elle avait les cheveux coupés droits sous les oreilles, la raie au centre. La seule fois qu'elle avait eu les cheveux aussi courts, c'était au pensionnat, à son retour de Shawinigan, lorsque les religieuses avaient littéralement tondu toutes les élèves à cause d'une épidémie de poux.

«Vous êtes sûre, garde, que vous voulez que je les coupe comme ça?

– Certaine. Les moustiques vont avoir moins de place pour se cacher. S'il faut raser à l'arrière, dans le cou, faites-le. Ça me dérange pas.»

Elle regarda ensuite le nœud de cravate qu'elle avait finalement réussi après une douzaine de tentatives. Le col de la chemise aurait dû être plus serré mais elle n'en fit pas de cas. Elle tira une chaise près du miroir et y monta. Elle regarda ses *breeches*, et sourit. Elle les porterait jusqu'à ce quelle trouve une couturière qui lui en ferait quelques paires avec le fermoir sur le côté.

Elle redescendit de sa chaise et examina attentivement ses bottes. Elle avait pris la plus petite paire et avait été forcée d'y ajouter une fausse semelle. Maintenant qu'elle était protégée jusqu'aux genoux, elle n'aurait plus ni piqûres ni éraflures sur les jambes. Elle mit un énorme chandail de laine par-dessus la chemise et le boutonna. Elle alla ensuite dans son bureau chercher sa trousse médicale et scruta son reflet dans la fenêtre. Elle se mordit un ongle, incertaine de ce qu'elle ressentait. Infirmière ou médecin? Elle entendit des pas secouer l'escalier et ne chercha pas la réponse.

«Mon Dieu! Qu'est-ce qui vous est arrivé, garde? Vous avez l'air d'être votre propre jeune frère!

– C'est moi. J'en avais assez de me faire manger tout rond pis de déchirer mes jupes. J'ai pensé que je serais plus confortable comme ça.

– C'est qu'on a jamais vu ça une femme en culottes.

– Moi non plus. Vous me direz à quoi ça ressemble.»

Encore une fois, elle rit. Elle avait vraiment le cœur aussi léger que l'air qu'elle respirait.

Son premier été fut pénible. De nouveaux colons arrivaient à chaque jour et sa clientèle tripla en un temps record. La seule chose qu'elle ne réussit à augmenter fut la durée de la journée. Il lui arrivait de fermer son bureau à dix heures du soir et de ressortir pour aller visiter un malade. Elle rentrait souvent tard dans la nuit ou à l'aube, tellement épuisée qu'elle n'avait pas la force d'aller au puits chercher de l'eau fraîche. Mais à sept heures, pluie ou soleil, elle était à son bureau et rares avaient été les matins où quelqu'un ne s'était pas présenté dans les minutes qui avaient suivi. Au mois d'août, elle reçut un énorme chien en cadeau. Elle avait toujours eu peur des chiens mais s'habitua rapidement à la présence haletante de cette grosse bête noire qu'elle nomma Castor.

«C'est le plus gros chien du canton, garde. On a pensé que ça serait une bonne affaire pour vous d'avoir un chien de garde. Des fois vous êtes partie toute la nuit pour un accouchement ou une agonie.»

Dire de Castor qu'il était un chien de garde était le sous-estimer. Il était un guerrier, montrant ses crocs aux patients mais ne les attaquant jamais. Par contre, il faisait fuir tous les autres animaux, du chat le plus inoffensif au renard qui s'aventurait trop près de la maison. Blanche le trouva indispensable le jour où, en septembre, il attaqua un loup et sortit vainqueur du combat. Elle soigna ses plaies et l'autorisa, dès ce moment, à entrer dans la maison pendant la soirée. Elle savait qu'il était malsain d'avoir un si gros animal dans un dispensaire, qu'elle s'efforçait de garder propre malgré la boue, la terre et le sable que traînaient avec eux, la majorité des visiteurs. Elle décida donc de retourner Castor dehors, ce qu'il sembla presque apprécier. Mais les soirées lui parurent longues, même quand elle était occupée.

Castor l'éveilla par ses jappements et elle eut peur. Il n'aboyait jamais pendant la nuit. Elle se leva et descendit jusqu'à la porte. Castor se tenait sur la galerie avec quelque chose dans la gueule. Elle ouvrit et Castor, couinant et agitant la queue, déposa sur le seuil de porte une toute petite chienne blessée. Blanche le flatta et ramassa l'animal, mordu par une bête sauvage. Elle réussit à le sauver et Loulou devint la maîtresse des lieux pendant son absence.

Le dimanche après-midi, Paul venait la visiter. Si l'air de l'Abitibi lui allait à ravir, il semblait en être autrement pour Paul, qui boitait toujours davantage. Elle essayait de ne pas voir l'œdème de sa jambe, ni la pâleur de ses joues, ni la maigreur de son corps. Ils se lisaient les lettres qu'ils avaient reçues, jouaient aux cartes ou s'assoyaient dehors pour regarder l'été disparaître au profit d'un automne précoce. Souvent Blanche le quittait pour une heure ou deux, le temps de répondre à une urgence, et Paul s'affairait alors à préparer le souper. Blanche avait un appétit d'ogre, Paul un estomac d'oiseau.

Le dernier dimanche de septembre, Paul arriva avec Émilien. Blanche, ravie d'accueillir son frère qui n'avait pu venir une seule fois depuis le printemps, n'en fut pas moins attristée de voir à quel point, comparé à Émilien, Paul avait l'air malingre et maladif. Elle se demanda pendant combien de temps son sang trop sucré lui permettrait de vivre presque normalement. Mais à le voir toujours fatigué, incapable de soulever une caisse de bouteilles de Kik, elle savait que le temps de lui parler en infirmière approchait et se demandait où elle trouverait le courage de le faire tomber en tirant, encore une fois, sur son tapis de vie. Le regard d'Émilien en disait long sur son inquiétude. Il avait trouvé une sœur radieuse et un frère qui n'était que l'ombre de lui-même.

«Pourquoi, Paul, est-ce que tu demandes pas à Jeanne de venir? Tu fais la comptabilité du magasin de ton monsieur Mercier pis tu t'occupes de ton commerce de Kik. Peut-être que Jeanne pourrait t'aider...

– J'ai besoin de personne.

– Moi non plus, Paul. Je pensais que j'avais besoin de personne, mais depuis qu'Alice est là, je me demande comment j'aurais fait.

– J'ai besoin de personne.»

Blanche et Émilien se regardèrent furtivement. L'entêtement de Paul leur confirmait ce qu'ils appréhendaient: Paul se sentait terriblement malade.

Blanche fit comme elle l'entendait et Jeanne arriva deux semaines plus tard, le jour de l'anniversaire d'Alice. Émilie avait l'habitude de prédire l'apparition des premiers flocons de neige en se fiant à la date de naissance de sa fille. «Le dix-huit octobre, disait-elle, regardez attentivement. Il y a toujours un petit flocon de perdu quelque part.» Pour l'occasion, Blanche se rendit à La Sarre attendre sa sœur au train et apporter un gâteau aux carottes à Alice. Elle aperçut quelques flocons. Elle n'était pas sortie de Villebois depuis le printemps et regarda La Sarre comme une ville immense. Elle avait perdu la notion des espaces quelque part durant l'été et se demandait, parfois, combien grand était l'hôpital Notre-Dame. Ce qui la faisait rire, c'était qu'elle calculait en arpents et non plus en pâtés de maisons ou de rues. Entre l'hôpital et la rue Papineau, pensait-elle, il devait bien y avoir cinq arpents.

Alice et Émilien l'avaient accompagnée à la gare. Ils entendirent le train souffler ses derniers milles avant de l'apercevoir. Il était à peine immobilisé que Jeanne sautait sur le quai de la gare, l'air rieur, montrant fièrement un immense sac que sa mère lui avait confié. Blanche en devina le contenu. Derrière Jeanne, Blanche aperçut des nouveaux arrivants, l'air hagard, serrant sur leurs poitrines les quelques sacs et les rares valises qu'ils avaient pu emporter. Blanche remarqua que deux hommes, probablement de son âge ou à peine plus vieux qu'elle, les rassemblaient en faisant d'immenses gestes et en criant pour être entendus en dépit des crachats de vapeur que les wagons vomissaient.

Blanche s'approcha du peloton, mue par la curiosité. Il y avait certainement dans ce groupe des futurs défricheurs du rang 8 - 9 de Villebois. Elle demeura à l'écart pendant qu'Émilien s'emparait des valises de Jeanne. Elle n'entendit que quelques phrases perdues dans les exhalaisons du train. Des mots qui parlaient de malheur, de chômage effrayant, de pénurie d'argent. Des mots semblables à ceux que sa mère écrivait. Elle vit un des deux hommes lever la main pour mettre fin aux jérémiades et sourire en montrant la vastitude des terres et des bois entourant La Sarre.

«C'est à vous autres! C'est comme ça partout. On sait que c'est pas l'idéal d'arriver en automne mais faut voir ça du bon côté. Vous serez pas obligés de défricher, de cultiver pis de construire vos maisons en même temps. Vous allez pouvoir cultiver au printemps, pis rentrer le soir dans une maison confortable, vos femmes dedans, au lieu de rentrer dans une baraque.»

Blanche remarqua que l'homme n'avait pas cessé de sourire et que les futurs colons s'étaient laissé entraîner par sa bonne humeur. Elle aurait voulu s'avancer et leur dire que l'air était bon. Que les loups sérénadaient la lune. Que les moustiques perdaient intérêt pour leur chair dès qu'ils en avaient trop mangé. Les rassurer en précisant que partout où ils iraient il y aurait des voisins, un magasin, une église, une école pour les enfants et une garde-malade, comme elle. Elle aurait voulu leur souhaiter la bienvenue en remettant à chacun quelques boîtes de conserves pleines de bons légumes de son potager. Elle recula d'un pas en voyant que le meneur du groupe l'avait aperçue et semblait intrigué par sa présence. Elle tourna les talons et rejoignit sa famille, contente de la voir grossir au rythme des saisons.

«C'est qui ça, Émilien? Des hommes du gouvernement?

– Non. Des employés des chemins de fer. Du Canadien National. C'est surtout eux autres qui amènent les colons ici.

– Je sais ça. Mais je pensais pas que le chemin de fer les faisait escorter comme ça.

– Ces hommes-là sont ici à tous les mois. Au moins. Avec des nouveaux arrivants. Pis ils vont visiter ceux qu'ils ont déjà montés. Voir si tout est correct.»

Blanche jeta un regard à la dérobée en direction de l'homme qui précédait maintenant son groupe en les priant de ne pas le perdre de vue.

Ils mangèrent tous chez Émilien, qui leur fit un repas de roi. Jeanne, qui était allée voir sa mère avant de s'enfoncer davantage en Abitibi, apporta les dernières nouvelles.

«Vous savez que moman a pris sa retraite.

– Quoi?» Blanche avait sursauté. Elle avait reçu une lettre qui lui annonçait que sa mère changerait encore d'école pour continuer son enseignement.

«Oui. Sa retraite. Mais comme vous connaissez moman, elle a pas fait ça comme tout le monde.»

Jeanne raconta qu'Émilie était arrivée dans son école et qu'elle n'avait pas eu l'envie ou le courage de défaire ses valises et de s'installer.

«Elle a sorti des papiers pis des crayons, deux couverts, deux paires de draps, en tout cas, le strict minimum pour vivre. Rolande en pâtissait. Moman a enseigné pendant un mois pis, un bon samedi matin, elle est partie voir le commissaire qui l'avait engagée pour lui dire que c'était trop. Elle a remis ses choses dans les valises pis elle est repartie pour Saint-Stanislas.

– Pas Saint-Tite?

– Non. Saint-Stanislas. Chez son frère Napoléon, qui est veuf. C'est là qu'elle reste, astheure.»

Ils s'étaient tus. Blanche essaya de calculer mentalement combien d'années d'enseignement sa mère avait pu faire.

«Moman a dû enseigner pendant vingt-trois ou vingt-quatre ans.

– Au moins. Je lui ai demandé. Elle m'a répondu qu'elle avait pas envie de calculer. Que ça la vieillissait trop.»

Blanche continua la fête en riant et en souriant à sa famille mais le cœur quelque part avec sa mère, dans une maison de Saint-Stanislas qu'elle n'avait jamais vue.

L'arrivée de Jeanne perturba ses habitudes quotidiennes mais elle savait que cet arrangement n'était que temporaire, l'entente étant que Jeanne devait convaincre Paul de l'embaucher. Paul résista avec toute l'énergie dont il était capable. Blanche demanda donc à sa sœur de demeurer avec elle en permanence. Jeanne le fit volontiers.

«J'ai pas eu la chance de finir mon cours, moi. Ça fait que de te regarder faire, d'ouvrir la porte aux malades, de sentir l'éther, ça va me faire du bien.

– Tu vas pouvoir m'aider aussi. Tu peux prendre la température de ceux qui attendent. Pis... Est-ce que tu as appris à faire des pansements?

– On commençait quand j'ai eu mon appendicite.

– J'vas te rafraîchir la mémoire. Tu vas pouvoir faire ça aussi. Pis renouveler les prescriptions.» Voyant que Jeanne avait cessé de sourire, elle s'empressa d'ajouter: «Si tu as envie de le faire, évidemment.»

Jeanne ne répondit pas. Elle préféra assumer la routine de la maison. Blanche comprit que sa sœur ressentait probablement une amertume semblable à la sienne face à la médecine.

L'hiver balaya la plaine sans annoncer son arrivée. Blanche continua d'atteler sa Ti-Zoune tant que le froid ne prit pas le bâtiment d'assaut. A la fin novembre, elle dut se résigner à mettre sa bête à la Cache et recommencer à faire ses visites à pied.

«Tu peux pas faire ça, Blanche. Des fois faut que tu marches trente milles juste pour faire un aller-retour. Avec le froid de canard qu'on a ici, tu vas te geler. Sans dire que tu peux te perdre dans la poudrerie.

– Ça m'énerve pas. Je commence à connaître mon territoire comme le fond de ma poche.»

Blanche parlait tout en flattant Loulou qui lui léchait un doigt. Elle eut une idée et annonça à Jeanne qu'elle sortait.

«Où tu vas?

– Pas loin. J'vas juste demander un renseignement chez le voisin pis je reviens. Si j'ai des *visites*, fais-les patienter. Ça devrait pas me prendre plus que vingt minutes.»

Pendant trois jours, Jeanne essaya de savoir ce que sa sœur attendait. Blanche souriait et ne répondait pas.

«Donne-moi au moins un indice.

– O.K. Un indice. J'ai décidé que Castor aurait de la compagnie.»

Le quatrième jour au matin, on frappa à la porte et Blanche ne laissa pas le temps à Jeanne d'ouvrir. Elle enfila son manteau et sortit au froid. Jeanne se mit le nez à la fenêtre et aperçut un petit traîneau auquel on attelait Castor et une chienne à peine plus petite que lui. Elle vit ensuite sa sœur s'asseoir sur le traîneau et encourager Castor à tirer. Il obéit en poussant des jappements, forçant d'abord pour tirer sa charge puis marchant d'un pas régulier. Jeanne hocha la tête d'incrédulité.

«La voilà qui se prend pour une Esquimaude, astheure.»

Elle continua de regarder les manœuvres de sa sœur, se demandant si elle parviendrait à faire tourner l'attelage. Elle sourit quand elle vit le traîneau revenir en direction de la maison. Elle prit son manteau et alla à sa rencontre.

«Où est-ce qu'elle est ma sœur qui trouvait que la vie de la campagne était trop dure pis qui voulait rester en ville?

– Qu'est-ce que tu as à redire? On a réussi à me faire un tramway qui aura jamais de problèmes d'électricité. Est-ce que tu veux essayer?

– Non, madame.»

Blanche remercia et paya ses voisins et annonça à Jeanne qu'elle irait visiter Paul.

– On l'a pas vu depuis deux semaines. Je suis certaine qu'il doit encore avoir une grippe ou de la fièvre. C'est pas lui qui va me faire demander.»

Jeanne approuva et Blanche partit, bien assise sur son traîneau, dirigeant adroitement deux chiens qui semblaient avoir compris ce qu'elle attendait d'eux.

«Garde! Justement mon mari se préparait à aller vous chercher. Votre frère en *arrache.*»

Blanche n'écouta pas madame Mercier lui décrire les malaises de Paul. Elle les connaissait déjà. Maintenant, il lui faudrait prendre une décision professionnelle et ne pas s'en laisser distraire par les arguments de son frère. Elle entra dans sa chambre et Paul se tourna dans le lit pour voir qui venait d'entrer.

«Ho! C'est toi, Blanche.

– Non, c'est pas moi, Paul. C'est garde Pronovost qui est ici.»

Au ton qu'elle avait utilisé, la sensibilité de Paul monta d'un cran. Il abandonna sa tête sur l'oreiller et bloqua ses mâchoires. Blanche s'approcha de lui en priant désespérément. Elle sortit son thermomètre et força son frère à ouvrir la bouche. Paul ne résista presque pas. Elle voulut le découvrir pour l'ausculter mais Paul cracha le thermomètre.

«Laisse faire. Je veux pas que tu enlèves la couverture. Je vais avoir trop froid.»

Blanche inspira profondément, regarda son frère bien en face et décida de ne pas le ménager. Elle n'en avait plus le temps.

«Paul, j'ai un nez. En rentrant dans ta chambre, j'ai senti que ta nuit avait été troublée par des intestins qui obéissent à rien. J'en ai vu d'autres. J'ai aussi senti que ta jambe est en train de te lâcher. Ça fait qu'oublie que je suis ta sœur pis vois-moi comme une garde-malade privée.»

Paul ferma les yeux pour cacher son humiliation. Blanche leva la couverture et voulut se battre de ne pas être intervenue plus tôt. Paul baignait dans ses excréments. Elle commença par le laver dès qu'elle eut la confirmation qu'il faisait une fièvre épouvantable. Paul gémissait comme un enfant. Blanche ne s'en formalisa pas, espérant que ces petits pleurs lui enlevaient une partie de la douleur physique qu'il ressentait certainement. Elle l'ausculta, d'abord sur la poitrine puis aux chevilles. Elle n'entendait aucune circulation dans sa jambe noircie, presque en état de putréfaction.

«Tu as toujours suivi ta diète?

– Religieusement. Mais ça c'est facile. Ce maudit diabète-là m'aide dans mes vœux de célibat. Même si je voulais...»

Il ne termina pas sa phrase et Blanche lui fut reconnaissante de l'avoir informée qu'il était déjà impuissant. Il avait eu vingt-sept ans le premier novembre. Elle palpa sa cheville pour la forme. La couleur et les ulcères de la peau lui indiquaient clairement que la gangrène avait commencé son travail.

«Je fais ta valise, Paul. Tu rentres à Montréal.

– Pas question. Dans un jour ou deux, je devrais être mieux. J'ai pas fini mon inventaire. Je dois avoir une livraison...

– Tu pars pour Montréal! Un point c'est tout. Tu restes pas ici une minute de plus. Je t'emmène au dispensaire pis demain, on descend à La Sarre. J'vas aller avec toi. J'ai pas besoin de parler au docteur d'Amos. J'vas m'occuper moi-même de ton admission à Notre-Dame.

– Non. Je reste ici.»

Blanche ne l'écoutait plus. Déjà elle avait ouvert sa valise et commençait à y placer ses vêtements. Paul se souleva sur ses coudes et la regarda bien en face, essayant de la voir aussi bien que ses yeux affaiblis le lui permettaient.

«Pour mourir? Tu veux que j'aille à Montréal pour mourir? J'aime mieux mourir ici. Au moins je suis pas tout seul.

– Tu vas pas mourir. C'est en restant ici que tu vas mourir. Là-bas on va t'opérer. Ici on peut rien faire.»

Paul se laissa retomber et Blanche l'entendit retenir des sanglots de désespoir, qui faisaient écho aux siens qu'elle forçait d'être silencieux.

«On va me couper la jambe? C'est pour ça que tu m'envoies. Tu m'envoies à la boucherie, Blanche. J'ai pas envie de vivre en éclopé.» Il cria sa dernière phrase. «Tu veux faire mourir ton propre frère, Blanche!

– Non. Je veux le faire vivre! Comprends-tu ça? Vivre, Paul. Ça t'intéresse pas?

– Non. Non! Blanche!

– Cesse de m'appeler Blanche. Je suis garde Pronovost pis je soigne un patient qui, par hasard, s'appelle Pronovost aussi.» Blanche ne voulut plus l'entendre crier son désespoir. Elle savait qu'encore une fois, Paul voyait son avenir compromis. Où irait-il chercher la force de combattre?

Elle l'habilla et emprunta des couvertures aux Mercier, leur promettant de les rapporter le plus rapidement possible. Elle força Paul à se lever et prit un balai qu'elle installa comme une béquille sous son bras.

«Appuie ton pied le moins possible.»

Paul le posa aussitôt par terre et rejeta le balai. Blanche se retint de le gifler. Elle l'installa sur le traîneau, se demandant d'où venait cette neige qui avait pris le rang d'assaut. Paul, épuisé, inconfortable, les jambes tendues vers l'avant, le dos sans appui, se laissa emmitoufler.

«Attends ici. J'vas aller chercher d'autres couvertures pour te faire un dossier.

– Pas besoin de me dire d'attendre, garde Pronovost. Je peux même pas bouger.»

Pour la première fois depuis son arrivée à Villebois, Blanche ne sentit qu'un glacial mépris encadrant son nom. Elle installa Paul le plus confortablement possible et porta la valise pour alléger la charge des chiens. Elle se retint à l'épaule de Paul et courut à côté de l'attelage, étouffant dans le vent, mêlant ses larmes aux coulisses d'eau que la neige faisait en fondant sur ses joues. Paul avait fermé les yeux et elle sentit sa poitrine rapetisser. Plus que tout, elle craignait le coma. Elle ne se rendit pas compte qu'elle agrippait maintenant son frère pour l'empêcher de tomber du traîneau. Pas plus qu'elle n'entendit les craquements de douleur de son épaule, arrachée par le poids de la valise. Elle n'avait qu'une idée, qu'elle retournait dans sa tête: apercevoir le dispensaire et sortir sa pénicilline, pour la première fois.

Le trajet lui parut interminable, ses poumons éclatant à cause de sa course et du vent. Ses jambes fonctionnaient mécaniquement, insensibles mais calquant sans défaillir, leur mouvement sur le trot des chiens. Elle grelottait de froid partout où la transpiration s'offrait à l'air libre: dans le cou, aux poignets, à la gorge. Le reste de son corps, trop chaud, suait son effort. Les jours, les heures comptaient pour Paul et il lui fallait agir rapidement. Elle se souvenait d'une marche semblable, presque aussi pénible, qu'elle avait dû faire pour sauver Clément. Elle aperçut sa maison pendant une légère accalmie et cria à Castor d'accélérer. Castor tenta d'obéir mais le traîneau toucha une souche et bascula. Paul ouvrit les yeux mais ne dit pas un mot. Blanche utilisa son écharpe malhabilement nouée pour lui essuyer la figure, remit le traîneau sur ses patins de bois, réinstalla les couvertures et souleva Paul sous les aisselles pour le rasseoir. Il ne s'aida pas. Elle reprit l'attelage en main, courant toujours, tenant toujours sa valise de plomb et arriva enfin devant le dispensaire. Jeanne, de la cuisine, n'avait pu la voir. Blanche s'écrasa sur la première marche de l'escalier, mit cinq bonnes minutes à reprendre son souffle et son calme. Paul semblait s'être réendormi.

«Jeanne! Jeanne, viens m'aider!»

Jeanne accourut rapidement, le ton de Blanche ne laissant place à aucun doute quant à l'urgence de sa demande. A elles deux, elles entrèrent Paul et le montèrent à l'étage pour le coucher. Jeanne le dévêtit pendant que Blanche descendait dans sa pharmacie prendre le flacon de pénicilline. Elle courut à la cuisine, versa de l'eau bouillante sur une aiguille et une seringue graduée, après avoir sorti le piston du corps de pompe et laissa tremper les trois morceaux avant de les asperger d'alcool. Elle mesura la dose de pénicilline attentivement, donna une chiquenaude, appuya sur le piston pour faire sortir du liquide et monta au chevet de son frère qui gémissait sa douleur et son désespoir. Elle lui fit une injection dans la fesse, espérant que son frère ne ferait pas d'allergie.

«Ça va pincer un peu, Paul. Après trois minutes, tu vas rien sentir.»

Paul dormit le reste de la journée. Blanche en profita pour demander à des voisins de les conduire à La Sarre. Le lendemain matin, elle quitta Villebois, inconfortablement installée à côté de son frère. A peine avaient-ils pris le chemin pour La Sarre qu'ils aperçurent la chenille de monsieur Simard. Blanche lui fit des signes désespérés avec son châle rouge et monsieur Simard s'arrêta.

«Vous pouvez me conduire à La Sarre? J'ai une urgence.»

Monsieur Simard rebroussa chemin sans dire un mot. Il avait fait le voyage pour apporter des provisions et le courrier. Les gens de Villebois pouvaient attendre une journée. Paul arriva donc à La Sarre à deux heures, à temps pour prendre le train de quatre heures. Émilien et Alice, que Blanche avait demandés, tinrent compagnie à leur frère pendant que Blanche téléphonait au médecin d'Amos.

«Quand le train va entrer à Amos, docteur, il va falloir que mon frère reçoive une autre injection de pénicilline... Pardon? Je sais que j'ai pris un risque mais j'avais pas le choix. C'était ça ou le coma. Déjà ses pupilles... Pardon? Non. Il faut qu'il aille à Montréal. Si sa jambe est pas amputée, la gangrène va se propager... Non, docteur. C'est pas que je vous fais pas confiance. C'est juste qu'à Montréal... Vous comprenez? Je vous remercie. Vous allez être là? Merci encore.»

Elle raccrocha et demanda à la téléphoniste de la mettre en contact avec le presbytère de Saint-Stanislas.

«Monsieur le curé, s'il vous plaît. C'est vous? Je suis la fille de madame...» elle hésita, se demandant si sa mère se faisait appeler Pronovost, «de madame Émilie Bordeleau-Pronovost, la sœur de Napoléon Bordeleau qui habite... Vous la connaissez? Tant mieux. Est-ce que vous pourriez me dire si sa maison est proche du presbytère? A deux rues? Est-ce que vous pourriez envoyer quelqu'un la chercher pis lui demander d'appeler sa fille Blanche, immédiatement. Le numéro est le suivant...»

Elle fit un troisième appel.

«Oui, s'il vous plaît, est-ce que le docteur Pierre Beaudry est de garde? Oui, j'attends, mais faites ça le plus vite possible. J'appelle d'Abitibi... merci... Pierre? C'est Blanche. Je t'envoie mon frère. D'après moi, il va falloir qu'il se fasse opérer en arrivant. Une amputation. Oui, c'est ça. Est-ce que tu peux voir à ce qu'une ambulance de l'hôpital l'attende à la gare demain matin à huit heures? Il part à quatre heures. Je te donne mon adresse pour la facture. Pierre? Est-ce que tu peux me rendre un autre service?»

Blanche lui demanda de communiquer avec Napoléon pour qu'il soit au chevet de son ancien collègue. Le téléphone sonna.

«Blanche? C'est moman. Qu'est-ce qui se passe?»

Blanche expliqua rapidement la situation à sa mère qui promit, la voix brisée, de se rendre à Montréal. Elle raccrocha et Blanche ignora qu'elle demanda aussitôt à son frère de la conduire à Hervey Jonction pour qu'elle puisse faire la dernière partie du trajet avec son fils.

«Il fait déjà noir, Émilie. Le train sera pas là avant *menuit* ou une heure. La neige tombe pis les routes sont glacées.

– En 1915, je suis déjà venue de Saint-Tite à ici, en machine, pour les funérailles de pâpâ. C'était pire qu'aujourd'hui. Mon fils se meurt, pis je veux être avec lui. Si tu veux pas me conduire, dis-moi à qui demander.»

Pendant que le train glissait sur la voie, Émilie s'essuyait les yeux en regardant sa montre sans arrêt, inquiète de rater son train. Elle arriva à l'heure malgré deux dérapages spectaculaires et trouva aussitôt le corps décharné de celui qui avait si longtemps incarné la puissance de l'intelligence. Blanche, elle, était rentrée à Villebois, épuisée physiquement et nerveusement. Elle était montée à sa chambre, avait vainement essayé de s'endormir. Elle s'était relevée, avait mis son manteau et ses bottes et était sortie pour mêler son trouble à celui de la tempête. Elle marchait en direction du bois lorsque Castor la rejoignit en bondissant de plaisir. Elle lui flatta le dessus de la tête distraitement, trop occupée à se cacher à elle-même les sanglots qui l'agitaient.

«Oh! Castor!» Elle se laissa tomber dans la neige et n'empêcha pas Castor de lui lécher les larmes. «Tu peux pas comprendre, mon Castor. Paul m'a dit que jamais il me pardonnerait ma décision de le faire amputer. Paul veut mourir, Castor.» Elle hoquetait l'immense gouffre de sa peine. «C'est pas juste. J'ai essayé de sauver la vie de Marie-Louise qui elle aussi avait perdu les jambes. Paul va en perdre juste une. Il va pouvoir remarcher avec une jambe de bois. Ça va pas l'empêcher de vivre pis de travailler.» Le chien ne cessait de la lécher. «Je suis même pas sûre que Paul va survivre... J'aurais dû aller le voir plus vite... Castor?» Le chien dressa les oreilles. «Je peux pas comprendre que Paul veuille pas essayer de vivre. Je suis certaine que Marie-Louise aurait continué, elle. Mais on l'a perdue. Pourquoi, Castor, est-ce que c'est moi qui ai été obligée de prendre la décision de mutiler mon frère? J'ai pas voulu être infirmière pour blesser le monde. Je veux les guérir. Pas leur faire mal...» Blanche se tut avant de pousser un cri de désespoir, encore une fois. Presque inconsciemment, elle se tourna sur le dos et commença à bouger les bras et les jambes afin de dessiner un ange dans la neige.

8

Les seuls moments de joie qu'avaient apportés les Fêtes et le mois de janvier, avaient été les accouchements. Le reste du temps, Blanche avait soigné les hommes pour des indigestions, des hernies, des entorses lombaires, des brûlures et des crises de foie. Les nouvelles de Paul étaient rassurantes. Il avait quitté l'hôpital pour faire une convalescence au presbytère, avec Napoléon. Blanche était certaine que ce simulacre de vie de prêtre lui ferait le plus grand bien.

Pendant le mois de février, le froid avait été tellement intense qu'elle et Jeanne avaient gelé. Jeanne s'y était habituée mais Blanche avait réagi violemment, ayant encore frais à la mémoire le premier hiver qu'elle et sa famille avaient vécu à Shawinigan. Elle était allée voir l'agent de colonisation.

«J'ai pas l'intention d'être obligée de demander aux patients de rester habillés quand ils entrent dans le dispensaire. Il faut que je les ausculte pis je connais personne qui aime se faire geler dans une maison où, le matin, l'eau est glacée dans les plats.»

On lui avait donc installé une petite fournaise de plancher à huile. Elle l'avait fait placer à l'avant, dans la salle d'attente, quitte à faire courir le tuyau d'échappement dans tout le couloir, sacrifiant l'esthétique au confort. Sa chambre s'était aussitôt réchauffée, la fournaise étant installée directement sous son grillage de plancher.

Ce qu'elle détestait le plus de cet hiver, c'étaient les journées de lavage. A cause des heures d'ouverture du dispensaire, elle et Jeanne ne pouvaient étendre le linge avant la fin de la soirée, colorant le couloir et la cuisine de nombreuses cordées.

«Au moins, depuis qu'on a la fournaise, ça sèche pendant la nuit.

– Je trouve quand même que ça fait misérable. J'aimerais mieux qu'on étende dehors.

– Si tu veux le faire, Blanche, fais-le. Moi, en tout cas, j'vas pas aller me geler les mains parce qu'une nuit par semaine le corridor a l'air d'un bateau à voiles.

– La nuit dernière, on a eu une urgence. J'aime donc pas ça montrer la maison dans cet état-là.»

Jeanne la regarda en hochant la tête. Elle savait que ce qui ennuyait le plus sa sœur, c'était que les gens voient qu'elle aussi avait des draps sales et des sous-vêtements et quelques bas troués. Elle savait aussi que lorsque sa sœur commençait à rouspéter à tout propos, ce qui était franchement agaçant, c'est qu'il y avait quelque chose qui la chipotait, habituellement l'état de santé d'un patient.

Quelques minutes après cette discussion, Blanche monta à sa chambre mettre des vêtements de rechange dans un sac. Elle réapparut aussi rapidement.

«Je pars pour le rang 8 - 9. J'ai une patiente qui devrait accoucher d'une heure à l'autre.

– Est-ce que c'est elle qui te rend de mauvaise humeur comme ça?

– Je suis pas de mauvaise humeur!» Blanche avait levé le ton, ce qui était fort inhabituel. Jeanne n'avait plus rien ajouté, se contentant de décrocher le linge sec, épiant la nervosité de sa sœur entre les draps, les taies et les serviettes.

Blanche attela ses deux chiens et soupira en pensant qu'elle avait encore au moins un mois de gros froid avant de reprendre son cheval. Castor jappa son plaisir de partir en excursion pendant que la chienne le suivait péniblement, alourdie par sa gestation. Blanche espéra que la chienne attendrait quelques jours avant de mettre bas.

On lui ouvrit la porte et elle entra en souriant, empêchant son sourire de fadir à la vue de la future mère complètement défigurée par l'enflure.

«A moins que mon calendrier se trompe, c'est aujourd'hui ou demain que j'vas voir naître mon vingt-deuxième bébé.

– Vous avez déjà fait vingt-deux accouchements?

– Non. J'en ai jamais fait. J'ai juste regardé naître. Pis pas vingt-deux fois. On a deux paires de jumeaux nés à Villebois.»

Le jeune père ne lisait pas sa préoccupation. Il était trop heureux de l'arrivée récente de sa femme, qui avait enfin pu venir le rejoindre en Abitibi.

«Ça devrait faire partie du plan Vautrin, ça. Obliger les

femmes des colons à avoir des jumeaux. Comme ça, la population augmenterait pas mal plus vite. Pis Vautrin devrait toujours choisir des hommes qui ont des femmes en famille. Ça nous pousse dans le dos pour finir la maison plus vite.»

Blanche avait essayé de sourire, ne quittant pas sa patiente des yeux. Cette dernière regardait son mari, les yeux étincelants de fierté. Il avait terminé leur maison en un temps record, simplement pour être certain que leur premier enfant naîtrait en Abitibi et non à Montréal dans le garage mal chauffé qui faisait office de maison familiale. La jeune femme, Lorraine, était arrivée cinq semaines plus tôt et Blanche était aussitôt venue la voir. Elle détestait cette grossesse au point de regretter le zèle du mari sans lequel Lorraine aurait pu accoucher à Montréal dans un hôpital mieux équipé. Elle avait aidé à mettre au monde vingt et un enfants et savait que celui qui s'annonçait serait peut-être le premier à ne pas survivre. Elle savait aussi que ce bébé risquait d'entraîner sa mère avec lui dans les limbes.

«Pourquoi est-ce que vous êtes venue aujourd'hui, garde? J'ai pas commencé à avoir mes douleurs.»

Blanche figea. Lorraine n'était pas dupe. Seuls les vingt ans du père ne voyaient rien.

«On vous a pas dit ça? Des fois je passe trois jours dans une famille pour attendre avec la mère. On n'est pas à Montréal, ici. On prend le temps d'avoir un bon comité d'accueil. Pis à part ça, comme j'ai vu que le temps était incertain, j'aimais mieux arriver d'avance. Des fois que votre mari aurait pas pu venir me chercher. Vous savez comment mars est traître.»

Lorraine avait souri de ses lèvres bouffies, un semblant de soulagement déteignant sur ses joues. Blanche se tourna vers le mari, obnubilé par les joies de sa virilité.

«J'aime autant vous dire, monsieur Jolicœur, que je mange comme un ogre. J'espère que vous avez des provisions pour me nourrir.

– On a tout ce qu'il faut. Lorraine a fait des pâtés de viande, pis des tartes...

– Je vous avais dit de la forcer à se reposer!

– Essayez donc ça, vous. Lorraine a fait le grand ménage de

la maison pis je vous jure, elle a même eu le temps de tricoter une p'tite *couverte* pour le bébé.»

Blanche se leva et marcha en direction de Lorraine. Pendant que son mari vantait ses mérites, Blanche avait remarqué une grimace discrète tenter de plisser la peau tendue du visage gonflé.

«Je pense que ça serait une bonne idée que vous vous étendiez, Lorraine. Pis je vous donne pas la permission de vous relever avant...

– Avant quand?

– Avant que le bébé ait sali toutes ses couches sauf deux.» Le mari avait éclaté de rire et Lorraine s'était soulevée péniblement, respirant bruyamment entre chaque geste qu'elle avait à effectuer. Blanche la tenait par un bras.

«C'est pas croyable quand même. Lorraine mesure pas plus que cinq pieds et deux pis pèse à peu près cent cinq livres. On va avoir un bétail.»

Blanche ne releva pas cette remarque, le père ayant justement identifié ce qui la troublait. Lorraine avait dû prendre un minimum de soixante livres. Pour l'avoir auscultée, Blanche savait qu'elle n'avait qu'un bébé.

Elle installa Lorraine confortablement et lui demanda si elle avait bu beaucoup d'eau comme elle le lui avait demandé.

«Au moins une pinte par jour. Le problème, c'est que je passe mon temps à m'asseoir sur le pot pis c'est pas facile à faire. J'ai toujours peur de tomber. Pis aller dehors dans la *bécosse*, ça me demande trop d'efforts.» Blanche acquiesça. A peine étendue, Lorraine s'assoupit. Blanche demeura à côté d'elle, examinant ses mains et ses pieds marbrés. Elle se demanda si elle ne vivrait pas sa seconde journée d'horreur, la première ayant été celle du départ de Paul. Elle entendit frapper à la porte.

«Est-ce que j'aurais le temps d'aller au magasin acheter des p'tites provisions?»

Blanche fit oui de la tête et attendit que le mari claque la porte de la maison avant de couvrir Lorraine et de sortir de la chambre dans laquelle elle étouffait. Elle tourna comme un lion en cage dans la cuisine, essayant de revoir les pages de son livre de médecine dans lequel on parlait d'éclampsie. A moins que la nature ne se montre d'une générosité extrême, elle savait que Lorraine n'y échapperait pas. Elle ouvrit toute grande la porte extérieure et permit à l'air froid de venir la rafraîchir. Elle bouillait déjà de son impuissance quand Lorraine poussa un cri. Elle se précipita à son chevet.

La journée fut interminable. Blanche avait le cœur déchiré, se demandant si elle parviendrait à sauver la mère et l'enfant. Elle vivait un cauchemar dont elle ne voulait s'éveiller qu'au paradis, tout en sachant que de minute en minute elle s'approchait des brûlures de l'enfer. Elle parvint enfin à recueillir une fille rose et criarde qu'elle mit aussitôt dans les bras de son père. Le père sortit de la chambre et elle l'entendit chanter une berceuse dont les paroles ressemblaient davantage à des sanglots qu'à des mots. Elle se tourna vers Lorraine, qui venait d'entrer dans le monde mystérieux de l'inconscience. Celui-là même, pensa-t-elle, que le bébé venait de quitter. Les convulsions lui avaient rappelé Marie-Louise et, après avoir couché Lorraine sur le côté, elle lui tenait la main en la suppliant de revenir.

«Viens ici, Lorraine. Ta fille est belle. Écoute! Tu l'entends pas pleurer? La p'tite a faim. Faut que tu te réveilles, Lorraine. Ton mari est pas capable de s'occuper d'un bébé. Tu le sais. Toi pis moi on a le même âge. Ton mari a juste vingt ans. Il pourrait être le frère de la p'tite.»

Elle s'était tue, se demandant si le coma emporterait rapidement Lorraine ou s'il la laisserait végéter pendant des jours, voire des mois. Elle espéra la mort puis tenta de se souvenir de tous les miracles et histoires impossibles dont elle avait entendu parler à l'hôpital. Des histoires où on racontait qu'un comateux s'était éveillé après deux mois. Qu'un autre bougeait le petit doigt chaque fois qu'on lui parlait...

Le matin arriva enfin. Blanche fixait Lorraine, qui ouvrit les yeux. Elle bondit et se planta devant le regard pour se rendre compte qu'il la transperçait sans la voir. Il n'y aurait pas de miracle. Elle ferma les paupières de Lorraine pour empêcher ses cornées de sécher.

Blanche demeura dans la maison pendant trois jours, espérant toujours entendre Lorraine réclamer son bébé. Lorraine préférait fixer un coin de son mur, lui sourire et retomber dans son inconscience. Blanche prenait soin du bébé pendant que le mari s'occupait des préparatifs pour ramener sa famille à Montréal. Blanche supervisa le déménagement. Incapable de pleurer, incapable de rire. Encore une fois, elle se retrouva sur le quai de La Sarre. Le mari de Lorraine pleurait à chaudes larmes, serrant son bébé sur sa poitrine, se demandant, comme le comprit Blanche, s'il détesterait ce précoce assassin ou s'il l'aimerait. Blanche n'avait pas de crainte. Cet homme s'occuperait de son enfant. Lui retrouverait une nouvelle mère dès que la sienne cesserait de s'éteindre et troquerait sa grisaille pour la noirceur.

Ils attendaient le train, Blanche, dans la gare, prenant soin de sa patiente perdue dans son inconscience. Le départ de Paul l'avait terriblement blessée. Celui-ci la confrontait à nouveau à son choix, à l'immensité de ses responsabilités. Elle n'avait rien pu faire. Elle regarda par la fenêtre le bébé qui s'agitait et sourit. Au moins, elle avait la consolation d'avoir sauvé une des deux vies. Peut-être y aurait-il encore un miracle... Mais la médecine lui avait appris à ne plus croire aux miracles. Elle lui avait confirmé ce qu'elle avait toujours su: il y avait les forts et les autres. Parfois, à son retour de visites nocturnes, elle se demandait dans lequel des deux clans elle-même se trouvait.

Le train entra en gare, véhiculant son lot d'Anglais montés en Ontario. Blanche, assistée d'Émilien, installa la famille Jolicœur dans le wagon de la poste. Elle savait maintenant comment transporter les patients alités. Elle toucha la joue du bébé qui faisait la moue comme si elle avait compris qu'elle déménageait pour la première fois. Monsieur Jolicœur, pleurant toujours, la remercia chaudement, malgré sa voix brisée. Malgré ses lourdes pertes. Blanche l'embrassa et l'encouragea. Un sourire pâlot se dessina au centre du visage ravagé de ce père démuni.

«Vous avez encore le temps de changer d'idée. Je peux aller avec vous jusqu'à Montréal, si vous voulez. J'ai apporté tout ce qu'il me faut.

– Non merci, garde. J'vas faire comme vous m'avez dit. Mettre des gouttes d'eau dans les yeux de Lorraine» – il regarda le bébé qui grimaçait – «pis du lait en masse dans ce p'tit ventre-là. On va être là demain matin. Vous devez avoir du monde qui vous attend à Villebois.

– Vous promettez de m'écrire?

– Je sais pas écrire ni A ni B. Mais j'vas essayer de trouver quelqu'un pour le faire.»

Le train fit entendre son dernier cri et Blanche descendit. Le conducteur ferma la porte du wagon et promit à Blanche d'apporter de la nourriture à Amos. Rassurée, Blanche partit à la course pour rejoindre son frère. Absorbée dans ses pensées, elle heurta un voyageur.

«Excusez-moi.

– Sûrement pas. Je cherchais justement un prétexte pour vous parler. Vous êtes bien la garde de Villebois?»

Blanche reconnut le chef de groupe, aperçu l'automne précédent. Elle sourit de sa phrase et de son accent.

«Vous êtes pas d'ici?

– Non. Pas d'Abitibi en tout cas. Je reste à Montréal. Mais je viens juste d'arriver au Québec. Quand je vous ai vue à l'automne, c'était la première fois que je conduisais un groupe de colons. En fait, je suis encore à peu près aussi dépaysé qu'eux autres.

– Vous venez d'où?

– Je l'ai pas dit? De Saint-Boniface. Au Manitoba.

– Ha... C'est de là que ça vient votre accent.

– J'ai pas d'accent. J'ai peut-être une tête de buffalo mais j'ai pas d'accent.» Il avait éclaté de rire, sachant fort bien qu'il roulait ses «r» comme un rouleau compresseur.

Ils marchèrent côte à côte, à la même vitesse que le train qui venait de s'ébranler. Blanche aperçut Émilien et lui fit signe. Émilien hocha la tête.

«Il faut que je me dépêche. Mon frère m'attend. Au plaisir, monsieur...

– Lauzé. Clovis Lauzé. Pis je devrais arriver à votre dispensaire demain vers à peu près huit heures du soir. On va être trois.

– A mon dispensaire!

– On vous a pas avertie? On monte des colons demain, en

chalands. Par la rivière Turgeon. On nous a dit que la seule place où on pouvait rester, c'était chez vous.»

Blanche cacha mal son étonnement. Personne ne l'avait avertie que sa maison servirait de relais. Mais l'idée ne lui déplaisait pas. Depuis son arrivée à Villebois, elle avait mis tellement d'énergie dans son travail qu'elle en avait négligé sa vie sociale. Elle rencontrait les gens à la messe, sa seule sortie hebdomadaire dont elle se serait souvent passé.

Blanche essaya de sourire à Clovis Lauzé, même si cette visite non annoncée la prenait un peu au dépourvu. Elle calcula mentalement le nombre de draps dont elle disposait et prit note qu'elle devrait en acheter une paire supplémentaire.

«Je sais pas si j'vas être là. Ça dépend toujours des urgences que je peux avoir. De toute façon, les chambres vont être prêtes.»

Elle décida de rentrer immédiatement à Villebois, malgré les exhortations d'Émilien et d'Alice.

«Je voudrais, Blanche, que tu rencontres mon ami.

– Tu as un ami, Alice?

– Oui.

– Sérieux?»

Alice ne répondit pas, se contentant de regarder au ciel, le sourire aux lèvres. Blanche ricana intérieurement puis son rire muet se changea en rictus. Où étaient-ils ces moments où elle pouvait, à loisir, regarder les hommes qui l'entouraient? Elle n'en avait plus le temps. Elle craignait de s'avouer qu'elle avait presque perdu intérêt.

Elle entra à Villebois pendant la nuit, courut à sa chambre et se hâta de s'endormir. Elle pensa peu à Lorraine, presque fière de constater qu'elle apprenait à se protéger de la souffrance des autres. Tout doucement, elle s'empêchait de porter sur ses épaules tout le poids de la maladie contre laquelle elle ne sortirait que vaincue.

Elle se leva tôt, éveillée par le son des glaçons qui fondaient sous un soleil puissant de sa nouvelle apparition. Elle se précipita à la fenêtre, tira les rideaux et décida d'ouvrir. Elle respira à pleins poumons les odeurs de printemps qui, en une nuit, avaient embaumé l'air de l'Abitibi. Elle ne comprendrait jamais ce pays où, en moins de deux jours, les saisons se chevauchaient. Elle décida de ne plus attendre et d'aller chercher son cheval pour le ramener à la maison.

Par miracle ou parce qu'ils étaient ragaillardis par la venue subite de la chaleur, aucun colon ne vint au dispensaire. Elle acheta les draps qu'elle espérait ne pas avoir à utiliser et marcha jusqu'à la Cache prendre Ti-Zoune. Le cheval, lui sembla-t-il, la reconnut. Elle marcha à côté de lui pendant un demi-mille, puis, enivrée de plaisir, elle décida de le monter, à l'indienne, sans selle. Le cheval la laissa faire et elle le fit galoper, riant toute seule dans cette forêt à peine dégarnie, de sa joie et de sa peur. Le cheval, dont les pattes avaient été engourdies par le froid et le manque d'exercice, apprécia la randonnée.

Elle arrivait au dispensaire lorsqu'elle aperçut un étranger. Le soleil plein la vue, elle plissa les yeux pour reconnaître le vieil homme qui la regardait venir. Elle devina un sourire dont l'éclat des dents était bien à l'abri derrière une épaisse moustache grise. Elle arrêta son cheval et sauta par terre pour avoir une arrivée ressemblant davantage à celle d'une infirmière qu'à celle d'une amazone échevelée. Elle s'approcha rapidement, la main portée en visière, souriant à l'inconnu.

«Bonjour! On peut vous aider?»

L'homme la regarda sans répondre. Elle se demandait s'il était un quêteux qui aurait traîné ses savates et son baluchon à Villebois.

«Vous veniez au dispensaire?»

Il ne répondit toujours pas, s'approchant d'elle en boitillant.

«C'est Blanche, hein? Pas Jeanne.»

Son père! Son père qu'elle n'avait plus revu depuis quatorze ans mais dont Émilien lui avait parlé. Elle laissa tomber la main et ne sachant qu'en faire, commença à froisser son pantalon.

«Tu me reconnais, Blanche? Émilien m'a dit que tu étais ici depuis, ça fait quoi... un an?» Elle hocha la tête en petits coups saccadés et succincts.

«Tu m'invites pas à rentrer?» Elle hocha encore la tête en signe d'assentiment et le précéda, marchant droit, la tête dans ses souvenirs colorés de cheveux bruns et d'yeux bleus et non d'une tête grise et d'yeux absents, voilés par des paupières ridées, tombantes, presque closes.

«Excuse mon apparence. J'ai marché depuis La Sarre. Je suis parti hier. J'avais juste pensé venir vous voir, toi pis Jeanne.» Elle se demandait si elle retrouverait la voix. Cinq minutes plus tôt, elle avait senti que son corps était juteux. Maintenant, il était déshydraté.

«Si ça vous dérange...

– Non, pâpâ. Vous êtes le bienvenu ici. Après tout...»

Elle ne termina pas. Elle allait dire qu'après tout, elle et Jeanne étaient ses filles. Ce lien lui semblait maintenant presque sacrilège. Une pâle imitation de ce qui aurait pu être. Une grimace à ses attentes d'enfant. Il la suivit dans son bâtiment, la regarda débrider Ti-Zoune, un vague sourire aux lèvres. Elle se demandait si elle devait parler et, ne trouvant que dire, se tut. Son père n'était pas plus bavard qu'elle.

«J'aurais peut-être dû écrire avant d'arriver comme ça. A moins que tu sois comme ta mère. Elle, elle a toujours aimé ça quand j'arrivais sans m'annoncer.»

Elle se retint d'ajouter qu'il aurait aussi pu dire s'annoncer sans arriver.

«J'ai su que Paul avait eu la jambe coupée à cause de son diabète.»

Elle frissonna. Il avait dit la jambe coupée et non amputée. Cela résonnait cruellement. Si encore elle avait senti quelque émotion dans son propos.

«Oui. Il va bien.

– Heureusement que c'est une jambe. Ça l'empêchera pas de dessiner pis de faire de la peinture.»

Elle tiqua. Napoléon, il y avait bien des années, lui avait dit que Paul peignait. Elle n'avait vu qu'une toile. Elle n'avait jamais même aperçu de tubes de peinture, de chevalet ou de térébenthine. Et ce père lui répétait la même chose. Elle sortit du bâtiment et se dirigea vers la maison. Elle vit retomber le rideau de la cuisine et sut que Jeanne les avait repérés. Jeanne, elle, l'avait-elle reconnu?

«Regarde!»

Son père avait sorti un papier froissé de sa poche et le lui tendait. Elle le prit et aperçut un croquis de lui-même, tracé d'un coup de crayon nerveux, ressemblant comme une photographie. Un portrait sans yeux, plein de paupières et de poils hirsutes.

«C'est lui qui a fait ça. Ça me ressemble, hein?

– Oui.» Il replia le papier et le remit dans sa poche, prenant cette fois la peine de le protéger dans un porte-monnaie. Blanche fut presque insultée d'apprendre que Paul avait vu leur père et ne lui en avait jamais parlé.

Ils entrèrent et Blanche entendit des bruits de chaudrons. Jeanne avait dû le reconnaître, sans cela elle serait venue à leur rencontre.

«Venez dans la cuisine. Le salon, ici, sert de salle d'attente.

– Vous êtes bien installées. Moi je reste dans un *shack* en bois rond, avec un plancher sur le *rough*. J'ai juste une grande pièce.»

Blanche le regarda et s'empêcha de dire qu'il aurait pu avoir une immense maison dans le rang du Bourdais, à Saint-Tite. Qu'il aurait pu cultiver la terre, avoir du bétail et bien faire vivre sa femme et ses enfants au lieu de les condamner au statut d'orphelins qui leur avait été accroché autour du cœur comme une étiquette sur une poignée de valise. Elle inspira avant de pousser la porte battante de la cuisine. Jeanne avait le dos tourné.

«On a de la grande visite, Jeanne.» Elle espéra que son ton ne trahissait pas trop le tiraillement de ses émotions. Jeanne continua à s'affairer autour du poêle.

«Jeanne?» Blanche s'impatienta presque.

«Bonjour, pâpâ. Vous allez bien?»

Ovila voulut répondre mais il n'osa pas parler à un dos obstinément tourné.

«On a de l'eau chaude. Si vous voulez prendre un bain, faut pas vous gêner. On attend des visiteurs pour souper. Des monsieurs des chemins de fer.»

Blanche était estomaquée. Sa sœur la surprendrait toujours. Non seulement elle ne perdait pas sa contenance, mais encore elle parlait franchement, d'aplomb, sans détour.

«Ça me ferait du bien. Surtout si vous attendez de la visite. Je voudrais quand même pas faire honte à mes filles.»

Blanche entendit un léger trémolo dans sa voix et aperçut une petite veine bleue lui battre aux tempes. Elle s'approcha de lui et lui prit le bras.

«J'vas vous montrer, pâpâ, où faut vous installer. Est-ce que vous avez du linge de rechange?»

Le regard de reconnaissance que lui lança son père la fit fondre. Il y avait quelque chose dans cet homme qui lui faisait vibrer une corde dont elle avait ignoré l'existence.

«Oui. J'ai apporté un habit pis une chemise. Mon intention, c'était de me changer avant d'arriver mais je me suis trompé de chemin pis j'ai pas pris le bon rang. Ça fait que j'ai manqué la Cache. C'est pour ça que j'arrive de même.

– Voulez-vous que je le presse?»

Blanche s'appliqua à écraser un pli depuis longtemps disparu sur un pantalon brun à rayures vertes. Elle riait un peu d'elle-même et de son empressement à repasser les vêtements de son père. Chaque fois qu'elle avait besoin de penser, de se détendre ou de s'occuper, elle chauffait le fer – comme elle s'ennuyait des fers électriques! – et sortait la planche à repasser. C'était devenu une telle manie que Jeanne savait automatiquement qu'elle devait se faire discrète. Elle repassa aussi la chemise, l'humectant généreusement pour la rendre lisse comme une patinoire. Elle frappa à la porte de la chambre des visiteurs et tendit les vêtements par l'entrebâillement.

«J'ai pas pensé à m'apporter de cravate.

– J'en ai.»

Elle choisit une de ses cravates et aida son père à faire le nœud. Il avait, de toute évidence, perdu l'habitude.

Ils s'assirent dans la salle d'attente pendant que Jeanne mettait les couverts, l'un en face de l'autre. Blanche avait troqué son pantalon et sa chemise pour une robe, des bas de soie et des talons hauts.

«J'ai pas vraiment choisi ma journée. Si tu veux que je m'en aille avant que ta visite arrive...

– Restez donc. Vous allez pouvoir nous raconter comment c'était l'Abitibi avant les années vingt. Ça devait pas être drôle.

– Non. Pis oui. Le bois a pas changé. On voit juste plus de clochers, pis de rails, pis de monde. On voit plus de routes, pis de maisons, pis d'écoles. Mais le bois a pas changé. Aimes-tu ça le bois?»

Elle ne s'était jamais posé la question aussi crûment. Son père l'obligeait à s'interroger rapidement.

«Oui. Je passe mon temps dans le bois. Quand il faut que j'aille voir des patients qui restent à quinze milles d'ici, j'essaie de trouver des raccourcis par le bois au lieu de prendre les chemins ou les sentiers. Je fais mes propres sentiers.

– Comme moi.» Blanche pensa à sa mère, qui lui avait dit que la fille qui partait était celle de son père et non la sienne. Elle s'empressa de lui donner un peu de crédit.

«La seule affaire que j'aime pas, c'est les mouches pis les moustiques.

– Comme ta mère.» Elle sourit.

Elle distingua d'abord les voix et tâcha de demeurer calme. Elle ne se leva que lorsqu'elle entendit craquer les planches de l'escalier. Elle ouvrit la porte et Clovis Lauzé demeura le poing en l'air, le geste interrompu.

«Enlevez vos bottes pis entrez donc.»

Elle se demanda pourquoi elle leur avait dit d'enlever leurs bottes. Ils étaient nus bas.

«Vous êtes pas trois?

– Non, deux finalement. Le troisième est resté à La Sarre. Un gros mal de gorge. Je vous présente Jean Lanctôt.»

Blanche vit que la boue qui souillait leur pantalon jusqu'aux cuisses n'était pas encore séchée.

«La montée de la rivière a été dure?

– Non, pas trop. On pouvait pas avoir une plus belle journée. Mais ce soleil-là a fait fondre la neige sur les bords de la rivière. On s'est retrouvés dans la boue jusqu'aux oreilles. Est-ce qu'on pourrait se laver avant de manger?»

Blanche crut qu'ils voulaient tous les deux faire une petite toilette. Ils demandèrent de l'eau chaude pour pouvoir prendre deux bains! Elle soupira et aida Jeanne à remplir des contenants d'eau.

«Si on chauffe de l'eau, où est-ce que j'vas faire à manger, moi?»

Blanche haussa les épaules, agacée, elle aussi, par l'attitude de ses visiteurs. Entre un lieu de dépannage et une auberge, il y avait une marge. Les deux hommes étaient passés directement à l'arrière de la maison. Elle n'avait pu leur présenter son père et en était mortifiée pour lui. Elle l'invita à se rendre dans la cuisine. Il refusa, préférant, dit-il, demeurer seul dans la salle d'attente. Elle s'entêta et il la suivit.

Le repas fut retardé de trente minutes mais Blanche était heureuse de voir, autour de la table, des gens propres et bien mis. Elle jetait un regard occasionnel en direction de son père, qui s'efforçait de manger correctement, déshabitué de le faire en compagnie.

«Vous dites, monsieur Pronovost, que ça fait presque vingt ans que vous êtes en Abitibi?

– Oui.» Blanche tenait sa fourchette comme si cette dernière avait pesé une tonne, craignant de l'échapper à la prochaine question si la question était celle qu'elle anticipait. Clovis Lauzé mastiqua lentement, la regarda discrètement et enchaîna, sourire aux lèvres.

«Votre famille est jamais venue en Abitibi?»

Blanche piqua sa fourchette énergiquement. Jeanne se leva pour remplir l'assiette de légumes et son père releva la tête. Il cligna des yeux, l'air presque offusqué. Blanche le regardait faire, renversé par son sang-froid.

«Oh! oui. Mais ma femme pis moi on a pensé que c'était mieux que les enfants finissent leurs études en Mauricie. Mais presque tout le monde est ici, astheure. Sauf ma femme, qui s'occupe de son frère qui est veuf. On peut pas être à deux endroits en même temps. Moi, j'ai les enfants pas loin. Mon beau-frère a moins de compagnie.

«C'est bien généreux de la part de votre femme.»

Blanche regarda Jeanne et retint un sourire. Leur père était presque aussi finaud que leur mère, qui aurait certainement enjolivé la vérité d'une semblable façon.

«Parlez-nous donc du Manitoba.»

Blanche avait détourné la conversation aussi subtilement qu'elle l'avait pu. Lauzé et Lanctôt, tous deux franco-manitobains, ne se firent pas prier et bientôt tout le monde à table riait aux éclats en les écoutant raconter leurs frasques d'étudiants du collège de Saint-Boniface. Lanctôt était plus discret. Lauzé gesticulait, parlait abondamment et enrobait chaque anecdote de mystères et de rebondissements.

«Tu te souviens, Jean, de ce que faisait le surveillant dans le dortoir?

– Si je m'en souviens...

– Il nous trouvait trop sages. Ça fait qu'il attendait que les lumières soient éteintes puis il lançait une poignée de marbres sur le plancher...

– De quoi?

– De marbres...

– Qu'est-ce que c'est?»

Lauzé chercha un autre mot. A défaut d'en trouver, il décrivit ses marbres.

«Des petites boules de vitre. Vous savez, on les lance sur la terre...

– Ah! des billes!

– C'est peut-être le mot. Nous autres on dit des marbres.

– Ça vient de l'anglais, Clovis. *Marbles*.» Lanctôt l'avait repris sans gêne et Lauzé s'était aussitôt corrigé.

«En tout cas, le surveillant les lançait. Sur le plancher. Ça faisait un bruit d'enfer. Quand les billes arrêtaient de rouler, il ouvrait les lumières et nous chicanait. Il demandait toujours au coupable de se dénoncer. Le lendemain, il y avait à peu près dix gars qui allaient dénoncer leurs voisins. Pis ça amusait le surveillant. Ça a duré un bon bout de temps, jusqu'à ce qu'il nous dise que c'était lui, le coupable!»

Le temps fila rapidement et Blanche commença à retenir les bâillements qui la prenaient par surprise entre deux rires et une gorgée de café refroidi. Elle regarda sa montre. Il lui fallait dormir si elle voulait être en forme pour sa journée du lendemain.

«J'imagine que vous aurez pas d'objections à dormir dans le même lit?»

Lauzé regarda Lanctôt et éclata de rire.

«Je sais que les filles tombent en pâmoison parce que Jean est beau, mais moi j'ai jamais aimé les chauves. J'ai dit à sa femme que je le surveillerais, mais j'ai pas envie de le surveiller d'aussi près...»

Blanche essaya de cacher son agacement. Ils devaient comprendre qu'elle n'était pas installée pour faire des dizaines de lavages de draps. Elle se leva quand même, en souriant, demanda à Jeanne de la suivre et monta à l'étage après avoir pris des draps supplémentaires dans la lingerie.

«Tu parles de beaux imbéciles, toi. Nous faire faire un lit de plus!

– Tu couches dans ma chambre, Jeanne. On va installer pâpâ dans la chambre à côté pis les visiteurs dans les deux autres. Pâpâ va prendre le lit double pis eux autres chacun un lit simple. Seigneur! Pourquoi est-ce qu'ils nous compliquent la vie comme ça?»

Les portes se fermèrent derrière les «bonne nuit». Blanche, troublée, tourna dans son lit, trop épuisée par sa journée. Elle entendit les craquements du sommier du lit de son père puis le silence. Son père s'était endormi. Jeanne aussi. Elle essaya de ne penser à rien mais les images de sa journée, sa longue chevauchée de bonheur, l'arrivée de son père, la soirée avec Lauzé, l'empêchèrent de trouver le sommeil, d'autant plus que Jeanne ne cessait de bouger. Comment avait-elle pu, pendant des années, dormir avec ce ver à chou? Elle se releva, enfila ses pantoufles et un épais peignoir et descendit à la cuisine, résolue à faire la vaisselle. Elle et Jeanne avaient remis cette corvée au lendemain.

«Vous réussissez pas à dormir?»

Elle n'avait pas entendu Lauzé arriver. Elle sursauta, brusquement tirée de ses pensées.

«Non. Trop de café j'imagine.

– Même chose pour moi.»

Sans ajouter un mot, Lauzé s'empara d'un linge à vaisselle et essuya ce que Blanche déposait sur l'égouttoir. Il échappa une assiette qui se brisa sur le plancher. Il se confondit en excuses, malheureux. Blanche s'empressa de ramasser tous les morceaux de porcelaine.

«Je commence juste à faire la vaisselle. Depuis que je suis à Montréal. Faut croire que ça paraît que j'ai été gâté par mes sœurs.

– Chez nous, les garçons la faisaient aussi souvent que nous autres. Ma mère a toujours dit que c'était une question de principe. Elle a jamais voulu que les filles servent les garçons.»

Lauzé tiqua discrètement. Dans sa famille à lui, les hommes vivaient en hommes. Mais maintenant, cette éducation lui semblait déplacée.

«Combien d'enfants est-ce que vous étiez?

– Six filles et trois garçons. Vous autres?

– Cinq filles et quatre garçons.

– Neuf aussi?

– Oui. J'ai une sœur qui a eu la polio. Ça change rien. Même si elle marche avec des béquilles, elle a fait des études pis enseigne. A la maison. Elle a ouvert une classe privée. J'ai deux autres sœurs qui sont religieuses.

– Pas de prêtres?

– Non. Toutes les vocations sont allées du même bord. Chez vous?

– On a failli avoir un prêtre. Mais mon frère a pas pu finir. Manque de santé. Pis j'ai une sœur qui est... lente. Mais elle travaille. A Montréal. Ma mère a passé des années à lui montrer à écrire, à lire pis à compter.

– Vous en parlez souvent de votre mère...

– Je sais pas. J'en parle souvent?»

La conversation ne se termina qu'au dernier chaudron récuré. Lauzé avait changé de ton, posant des questions plus sérieuses, négligeant son côté cabotin.

«Je pense avoir fait une indiscrétion au souper.

– En rapport avec quoi?

– A votre père. Charmant monsieur, votre père. Un vrai livre d'histoire.»

Blanche ne répondit pas, n'ayant nulle envie de révéler ses secrets de famille. Elle suspendit les linges au-dessus du poêle et renoua discrètement sa ceinture.

«Bon. Vous êtes bien aimable de m'avoir aidée. Je pense qu'astheure j'vas pouvoir dormir. Ça m'empêche de dormir quand je sais que ma journée est pas finie. Je déteste me lever pis voir que la veille est encore là.

– Est-ce que ça veut dire que demain, j'vas être obligé de me présenter pis raconter les mêmes histoires?

– Non. Pour vous, c'est pas pareil.» Elle se tut, se demandant pourquoi elle avait dit ça. L'heure tardive lui enlevait trop de retenue.

«Demain, on part de bonne heure. Est-ce que... vous voudriez que je vous écrive? Je sais pas quand j'vas revenir à Villebois. Des fois on s'arrête à Amos. Des fois à La Sarre. Des fois à Senneterre. Ici, on commence juste à monter les gens...

– Vous pouvez écrire.

– Tant mieux.»

Ils remontèrent et Blanche lui souhaita bonne nuit une seconde fois. Elle entra dans sa chambre, ferma la porte doucement et s'y colla l'oreille. Elle entendit Clovis entrer dans sa chambre, s'approcher de son lit et s'y étendre. Elle l'entendit se tourner et se retourner. Elle ne bougea pas, s'amusant de son jeu.

«Tu te couches pas?»

Elle n'avait pas remarqué que Jeanne était réveillée et sursauta.

«Oui, je... fermais la porte.

– Pendant dix minutes?

– Parle pas si fort.»

Jeanne ricana et se rendormit. Blanche s'étendit et contempla le reflet de la lune qui éclairait le mur de sa chambre. Quelque chose en elle lui disait qu'elle venait d'entrer dans une nouvelle saison. Son hiver venait de fondre et elle entrevoyait les bourgeons de la vie. Elle pensa à son père qu'elle aurait voulu détester mais qu'elle trouvait émouvant, malhabile et enfant. Elle avait passé des minutes à l'observer et comprenait un peu mieux ce qui, chez lui, avait séduit sa mère. Elle pensa à Clovis Lauzé et admira son assurance, s'amusa de sa fausse modestie et rit de son sens de l'humour. Elle commença, mentalement, à lui écrire une lettre et s'endormit sur une phrase inachevée dans laquelle elle l'invitait à venir explorer en sa compagnie, les sentiers qu'elle avait tracés dans le bois.

9

Émilie essayait d'empêcher l'émotion de la suffoquer mais les grandes orgues de l'église de Saint-Stanislas ne cessaient de lui faire vibrer le corps au rythme de ses souvenirs, à la cadence du pas qu'Alice avait emprunté, suspendue au bras de son père. Émilie se tourna pour la regarder passer, lui fit un sourire discret et un petit signe de la main qu'elle regretta aussitôt, le trouvant possessif et enfantin. Ovila lui sourit à son tour et la vue d'Émilie s'embrouilla. Dans son aveuglement elle confondait la robe d'Alice avec celle qu'elle-même avait portée trente-six ans plus tôt. Même Ovila, vêtu d'un habit aux teintes sombres, ressemblait, par la démarche qu'il avait adoptée, par l'assurance qu'il feignait avoir, à son père.

Émilie écrasa une autre larme et distingua mieux les jeux de lumière que le soleil de septembre – le même soleil qui avait présidé à son mariage à elle – s'amusait à faire dans la nef. Les nuages occasionnels faisaient momentanément disparaître l'éclat des vitraux pour ensuite permettre au soleil de revenir en maître sur le maître-autel. En conquérant des yeux et des émotions.

Émilie se moucha silencieusement. Elle aurait tant aimé que tous ses enfants fussent présents. Ils n'étaient pas là. Émilien, Marie-Ange, Jeanne et Rolande s'étaient déplacés. Blanche, Paul, Clément et Rose étaient absents.

Alice avait insisté pour que son père fût présent, allant même jusqu'à acheter les vêtements dont il aurait besoin. Émilie n'avait pu s'objecter. Depuis toujours, ses enfants avaient discrètement essayé de replâtrer le couple qu'ils avaient cessé de former près de vingt ans plus tôt. Maintenant qu'à leur tour ils étaient adultes et bâtissaient ou prévoyaient fonder des familles, la leur leur apparaissait encore plus débridée. Alice avait tellement insisté qu'Ovila avait écrit à Émilie pour s'assurer qu'elle n'aurait pas d'objections à ce qu'il vienne d'Abitibi. Sa lettre avait croisé celle qu'Émilie lui avait expédiée, lui demandant d'être présent pour éviter de blesser le cœur de leur fille.

La cérémonie et la réception qui avait suivi se déroulèrent sans accrochage. Ovila ne but presque pas, essayant d'être attentif aux questions que lui posaient les jeunes aventuriers du Nord qu'Alice avait convoqués à sa noce. Émilie avait préparé le repas et avait pu accueillir tous les jeunes chez son frère. Elle était incapable de faire sienne cette maison. Depuis qu'elle avait pris sa retraite, elle avait l'impression de n'habiter nulle part et de vivre dans l'expectative d'une journée qui bouleverserait toutes les suivantes.

La nuit tomba rapidement et les convives se dispersèrent après avoir escorté les nouveaux mariés à la gare. Émilie rentra à pied avec Rolande et Ovila, les autres enfants ayant trouvé meilleur endroit pour se nicher. Rolande marcha d'un pas rapide, laissant ses parents loin derrière, essoufflés et fatigués de leur journée. Ovila prit le bras d'Émilie autant pour la soutenir que pour s'aider, lui, à marcher droit, sans trop traîner sa jambe atrophiée. Émilie ferma les yeux et essaya de revivre cette soirée qu'elle avait vécue avec lui au lac à la Perchaude. Elle retrouvait les sons et les odeurs. Elle entendait Ovila lui parler, les yeux pétillants de plaisir et de désir. Elle se revoyait dans l'eau tiède du lac, offrant sa nudité pour accueillir la sienne.

Elle s'écouta marcher et sourit presque de dépit. Où étaient-elles ces belles années durant lesquelles la vie avait eu son mot à dire tous les jours? Bientôt elle aurait cinquante-huit ans. Ses jambes et son cœur en supportaient beaucoup plus.

«Je te regarde, Émilie, pis je trouve que tu as pas tellement changé.»

Elle lui jeta un coup d'œil et sourit.

«Toi non plus. Quand tu te donnes la peine d'avoir un habit qui a de l'allure pis que tu te fais couper les cheveux pis raser par le barbier, tu es presque aussi beau qu'au début du siècle.»

Il éclata de rire. Elle ferma les yeux pour s'imprégner de la clarté de ce rire. Ce son, plus que tout, lui avait terriblement manqué.

«Pourquoi est-ce que tu ris comme ça?

– Nous entends-tu? On parle du début du siècle. Bientôt on va arriver aux années quarante. Pis on parle du début du siècle comme si c'était hier. J'ai l'impression qu'on est vraiment passés de l'autre côté de la clôture.

– Ça fait longtemps, Ovila.»

Ils entrèrent dans la maison et Émilie s'affaira à ranger les derniers vestiges de la journée. Ovila s'assit dans le salon, alluma une pipe qui tenait seule dans une crevasse de ses lèvres creusée par l'habitude et le temps. Son beau-frère et sa fille s'étaient couchés. Émilie vint enfin le rejoindre et s'écrasa dans un fauteuil en face de lui. Il la regarda et sourit.

«J'ai presque eu peur de pas arriver à temps. Le train s'est arrêté pendant une heure. On n'a jamais su pourquoi.

– L'important c'est que tu sois venu. Alice était contente.

– Hum.»

Elle se leva et prit une assiette de sucre à la crème. Elle se choisit un morceau et en offrit à Ovila, qui refusa. Elle mâcha lentement, savourant chaque granule du sucre doux et onctueux qui lui gâtait les papilles. Ovila ne la quittait pas des yeux et elle le savait. Elle eut soudainement envie d'effacer le temps. De retourner en arrière et de le séduire malgré ses cheveux presque blancs, malgré son poids honorable, malgré sa fatigue de la journée. Elle ressentit le besoin irrésistible de placer sa tête sous son aisselle, simplement pour se faire croire que sa vie n'était pas terminée. Une fois, une fois seulement, l'accueillir sans crainte d'avoir un autre enfant. Pour le plaisir.

Elle se leva et monta à sa chambre. Rolande était bien installée dans leur lit.

«Ce soir, Rolande, tu vas coucher dans la chambre des visiteurs.»

Les dix-neuf ans de Rolande furent scandalisés. Elle sortit de la chambre, incapable de comprendre ce qui poussait sa mère à agir de cette façon. Émilie redescendit au salon et tendit une main à Ovila. Il posa sa pipe dans un cendrier et la suivit, fébrile d'anticipation. Il s'assit sur le lit pour se déchausser. Émilie se souvint qu'il avait toujours enlevé ses souliers d'un coup de talon. Son agilité l'avait quitté. Elle se tourna pour se regarder dans le miroir et aperçut le reflet d'une belle indienne, jeune et ferme, yeux bridés et éclatants de noir et d'ambre. Émilie se mit à trembler. Elle avait presque oublié cette femme rencontrée plusieurs années plus tôt. Une femme docile, silencieuse et souriante. Une femme qu'Ovila avait essayé d'épouser, malgré son existence à elle et celle de leurs neuf enfants. Elle était partie de Saint-Tite en catastrophe, confiant à Blanche la responsabilité de la famille et de l'école. Elle était partie en hurlant presque son humiliation. Les rumeurs, dans ce pays, voyageant plus rapidement que le courrier, elle avait appris l'aventure et le mariage prochain d'Ovila entre deux magasins et trois courses. Elle était arrivée à Duparquet en coup de vent, avait trouvé le chalet de bois rond d'Ovila et était entrée sans frapper. Cette femme, qu'Ovila appelait Rayon de Lune, s'était redressée, offrant en un éclair toute la fierté de ses ancêtres. Émilie avait commencé à bafouiller. Ovila avait vainement essayé de la calmer. Son incohérence s'était rapidement changée en colère.

«Si tu penses, Charles Pronovost, que de faire publier des bans en te faisant appeler Alvida, ça rend ton secret moins évident, tu te trompes. Il y a quelqu'un du Bourdais qui était en visite dans la paroisse. La troisième publication! Tu étais rendu à la troisième publication! Pis personne savait qu'il y avait un empêchement au mariage qui ressemblait à une femme pis neuf enfants! Franchement... franchement...»

Elle avait éclaté en sanglots et Rayon de Lune était discrètement disparue comme elle venait de le faire à l'instant. Émilie n'apercevait plus que l'image de la vieille femme qu'elle était. Une vieille femme dont les larmes trouvaient facilement leur chemin dans les rides du visage qui leur était familier. Elle reboutonna sa robe et se tourna vers Ovila.

«Je suis pas fatiguée. J'vas aller prendre un café. Toi couche-toi pis essaie de t'endormir. Tu as le voyage dans le corps en plus.»

Ovila secoua les épaules.

«Tu penses à Rayon de Lune?»

Elle ferma les yeux. Comment se pouvait-il qu'après autant d'années d'éloignement, ils puissent encore se deviner? Elle hocha la tête. Il se leva et vint se placer derrière elle. Encore une fois, elle regarda le miroir. Elle essaya de retrouver dans leurs rides la peau lisse de leur jeunesse.

«Si ça peut te consoler, elle est partie depuis six ans.

– Tu as été avec elle pendant combien de temps?

– Dix ou douze ans. J'ai jamais compté.

– Est-ce que les enfants l'ont connue?

– Non. J'ai jamais voulu.

– Pourquoi est-ce qu'elle est partie?»

Ovila se pinça les lèvres. Émilie fronça les sourcils. Elle aurait juré qu'il retenait une envie de rire. Elle se tourna et le regarda bien en face.

«Pourquoi?»

Maintenant elle avait la certitude qu'il voulait rire. Son hilarité commençait à lui soulever les épaules. Elle le fixa, perplexe, et sourit à son tour.

«Qu'est-ce qui te fait rire comme ça?»

Il éclata, se précipita vers le lit et s'y laissa tomber, sur le dos, bras en croix. Il pinçait les lèvres pour ne pas éveiller la maisonnée mais le sommier craquait sous ses côtes. Émilie s'approcha de lui, prête à le suivre dans sa folie.

«Pourquoi?»

Ovila secoua la tête.

«Tu le croiras pas...

– Cesse de rire pis dis-le. On sait jamais. Peut-être que j'vas trouver ça drôle, moi aussi.

– Ho! oui, tu vas trouver ça drôle.» Il reprit son souffle. «Tellement drôle que je gagerais que tu vas t'écraser à côté de moi pis rire à t'user les côtes.» Il se tenait maintenant le ventre. «Émilie, Rayon de Lune est partie parce que... parce que...

– Parce que?...

– Parce que j'étais toujours à la maison!

– Non?

– Oui. Elle m'a dit que les femmes devaient prendre soin des enfants pis attendre leur mari qui allait à la chasse pis à la pêche. Elle a dit que c'était pas normal qu'un homme soit toujours à la maison. Comme je suis garde-forestier pis que ma jambe vaut pus rien, c'est évident que je courais pus le bois. Rayon de Lune aurait voulu que j'apporte du poisson à fumer pis des peaux à tanner. Elle s'ennuyait!»

Émilie aurait voulu être blessée ou choquée mais le ridicule de la vie lui apparut et elle éclata. Elle s'écrasa à côté d'Ovila hurlant de rire. Elle essaya d'imaginer à quoi ils pouvaient ressembler. Un vieux couple, élimé comme ses couvertures de la Belgo. Elle savait que ce qu'elle avait à nouveau envie de faire était sûrement immoral mais ce goût de folie l'attirait plus que tout. Elle oublia les années et s'abandonna dans les bras d'Ovila, presque étonnée de sentir son corps vibrer, presque renversée d'entendre la réponse du sien.

Ovila partit le lendemain. Rolande ne les accompagna pas à la gare, prétextant qu'elle devait préparer ses cours. Émilie marcha donc seule avec lui, le pas léger, le cœur battant. Le train arriva avec un peu de retard.

«En tout cas, Émilie, si tu veux venir en Abitibi...

– Non, jamais.

– Si tu voulais que je vienne habiter Saint-Stanislas...

– Non plus...

– Tu veux vraiment plus être ma femme...»

Elle l'interrompit en éclatant de rire.

«Ça fait tellement d'années que je suis pus ta femme que j'ai l'impression de t'avoir forcé à tromper les autres.»

Ovila la dévisagea. Elle ne sut si elle devait lire de la tristesse dans son regard.

«Pour parler franchement, Ovila, je pense que j'aimerais ça jamais te revoir. Tout oublier pis garder cette nuit en souvenir. Penses-tu que ça peut se faire?

– Tout oublier?

– Non. Garder juste une nuit de souvenirs.»

Elle savait qu'elle venait de le repousser dans ses derniers retranchements.

«C'est ça que tu veux?

– Oui.

– Ça se peut, d'abord. Pis si ça peut t'aider», il regarda autour de lui pour s'assurer que personne ne pouvait entendre leur conversation avant de poursuivre, «je peux te dire que Rayon de Lune a jamais eu la peau aussi douce que la tienne. Pis jamais elle a senti aussi bon que toi.

– C'est parce que tu avais oublié la marque de mon eau de toilette. Tu aurais pu arranger ça.

– J'ai jamais voulu.»

Ils ne parlèrent plus. Le train entra en gare et Ovila monta. Émilie souriait. Enfin un départ qui la réjouissait. Enfin une rupture nette, sans regrets, sans remords. Elle le salua une dernière fois et tourna les talons sans attendre que le train quitte la gare. Elle rentra lentement, savourant la fraîcheur ensoleillée de septembre, pensant que c'était de loin le plus beau mois de l'année.

10

Blanche avait le nez collé à la fenêtre. Clovis, qu'elle n'avait plus revu depuis le début du mois d'août, lui avait écrit pour annoncer sa visite. Elle n'en pouvait plus d'attendre, craignant, comme cela se produisait chaque fois qu'il venait, qu'une urgence ne l'éloigne de la maison. Elle se limait les ongles, déçue d'être incapable de les laisser allonger. Elle les gardait toujours courts pour éviter d'égratigner un malade ou un nouveau-né.

Elle l'aperçut enfin. Il était seul. Elle courut à la cuisine et s'empressa d'enlever le couvert qu'elle avait mis pour Lanctôt. Pendant une seconde, elle eut peur du tête à tête qui s'annonçait, Jeanne ayant pris quelques jours de congé pour assister au mariage d'Alice. Blanche revint à la porte qu'elle ouvrit avant même qu'il ne commence à monter l'escalier.

«Bonjour! Le voyage a été agréable?

– Oui, madame.»

Elle souriait sans raison en le regardant se déchausser et frapper ses bottes l'une contre l'autre pour enlever la boue qui y adhérait.

«Jean est pas avec toi?

– Non. Sa femme est sur le point d'accoucher. Il est resté à Montréal.»

Il appuya ses bottes sur le mur à côté de la porte et l'incita à entrer devant lui en la poussant délicatement. Elle marcha jusqu'à la cuisine, jetant dans son bureau et la salle d'attente un regard inquiet pour s'assurer que tout était à l'ordre et sans poussière.

«J'ai pas eu le temps de faire un souper bien extravagant. J'ai eu deux urgences. Pis en revenant, un colon m'a arrêtée sur le bord du chemin pour que je lui arrache une dent.

– *Ouch*!

– La dent branlait comme la tête d'un arbre qu'on scie. J'ai pas eu trop de misère. Mais ça m'a fait drôle de voir mon gars installé en plein champ, assis sur une bûche. Des fois, ça prend toute mon imagination pour me rappeler à quoi ça ressemble une clinique dentaire.

– Tu t'ennuies de l'hôpital?

– Non! Mon Dieu non!»

Blanche se réfugia dans ses souvenirs en arrosant le rôti qu'elle avait mis au feu. Clovis s'était attablé.

«Jeanne est pas ici?

– Non. Elle est à Saint-Stanislas. Au mariage d'Alice.»

Blanche savait que cela signifiait que Clovis devrait dormir à la Cache. Elle mit l'eau à bouillir pour les pommes de terre et les carottes et commença à râper un chou pour faire une salade.

«L'été est déjà fini. On recommence la salade de chou.»

Clovis ne réagit pas. Il semblait fatigué et ne cessait de se frotter les sourcils. Elle ne posa pas de questions, préférant attendre qu'il parle, ce qu'il faisait fort bien. Malgré cela, elle ne parvenait pas à le comprendre. Tantôt il riait et blaguait, la minute suivante il redevenait sérieux et parlait des pauvres gens que lui et ses collègues de travail allaient chercher dans des taudis ou carrément dans les rues et les abris de secours. Elle ne l'avait vu que quatre fois depuis sa première visite. Quatre fois dont elle chérissait les instants aussitôt qu'il quittait pour une nouvelle mission.

La soirée fut calme et sans rebondissements. Ils mangèrent et firent la vaisselle. Blanche ne put s'empêcher de penser qu'ils ressemblaient à un vieux couple. Elle n'éprouvait pas pour lui de sentiments aussi violents que ceux qu'elle avait connus avec Napoléon. Jamais elle ne se ferait arracher de dents pour lui ressembler. Clovis n'avait pas la beauté de

Napoléon. En revanche, ils se ressemblaient par leur altruisme. Elle-même avait vieilli. D'avoir été encore plus pauvre que les pauvres, pauvre chez les riches et maintenant, presque riche chez les moins bien nantis, elle avait l'impression d'avoir connu toutes les conditions de vie possibles. Clovis, lui, venait d'une famille ressemblant à la sienne. A deux différences près. Ses parents avaient obligé leurs quatre fils à étudier pour obtenir au moins un baccalauréat ès arts. Ensuite, la religion semblait avoir une énorme emprise sur leur vie. Elle s'en était légèrement moquée pendant qu'ils faisaient la vaisselle et Clovis lui avait répondu que la religion avait permis aux Franco-Manitobains de survivre. Que sans la présence des communautés religieuses, la langue française aurait disparu, aussitôt la frontière ouest du Québec franchie. Elle savait qu'elle ne pouvait comprendre ce dont il lui parlait. Elle-même ne connaissait ni oui ni non en anglais et jamais elle n'avait senti le besoin de l'apprendre. Lui, par contre, le parlait aussi bien que le français. C'est d'ailleurs pour cette raison, elle en était certaine, qu'il avait réussi à trouver un bon emploi aux chemins de fer. Son oncle Oscar, qui depuis presque toujours était chef de gare, devait aussi son avancement au fait qu'il parlait l'anglais. Blanche était loin de se douter que son père avait échoué à la Belgo parce qu'il était francophone.

«Est-ce que tu veux jouer une partie de poker?

– Je sais pas jouer à ça!

– Il est grand temps que tu apprennes.»

Ils sortirent les cartes et Blanche essaya de gagner quelques cents. Elle n'avait pas encore compris les subtilités du jeu que déjà Clovis bâillait en essayant de garder la bouche fermée. C'est seulement parce qu'elle voyait l'eau lui baigner les yeux qu'elle comprit les efforts qu'il faisait pour empêcher le sommeil de l'envahir.

«Tu vas être ici demain?

– Non. Je repars pour Amos vers deux heures du matin. En auto.

– Ça a pas d'allure. Tu viens juste d'arriver à Villebois!»

Il s'étira et la regarda en souriant.

«C'est que je suis pas supposé être ici.

– Comment ça?

– J'ai fait un petit détour pour venir te voir. Faut que je sois à Amos demain matin. Après ça, faut que je prenne le train après souper. Pis j'imagine que j'vas écrire toute la nuit. J'ai une causerie à préparer pour la radio.

– Deux nuits blanches!

– Trois. J'ai pas dormi non plus la nuit dernière. Le bureau m'a demandé d'écrire un rapport sur tout ce qui se fait ici. Étudier les possibilités d'installer des immigrants. Ça rentre à pleine porte d'Europe, d'Allemagne, d'Italie.

– On va avoir des Allemands à Villebois?

– Non. Les Allemands s'en vont surtout dans les provinces de l'Ouest. Pas ici. C'est justement ce que je suis en train de dire dans mon rapport.»

Il se leva et la regarda en souriant. Elle avait le cœur légèrement dans l'eau, furieuse contre elle-même de ne pas avoir compris sa fatigue. Déçue d'apprendre qu'il repartait immédiatement. Elle aimait tellement le calme qui l'entourait. Tout ce qu'il faisait était feutré, sauf quand il parlait aux gens. Mais quand il était avec elle, il reprenait un ton de confidence, parlant peu, réfléchissant beaucoup. Cela lui faisait le plus grand bien, surtout quand elle avait couru d'un rang à l'autre, d'une maison à l'autre, d'un chevet à l'autre.

«J'vas quand même pas te mettre dehors. Si tu pars à deux heures, j'aime autant que tu restes ici.»

Il sourit encore, découvrant sa fossette de la joue gauche. Il n'en avait pas dans la joue droite. Il monta à l'étage et entra dans la chambre qui lui était attitrée. Elle lui souhaita bonne nuit et marcha jusqu'à la sienne, se demandant s'il aurait été convenable qu'elle l'embrassât.

Blanche fut éveillée par l'effrayante sonnerie de son réveil. Elle se leva, presque somnambule, et vit qu'il dormait encore. Elle descendit à la cuisine et prépara du café fort. Elle l'entendit bouger et suivit ses pas en écoutant le craquement des planchers, au-dessus de sa tête. Ils parlèrent peu, combattant tous les deux une puissante envie de retourner au lit. Ils aperçurent les phares d'une automobile, se dandinant au rythme des cahots du chemin de terre gelé. Clovis se leva d'un bond en regardant sa montre.

«Dix minutes d'avance.» En une seconde, il fut parfaitement réveillé. «J'avais prévu prendre ce temps-là pour te dire que je fais un assez bon salaire pis qu'on parle de me donner une promotion d'ici deux ans. Ça devrait doubler mes paies. Si par hasard ça t'intéressait de revenir à Montréal pis d'entendre parler un franco qui roule ses "r", fais-le-moi savoir dans tes lettres.»

Blanche échappa sa cuiller. Jamais elle n'avait imaginé une demande en mariage aussi peu romantique. Elle ne répondit rien, trop abasourdie, se contentant de le suivre dans le couloir. Il enfilait un coupe-vent en continuant de parler.

«Je sais que j'aurais pu te parler de tout ça plus longuement. J'ai essayé hier soir... c'est pour ça que je suis venu... mais en tout cas. Faut croire qu'un gars des plaines est pas aussi confortable qu'on pense quand on le transplante dans la forêt.»

Il lui plaqua une bise maladroite sur la joue et sortit sans ajouter un mot, se contentant de lui faire un signe de main avant d'entrer dans l'automobile.

«Clovis? Clovis, tu reviens quand?

– Pas avant quatre semaines.

– Ça nous amène à la fin d'octobre!

– Si tout va bien. Je t'écris.»

Elle perdit de vue les deux phares et rentra. Elle savait qu'elle ne pourrait dormir. Elle fit donc chauffer de l'eau et entreprit de frotter les planchers, qui n'avaient absolument pas besoin d'être lavés. Aussitôt cette tâche terminée, elle sortit son fer et sa planche à repasser.

Jeanne revint et lui raconta dans le menu détail la noce d'Alice. Blanche aurait bien aimé y assister mais elle détestait laisser le dispensaire pour plus d'une journée. Abandonner ses malades et rater une visite de Clovis eût été trop lui demander. Jeanne chantonna pendant une semaine sous son regard inquisiteur.

«Ça te dérange pas, Blanche, si je descends à La Sarre dimanche?

– Non, pourquoi?

– Parce que je pense que j'vas descendre à La Sarre assez souvent. Au fait, Blanche, tu devrais aller à des mariages une fois de temps en temps. Ça donne des idées pas bêtes pantoute.»

Blanche rougit, se demandant si sa sœur avait eu vent de la visite de Clovis et de sa proposition. Elle s'empressa d'enfiler son manteau et d'aller voir des patients qui avaient davantage besoin d'encouragements que de soins.

Le mois d'octobre avait filé rapidement. La lettre ne venait pas. Trois fois, Blanche avait rempli sa plume fontaine et s'était installée à son bureau pour écrire sa réponse. Trois fois, elle était restée la main en l'air pendant tellement de temps que l'encre avait séché, l'obligeant à secouer violemment son poignet pour réhumidifier la pointe. Trois fois, elle avait jeté la lettre au panier. Depuis la visite de Clovis, elle n'avait pas posté de lettre. Elle avait tellement travaillé qu'elle n'avait pas eu le temps d'enrober convenablement les mots de sa réponse. Chacune des lettres lui avait semblé froide. Elle y lisait autant de distance qu'entre Villebois et Montréal. Elle ne savait comment dire ce qu'elle avait à dire. Comment parler de son enfance après avoir négligé de le faire chaque fois qu'elle l'avait rencontré? Comment parler de ses parents? Certaine qu'il prendrait ses jambes à son cou, elle se résigna enfin, à la mi-novembre, à lui écrire qu'elle préférait rester à Villebois et continuer la vie qu'elle y menait. Moins de deux semaines plus tard, elle reçut deux lettres la même journée. Elle ouvrit la première dans laquelle Clovis se languissait d'avoir de ses nouvelles, lui réitérant sa proposition, la détaillant, l'alléchant autant qu'il le pouvait. Dans la seconde lettre, il disait avoir reçu la sienne et ne savait comment exprimer sa déception. Blanche la relut au moins vingt fois, jusqu'à ce qu'elle puisse se la répéter par cœur, l'âme en sang, la révolte dans le corps.

Clovis ne vint plus à Villebois, ses collègues le remplaçant pour ces déplacements. Blanche les accueillit avec gêne, sachant qu'ils devaient être au courant de sa rupture. Elle prenait toujours des nouvelles de Clovis et écoutait attentivement les réponses. Elle se demandait s'ils pouvaient voir à quel point elle regrettait d'avoir été forcée de prendre sa décision et à quel point ce bouffon aux «r» de fanfare lui manquait. Elle découvrit au fil des conversations que Clovis avait été terriblement malade, ayant fait, à l'âge de dix-neuf ans, une hémorragie cérébrale qui l'avait d'abord rendu aveugle. Par la suite, il avait partiellement recouvré la vue, mais pendant quinze ans, il avait souffert de maux de tête tels qu'il n'avait pu tenir d'emploi régulier. Son travail aux chemins de fer était son premier et il le devait à une de ses sœurs. Il avait tout fait, avait-elle appris, pour se soigner de ce mal envahissant, allant jusqu'à la Clinique Mayo de Rochester, au Minnesota.

«Mais tu connais Clovis, Blanche. Il s'est rendu jusqu'à la porte de la clinique, pis rendu là, il a pensé à tout l'argent que sa sœur aurait à dépenser pour le faire soigner. Ça fait qu'il est retourné à la gare et est rentré à Winnipeg.

– Sans voir de médecins?

– C'est ça. Il avait des bonnes chances de pouvoir se faire opérer les yeux pour mieux voir. Pis il avait des bonnes chances qu'ils trouvent le moyen de faire passer ses maux de tête. Mais il est pas allé. Nous autres, on le taquine en lui disant que c'est parce qu'il avait peur. Mais on pense que c'est parce qu'il voulait pas dépenser l'argent que sa sœur avait mis de côté pour lui. Il nous le dira jamais.»

Blanche avait souri intérieurement. Ainsi, lui aussi avait ses petites cachettes. Ce soir-là, pendant que les amis de Clovis dormaient, Blanche lui avait écrit pour lui dire qu'elle acceptait sa demande en mariage. Puis, craignant qu'il ne pense qu'elle avait pitié de lui, elle brûla la lettre.

Le mois de décembre arriva sans crier gare. Elle n'avait pas remis Ti-Zoune à la Cache, la neige n'étant pas encore assez épaisse pour qu'elle puisse atteler son traîneau. A chaque soir, elle couvrait son cheval de trois couvertures pour être certaine qu'il ne prendrait pas froid. Elle avait aussi entouré sa stalle de foin pour qu'il puisse se tenir au chaud plus facilement. Elle voyait arriver les Fêtes avec aversion, le cœur toujours comprimé d'ennui dans sa poitrine. Elle se décida à expédier une carte de bons vœux à Clovis, évitant de personnaliser le mot qui y était déjà inscrit, se contentant de signer son nom pour le faire sien. Elle ne reçut pas de réponse. Blessée, elle acheva de rédiger son rapport annuel et espéra qu'il lui ferait la surprise d'arriver.

Le vingt et un décembre, elle s'apprêtait à se coucher lorsqu'elle entendit des pas ébranler la galerie. Elle se releva d'un bond et descendit l'escalier à la course, espérant voir apparaître Clovis mais prête à quitter le dispensaire pour une urgence. Elle ouvrit la porte et poussa un cri.

«Au secours, au secours, garde Pronovost! Mon cœur! Mon cœur! Haaaa! Mon cœur.

– Moman!»

Blanche éclata de rire et se précipita dans les bras de sa mère.

«C'est trop ennuyant de passer sa fête toute seule. Ça fait que hier, en voyant le beau ciel, j'ai décidé de me dépêcher pis de prendre le train. Sans dire que dans le ciel, j'ai vu les oies blanches qui descendaient du Nord. J'ai pensé que c'était le temps que moi j'y monte. Jeanne est pas ici?

– Non. A La Sarre.

– Hum.»

Blanche regardait sa mère rouler la pâte à beignes, brasser le ragoût, laisser monter la pâte à pain, tout près du poêle, abaisser sa croûte pour faire des tourtières et elle aurait voulu lui crier de cesser de s'activer et de s'asseoir deux minutes pour qu'elle puisse lui parler. Mais au lieu de cela, elle tamisait la farine pour les beignes, grillait celle du ragoût, cherchait le soda à pâte en se demandant où Jeanne l'avait placé, vérifiait si la levure avait assez chauffé et ne cessait de remercier sa mère d'être venue lui tenir compagnie. Sa mère lui souriait le plaisir qu'elle avait à être avec elle et retroussait cette mèche qui lui tombait sur le front, se blanchissant la figure de farine et riant en disant qu'un peu plus velue, elle aurait fait un charmant *Santa Claus*.

Blanche quittait la cuisine, se hâtant d'enlever son tablier dès que des patients entraient et sa mère la regardait faire, visiblement fière d'elle, résistant mal à l'envie de se trouver un prétexte pour aller écouter les commentaires des gens qui étaient dans la salle d'attente.

Jeanne était revenue et malgré sa joie et son étonnement de voir sa mère, elle avait annoncé qu'elle serait absente le jour de Noël. Blanche avait regardé sa mère en haussant les épaules. Cette «fugue» était prévisible.

Émilie et Blanche réveillonnèrent en tête à tête au retour de la messe de minuit. Elles avaient marché, le sol n'étant toujours pas blanchi.

«Voulez-vous d'autres betteraves, moman?

– Non, merci. J'aimerais mieux me sucrer le bec.

– Du sucre à la crème d'abord?

– Non. J'ai fait la promesse de pus jamais manger de sucre à la crème.»

Blanche sourcilla mais préféra ne pas en demander la raison. Si elle connaissait bien sa mère, elle savait qu'elle n'aurait pas de réponse.

«Pis, Blanche? Est-ce que tu vas être ici encore longtemps?

– A Villebois?

– D'où c'est que tu veux que je parle!

– Je pense que oui.

– Même si Jeanne se marie au printemps?

– Jeanne se marie au printemps?»

Émilie éclata de rire.

«Blanche, je te comprendrai jamais. C'est toi qui restes avec elle, pas moi. Il me semble que tu devrais savoir ça. A moins que Jeanne ait pas voulu te compliquer la vie pis qu'elle t'en a pas parlé.»

Blanche grimaça. Jeanne avait lancé quelques allusions mais elle avait pensé qu'elles étaient des rêves ou des souhaits et non des réalités. Blanche savait aussi qu'elle n'avait pas vraiment voulu entendre, le son d'une cloche, même anticipé, lui résonnant douloureusement dans le cœur.

«Est-ce que tu vas te faire allonger les cheveux pis recommencer à les friser?»

Elle n'avait pas entendu la question de sa mère et la lui fit répéter. Elle savait que sa mère désapprouvait probablement sa tenue de travail, pas assez féminine.

«Non. C'est plus pratique comme ça.»

Sa mère se leva et monta à sa chambre. Elle en redescendit avec trois boîtes bien emballées.

«Tiens. Joyeux Noël, ma fille.»

Blanche défit le ruban de la plus grosse et le plia. Émilie sourit, reconnaissant là une de ses vieilles manies. Blanche déballa ensuite le papier et le posa sur la table, sans le froisser. Elle ouvrit enfin la boîte et sourit.

«Hon! Moman. Vous auriez pas dû. Une belle jupe comme ça dans un tweed anglais!

– Regarde comme il faut, Blanche.»

Blanche prit le vêtement par la taille et le laissa pendre devant elle.

«Qu'est-ce que c'est ça?»

Émilie éclata de rire.

«On m'avait dit que tu portais des culottes, des chemises pis des cravates. J'ai trouvé que c'était une bonne idée. J'ai juste décidé de l'améliorer. J'ai vu une jupe comme ça dans le journal. C'est les femmes des rois en Angleterre qui portent ça pour faire du cheval. Ça a l'air d'une jupe, mais en fait, c'est comme une culotte.»

Blanche éclata de rire et monta à sa chambre essayer la jupe avant même d'ouvrir les deux autres boîtes. Elle redescendit et parada devant une Émilie ravie.

«J'ai pris les mesures sur Alice, en septembre. Jeanne m'a dit que vous aviez la même taille. Ouvre le deuxième.»

Blanche obéit, cette fois un peu plus fébrile. Elle en sortit un chemisier avec un col cravate. Elle poussa encore un cri de joie et alla l'enfiler dans son bureau. Le troisième colis contenait le camée monté en broche de sa mère.

«J'ai pensé que ça serait beau sur la *blouse*.»

Blanche était émue. Ce camée avait toujours fait partie des grands jours. Ce bijou était le seul, avec son alliance, que sa mère avait toujours conservé. Elle aurait voulu la remercier mais en était incapable. Elle s'excusa et sortit de la cuisine, se planta devant un miroir et éclata presque en sanglots, se ressaisissant à la dernière minute, balaya son chagrin d'un bon reniflement et retourna à la cuisine en regrettant d'avoir posté le présent qu'elle avait choisi pour sa mère.

Elle fut occupée pendant toute la durée des Fêtes, regrettant parfois de laisser sa mère. Jeanne était rentrée mais était repartie pour le jour de l'an.

«Pourquoi est-ce que vous venez pas à La Sarre toutes les deux? Émilien veut que vous soyez là pour vous présenter quelqu'un... je devrais dire quelqu'une de spéciale.

– Dis à ton frère qu'en descendant j'vas m'arrêter.»

Blanche avait apprécié le geste de sa mère et s'était excusée poliment de son absence. Elle était incapable de laisser la population de Villebois sans infirmière.

Dans la nuit du trente et un décembre au premier janvier, elle et sa mère sortirent, sur le coup de minuit, pour regarder le ciel.

«C'est de valeur que ça soit pas la saison des étoiles filantes, Blanche, parce que je t'aurais dit de faire un vœu.

– J'ai rien à désirer, moman. Ici, j'ai tout ce que je veux.»

Émilie la regarda en hochant la tête et lui sourit doucement.

«Tu apprendras pas à un vieux singe à faire la grimace, Blanche.

– Je vous jure, moman...

– Jure pas, ma fille. Tu as pas une bonne hérédité pour tenir des promesses.»

Émilie demeura à Villebois pendant deux semaines et Blanche n'eut jamais le courage de lui parler de ce qui la troublait. D'avoir sa mère près d'elle avait presque adouci son ennui. Mais les rires de Clovis manquaient sérieusement à cette maison qui sentait l'éther et l'encaustique.

Blanche se couchait tous les soirs en essayant d'imaginer l'endroit où il vivait, à Montréal, se refusant à croire qu'il pouvait respirer et dormir quelque part en Abitibi. Elle pleurait discrètement son manque de courage et de franchise. Elle sanglotait le mutisme de Clovis, s'interrogeant toujours pour en connaître la véritable raison. Elle savait qu'elle avait laissé filer la seule alternative à cette vie qu'elle menait, qui aurait pu la combler.

11

Le froid de janvier était tellement mordant que Blanche ne savait plus comment réchauffer sa maison. A tous les jours, elle demandait à Jeanne d'ajouter des bûches dans le poêle et elle-même veillait à ce que sa petite fournaise de plancher fût toujours brûlante pour éviter que ses patients ne grelottent. Elle savait que sa maison était une des plus confortables et chaque fois qu'elle s'absentait pour faire une visite, elle revêtait trois ou quatre chandails de laine pour pouvoir enlever son manteau. Le froid s'immisçait partout: dans le dispensaire comme dans sa chambre, dans la cuisine comme dans le hangar. Il attaquait aussitôt le soleil couché, comme s'il avait attendu la noirceur pour saisir ses proies par surprise.

Blanche avait eu une journée particulièrement difficile. Elle avait dû sortir pour effectuer quatre visites, en était revenue tellement gelée qu'elle suppliait silencieusement les gens d'essayer d'éviter la maladie. Déjà, elle avait espéré ne plus avoir à sortir après la première visite, Castor ayant attaqué le chien d'un colon, sans avertissement. Elle avait eu beau crier à la famille d'attacher leur chien, ils ne l'avaient pas entendue et Castor, toujours retenu à son traîneau, la chienne derrière lui, s'était rué sur la bête. Pour mettre fin au combat, Blanche s'était résignée à entrer tout son poing dans la gueule de Castor pour l'étouffer. Castor l'avait regardée en ayant l'air de ne pas comprendre mais il s'était éloigné. Blanche avait donc dû soigner le colon et panser les plaies de son chien.

Jeanne lui avait préparé un repas avant de quitter pour La Sarre. Elle l'avait littéralement dévoré, comme si elle avait eu besoin de la nourriture pour continuer à vivre dans cette froidure. A son grand soulagement, un seul patient eut la force de vaincre le froid pour une visite de soirée. Elle avait commencé son examen en l'obligeant à se réchauffer les pieds et à boire un café bouillant.

A dix heures, elle sortit pour vérifier la mèche de son fanal extérieur et monta ensuite se coucher sans prendre la peine de se laver. Elle était incapable d'appliquer une débarbouillette, même chaude, sur sa chair de poule. Elle se couvrit de quatre couvertures et regretta l'absence de Jeanne. Elle lui aurait proposé de dormir dans le même lit pour qu'elles puissent se réchauffer. Elle se leva et alla chercher une couverture supplémentaire dans la chambre des visiteurs. Toujours gelée, elle décida d'enfiler un sous-vêtement d'homme, chaud et laineux. Elle mit aussi des bas et résista à l'envie de se couvrir la tête d'une tuque. Elle se recoucha et regarda l'heure. Il était près de minuit et elle n'avait pas encore réussi à fermer l'œil.

Depuis que sa mère était repartie, ses pensées ne cessaient de voyager en direction de Montréal. Elle n'avait pas eu de nouvelles de Clovis et elle essayait, à tous les soirs, de trouver une formule qui le ferait revenir. Maintenant qu'elle savait les raisons qui l'avaient poussée à refuser sa demande en mariage, elle ne cessait de se torturer. Elle n'avait pas dit la vérité à Clovis et elle était de plus en plus convaincue qu'il devait se demander où il avait fauté. Jeanne préparait son mariage et elle l'enviait.

Elle se tourna dans son lit et revécut ses trois demandes en mariage. Celle de Napoléon, celle de Pierre et celle de Clovis. Clovis était le seul qui lui avait demandé son avis. Napoléon et Pierre, tous les deux, avaient supposé qu'elle accepterait. Elle prit la couverture du dessus pour essuyer une larme qui lui coulait le long du nez. Elle sortit le mouchoir qu'elle gardait en permanence sous son oreiller. A tous les soirs, elle l'utilisait. Elle se tourna sur le ventre, les mains sous ses cuisses, la tête sur le côté pour essayer de libérer au moins une de ses narines du chagrin qui accompagnait tous ses rêves. Elle se demanda si elle ne devrait pas aller à Montréal voir Clovis et lui dire qu'elle s'était trompée. Lui raconter la vérité sur son enfance d'orpheline. Lui avouer qu'elle avait envie de revenir à Montréal, à condition qu'il y soit avec elle, et qu'elle voulait avoir des enfants qui rouleraient leurs «r» sans gêne. Qui parleraient ce français teinté d'un vague accent anglais. C'est ce qu'elle devait faire.

Elle se releva encore une fois et marcha jusqu'à la lingerie. Elle fouilla derrière les draps et sortit une boîte à tabac en métal blanc. Elle alla s'asseoir à son bureau et vida la boîte de son contenu. Toutes ses économies y étaient. Elle compta plus de trois mille dollars. Elle aurait assez d'argent pour payer un voyage, une garde-robe neuve et tous les meubles dont ils auraient besoin. Il lui en resterait même pour aider Clovis à faire un premier paiement sur une maison. Elle serra les dollars dans sa main, souriante. Elle prendrait le train aussitôt que monsieur Simard lui trouverait une remplaçante.

Elle remonta se coucher et sentit que la chaleur, enfin, commençait à prendre le dessus sur son adversaire. Elle repoussa une des cinq couvertures et croisa ses bras sous sa tête. Elle regarda la lune pour y rêver et pour se faire bercer. Elle regarda la lune pour permettre à son cœur de chanter sa joie retrouvée. Elle s'endormit rapidement, rêvant qu'elle était en train et que Montréal apparaissait dans toutes les fenêtres du wagon.

Le froid était maintenant vaincu. Dans son sommeil, elle repoussa toutes les couvertures, n'en conservant qu'une, celle qu'elle utilisait douze mois par année pour ne pas se sentir trop seule. Elle commença à transpirer. Maintenant elle rêvait qu'elle était sur son rocher, au lac, et que Clovis riait en grillant un poisson au-dessus d'un feu qui dansait sous les étoiles. Elle aussi riait. Puis, tout à coup, le feu prit des proportions démesurées et elle commença à avoir peur qu'il n'embrase toute la forêt. Clovis disparut dans la fumée et elle l'appela en vain. Elle ne pouvait plus l'entendre tellement le feu crépitait, tellement le feu l'éblouissait.

Blanche s'éveilla en hurlant. Elle ouvrit les yeux et les referma aussitôt. Son rêve la poursuivait. Le feu était devant sa porte et le crépitement sous son plancher. Le cœur lui donna un coup terrible. Elle s'éveilla complètement et regarda autour d'elle. Le feu! Sa maison brûlait!

«Oh! Mon Dieu!»

Elle s'enroula dans sa couverture et se précipita à sa porte. Elle l'ouvrit mais le feu frappait déjà aux portes voisines après avoir grimpé chaque marche de l'escalier. Elle se tourna rapidement et regarda sa fenêtre. Elle ne l'aperçut qu'une fraction de seconde. Les flammes entraient maintenant dans sa chambre par le grillage du plancher. Elle pensa appeler au secours mais rejeta cette idée. Personne ne pourrait l'entendre. Elle commença à tousser. Une toux noire de fumée. Elle savait que la fenêtre était sa seule issue possible. Mais elle ne savait plus où, exactement, était sa fenêtre. Elle commença à marteler les murs, s'y appuyant pour se diriger. Elle pensa que tôt ou tard, elle heurterait la vitre. Elle s'accroupit, puis se laissa tomber sur le plancher. La fumée y était moins dense et elle respira plus facilement entre ses quintes de toux. Elle se frappa sur son chiffonnier et sut qu'elle approchait de la fenêtre. Elle se couvrit le visage pour empêcher les flammes de la lécher. Elle se leva rapidement, prit son bol d'eau et se le versa sur la tête avant d'enrouler une pointe de couverture autour de son poing et de briser la vitre qu'elle voyait enfin devant elle. Elle plongea tête la première, bascula dans l'espace, frappa la toiture de la galerie et s'enfonça enfin dans la neige. Tout le temps que dura sa chute, elle ne cessa de penser. Elle pensa à Jeanne qui, heureusement, était absente; elle pensa à sa mère qui lui avait tant de fois parlé du feu du couvent de Saint-Tite. Maintenant elle se rappelait tous les détails de cet incendie. Elle pensa à Clovis, qu'elle ne pourrait plus accueillir; elle pensa à son argent qui brûlait en ce moment; elle pensa à son album de photographies, dans lequel elle avait collé tous ses souvenirs d'enfance; elle pensa aux médicaments qu'elle n'avait pu sauver; elle pensa à sa chienne Loulou, qu'elle entendit hurler puis se taire. Elle pensa enfin qu'elle avait mal à la tête et à la cheville. Elle ouvrit les yeux et regarda la boule de feu qui s'agitait devant elle. Elle voulut s'éloigner des crachats des flammes mais en fut incapable. Elle se creusa une niche dans la neige, s'y enfouit et, d'un battement de paupières pleines de larmes, éteignit son cauchemar.

«Par ici! Vite! Garde Pronovost est ici. Sans connaissance.

– Elle a réussi à sortir!

– En sautant par la fenêtre!

– Est-ce qu'elle a l'air blessée?»

Blanche ouvrit les yeux et aperçut les visages penchés au-dessus du sien.

«Non. Je suis pas blessée. Je pense pas.»

Elle grelottait. On la couvrit et Castor s'approcha d'elle pour lui lécher la figure. Quelqu'un cria pour qu'on fasse approcher une carriole et on la souleva pour l'y installer.

«La maison?

– Pus rien. Rasée.»

Elle tourna la tête et aperçut des cendres fumantes sous les quelques planches qui ressemblaient encore au mur de la façade. Elle éclata en sanglots et madame Mercier s'approcha d'elle pour lui prendre la main.

«L'important, c'est que vous êtes en vie.»

Elle aurait voulu répondre que sa vie venait de s'envoler en flammes. Elle aurait voulu dire qu'elle n'avait plus envie de se battre contre le vent et le froid et la chaleur et la pluie et les moustiques et le feu. Elle avait envie de crier son chagrin d'avoir tout perdu. Elle ne dit rien, se contentant de remercier madame Mercier d'être à ses côtés.

«On va vous conduire au presbytère. C'est plus confortable qu'à la Cache.»

Madame Mercier lui tenait toujours la main. Blanche la retira doucement pour la mettre sous les couvertures. Madame Mercier voulut lui frotter les cheveux mais elle refusa. Sa tête éclatait à chaque soubresaut de la carriole. Elle ferma les yeux et les rouvrit aussi rapidement. Derrière ses paupières, il y avait un rideau de feu. Elle se mit à trembler et madame Mercier ajouta deux couvertures.

La carriole s'immobilisa enfin à côté de la nouvelle église. Le curé et trois hommes soulevèrent Blanche et l'entrèrent à l'intérieur du presbytère. Blanche sentit qu'elle traînait l'odeur du feu derrière elle et s'en excusa. On la coucha sur un lit propre et madame Mercier ne quitta pas son chevet. Blanche essaya de se voir comme une malade. Elle toucha lentement à sa tête et trouva la plaie qui la faisait souffrir. Elle prit son pouls discrètement et sut que son cœur battait encore son effroi. Elle frotta lentement sa cheville gauche avec son pied droit. Elle pouvait sentir l'enflure de la foulure. Elle savait qu'elle n'avait pas de fracture. Elle essayait de garder les yeux fermés pour éviter que madame Mercier ne lui parle. Elle avait envie d'être seule avec son mal. Elle réussit enfin à s'endormir en même temps que les premiers rayons de l'aube filtraient à travers les rideaux tendus de la chambre. Madame Mercier s'éloigna sur la pointe des pieds et rejoignit le curé.

«J'aurais mieux aimé qu'elle crie ou qu'elle pleure, monsieur le curé. Elle dort comme une enfant qu'on vient de chicaner. Avec des sanglots ben silencieux. Elle dort, monsieur le curé, pis il y a des grosses larmes qui coulent sur ses joues, sans arrêt. Mais on n'entend pas un son, monsieur le curé. C'est à se demander si sa gorge a pas été brûlée.»

12

Blanche regardait travailler les hommes. Depuis trois jours que sa maison avait brûlé, elle traînait son corps douloureux près de la fosse que le feu avait remplie de restes calcinés. Elle avait vainement cherché une chose intacte. Elle avait retrouvé sa petite boîte de métal dans laquelle elle n'avait vu que des cendres noires, sans ressemblance avec les milliers de dollars qu'elle y avait cachés.

Elle s'était dessiné des sourcils là où les siens avaient souligné les lignes de sa paupière. Elle s'était aussi coupé les cheveux encore plus courts, pour en éliminer les extrémités crépues et roussies.

La corvée allait bon train malgré le froid toujours aussi paralysant, malgré le fait qu'elle avait peine à croire qu'un mois plus tard, elle aurait un nouveau dispensaire.

«Pour votre fête, garde, c'est bien le vingt-sept février?

– Oui.

– Pour votre fête, vous allez pouvoir manger dans votre nouvelle maison.»

Elle avait souri en remerciant les gens de leur gentillesse et se préparait, tant bien que mal, à ajuster les vêtements qu'on lui donnait pour pouvoir aller au magasin de son frère se refaire une garde-robe, à crédit.

Les colons avaient monté la carcasse de la maison quand elle partit pour La Sarre. Émilien l'attendait à la gare. Elle essaya de lui sourire mais en fut incapable. Elle lisait dans ses yeux la frayeur qu'il avait eue et savait qu'elle répondait à la sienne.

«Pas trop de mal, Blanche?

– Non. Pas vraiment. J'ai juste... j'ai juste tout perdu.»

Elle n'était demeurée à La Sarre qu'une journée, le temps que son frère l'oblige à dilapider toutes les boîtes de vêtements.

«J'ai pas d'argent pour payer, Émilien.

– Ça fait rien. C'est pas ce que tu prends qui va faire ma ruine. Je suis pas à deux jupons près.»

Le soir, les hommes allumaient des fanaux pour poursuivre

les travaux. La nuit faisait écho aux coups de marteaux, aux chants des scies, aux cris d'encouragement. Blanche avait attelé ses chiens et faisait la navette entre le chantier et la maison du plus proche voisin pour remplir deux énormes cafetières.

Blanche regarda l'heure et soupira. A minuit, elle devait entrer au presbytère. Les patients viendraient sûrement la voir le lendemain, davantage pour parler du feu que pour être soignés. Elle ne pouvait que faire des pansements de guenilles récupérées. Elle attendait les caisses de médicaments commandées le lendemain de l'incendie.

«Attendez donc à demain pour faire ça, garde. Vous devriez d'abord prendre un bon bain pour qu'on vous reconnaisse pis ensuite envoyer votre télégramme.

– Non. Le plus tôt, c'est le mieux.»

Elle avait écrit la liste de ce qu'il lui fallait, revoyant mentalement chacun des tiroirs de son dispensaire. Cet exercice terminé, elle s'était assoupie, toujours aussi noire de suie, toujours aussi perdue dans ce malheur qui, elle le craignait, avait éteint sa passion.

Depuis une semaine, Blanche vivait de la charité de tous. Quelque chose en elle élançait de façon aiguë. Quelque chose, elle le savait, qui ressemblait à la douleur qu'elle avait connue au couvent et qu'elle s'était promis d'oublier pour toujours.

Elle se leva, heureuse de constater que le dimanche se pointait à sa fenêtre. Elle n'aurait pas de visiteurs. Elle se lava, dessina ses sourcils et enfila une robe de laine. Depuis le feu et le froid qui l'avait précédé, elle ne parvenait pas à se réchauffer. Elle descendit à la cuisine puis, se rappelant qu'elle devait communier, se dirigea vers le salon du curé pour attendre la messe. Le curé mettait la touche finale à son sermon. Elle se tut pour ne pas le déranger. On frappa à la porte et elle fit signe au curé de ne pas bouger; elle répondrait.

«Bonjour, Jeanne d'Arc!»

Clovis se tenait devant elle, les bras chargés de boîtes, deux énormes valises à ses pieds. Elle n'eut pas le temps de répondre q'il entrait déjà.

«C'est pas parce que l'Église décide de canoniser une nouvelle sainte qu'il faut l'imiter. Tu faisais déjà un mélange de Thérèse d'Avila, de François d'Assise pis de saint Christophe. C'était vraiment pas la peine de pousser tes efforts au point de vouloir ressembler à Jeanne d'Arc! Je sais que c'est bien de vivre comme les saints, mais le seul auquel tu ressembles, c'est Jude. Celui des causes désespérées. Pis moi, ça fait trois jours que je prie saint Antoine pour qu'il m'aide à trouver tout ce qu'il faut.»

Il déposa ses boîtes sur une table et ressortit chercher les deux valises. Blanche le suivit des yeux, sans dire un mot. Il rentra, ferma la porte d'un coup de talon et feignit un épuisement total.

«Depuis Montréal que je traîne tout ça. C'est tellement pesant que j'aurais pas détesté être changé en âne pour un jour ou deux. Mais ça, c'est réservé aux femmes curieuses. Non, les femmes curieuses sont changées en statues. Attends une minute. Io a été changée en génisse. C'est ça. Pour éviter à la femme légitime de son mari de la reconnaître. Trop compliqué pour un dimanche matin. A quelle heure la messe?»

Clovis se tut et regarda Blanche, qui était partagée entre les rires et les pleurs. Il ouvrit les bras et elle vint s'y réfugier.

«Je suis venu aussitôt que j'ai pu. Je savais pas si tu voulais me voir, ça fait que j'ai décidé de prendre une chance. J'espère que je te dérange pas trop?»

Elle fit non de la tête et accepta le mouchoir qu'il lui tendait. Le curé passa à côté d'eux et s'excusa.

«Je pense que je peux vous dispenser de messe. Allez donc manger.»

Clovis obligea Blanche, pendant que l'eau du café chauffait, à ouvrir les boîtes qu'il avait apportées. Elle découvrit en riant du dentifrice et deux brosses à dents.

«C'est pour quand j'vas venir. J'aurai pas à m'inquiéter si j'oublie la mienne.»

Elle déplia des serviettes, des draps, et des linges à vaisselle.

«J'en ai apporté quatre. Comme ça je suis sûr de pas en manquer quand on va laver la vaisselle.»

Elle ouvrit une bouteille de parfum.

«Je savais pas quelle sorte tu aimais, ça fait que j'ai demandé à la vendeuse de me trouver un parfum qui sentirait tellement bon que les moustiques oseraient pas s'approcher parce qu'ils penseraient que ce qu'ils voient, c'est une grosse fleur.»

Elle découvrit deux jeux de cartes.

«Je trouvais que ton poker laissait à désirer. Ça fait que j'ai pris un jeu pour jouer en compagnie pis un pour que tu te pratiques en cachette quand tu attends pour un accouchement.»

Elle enleva le papier de soie qui protégeait une figurine de porcelaine représentant un chiot.

«Ça ressemble pas autant que j'aurais voulu à ta Loulou, mais j'ai pensé que ça ferait quand même un bon souvenir.»

Elle ouvrit la dernière boîte et éclata en sanglots. Clovis y avait déposé une trousse médicale, aussi belle que celle que Douville lui avait offerte. Clovis, encore une fois, lui tendit son mouchoir.

«Si tu regardes en dedans, j'ai eu, par le médecin du Canadien National, tout ce qu'il fallait, en tout cas à ce qu'il m'a dit, pour une trousse de secours. Est-ce que ça peut t'aider en attendant?»

Blanche lut les noms sur chaque ampoule, sur chaque boîte de cachets. Elle disposait d'une pharmacie complète, en quantités réduites, mais complète. Elle hocha la tête.

Clovis se leva et prit les valises pendant que Blanche infusait le café d'une main tremblante.

«Pis ici dedans, c'est juste pour toi. Pas pour ta maison, pas pour le dispensaire, pas pour éloigner les moustiques. Juste pour toi.»

Elle déplia un manteau gris pâle au col de renard blanc, semblable à celui qu'elle portait depuis des années. Celui-là même qu'elle avait étrenné pour fêter Noël chez Napoléon. Dans l'autre valise, elle trouva le chapeau qui complétait l'ensemble et des mitaines roses. Elle découvrit aussi une robe bleue, six paires de bas de soie et des jarretelles, un peigne, un miroir et une brosse à cheveux sur lesquels Clovis avait fait graver ses initiales.

«J'ai pensé qu'une robe bleue ça serait beau avec tes yeux. J'espère qu'elle va te faire. En tout cas, la vendeuse m'a semblé être à peu près de ta grandeur pis petite comme toi. Mais on sait jamais. Je peux pas me fier à mes yeux tellement, tellement...»

Blanche déposa tous ses présents et regarda Clovis en refoulant un nouvel assaut de larmes. Il lui avait offert un avenir. Rien, dans ce qu'elle avait reçu, ne ressemblait à la charité.

«Est-ce que tu es patient avec les enfants? Est-ce que tu cries?

– Non, je pense pas.

– Parce que moi, je suis pas capable d'entendre crier. Ça doit venir de quand j'étais p'tite. Ma mère, parce que mon père était parti – je voulais pas te le dire...

– J'avais deviné...

– Parce que mon père était parti, des fois, elle perdait tellement patience que je pensais que mes oreilles allaient se briser. Pis avant que mon père parte, j'imagine que j'ai dû les entendre crier.

– Si ça peut te faire plaisir, j'vas aller à Saint-Stanislas demander ta main à ta mère pis j'vas aller à Duparquet la demander à ton père. Est-ce que c'est rien que pour ça que tu voulais pas qu'on se marie?

– Je pense que oui...

– *Niaiseuse*!

– Pis, est-ce que tu voudrais qu'on achète une maison? Avec un grand terrain pour que je puisse mettre plein de fleurs ou des légumes... si les temps sont toujours aussi durs.

– Un grand terrain, tu dis?

– Oui.

– Pis j'imagine que c'est moi qui vas être obligé de l'entretenir?

– Pas nécessaire. Ça peut être moi.

– Non, non. Je te vois venir. Tu vas me demander de faire les gros travaux pis tant qu'à y être, tu vas m'obliger à me mettre à genoux devant toi pour arracher la mauvaise herbe.

– A genoux à côté de moi...

– A côté? Dans ce cas-là, on va acheter un immense terrain. Autre chose?

– Oui. Si je dis oui, est-ce que tu me promets de jamais me tromper? J'ai... j'ai comme un peu de misère à faire confiance au monde. J'ai... j'ai comme un peu de misère à dire ce que je pense.

– Tu me dis pas! Je m'en serais jamais douté... Autre chose?

– Oui. J'ai perdu tout mon argent dans le feu. Ça fait que... je voudrais pas me marier avant la fin de l'année. Comme ça, je pourrais mettre un peu d'argent de côté, finir ce que j'ai commencé ici, entraîner ma remplaçante...

– Décembre?

– Quoi?

– Décembre, est-ce que c'est correct?»

Clovis se dirigea vers le calendrier et tourna les pages.

«Samedi, quinze décembre. C'est correct?

– A Saint-Stanislas?

– A Saint-Stanislas.

– Si mon père était pas là...»

Blanche se tordait les mains. Clovis lui sourit et se gratta la tête.

«Là, tu me demandes quelque chose... Mon père est mort. Ma mère sera pas là. Ma famille non plus. Pis ton père... Ouais. On n'aura pas grand monde.»

Il éclata de rire et Blanche l'imita. Elle posa la cafetière après avoir versé deux tasses remplies, se dirigea vers lui, arracha la page du calendrier qu'il tenait toujours dans une main, la plia et la mit dans une de ses poches. Elle lui chatouilla ensuite le dessus de la tête avant de lui enserrer le cou et de s'y pendre.

Clovis repartit la même journée en promettant de revenir aussi souvent qu'il le pourrait. Blanche, vêtue de la robe bleue et du manteau neuf, l'accompagna dehors, le tenant fermement par le bras, espérant qu'il serait là la semaine suivante. Il ne revint qu'en avril, à son nouveau dispensaire.

«Pis, le travail, Blanche, ça va?

– Oui. J'aime toujours ça autant.

– Au point de changer d'idée pis de rester ici?

– Non. Tu as manqué deux noces, Clovis.

– Deux?

– Oui.

– Jeanne pis qui?

– Émilien. Il nous a pris par surprise.

– Tu m'as pas écrit ça...

– J'ai pas eu le temps. Émilien est cachottier. C'est drôle, sa femme a le caractère de ma mère.

– Je pensais aller à Saint-Stanislas au retour. Est-ce que tu as des objections? Il me semble que c'est le temps que je la rencontre, ta mère.

– Je suis sûre qu'elle va être contente.»

Clovis rencontra Émilie et passa une soirée complète à rire. Ils s'entendirent comme larrons en foire. Blanche lut le détail de cette soirée dans les deux lettres qui lui parvinrent le même jour, sa mère et Clovis s'étant tous les deux empressés de la rassurer. En juin, Clovis, accompagné d'Émilien, alla à Duparquet faire sa deuxième demande. Elle fut agréée et Ovila, lorsque Clovis partit, le remercia de cette attention.

«Vous allez venir au mariage, monsieur Pronovost?

– Je penserais pas. J'aime pas tellement me déplacer. Pis les mariages, moi...»

Clovis le trouva pathétique.

A la mi-octobre, Blanche accueillit garde Côté, sa remplaçante. Elle lui fit faire le tour du canton, la présentant à toutes les familles. Plus le temps de son départ approchait, plus Blanche mettait d'énergie à bien soigner ses malades. Sa mère aurait dit que faire le cadeau de la santé, c'était laisser quelque chose de moins périssable qu'un souvenir.

A la mi-novembre, elle avait fermé toutes ses valises sur le maigre butin qu'elle rapportait de ses presque trois ans d'Abitibi.

La nuit avait été fraîche et Blanche l'avait passée dehors, avec Castor, à marcher dans le bois, s'éclairant d'un fanal. Elle avait parcouru des milles et des milles pour s'imprégner une dernière fois des odeurs de bois et de sapinage. Castor, elle l'aurait juré, flairait son départ et ne la quittait pas d'un poil, offrant sans arrêt sa lourde tête pour qu'elle la flatte. A l'aube, elle abandonnerait toute sa vie d'aventures pour en entamer une nouvelle. Elle pleurait doucement ce départ imminent, sachant qu'elle laissait aussi la médecine qu'elle avait pu pratiquer loin des hôpitaux et de leurs facilités. La médecine qu'elle avait faite avait été exigeante, lui demandant sans cesse de faire des efforts d'imagination pour trouver des solutions à des problèmes qui, en ville, auraient été simple routine.

Elle se rapprocha de son nouveau dispensaire. Elle hocha la tête. Il n'avait jamais senti aussi bon que le premier, les hommes ayant dû le construire en bois vert qui ne cessait de sécher et de cracher toutes les bestioles réfugiées dans sa chair tendre. Elle s'assit sur une roche pour donner libre cours à sa mémoire. Dans la colonne des mauvais souvenirs, elle n'aurait que les départs de Paul et de madame Jolicœur; elle aurait aussi l'incendie. Dans la colonne des bons souvenirs, elle aurait trois années qu'elle chérirait toute sa vie, elle le savait.

Blanche regarda le soleil se lever, passant du rose au jaune très rapidement. Elle souffla son fanal. Castor la suivit en agitant la queue.

Blanche fit le tour du dispensaire et alla au bâtiment voir la stalle de sa Ti-Zoune. Elle referma la porte derrière elle et passa au puits prendre de l'eau fraîche. Elle traîna une chaudière pleine, respirant profondément l'air qui l'enivrait. Elle allait entrer lorsqu'elle entendit des jappements, venus du ciel. Elle leva la tête et aperçut une volée d'oies blanches qui avaient abandonné le nord. Elle éclata en sanglots et leur demanda de l'attendre. Elle les rejoindrait près de la Batiscan là où, elle le savait, elles s'arrêtaient pour se reposer.

13

Blanche jeta un dernier coup d'œil à sa robe. Le velours bleu marine lui allait bien. La coupe était extraordinaire, la confection impeccable. Sa mère tournait autour d'elle comme une abeille.

«C'est donc dommage d'avoir de la pluie un quinze décembre!

– Ça fait différent.

– Depuis hier, ça arrête pas de tomber. Ça aurait été tellement plus beau si on avait eu de la neige. Ton manteau aurait été tout blanc.»

Blanche regarda sa mère et lui sourit. Émilie était plus excitée qu'elle.

«Eh, Seigneur! C'est pas une bonne idée de se marier en hiver. On sait jamais quel temps il va faire.

– Moman. Il aurait pu pleuvoir en septembre aussi.

– Je sais, je sais. Mais c'est dommage quand même.

– Est-ce que Clovis a téléphoné?

– Oui. La première fois pour dire bonjour. La deuxième fois pour me demander où acheter des parapluies pis la troisième fois pour me dire qu'il avait réservé tous les taxis du coin.

– Combien est-ce qu'on va être finalement?

– Une quarantaine. Avec tous les amis de Clovis qui sont descendus de Montréal, on va être assez nombreux.»

Blanche avait posé cette question des dizaines de fois et chaque fois, sa mère lui avait donné un chiffre différent. Elle regarda sa montre et soupira. Dans trois heures, elle entrerait dans l'église. Il était sept heures.

«Est-ce que tu enlèves ta robe?

– Oui. J'vas la passer à la vapeur pour être certaine que le velours va être beau.

– Moi aussi je me suis mariée en velours.

– Faut croire que c'est une habitude de famille.

– Ça doit, parce qu'Alice aussi s'est mariée en velours. Sa robe était presque de la même couleur que la mienne.»

Blanche se pencha à l'avant pour laisser glisser la robe doucement, le long de ses bras. Elle descendit à la cuisine et poussa un cri. Émilie accourut.

«Regardez dehors, moman. La pluie s'est changée en neige.» Elles éclatèrent toutes les deux de rire en poussant des petits gloussements de joie. Émilie souleva sa fille et la fit tourner.

«Ça va être beau, Blanche. Ça va être un mariage à me faire pleurer.»

Une heure avant le mariage, pendant que Blanche enfilait précautionneusement sa robe, le téléphone sonna à nouveau. Émilie alla répondre, une pince dans la bouche.

«C'est Clovis, madame Pronovost. On a annulé tous les taxis.

– Vous allez pas me faire marcher dans deux pieds de neige! C'est une vraie tempête.

– Émilien a joué d'influence pis il a fait venir trente carrioles.

– Où est-ce qu'il a trouvé trente carrioles? Dans des fonds de cours?

– Je sais pas. Mais on va aller à l'église en carriole. Ça va être extraordinaire. Mais dites-le pas à Blanche. Je veux qu'elle ait la surprise. On arrive à neuf heures et demie tapant. Vous allez être prêtes?

– Pas si vous téléphonez à toutes les cinq minutes, Clovis.»

Elle raccrocha en riant et termina son chignon. Blanche descendit l'escalier et Émilie se tut, se souvenant de l'expression de son père quand elle-même lui était apparue, le matin de son mariage. Elle souhaita que sa fille réussisse mieux le sien.

«Es-tu prête, Blanche?

– Oui, moman.»

Émilie aida sa fille à enfiler son manteau en jetant un regard discret par la fenêtre de la porte. Elle aperçut enfin une procession de carrioles, entendit les grelots et attira Blanche pour qu'elle voie le défilé.

«Oh! moman. C'est pas possible. Il y a juste Clovis pour penser à une affaire comme ça.»

Elles sortirent toutes les deux et Clovis, manteau noir et chapeau melon, se dirigea vers elles. Il tenait un parapluie fermé. Blanche se tourna vers les invités et fit un signe de la main pour les saluer. Clovis ouvrit son parapluie. Dans toutes les carrioles, on imita son geste et bientôt le défilé se mit en branle. Un long défilé de carrioles dont les grelots accompagnaient la danse des flocons blancs. Dans chaque carriole, un parapluie noir protégeait ses occupants. Clovis, Émilie et Blanche fermaient le défilé. Clovis avait les yeux riants de plaisir.

«C'est pas assez extraordinaire, ça! Regardez pis plissez les yeux. Les parapluies font des notes sur les traces de patins. Avec le son des grelots, on peut dire qu'on se marie en musique.»

Blanche et Clovis se rendirent à Saint-Boniface, fêter une deuxième fois leur mariage. Ils furent accueillis à la gare par une famille un peu inquiète. Clovis, pour aider Blanche à sourire devant leur scepticisme, lui chuchota à l'oreille qu'il leur avait écrit qu'il mariait une cocotte, beaucoup plus jeune que lui, qu'il avait trouvée dans le bois. Elle se tourna et grimaça.

«Tu as dit quoi?

– Que tu étais une cocotte. Des fois, je disais poulette.

– Franchement! Clovis! Qu'est-ce qu'ils vont penser?

– Que je leur ai joué un tour, comme d'habitude. C'est pas nouveau.»

Ils reprirent le train pour filer jusqu'à Vancouver, avant de pousser jusqu'à Victoria. Clovis expédia un télégramme à ses amis pour les prier de cesser de les importuner. Depuis leur départ de Saint-Stanislas, ils n'avaient pas franchi une seule ville, un seul village sans que leur porteur, jour ou nuit, ne vienne frapper à leur porte de cabine pour leur remettre un télégramme de félicitations.

«On dirait que personne a envie d'aller dans un baptême l'automne prochain.

– C'est la saison préférée de ma mère.

– Pis la tienne, Blanche, ta saison préférée, c'est laquelle?

– Celle qui a commencé le quinze décembre.»

Clovis et Blanche installèrent leur logement d'Outremont. Blanche y passa de nombreuses heures à coudre rideaux, tentures, couvre-lit. Clovis s'absenta souvent. Chaque fois qu'il partait, elle lui demandait d'écrire. Chaque fois qu'il rentrait, elle s'assoyait à table et l'écoutait raconter les progrès de Villebois, les accouchements de ses patientes qu'elle avait confiées à sa remplaçante. A tous les deux mardis, elle allumait la radio et l'écoutait parler de colonisation et d'Abitibi. Même seule, elle l'entendait parler et rouler ses «r» avec application. Elle riait, heureuse de savoir que son mari se cachait derrière cette voix et qu'elle était la femme la plus choyée du monde.

«C'est moi!

– Déjà? Je t'attendais juste dans une heure.

– C'est parce qu'on vient de me dire qu'il faut que j'aille en Gaspésie. Je dois faire ma valise. Astheure, il faut que je m'attende à aller pas mal partout dans la province. L'Abitibi, ça achève pas mais c'est bien parti. On se promène avec des agronomes pour voir, avec les gars du gouvernement, quelles cultures faire. Moi, je les accompagne partout.»

Blanche fit la moue. Clovis passa dans la salle à dîner et vit qu'elle y avait mis une nappe, deux couverts et des bougies.

«Est-ce que j'ai oublié un anniversaire?

– Non. C'est dans un an, jour pour jour, qu'on va fêter.

– On va fêter quoi?

– On va fêter, à trois, que c'est aujourd'hui que je t'ai dit qu'on fêterait à trois.»

Clovis se frappa le front du poing et ouvrit les bras pour y accueillir Blanche, presque tristement.

«Pis il faut que je parte.

– C'est la rançon de la gloire, monsieur.»

Blanche aida Clovis à faire sa valise, choisissant les cravates et les chaussettes comme elle le faisait toujours. Ils revinrent dans la salle à dîner et elle souffla les bougies.

«C'est pour quand?

– Décembre. Vers le quinze, j'espère.

– As-tu un bon médecin?

– Oui.

– Est-ce qu'il t'a examinée?

– Pas encore. J'ai pas besoin d'un médecin pour me dire que je suis enceinte pis pour me lire le calendrier.

– Non, évidemment.»

Clovis regarda sa montre.

«L'as-tu dit à ta mère?

– Non. Je voulais que tu le saches avant.

– On a cinq minutes. Veux-tu appeler à Saint-Stanislas? Après ça, moi j'vas téléphoner au Manitoba.»

Clovis, fidèle à son habitude, lui remit son itinéraire et le nom de tous les hôtels où elle pourrait le joindre. Il la quitta à regret, le cœur chaviré, la tête quelque part dans un magasin de jouets.

Blanche se coucha et ne dormit pas. Depuis le début de sa grossesse, elle avait des nausées qui semblaient ignorer qu'elles n'avaient pas à attaquer à toute heure du jour. Elle vomit cinq minutes après s'être couchée. Elle retourna s'étendre, prit un livre, le repoussa et lut le journal qui ne parlait que d'Hitler, de Mussolini, d'escarmouches, de frontières. Dépitée, elle éteignit sa lampe et essaya d'imaginer le souper qu'ils auraient eu si Clovis n'avait pas dû quitter à la hâte.

Elle fut éveillée en pleine nuit et repoussa ses draps. Elle éclata en sanglots. Le liquide, chaud, gluant, jaunâtre et rosacé coulait d'elle comme une fonte printanière. Une lame de feu lui transperçait le ventre. Elle se traîna jusqu'au téléphone et appela l'urgence de l'hôpital Notre-Dame. Elle s'identifia en vain. L'infirmière ne la connaissait pas. Elle demanda Pierre Beaudry. On la fit patienter. Elle lui parla enfin et il lui proposa de lui envoyer une ambulance.

«Non. J'vas prendre un taxi. Je voulais juste être sûre que je connaîtrais quelqu'un.»

Elle s'habilla du mieux qu'elle put après avoir essuyé entre ses jambes la nourriture que son bébé, comme elle, venait de vomir. Elle ouvrit son placard de chambre, sortit sa trousse médicale et prit son stéthoscope. Elle s'étendit sur son lit et essaya d'entendre les battements de cœur du fœtus. Elle essaya de retenir ses sanglots et sa respiration. Elle crut s'évanouir en reconnaissant un son très faible lui entrer par les oreilles pour lui percer le cœur. Elle rappela à l'hôpital et demanda l'ambulance.

Pierre l'attendait à l'entrée.

«Tout est prêt pour le curetage, Blanche. Comment est-ce que tu te sens?

– Pas de curetage, Pierre. Le bébé est pas mort. J'ai entendu les battements de son cœur.»

Pierre ne perdit pas une minute et roula sa civière jusqu'en obstétrique. Les médecins confirmèrent le diagnostic de Blanche. Elle fut conduite dans une chambre privée. On l'installa, des oreillers sous les reins, les jambes surélevées.

«Est-ce qu'on peut rejoindre votre mari quelque part?

– Non. Il est en voyage. De toute façon, j'aime autant pas l'inquiéter. J'vas l'appeler quand j'vas savoir quoi dire.»

Blanche passa le reste de la nuit à parler à cette petite boule de chair, la suppliant de demeurer accrochée à son ventre. Les médecins venaient la voir occasionnellement pour vérifier si elle n'avait pas expulsé sa première maternité.

Les infirmières se relayèrent pour ne pas la laisser seule. Blanche essaya de sourire à cette gentillesse. Au matin, les médecins l'auscultèrent. Le premier toussota discrètement. Blanche comprit qu'il n'avait rien entendu. Elle lui demanda son stéthoscope et écouta elle-même. Le battement s'était éteint. Elle enleva le stéthoscope de ses oreilles, le remit au médecin et, lentement, baissa ses jambes.

«Je suis prête pour le curetage, docteur.»

Elle refusa l'anesthésie. C'est à froid qu'elle voulait se vider de sa joie. Tout le temps que dura l'intervention, elle souffrit dans sa chair et dans son âme. Mais ses larmes ne coulaient plus. Elle fut remontée à sa chambre et attendit son congé. Le docteur Trudeau, celui qu'elle avait choisi, entra dans sa chambre et s'assit au pied du lit.

«J'aurais aimé que votre mari soit ici.

– Moi aussi.

– Parce que ce que j'ai à vous dire...

– Est-ce qu'il y a un problème?

– Oui. A votre place, je penserais sérieusement à l'adoption.»

Blanche se demanda si le curetage lui avait abîmé l'utérus. Encore une fois, les larmes lui envahirent les yeux. Elle ne leur permit pas de couler. Il y avait assez du reste de son corps qui le faisait.

«Vous avez des organes juvéniles.»

Blanche le remercia et lui demanda de quitter la chambre. Il le fit, s'excusant encore d'avoir apporté une si mauvaise nouvelle. Blanche se tourna sur le ventre et gémit dans son oreiller.

Clovis fut d'abord foudroyé. Voyant la tristesse de Blanche, il changea immédiatement d'attitude.

«Adopter un enfant? Tu veux dire qu'on aurait la chance de pouvoir choisir un enfant qui aurait pas mon gros nez, qui aurait pas mes p'tites dents trop courtes, qui aurait pas tendance à rouler ses «r»...

– Qui aurait pas mes grandes oreilles pis mes pieds presque plats.

– Mais qui pourrait avoir des yeux aussi bleus que les tiens pis la peau aussi douce que la tienne. A bien y penser, Blanche, quand est-ce que tu veux qu'on aille à la crèche?

– Quand j'vas en avoir perdu trois. Pas avant.»

Clovis comprit, à son ton, qu'elle ne blaguait plus.

L'été tirait à sa fin et Blanche était allée passer quelques jours avec sa mère, dont la santé l'inquiétait. Maux de dos, maux de tête, nausées. Derrière les mots qu'elle entendait, Blanche n'en comprenait qu'un: l'ennui. En rentrant chez elle, tenant sa valise, le pas pressé d'être enfin arrivée, elle croisa Germaine Larivière qui tenait un maigrelet de fils par la main. Blanche voulut lui parler, s'informer de la santé de l'enfant, mais Germaine feignit de ne pas la reconnaître et poursuivit son chemin. Blanche remarqua cependant que Germaine était enceinte et eut un pincement au cœur. Elle se frotta le ventre et parla à ce nouvel espoir qu'elle avait dont elle n'avait dévoilé la présence à personne pour ne pas décevoir.

Elle entra chez elle et sourit à la vie. Il lui arrivait de ne pas la trouver assez assaisonnée à son goût mais pour rien au monde, pas même l'Abitibi, elle n'aurait troqué sa tranquillité, la douceur et la compréhension de Clovis, ses dimanches. Maintenant que les grossesses de toutes ses patientes étaient terminées, maintenant que leurs enfants vivaient, elle pouvait couper le cordon qui la rattachait à ses petites maisons de bois, à ses sentiers, à ses espaces. Quand l'envie de se frotter à l'écorce des arbres la prenait de façon trop aiguë, elle marchait sur la montagne, sortant des sentiers battus, et se familiarisait à son nouvel environnement.

Une lettre de Clovis l'avisa qu'il entrerait trois jours plus tard que prévu. Il lui donnait ses nouvelles coordonnées. Blanche fut tellement déçue qu'elle se coucha sans souper. Pendant la nuit, elle s'éveilla pour apprendre, encore une fois, qu'elle pouvait ranger sa layette au lieu de passer des heures et des heures à la regarder. Elle se tordit de douleur, pleurant et vomissant sa rage, et expulsa ce second embryon, seule, frissonnante et abandonnée, pour assimiler ce nouveau chagrin. Au matin, elle partit pour l'hôpital, en taxi, n'essayant même pas de cacher ses larmes au chauffeur qui se tut tout le long du trajet pour la laisser en paix.

«Ça regarde mal, madame Lauzé. C'est le deuxième.

– Je sais ça.

– Avez-vous parlé de ce que je vous ai dit avec votre mari?

– Oui. On va attendre un peu avant de penser à l'adoption.

– Vous pouvez passer votre vie à concevoir sans jamais avoir d'enfant. Vous êtes pas formée pour porter un bébé.

– Je sais ça aussi.»

Elle était rentrée à temps pour accueillir Clovis.

«Comment va ma cocotte?

– Bien. Toi?

– Fatigué mais content d'être arrivé. Rien de neuf?

– Non, rien.»

Blanche, incapable d'admettre la stérilité de son corps, s'était juré de ne pas parler de cette seconde fausse-couche.

L'automne envahit tranquillement Montréal et Blanche fit de longues promenades, ramassant, comme une enfant, les plus jolies feuilles qu'elle trouvait. Elle reçut Paul, qui marchait droit sur sa prothèse, mais Marie-Ange refusa toutes ses invitations. Blanche n'insista pas. Elle comprenait le malaise de sa sœur.

Blanche pensait du matin au soir à ces enfants qu'elle et Clovis s'étaient amusés à reproduire à des dizaines d'exemplaires, changeant le modèle à chaque fois, et qu'elle n'aurait jamais. Elle avait l'impression d'être endeuillée d'elle-même et de la raison de vivre qu'elle s'était trouvée. Au mois de novembre, elle étouffait dans sa peau qu'elle était incapable de qualifier de peau de femme. Elle mettait toutes ses énergies à aimer Clovis pour s'assurer qu'il ne la répudierait jamais.

Elle commença ses achats de Noël avant que les foules envahissent les magasins. Elle acheta des livres pour sa famille franco-manitobaine qu'elle connaissait peu. Elle entra chez elle, monta l'escalier et entreprit d'emballer tous les présents qu'elle avait déjà. Elle les expédierait le lendemain, premier décembre, pour être certaine qu'ils soient rendus à temps.

Blanche regarda l'heure et commença les préparatifs du souper. Les odeurs de cuisson lui soulevèrent le cœur. Elle s'entêta à terminer avant de faire une magistrale indigestion. Elle prit son calendrier et compta les jours à rebours. Depuis des semaines elle n'avait tenu compte que de ceux qui la séparaient de son premier anniversaire de mariage. Elle recompta une seconde fois. Elle sentit son sang glacer. Elle regarda l'heure à nouveau et décida de s'asseoir et d'attendre Clovis. Pour fêter leur premier anniversaire, elle lui demanderait de la conduire à l'hôpital.

«Comment va ma cocotte?

– Ta cocotte va pas trop bien.»

Clovis se précipita à côté d'elle et jeta sur la table le bouquet de fleurs qu'il avait apporté.

«Es-tu malade?

– Non. Je pense que je suis encore enceinte. Je voudrais aller à l'hôpital. Peut-être que comme ça, j'aurais des meilleures chances de le garder.»

Clovis s'agita comme une toupie et Blanche, malgré son inquiétude, réussit à sourire en pensant à ce que ce serait si elle devait accoucher. Le docteur Trudeau l'attendait. Elle fut alitée et on lui recommanda de ne plus se lever. Elle obéit. Clovis passa tous ses moments libres à ses côtés, faisant des millions de projets pour l'enfant à venir, un garçon évidemment.

«A ta place, j'y compterais pas trop. Marie-Ange pis Alice ont eu des filles.

– Tu as jamais fait comme les autres.»

Ils regardèrent arriver l'année mil neuf cent quarante par la fenêtre d'hôpital. Blanche ne bougeait toujours pas, s'encourageant en se disant qu'elle n'avait jamais porté aussi longtemps. A regret, Clovis dut s'absenter. Blanche lui écrivit sur un bout de papier la liste des vêtements qu'il devait mettre dans sa valise. Il lui remit une copie de son itinéraire et une autre lettre, remplie de rires et de plaisir, qu'elle relut tous les jours.

Les saignements commencèrent pendant son absence. Le docteur Trudeau examina Blanche et hocha la tête.

«Ça m'étonnerait s'il restait là. Vous perdez du poids...

– Je peux rien manger...

– Je sais.»

Blanche demeura sous observation pendant trois autres jours. Les saignements ne cessaient pas.

«Allez-vous-en, Blanche. Courez, sautez à la corde. Vous allez en finir plus vite. Ça donne rien.»

Blanche se leva, étourdie, mais tint bon. Elle fit sa valise et entra chez elle. Elle décida de faire exactement ce que le médecin avait dit et entreprit un grand ménage. Le bébé s'accrochait. Clovis rentra et fut surpris de la voir en aussi grande forme.

«J'ai décidé que j'étais enceinte, un point c'est tout.

– Est-ce que le bébé va être correct? Tu manges seulement des tomates étuvées.

– Je garde rien d'autre. C'est la seule affaire que je digère. Mais quand j'vas avoir accouché, je veux pus voir une tomate de ma vie.»

Blanche franchit le cap des trois mois. Les saignements apparaissaient de façon sporadique mais elle les ignora. Elle décida d'informer sa mère. Sa mère l'encouragea, l'exhorta à faire une grimace aux prévisions des médecins et termina sa lettre en lui disant qu'elle portait certainement une fille parce que seule une fille pouvait avoir une si grosse tête de mule. Blanche sourit et se frotta le ventre qui refusait encore de montrer son contenu. Elle se trouvait si petite que trois fois par jour elle écoutait les battements du cœur du fœtus pour s'assurer qu'elle ne rêvait pas.

Avril se pointa, caché derrière les rayons du soleil. Blanche et Clovis sortaient tous les soirs de la maison et marchaient pendant une ou deux heures, partant d'Outremont, empruntant la Côte-Sainte-Catherine et allant parfois aussi loin que la rue Sainte-Catherine. Ils profitaient de ces promenades pour regarder les terrains et les maisons à vendre.

«Regarde celle-là!

– Non. J'ai envie d'une maison neuve. J'ai assez vécu dans le vieux, merci.

– Est-ce que ça veut dire que tu aimes pas notre logement?»

Elle ne répondit pas, se contentant d'éclater de rire.

«O.K., ma cocotte. J'vas faire un *deal* avec toi. Quand le petit va avoir un an, on va déménager dans un logement neuf. A une condition.

– Laquelle?

– Faut que ça soit un garçon.»

Blanche lui donna des coups de poing amicaux.

«C'est pas juste. Je te l'ai dit, on fait juste des filles.

– Dépêche-toi d'être originale.»

En mai, Blanche eut des contractions. Elle retint son souffle pendant toute la journée, s'assit dans la cuisine, la planche à repasser devant elle, et entreprit de repasser tout ce qu'il y avait dans la maison, même ce qui était déjà plié et rangé. Clovis éclata de rire quand il l'aperçut. Elle tut ses malaises.

«A quoi est-ce que tu penses, Blanche?

– A des noms. Qu'est-ce que tu dirais d'Élise?

– Rien, parce que ça va être Charles.

– Non, monsieur. Charles, c'est le nom de mon père. J'aime autant lui trouver un nom neuf. Pis à part ça, une fille qui s'appelle Charles...

– C'est pas une fille, Blanche.

– Oui, c'est une fille.

– Non.

– Oui.»

Blanche rayait chaque jour du calendrier, espérant qu'elle pourrait rendre le bébé à terme. Maintenant, son ventre montrait qu'une maternité se préparait. Mais son médecin hochait toujours la tête, d'étonnement et d'incrédulité.

«Ça a pas de sens, madame Lauzé. Vous mangez des tomates depuis sept mois, vous avez l'air enceinte de trois mois, vous avez eu des contractions le mois passé pis vous avez eu des pertes tout le temps de votre grossesse. Je vends ma chemise si on sort un bébé de tout ça.»

Elle avait répété ces propos à Clovis.

«Oh! non. J'ai pas besoin de chemise.»

En juillet, Blanche commença à respirer. Maintenant, le bébé pouvait naître. Clovis essaya d'annuler tous ses voyages. Les jours passèrent lentement et Blanche, Clovis à ses côtés, préparait la chambre du nouveau-né. Ils étaient certains que le bébé serait à la maison le quinze juillet au plus tard. Le docteur Trudeau, lui, s'étonnait qu'il ne le fût pas encore. Le vingt juillet, Clovis dut partir pour Cap-Chat.

«Penses-tu être capable de m'attendre? Je reviens le premier août.

– Au rythme où ça va, je pense être capable de le garder jusqu'à Noël prochain.

– J'vas être à l'hôtel Cap-Chat. Essaie quand même d'attendre. Je voudrais être là quand le *boy* va arriver.

– La *girl*.

– Le *boy*.»

Blanche, toute seule, ressentit les premières contractions cinq jours plus tard. Elle appela un taxi, prit sa valise et partit à l'aube, le cœur léger, le corps presque heureux de se préparer à souffrir. Elle savait que Clovis dormait encore et elle se promit de lui téléphoner de l'hôpital.

En une heure, les douleurs s'intensifièrent et se rapprochèrent tellement que le docteur Trudeau se demanda s'il ne devait pas procéder à une césarienne. Blanche refusa. Elle souffrit toute la journée, revoyant tous ces accouchements auxquels elle avait participé, se trouvant ridicule en repensant aux mots d'encouragements qu'elle avait dits aux mères.

«Il est dix heures du soir, madame Lauzé. Vous devriez avoir une césarienne.

– Le cœur bat encore bien?

– Oui. Sans problèmes.

– D'abord, j'attends.

– J'vas être obligé de vous confier à un collègue.

– C'est pas grave.

– Votre mari s'en vient?

– Non. J'ai pas eu le temps de l'avertir. Même si je l'avais fait, il aurait pas pu être ici.

– Voulez-vous qu'on appelle quelqu'un de votre famille?

– Non, merci. Ça va très bien.»

Les infirmières vinrent lui tenir compagnie. Blanche essaya de les remercier mais n'avait plus aucune force. Son corps était drainé de son énergie. Elle s'assoupit, malgré les contractions, malgré sa peur que l'enfant à naître ait des problèmes. Elle n'avait pas eu besoin du docteur Trudeau pour savoir que la vie de l'enfant était menacée, autant par les neuf mois qui l'avait précédée que par la dernière journée qui s'était terminée sur le coup de minuit.

Blanche sursauta. Les contractions avaient disparu. Elle appela l'infirmière qui à son tour, manda le médecin de toute urgence. Blanche fut conduite à la salle d'accouchement. La dilatation était totale mais l'utérus avait décidé de dormir. Blanche avait des tremblements qui la secouaient de la tête aux pieds. Son corps manifestait violemment son épuisement.

«Le cœur, docteur?

– Régulier, mais faible. Je vous endors tout de suite.

– Césarienne?

– J'vas d'abord essayer de pousser avec mes mains. Ensuite, si le bébé sort pas, je coupe.

– O.K.»

Blanche fut endormie à six heures et demie et, quinze minutes plus tard, au moment même où son père écrivait à sa mère pour la supplier de l'attendre, Élise fit son entrée dans le monde, les sourcils froncés, les poumons en pleine forme, les poings fermés, l'air offusqué d'avoir été tant bousculée.

14

Émilie lisait son journal. Le bilan des décès était lourd. Cette deuxième Grande guerre lui paraissait encore plus violente que la première. Elle soupira quand même d'aise en pensant que Clément, craignant d'être conscrit, s'était enfoncé quelque part dans la forêt touffue de l'Ontario. Elle savait que les gens grondaient presque aussi fort que les canons devant ce qu'ils appelaient la «lâcheté des jeunes Canadiens français»; elle-même admirait son fils et ceux qui, comme lui, refusaient de défendre une cause étrangère à leur patrie.

En ces temps de guerre, les gouvernements lui semblaient trop s'occuper des femmes qui, en temps de paix, étaient laissées à leurs cuisines et à leurs chaudrons. A la fin de la première, le gouvernement fédéral avait accordé le permis de vote aux femmes. Trop d'électeurs, pensait-elle, avaient laissé leur peau en Europe. Elle avait refusé de voter. En mil neuf cent quarante, le gouvernement provincial, prévoyant qu'une génération de Canadiens français serait sacrifiée, avait posé le même geste. Elle avait encore refusé d'accorder sa confiance, ressentant de façon aiguë que les femmes devenaient la cible privilégiée des politiciens. Elle les avait entendus leur dire de voter comme ou contre leurs maris, selon le parti des orateurs et l'allégeance des maris. A sa connaissance, personne n'avait fait appel à leur intelligence. On se contentait d'essayer de les diriger. Jamais elle ne voterait. Mais elle était allée aux urnes, chaque fois qu'elle avait dû le faire, pour inscrire son protêt en mettant des croix vis-à-vis de tous les noms.

Maintenant qu'elle n'avait plus que sa lecture et quelques rares loisirs pour la distraire, elle comprenait que sa retraite la vieillissait de deux jours à chaque jour. Les années s'étaient écoulées aussi lentement que les grains de sable dans un sablier. Maintenant que tous ses enfants étaient établis et qu'à leur tour ils se préoccupaient de leurs enfants, que Rolande avait vingt-cinq ans et avait davantage besoin d'un mari que d'une mère, elle se demandait comment elle pourrait survivre à ces minutes d'immobilité auxquelles elle était condamnée jour après jour.

Émilie tourna la page du journal en se mouillant le majeur et essuya discrètement l'encre de ses doigts sur sa jupe noire. Deux mots, gros et gras, attirèrent son regard: institutrice demandée. Elle lut et relut l'offre d'emploi. On cherchait une institutrice pour enseigner aux enfants des travailleurs du chantier de Rapide 7, près de Cadillac, en Abitibi. Elle pensa à ses soixante-deux ans et se dit que personne n'oserait les embaucher. Elle tourna en rond toute la journée, fiévreuse de rage contre le temps et l'âge. Même pour l'Abitibi, elle serait partie. Elle aurait sonné sa cloche et appelé les enfants. Elle aurait affûté ses crayons et inventé des dictées. L'Abitibi, malgré ses moustiques, était certainement mieux que la morsure du temps qui ne laissait aucun répit. Le soir venu, elle décida d'écrire pour offrir ses services en détaillant toutes ses années d'expérience.

La réponse ne tarda pas. On était enchanté et elle pouvait commencer ses classes dès le mois de septembre. Elle n'en crut pas ses yeux. Puis elle comprit. Sur un chantier où il y avait des familles et des hommes célibataires, on préférait certainement une vieille femme comme elle à une jeune institutrice de vingt ans.

Rolande la suivit et rencontra à sa descente de train un jeune homme fort gentil qui lui offrit de s'occuper de sa bicyclette. Rolande en roucoula et Émilie pressentit que sa dernière fille la quitterait. Quoique exigus, les quartiers des employés étaient plus que salubres. Émilie ne s'en plaignit pas et Rolande non plus.

Seule Blanche avait émis des doutes quant à l'à-propos de sa décision. Émilien, Jeanne et Alice n'étaient que trop heureux de savoir leur mère à proximité. Émilie ne communiqua pas avec Ovila, respectant son propre souhait de ne plus le revoir. Elle pensa à la façon dont la vie manipulait les destins comme elle l'entendait. Après avoir combattu pendant des années, Émilie se retrouvait en Abitibi, à proximité de cinq de ses neuf enfants si elle comptait Clément, Ovila tout proche aussi. Mais toute sa famille avait éclaté. Émilien et Jeanne étaient à La Sarre, Alice à Rouyn, Rolande à Cadillac, Blanche à Outremont, Rose, Marie-Ange et Paul à Montréal, Clément... quelque part.

Mais tout cela changerait encore. Rose lui avait annoncé qu'elle avait eu une demande en mariage d'un veuf, père de deux enfants, et qu'elle avait l'intention d'accepter. Rose irait donc vivre à Joliette. Georges, le mari de Marie-Ange, s'était porté volontaire dans l'armée malgré sa solide cinquantaine, pour essayer de redonner une vie confortable à sa femme et à sa fille. Plus personne n'avait les pieds dans la terre de la Mauricie. Personne, elle en était certaine, n'y avait laissé une miette de cœur.

Émilie reçut une lettre de Blanche, qui lui disait qu'elle avait recommencé à manger des tomates. Émilie s'en était réjouie. Blanche avait une vie qu'elle-même enviait. Une vie qui ressemblait à tout ce qu'une femme pouvait souhaiter. De l'instruction et une belle carrière derrière elle; un mari qui l'adorait et qui ne cessait d'avoir des promotions dans une entreprise que même la guerre ne pouvait toucher; une fille toute blonde et ronde qui promenait ses deux ans allègrement en parlant franc, un français rempli de «r» musicaux. Elle savait que Clovis, à la naissance d'Élise, avait fait rire tout le personnel hospitalier en expédiant à sa femme non pas un bouquet de fleurs mais un plant de tomates bien enrubanné. Il avait aussi obligé le docteur Trudeau à lui vendre sa chemise, qu'il avait payée un sou. Le docteur Trudeau la lui avait remise et s'était empressé de se couvrir d'un tablier emprunté à ses collègues chirurgiens.

De toutes ses filles, songeait Émilie, Blanche était celle qui avait emprunté le plus difficile chemin pour obtenir ce qu'elle avait. C'était celle qu'elle connaissait le moins, même si elle avait vécu à ses côtés pendant des années. Blanche était la douceur et la générosité incarnées. Tellement différente d'elle-même.

Émilie regarda arriver l'année quarante-trois avec plaisir. Elle ne cessait de se gargariser de son bonheur à chaque matin quand les enfants se bousculaient pour venir apprendre leurs lettres et leurs chiffres. Elle ne cessait de se gargariser du plaisir de voir naître toutes les petites-filles que lui donnaient ses enfants. Même Émilien avait eu une fille. Elle n'avait pas de petit-fils. Elle sourit en pensant à Ovila. Son nom mourrait avec lui à moins que la vie ne donne des fils et des petits-fils à Émilien. A moins que Clément trouvât une femme dans le bois...

Elle termina son année d'enseignement en promettant à ses élèves d'être là pour la rentrée. Elle décida de passer ses vacances à Montréal, chez Blanche, pour l'aider à vivre sa fin de grossesse. Elle la trouva émaciée et épuisée. Elle la força à garder le lit pendant qu'elle-même assumerait tout le roulement de la maison. Elle passa donc ses avant-midi à cuisiner et à nettoyer et consacra tous ses après-midi à Élise, qu'elle amenait partout avec elle. Clovis s'absentait souvent mais quand il était à la maison, qu'Élise était couchée et que Blanche se reposait, ils passaient des soirées à parler de l'actualité, faisant voyager leurs propos de l'Europe au Canada, en faisant des escales au parlement de Québec, en Mauricie, en Abitibi, en Gaspésie et souvent au Manitoba. Elle appréciait ce gendre qui lui rappelait Henri Douville et son beau-frère Ovide, tous deux décédés l'année précédente. Elle savait qu'à chaque mois, Clovis expédiait de l'argent à sa mère, qu'elle ne rencontrerait probablement jamais.

Le mois d'août arriva et Émilie attendait fébrilement que Blanche accouche. Elle espérait que ce nouvel enfant, ce *boy* tant attendu et qui s'appellerait Michel, naîtrait avant qu'elle soit obligée de quitter. Blanche, Clovis l'accompagnant, partit pour l'hôpital le vingt-deux août. Émilie patienta jusqu'au lendemain pour savoir que Micheline était née et que celle-là ressemblait à son père avec sa peau mate et ses cheveux noirs. Elle s'empressa de visiter sa fille et aperçut un plant de grosses tomates bien rouges sur sa table de chevet.

15

Blanche relut la lettre de sa mère et se mordit les doigts. Émilie avait terminé sa troisième année d'enseignement et avait décidé de rentrer à Saint-Stanislas, prendre sa «vraie» retraite. Par l'écriture tremblotante de sa mère, elle savait qu'elle était malade.

«Qu'est-ce que tu dirais de ça, Clovis, si je partais avec les p'tites pis que j'allais passer quelques jours à Saint-Stanislas, à l'hôtel?

– Blanche, quand tu dis quelques jours, je sais que tu sais exactement le nombre de jours. Combien?

– Une semaine, peut-être deux...

– Une ou deux?

– Deux?»

Clovis fit non de la tête.

«Élise a cinq ans pis Micheline deux. As-tu vraiment l'impression qu'elles vont aimer la vie d'hôtel pendant autant de temps? Pis toi, Blanche, penses-tu que tu vas pouvoir faire tout ce que tu veux faire?

– Tu veux pas?»

Blanche se raidit. Elle n'avait jamais accepté qu'il y eût un détenteur de l'autorité dans sa maison.

«Clovis, je te demande pas ta permission. Je te demande ce que tu en penses.

– C'est ça que j'étais en train de te dire avant que tu me

coupes la parole. J'en pense que je suis d'accord. Ça fait qu'on va chercher, aujourd'hui, quelqu'un de fiable pour garder les filles, c'est tout.»

Blanche lui sauta au cou, s'excusant et le remerciant à la fois. Clovis partit pour le travail en promettant de trouver une bonne personne. Quand il entra le soir, il avertit Blanche qu'une dame devait se présenter vers huit heures.

«Déjà?

– C'est la tante d'une de nos employées. A ce qu'on me dit, c'est une vraie perle.»

La personne ressemblait en effet à une perle et Blanche quitta deux jours plus tard. Aussitôt arrivée à Saint-Stanislas, elle courut presque chez sa mère.

«Moman! Mais qu'est-ce que vous avez?

– L'âge, Blanche. Tout ce que j'ai, c'est des années.»

Blanche sortit sa trousse médicale, que Clovis lui avait discrètement suggéré d'apporter, et elle ausculta sa mère qui ricanait à cause du froid du stéthoscope.

«Cessez de rire, moman. J'entends rien.

– As-tu l'impression que mon cœur va te dire ses secrets?

– Non, mais votre cœur a un méchant murmure.

– Je sais ça depuis des années, Blanche.

– Pis vous êtes allée en Abitibi quand même?

– C'est peut-être pour ça que je suis pas encore morte.

– Ha! dites donc pas de *niaiseries*.»

Blanche fit un examen complet et crut que son cœur allait exploser. Il n'y avait plus rien, chez sa mère, qui fonctionnait. Elle téléphona au médecin de Saint-Stanislas pour lui demander de passer.

«J'ai vu votre mère la semaine dernière. Elle a déjà eu tous les résultats.»

Blanche ne voulut pas montrer qu'elle était dans l'ignorance totale.

«C'est quoi le pronostic, docteur?

– Ça dépend. Si c'est son cœur qui lâche le premier, ça peut être n'importe quand. Mais si elle endure le martyre de son cancer du rein – Blanche agrippa le récepteur – elle peut vivre jusqu'à Noël.»

Blanche s'empressa de téléphoner à Clovis. Elle pleurait ses nouvelles.

«Je redescends demain, avec elle. Peux-tu voir à ce qu'on mette les deux filles dans la même chambre? Peux-tu essayer de trouver un lit pour moman?

– C'est déjà fait, Blanche.

– Quoi?

– C'est déjà fait. On a déplacé les lits ce matin, aussitôt que tu es partie. Pis j'ai communiqué avec la gare de Saint-Stanislas. Le mobilier de chambre de ta mère va être dans le même train que vous autres. Tu peux t'occuper de le faire préparer?

– Clovis?

– Oui.

– Comment est-ce que tu savais?

– Moi aussi, Blanche, je connais l'écriture de ta mère. Pis je te connais. Tu vas toujours être ma garde-malade préférée. Pis tu vas toujours être la fille de ta mère. A demain, Blanche. J'vas être à la gare avec un camion.

– A demain, Clovis. Clovis?

– Oui?

– Je t'aime.»

Émilie essayait de se tenir droite serrant dans ses mains son petit sac fleuri du crin de sa Tite. Le mal qui envahissait son dos l'empêchait de voir disparaître la gare de Saint-Stanislas. Blanche la couvrit et plaça un oreiller sous ses reins. Émilie s'agita, agacée.

«Cesse de me dorloter pis enlève-toi donc de devant la fenêtre. Je veux voir la Batiscan.»

Confuse, Blanche s'assit et suivit le regard de sa mère.

«J'aurais aimé ça qu'on soit le neuf septembre. J'ai jamais vu la Batiscan aussi belle que le neuf septembre mil neuf cent un.»

Blanche hocha la tête, refoulant ses larmes. Sa mère, encore, pensait à son père; au jour de son mariage.

Ovila, ta grande mule vient enfin de prendre son dernier train. Quand on va me remettre dedans, je n'aurai pas conscience, je le sais. Je me meurs, Ovila. Je ne peux même pas dire que ça me fait de la peine. Je ne peux même pas dire que je voudrais que tu sois avec moi à me tenir la main. Je pense que ça me ferait plus de mal que de bien. J'imagine que tu vas me survivre quelques années. Après tout, avec tes deux ans de moins, tu es encore une jeunesse, toi. Mes amis, pâpâ, attendez-moi.

Moman, pourquoi est-ce que vous nous avez pas dit que vous étiez aussi malade? Vous avez dû souffrir le martyre, dans votre classe d'Abitibi. Surtout que Rolande n'était même plus là pour vous soigner. Rolande, votre bébé, est mariée. Même Rose, maman, est mariée. Vous m'aviez dit que Rose se marierait mais je ne vous avais pas crue. Vous aviez raison. Elle se débrouille bien et son amie Sarah veille sur elle.

Émilie grimaça et Blanche lui demanda si elle voulait quelque chose. Elle refusa. Blanche comprit que sa mère souffrait déjà terriblement.

Je vais prendre soin de vous, maman. Pour vous, maman, je vais redevenir une garde-malade. Clovis a trouvé une dame pour s'occuper des filles. Vous savez, je pense qu'il l'avait trouvée avant même qu'il m'en parle. Je n'ai jamais compris comment il faisait pour me deviner comme ça. Il voit tout. C'est mon amoureux, mon mari et mon meilleur ami. C'est dommage que papa ne soit pas votre amoureux, votre mari et votre ami.

Émilie tenta un faible sourire que Blanche lui retourna. Mais sa mère ne le vit pas. Elle avait fermé les yeux.

Pauvre Blanche! Je t'en ai fait voir de toutes les couleurs. Te souviens-tu quand tu étais petite et qu'on habitait l'école du Bourdais, je t'avais dit que tu me suivais trop. Ça m'a pris je ne sais combien d'années pour comprendre que tu ne voulais plus aller au couvent comme pensionnaire. Je sais, Blanche, que tu as terriblement souffert de ton statut d'orpheline. Moi aussi, Blanche, j'en ai souffert. J'ai essayé d'éviter tout ça, mais c'était la seule solution que j'avais.

«A quoi est-ce que vous pensez, moman?

– Au curé Grenier.»

Je sais, maman, que c'est lui qui a été notre véritable père. Sans lui, personne chez nous n'aurait pu s'instruire. Je ne dis pas ça parce que je ne reconnais pas tout ce que

vous avez fait. Je dis ça parce que je sais qu'il a toujours suivi nos progrès. C'était un prêtre extraordinaire. J'espère que Napoléon lui ressemblera.

Pauvre monsieur le curé. Je pense que d'ici quelques mois on va se retrouver. A moins que vous ayez eu raison et que le ciel n'existe pas pour le monde comme moi qui croit plus ou moins aux anges et aux démons. Je n'ai pas vraiment peur de mourir, pas aujourd'hui. Mais quand le vrai jour va arriver, si vous vous rendez compte que je suis terrorisée, pouvez-vous me tenir la main? Personne ne va voir.

«Êtes-vous allée à Saint-Tite dernièrement, moman?

– Comment?

– Êtes-vous allée à Saint-Tite?

– Oh! non. J'ai pas envie de retourner à Saint-Tite. Je pense que je suis devenue comme ton père. J'ai rayé Saint-Tite de ma carte.

– Pourquoi?

– Parce que.»

J'ai toujours détesté que vous me répondiez «parce que». Je sais que vous avez droit à vos souvenirs, mais moi je n'ai jamais su pourquoi vous êtes déménagée aussi rapidement. Vous aviez une belle maison, vous aviez même organisé une grande fête. Après ça, vous êtes partie comme une voleuse.

Est-ce que tu te souviens, Blanche, qu'on avait menacé Joachim Crête de dire à tout le monde qu'il faisait du chantage? On ne l'a pas fait. On aurait dû. J'étais tellement bien à Saint-Tite. C'était mon village, celui que j'avais choisi. Quand ton frère Paul est revenu, il a commencé à faire du tricot sur la machine qu'on avait achetée à Montréal, tu te rappelles, la fois qu'Émilien, Paul et moi on était allés te conduire avec ta belle amie Marie-Louise? Paul a cessé de tricoter pour aller en Abitibi. Le soir de la grande fête, j'avais récité un Ave Maria. *Plusieurs personnes ont trouvé ça de mauvais goût parce que, tu le sais comme moi, je n'ai jamais tellement fréquenté l'église. Pour financer la soirée et acheter des prix de présence, les gens avaient donné de l'argent. Un ou deux dollars. Moi, Blanche, je n'avais même pas d'argent à donner Alors j'ai donné la machine à tricoter de Paul. Tu peux deviner la suite. Crête, l'imbécile, est venu me serrer le poignet en me disant que je «pétais plus haut que le trou». C'est ce qu'il m'a dit, Blanche. Ensuite, c'est le curé qui m'a laissé entendre que j'avais exagéré. Il m'a rappelé la parabole de l'aumône. Tu sais, celle où on raconte que celui qui a donné le plus c'était le pauvre qui n'avait rien? J'avais donné la seule dont je pouvais disposer et on me l'a reproché. Je suis partie, Blanche. Tout ça m'a fait trop mal. Quand on habite un village où tout le monde connaît l'histoire de tout le monde, il faut marcher droit. Sans ça, les vautours comme Joachim Crête te tournent autour. Si tu lui avais vu la tête quand il m'a vue partir avec mes meubles. Les alliés n'ont pas dû être plus heureux après le débarquement de Normandie.*

Le soleil perdit de sa force et commença à décliner. Blanche se leva et baissa la toile pour éviter que sa mère ne soit éblouie. Émilie la remercia.

«Tu as toujours été tellement serviable, Blanche. Des fois je me demande si c'est naturel ou si tu as appris ça au couvent. Je te l'ai déjà dit, j'ai pas souvenir de t'avoir vue faire de colère.

– Ça m'est arrivé. Pas souvent, mais ça m'est arrivé.»

Ma plus grosse colère, je pense l'avoir faite à la mort de Marie-Louise. Il n'y a pas de mots pour la décrire... Je ne m'en remettrai jamais. Encore moins maintenant. J'ai lu, il y a cinq ans, que les médecins ont découvert le facteur rhésus. Depuis ce temps-là, maman, je ne cesse de me demander si ce n'est pas mon sang qui a tué mon amie. Vous vous rendez compte, maman, j'ai peut-être tué mon amie.

Je ne sais pas, Blanche si tu te souviens de mon retour à Saint-Tite, quand j'étais allée conduire Rose aux États-Unis? De toute façon, ça n'a pas d'importance. J'étais allée voir Berthe au Cloître. Je l'ai insultée. Tu savais que Berthe était morte mais je n'ai jamais osé te dire qu'elle s'était pendue. Par ma faute. Tu te rends compte, Blanche, j'ai peut-être tué mon amie.

Blanche offrit un sandwich à sa mère. Émilie l'accepta, y prit deux bouchées et le lui remit.

«Pourquoi est-ce que pâpâ boite, moman?

– A cause d'un accident d'auto.

– Quand est-ce que c'est arrivé?

– Mon Dieu... attends. On habitait l'école du Haut du Lac...»

Pas besoin de m'en dire plus, maman. Je gagerais que c'est arrivé quand vous êtes partie en pleine nuit de tempête et que l'oncle Ovide nous a tous conduits chez la grand-mère. Pourquoi, maman, pourquoi est-ce que vous ne nous avez jamais dit la vérité? Nous aurions compris. Vous êtes allée voir l'homme que vous avez toujours aimé, notre père, et vous ne nous en avez jamais parlé. Jamais. Vous êtes absolument impossible à comprendre, maman. Vous nous avez toujours donné l'impression que vous disiez tout, mais c'est faux. Vous ne disiez rien. Vous n'avez jamais voulu me dire, non plus, pourquoi vous êtes partie à la course quand j'enseignais avec vous. Vous êtes disparue pendant un an et jamais, jamais vous n'avez donné d'explications. Vous êtes impossible à comprendre, maman. Tellement, tellement secrète.

Des fois, Blanche, je me suis demandé pourquoi tu étais partie pour Montréal quelques semaines après mon retour d'Abitibi. Je n'ai pas envie de te raconter cette histoire de fou. J'aime mieux que tu n'aies que des bons souvenirs de ton père. Mais après ton départ, Blanche, quand tu as commencé tes études à l'hôpital Notre-Dame, tu m'as expédié beaucoup d'argent. Je savais que tu faisais sept dollars par mois. Des fois, j'en recevais vingt. Tu es absolument impossible à comprendre, Blanche. Tellement, tellement secrète. Parfois, j'étais si inquiète que je me demandais si tu ne vendais pas tes faveurs. C'est fou, je le sais, parce que je savais que tu n'aurais jamais trouvé le temps de le faire. Je n'ai jamais osé te le demander. Tu es tellement, tellement secrète.

La noirceur avait envahi le wagon et Blanche alluma les lampes. Elle se réinstalla devant sa mère après lui avoir frotté le front et la nuque. Sa mère s'abandonna à ses mains.

Depuis le mariage d'Alice, personne ne m'a touchée. Ça fait du bien, Blanche. Si tu savais ce que j'ai fait... Mais que c'était agréable! Il m'arrive de penser que vous autres, les jeunes femmes d'aujourd'hui, vous n'avez pas autant de plaisir que celles de ma génération. Jamais tu ne m'as parlé de tes amours avec Clovis. Je sais que tu en as mais il n'y a jamais rien qui transpire. Je trouve que c'est la même chose pour tes sœurs. Dans mon temps, on ne se gênait pas autant. Pendant mon voyage de noce, mon beau-frère est venu frapper à la porte. On était nus comme des vers. Ça nous faisait rire de jouer à la pudeur.

Je vous touche, maman, et ça me fait mal. Je me souviens que quand j'étais petite, je voulais que vous me preniez dans vos bras. La journée du déménagement, quand votre jument est morte, vous l'aviez flattée pendant des minutes et des minutes. Moi, maman, vous ne m'aviez même pas embrassée quand j'étais revenue du couvent. Des fois, maman, je vous en voulais tellement. Parce que je vous aimais trop. Parce que je voulais vous ressembler. Tout le monde me disait que j'étais différente de vous, même le curé Grenier. Me dire ça, c'était me dire que je ne valais rien. Pendant des années, j'ai pensé que si on ne pouvait pas blaguer, que si on ne pouvait pas rester droite quand tout allait mal, que si on ne se distinguait pas comme vous le faisiez, on n'existait pas. On était une personne inintéressante.

Dans le fond, ma Blanche, je pense que tu es celle de mes filles qui me ressemble le plus. Douville te l'a dit, il me semble, le soir où il t'a donné ta trousse médicale. Malgré tes airs d'ange, tu as la tête aussi dure que la mienne. Tu réagis aussi vite que moi. C'est pour ça que tu as été une extraordinaire infirmière. Je pense que tu as hérité de mes rares qualités. Tu as aussi toutes celles de ta grand-mère Pronovost. La douceur, la générosité, la tendresse. C'est dommage que tu ne t'en rendes pas compte. Je t'envie d'avoir eu plus de flair que moi. Maintenant, tu sais que ta vie va être à peu près facile. Parce que tu as attendu, attendu tant que tu n'as pas été certaine. Je t'envie, Blanche, je t'envie tellement.

Je vous envie, maman. Je vous envie tellement. J'aurais aimé vivre la passion que vous avez eue. Moi, je ne l'ai pas et je ne l'aurai jamais. Toute ma passion a brûlé à Villebois. J'avais la passion de ce que je faisais. Je n'ai jamais

eu de passion de ce que j'étais. J'ai marié un homme extraordinaire. Je l'aime. Il est comme vous, maman. Il vous ressemble énormément. Si on lui dit que quelque chose est impossible, il va prouver le contraire. Moi, si on me dit que quelque chose est impossible, je m'incline. Je n'éprouve pas de passion, maman. Juste de l'amour. J'ai peur de la passion. C'est trop facile à anéantir. Mais je vous envie, maman, je vous envie tellement.

Émilie fut secouée par une quinte de toux. Blanche se demanda si son cancer n'avait pas déjà atteint ses poumons. Elle lui tapota le dos jusqu'à ce qu'Émilie reprenne son souffle et courut lui chercher un verre d'eau. Émilie se calma enfin et feignit de ne pas voir les lumières de Montréal qui commençaient à colorer la noirceur de la nuit.

Je t'ai toujours dit, Blanche, de ne jamais dépendre de personne. Maintenant que j'ai vieilli, je sais que je vais dépendre de toi. Accepter de dépendre de quelqu'un, Blanche, c'est accepter sa faiblesse, c'est s'accepter, c'est accepter d'aimer assez fort. Je suis heureuse de voir que tu n'as pas retenu cet enseignement-là. Tu as un mari sur lequel tu peux compter. Moi, j'ai décidé de te montrer toute la faiblesse qui m'envahit de jour en jour. C'est chez toi que je vais mourir, Blanche, et tu le sais. Je n'aurais jamais pu mourir ailleurs. Je t'ai fait naître dans la tourmente d'une tempête. Je trouve juste de te donner ma dernière tourmente à moi, pour que tu me connaisses vraiment. Je veux te montrer mon ultime faiblesse pour te rendre la force dont je t'ai privée. La naissance et la mort, Blanche, ça se ressemble. On passe de la noirceur à la clarté ou de la clarté à la noirceur. Mais je t'aime, Blanche, et je sais que jamais je ne te l'ai dit. Je t'aime tellement.

Je vous aime, maman, et jamais je ne vous l'ai dit. Je vous aime tellement. Nous allons vivre des mois difficiles et je sais que vous, vous ne pourrez plus vous aimer. Je ne vous ai jamais parlé de monsieur Oui, un de mes patients. C'est la veille de sa mort que sa fille lui a pardonné la vie qu'il lui avait donnée. Pendant ces jours et ces mois qui s'en viennent, je vais essayer de vous montrer à quel point vous nous avez montré à aimer. Quoi qu'il arrive, maman,

quoi que vous disiez ou que vous fassiez, je vais vous aimer. Nous allons inverser les rôles. Je vais devenir la mère de votre faiblesse. Je vais vous laver, vous nourrir, vous peigner. Je vais vous faire rire, aussi, je le sais. Et je vais vous injecter la morphine dont vous allez avoir besoin pour cesser de hurler contre ce corps qui va vous anéantir.

La locomotive entra en gare. Émilie s'était endormie. Avant que sa mère n'en ait connaissance, Blanche lui essuya les larmes qui coulaient sur ses joues. Elle essuya ensuite les siennes et se moucha discrètement.

«Moman, moman, réveillez-vous. On est arrivées.»

Épilogue

1er janvier 1946

La nuit était glaciale. Blanche, Clovis, Paul et Émilien se faufilèrent l'un derrière l'autre sur le quai de la gare, chacun perdu derrière les nuées de condensation que faisait leur respiration. Blanche, encore plus pâle que d'habitude, s'immobilisa devant le wagon de la poste. Elle avait refusé que le corps de sa mère soit transporté dans un wagon de marchandises.

Le train crachait sa vapeur que le froid décuplait, au point que Blanche avait l'impression d'avoir suivi sa mère et d'être avec elle sur un nuage. Ils entendirent le bruit d'une porte qu'on forçait. Le froid en avait paralysé les pentures. La porte s'ouvrit enfin et deux hommes roulèrent le chariot sur lequel avait été déposé le cercueil d'Émilie. Blanche regarda son frère Paul, qui avait baissé les yeux et murmurait un *Requiem*. Elle renifla sa peine que le froid rendait encore plus lourde. Sa mère était morte le vingt-huit décembre. La dernière phrase qu'elle avait dite était : « Astheure que mes reins me tuent, je viens de me souvenir du secret de la petite Charlotte. Elle avait dit à personne que j'avais fait pipi dans mon tiroir. » A partir de cet instant, elle n'avait plus ouvert la bouche sauf pour chercher l'air que ses poumons refusaient d'absorber.

Blanche lui avait tenu la main jusqu'à ce qu'elle sente qu'il n'y avait plus de vie dans ses doigts qui serraient toujours les siens. Elle lui avait fermé les yeux et l'avait préparée comme elle avait fait, quinze ans plus tôt, avec la grosse femme de l'hôpital. Mais jamais, pendant la demi-heure que son travail avait duré, elle n'avait repensé à cette terrible soirée. Elle avait lavé le corps de sa mère avec autant de délicatesse que celui de ses filles. Elle avait même vérifié la température de l'eau, la mettant plus chaude que tiède, comme l'avait toujours aimé sa mère. Elle l'avait même savonnée et parfumée avec son eau de toilette.

Ses frères et sœurs, unanimement, avaient accepté que les funérailles fussent chantées à Outremont, par Napoléon. Maintenant, ils rouleraient dans ce train pour voyager une dernière fois avec elle. Ils y étaient tous, même Clément, que la fin des hostilités avait sorti du bois. Jamais depuis leur départ de Shawinigan, ils n'avaient voyagé ensemble. Jamais, depuis leur départ de Shawinigan, l'accordéon de leur mère ne leur manqua autant.

Demain, ils l'enterreraient à Saint-Stanislas. Elle avait spécifié qu'elle ne voulait pas pourrir dans la terre de Saint-Tite. Elle avait même exigé qu'Émilien lui promette qu'il écrirait Émilie Bordeleau et non Pronovost sur sa pierre tombale. Émilien avait juré.

Les hommes glissèrent le cercueil et fermèrent la porte bruyamment. Blanche sursauta. Sa mère détestait le bruit.

Clovis avait suggéré que les conjoints des enfants d'Émilie les laissent partir seuls pour enterrer leur mère. Ils avaient accepté. Il embrassa Blanche et elle suivit ses frères jusqu'au wagon qu'ils devaient prendre. Elle y monta et tous, instinctivement, reprirent la même place que celle qu'ils avaient occupée vingt-huit ans plus tôt : Rolande, à gauche de l'allée, s'assit seule, dos à la Mauricie; Rose et Marie-Ange prirent place, l'une en face de l'autre, sur les banquettes de l'autre côté de l'allée; Émilien, Paul devant lui, s'assit derrière Rolande, face à la Mauricie. Il tourna la tête à droite et sourit à Clément qui, lui, montra le poing à Jeanne. Jeanne haussa les épaules. Clément avait toujours montré le poing. Derrière Jeanne, Alice regardait Blanche droit dans les yeux. Le bleu pâle des yeux d'Alice se confondit dans le bleu marine des yeux de Blanche. Les larmes, coulant aux bords de leurs paupières, créaient quatre petites rivières. Paul, rapidement imité par ses frères et sœurs, commença à fredonner *Partons, la mer est belle*, au moment où le train s'ébranlait en hurlant son cri que la brume fit bondir d'un édifice à l'autre.

Le train glissa lentement hors de la gare. Tapi derrière une colonne, Ovila enleva son chapeau et le tint dans ses mains. Il les avait tous regardés monter. Comme il l'avait fait à Shawinigan, à l'insu d'Émilie, pour s'assurer qu'ils étaient en sécurité. Et ce soir aussi, il était resté derrière, pleurant son échec. Quand le wagon de la poste roula devant lui, il éclata en sanglots. *J'ai tenu ma promesse, Émilie. J'ai rôdé devant la maison de Blanche pendant des semaines. J'ai eu tellement de difficultés à ne pas te surprendre le jour de ton anniversaire. Mais je n'ai jamais sonné. J'espérais simplement que tu sentes que je n'étais pas loin. Je n'ai jamais été loin, Émilie. Maintenant, c'est toi qui me laisses derrière. Mais je vais te rejoindre bientôt. Dans ce monde que toi tu connais, peut-être que nous pourrons rire? Peut-être que j'arriverai à te rendre fière? Dans ce monde que tu connais, Émilie, j'espère reprendre ma place.*

Ovila perdit le wagon des yeux puis tout le train. Il n'aperçut plus que le fanal arrière. Il remit sa casquette et salua de la main. *Je t'aime. Bonne nuit ma belle brume.* L'écho lui répondit *brume... brume... brume... brume... brume... brume... br...*

Saint-Lambert, Longueuil
Octobre 1986

Glossaire

A

Adonner : ça s'adonne : il arrive; mal adonner : mal tomber
Arracher (en) : souffrir
Astheure : maintenant (de : à cette heure)
Avri : avril
Ayoye : aïe!

B

Baptême : juron
Bécosse : cabinet d'aisance, extérieur à la maison (déformation de « back house »)
Blouse : chemisier
Boss : patron (mot anglais)
Boucheries (faire les) : abattage
Boy : garçon (mot anglais)
Brass : laiton (mot anglais)
Breeches : culotte d'équitation (mot anglais)

C

Cabanon : hangar
Canard : bouilloire
Cannage : conserve

Chiper : voler ; chaparder
Claque : couvre-chaussures en caoutchouc
Cloche : cloque
Corn starch : fécule de maïs (mot anglais)
Couette : mèche de cheveu
Couvert : couvercle
Couverte : couverture
C't'affaire : évidemment

D

Deal (to) : conclure un marché (mot anglais)
Débarbouillette : carré de ratine (gant)

E

Écornifleux : curieux ; impolis ; indiscrets

F

Fancynes : femmes de mœurs légères (de « fancy », mot anglais)
Fifine : futée (péjoratif)
Fort : alcool

G

Garnotte : gravier
Girl : fille
Goût de tinette (prendre) : rapidement ; c'est dans la tinette (sorte de baril) que se faisait le beurre que l'on s'empressait de sortir avant qu'il ne goûte le bois ou le métal.
Grafignure : égratignure
Gricher : grincer

I

Icitte : ici
Indien : amérindien

J

Jobbe : travail, emploi (anglicisme de job)
Jointée (de farine) : farine retenue par les deux mains
Jongler : penser ; réfléchir

M

Machine : automobile
Marble : bille (mot anglais)
Marche (prendre une) : faire une promenade
Marde : merde
Mémère : grand-mère
Menuit : minuit
Mettre la table : dresser le couvert
Mon'oncle : oncle

N

Niaiserie : idiotie
Niaiseuse : niaise ; idiote
Niaiseux : facile ; insignifiant
Nique : nid
Nounouse : niaise ; idiote

O

Ostie : juron
Ostiner : obstiner
Ouch : aïe

P

Pantoute : du tout
Papoose : bébé (de l'amérindien)
Paquet : colis
Patineur : gerris; araignée d'eau
Pichou : laideron
Pitoune : billot
Pi-tourne : bougeotte (onomatopéique de « puis tourne »)
Pognait (ça) : c'était efficace
Poignée : tissu piqué en carré, faisant office de mitaine à poêle
Popoter : cuisiner
P'tit corps : sous-vêtements

Q

Quêteux : mendiant

R

Rentrer (dans) : se joindre à
Rough : plancher rugueux, en bois non poncé ou en terre battue (mot anglais)

S

Sacre : juron
Sans-dessein : imbécile, idiot
Santa Claus : père Noël (mot anglais, originaire du français : Saint-Nicolas)
Shack : cabane (mot anglais)
Sleigh : traîneau (mot anglais)
Souillonne : souillon
Steady : régulier (anglicisme)

T

Tabarnak : juron
Tabarnouche : juron
Tannante : dissipée; désobéissante
Titi (en) : en maudit
Tit-pépère : énormément; étonnamment
Tocson : costaud
Tourtière : tarte de viande hachée
Train : traite des vaches; soin des animaux

V

Valeur (de) : dommage
Visites : visiteurs

Y

Yeu : Dieu

ROMAN

ADLER ELIZABETH
Secrets en héritage
Le secret de la villa Mimosa
Les liens du passé

ASHLEY SHELLEY V.
L'enfant de l'autre rive
L'enfant en héritage

BEAUMAN SALLY
Destinée
Femmes en danger

BENNETT LYDIA
L'héritier des Farleton
L'homme aux yeux d'or
Le secret d'Anna

BENZONI JULIETTE
De deux roses l'une
Un aussi long chemin
Les émeraudes du prophète
Les dames du Méditerranée-Express
1 - La jeune mariée
2 - La fière Américaine
3 - La princesse mandchoue
Fiora
1 - Fiora et le Magnifique
2 - Fiora et le Téméraire
3 - Fiora et le pape
4 - Fiora et le roi de France
Les loups de Lauzargues
1 - Jean de la nuit
2 - Hortense au point du jour
3 - Félicia au soleil couchant
Les treize vents
1 - Le voyageur
2 - Le réfugié
3 - L'intrus
4 - L'exilé
Le boiteux de Varsovie
1 - L'étoile bleue
2 - La rose d'York
3 - L'opale de Sissi
4 - Le rubis de Jeanne la Folle
Secret d'État
1 - La chambre de la reine
2 - Le roi des Halles
3 - Le prisonnier masqué

BICKMORE BARBARA
Une lointaine étoile
Médecin du ciel
Là où souffle le vent

BINCHY MAEVE
Le cercle des amies
Noces irlandaises
Retour en Irlande
Les secrets de Shancarrig
Portraits de femmes
Le lac aux sortilèges
Nos rêves de Castlebay
C'était pourtant l'été

BLAIR LEONA
Les demoiselles de Brandon Hall

BRADSHAW GILLIAN
Le phare d'Alexandrie
Pourpre impérial

BRIGHT FREDA
La bague au doigt

BRUCE DEBRA
La maîtresse du Loch Leven
L'impossible adieu

CASH SPELLMAN CATHY
La fille du vent
L'Irlandaise

CHAMBERLAIN DIANE
Vies secrètes
Que la lumière soit
Le faiseur de pluie
Etranges secrets

CHASE LINDSAY
Un amour de soie

Collins Jackie
Les amants de Beverly Hills
Le grand boss
Lady boss
Lucky
Ne dis jamais jamais
Rock star
Les enfants oubliés
Vendetta
L.A. Connections
1 - Pouvoir
2 - Obsession
3 - Meurtre
4 - Vengeance

Collins Joan
Love
Saga

Courtillé Anne
Les dames de Clermont
1 - Les dames de Clermont
2 - Florine
Les messieurs de Clermont

Cousture Arlette
Émilie
Blanche

Crane Teresa
Demain le bonheur
Promesses d'amour
Cet amour si fragile
Le talisman d'or

Dailey Janet
L'héritière
Mascarade
L'or des Trembles
Rivaux
Les vendanges de l'amour

Delinsky Barbara
La confidente
Trahison conjugale

Denker Henry
Le choix du docteur Duncan
La clinique de l'espoir
L'enfant qui voulait mourir
Hôpital de l'espoir
Le procès du docteur Forrester
Elvira
L'infirmière

Dervin Sylvie
Les amants de la nuit

Deveraux Jude
La princesse de feu
La princesse de glace

Dunmore Helen
Un été vénéneux

Falconer Colin
Les nuits de Topkapi

Gage Elizabeth
Un parfum de scandale

Gallois Sophie
Diamants

Goudge Eileen
Le jardin des mensonges
Rivales
L'heure des secrets

Greer Luanshya
Bonne Espérance
Retour à Bonne Espérance

Gregory Philippa
Les dernières lueurs du jour
Sous le signe du feu
Les enchaînés

Haran Maeve
Le bonheur en partage
Scènes de la vie conjugale

Ibbotson Eva
Les matins d'émeraude

Jaham Marie-Reine de
La grande Béké
Le maître-savane
L'or des îles
1 - L'or des îles
2 - Le sang du volcan
3 - Les héritiers du paradis

Jones Alexandra
La dame de Mandalay
La princesse de Siam
Samsara

Krantz Judith
Flash
Scrupules (t. 1)
Scrupules (t. 2)

Krentz Jayne Ann
Coup de folie

Laker Rosalind
Aux marches du palais
Les tisseurs d'or
La tulipe d'or
Le masque de Venise
Le pavillon de sucre
Belle époque

Lancar Charles
Adélaïde
Adrien

Lansbury Coral
La mariée de l'exil

McNaught Judith
L'amour en fuite
Garçon manqué

Perrick Penny
La fille du Connemara

Philipps Susan Elizabeth
La belle de Dallas

Pilcher Rosamund
Les pêcheurs de coquillages
Retour en Cornouailles
Retour au pays

Plain Belva
A force d'oubli
A l'aube l'espoir se lève aussi
Et soudain le silence
Promesse
Les diamants de l'hiver

Purcell Deirdre
Passion irlandaise
L'été de nos seize ans
Une saison de lumière

Rainer Dart Iris
Le cœur sur la main
Une nouvelle vie

Rivers Siddons Anne
La Géorgienne
La jeune fille du Sud
La maison d'à côté
La plantation
Quartiers d'été
Vent du sud
La maison des dunes
Les lumières d'Atlanta
Ballade italienne
La fissure

Roberts Ann Victoria
Possessions

Ryan Mary
Destins croisés

Ryman Rebecca
Le trident de Shiva
Le voile de l'illusion

Shelby Philip
L'indomptable

Simons Paullina
Le silence d'une femme

Sloan Susan R.
Karen au cœur de la nuit

Spencer Joanna
Les feux de l'amour
1 - Le secret de Jill
2 - La passion d'Ashley

Steel Danielle
L'accident
Coups de cœur
Disparu
Joyaux
Le cadeau

Naissances
Un si grand amour
Plein ciel
Cinq jours à Paris
La foudre
Honneur et courage
Malveillance
La maison des jours heureux
Au nom du cœur
Le Ranch
Le fantôme
Le klone et moi
Un si long chemin

Swindells Madge
L'hérithière de Glendiran

Taylor Bradford Barbara
Les femmes de sa vie

Torquet Alexandre
Ombre de soie

Trollope Johanna
Un amant espagnol

Trop jeune pour toi
La femme du pasteur
De si bonnes amies
Les liens du sang
Les enfants d'une autre

Victor Barbara
Coriandre

Walker Elizabeth
L'aube de la fortune
Au risque de la vie
Le labyrinthe des cœurs

Westin Jane
Amour et gloire

Wilde Jennifer
Secrets de femmes

Wood barbara
African Lady
Australian Lady
Séléné
Les vierges du paradis
La prophétesse
Les fleurs de l'Orient

Achevé d'imprimer sur les presses de

BUSSIÈRE

GROUPE CPI

à Saint-Amand-Montrond (Cher)
en avril 2001

POCKET - 12, avenue d'Italie - 75627 Paris Cedex 13
Tél. : 01-44-16-05-00

— N° d'imp. 10129. —
Dépôt légal : novembre 1997.

Imprimé en France